时光里跳动的一个音符

李睿帅 著

献给和我一样，
来到了这个世界，
感受了人间温暖和
烟火气息的你，
和你们。

群言出版社
QUNYAN PRESS
·北京·

图书在版编目（CIP）数据

时光里跳动的一个音符 / 李睿帅著. -- 北京 : 群言出版社, 2023.12（2024.5 重印）
ISBN 978-7-5193-0860-5

Ⅰ. ①时… Ⅱ. ①李… Ⅲ. ①散文集—中国—当代 Ⅳ. ① I267

中国版本图书馆 CIP 数据核字（2023）第 192480 号

责任编辑： 李　群
助理编辑： 张　程
封面设计： 李士勇

出版发行： 群言出版社
地　　址： 北京市东城区东厂胡同北巷1号（100006）
网　　址： www.qypublish.com（官网书城）
电子信箱： qunyancbs@126.com
联系电话： 010-65267783　65263836
法律顾问： 北京法政安邦律师事务所
经　　销： 全国新华书店

印　　刷： 北京九天鸿程印刷有限责任公司
版　　次： 2023年12月第1版
印　　次： 2024年5月第2次印刷
开　　本： 710mm×1000mm　1/16
印　　张： 28.75
字　　数： 370千字
书　　号： ISBN 978-7-5193-0860-5
定　　价： 128.00元

卷首

这是一位高考理科状元对成长经历和求学生涯的回望；
这是一位在清华北大都驻留过的学子对最高学府的感恩；
这是一位经历白血病磨难而重生的患者对生命的礼赞；
这是一粒北漂二十年的普通尘埃也在努力发光的历程。

献给和我一样，来到了这个世界，感受了人间温暖和烟火气息的你，和你们。

荐语

一口气读完了睿帅的这本书，心情久久不能平静：大病初愈的他即写出如此厚实的书稿，惊叹虚弱的身体是怎样承受这样极限的施压，更惊惑是什么样的执念引导他去做这样的尝试。端茗细品，似有所悟：生活有诗有歌，有花有月；生活亦有风有雨，有雷有电。面对生活，有时我们没有选择，唯有对生命的执着可以坚如磐石，唯有对生活的信念可以凤凰涅槃。

清风明月本无意，近水远山皆有情。生命如风不可追，乐观豁达才永恒。一切过往皆为序章，而今迈步从头越。愿睿帅继续品好人生路上的一山一水、一草一木，写出更加精彩纷呈的生命游记。

——邓智毅（中国东方总裁，挂职南京市委常委、副市长）

本书叙述的是一位从小县城走向首都顶尖学府的青年学子的成才之路，一位出身平凡却励志奋发将人生每一步都走出精彩的青年才俊的进取历程。书中展现了作者广博的学识才华、宽阔的国际视野、深沉的历史思维以及对中外文化的独到了解。

作者以自身足迹勾连丰富的历史、人文和地理，以时代歌声回应自己的心路历程，给读者带来知识上的分享和心灵上的启迪。作者在学业上的孜孜以求、在事业上的奋发进取、在病魔前的沉着坚毅，更能给人以精神上的滋养和行为上的引领。

强烈推荐李睿帅的《时光里跳动的一个音符》！

——王卓（湖南省澧县第一中学语文特级教师）

作为小学同学，中学和大学校友，我与睿帅相识相知已有三十多年，同窗情谊绵长悠远。他的聪颖和坚韧让我一直钦佩，而本书更让我了解到他沉稳外表下对于生命的蓬勃热爱，这份热爱也许正是他在学业和事业上不断攀登，又战胜病魔的原动力。

恰逢 2022 年年底读到此书，感触更为深刻。山河大地，人间冷暖，生活的未知和起伏从未如此真切地被整个社会所共同感知。“世界以痛吻我，要我报之以歌”，听一听睿帅奏响的时光音符，也许你也能和他产生共鸣。不管是处于人生低谷还是高点，面临顺境或是逆境，我们都应和他一样，感谢生命的慷慨，继续砥砺前行。

——陈迪（麻省理工学院博士，清华大学未来实验室副研究员）

目　录

引 言

突然想提笔写一写自己的人生故事。

也许是想留住一些回忆，也许是经历了人生低谷后想对过往经历有一些回望。不管有没有读者，我就是仅仅想着，应该留下一点什么。

传奇诗人艾米莉·狄金森在《我曾来过这个世界》中写道：

烟雾与光，人与虚幻，我与世界。

请记住，我曾经来过。

人在这世间走一遭，与悠远时光和广袤宇宙相比，渺小得如一滴水珠、一粒尘埃、一个脚印。虽然渺小，但是总想留下点什么，也许是一串起伏的涟漪，也许是折射出的一束光芒，也许是雪泥上偶留的鸿爪，总归是证明我来过。

独自思考时，我常常试着用一个宏大的历史观来审视人的一生。时间从绵长的深渊中延伸出一条直线，当一个人出生时，就像是在这条直线中的某个位置跳动出了一个音符，这个音符缓缓升起，像烟花那样在高点绽放，然后徐徐落下，直至离去时重又回归这无尽绵延的直线之中。

当我思考用什么词来赋予这本书一个名字时，时光的直线上跳动的音符给了我启示，于是就给这本书取名《时光里跳动的一个音符》，献给和我一样，来到了这个世界，感受了人间温暖和烟火气息的你，和你们。

动笔之前，我读了几本人物传记类的书籍，读得入神，手不释卷。传记的作者在国外生活了多年，中文几乎都生疏了，刚提笔回忆时每天只能写几百个字，但累积下来写了好几年，居然也洋洋洒洒出了三本书，而且写出来的文字那么吸引人。这种对写作的态度和勇气深深地触动了我，也激励了我，让我觉得提笔写一写自己的人生故事也是有可能的，落实这样一个想法似乎并不是那么遥远。

当然我也明白，写书是一项浩大的工程。我告诉自己不用着急，在生命又一次慷慨给予我的时间里，慢慢写。

于是，从 2022 年伊始，我开始了这本书的写作。

2022 年春

于北京奥林匹克森林公园北园

第一章

清江一曲抱村流　长夏江村事事幽

生于澧州

1

人无论走到哪里，心中总有一块温柔的地方属于故乡。哺育我成长的故乡——湖南省澧县，是一个位于湘北的小县城，这里虽只是区区一片小天地，却有“良田美池桑竹之属”，始终是我心灵的“桃花源”。

在行政区域上，澧县归属常德市，即湖南民谣“常德德山山有德，长沙沙水水无沙”中所指的常德。在地理位置上，县城与湖北省接壤，连接湘鄂两省，是湘鄂边的重要交通和贸易枢纽。

古语云“湖广熟，天下足”，湖南自古便为著名的鱼米之乡，更兼航运便利。湖南别称“三湘四水”，其中“三湘”的得名源于湖南境域基本为楚之三郡而称之，至于是哪三郡，不同典籍中有多种不同的说法；“四水”则非常明确，指的是湖南省内四条著名的江河：湘江、资江、沅江和澧水。四水浩荡奔腾，往东北方向齐汇洞庭湖，而后至长江再东流入海。北魏地理学家郦道元在《水经注》

中记载："澧九水，曰温、曰渫、曰黄、曰茹、曰道、曰溇、曰澮、曰涔，总名曰澧。"我的家乡澧县，即因"绿水六十里，水成靛澧色"闻名的澧水穿城而过故得名。

澧县自古称澧州，在澧水河的两岸建立并发展壮大。在中国传统方位称呼中，山南水北谓之"阳"，澧县主城区位于澧水北面沃土丰饶的平原上，因此这里被称为澧阳平原。澧州先民们逐澧水而居，筑垣为城，澧阳平原境内发现的城头山古文化遗址，距今已有 7000 年历史，是迄今为止中国发现的时代最早、文物最丰富、保护最完整的古城遗址，被誉为"中国最早的城市"。遗址上发掘出了距今约 6500 年前的稻田，被认为是养育华夏先民的最古老的稻田，这表明长江流域也是古老灿烂的中华文明发源的摇篮之一。

城头山国家考古遗址公园

南朝年间，澧州古城始置建州，州城与西南方向的彭山隔澧水相望。天气晴好时，站在彭山之巅远眺，可见一条碧水迤逦东流，恬静柔美。河中沙洲上，岸芷汀兰，郁郁青青；古城墙内，建筑鳞次栉比，错落有致。东南隅城垣上建有澧浦楼，又名遇仙楼、八方楼，建于南宋乾道年间（1165—1173 年）。该楼为三层木架结构建筑，平面呈八角形，楼顶为三重檐攒顶式，覆盖绿色琉璃瓦，顶端置葫芦瓶宝顶，每层檐廊转折处的翼角高翘如白鹤亮翅。

澧浦楼

宋代诗人朱贞白为澧浦楼题有对联：

八百里秋水洞庭，湖源此近；

二千年美人香草，把笔谁来？

此联既书写了洞庭湖的源流出处之一，也道出了几千年来澧州人灿烂丰富的文化渊源与人文精神。联中提到的“美人香草”象征的是忠君爱国的思想，与伟大爱国诗人屈原有关，语出汉代王逸所著《离骚序》：“《离骚》之文，依《诗》取兴，引类譬喻，故善鸟香草以配忠贞……灵修美人以媲于君。”对于自沉江以殉国的伟大诗人屈原，以及他创作的新诗歌体裁《楚辞》，东晋王嘉编写的《拾遗记》卷十《洞庭山》中提到：“屈原以忠见斥，隐于沅湘，披蓁茹草。”宋代黄伯思所著《东观余论》之《翼骚序》描述《楚辞》是：“皆书楚语，作楚声，纪楚地，名楚物。”被誉为三百年间仅一人的文坛学霸苏轼曾这样评价屈原："吾文终其身企慕而不能及万一者，惟屈子一人耳。"

对于屈原，澧州人可谓佩服与亲近之极。早在汉代，澧州人即在澧水之滨的白沙洲上建有"三闾大夫祠"，祠名源于屈原被流放之前的最后官职是"三闾大夫"，掌管着屈、景、昭三大氏的宗族事务。据《澧州志林》记载："春、秋二仲，搭棚江干，设位以祭。"屈原为后世所景仰，他那"亦余心之所善兮，虽九死其犹未悔"的拳拳爱国之心，"路漫漫其修远兮，吾将上下而求索"的孜孜求真之念，构筑起了澧州人的精神谱系与文化图腾。

2

我出生于20世纪80年代中期，当时全国的计划生育政策还在执行。以现在的眼光来看，计划生育政策的确是一项控制人口快速增长的有效政策，是在资源条件有限的情况下对人的繁育本能进行压抑的探索实践，但这个政策也影响了无数中国人的家庭，在实现社会发展目标的同时，造就了人世间无数的悲欢离合。

在我祖父母那一辈的成年时期，正值中华人民共和国成立初期，国家鼓励生育，还没有出台计划生育政策。我的爷爷奶奶前后一共生育抚养了8个子女长大成人，其中我父亲是家中长子，在四兄弟里排行老大，整个家庭人丁兴旺，热热闹闹。从这之后到七八十年代，我国人口飞速增长，计划生育政策因此逐步成为国策。在我出生之前，我的父母亲已经生育了第一胎，就是我的姐姐，所以按照当时的政策，我是没有可能出生的。可能是中国人传统的延续香火的观念发挥了作用，又或许是计划生育政策在乡里乡情面前还有那么一点微小的缝隙，让我在机缘巧合下来到了人世间。

说是机缘巧合，其实听我母亲回忆起整个过程，也是险象环生，一波三折的。其变幻之复杂，过程之曲折，主要源自两个方面：一是去医院流产而不得；二是生育指标非常难弄。

当我母亲怀上我之后，我父母是既高兴又焦虑。高兴的是迎接一个小生命的到来，家庭可以新添一名成员，焦虑的是这个小生命能否被允许正常生下来。当时的计划生育政策极为严格，村里有一户人家也是要生二胎，因为没有拿到生育指标，在千方百计拖延着把孩子生下来之后，村委会马上就把这家的房子给掀了，还抄走全部粮食充了公。如此强硬的执行力度可没有任何商量的余地，用现在的视角来看近乎是无人情了。有了这样的前车之鉴，我父母的提心吊胆也就不足为奇了。

我爸当年 30 岁，正值年轻力壮的时候。他高中毕业后本有机会上大学，但因家里兄弟姊妹众多，生活负担实在太重，他迫不得已只好在读完高中后就出来工作，承担起一个家庭长子该有的重任。在七八十年代，大学生还是非常稀缺的，所以即便我父亲只是高中毕业，也非常厉害了。凭借高中学历，我父亲开始了工作，被分配在县一中当老师，他有这个资格。

中华人民共和国成立后的政治生活活跃，20 世纪 80 年代，我父亲虽已在县一中担任老师，但还是没有办法解决整个大家庭主要劳动力缺乏的问题。家里供应不出劳动力，就不能给村集体帮上忙，这个问题被一些人紧紧揪住不放，克扣了本要下发给家里的粮食，迫使我父亲回到村里。就这样，在命运的支配下，我父亲回到了生他养他的农村，在村委会担任会计一职，同时和村民一样下田干活赚取工分。

村会计这个官职说起来并不大，但也是正式的公家人了，如果违背了计划生育政策，饭碗肯定是保不住的。所以在我母亲怀上我之后，我父亲去跑了各种地方、找各种人、寻求各种门路，就是希望能拿到一个宝贵的生育指标。

但政策卡得严，生育指标并没有那么容易拿到。日子一天天过去，眼看我母亲的肚子越来越大，村委会的妇女主任坐不住了。这件事关系妇女主任本人的工作业绩，也关系整个村在县里的考核评比。所以三天两头的，妇女主任就来我家里做思想动员，前后三次领着我母亲上医院去做流产手术。

无巧不成书，县医院妇产科的主治医生恰好是我母亲的小姨，也就是我的姨外婆。第一次去医院时，我姨外婆说人太多，不得空，让我母亲下次再来。第二次再去，她说正有别的紧要事情要出去办，让再找时间下次来。第三次，也是最后一次去，此时我已经在母亲的肚子里待了有六七个月了，如果再不流产就来不及了，只能生下来。

这一次是我大姨骑了一辆自行车，载着我母亲去医院，妇女主任陪同。一行三人出门，先走一段乡间小路，然后要爬一段长长的斜坡到河堤上去走大路。就在自行车刚行驶到河堤前准备上坡时，路中间猛然出现了一块大石头，车辆来不及躲闪，前轮狠狠地磕到了石头上。噌的一下，我母亲被撞击力弹起，从后座上重重地摔了下来。这一摔可不轻，我母亲的手擦破了，裤子膝盖处生生地磨出了一个大洞。如此重重一摔，对已在孕中晚期的孕妇来说实在惊险，肚子里的胎儿保不保得住很难说，估计要看老天爷的脸色了。我母亲无奈地坐在地上歇一口气，揉揉淤青的膝盖，又想了想，喃喃自语地宽慰道，反正是去医院流产的，摔一跤就摔吧，没关系。各位看官，看到这里，你是否也和我一样心头一紧？以现代医学知识来看，孕妇该不会有大出血吧？胎儿经过这么一颠簸，还能保得住吗？

到了医院，还是我姨外婆值班。她看了看我妈的肚子，说胎儿的月份已经很大了，流产对孕妇来说相当危险，左分析来右分析去，还是觉得极为不妥。为了安全起见，她硬是顶住了妇女主任的强烈要求，把我母亲一行三人推出了医院，流产计划再次告吹。

老天保佑，这次摔跤没有把我摔下来，我依然在母亲肚子里好好待着，生命力实在顽强。虽然去了医院三次，但是都没有成功做流产，一直这么拖下去没有生育指标可是不行的啊！如果强行把我生下来，就要被拆家和抄粮食，这对于当时并不宽裕的小家庭乃至整个大家庭来说，都是要命的，我父母亲因此更加焦虑了。

3

好在天无绝人之路，事情很快有了转机。

当时县委组织了一个干部学习班，我父亲正在这个班上学习。别看我父亲平时在家里严肃得很，在外面时他与人结交却十分活跃，无论走到哪里都能迅速和一帮陌生人打成一片，谈天说地，相处融洽。这次学习也不例外，他与一位在县里工作的年纪稍长的学员相谈甚欢，两人很快熟络起来。在愉快的交流间隙，生育指标的事情还是继续困扰着我父亲，让他脸上露出愁容。看到我父亲这个样子，学员大哥详细询问了缘由，听到是关于生育指标的事，当即一拍大腿说："这个好办啊，我就在县计划生育委员会，这件事交给我！"真是踏破铁鞋无觅处，得来全不费工夫啊，有时不得不感叹命运的安排就是这么神奇，这让事情在一波三折后柳暗花明。

虽说是找对了人，可他们都是公职人员，肯定不能直接违反政策规定，得找一个变通的法子才行。要说当时的计划生育政策还保留有那么一点点的人情味，给农村开了一条小小的口子。这个口子就是农村夫妇如果头胎生的是女儿，且有先天残疾的话，那么可以申请二胎指标。于是他们商量在这个口子上试一试找找出路，给我姐申报了一个小腿残疾的报告。报告报上去后，有一天县里来人到家里核实情况，让身体健康本无残疾的我姐走几步瞧瞧。天可怜见，我姐当时还不满两周岁，在懵懂无知的情况下歪歪扭扭地走了几步，仔细看还真有那么一只脚高一只脚低的不协调，歪打正着了！核实人员见状也就直接认可，按特殊政策给批了生育指标。客观来说，能通过这次核查，确实是借着口子的亮光打了一个小小的特殊政策擦边球，标准执行得并不那么严格。如果真要用我姐的残疾来换得我的出生，我也是非常揪心和极不愿意的。好在当时我姐只是恰如其分地表现了这一回，后来她并没有再次出现类似走路不协调的情况，健健康康地长大，我也就安心多了。

在我母亲历经了三次流产不成功，在我姨外婆和县委学员伯伯合乎时机的努力下，在全家人的忙活下，我于农历八月出生，来到了这个世界。

在水一方

1

南方水系丰富，河道纵横，乡野间的孩童从小就泡在水里，大多数很早就学会了类似狗刨的游泳技术。我从小是个乖宝宝，没有多少机会下水，因此小时候就没有学会游泳这项生存技能。不过要说起落水的惊险，我的经历还真是挺丰富的。

以时间为轴，我脑海里最久远的记忆就与落水有关，第一次落水大约发生在我三四岁的样子，可谓缘分深厚。这个岁数的小孩子应该是刚刚开始有了记忆，在这个时候落一次水，于客观上肯定是受到了惊吓，难怪记忆如此深刻。

记得当时老家在县城以西，房子是一排整齐的黛瓦白墙的平房，位于较高地势，房子前面低洼处有一片小水塘，生长着荷叶菱角等水生植物。大概是夏末秋初的时候吧，天气已经微微冷，水塘旁的田地里有牛在吃着草，住在隔壁的只有一只眼睛的哑巴大娘正在田里忙着农活。我和堂兄跑到田地里去玩耍，一不小心，我失足跌进了水塘。在呛了几口水后，我使劲地把头往上仰，印象中看到的是一片淡蓝色的天空，上面几朵白云飘忽而稀疏。

在扑腾了好几下之后，我的视线开始下移，体力逐渐不支。就在这时，我看到了岸边斜斜长出的一兜青草，这简直是一兜救命的仙草啊！就跟白娘子为救许仙而去昆仑山盗取的仙草一样。我使劲伸手去够，幸运之神垂青，让我抓住了这一兜仙草。在关键时刻，人一定要相信自己的求生本能，即便是三四岁的小孩童，在遇到危险时，求生欲也能完全迸发出来。感谢与生俱来的求生本能，让我在第一次落水时可以抓住岸边的青草来自救。堂兄发觉我落水后，在旁边大喊大叫，独眼哑巴大娘见状赶紧把我从水里捞起来。

我母亲急匆匆赶来，把湿淋淋的我背回了屋。印象中母亲打来热水，结结实实给我洗了个热水澡，然后擦干身体抱我上床，盖上了厚实的被子。此时的我，在惊吓后似乎感受到了重生的欢欣，踏踏实实地睡了劫后余生的一觉。

大概一年之后，我全家搬离了老家，搬到了县城北郊居住。时不时我还跟着父母或独自一人回老家看看。记得有一次回去，赶上天阴快要下雨，隔壁的独眼哑巴大娘正忙着抢收摊晒在天井的棉花。我连忙上去，麻利地帮忙拾掇装袋，赶在下雨之前将棉花收好归仓。

我想，我这么做是为了感谢她的好心吧。

愿天下好人都有好报。

2

虽然小时候的第一次落水经历足够惊险，也很早就留在了我的记忆深处，但小孩子天性贪玩，即使危险，有水的地方也总有我们的身影。搬了新家后，我在房前屋后不深的水塘里又落了两次水，好在都没有什么危险，后来最惊险的一次，是在小学五年级的暑假，发生在我家房前的小河里。

暑假烈日悬空，白天总是烦闷冗长。为了解暑，每天我都央求父亲带我到小河里去游泳。说是小河，在水稍大时河面也有一二十米宽；说是游泳，其实我还没有完全学会，最多是在父亲的帮衬下扑腾玩闹一番。我父亲很会划水，水性极好，无师自通，但他在教小孩子方面似乎不很擅长，至少我认为并不适合我。他的教学方式稍显简单粗暴，只是用手把我的下巴抬起，让我在水里毫无章法地手脚并用乱扑腾一阵，搞得我既狼狈又心慌。试想想，当有一只手卡在脖子上时，人能不紧张吗？所以这样的教学方式弄得我老不乐意，正经的游泳技能没学会，在玩心的驱使下就迎来了大自然无情的考验。

危险发生在某个暑气蒸腾的傍晚，天气异常闷热，蝉鸣阵阵扰人心。我父亲在桥头的大树下和邻居们下着象棋，正调兵遣将斗得起劲，完全无暇顾及我要去玩水的强烈企盼。眼看着请不动大人，我和邻居一位小伙伴相约，两个半大孩子胆子大得出奇，在都不会游泳且没有大人陪伴的情况下向小河进发了。

来到河边，看到水面似乎比以往高出了一大截，估计是上游水库开闸放水了。小孩子天性单纯，自我保护意识还远远不够，完全没有意识到上升的水面会带来怎样的危险，在玩心的驱使下只顾得赶紧脱掉衣服，兴高采烈地扑通一声就跳进水里。这一跳下去，我马上就意识到不对劲，紧挨着河岸边的是一道深沟，水深已经完全超过了我的身高。我的脚没能踩到底，沉浮之间呛了好几口水，心里马上开始慌乱起来，双手不停地挥舞拍打水面，两条腿同时使劲地往下乱蹬。岸上的小伙伴见状也着急了，伸手想要抓住我，但无奈距离太远够不着。本也不会游泳的小伙伴没有胆量跳下水来救我，只能慌慌张张地跑回去搬救兵。

就这样，河里只剩下我孤零零的一个人在无助挣扎。恐惧笼罩着我，让我手足无措，慌乱间使劲扑腾，刚够到水面换一口气就又沉降下去。水流因为涨水变得更急，推着我向河道中间和下游漂去。不知过了多久，我眼看着离河岸越来越远，整个情形也越来越危险。突然间，我的双脚触到了河底软软的泥沙，原来河中央有一块泥沙冲积出来的相对高地！谢天谢地，老天爷再次怜悯，给了我如救命稻草般的一小块地方让我站住。我马上踮起脚尖，稳住身子，昂起脑袋，下巴刚好可以露出水面。我大口呼吸，强烈地感受到河水对胸部的巨大压力。久违了的正常呼吸让我暂时脱离危险，可我还不敢乱动，因为不知道这块地方有多大，万一被水流冲走了又碰到深沟可是要不得的。于是我寸步不离这一小块地方，耐心地等待，直到我父亲被小伙伴叫来，才把我拖上了岸。

我母亲闻讯匆忙赶来，见此情形一阵后怕，抹着眼泪帮我擦拭头上的水珠。她一边数落我不听话，一边又一个劲儿地感谢老天爷保佑。我也终于缓过神来，意识到这真是劫后余生，心情无比沉重，内心自责的同时庆幸自己捡了一条命回家。

3

自打小学五年级暑假最危险的一次落水之后，我也搞明白了，在没有学会游泳时，可千万别逞强下水。自此一直到高中毕业，我都乖乖地做一个好孩子，几乎都没有再次下河。

时间来到高考后的暑假，不知为何，我突然对游泳开了窍。这个“窍”说来也简单，就是明白了游泳应有的正确姿势。普通人游泳其实并不需要像游泳运动员那样将整个身子都平铺在水面上，而是可以让身子呈现为一个斜角，仅让头部露出水面保持正常呼吸即可，水下可以像青蛙一样一边划水一边蹬腿。这个思考对我来说具有划时代的意义，在大着胆子将其付诸实践后，我竟然成功地学会了游泳！用新悟到的道理指挥身体，稍加练习后，我在原先给过我恐惧的小河里游上一个来回都已绰绰有余。

无师自通地学会游泳，我真是个天才！

琢磨明白游泳的诀窍，对我的大学体育课也助益良多。在上大学前，我就听说学校极为重视体育，游泳课在以前是必修课。那些不会游泳的学生们会被教员齐刷刷地推进水里，在一阵扑腾后，等到体力不支时，教员就会伸出一根长长的竹竿，把惊慌失措如落汤鸡般的学生们从水里捞起来。听到这样的故事我好一阵庆幸，还好及时领悟了游泳诀窍，至少是掌握了一点基础，从而避免了被竹竿支配的命运。

上大学后我先后修了两个学期的游泳课，分别学习了蛙泳和仰泳，可以在 50 米的标准泳池里游上十几个来回中间不停歇，到那时我才终于享受到了劈波斩浪带来的乐趣。

哎！回头想想，要是早点学会游泳就好了。几次三番的落水经历让我懂得，会游泳真乃人生必备之技能啊！

第二章

读书不觉已春深　一寸光阴一寸金

小学时光

1

无忧无虑的童年，是春季的风筝、夏季的蝉鸣、秋季的稻浪、冬季的白雪；有滋有味的童年，是外婆家的麦芽糖、路边摊的红薯饼、地里拔起的脆萝卜，水中摘上的嫩菱角。小时候总盼望着长大，哪知长大后才明白，只有童年才可以那样心安理得地肆意快乐。

度过了欢快的童年时光，我也到了上学的年龄。在老家的幼儿园打酱油上了几天课后，我家搬到了县城北郊，正值新的一学期开始，我又重新从幼儿园读起。新进入的这所幼儿园是和小学连在一起的，我接着在我的小学母校黄桥小学，度过了六年的小学时光。

小学阶段的记忆大多是片段的，回想一下就像放电影，一幕结束后直接跳到下一幕。对于其中很多事情，特别是荒诞不经或哭笑不得的事，我记得格外清晰。

记得数学课启蒙时，老师教十以内的加减法，让每个小朋友回家做十根小木棒，然后带到学校当教学用具。我回家跟父亲一说，他也上了心，找来一根木材，颇费了一番功夫锯出来几根粗壮的木条让我拿到学校交差。问题是木棒算是有了，可一点儿也不美观……现在想起，疑惑当时怎么不去找一家有竹园的人家，掰几根细长的竹枝截成短条多好啊，笔直、光滑，还漂亮！或是到药店买一包医用长棉签，细细的、圆圆的、整整齐齐，也挺好。可惜当时我的脑子里没有闪现出这么多机敏的想法，只好拿着粗细不一又毛毛糙糙的几根木棍，硬着头皮到学校应付过去了。

还有一次，学校为了美化校园环境，让每个学生都带一盆花交给学校。这项任务可把我难住了，因为我家没有种花，就是连花盆也没有。邻居家和亲戚家好像也都没有种花的，更没有什么地方可买，即便有地方可买，想着父母也应该极不情愿去花这一笔钱来应付学校的“无理”要求吧，还是别在父母那里讨没趣了……兜兜转转，我该上哪儿去弄一盆花呢？眼看着交差的日子就要到了，最后实在没有办法，我只好在家旁边的野地里挖了一兜不知啥品种的野草，拿了一个腌菜坛的盖子，装了点土把野草栽了进去，拿到学校就算交差了事。不知别的小朋友都是怎么弄到一盆盆鲜花的，反正我的这兜野草混迹其中，显得格外扎眼和倔强。

除了捐花，学校还提倡捐书给正在兴建的图书馆。这次是让每个学生都带 10 本书到学校，哎！又是一件苦差事。那时候家里条件很一般，我基本上没有什么可以阅读的课外书，如果偶尔从同学那里借得了一本连环画，简直如获至宝，得高兴好久，喜滋滋地看完还得赶紧还回去。捐书一事最后也是实在没辙，只好到我姨外婆家拿了几本《知音》杂志上交。话说在上交之前，我还仔细地把这几本杂志通读了一遍，初步见识了后来所谓的“知音体”。《知音》杂志里的文章，多为悲惨曲折的人生奋斗或百转愁肠的情爱纠葛之类的故事，活脱脱一幅幅社会众生百态速写画，并且一个个故事的标题都取得耸人听闻，我读得也是惊心动魄，百感交集。

捐书事件应付过去了，在学生们的支持下，小小规模的图书馆开起来了。但事情还没完，到了后面借书还书的环节我又出了岔子。学校大发善心让学生们多读书，给每个学生发了一本书让带回家阅读。我把书带回家后，等隔了两天再去找竟然不见了，把家里翻了个底朝天都没有找着，不知是谁给拿走了也不说一声，哎……这下事情变严重了，等要把书还回去的时候抓瞎了。学校管理图书的是一位胖胖的戴着眼镜极为严厉的女老师，不怒自威，盛气凌人，当场就把我狠狠地教训了一顿，弄得我大哭了一场才放我走。

小学阶段学校常组织文艺汇演，每个班都要出表演节目，而我一个小男孩对舞蹈动作实在不怎么开窍。有一次班里的同学排演齐步走队形，由两组直线队员在中间交叉，然后以交点为圆心，队伍整体按顺时针或逆时针方向行进。这个集体动作要求靠近圆心的同学走得慢，靠外围的同学走得快，才能保持队伍呈一条直线。当时我所在的这支队伍大部分都是男生，未能领悟到这个诀窍，队伍走得歪七扭八。老师对此很不满意，说了一句“你们这队里就没几个聪明人”，这句挖苦的话让我记忆深刻。包括我在内，同队的还有两位男生，分别是豪和迪，我们三人在小学同校后，经过初中的短暂分离，又汇集到同一所高中，高考又考上了同一所大学，同学之间的奇妙缘分延续了许多年。其实后来的升学考试结果证明，我们几个还都不笨，颇有点“你说我不行我偏要行”的意思，真是让人玩味感慨。

城郊农村小学的物质生活条件比较艰苦，午饭的菜肴往往是煮南瓜或煮冬瓜，然后配上一点儿咸菜，早餐更是不值得称道，餐餐都是吃没有什么油水的米粉。学校食堂开早餐时，一共就两个窗口，所有学生都要排队。有些家庭条件好的学生会自带猪油和酱油等调料，如果有玩得好的小伙伴分我一点，那一定是一件值得感恩且满足的事情。虽说我从小是个乖孩子，但无聊的时候也会调皮一下，在长长的队伍里不好好排队，和身后的小伙伴你推我搡，玩起了踩脚的小游戏。哎呀呀不好，这一幕调皮的行为被校长给撞见了，招来了两个力道猛烈的大巴掌，重重地拍在我俩的后脑勺上。这一巴掌简直快把我打晕了，直让我觉得眼冒金星，天旋地转，好一会儿才缓过神来。哎！校长为什么要打人呢？这样的教育方式可实在不好。

小学的时光回忆起来既有无奈，也有委屈。以上回忆大多是片段的，不构成体系，下面我要说的三件事，分别关于奥数、排球和升学，因为持续时间长，前因后果完整，所以记得特别牢固。

2

我姐比我大两岁，她读书所在的年级也比我高两级。在小学阶段，我姐参加了学校组织的作文兴趣班，周末去学校培训，我闲着无事，也大着胆子跟着她去旁听了好几次。作文班的老师讲课生动传神、极富韵味，教出来的学生有好几个都在县作文比赛中拿到了很优秀的名次。也许是受了一点点作文班的启蒙和熏陶，我写了一篇习作《我的校园》，以春夏秋冬季节交替为序，细致描绘了学校的风景风貌，包括学校围墙边一排高大挺拔的白杨树，以及位于校园中心生机盎然的荷花池等。作文的开头有一句“我的校园非常诱人”，这个通感修辞（当时的我还不知道这是通感修辞）得到了语文老师好几次表扬。这篇作文在老师间流传，在高年级班里诵读，可谓一时美谈。

虽然在作文上取得了一点儿小小的成绩，但是对于我个人来说，当时还是更偏爱数学一些。这也许和承继家族的理工科思维有关，也许每次数学考试都能拿高分更加激励了我学习数学的热情。时间来到了我上小学六年级，学校同时开设了作文和奥数两个兴趣班，这样我就面临着选择要去哪个兴趣班的问题。原先那位作文培训班的指导老师现在成了我的语文老师，也许她还记得那篇关于校园景色的小作文，于是首先就给我报了作文班。人有时很奇怪，对于轻易到手的东西不会珍惜，反而对得不到的东西念念不忘。在作文培训班正式上课的第一天，我就百爪挠心坐立不安，好想到隔壁的奥数班去学习。后来我实在没熬住，都没跟语文老师打一声招呼，就自作主张地跑到奥数班去听课了。还好当时的语文老师很开明，尊重学生自己的选择，这事也就这么默许下来了。

在奥数班的学习是快乐的，这些题目出得很好玩，比如小兔子跳洞、火车相遇追逐之类的问题，巧妙的解题思路让小小的我初步领略到了一点点数学之美的皮毛。我父亲当时还把历年的小学奥数考题都从老师那儿借出来，周末给我专门补习。他竖起来一块门板当黑板，父子俩研究讨论得很带劲，真是一幅父慈子孝的美好画面。

常言道“有心栽花花不开，无心插柳柳成荫”，这句谚语在我的最终作文和奥数竞赛的结果上体现得淋漓尽致。我虽没有系统参加作文兴趣培训班，但以打酱油的心态参加县作文竞赛竟然无心插柳地拿回来个三等奖；反倒是狠下过一番功夫的奥数竞赛，学习过程虽美，可高光时刻却提前体现在了复赛上，到了决赛时却折戟沉沙。

当时奥数竞赛复赛一共十道题，我有如神助地做对了九道，成绩名列前茅。老师和父母对此结果不禁大喜，我自己也是信心倍增，觉得一定能在决赛上有所斩获。过高的期许让我的心情过于激动，以至于在决赛前一晚竟然失眠了，翻来覆去折腾了一宿。外面天还没亮时，我就一骨碌从床上爬起来，催促父亲带我到考场。时值深秋的早晨，满世界还是雾蒙蒙一片，我们到得早，在考场外足足等待了好几个小时。待进到考场后，因失眠引发的困顿开始袭来，让我整个脑子变得昏昏沉沉的，平时能做出来的题目此刻看起来像天书一般。这下可算是完蛋了，在浑浑噩噩地做了几道题后，我简直是失魂落魄地从考场走出来，完全没有了复赛后的意气风发。

竞赛结果很快就出来了，很显然我不在获奖榜单上。奥数竞赛最后颗粒无收，老师猜测可能是怯场的原因，但其实真正的原因我自己清楚，就是心态没有调整好，应考节奏没有跟上。竞赛结果已成事实，已不可能弥补，老师和父母对此很失望，我自己也是无比失落。以往每学期期末考试后，学校都会在操场上开表彰大会，每个班考试前三名的学生以及竞赛获奖的学生上台领奖，很是风光。以往这个时候都是我的高光时刻，然而这次颁奖，当别的小伙伴兴高采烈地在全校师生的注目下上台去领奖时，我却默默地站在同学们的身后，一点儿兴致也提不起来。

花开两朵，各表一枝。话说回来，虽然我在竞赛项目上收获可怜，但在所有拼基础能力的升学考试中都发挥得很好，每回都能升入理想中的学校。在升学方面我基本上没有走什么弯路，这或许多多少少能给我一些安慰吧。

奥数竞赛还有两点后话。一是我的数学老师虽然对我没有获奖感到非常惊讶和可惜，但我们后来关系极为亲密，她的儿子我的师兄彬哥后来在我的人生道路上给予了很多帮助，让我感激至极；二是在六年级的暑假，我自学了初一的数学课本，发现了用设未知数解应用题的方法，一个劲儿地感叹这个方法之精妙，想着怎么没有早掌握这类方法呢？如果早知道了，小学奥数的好多题目都可以迎刃而解了，并不需要多么繁复奇巧的解题思路和方法！（当然，不同的思路和方法可以加深思维锻炼，这是另一方面）然而时间回不去了，奥数竞赛的遗憾就一直深深地留在了小学六年的最后时光里。

3

与在作文和奥数兴趣班的选择上做挣扎不同，我在体育兴趣班方面则目标明确，那就是排球，为此我还加入了学校排球队。球队训练只安排在上学日的早自习和放学之后，以及暑假阶段，平时周末是不用加练的，所以在时间上和作文或奥数竞赛班不冲突。

中国女排是好几代人崇拜的偶像，她们英勇善战的精神鼓舞了全国人民在各个领域拼搏奋进，也如一阵绵长的风一直吹到了我的小学。在我还在读低年级时，每天放学经过操场，都会看见排球队的大哥哥大姐姐们在训练或是隔网打比赛。他们挥汗如雨，跑跳腾跃，攻防配合，吸引了一众师生驻足围观。朝气蓬勃的矫健身姿在任何时间都有足够吸引人的能力，我在放学后也会津津有味地欣赏良久，直到他们训练 结束了，才意犹未尽地带着咕咕叫的肚子回家。

等到我升入了小学高年级时，就由兴趣指引加了校排球队。一帮小伙伴们在一起训练，互相鼓劲加油，相互较劲比拼，摸爬滚打，其乐融融。当其他同学在上早自习时，我们就迎着朝阳在操场上练习发球，或对着墙壁练习垫传等基本功。

由于年龄还太小，小孩子的手臂力量没有完全发育起来，不能用单臂大力扣球，所以进攻火力有限。排球队的教练老师心思活泛，为小球员们发明了一种非常特殊的招式来弥补力量不足。具体手型是将左右手的大拇指在虎口处交叉，其余手指微曲，掌心呈半扣拢状，用双手掌的外沿来击球，可以达到和扣球一样的效果。这一招确实厉害，既简化了复杂的起跳等前置动作，也让触球力道比单臂增大了很多，更重要的是增加了击球的稳定性，扣过去的球又快又狠，让对方难以招架。队员们在刻苦训练之下，基本上都学会了这一独创招式，在比赛中发挥出来很是受用，把对手唬得一愣一愣的，摸不准我们的路数。有了这一招，加上扎实的垫传技术，我所在的小学排球队在县里相当威风，每回比赛都能取得很优秀的名次。

排球运动要出成绩，需要扎实的训练作为保障。电影电视里也常常宣扬中国女排艰苦拼搏的精神，每一分都要拼到最后，每一个球在落地之前都决不放弃。球队在暑假加练时，队员们冒着猛烈的阳光在毫无树荫遮挡的操场上跑圈、垫球、打比赛，是很需要意志力才能坚持下来的事情。小孩子们的皮肤薄，刚开始上训练量时，球与小臂一次次碰撞，汗水夹杂着泥土反复摩擦，让小臂的皮肤很快就红肿皴裂起来，每天晚上洗净双臂后，都要涂上厚厚的一层蛤蜊油来缓解疼痛和保护皮肤。经过一段时间的磨炼，我的两只小臂上都磨出了呈椭圆状的长约十厘米宽约三厘米深黑色硬痂。再过一段时间，硬痂慢慢脱落，露出白皙的新肉，手臂皮肤也就逐渐皮实起来。后来逐渐适应了球的撞击和摩擦，手臂不再发红发肿，也就再没有结痂了。

我所在的校排球队，虽说只是一所普通小学里的普通球队，但也卧虎藏龙，佼佼者众多。其中打球最好的是一位名叫西的学姐，她在参加县比赛时被县一中的教练看上，毕业时就直接被选拔上了中学球队，让我们一帮小队员们羡慕不已。这位师姐在大学毕业后还继续着与体育的缘分，回到了中学母校当体育老师，英姿飒爽的身影继续在操场上飞扬。还有一位名叫磊的男生，和我同级，发球练得极好，出手快、力度大，球贴网而过，速度迅猛且势大力沉，是校队的撒手锏之一。他身体素质出众，在高三时招飞被选拔上，成为我们同届毕业生中唯一的飞行学员，非常光荣和自豪。吃体育这碗饭在很大程度上需要看天赋，我的身体条件在校队里只能算是中庸之辈，印象中到校外参加比赛时，多数时间都是当啦啦队为队友鼓劲。虽然上场的时间不多，但我在场下也起劲呐喊，为队友加油助威，同样感受集体的荣誉与兴奋。

体育运动在强身健体的同时，也能磨炼人的坚强意志，对思想品质的塑造极有帮助，这是我人生的宝贵财富。比赛场上有输赢，人生道路也会有起伏，只要坚信阳光总在风雨后，再大的坎都能迈过去。小学阶段的排球训练，不仅培养了我对各项体育运动的兴趣，而且磨炼了我的意志，让我在碰到任何困难时都不言退缩，能够坚强地予以克服。

有一项体育特长或爱好对一个人来说是很幸运的事情，我很感激在小学的排球锻炼经历。后来上大学时，有一个学期的体育课我选修了排球，靠着当年打下的童子功，我还能一次性垫球三十个不失误，在期末的体育课考试中拿了全班最高分，这也算是体育锻炼带给我的额外一点馈赠吧！

4

我上小学五年级时，全县召开中小学生运动会，分派给了我所在小学一个团体操汇报表演的任务。高年级的同学们全员上阵，大概一两百人的队伍，在操场上排演了差不多一个学期。团体操表演的配乐歌曲是《长大后我就成了你》，歌声成天在操场上空飘荡回响，听的次数多了也入脑入心。我的学习生涯一路走来，所遇多为良师，在此感谢老师们的辛勤栽培和谆谆教诲，我铭记于心。

到了正式汇报演出的日子，同学们换好演出服，化好妆，乘车前往澧县第一中学参加演出。这是我第一次来到这所省级重点中学，一进门就觉得校园环境幽雅静谧。当时正值夏天，校园里浓荫蔽日，好不清爽，让我产生了一种强烈的亲切感以及希望来这所中学读书的愿望，就此埋下了一颗小小的升学愿望的种子。

不过受制于当时的升学政策规定，我所在的村小学只能直升当地对口的镇中学，除老师的子女有特殊照顾政策可以报考县一中外，其他学生是没有办法直接报考的。前面提到，我所在的小学排球队有一位学姐，她因为球打得好而被县一中特招，让我很是羡慕。但我很有自知之明，反观自身的身体条件，走体育特招这条路的希望不大。因此我经常在学校午睡的时候，满脑子都在思考用什么方式才能去县一中读书，这可真是一道难题。

说到这里，我特别要感谢我父亲对我教育培养的英明决断。他通过各种协调，把我的学籍转到了县里的小学，让我获得了参加县一中招考的资格。各位看官，看到这里是不是觉得这个操作有点类似高考移民？客观来说，确实如此。但深入分析一下，我是土生土长的本地人，到这个县里最好的中学读书也合情合理啊！况且，县一中的初中部一年只招收三个班，一届学生只有大概两百人，还需要在毕业统考之外再单独出题进行选拔。考试资格是一方面，考不考得上还要另说，得看实力，所以报名门槛这个东西，说实话真没有必要卡得那么严。事实也是如此，等我考完之后的第二年，政策就放开了，我小学母校的毕业生可以直接报考县一中了，后来我也见到了好几位来自小学母校的学弟学妹们。

1998 年夏天，我参加了小升初考试。单独出题的选拔考试方式很简单，只考语文和数学两科。对于数学，我一向不担心，虽说奥数竞赛没有拿到奖，但基础打得还是不错的，平时模拟考试基本都可以拿满分，应付升学考试绰绰有余。对于语文，我的水平也许不是最优秀的那一拨，但也还算可以，字写得较为工整，作文遣词造句也算流畅，拿一个相对较高的分数是没问题的。最终我的数学考了 99 分，语文考了 85 分，总分 184 分，位列全县第 33 名。县一中初中部的正式录取名额大概是 75 个，我在正式录取的考生中排在中间位置，得以顺利地升入县一中。

升学考试还有一个小插曲。当时县一中给出了几个特长生的招生名额，主要是特招有绘画、书法、乐器、体育等特长的学生，名额不多，总共也就十来个。为了广撒网多开花，我父亲还特地给我报了绘画考试。考试当天，我画了一幅水墨国画，是一只昂首挺胸气势轩昂的雄鸡，自己觉得还挺满意。不过后来单独出题的文化考试成绩出来后，我可以凭文化课成绩直接升学，绘画特长那边的考试结果也就没有继续关注了。记得当时在我旁边的是一位名叫丹的女生，她的绘画显然是经过专业老师细心教导过的，在考场上绘就的作品让人叹为观止，引得众人啧啧称羡。她后来也是凭借文化课成绩直接考上了初中，精妙的绘画功力算是锦上添花了。在后来的高考中，她也发挥得极为出色，为母校增了光，毕业后她还给县一中捐了很大一笔奖学金，是我们这一届学生中的传奇人物之一。

初中时光

1

在《相约九八》的歌曲传唱声中，我进入了梦寐以求的中学——澧县一中，在这里开始了我六年的中学学习生涯。

澧县一中是省级重点示范中学，每次走进校园，我都有三个感觉。

第一，道路遥远。进校门是校园林荫大道，一直到路尽头的花园转台，大概有两三百米长。道路左边是古城墙以及用土夯筑而成的高堤，右边是教委大院和田径场，两边一夹，中间就是一条长长宽宽的没有岔路的笔直大道。走完这条大道才到达教学区，教学区后面是体育馆、学生宿舍、食堂等校内建筑。

第二，树木葱茏。林荫大道两旁种的全是常绿的樟树，每一株都有十多米高。古城墙的土堤斜坡上种的也全是高大挺拔的乔木，遮天蔽日。树荫下摆放了石桌石椅，乃夏日乘凉的好去处。若是到了秋季，夜晚散步时，一路还能闻到若有若无的桂花清香。学校在图书馆的后面开辟了一块地方做植物园，里面也是绿树成荫，小桥流水，花草葳蕤，一派生机勃勃的景色，兼做学生们的生物课实践基地。

第三，文化浓郁。澧县一中是一个读书的好地方，每年高考后校门口都会挂出金榜，引得众人驻足点评。呈“品”字形排列的三栋主教学楼之间，矗立有一个直径四五米的地球仪模型，上面绘有蔚蓝的海洋和苍黄的陆地，颇为壮观。地球仪北边有一组由白色大理石块堆砌而成的雕塑，是按元素顺序排列旋转叠加而成的立体元素周期表，每一个石块上都刻有一种元素的介绍，构思精妙。再往北走，是一排呈东西走向的排列整齐的黑板报，大概有三十来块，是各班级之间展示和比拼板报才艺的地方。每一块黑板报都是学生们花费了许多精力和时间完成的杰作，那些斑斓的绘画、秀丽的书法、优美的文章，镌刻着学生们的青葱岁月。

学校文化气息浓厚，还集中体现在校内的另外一个重点人文景观——洗墨池。这一景观是为了纪念北宋著名政治家、文学家范仲淹（989—1052年）而修建的。范公忧国忧民、殚精奉献，是功勋卓著的士大夫楷模。据记载，范公幼年时曾在澧州求学，他“工书耽诵”，常洗笔砚于读书堂附近一池塘，于是“池中水石草虫尽为墨、赤之色”，后人名之为“洗墨池”。

澧县一中洗墨池

南宋宝庆二年（1226年），在洗墨池旁边，人们为纪念范仲淹而兴建了澧州第一个书院——范文正公读书堂。读书堂悠悠延续

800 年，斗转星移间，从文正书院、溪东书院到澧阳书院，再到澧州官立中学堂、九澧联中，直至演变为今天的澧县一中。

清代著名政治家、学者、湖湘经世学派创始人陶澍（1779—1839 年）曾在澧阳书院主讲达三年之久。他诗、文、联俱佳，有多篇佳作流传，曾为澧阳书院题有楹联：

台接囊萤，如车武子方称学者；

池临洗墨，看范希文何等秀才！

在此辑录陶公诗作《游范文正公洗墨池》，以缅怀范公“先天下之忧而忧，后天下之乐而乐”“不以物喜，不以己悲”的高尚情怀，感念他对澧州学子精神境界的塑造：

古波盈盈石子黑，犹作砚池风雨色。
八百年来迹不湮，小范老子曾洗墨。
丈夫意气无近名，廊庙未易江湖情。
想当四片画粥日，岂只弄笔称书生！
乃知佳境因人异，一水一石关精意。
不然笔墨徒污人，姓字反为山水累。
不见一勺莱公泉，拂须参政名不传。

2

从我家到澧县一中要穿过县主城区，路程不短，骑车大概需要 20 分钟。考虑到如果每天往返家和学校，路上人多车杂的，安全得不到保障，于是从初一开始，我就离家过起了集体寄宿生活。

在我父亲颇费了一番周折才解决了我的升学考试资格问题后，我也顺利地通过了县一中的单独选拔考试。当年从我的小学考入县一中初中部读书的只有我一个人，没有了以前熟悉的小伙伴们，要重新进入一个新的圈子，我着实花了好些时间来适应。

首先要适应的是寄宿生活。这是我头一回离家住校，要学着照顾自己的饮食起居。同年级的大部分同学都住在县城里面，每天骑自行车或走路来学校上课，是不寄宿的。初一年级三个班中大概只有五六个人，因为离家路途遥远，需要在学校寄宿。我就和隔壁班的一位名叫力的小伙伴一起，两人住进了高年级的男生宿舍。当时一间男生宿舍住 12 个人，分为左右两边各 3 个上下铺。床是铁架子的，铺上一块硬木板就是床了。进门处有两个木柜子，给每人分配了一个可以放生活用品的小格间。和我们住在一起的是高我们好几届的师兄，他们都上高二或高三了，很有点儿大哥哥带小弟弟的感觉。

以现在的眼光来看，当时集体住宿生活的条件确实很有限，男生宿舍的环境更是没有什么值得称道的地方。要用热水的话，得拿着热水壶下楼到食堂去打水。如果要用热水洗澡，就得用一个水桶去接热水，然后费劲巴力地拎上楼。为了图省事，夏天很多学生就直接冲个凉水澡解决问题。晾衣服是在走廊上，走廊靠北，终年不见阳光。好多学生洗了衣服也不拧干，直接就挂在走廊的铁丝上晾着，水珠像雨水一样滴滴答答地落下来，路过的人得使出“凌波微步”的步伐，随时提防躲避才行。

虽然宿舍条件不怎么样，但管理却很严格。这种严格有点儿类似军事化管理，体现在好几个方面。

一是内务整理标准高。被子要叠成豆腐块，床单要拉平，床上不能有其他任何杂物。毛巾晾在室内的绳索上要呈一条直线，底端要拉平。鞋子摆放在床下，也要鞋跟对齐摆成一条直线。房间里不能有垃圾，地面得每天清扫并拖干净。为此同宿舍的人需要轮流值班，每天早上专门留下来一个人做内务清洁和整理。

二是要早起出早操。所有寄宿的学生，包括我们几个小不点，每天早上都要出早操。天刚蒙蒙亮，广播体操的音乐就响起来了，大家跟着音乐要上一通后，才能去上早自习。

三是时间安排紧张。从打铃起床到出早操一共就 15 分钟，要穿衣服叠被子，和整层楼的大哥哥们在洗浴间抢水龙头洗漱，时间颇为紧迫。下晚自习后，宿舍只有半小时的亮灯时间，得赶紧洗漱，还没顾得上说一会儿话或嬉闹一会儿，就得熄灯睡觉了。有时大家谈兴甚浓，熄灯后还一个劲儿地聊不停，这样的举动必定会引来宿管老师的严厉斥责。那位宿管老师极为严厉，让人头皮发紧，往往是在大家聊得正嗨的时候悄无声息地站在门口，然后大喝一声，把我们吓得魂飞魄散，每个人立刻噤若寒蝉，心里怦怦直跳。

除了要适应集体住宿环境，还要适应与室友以及同学们建立新的关系。室友关系方面进展顺利，住在同一间宿舍的大哥哥们要成熟得多，对待我们两个小毛孩也是照顾居多。我和力很快就融入了这个集体，大家关系相处融洽。在和一帮新同学处理关系方面，过程就要长一些。我在上小学时，身心健康成长，加上成绩出众，得到的都是赞美之词，基本上没有遇到过精神打压，因此在回答老师提问时逐渐养成了嗓门洪亮声音高昂的特点。刚来到初中，我在新班级里第一次回答老师问题时，这个特点就大方自然地表现了出来。殊不知这个举动却引来了还不怎么熟悉的同学们的哄堂大笑，让我很是窘迫和不知所措。有一位男同学更是不依不饶，好几天一直拿这个事开涮取笑我，附带上周围同学火上浇油看热闹不嫌事儿大，让我很是孤单和自卑。可当时我还很懵懂，根本不知道如何去化解，后来实在忍不住了，就在一个晚自习时伤心地哭了起来。也许是示弱的这个举动让同学们动了恻隐之心，或许他们本就没有什么恶意，在出现这样的结果之后他们兴趣大减，不再对我进行嘲笑和围攻，我也顺利地从孤单和自卑中走了出来。现在回想起来，嘲弄的恶作剧并没有持续太久，对我而言是非常幸运的。后来我和这位针对我的同学关系处得还不错，他人品其实还行，只是爱开玩笑罢了。不过后来命运竟给他开了一个巨大的玩笑，他在初三那年因为一场意外离开了人世，让同学们唏嘘不已，甚至颇为怀恋他那口无遮拦的爽朗。

3

前面说了一些需要适应环境的“艰苦”之事，其实初中生活也有很多有意义和有收获的方面。

一是得到了很多优秀老师的悉心栽培。澧县一中作为省级示范重点中学，师资力量雄厚过硬。我的语文老师是一位短发干练、教学经验非常丰富、讲话和蔼可亲的中年女老师。英语老师很年轻，我们称她为Miss戴，她毕业于英语专业，业务能力强，是学校的风云人物，她还是我小叔的同学，对我很是照顾。数学老师是数学专业出身，讲话慢条斯理的，能把数学知识点讲得系统且透彻。

关于数学我多说几句，因为我还在初中担任了三年的数学科代表。记得刚入学不久，年级就组织了第一次数学摸底考试，我和班上一位女生霞得了满分，于是老师就把我们俩选为数学科代表。我和霞配合默契，工作负责，双人科代表一当就是三年。当科代表的主要任务是收发课堂作业本，按小组叠放整齐，送到老师办公室供批阅，然后第二天领回来发还给大家。借着这个收发作业的任务，我给自己加了一个不算福利的福利，就是每次收来作业本后，我都会看看几个数学成绩比较好的同学的作业，看他们是怎样解题的，他们的解题步骤与答案和我的是不是一样，如果发现不一样且是我错了的话，那我就会马上改正过来。这样一顿操作猛如虎，结果就是我的数学课堂作业本里，所有的答题都是红钩，洋洋洒洒整本的满分，蔚为壮观！哎，谁叫我是一个追求完美的人呢？自己给自己加了一道“任务”。各位看官，看到这里，我一定要自证清白一句，虽说这样的操作显得不那么“公正”，但绝不涉及我的人品问题，就权当是一个科代表给自己在这科学习上的主动加压吧。如果碰到大是大非的问题，我一定是一位坚持原则立场坚定旗帜鲜明的好青年。

二是掌握了科学的学习方法和规律。都说“考考考，老师的法宝；分分分，学生的命根”，作为学生，最主要的职责就是读书学习，重要目标之一是取得一个好的考试成绩。所以在所难免，我回忆的很多学生生涯的片段，都与考试和分数有关。

升入初中后，除要学习语数外三门主科外，前两年还开设了地理、生物、历史、政治、音乐、美术、体育等课程。初二结束时地理和生物两科结业，初三增加了物理和化学。经过优秀老师们的悉心栽培后，我逐渐在各个学科上都找到了适合自己的学习规律和诀窍。

语文：为增加多样化的教学方式和课堂趣味性，以及锻炼学生们的表达能力，每天语文课正式开课前的几分钟，老师都会提前安排两名学生上台分别讲述一个故事。记得我当时为了克服在同学们面前演讲的恐惧，把准备了的故事内容是背了又背记了又记，吃饭的时候背，走路的时候背，简直有点走火入魔，好在最后把要讲的故事在台上完整地顺溜了下来。学校还常组织各科竞赛，语文科有一次举办的是古诗词比赛，我硬是在一个星期之内背诵了两本古诗词集，考试时发挥神勇。当时背了那么多首诗词，不知为何，我至今记得最为深刻的两句诗都是晚唐诗人杜牧（803—852年）的，一句是“东风不与周郎便，铜雀春深锁二乔”，另一句是“商女不知亡国恨，隔江犹唱后庭花”。另外印象深刻的是在一次作文课上，老师给出的作文题目是《我最喜欢的一首歌》，我还记得当时写的是《在希望的田野上》，我们生活在一个崭新的时代，祖国大地日新月异，欣欣向荣，人们在奋斗中看见希望，美好的生活就在前方。

数学：有了小学奥数竞赛的一点点基础，应付起普通的数学课程来我算是绰绰有余，得心应手。记得有一次数学科比武竞赛，抢答环节设有一题，问时钟的时针和分针每隔多长时间会重合一次，我脱口而出的的回答是 1 小时 5 又 5/11 分钟，让老师和同学们都惊奇不已。与语文科的安排类似，每天上晚自习之前，老师会请一位同学上台为同学们讲解一道理科题。记得轮到我上台那次，我讲了一道关于行船受到风力影响计算航程的问题，班主任老师在教室后面全程进行了观摩，结束后对我的讲解给予了很高的评价和赞赏，说我讲得透彻条理清晰，这一幕让我很是受宠若惊，记忆至今。

英语：我这一代的学生学习英语比较晚，从初一才正式开始，比不上现在的小孩子，读幼儿园时英语口语就已经呱呱叫了。Miss 戴从最基础的 26 个英语字母开始教起，从头开始，一步一步引领学生们入门。每当早自习是英语时，她都会风尘仆仆地提着长长的播放机来到教室，让我们跟着磁带里最标准的发音朗读文章。经过一两年的语音锻炼，同学们进步明显，已经可以扮演不同的角色，排演长达十几分钟有好几幕的英语情景剧了。现在我还时不时哼一曲 Miss 戴教的 *Yesterday Once More*，悠扬的歌声仿佛把我带回到浓荫清凉、花草芬芳的澧县一中校园，遥远的时光仿佛是一条朦胧透明缓缓流淌的小溪，在阳光下泛着粼粼微波，让人流连忘返。

地理：在所有的科目中，我天然最喜欢地理，各种地理知识如自转公转大陆海洋季风洋流高原盆地山川河流等都让我感到亲切。兴趣浓厚，我学得也扎实，在第一次期中考试时就拿了 98 分，是全班最高分。当时最后一题考的知识点是“海拔每上升 100 米气温下降 0.6 摄氏度”，我记忆至今。说到学科兴趣，我在这里插一句，就是到现在我还在想，如果不从事现在的金融行业的话，我可能会去当一名地质科学家，在野外风餐露宿研究地质岩层构造之类的吧，那人生或许是另一番天地了。

生物：除有幸被选为数学科代表外，我还稀里糊涂地当上了生物科代表，具体原因现在已无从考证，厚脸皮地猜测一下就当是老师的偏爱吧！生物课也挺有意思的，有了兴趣也能学好。在生物课堂上，我学会了使用显微镜观察细胞结构，自己动手做了叶脉书签，还观摩了好多动物如鲫鱼、青蛙等的解剖实验，为这些为科学献身的小动物默哀一分钟……

历史：历史科目我印象颇为深刻。最开始我还没有找到学习窍门，在期中考试时遭遇了“滑铁卢”，可怜巴巴地只拿了70多分。但我这个人有个优点就是喜欢总结经验，输了并不可怕，但一定要有所收获。经过这次考试我整明白了，历史绝大部分知识点全靠记忆，要使劲地背、全面地背，把书本上犄角旮旯的知识点和大段大段的历史事件的意义全部通通都背下来，如此下一番功夫就没有考不好的理由。当时每个周日的晚自习都会安排一门科目考试，如果当天要考历史的话，我就在家里早早吃了中饭，提前到学校，在空旷的操场上一边踱步一边拿着历史书心无旁骛地背上一整个下午，然后趁着记忆还新鲜，赶紧在晚上的考试中发挥出来。如此这般操作，我的历史常常能拿到班上最高分。特别是考试最后一道大题往往都要回答关于某次历史事件的意义，标准答案长篇累牍写起来得有半页纸，我能回答得和书上的内容基本一致，现在回想起来，真是佩服自己当时的记忆力啊！

物理：到初三时学科增加了物理和化学，这两科都很契合我的理科思维，我也很喜欢。教物理的男老师是新来的大学毕业生，戴着个大黑框眼镜，年轻有激情。他用软件制作出来的课件配合音效动感十足，在课堂上的提问常能引发学生们思考的兴致，如我还记得他在教我们学习阿基米德浮力原理时循循善诱的笑容。所有科目中，我的物理相对来说是学得最扎实的，后来的成绩也一直很稳定。

化学：教化学的是一位中年女老师，嗓门洪亮中气十足。在上第一节课时，她特地为学生们展示了镁的燃烧，光亮耀眼，让同学们切身感受到了化学的神奇。后来她每次来上课都携带着各种瓶瓶罐罐试管试剂，把分子式氧化还原反应等有趣的知识教得很用心。

当时的初中部一个年级设三个班，班号累计排序，到我这一届的三个班就排到了89、90、91班。我在其中的90班排第11号，这个学号陪伴我走过了整个初中三年。回顾初中的历次考试成绩，初一第一学期的期中考试我因历史科成绩拖了后腿，在班上排第八名，第一次觉得周围都是好厉害的同学。于是我痛定思痛，开始奋发努力。开花就能结果，在第一学期的期末考试中，我就一举拿下了班上第一名。但稍显遗憾的是，这次的第一名也是我整个初中学习生涯中唯一的一次，虽然后来也努力了，可人外有人天外有天，从初二开始班里有两位非常厉害的女生脱颖而出，一直把持着成绩榜的前两名，位置牢固近乎无法撼动。我已经毫无保留地发挥出所有的力量了，但最接近她们成绩的一次也只考到第三名，这时候就必须承认，有些天分是靠勤勉刻苦难以追上的。

三是交到了很多好朋友，一起经历了很多开心难忘的时刻。成天和同学们待在一起，经过最开始的磨合之后，大家相处得非常融洽。容我回忆印象深刻的几位，没有回忆到的校友如果看见了此小文，也不要有意见啊！同窗情谊山高水长，都一直挂念在心。

力：在隔壁班就读，和我住同一间宿舍。寒冷的冬季，下晚自习后，他常请我到校外的小吃摊上一起吃夜宵。热气腾腾的饺子泛起氤氲水汽，好味道让人回忆起来，恍惚觉得这一幕好像就发生在昨天。力没有参加国内高考，而是出国到了莫斯科去上大学，后来我们在北京再次相遇时，仍如往日般亲切。

頔：我的好哥们儿，初三和我同桌。他阳光帅气，待人真诚，喜欢足球，常在一起踢球的有敏、夷、建等小伙伴。从初中开始，他和轶的校园恋情一直轰轰烈烈，俊男与美女，才子配佳人，真是一段佳话，两人直到上了大学很久后才分开。頔读的是军事学院，现在在南方某沿海省的部队，是人民子弟兵，我们最可爱的人。

轶：就是我说的学习非常厉害的两位女生中的一位，让我高山仰止。她开朗活泼，喜欢跳舞，上大学也来到了北京，我们的友谊一直延续至今。

田：另一位学习特别厉害的女生，性格沉稳，严肃文静。她英语学得极好，每次上晚自习之前，都是她上台报英语单词让同学们默写，回回都让大家特别紧张。

洋（男生）：唯一在中学六年的三次分班中都神奇地与我分在同一个班的同学，这个概率实在是太低了，真可谓缘分深厚啊！他性格大大咧咧的，思维跳脱如天马行空，总让人捉摸不透。他非常执着于课本以外的学习杂志，此外还总爱追求漂亮的女生，但常被无情拒绝。虽然遭拒，但是他却没有一丝悔改，没心没肺，乐观得一塌糊涂，着实让人佩服。他后来大学专业学的是建筑，毕业后成了一名建筑设计师。这般职业和性格的搭配让我觉得有点儿意外，但他有创意的头脑和孜孜不倦的追求精神对一名优秀的建筑师应该是颇有益处的吧！

云：学号排我前面一位的女生，我们同班五年，包括初中三年再加上高中文理科分科后又同班了两年。她极有组织能力，毕业后一直是同学聚会的组织倡导者。

娟：寄宿生，我们常在晚自习结束后与其他的寄宿同学一起结伴散步。她也和我一起同班五年，最喜欢吃辣条、板筋，是我见过的最能吃辣的同学之一。

明：一头短发，笑起来酒窝很好看，身体素质好，一进校就拿了运动会女生 100 米短跑冠军，是班上的风云人物。按照她当时的成绩，应该是可以走体育专业路线的，但不知为何她没有坚持走这条路。短跑队另有一位叫雯的同班女生，性格开朗，起先资质并不如明，但是后来坚持训练，成绩逐渐赶超，短跑冠军的头衔也就换人了。

迪（女生）：清爽的短发，个子小小的能量大大的，是校运会女生 800 米中长跑冠军，让人很是佩服。她大学去了澳大利亚，后来就一直留在大洋洲，还生了一个可爱的混血宝宝。

阳：我的老班长，喜欢打篮球，也喜欢英语，是西城男孩乐队的小迷弟。他大学学医，现在是北京一家著名医院的医生，还曾在祖国的西部地区支援当地医疗，为白衣天使点赞。

洋（女生）：也是和我同班五年的同学，校排球特长生，身材高人一等。她眉眼清秀，长得有点儿像电影明星宁静，现在在西藏林芝，和宁静演的藏族电影《红河谷》真是有异曲同工之妙。

好玩有趣的事也不少，其中好些事都是关于一个“吃”字。

学校食堂有早餐，但翻来覆去品种较为单一，口味也不出彩，搞得大家去食堂吃早餐的意愿都不高，一门心思地想从校外整点吃的带进学校。由于绝大多数同学都是走读生，住在家里，早晨出门后可以在路边买早餐带到学校，校门口的店家也看准了这个商机，从一两家卖早餐的摊位开始，逐渐发展壮大，到鼎盛时期校门外 100 多米的道路两旁全是一个连一个的早餐摊点。商家们开动脑筋，做的早餐品种也多，有包子、馒头、炒粉、炒面、粥、豆浆、煎饺、烧卖等。学生们大多买个馒头包子之类的，家里条件稍好伙食标准高一点的就会买打包好的炒粉或炒面。走读生都骑自行车上下学，到了校门口买早餐得停下来，这样往往一大清早校门口就人声鼎沸，热闹非凡。同学们买早餐的模式在慢慢演进，先是每个人自己买，后来为了提高效率几个同学合起来一起买，再发展到后来，到最夸张的阶段，班上横空出现了一位英雄，一位叫杰的男生，用一颗憨厚的热心几乎包揽了全班同学所有的早餐采买工作。杰长得虎头虎脑，圆润白净，每天早晨都见他风尘仆仆脸蛋红通通地拎着两大袋子食物进教室，简直如天神驾临凡间，给广大嗷嗷待哺的学子带来福音。当然，每天这么大的采买量是没有时间照顾品种多样化需求的，也不方便买流质早餐，这两大袋子早餐更多的是包子馒头等面食，既便于统计数量，也便于统一携带。每天晚上，杰都会统计同学们第二天的需求，大家计算自己的早餐花费，然后把钱给他，也有一次性包一个星期的，统筹统算，灵活方便。杰这位采买员不仅出劳力，还要算清账目、记性好，简直是我们班的早餐大管家。他脾气好话不多，为大家买集体早餐毫无怨言，服务热忱还从不曾收一分钱的辛苦费，劳模之名非他莫属。印象中杰为我们全班同学承包采买早餐的壮举持续了好长一段时间，真是需要充沛体力与持久热情才能坚持下来的，为这位同学点一个大大的赞！

同学们在早餐上动脑筋，晚餐当然也不会放过。一天学习下来，大家神经都很紧张，唯有晚餐时可以稍稍透透气放松放松。很多男生干脆连晚饭也不吃，抓紧这个时间去踢足球或打篮球，疯玩疯跑一气挥洒青春的汗水，然后汗津津地回到教室上晚自习。没吃晚饭又加上大量运动，结果就是到了晚自习时这帮人的肚子开始咕咕叫起来。饥饿促使人类思考，琢磨如何解决温饱问题，经过一通合计，方案出来了。我们班的教室在林荫大道尽头花坛的转弯处不远，所在的教学楼离校门口最近，于是大家就推举出了几位脚程好跑得快的同学到校门口去买夜宵。那时校门口有一家卖肉饼的小吃摊，招牌是“北京肉饼”，老板豪爽热情，手艺也好，面和得软弹劲道，裹着馅料的面团摊薄开来，煎得两面焦黄热气腾腾，再刷上酱汁撒上一把葱花，香气扑鼻而来，简直让人垂涎三尺。我们班的短跑健将能在头两节晚自习之间短短的十分钟间隙里，完成在长达三百多米的林荫大道上跑上一个来回兼买一大袋煎饼的壮举。于是从第二节晚自习开始，到第三节晚自习下课，整个教室里都弥漫着一种浓郁的肉饼香味，弄得上晚自习的老师都不敢踏进教室。现在回想起这些场景，真是乐趣十足啊！

学校照顾初中的学生年龄小，只需要上三节晚自习就可以放学回家了，而上高中的大哥哥大姐姐们则需要上第四节晚自习后才解放。按规定，高中学生的宿舍得在晚自习结束后才把大门打开，这样就需要我们为数不多的几个初中寄宿生留在教室里继续上一节晚自习。年级主任怕我们几个人乱跑闯祸，每晚还都要来巡视几次，像老鹰捉小鸡般趴在玻璃窗户上往里瞧。客观来说，增加的一节晚自习其实也是给我们额外增加了宝贵的学习时间，对巩固知识成果大有裨益。当然，大家在充分利用的同时，好玩的天性并不会被泯灭，我们也时不时开开小差，在教室后面跳跳绳或嬉笑打闹一番什么的，其中也有很多时间是分享吃的。那时大家都没什么零花钱，可以吃的东西并不多，有一位同学拿出了一瓶老干妈辣酱，简直堪称人间美味宝藏。那时候的老干妈风味十足，比现在超市里卖的貌似要正宗很多，香辣醇厚，余味悠远，大家你一勺我一勺地分享，吃了还想吃。

学习一会儿又吃上一会儿，我们会提前几分钟结束晚自习，趁高中年级同学下课前赶到宿舍楼下。回宿舍的路上，我常常站在体育馆的台阶上回望一下主教学楼，看那夜幕下一层一层的教室里灯火通明，想着里面的大哥哥大姐姐们正在为高考奋战，这让我有一种莫名的感动。如果结束晚自习的时间提得更早一些，我们还可以到宿舍一楼的宿管老大爷的房间里看几分钟电视，然后等待宿舍大门打开，快速冲进去，抢占仅有的水龙头洗漱。如果动作慢了等大部队涌过来的话，我们瘦弱的小身板可没有什么竞争力，所以得抓紧时间快速搞定。晚上的亮灯时间也就半小时，聊一会儿天彼此嬉闹一番就马上熄灯了，然后大家就在宿管老师的催促声里赶紧爬上床休息。远处澧水河上行船的汽笛声一声一声传来，伴着追寻梦想的学子逐渐进入梦乡。

学习上的付出让我收获了考试成绩的回报，同学间的友情让我感受到了集体的温暖，军事化的寄宿生活锻炼了我独立自主的能力和做事干脆不拖沓的习惯。这些收获都弥足珍贵，我感念于心。

4

不知不觉三年的初中学习时光就快结束了，2001 年夏天，我参加中考。

为了全方位选拔优秀学生，除统考的语文、数学、外语、物理、化学、政治、历史七科外，以及加上初二结业考试的地理和生物科分数的一半，学校还单独出了一套难度更大的综合题目进行加试。由于考试科目众多，中考持续了整整三天。付出的汗水终有回报，这次中考我考了全县第 22 名，比小升初时的成绩前进了 11 个名次。咱比上不足比下有余，能顺利升入高中我已经很满意了。

可能是紧绷的神经一下子松弛下来，引发了肠胃功能紊乱，中考后第二天的大清早，我就感觉腹痛难忍，额头上豆大的汗珠直往外冒。当时我爸妈都在外地做生意，是我大姨骑自行车把我送到了医院。医生检查说是阑尾炎，必须马上做手术，把阑尾给切除掉。时间不等人，如果阑尾穿孔了会相当危险。危急的情况惊动了在家的所有亲戚，伯伯叔叔姨姨姑姑们把我送进了手术室。我在打麻药后很快就沉沉地睡了过去，手术结束时我稍微恢复了一些意识，只觉得手术室里的灯光清冷模糊。在亲戚们的簇拥下我被转运到了病房，一直睡到第二天早上才醒来。

我母亲惊闻我做了手术，马上启程从外地赶回家。好在手术顺利，静养十几天后，我就可以拆线了。手术在我的右下腹留下了一道长约 5 厘米的刀口伤疤，清晰可见。住院期间，颉和好几个同学一起来看望我，我出院后还回学校看他们打球。漫长的夏日在蝉鸣中悠然而过，我即将成为一名高中生了。

高中时光

1

阳光明媚的夏末秋初，开学的日子到了。

澧县一中的高中部面向全县招生，规模一下变得大了起来，2001 级新生有 12 个班，总共有六七百号人之多。报到这天，每个同学的脸上都洋溢着兴奋和激动，憧憬着即将到来的高中生活。大家急切地在布告栏中寻找自己的名字，看看自己在哪个班，有没有认识的小伙伴和自己分在一起，原来的朋友都分到了哪个班等。

为了将学生均匀分布，学校按照中考成绩排名，每 12 人一档分配至各班。当然，档内的 12 人并不是按顺序从 1 班分到 12 班，而是随机抽签来决定的。前面给各位读者报告过，我的中考成绩在全县排第 22 名，那我就属于第二档，即以学号 2 号被分在了 0109 班。再仔细一看全班名单，呀！ 1 号是轶，在我眼里聪明出天际的第一名霸主，她考了全县第 3 名，啧啧；再一瞧，又是一声呀，3 号是洋，性格跳脱生性乐观又喜欢搞怪的天才少年，和我挨着。加上还有其他老同学，熟悉的小伙伴们可真不少啊！

再看看其他班级，有好几位小学同学这次又一次同校了，其中有豪、迪、啸、科等。豪和迪就是小学时我们站在一起排演节目被老师“挖苦”过说不聪明的学生，事实证明我们还是很聪明的！特别是迪，三年不见学业突飞猛进，考了全县第 2 名；豪也非常厉害，排在了全县前 30 名以内。

正式开学的第一天，学校组织开学典礼，对中考位列全县前 30 名的考生给予每人 3000 元的奖学金。熟悉的小伙伴们排着队上台领取奖励，想必大家心中都充满了自豪。这是我人生中的第一笔奖学金，弥足珍贵。对于当时的我来说，3000 元是好大一笔钱，细细花省着用，可以支撑我好长一段时间的生活费开支了。学校给获奖的学生每人还拍了照片，贴在教学楼下的橱窗里，无论是对个人还是对其他同学来说，都是一份激励与鞭策。

2

高中的学习生活马上就如火如荼地展开了。

在我印象里，高一时的校园生活丰富多彩。班里曾组织开展了一次联欢会，同学们排演开场秀选用的伴奏歌曲是孙燕姿的《绿光》，这首带有踢踏舞舞曲风格的歌曲，轻快活泼、韵律跳跃、层次丰富，正如十六七岁的花季少年，可以肆无忌惮地享受青春的洒脱。到了高二高三时，校园生活就要单纯和朴素得多。有了高考这个目标做指引，大家都埋头在无边无际的书本知识里，自我鼓劲、自我加压，学习氛围浓厚。基础好的同学快马加鞭自奋蹄，基础不好的同学也不妄自菲薄，而是志在千里，紧追慢赶。大家一起都在期待“大鹏一日同风起，扶摇直上九万里”那一天的到来。

高一结束后要分文理科，基于对理科思维的喜爱，以及理科相对拿分更直接更符合我的性格，我没有多加思索就选择了理科。高一时大家都铆着劲儿学习，竞争激烈。按照一年来大家在历次重大考试中的累计成绩，同学们被重新进行了排名和分配，我以学号 3 号进入了 0104 班。

对于高中各科的学习我仍记忆深刻，其中也不乏或有趣或心酸的片段。

语文：语文老师第一次来上课，就惊呼我们班竟有一位同学与大文豪韩愈同名，感慨现在的父母真敢给自己的孩子取名字。不过这位名叫韩愈的同学是女生，脸圆圆的肉嘟嘟的，很可爱，另外性格洒脱，说话爽朗。语文老师也挺有意思，当即拍板说那就让韩愈同学做语文科代表吧！韩愈同学也就因这个盛名而自动揽得了一份责任，在名号气势上首先已足以带领这个班傲视群雄！文理科分科后，高二高三我的语文老师是王卓老师，他也是我的班主任，在我处于学习低谷时给了我很多鼓励，对我呵护有加，此外他还给了我很多锻炼能力的机会，我感念至今。

数学：在数学的学习过程中，我在三角函数章节上栽了一个大跟头。数学老师其实教得很用心，用了满满的一屏黑板板书在坐标系和圆的互动中一步一步演算推导出 sin 函数和 cos 函数，实在精妙。但问题是公式推导的过程我会了，最重要的公式结果我却没记住。三角函数是一个庞大的体系，常用公式可以写下满满一页纸，如果要在考场上去现场推敲可没有那么多时间。于是，我的第一次三角函数摸底考试结果甚是糟糕。痛定思痛，总结经验，为了考场上的拿分效率，这时候就得派上实用主义和拿来主义了。把那么多的倍角、和差、转换公式，反反复复地顺推倒推，交叉关联成一个整体，并牢牢地记在脑海里。如此下了一番苦功，三角函数就再也不是我数学道路上的拦路虎了。

外语：外语的学习我认为语感最重要，一门语言要学好，就一定得敢于说出口。我特别感谢初中英语老师 Miss 戴教给我的实践训练，让我在即使不知道某个英文单词的确切表达时，也能毫不慌张地用已知词汇进行描述。语感的培养并不是一朝一夕就能得到的，需要大量密集的听力和读写训练。记得高一英语课刚学了一篇新文章，还不是很熟练，晚上回宿舍后我就用随身听反复地听磁带直到睡着。结果第二天一上课，我就被老师点名上台背诵课文，在我不慌不忙甚至很流畅地把几乎整篇文章都顺利背诵下来的时候，连我自己都感到有点儿不可思议。关于英语考试我还有自己的一个小习惯，就是在做完听力考题后，一般会直接跳到试卷的最后，趁有充裕的时间先把英语小作文认真构思好，一笔一画地写清楚，争取在小作文上拿个高分。事实证明这一应试策略确实可行，在我以后多次的英语考试中贡献多多，帮了我的大忙。

物理：我的物理基础一直都不错，对各种粒子电子电路图作用力左手定律右手定律等知识点觉得异常有趣。这科的成绩也最为稳定，在高一下学期的期中考试中我奋笔疾书，在考试结束铃声响起时我刚好做完最后一道大题，拿了全班唯一一个物理满分。高考前夕，清北两校的招生老师来学校座谈，问参加座谈的学生都想读什么专业，我思来想去，觉得我的物理成绩是最能拿出手的，就说可能想读物理系。当然，后来的事实并没有按这个计划走，我和发挥最稳定的科目最终告了别。

化学：在化学科目上，我在高中时经历过了一段如过山车般惊险的成绩起伏过程。高中前两年的化学老师是一名可爱的小老头，教学严谨认真，我的化学学得不错，常能拿到满分。不过在高二时的一次化学摸底考试中，我不知是过于自信还是脑子抽风，拿到试卷后就直接开做最后一道大题。哪知这道大题异常艰难，我费了九牛二虎之力，花了一半的考试时间都没有攻克下来。这下可惨了，我急匆匆地做了几道选择题后考试时间就到了，万般无奈之下我只好交了卷，心情忐忑地熬了一整宿。第二天试卷发下来，卷面上醒目且凄惨地显示分数为四十多分，这个分数格外扎眼，更是排在了全班倒数第一名。这是我高中生涯的所有科目所有考试中最差的一次，单科成绩拿过第一也拿过倒数第一，破天荒的奇怪经历简直叫人终生难忘。班主任老师觉得不对劲儿，担心是不是出现了什么特殊情况，让我这个平时品学兼优的好学生迷失了方向，于是赶紧把我父亲叫到了学校。我们父子俩在植物园安静的树林中谈了好久，直至夜色渐深，我也深刻反思了应考策略的失误，吸取教训重新振作起来。经过如此一番折腾，我明白了一个道理，就是对于学习来说，基础是最重要的，如果没有这个基础就想去攀高枝，那一定会跌得鼻青脸肿。这个道理适用于所有的考试科目，让我初步窥探了拿高分的最基本原理，对我后来参加高考也助益良多。

3

高中三年，我结识了好多既有才华又有趣味的同学，同窗情谊一直持续至今。在此记录以下关系亲密特点鲜明的同学，没有提到的同学们都一并在心里了。

栋：高二下半学期有一段时间我未住校，每天往返于家和学校之间，过了一段时间的走读学习生活。栋的家和我家在同一个方向，我俩每天下晚自习后结伴骑车回家，道别时互说一声“第二天见”。栋是个热心肠，陪我到书店买书，一起在高考结束后买报纸对标准答案。哦，对了，我的第一个 QQ 号还是高考后的那个暑假在他的帮助下申请的。栋上大学也来到了北京，毕业后考公上岸，现在是湖北的一名公务员。

平：班里的 1 号，也是我们班的班长。脾气好，说话轻言细语，字写得也好看，文科尤其学得棒。他大学考上了复旦，毕业后一直在上海工作。

生：班里的 2 号，头发直直的，搞怪表情特多，爱打球，特别擅长做难度大的题目。他大学也去了上海，毕业后在上海工作。

静：一位颇具古风和侠女气质的女子，大概和她经常看古装武侠剧有关吧。我们上高中时，正在热播苏有朋版的电视剧《倚天屠龙记》，静把其中的故事情节和对话都熟记于心，在坐在她周围的同学面前，一人分饰张无忌、赵敏、周芷若三个角色表演剧情，神情拿捏得惟妙惟肖，着实厉害。

倩：热情好客，笑声爽朗的女生。大学毕业后回湘，在税务系统工作。

高：身材如其名，是位高个子，我高一同宿舍的室友。大学时我们还互通过书信，他爱好摄影，大学毕业后在广东工作。

涛：班里有好几位涛，这位涛在我们班男生中颜值算是最高的，他和倩、生三人间的校园恋情曲折婉转，情节变换让我等吃瓜群众如看连续剧般。最终他们三人都各自觅得佳人组建家庭，同学情谊长存。

璞：与我同桌坐在一起好久，我们曾一起分享音乐。他在浙大读的博士，研究方向是寄生蜂。我工作后有一次到杭州出差，顺道参观了他的实验室，他向我展示了满满几柜子的甲虫标本，一个个黝黑发亮，排列整齐，蔚为壮观。

澧县一中在抗日战争时期叫九澧联中。在此辑录《澧县一中老校歌》，以怀念我高中三年全身心投入的求学生涯。

澧县一中老校歌

（九澧联中校歌）

关山西，彭山东
巍巍学府扇春风
昔组武，今联中
双蝶原来出老龙
正雅楼高眼界空
青年志铭宏
崇学武，立事功
涵养民主精神
怀柔志远，不屈不挠
为国家，尽大忠
躬勤不倦囊萤子
先忧后乐洗墨翁

口儿诵，心儿维
我青年，勿自弃
悠悠澧水此朝宗
分流九派同

第三章

腰间带得纯钢斧　要斫蟾宫第一枝

铭记高考

1

2004年夏天，我迎来了人生中最重要的一次考试——高考。

对于普通的中国人来说，高考应该是人生中最开放也是最公平的一次比赛。虽然现在大家都说阶级固化越来越严重，阶级间的壁垒在加厚、鸿沟在加宽，要实现阶级跨越难度越来越大，但是高考还是给了寒门学子一个可以跃升阶层的途径。用现在的时兴词语“卷”来说，虽然条件好的家庭以及优秀的孩子也在卷，但是并不妨碍贫困家庭品学兼优的孩子通过高考改变人生轨迹，实现人生价值。而且这条途径是相对最公平的，社会上普遍最关注，考试和录取过程相对最透明。义务教育给了绝大多数孩子受教育的权利，大家在机会面前人人平等，就看是否足够努力足够幸运能把握住命运的馈赠了。

高考前100天，高三年级的全体师生在国旗下召开誓师大会。操场上旌旗飘扬，学子们热血沸腾，明显能感觉到大家正在全力以赴准备迎接一场战斗。士气被鼓舞了起来，斗志被激扬了起来，大家摩拳擦掌，跃跃欲试。我有幸被老师举荐，作为学生代表在这次誓师大会上发言。头天晚上，班主任特地请了一位德高望重的老师亲自给我改稿，并请这位老师指导我的发音和吐字，在哪里需要停顿，在哪里要情绪饱满以提振士气，等等。这是我第一次站在主席台上发言，没有丝毫的怯懦，当我声音洪亮信心十足地说出我们的心声和目标时，那一刻我能更加深切地感受到高考神圣的一面。

时间越临近高考就越显得紧迫，同学们连吃中饭都是一路小跑到食堂，用最快的速度匆忙扒上几口，以行军般的效率解决午饭，然后回到教室利用午休时间继续学习。母亲担心我在学校吃得不好营养不够，高考前每天都做好晚饭送到学校。她挑我喜欢吃的菜轮番做，在教学楼后面的林子里，看着我把晚饭都吃完才展颜欢欣。

也正是从高考倒计时 100 天开始，教室前面黑板的左下角开始倒数计时，我负责每天更新这个数字。看着数字越来越小，直至变成个位数，时间快到了，我们准备好了吗？是的，我们准备好了！

2

2004 年 6 月 6 日至 7 日，一年一度的高考如约而至。

我在主教学楼最高层的一间考场里参加高考，这里视野开阔，目之所及，窗外是蓝蓝的深邃的天，以及学生宿舍白白的墙。我定一定神，把视线拉回来，让思绪全部集中在当下的考试里。我坐在考场最后一排的座位上，这个位置给我的感觉就好像我是一名将军或统帅，虽表面岿然不动、气定神闲，但腹有诗书、胸有丘壑，正指挥着千军万马攻城克敌，颇有点“运筹帷幄之中，决胜千里之外”的意境。在这场人生最重要的考试中，我心无旁骛，全身心地投入了进去，毫无保留地发挥了全部的能力和实力，做到了自己能做到的最好。然后，就把一切交给命运，相信命运是一定会善待努力奋斗的求索者的。

这一年的高考科目顺序是第一天上午考语文，下午考外语，第二天上午考数学，下午考文科综合或理科综合。客观分析这样的安排，我认为对理科生是合适的，也是我喜欢的顺序。第一天全部考文科，可以用文科思维沉浸一整天，全力冲击。结束第一天的战斗后，马上从文科思维切换到理科思维，第二天用扎实的数理基础把该稳拿的分数全部拿到，该攻克的领地全部占领。如果换一种顺序安排，即把考试两天都排成是上午考文科下午考理科的话，那么脑子就要切换两次思维，这无疑会大大增加转换成本，不可控的因素也就相应增多了。当然，这只是我的一家之言，后面几届的高考科目顺序有所调整，很可能是综合考虑了其他因素排布的。我只参加过这一次高考，能碰见我喜欢的顺序，是比较幸运的。

第一天上午 9:00—11:30 考语文，时间两个半小时。

经过考卷前一部分的字词辨析、古文阅读、阅读理解等，一路都走得比较通畅。在时间还剩一个多小时的时候，我开始着手写作文。2004 年湖南省高考语文作文题是有关家庭教育的，题干辑录如下。

目前，我国 18 岁以下未成年人已达 3.67 亿，在每个孩子的背后，是一双双深情关注的眼睛。家长对孩子教育的重视，超过了以往任何一个时代。中国的家庭教育，也有了长足的进步，现代教育意识向家庭的渗透，家长与孩子民主平等关系的建立，家长们春风化雨般的言传身教……都给我们留下了深刻的印象。但中国目前的家庭教育，也存在不少问题。

家庭教育对青少年的成长无疑具有举足轻重的作用。你对家庭教育，一定有自己的感受和思考。请以“家庭教育”为话题，自选角度，自拟题目，写一篇不少于 800 字的文章。

题干中的“春风化雨”一词一下给了我很多回忆，让我想起在求学成长道路上家庭教育给我的宝贵财富，让我在逆境中不气馁，在顺境中不迷茫。作文的思路有了，经过初步构思我即执笔开写，在规定时间内完成了话题作文。经过高中密集的作文训练，我已经能大体判断出怎样的文章才是一篇好文章，以及领悟到如何才能写出一篇好文章。写完作文后我通读了一遍，自认为这虽不是一篇最上乘的佳作，但文中感情是充沛的，分析是合理的，可以算得上是一篇比较规范的中规中矩的文章。后来分数出来了，也证明了我的判断大致准确。作文满分 60 分，按照答题的估分来推测，我的作文得分应该在 55 分左右，这对于考场作文来说，已经非常完美和理想了。

第一天 15:00—17:00 考英语，时间两个小时。

英语考试首先考听力，有 10 段对话，短对话和长对话各 5 段。考听力时，特别要注意集中精力，抓住对话中的关键信息点，快速准确地进行判断。不然过了这个村可就没这个店了，想要回头弥补都找不到地方。后面的单项填空、完形填空都是常规操作，接下来就到重头戏阅读理解了。英语阅读理解洋洋洒洒 4 篇文章 20 个小题，确实很需要耐心，要根据问题题干逐一从文章中找到对应的线索。最后的英语作文是关于比较城市生活与乡村生活的，题干辑录如下。

假设你是一位生活在某城市的中学生，暑假打算去乡村度假。请根据下面两幅图提供的信息，写一篇短文。简要说明城市生活环境的不足，重点说明你去乡村度假的原因。

注意：1. 短文应包括图中所提供的主要信息，并做适当发挥，使短文内容连贯、完整；2. 词数：100 左右。

英语作文因为字数要求较少，相对比较简单。这两幅图里可写的信息点很多，把该交代的要素全部都交代清楚，文辞尽量通顺，书写尽量清晰，字数达标，就可以得到一个正常的分数，经过强化训练的考生应付起来应该不难。范文如下。

I will spend this summer holiday in the countryside. Although the city is modern and congestion, there are still some problems, such as air pollution, crowdedness and noise. In the countryside I can enjoy a comfortable and quiet life. There, the air is fresh and the water is clean. Trees are green and birds are singing. I can also go boating, fishing and swimming in the lake. What's more, I can climb the hills. All these will be interesting and good for my health. Above all, I can learn more about nature. So I want to go to the countryside for a change. I'm looking forward to the coming of my summer holiday.

回看当时的英语作文题，发现这两幅画好像就是人生的写照，小时候向往走出小城镇到大城市里见世面开眼界，经过一番历练，有了收获或教训后，就希望回归平静恬淡的田园生活。这是自古以来中国读书人理想的一种贤达生活模式，即隐喻在了这两幅简笔画里。

第二天上午 9:00—11:00 考数学，时间两个小时。

数学考试的题型很简明，只有 3 种，单选、填空和解答。其中单选 + 填空 + 前 3 个解答题是基础知识，相当于是送分题，分值合计 112 分，这是最起码的要保证全部都拿到手的分数。在这个基础上，如果想要获得高分，就得在后 3 个解答题上全力冲击了。在这种操作模式的指引下，我最终只在后 3 个解答题的每道题最后一问中碰到障碍，各扣了大概 5 分，总得分 135 分。虽然这个分数与获得 140+ 的学霸或者满分的学神来比差了一截，但也是我正常发挥所能达到的较好水平了，因此已然心满意足。

第二天 15:00—17:30 考理科综合，时间两个半小时。

理科综合考试满分 300 分，内容丰富题量繁多，很是需要费一番心力。考试内容分两大块，第一块是 21 道选择题，共 126 分，这是基础部分，也是必须全部拿下的分数；第二块是 10 道大题，共 174 分，具体包括：

物理：电路图连线 18 分 + 流体重力力学 16 分 + 粒子在电场中的运动 18 分 + 动量守恒及作用力 20 分；

化学：镁铁混合物的铝热反应 16 分 + 心血管药物硝酸甘油（$C_3H_5N_3O_9$）及其化学制备 14 分 + 碘化钾（KI）或碘化钠（NaI）的电极离子反应 14 分 + 消毒剂过氧乙酸（$C_2H_4O_3$）及其反应制取 16 分；

生物：基因遗传变异、真核生物基因编码蛋白质 22 分 + 胰高血糖素具有升高血糖的生理作用实验设计 20 分。

对于第二部分考题，我做了一个顺序上的安排。即首先做物理电路题，这里面的陷阱很多，得特别小心地一一避开，在稿纸上确认连线正确保证电路畅通后再答题；其次做化学和生物部分；最后做物理的 3 道计算题。这样的顺序安排是有特殊考虑的，因为物理计算题需要花费的时间特别多，如果在前面就把时间用完了，那后面靠实力本应能做出来的化学和生物部分即使会做但时间也不够用了。这样的答题策略让我比较从容地按难易程度掌握答题进度，最终获得了 280+ 的分数，给整体总分贡献十足，果然没有辜负我一番苦心孤诣的排布。当然，这只是我个人经过多次模拟考试总结出的经验，可能只适合我自己，不能以偏概全，仅供参考。

以上，当我回顾完理科综合这一长串的考题时，我顿生对高中生的佩服。这么多年过去了，大学的课程学习术业有专攻，到现在我好多高考题都已经不会做了，正如许多人说的，一个人最全才的时候可能就是高中毕业的时候，能上知天文，下晓地理，吟得出古文，说得溜英文，看得懂电路图，解得了方程式。不过令人欣慰的是，虽然高中的相当一部分知识已交还给了老师，但保留下来的是好的学习方法和思维方式，这是让我终身受益的。

3

高考两天，同学们相互之间很有默契，并不会像以往模拟考试那样一出考场就互相对答案，而是心照不宣地将考过的科目就放下，绝不影响下一科考试的发挥。

高考结束后，我和栋一起去买来报纸，对着标准答案进行核对，心中大概对考试结果有了数。过了四五天，老师专门把我叫到学校，在教室的讲台上和我一科一科一题一题地核对估分。要说人真是很神奇，对于人生中最重要的考试，每一道题自己当时是怎么思考的，是怎么解答的，答题步骤写了哪几步，得出来的最终结果如何都记得清清楚楚明明白白。这样与标准答案一比较，再加上老师对于解题步骤给分的判断，大致就能估出相当精准的分数了。高考满分总分 750 分，我保守估分 660 分，预计上下波动在 5 分以内。

6 月 26 日晚上 12 点是出分的时间。白天我并没有特别激动，也没有将这件事一直记挂在心上，在我小姨工作的地方一直玩到很晚。到点后，我通过电话查询到了分数，最终我的高考成绩总分 663 分，比我预估的分数高出 3 分，精准地落在预估误差范围之内。这是一个很可以接受的分数，比我历次模拟考试得分都要高，应该能上一个好学校，于是我也就安心地睡觉去了。第二天一大早，班主任老师给我打来电话，说我位列全校理科考生第一名，这一下子让我有点蒙了，惊喜来得有点突然。要知道，我这一届的同学中牛人很多，高三的历次模拟考试我从来都没有拿过年级第一名，就连进年级前十的次数都屈指可数。如果按照小升初考试排全县第33名，初升高考试排全县第22名的规律来推算，努力一点的话我可以拿个全县第11名就美滋滋了。没想到命运如此垂青我，让我直接升到了榜首，感觉还真是挺奇妙的。

分数和排名下来后，接下来就是填报高考志愿。我原先给自己定的期望不算太高，只是想着如果考得好或许能够冲一下复旦。现在多了一份惊喜，按照我在全省的排名，选清华或北大都是没有问题的，这时我才真正懂得我能够去梦寐以求的大学了。我父亲倾向于选北大，而我自己想选清华。这样的选择没有什么特别具体的原因，就是觉得清华更亲近一些，最终我父亲还是尊重了我的选择。在与清华的招生老师沟通并得到肯定答复后，我表明了择校意向。在专业选择上，我父亲翻遍了报考指南，查阅了各种信息，结合他自己的认知，详细列出了各专业的优劣势以及他认为有前途的专业选项，做了好几页详细的分析笔记。不过这些笔记我确实没怎么细看，只是大体上扫了一眼，因为我的想法很简单且直接。

最终我的高考志愿填报表上简洁明了，只填报了一所学校——清华大学。在可以选择填报的3个专业上，第一专业我填报了经济管理学院工商管理系。师承我父亲的村会计传统，我对金融经济等财经知识很感兴趣。但这个专业是热门专业，在湖南省只招收3—4名考生，凭我在省里的排名还不敢说一定能进，把它排在第一位是想去冲一冲。第二专业我填的是物理系。在高考之前清华的招生老师来座谈时，我就说对物理很感兴趣，平时这一科的成绩也一直很稳定，所以把这个专业放在第二位。第三专业我选的是水利系。我对地理一直很热爱，清华没有地理系，最接近的就是水利系了，而且在清华所有的专业中，水利系要求的录取分数是相对较靠后的，如果前两个专业因为竞争太激烈而滑落，那起码还有这个专业来保底。

录取工作分为“提档”和“分专业”两步，这两步看的总分是不一样的。提档看的是卷面分与加分合在一起的总分，分专业时清华再按卷面分进行排名。承蒙老师抬爱，我当年被评为湖南省优秀学生干部，有5分的加分，因此总的提档分是668分。提上清华档的所有考生，再按照卷面分排名，从前往后依次优先录取第一专业。如果某个专业前面的考生已经满额录取了而后面的考生还报了的话，那后面的考生就得滑落至第二专业。以此类推，到最后汇总时，如果还出现专业扎堆的情况，那卷面分排在后面的考生就得服从专业调剂了。如果没有选择服从专业调剂，则很有可能出现提了档又滑档的情况，本来能上的第一志愿学校上不了，滑落到了第二志愿学校甚至第三志愿学校可就得不偿失了。所以说填志愿也相当于是一次考试，在满心欢喜填报学校和专业的同时，也一定得小心谨慎，在做选择的关键一步需做好万全之策。

在清华招生老师的关怀和支持下，我了解到我大概是经济管理学院工商管理系在湘录取的几人名额中的最后一人，这个专业的卷面录取分数线恰好卡在我的分数上。如果我的卷面分再少一分，那我可能就去学物理或水利了，将来可能会成为一名工程师，那人生的道路将是另外一番光景，真是令人唏嘘啊！当然，如果真发生了专业滑落的事实，我也能欣然接受，因为物理和水利也都是我有兴趣和喜欢的专业，只要能到中国最高学府去学习，无论学哪个专业我都已经很知足和开心了。

正式录取榜单很快公布出来了，醒目的公告牌竖立在学校的正门口。2004年湖南省报名参加高考的考生总人数近35万人，档分在600分以上的考生达4300多人，清华在湖南的调档线为理科660分，文科655分。除去物理、化学、生物、数学、信息五大竞赛等保送生外，清华和北大通过高考统招每年在湘各录取约100人。在师生们的共同努力下，澧县一中在2004年高考中创得佳绩，我与豪、迪、丽、秋五人被清华录取，丹、晴二人被北大录取，学校一类本科升学率位列全省第二名，击败了省内众多重点名校，是20年来学校高考的最佳战绩。正所谓“功成不必在我，功成必定有我”，人生的这一仗我们都打得漂亮，值得给自己鼓励和肯定。

作者（前排右一）高考后寒假返校

4

经历过一次高考，犹如千军万马闯独木桥，让人终生难忘。“前事不忘，后事之师”，对于如此重大的一个人生事件，我认为值得把好的经验总结下来，既为给自己一份总结交代，也为给后来人一点参考借鉴。如果这一点微薄的经验对看到本书的读者有一些启发，或是对未来赴考的学子有一些帮助的话，那将是我莫大的荣幸。

对于高考想要取得成功，我基于切身体会，把个人经验总结为四个方面：抓基础、齐而尖、累经验、平常心。

抓基础：考试能得高分，最大的原则就是首先要把能抓住的分数尽量抓住。高考之前的复习一般有三轮：第一轮复习全面打基础，第二轮复习攻克重点难点，第三轮复习查漏补缺。其中第一轮复习最为关键，地基打得稳，才能起高楼。所以从复习的最开始就要走稳，一步一步来，才能从容不迫游刃有余。只有把基础扎扎实实地打牢固，把基础分数全部抓住，成功才会有保障。让我们算一算高考的基础分，包括：英语听力 30 分 + 阅读理解 40 分，数学选择题 60 分 + 填空题 16 分 + 前三个解答题 36 分，理科综合选择题 126 分 + 物理基础大题 18 分，一共 326 分，占总分的比例超过四成。这些基础分我全部都抓住了。

齐而尖：考试能得高分，并不是某一门科目突出就行了，而是要所有的科目都齐头并进且都优秀，即“齐而尖”。这是我的高三化学老师，一位经验丰富和蔼可亲的优秀返聘老师教给我的至理名言。这句话类似“水桶原理”，给我的印象太深刻了，以至于我将之奉为圭臬。在实际操作中，我也是这样执行的，高考四门科目中，我的每一科考试成绩单独拿出来都不是第一名，但由于没有任何一科拖后腿，做到了齐而尖，所有科目合在一起就发挥出了巨大威力，总分也就排到了第一名。

累经验：到了高中，尤其到复习后期，大大小小的模拟考试不计其数，一定要学会积累应试经验，找到最适合自己的解题方法和模式。我的一个有效做法是时常回头翻阅自己曾经的模拟考卷，比如在睡前泡脚的时候，把某次考试的全套试卷翻阅一遍，去找一种感觉。这种感觉说起来有点儿玄妙，就是要揣摩在考场上遇到各种情况时应该怎样去面对和解决，如题目容易时我要怎样做，题目难度大时我要怎样取舍，先做哪部分，后做哪部分等。相当于提前在心里设想一个预案，这样就能做到胸有成竹，应对得当。

平常心：高考是一个系统工程，准备时间长，过程压力大，所以一定要保持一颗平常心。要做的就是扎扎实实完成每天的复习任务，千万不要有任何投机取巧的心理，因为所有偷过的懒都会在考场上明码标价。保持平常心也并不是说不容心情出现一丝波澜，而是要放松心态，以平和而又稍微有点亢奋的心态，全情投入，凝神静气，奋笔疾书。对于需要踮起脚够一够的分数，要鼓起勇气尽力去冲，要冲击的重难点包括语文的作文、数学的后三道解答题、理科综合的第二部分大题等。

除了以上四点经验总结，在各科单项的重点内容上，我还想就细节多说几句。语文作文方面，对于普通考生来说，语言流畅、表达清晰是最基本的要求。在没有相当把握的前提下，最好不要标新立异用文言文或古语写作，在平淡中见真奇是我认为高考作文的最佳表现。当然，对于特别有语言天赋的考生则不受我这一条的约束。作文行文中，适当引用一些典故或恰当运用一点古诗词来点睛添彩是极好的，但不要有刻意卖弄之嫌。最后，字写得好看会加分很多，所以作为中国人从小就要把字练好，字写好了也是一个人的脸面。数学解答题方面，解题步骤要交代清晰，因为解答题是按步骤给分的，即使最后计算出的结果不正确，或是没有计算出结果，只要中间的步骤对了，大部分的分数也能拿到。数学后三道解答题难度稍大，要保证每道大题的前两小问做正确，然后全力冲击第三小问。英语听力一定要集中精力，不可走神，在时间允许的情况下尽量先浏览问题，带着问题去有目的地听对话找答案，做到有的放矢，做英语阅读理解也是同样的道理。做理科综合的物理电路连线题时，一定要思路清晰，注意避开题干隐藏的陷阱；对化学实验的各种关键反应结果要有“化学效应”，一提到某种反应现象马上就知道大概是哪种物质；生物考试中遗传学知识占了很大一部分，这部分知识要重点学懂弄通。

好了，该总结的考试经验我基本上都已经和盘托出了，那就祝广大学子在考场上考的全会，蒙的全对，逢考必过，金榜题名！

感谢老师们的悉心栽培，有一个好的教师团队作引导，就犹如在大海里航行时前面有一座灯塔在指明方向，让我们最终成功到达彼岸。

感谢同学间的相互激励，是大家你追我赶，互助携持，共同作战，形成了浓厚的学习氛围，才激发出了无限潜能，成就了彼此的精彩发挥。

感谢家人的陪伴与支持。高考两天，我父亲都在学校陪我，把我送进考场，然后等待我从考场出来。每科考试结束后，父亲和我一起回家吃饭，母亲早已把可口的饭菜都准备好。家人的陪伴和良好的后勤保障给了我盔甲与力量，让我不惧风雨，勇往直前。

报廊情缘

1

我非常怀念一中校园里的报廊，那里有我多次驻足的身影。

报廊有两排，位于呈“品”字形排布的三栋教学楼的合围中心。上中学时，我能读到的课外书籍不多，在紧张的学习之余，抽出午饭后的一点闲暇，在报廊前驻足浏览一番，是我流连忘返的时刻。当时读得最多的报纸是《中国体育报》和《光明日报》，其他报纸的副刊也是我重点关注的栏目。记得2000年悉尼奥运会，刘璇夺得女子体操平衡木冠军，某份报纸的报道标题是《最后出场的公主，带走最大的蛋糕》，让我印象尤为深刻。

那时读体育报纸，关注最多的项目之一是网球。

世纪之交，女子网坛方面，格拉芙封刀之后，辛吉斯用飘逸的球风和天才般的网球智慧，对抗大小威领衔的女子网坛力量新风向。

比利时双姝海宁和克里斯特尔斯球风稳健硬朗，俄罗斯美少女莎拉波娃横空出世，加上达文波特、毛瑞斯莫、阿扎伦卡，以及中国迄今为止唯一一位大满贯单打冠军李娜，她们联手创造了女子网坛“百花齐放”的年代。偶尔回看千禧年澳网辛吉斯与小威的比赛，坚韧和青春，华丽的技术流与强壮的力量派之间的对决，让比赛风格的切换在世纪之交上演，实为经典战役。辛吉斯的网球智商让我钦佩，而她那脆弱的脚踝也让我替她在最美好的年华就选择退役而扼腕；那时的小威廉姆斯，移动迅猛，要力量有力量，要活力有活力，不愧是正在积累“塞雷娜”大满贯的光辉道路上阔步前行。

男子网坛方面，桑普拉斯、阿加西、库尔滕、休伊特、萨芬、罗迪克群雄逐鹿，费德勒正逐步朝球王宝座崛起。他们不仅为全世界球迷奉献了无数经典的网球比赛，同时成为我们许多人青春回忆的一部分。男子球员中，我最欣赏费德勒，他在鼎盛时期战无不胜，以至于在其他顶尖球员中流传着这样一句名言：“我们在赛事中的最高目标就是打进决赛，然后输给一个叫费德勒的人。”如此可怕的统治力，再加上优雅的球风，难怪全球任何场地都是他的主场。

辛吉斯和费德勒，一位是瑞士公主，一位是瑞士天王，两位网坛传奇都是我的偶像。看网球比赛的兴趣，自浏览报刊开始一直延续至我上大学。每当有四大满贯赛事开打，我都会全程关注，饱览视觉盛宴。

2

临近高考，浏览报纸已是很“奢侈”的休闲活动了，只能匆匆瞄上几眼，或是从那片树荫下穿过，心里默念道：“等高考过后，我就有很多时间，到那时再来拜读你们吧！”然后便毅然走回教室，抓紧午休的时间复习知识。

我暗自下定决心为高考奋斗，在记事本里曾写下过这样一句话：“我已经深刻地认识到，在接下来的 100 多天时间里，我是真的要加倍努力学习了。”这句话伴我走过了高考最后复习阶段的日日夜夜，让我铭记印象深刻的两天高考。当时场景历历在目，考场氛围井然有序，周围拉起了长长的维护带，我在主教学楼里最高层的考场上，心绪安宁，奋笔疾书。父母陪着我度过了那关键的两天，父爱如山、母爱如水，让我得以依靠。

今天，当我再次回想起这句话时，心里还是暖暖的，还能品尝到自我激励的滋味。那时的时光，想想，过得真是充实可爱。

我要感谢那两排报廊，带给了我丰富的阅读体验和心灵成熟。

3

高考结束后，学校放了暑假，我也就没能常回高中母校的报廊看报了。这时我把阅读兴趣转向了另一个领域——武侠小说。起因是有一天到一个长辈亲戚家做客，偶然在他的书房里发现了一整套《倚天屠龙记》，于是打开了阅读新世界的大门。《倚天屠龙记》在我高中时是热播电视剧，当时播的是苏有朋主演的版本，故事情节早已由侠女子静在课间为我们津津乐道，一边讲解一边还进行了惟妙惟肖的角色演绎，让坐在她周围的同学包括我在内，围观后都顶礼膜拜。当时我只看了《倚天屠龙记》的电视剧，文字原著还没有读过，这下有了机会，又有了时间，可以看个够。

我捧着这套书，简直废寝忘食，一个星期没出门把这套书全啃完了。金庸先生在故事情节推动上的功力炉火纯青，每到关键时刻都会埋下伏笔，然后在后面把这个伏笔接上，结构完整故事精彩，让人欲罢不能，一口气读完之后还意犹未尽，一读再读，其中的重点段落我还回过头去反复咀嚼揣摩。上了大学之后，我又陆续读了金庸先生的《天龙八部》《射雕英雄传》《神雕侠侣》和《笑傲江湖》等另外几部武侠巨著。“飞雪连天射白鹿，笑书神侠倚碧鸳”，其中要说我读得最仔细的，还要数《倚天屠龙记》。

每个少年都有一个武侠梦，那些侠者风范，刀光剑影，恩义情长让人神往，武侠世界里的各种神奇厉害的功夫则会让每个少年都着迷。《倚天屠龙记》中，张无忌集“九阳神功”和“乾坤大挪移”于一身，又从圣火令上学到了西域奇功，再加上张三丰把太极拳、太极剑都传授给了他，真是妥妥的主角光环加身啊！“九阳神功”中有一句“他强由他强，清风拂山岗；他横由他横，明月照大江；他自狠来他自恶，我自一口真气足”，不仅是修行口诀，更是一种极高的心灵修行境界。在金庸先生构筑的宏大武学宝库中，“易筋经”和“九阴真经”为内功之本，“九阳神功”和“降龙十八掌”则为外功之最，要说最飘逸的功夫，就要数段誉的“凌波微步”和“六脉神剑”了，既能瞬间移动，又能隔空制敌，真是极好的法宝。外加上“一阳指”“黯然销魂掌”“打狗棒法”“少林七十二绝技”等，真是琳琅满目。如果我是一个练武之人，我会选择练什么功夫呢？嗯，容我想想，我要练天山童姥的“八荒六合唯我独尊功”，这个名字看着就霸气，还能返老还童，可真是太厉害了！

在武侠的世界里神游一番，开学的日子就要到了。收收心，我要到北京去上大学啦！

第四章

桃李春风一杯酒　江湖夜雨十年灯

水木清华

1

北京“左环沧海，右拥太行，北枕居庸，南襟河济，诚天府之国”，从风水上来说是绝佳的好地方，有帝王之气。在京华西境有北京西山，为太行山北端余脉，古称“太行山之首”。西山峰岭连延，遥遥拱卫着北京城，古人又称之为“神京右臂”。

北京西郊自古即为风景名胜区，境内层峦叠嶂、林海苍茫、烟光岚影、四时俱胜。西山泉水充沛，山水映衬，历代王朝皆在此地营建行宫别苑。清代统治者比照江南水乡的自然山水景观，在此修建了以“三山五园”为代表的皇家行宫苑囿，其中“三山”一般指万寿山、香山、玉泉山，“五园”一般指颐和园、静宜园、静明园、畅春园、圆明园。从康熙二十三年（1684 年）建设畅春园为起始，到乾隆二年（1737 年）扩建“三山五园”的工程基本全部完成，自海淀至香山，共分布了 90 多处皇家离宫御苑与赐园。

清华园的前身是圆明园的附属园林熙春园，始建于清康熙年间，建成于乾隆三十二年（1767 年）。熙春园曾为康熙帝的御园行宫，相传他曾十次莅临该园，八次过寿均在此处。康乾盛世之后，大清王朝渐露疲态，无力维持庞大的皇家园林开支。道光年间，熙春园被拆分为东、西两园，东园被赐给惇亲王绵恺为“涵德园”，西园被赐给睿亲王绵忻为“春泽园”。咸丰帝时期，东园更名为“清华园”，西园更名为“近春园”。咸丰帝曾御题“清华园”匾额，自此“清华园”这个名称得以最终确定下来，该匾额现悬挂于清华大学工字厅前门正门。

“清华”二字的由来，较这所园子名叫“清华园”来得更早些。在工字厅后门正上方挂有一块“水木清华”的匾额，相传是康熙帝御笔。“水木清华”典出东晋诗人谢混《游西池》中的诗句“景昃鸣禽集，水木湛清华”。谢混是东晋名士，年轻时颇有美誉，工于诗文，是中国山水诗文学的先驱人物之一，被时人盛赞为“风华江左第一”。诗句前半句中的“景”（yǐng）指日光，“昃”（zè）意为太阳西斜，前半句的意思是指夕阳西坠，群鸟聚于池边树上不停地鸣叫。后半句中的“湛”按现代词典解释为“澄清”，但按《说文解字》释义是“没也”，为沉没之意。为与前半句衔接一致，后半句应解释为池中水色及池边花木正在沉没和消逝，在暮色中渐次模糊。这句诗其实表达的是作者对时光易逝，美好人生不能长久的惋惜，具有惆怅之意。后人隐去“湛”字，只用“水木清华”四字，用以表达池水清澈、树木华美之意，从而将凄美意境转化为蓬勃生机，可谓妙哉。

清华园是一座荟萃了皇家园林与现代建筑的优美园林，以此为主校区的清华大学占地总面积超过300公顷，是一所名副其实的“大”校园。园内景致蕴含着水木清华的意味，钟灵毓秀，悠然清雅，处处都散发着一种清朗高远的气质，秀丽而不浓腻，恰如唐朝诗人张九龄描绘的：

夏近林方密，春馀水更深。

清华两辉映，闲步亦窥临。

在清华园的众多建筑中，最著名的无疑是“二校门”。行走在东西主干道上，会在不经意间邂逅绿树掩映间的一座青砖白柱三拱牌坊式建筑，它就是二校门，是让人最为熟悉的清华园的标志性建筑，被认为是清华大学的象征。二校门始建于 1909 年，由美国建筑师斐士（E. S. Fischer）设计，门楣上刻着的圆润饱满的“清华园”三个字，系晚清三才子之一的军机大臣叶赫那拉·那桐书写。二校门原本是清华大学最早的主校门，当年第一批清华人就是怀揣着梦想和希望走过此门，正式踏入清华学堂，开启了他们人生中崭新的一页，也开启了中国近代史启发民智、走向未来的新的一页。随着时代的发展，清华大学的校园面积逐步向外扩展，慢慢地，二校门就变成了校园里的一道门。春夏秋冬，年年岁岁，时光荏苒，二校门不仅成为清华园的鲜明标志和清华大学发展的历史见证者，更是长久以来清华人勤奋求实、荣辱不惊之精神与品格的象征。每每看到这座古典优雅的建筑，都会让人热血沸腾，心驰神往。

清华二校门

清华大学一共有9个校门，其中只有西门作为接待游客使用，所以每逢寒暑假，预约参观校园的游客都会在西门外排起长队。清华西门是一座厚实的用浅灰色大理石垒砌的牌坊式门楼，门口左右矗立着两只石狮子，门楣正中刻有遒劲有力的“清华大学”4个大字，是开国领袖毛泽东主席亲笔题写的。

穿过清华西门，眼前是校园东西主干道清华路，右手边与之并行的是万泉河，清澈的泉水蜿蜒流过，在学校腹地勾连起一处处湖泊和小溪。穿过二校门往北，即可见一座大理石日晷。这是清华大学的重要纪念物，晷盘由美国数学教员海晏士（Heinz）依照北京经纬度绘制而成。1920（庚申年）级学生在毕业时将该日晷献给了母校，意在珍惜光阴、一寸光阴一寸金。经济学家陈岱孙、化学家曾昭抡、植物学家张景钺、政治学家萧公权等均毕业于此级。日晷是古时简易计时工具，圆形的晷盘中心插着一根晷针，晷针上端指向北极星方向，在阳光的照射下，针影落在晷盘上的12个时间格内。这12格分别用12地支命名：子、丑、寅、卯、辰、巳、午、未、申、酉、戌、亥，系古人根据十二生肖动物的出没时间来命名各个时辰，每格代表两个小时。清华日晷的大理石柱身南面刻有四字铭文“行胜于言”，北面刻着同义的拉丁文“FACTA NON VERBA”，这是清华人的理念，更是中国人的价值观，它已成为清华大学秉持的校风。

日晷

2

清华建校始于“庚子赔款”。19 世纪末，帝国主义铁蹄横行，西方列强争相划分在华势力范围。由清末民间武术团体与秘密教门混合组成的义和团，以“扶清灭洋”为口号，掀起了一场粉碎帝国主义列强瓜分中国的农民运动。1900 年（庚子年）春，英国、美国、法国、德国、俄国、日本、意大利、奥匈帝国以清政府“联拳抗洋”为借口，组成八国联合军队入侵中国，史称“八国联军侵华战争”。侵略者占领了紫禁城，并在各地烧杀抢掠，把城市乡村变成一片废墟。落后腐朽的清政府当然不是八国联军的对手，在中国军民死伤无数后，无奈之下宣布投降，委派奕劻和李鸿章作为全权代表，于 1901 年（辛丑年）9 月 7 日与列强签订了丧权辱国的《辛丑条约》。《辛丑条约》的签订，标志着清政府完全沦为帝国主义统治中国的工具，中国彻底沦为半殖民地半封建社会。这一不平等条约严重侵犯了中国主权，给中国人民和中华民族带来了深重灾难。

20 世纪初，由战败国偿付战胜国的战争损失与军事开支，尚被视为天经地义。在谈判过程中，列强最初提出的赔偿金额为 10 亿两白银，当时被认为大清帝国唯一有能耐可与世界列强一争长短之人的晚清重臣李鸿章强调，这个金额是不可能的，因为这相当于清政府 25 年的财政收入总和，根本无法赔付。李鸿章提议希望列强降低金额，经协商，列强提出了一个极具侮辱性的金额。他们认定这次战争是全部中国人的错误，当时中国共有 4.5 亿人，要求每人赔偿白银一两，故将赔款金额定为 4.5 亿两白银。于是，《辛丑条约》规定，清政府从海关银等关税中拿出 4.5 亿两白银赔偿俄、德、法、英、美、日、意、奥 8 国及比、荷、西、葡、瑞典和挪威 6 国作为他们的军费、损失费。这笔巨额赔款按 0.4% 的年息，分 39 年还清，赔款期限从 1902 年至 1940 年，本息共计约 9.8 亿两白银，史称“庚子赔款”。

庚子赔款对于清政府的财政是一次毁灭性打击，清政府以关税收入仅能抵偿旧借外债，为偿新债单靠海关税、常关税和盐税做抵押是不够的。为筹还庚子赔款，清政府一方面削减军费、官俸；另一方面向各省摊派税负。地方各种苛捐杂税不断增加，旧税越重，新税越多，百姓生活民不聊生，社会矛盾进一步激化。可以说，庚子赔款是清王朝灭亡非常重要的原因之一，它直接摧毁了清政府的财政根基和体系。

1903—1905 年，由于银价日益下跌，列强遂要求清政府“以金合计”，时任中国驻美公使梁诚就赔款用黄金还是用白银一事，与美国国务卿海约翰据理力争。在 1904 年 12 月的一次谈话中，海约翰透露出一句“庚子赔案实属过多”，这说明美政府已发现其有关部门在上报庚子之乱的损失之中有“浮报冒报”之现象。这一信息立刻被梁诚捕捉到，他非常机敏地放弃纠缠赔款用金还是用银，转而改变谈判战略，借机说道："如果美国率先做出庚子赔款退还中国，将在各国带了一个好头，在各国中间树立一个良好的形象。尤其是1905年爆出了抵制美国货运动仇恨美高涨之时，有助于缓和民众对于美国的敌意……"他一方面向国内发电报请示，另一方面不放过任何机会在美国国会及议员中积极游走，四处游说退还不实赔款。经过三年多的谈判交涉，美国政府为培植亲美势力示好中国，最先退还多索的庚款。1908年7月，美国驻华公使柔克义向中国政府正式声明，将美国所得"庚子赔款"的半数共计1000多万美元退还给中国，留下的那部分"实应赔偿"，内容包括美国出兵中国的军费赔偿及美在华商人与传教士的损失赔偿。

美国虽然提出对赔款进行退还，但并不是直接退还，而是由清政府首先将原定数目的赔款给到美国，然后按减收额从花旗银行购定汇票，由美驻上海总领事签字，再将购买的汇票送至银行，经过这一系列复杂的操作手续之后才将赔款退回给中国。这种"先赔后退"的退款办法，意味着美国仍然全部控制着庚款费用，并继续保持美国"实际债权人的地位"。

对于退回来的赔款该用在什么地方，清政府钦差大臣、东三省总督徐世昌主张用此款开发东北；时任清政府外务部右侍郎的梁敦彦力主开办学堂；时任清政府直隶总督的袁世凯建议主张用于实业，将部分退款优先用于兴办路矿、发展经济，再用所获余利去办学。袁世凯的所谓标本兼顾的两全之策，也是清中央政府的主流意见，然而这个主流观点遭到了美国的坚决反对。美国坚持将退款完全用于办学，作为资助留美学生之用，主要目的是扩张美国精神文化在中国的影响。时任美国伊利诺伊大学校长詹姆斯给当时的美国总统罗斯福提交过一份《关于派遣教育考察团去中国的备忘录》，他在这份报告中说："在中国若想要在商业、知识以及精神上获得最大可能的利益，那么这个国家就必然要成功地教育中国年青一代。假如美国在年前能将中国学生成功地吸引进来，并且进一步发展，那么美国这种从文化上控制中国的方式无疑是最巧妙的。”“哪一个国家能够成功教育这一代中国青年，哪一个国家就将因此而在精神与商业两方面收获最大的回报。如果美国在35年前能成功吸引中国的留学生，并使其壮大，那么我们此时就能以最圆满和最巧妙的方式控制中国的发展——那就是以知识和精神操纵中国领袖的方式。”对于美方这一坚持，章太炎先生于1908年在《民报》上发表文章《清美同盟之利病》进行了严厉抨击：“美国之返岁币也，以助中国兴学为辞，实则是鼓铸汉奸之长策。”由此可见，美国的“退款助学”绝非仁慈善举，这一点我们要和后来发展出的清华大学及其成就贡献区分开来。现实情况也证明，美国人的“深谋远虑”并没能使清华园成为美国文化在华的扩张基地，相反，庚款的历史渊源更加激励了清华学子们奋发图强，洗雪国耻。

虽然美国的退款举动不无培养亲美派的嫌疑，但是对于中国一部分有识之士来说，为开启民智的大战略，也忍辱负重极力促成此事。1908年10月，中美两国政府草拟了派遣留美学生规程，规定选拔身体强壮、性情存正、相貌完全、身家清白的学生入学，要求中文程度须能作文及有文学和历史知识，英文程度能直接入美国大学和专门学校听讲，并规定他们中应有80%学农业、机械工程、矿业、物理、化学、铁路工程、银行等，其余20%学法律、政治、财经、师范等。

1909年10月，清政府外务部与学部从内务府接收清华园，改名为游美肄业馆，作为留美预备学校开始招收学生。这些学生经过半年或一年培训后方可被派往美国留学，从此中美之间便拉开了中国学生赴美留学的大潮。后来学校开设的规模越来越大，至1911年4月26日，利用庚子赔款而专门为培养赴美留学学生的清华学堂正式成立，4月29日开学，学堂里传来了第一声读书声，清华的历史从此发端。

清华学堂所有的办学方法均按照美国大学课程办理，学生毕业时能插班到美国大学修本科，或直接进入大学研究科读研究生。换句话说，本来作为中国派遣留学生的预备学校，转身一变已开始自主办学了。由于清华学堂的官办身份，收费少而待遇好，因此报考人数极多，从一开始就形成了百里挑一的局面。1911 年总计 468 名学生成为第一批清华人，这批人群英荟萃，不乏许多在日后名声显赫的学术第一人，比如化工专家侯德榜、中国真菌学的创始人戴芳澜、近现代考古之父李济、中国第一代建筑师吕彦直，以及文学大师吴宓、金岳霖等。1912 年 10 月 17 日，清华学堂更名为清华学校。1925 年，清华设立了新制大学部，并创建了国学研究院，著名的“四大导师”—— 梁启超、王国维、陈寅恪、赵元任曾在此任教。

由于庚款的第一批退款，乃有第一批 47 人所谓“庚款留学生”。他们登上赴美轮船，踏上了远在万里之外的异国他乡，开始求学之路。他们之中有后来的清华大学校长梅贻琦，以及其他在中国科技界很有建树的专家。至 1929 年的近 20 年时间里，借用美国的“退款”，共有 1300 多名学生去了美国，著名学者胡适、“两弹一星”元勋钱学森、语言学家赵元任、气象学家竺可桢、土木工程学家茅以升等人都曾是此项计划的留美学生。考取庚子赔款而留美的中国学生，本身要求就非常高，在后来的几十年间逐渐成为中国学术界最闪亮的明星，他们的言传身教又深深地影响了后来者。美国退还部分庚子赔款虽说并不具有善意初心，但从另一个客观层面来说，这些款项没有直接退还给清政府，而是用在了中国的教育事业上，这对于近代中国的自强发展是具有一定积极历史意义的。

清华从创校伊始，由于有了庚子赔款退款这一种特殊的经费来源和运作模式，在客观上就奠定了一定的物质基础和具备了必要的办学条件，在诸多方面已经具备了特别优势。这些优势使清华在办学上具有相当的自主性，促使清华逐渐形成了一套独立的、具有自身特点的管理制度和运行机制，也因此而有别于国内的其他大学。国外有历史学家曾评论道：“清华其成功的一大秘诀是，当其他院校求助于军阀政权不稳定的施舍时，清华的年度预算是有保障的。”这种观点虽暗含夸大美国所起的作用之意，但基本还是公允的。

从 1902 年开始到 1912 年清王朝灭亡，清政府给付了 10 年的庚子赔款本息，约相当于赔款本息总额的 1/4 多，剩余的将近 7 亿两白银债务由此后掌权的北洋政府和民国政府继承。抗日战争开始后，民国政府于 1939 年宣布停止支付各国庚子赔款，至此中国已共计支付了超 6.6 亿两白银，即便扣除列强退还的款项，实际支付的也有 5.7 亿两。庚款停止支付后，负责接收、保管和运用美国庚款退款的中美共同组织“中华教育文化基金会”，继续通过投资经营所得的收益资助文化科教事业。1949 年国民党政府败逃中国台湾后，曾想掠夺这部分基金款项，前清华大学校长梅贻琦先生为了保护好这笔基金付出了艰辛努力。1950 年基金会迁往台湾，供款资助不断，台湾新竹清华大学于 1955 年复校便有赖于其提供资金支持。即便直到今天，该资助犹未终止，台湾新竹清华大学每年还能继续收到庚子赔款退款的孳息支票。

人们说庚款孳息仍在供给清华，指的就是庚子赔款之退款的红利等。新中国成立后，外界常以为清华基金是两岸清华各取一半，但经证实，这笔基金仅拨给了台湾新竹清华大学，北京清华反而没有。中美建交后，清华大学校长访美时曾提及清华基金，但美以“此事纯属民间问题，美国政府不便过问”为由搪塞过去。所以中华人民共和国成立后，北京的清华大学一直是自力更生一步一步发展壮大起来的。

3

1931年9月18日，盘踞在中国东北的日本关东军炸毁南满铁路路轨，嫁祸于中国军队，并以此为借口炮轰中国东北军北大营，制造了震惊中外的九一八事变。次日，日军侵占沈阳，又陆续侵占了东北三省。1935年12月9日，北平学生数千人在中国共产党的领导下举行了声势浩大的一二九运动抗日救国示威游行，清华学子在这场运动中勇敢地站在了抗日救亡的第一线。1937年7月7日，日军在北平附近悍然挑起卢沟桥事变，对华发动全面战争。抗日战争时期炮火纷飞，清华大学饱受挫折，但清华的师生们仍然坚持做好教学和研究工作。全民抗战爆发后，平津迅速沦陷。1937年10月，在一句“华北平原之大，竟放不下一张书桌”的怒吼中，来自北京大学、清华大学、南开大学的1600多名师生奉命南下，经过长途跋涉陆续到达长沙，选址在岳麓山下组建成立国立长沙临时大学。开学没多久，淞沪会战宣告失败，上海和南京依次沦陷，日寇制造了人类历史上惨绝人寰的南京大屠杀。此时武汉危在旦夕，长沙唇亡齿寒，连遭日机轰炸。千钧一发之际，为了保住中华民族文化血脉，学校决定迁往远离前线且能保持对外畅通的西南春城昆明。

从1938年2月中旬开始，长沙临时大学师生“兵分三路，水路兼进西迁昆明”。战时内地交通困难，女同学和体力弱的男同学组成一路，由粤汉铁路到广州、香港乘船到越南海防市，再转滇越铁路到昆明；第二路乘汽车沿湘桂公路经桂林、柳州、南宁，转滇越铁路抵达昆明；第三路由男同学200余人组成“湘黔滇旅行团”，徒步3500里，历时68天，横穿3省最终到达昆明。师生们颠沛流离的西迁成就了“中国教育史上最伟大的长征”，留下了一段可歌可泣的佳话。文学大师汪曾祺在回忆文章中写道：“同学们都是来自五湖四海不同地区，有一个河南的同学是从老家一步一步走来的，一个西康的同学是买了一头驴一路骑过来的。”他也回忆了自己的曲折考学历程：“1939 年，我从上海经香港、越南到昆明考大学。到昆明，得了一场恶性疟疾，住进了医院。这是我一生第一次住院，也是唯一的一次。高烧超过 40 度。护士给我注射了强心针，我问她：要不要写遗书？我刚刚能喝一碗蛋花汤，晃晃悠悠进了考场。考完了。一点把握没有。天保佑，发了榜，我居然考中了第一志愿：西南联大中国文学系！”疟疾缠身，喝了一碗蛋花汤也要撑着进考场，从汪曾祺先生写的这些艰辛的赶考文字中，足以看出当时为了国家前途命运奔波奋斗的学子们孜孜以求的执着精神。

三路师生会师昆明后，1938 年 4 月 2 日，国立长沙临时大学改称为国立西南联合大学，并于 5 月 4 日正式开课，一段传奇就此开始。清华大学校长梅贻琦、北京大学校长蒋梦麟、南开大学校长张伯苓以“国立西南联合大学常务委员会”三常委的身份，共同领导这所战时联合大学。三校合为一体，当时有“北大海、南开山、清华云”之说——北大的宽容自由被喻为海，南开的吃苦耐劳被称作山，清华的聪明睿智被称作云。他们各自的个性源于各自的历史和学科特点，但在战争特殊时期都融入了西南联大的校训“刚毅坚卓”之中。

在抗日战争最艰难的时候，主要的对外交通线路都已被敌人封锁，很多援华物资主要通过滇缅公路、滇越铁路、驼峰航线运往前线。在飞虎队尚未来华之时，昆明上空毫无防范力量，置身昆明的西南联大也时常遭到日军飞机的轰炸。汪曾祺先生写有一篇著名的散文《跑警报》，说的就是每当空袭警报一响，师生就要立即放下书本，跑到山沟里去掩藏，俗称“跑警报”。“跑警报”本是生死攸关的大事，却被师生们解读得十分浪漫。汪曾祺在文中回忆道：“‘躲’，太消极；‘逃’又太狼狈。唯有这个‘跑’字于紧张中透出从容，最有风度，也最能表达丰富生动的内容。”文中提到，联大有一位历史系教授雷海宗先生，他开的课因讲授多年，已经背得很熟，课前无须准备，到下课时讲到哪里算哪里，自己也无须记得。每回上课，他都要先问学生：“我上次讲到哪里了？”然后就滔滔不绝地接着讲下去。班里有位女同学的笔记记得最详细，一句不落，雷先生有次问她：“我上一课最后说的是什么？”这位女同学打开笔记夹，看了看，说：“您上次最后说：现在已经有空袭警报，我们下课。”

从汪老先生留下的众多关于西南联大的文字中，可以看到，在那个混乱且贫困的年代，师生们虽然吃的是粗粮、穿的是单衣、住的是陋舍，但他们都以爱国为底色，在艰苦环境中仍能保持乐观豁达以及葱茏的幽默感。教师们抱着教育救国的信念，学生们怀着学习报国的理想，珍惜难得的学习环境，潜心于民族文化的传承与创造。在克服了重重困难之后，中国终于迎来了抗日战争的最后胜利，三校最终于 1946 年 8 月复员北返。

从 1937 年 8 月组建国立长沙临时大学开始，到 1946 年 7 月国立西南联合大学停止办学，西南联大前后共存在了 8 年零 11 个月。但就是这样短暂存在过的一所大学，却被赞誉为“中国教育史上的珠穆朗玛峰”：虽屋舍简陋，却群贤毕至；虽条件艰辛，却人才辈出。

西南联大的师资力量堪称豪华，北大哲学系教授黄枬森曾撰文回忆他在读书期间的课表：“国文老师是沈从文，英语老师是李赋宁，物理老师是吴有训，中国通史老师是吴晗，公共伦理学老师是冯友兰。我还选修了数论和《庄子》，老师分别是华罗庚和闻一多。”这些老师中，拿出任何一位都足以震古烁今，如此群星荟萃的大师云集哪里有？答案只有西南联大。

8 年时间，西南联大凝聚并培育了一大批精英。虽然是在战时，国难当头，但西南联大考试之严格，教学之严谨当属世界一流。西南联大的毕业生中，走出了 2 位诺贝尔奖获得者，5 位国家最高科学技术获奖者，8 位“两弹一星”功勋奖章获得者，170 多位两院院士以及无数人文大师和国家建设栋梁。他们为民族的独立和解放做出了自己的贡献，有的甚至献出了宝贵的生命。我们怀念并感谢那一代先贤，用筚路蓝缕的奋斗为中国的复兴保留下最后的文化根脉！

西南联大的美，是一种在血与火的残酷岁月中，呈现出来的人性光辉。西南联大的厉害，不仅仅在于汇聚了300多位中国最负盛名的老师传道授业解惑，也不仅仅在于他们带出来的一批批有家国担当的学子所取得的学术成就，它之所以是中国高等教育史上不可逾越的高峰，最关键的原因在于它所开创的联大精神。整个联大充满了民主、开放、活跃向上的气氛，这种风气潜移默化地影响着每一位联大学生。梅贻琦先生曾说："所谓大学者，非谓有大楼之谓也，有大师之谓也。"这句话后来被无数人奉为圭臬。

西南联大的校训是"刚毅坚卓"，已深深地刻在中华民族最危难的时刻，写在那战火纷飞的年代，映照在每一位联大师生的身上。1946年，冯友兰先生撰写了《国立西南联合大学纪念碑》，碑文上有这样一句话广为流传："以其兼容并包之精神，转移社会一时之风气，内树学术自由之规模，外获民主堡垒之称号，违千夫之诺诺，作一士之谔谔。"这句话精辟地概述了西南联大教学治校的精髓。曾有研究西南联大的外国汉学家问沈从文："抗战条件那么苦，为何西南联大8年培养的人才，超过了战前北大、清华、南开30年人才的总和？"沈从文只回答了两个字："自由。"是的，自由，学术环境自由，这是一所真正意义上的大学该有的风骨和追求。

在抗战的至暗时刻，西南联大承担起了时代大任，保存了抗日战争时期的重要科研力量，为国聚才、为国育才、为国储才，挽救民族于危亡之际，赓续了中华民族文化血脉，培养了一大批卓有成就的优秀人才。西南联大的校训"刚毅坚卓"集中体现了中华民族的气节、血性和风骨，让这所仅存在8年的大学如高山仰止般处于中国教育的顶峰。国难危机之时，我们的教育精华辗转周折聚集在云南边陲之地，形成精英荟萃的局面，在这里开花结果，又把种子播撒出去，为中国和世界的发展进步做出了杰出贡献。烽火岁月，救亡图存；和平年代，薪火相传。西南联大的精神将永远指引和激励着一辈辈年轻人在探索真理的道路上阔步前行。

4

过完了高考之后轻松的暑假，我收拾好行李和心情，启程奔赴伟大祖国的首都北京。豪的父亲与我父亲相识，两人商议结伴一起送孩子上大学，于是两对父子买了同一天的火车票。这次上大学之行是我第一次乘火车出远门，兴奋得几乎整个晚上没有睡觉，拉着坐在对面的一位大哥聊得异常起劲。在经过 20 多个小时的行程后，我们到达了北京西站。

近 20 年前，国内铁路系统的运力还远不发达，线路不密车次也不多，可选的基本上只有绿皮火车。每到临近开学或放假时，学生流叠加务工流和探亲流，车票就显得极为紧张，有时甚至连硬座车票都难以买到，只有无座或干脆无票，要想买到一张卧铺票是难上加难不敢奢望的事情。大学 4 年期间，我每个寒暑假往返北京的学校与湖南的家，大部分都是在 K267 和 K268 次列车的硬座上消磨掉长长的旅途时间。遇到春运高峰时期，我还曾自带过小板凳坐在拥挤不堪的过道里一路熬下来，列车上人山人海，就连洗手间里也挤满了乘客，我是不敢喝水也全程没有上洗手间。好在那时候正值青春年少，对于这些困难却一点也不觉得苦。

进校园正式报到的第一天，主要任务是办理各项注册事宜、安排宿舍和适应校园环境等，解决衣食住行等基本生活需求。“衣”自不必多说，冷暖自知，主要说一说“食住行”。

食：清华共有 10 多个食堂和多个经营性餐厅，为超过 5 万名师生员工提供饮食服务。位于紫荆宿舍区的食堂，形成了以花草名为主的格局，包括紫荆园、桃李园、玉树园、芝兰园。位于近春园荷塘北侧的荷园餐厅，环境优雅，二层对外开放，是宴请访友或同学聚餐常去的地方。教学楼附近的食堂在我读书那会儿还都以数字命名，凸显了一所理工科大学独有的气质。后来也许是为了让学校的人文气息更加浓厚些，在我毕业那会儿，学校给园内的若干餐厅取了一系列雅名。比如，位于校河边十字路口的人气食堂十食堂，被命名为听涛园，取自“清风徐来之际，师生进餐之余，在此遥听林涛、坐观水波，意兴悠远”之意；西区的饮食广场（我们俗称“万人食堂”），被命名为观畴园；因鸡蛋灌饼和牛肉酥饼享有盛誉的七食堂在改建后叫作清芬园，名字取自“清芬挺秀，华夏增辉”；小巧精致的十四食堂被命名为丁香园，这个名字可真好听！可以说这些食堂的名字都是经过精斟细酌挑选出来的，与之相关的紫荆花和白丁香为清华校花——繁盛的紫荆花代表着清华学子自强不息的进取精神，而洁白、柔美、幽香的丁香花则为母校厚德载物的象征，因此清华的校色相应地为紫色和白色。食堂改名后，若是老校友回母校，在寻寻觅觅先前的旧时光时，抓住一个在校学生就问：“同学，现在是十食堂好还是万人食堂好？”对方肯定会摸不着头脑，不知道你在说些什么，很可能会闹出笑话来。菜品方面，清华食堂的美食水准在北京高校中是出类拔萃的，价廉量足，色香味美，声名远播。来自五湖四海的学子们生活在一个园子里，饮食习惯和风俗也各不相同，但校内的各色食堂不仅能满足清华人的胃，更是给了孤身漂泊在外的莘莘学子一缕乡情牵挂的慰藉。紫荆园的干锅、桃李园的麻辣烫、芝兰园的清青火锅、玉树园的水煮鱼、听涛园的肉夹馍、丁香园的瓦罐汤……这些美食塑造的味蕾记忆一直停留在学子们的唇齿边。

住：清华的本科生都安排住在紫荆学生公寓，硕士生住在原有的条件稍微简朴的宿舍楼，博士生住在最北端条件最好的 W 楼公寓。紫荆学生公寓每个房间住 4 人，都是上铺下桌的格局，每两个房间中间共用一个公用客厅，在客厅里大家可以一起讨论学习或做一些公共活动等。我入住进紫荆学生公寓的前三年，楼内还没有开通热水，所以大家洗澡都要到楼外的公共浴室里去。当时学生浴室主要有两处，其中离宿舍楼最近的浴室位于紫荆操场的南边，不过现在那里已经成为苏世民书院的所在地了。北京空气干燥，如果是夏天还好，洗澡后头发湿漉漉的没关系，还挺清爽的。换了冬天可不行，洗了澡出来，如果不戴上帽子，可得经受一番考验。北京冬日的气温出人意料的低，在凛冽的寒风中一路骑车回宿舍，头发马上就会结冰，一缕缕冻得坚硬挺实，犹如鲁迅先生在《药》一文中形容的枯草那样，“支支直立，有如铜丝”。另外一处浴室是北区浴室，离紫荆公寓较远，需骑车往西穿过校河小桥才能到达。北区男生浴室位于二楼，条件更好些。如果时间不着急，我多半会挑一个天气晴好的下午去北区浴室，看西斜的阳光透过高挑的玻璃窗照进来，洒在氤氲蒸腾的水汽中，让整个浴室空间弥漫着一种朦胧的美。北区浴室的环境给人的感觉是暖暖的，在这里洗一次澡是一件身心愉悦的事情。

行：清华校园的面积特别大，大到让人摸不清方向，这对于不熟悉路线的人来说是非常困难的，很容易就会迷路。好在我的方向感一直不错，加之拿着校园地图认真研究了一番，因此面积大这个问题丝毫难不倒我，我很快就知道各个地方在哪里，具体路线要怎么走了。偶尔在校园里碰到问路的游客，我都能精准地告知目的地方位和路线，附带让游客感受一番清华学生的热情。在我毕业之后，学校又新修了很多现代化建筑，有些地方我去过，有些建筑我也不太熟悉，如果再要回学校为游客指点迷津的话，我很有可能已力不从心了。由于校园面积大，学校还专门配置了环线巴士，另外清华学生基本上人人都拥有一辆自行车，这是校园里最为普遍和必不可少的交通工具。有些条件稍好的学生可能会整一辆小电驴，不过学校对电动车的管理很严格，所以数量偏少。大学的课程分散在各个教学楼不同的教室里，最主要集中在三教和六教，也包括四教和五教，还有离宿舍区较远的院馆楼、一教、二教、西阶教室等。每当上完一堂课，学生们就要立马换一个教室接着上下一堂课，多数情况下这两堂课的教室还不在同一栋教学楼里。因此下课后，学生们都骑行在主干道上，穿梭于各个教学楼之间，车流如织，是校园里一道亮丽的风景线。

清华校内各式建筑都具有独特的韵味风格，外表均低调典雅，内里则隽永明快。园内古建筑群以日晷为中心，在四周排布开来。

日晷以西，主要有科学馆、西阶梯大教室、工字厅、古月堂、甲所、近春园和水木清华荷花池等建筑和景点。

科学馆：三层建筑，暗红砖墙，坡顶呈灰色，门额上镌有铁铸的汉文“科学”和用英文古体书写“SCIENCE BUILDING”。此馆由美国建筑师亨利·墨菲（Henry Killam Murphy）设计，于 1917 年 4 月开始修建，1919 年 9 月落成。当时用作行政办公、实验室、教室等，其配置之全，档次之高，规模之大，不但在国内仅有，而且在同期的美国高等学校中也鲜有见闻。清华物理系、算学系成立后，这里便成为两系大本营，叶企孙、周培源、吴有训、王淦昌、陈省身、华罗庚、何祚庥等诸多名师高徒曾坐而论道，直到今天这里仍是物理系的教学楼，因此说科学馆是中国现代理工科学的摇篮也丝毫不为过。值得一提的是，科学馆的设计者墨菲不仅主持了清华历史上第一次完整的校园规划，而且还设计了清华赫赫有名的“四大建筑”，除科学馆外，还有大礼堂、图书馆和体育馆。这位耶鲁大学建筑系毕业的设计师初来中国时，采用了美国流行多见的近代折中式的校园建筑风格，有些地方模仿欧洲文艺复兴时期的门窗和柱式设计，表现在四大建筑上多为铜门钢窗，并配有生动精美的梁柱雕刻，恢宏大度的穹拱设计，在空间上尽显高大雄伟，这一风格在清华百年的建筑设计中逐渐成为清华独具特色的设计元素。不过，墨菲给清华的设计几乎是他在中国唯一的西式设计，在完成此设计后，他画风突变，所做建筑均呈清一色的中国样式，完全融入在了中国传统的审美观中。

西阶梯大教室：位于科学馆以北，坐西朝东，可以算得上是清华最大的阶梯教室了。教室内部空间宽敞，可一次性容纳三四百名学生在此上基础科大课，如清华著名的微积分Ⅲ课程，每次上课都是人山人海，蔚为壮观。

工字厅：原名工字殿，是一座古色古香的中式院落，现为学校的党政机关办公场地、文化活动中心和对外交往中心。工字厅因院落前后的两座大殿之间以柱廊连接，俯视如“工”字，故而得名。工字厅门前有一座石桥，门口有两只大石狮。进得正门，中间是五间穿堂，名曰“主善斋”，校长办公室就设在这里。工字厅院内，各种彩绘曲廊萦回漫折，奇石花堵穿插其间，水杉、石榴、海棠、樱花、松柏等一干花木欣欣向荣。院中有既相互独立又彼此连通的几座小院，错落有致地排布，还有院中院的套院组合，结构空间灵活多变，整体形态端庄雅正，体现了昔日皇家工匠高超的技艺与审美。工字厅后门左右朱柱上，悬挂有清道光进士，咸、同、光三代礼部侍郎殷兆镛撰书的名联。此联对仗工整，意境非凡，堪称经典：

槛外山光，历春夏秋冬，万千变幻，都非凡境。

窗中云影，任东西南北，去来澹荡，洵是仙居。

工字厅

古月堂：位于工字厅以西，仅一巷之隔，是一座小四合院，现为清华总务机关与外事部门办公所在地。古月堂前亦有两只石狮，院内古朴秀美，宁静雅致，是一座具有典型清朝皇家园林风格的建筑。门口的垂花门楣历经几百年时代变迁而保存至今，难能可贵。清华大学建校后，古月堂曾成为教师宿舍，梁启超、朱自清等都曾在此居住过。

甲所：工字厅和古月堂往南，是甲所和丙所及其园林，原来的乙所现已不存在。三所始建初期供校领导居住，其中梅贻琦曾在甲所居住多年，乙所曾是冯友兰的居所。园内环境清幽，溪流环绕，植有银杏、珙桐、法桐、松柏、核桃等乔木，均枝叶繁茂苍翠挺拔。花草葳蕤间，时有松鼠手捧坚果啃食，丝毫不惧行人，无拘无束地蹦跳，尽显憨态可掬。甲所现主要用于招待贵宾和宴席。

近春园：古月堂再往西是近春园遗址，核心景观是近春园荷塘及其包围着的一座小岛。岛由两座桥与岸边相连，分别是位于西北侧的一座汉白玉拱桥和位于东南侧的一座短桥“莲桥”。岛上古木参天，漫林碧透，有竹树环舍，饲有孔雀，建有“荷塘月色亭”、纪念吴晗先生的“晗亭”与吴晗先生雕像。岛西南侧有一古式长廊“临漪榭”，是近春园岛上最大的建筑群。榭廊临水而建，檐角飞翘，古朴雅致，常有退休老教师们相约在这里，一起放声高歌，怡然起舞。1927年夏日的一个夜晚，居住于近春园附近的朱自清先生漫步于荷塘西北角，写下了脍炙人口的抒情散文名篇《荷塘月色》。朱先生的散文语言具有一种清新、自然、典雅的美，他用深情畅丽的语言赞美了近春园荷塘的月下美景，以工笔画般的笔触将月下荷塘诗一般美的意境描绘得细腻传神、形象生动，充满了色彩美与音律美，让读者仿佛有身临其境之感，确实值得学生将这篇文章全文背诵。

临漪榭

水木清华荷花池：工字厅往北，有一脉青山、一池秀水、一塘碧荷、两座古亭。此处景观设计别具匠心，月台临水，宽阔的水面便是水木清华荷花池，四周因时变幻的林山环拢着这一泓秀水。这里常被拿来与颐和园中的谐趣园相比，被称为清华园的“园中之园”，梁实秋先生曾回忆感叹道：“我在这个地方不知消磨了多少黄昏。”山林之间掩映着两座玲珑典雅的古亭，分别是闻亭和自清亭。闻亭建在荷花池东边的一座土丘上，是一座古式六角亭，红柱青瓦，原为一座钟亭，建校之初即有。亭内有大钟一口，径可四尺，钟声清脆，远及海淀，为号令全校作息而设，后为纪念在昆明遇害的闻一多先生，特将其命名为“闻亭”。土丘下还建有闻一多先生的雕像，雕像旁的石碑上刻有闻一多先生的墨迹：“诗人主要的天赋是爱，爱他的祖国，爱他的人民。”在闻一多先生雕像以西，临近荷花池的地方，有一座古式四角方亭，绿柱青瓦，原名“迤东亭”，后为纪念朱自清先生改名为“自清亭”。荷花池北侧之畔，朱自清先生的雕像静坐于湖边，凝水而思。池边林木俊秀，西侧有一帘小瀑布，四季水流不断。此处远可听水声，近可闻荷香，是夏日安享清凉的理想之地。

日晷以东，主要有清华学堂和同方部等建筑。

清华学堂：清华大学建校初期兴建的首批主体教学建筑之一，始建于 1909 年，门楣上“清华学堂”四个大字亦由清末大学士叶赫那拉·那桐手书。清华学堂建筑样式别致，青砖红瓦，斜坡陡顶，深具欧洲古典风格。可能以现代的眼光来打量，清华学堂只不过是外貌平平无奇的两层建筑而已，但在当年，它可是在全中国都能排得上号的以“低调奢华有内涵”而著称的近代化建筑。作为留美高等班学生的宿舍，为了培养这些学生适应西方生活习惯，学堂楼内设了打蜡地板，安装了双层拉窗，甚至还装上了许多学生闻所未闻的抽水马桶。为此，学生们人人都以住进此楼为一大快事。著名学者梁实秋就曾回忆说，他印象最深刻也最惬意的清华时光，就是在临毕业那年搬进了清华学堂，在钢丝床、暖气炉、淋浴房和抽水马桶等现代设施的陪伴下，好好地享受了一整年豪华套间的待遇。当然，清华学堂除用作豪华宿舍之外，更重要的功能还是作为教室。在清华国学院“四大导师”梁启超、王国维、陈寅恪和赵元任中，除梁启超先生的中国通史课程在同方部授课外，其他三大导师的国学课程均在清华学堂讲授。20 世纪 50 年代，梁思成先生又带建筑系入住此楼，在门厅和长廊上挂满了琳琅满目的世界名画，为这里增添了浓厚的艺术气息。如今，这座清华最早的学堂依然是公共教学楼和办公场所，一代又一代的学子在这里潜心学习，尽情生活。

清华学堂前有一块校友捐赠的石碑，上面刻有清华校训“自强不息，厚德载物”。1914 年冬，梁启超先生应邀为清华学子做了题为《君子》的演讲，他引用《周易》中乾坤二卦的卦辞来勉励清华学子：

天行健，君子以自强不息；
地势坤，君子以厚德载物。

此次演讲之后，“自强不息，厚德载物”八字便被铸入清华校徽，高悬于大礼堂上方，成为师生们共同遵守的校训。“自强不息”代表着清华学子奋发图强和争创一流的品格，正如梁启超先生所言：“君子自励犹天之运行不息，不得有一曝十寒之弊，学者立志尤须坚忍强毅，见义勇为，不避艰险。”“厚德载物”则代表了中华民族无私奉献和兼容并济的情怀，正如梁启超先生所言：“君子接物，度量宽厚，犹大地之博，无所不载。君子责己甚厚，责人甚轻。名高任重，气度雍容，望之俨然，即之温然。”两句结合起来，集刚健和柔顺两种不同的特质于一身，展现的是一种健全的人格，是清华精神的集中体现，也是清华精神文化的支柱与灵魂。

同方部：清华首批建筑之一，亦为青砖红瓦，具有典型的欧式风格。建筑东部为两层，西面为单层，有一朝南正门，但“同方部”的匾额没有挂在正门，而是高悬在朝向大礼堂草坪的西边大门上方。“同方”二字可能来源于《礼记·儒行》中的“儒有合志同方，营道同术，并立则乐，相下不厌……”其中“方”作“道义”“法则”解，“同方部”就是“志同道合者相聚的地方”。这里曾被用作小礼堂，是许多历史事件的见证者。昔日新生入学之时，校长梅贻琦先生每每在此接见；梁启超先生以《君子》为题的演讲就发生在这里，激励了无数有志青年做“真君子”，为了理想而努力奋斗；1936 年

10 月鲁迅先生逝世时，清华文学会在同方部举行追悼大会，闻一多、朱自清等出席并做了演讲，闻一多称赞鲁迅“除了文章以外还要顾及国家民族永久的前途”，因此一想到他“不先想到他的文章而先想到他的人格……”

日晷以北，是一大块开阔的长方形草坪，草坪正对面是大礼堂，大礼堂后边是图书馆，图书馆西侧是西体育馆。

大礼堂：始建于 1917 年 4 月，建成于 1921 年 4 月，是清华大学早期建筑群的核心，被视为清华园中“最有光荣历史的建筑物之一”。礼堂平面呈正十字形，穹隆主体为罗马式，最为瞩目的是具有古堡风格的大圆顶。礼堂门口矗立着四根汉白玉高柱，配合开敞的大跨结构，庄严雄伟，烘托出浓烈的意大利文艺复兴时期西方古典建筑的艺术风格。大礼堂为当时国内高校最大的礼堂兼讲堂，其宏伟气势为国内所仅有。从建成至今，大礼堂内一直高悬着一块“人文日新”的匾额，它正是对清华“严谨、勤奋、求实、创新”学风的一种凝练，时刻鼓励着清华人以“苟日新、日日新”的精神，开创新的辉煌。礼堂内部设有演出舞台，共有 900 余个座位，历来是校园文化活动的主要场所。国际政要、学术大师、社会名流等纷纷登台亮相，在此纵议天下；重大活动、高层会议、报告讲座、文艺汇演等轮番在此举办，精彩纷呈。2010 年，为百年校庆翻修大礼堂之际，在礼堂下方发现了可能是康熙时期皇三子胤祉老师陈梦雷的住所“松鹤山房”的遗址。陈梦雷因感念康熙皇帝的知遇之恩，取御赐联“松高枝叶茂，鹤老羽毛新”的前两字，将自己的书房命名为“松鹤山房”，并自称松鹤老人。他有感于当时类书“详于政典，未及虫鱼草木之微”“但资辞藻，未及天德五道之大”，立志将“大小一贯，上下古今，类别部分，有纲有纪，勒成一书”，以“大光圣朝之治”。陈梦雷高寿 90 岁，人生中最后的 13 年就居住在熙春园“松鹤山房”，完成了 1.6 亿字清代最大的类书《古今图书集成》的编纂校正。该古迹的发现为大礼堂又涂抹了一笔更为浓厚的人文色彩。

大礼堂

图书馆：大礼堂以北，跨过校河，有一大片质朴庄重、典雅大气的红砖建筑，这里便是清华大学图书馆。图书馆共有四个时期的建筑，分别为老馆一期、老馆二期、新馆和北馆。老馆一期由墨菲设计，于1919年建成，全部遵照欧美新式避火法建造。一期之后，老馆二期于1931年建成。接棒设计老馆二期的是中国建筑界的殿堂级大师杨廷宝先生，他巧妙地利用一个45°的转角布置了图书馆的入口，让两期建筑如两翼展开，将墨菲的一期工程包括在其中，做得天衣无缝。杨先生曾说："在完整的建筑群中新修和扩建，有时并不一定要表现你设计的那个个体，而要着眼于群体的协调。"本着相同的理念，中国工程院院士、著名建筑设计师、清华大学教授关肇邺先生主持设计了新馆"逸夫馆"和北馆"李文正馆"，其中新馆建成于1991年，北馆建成于2016年。透过北馆的南向玻璃幕墙，可与新馆相望对话。百余年以来，清华图书馆一直保持着榆柳千株，清流激湍，映带左右的葱郁景象。三馆之中，老馆沧桑儒雅，新馆端庄典雅，北馆清丽俊雅，新旧建筑之间以拱形门廊式的建筑符号遥相呼应，既有继承，又有创新。对于许多清华学子而言，看着爬满常春藤的墙壁，沐着透过阔大的玻璃拱窗照进自习室里的阳光，在长长的自习桌前奋笔疾书是难以忘却的记忆，这里已成为一代代清华学子魂牵梦绕的精神家园。

西体育馆：图书馆以西是西大操场和西体育馆。西体育馆包括前馆和后馆，其中前馆建于1916—1919年，外表采用西方古典形式，馆前有陶立克式花岗岩柱廊；后馆建于1931—1932年，与前馆巧妙相接，风格浑然一体。前馆在建成后，曾是国内最先进的健身房，馆内有篮球场、手球场、击剑室、拳术室、悬空跑道以及各种运动器械，此外还有冲水蒸气浴室、暖气、热气干燥等设备。特别是室内游泳池，实行池水水源消毒，十分清洁卫生。所有这些设施在当时的中国高校中是仅有的，甚至在美国大学中也不多见。新中国成立初期，喜爱游泳的毛泽东主席还一度因为北京只有此处游泳池条件完备而专程来清华游泳，其设备领先程度可见一斑。清华极重视体育，有一句著名的口号叫“为祖国健康工作五十年”，西体育馆正是该口号的历史见证者。

经过多年的发展历程，清华园已经发生了翻天覆地的变化。清华园曾经历过战火，虽仍有残迹，但整体环境如今已十分幽雅，到处充满着鸟语花香。这所中西合璧的校园，不仅是无数学子心中的知识殿堂，更是北京一道独特的风景线。著名剧作家曹禺先生曾回忆说：“‘水木清华’是一座美丽的大花园，我要感谢这里的一花一木，每当我头痛欲裂的时候，我会走出图书馆，感受着和煦的春风，看着柔软的杨柳、欢快的清溪，再加上碧波之上的几只黄嘴雏鸭，整个人都会笼罩在浓郁的自由氛围当中。有时候写得过于酣畅，我也会走出图书馆，一口气爬上不远处的山坡，躺在碧绿的草地上，静静地看着蓝蓝的天、洁白的云，一回头便可以瞧见若隐若现的远山石塔。”

2021年，清华大学迎来了建校110周年华诞。近年来学校基础建设力度空前，新建了一批标志性建筑，包括新清华学堂、校史馆、音乐厅、艺术博物馆、人文社科图书馆、苏世民书院、经管新楼、李兆基科技大楼等。

新清华学堂：系学校在百年校庆期间建成的重要文化设施。场馆内观众大厅设池座和两层楼座，可容纳 2000 多人同时入座。中央舞台高 18 米，宽 11.5 米，配有双侧台，升降乐池可容纳百人乐队。按专业要求配置了灯光、音响、舞台机械和反声罩，另有化妆间、多功能厅、舞蹈排练厅、贵宾接待室、贵宾会议室等配套设施。这里常举办交响音乐会、歌剧、芭蕾舞等大型专业演出和大型会议。

校史馆：建成于百年校庆之时，建筑面积 5000 平方米，包括清华校史基本展陈和杰出校友人物展区等。馆内分阶段介绍清华百年发展史。

音乐厅：作为百年校庆标志性建筑，与新清华学堂同期落成。厅内设有池座和一层楼座，共有 500 多个座位，可用于举办音乐会、话剧、歌剧、舞剧等中小型演出和各种中大型会议。

艺术博物馆：位于清华大学校园东区，于 2016 年 9 月正式向公众开放，并荣获国家一级博物馆称号。场馆占地 1.5 公顷，总建筑面积 3 万平方米，展厅总面积达 9000 平方米。馆内现有藏品超 2 万件，绝大多数来自清华大学美术学院旧藏以及艺术家、藏家、校友等的捐赠，品类包括书画、染织、陶瓷、家具、青铜器及综合艺术器 6 大类。开馆首展共呈现了 7 个板块 11 个展览，不仅展示了原藏于美术学院的大量珍藏艺术品，还有远渡重洋而来的达·芬奇《大西洋古抄本》手稿等世界级艺术珍品，以及极具独特学术价值的“清华简”文献和清华大学历史上著名学者教授的手札文稿。

人文社科图书馆：位于校园中心位置，于 2011 年 4 月百年校庆期间正式落成并投入运行。该馆总面积约 2 万平方米，共有 7 层，平面布局为矩形加圆形穿插的形式，形状像一把钥匙，寓意图书馆是打开知识大门的金钥匙。该馆设计简洁大方，形式与功能紧密结合，提供各类座位900余席，设置有图书阅览区、个人研读间、团体研讨间等不同的功能区域以及会议室、展览厅、咖啡厅等服务空间。这里现已成为学校文科学术资源、学术活动、文化展示和开放交流的重要场所。

苏世民书院：书院正式成立于2015年10月，其“全球领导力”硕士学位项目是专门为未来世界的领导者持续提升全球领导力而精心设计的奖学金项目。该项目由美国黑石集团共同创始人、全球主席兼首席执行官苏世民（Stephen A. Schwarzman）以个人名义捐赠1亿美元创立，每年资助200名来自全球各地的优秀青年在清华攻读为期一年的硕士项目。书院通过在全世界选聘最优秀的师资，提供高质量的课程学习、个性化的专业实践、与各届领导者的深入交流、丰富的文化体验活动等，为学生提供全方位认识和探索中国与世界发展基本趋势和重大课题的独特机会。项目进行全英文授课学习，申请者年龄需在18周岁至28周岁，全球各大区录取比例为20%来自中国（含港澳台），40%来自美国，40%来自世界其他国家和地区。

经管新楼：清华经济管理学院在原有的经管楼“伟伦楼”和经管西楼“舜德楼”的西北侧兴建了经管新楼，三栋楼之间有悬空走廊相连。新楼总建筑面积6.6万平方米，2021年4月正式落成。新楼以“知识之桥”为设计理念，将三个功能部分——公共教学平台、教学科研区以及X-LAB创新空间连接起来，通过形体挑空和连接形成了绿化公共空间与庭院空间的渗透，给人带来多维度空间的体验，体现了连通性、特征性与整体性三大主题。

李兆基科技大楼：位于清华大学校园东南区域，地下4层，地上6—10层，总建筑面积约11万平方米，是截至目前清华大学单体建筑面积最大、基坑最深的工程，2015年10月正式落成。大楼的建成启用为学校的教学科研发展提供了更加良好的条件，机械学院、材料学院、汽车系、热能系以及基础工业训练中心、燃烧中心、信息化技术中心等多个院系、研究机构和直属单位均入驻该大楼。大楼还专门为学校的创客提供了16500平方米的活动空间，这也是目前全球最大的校园创客空间。

有人说建筑是凝固的音乐，如果把清华园里的每一个建筑都当作一个个音符，那么它们组合起来就犹如一首曲调优美、旋律高昂的交响乐。从昔日帝王将相的皇家园林，到西学东渐的古典建筑，再到如今校园内日新月异的各类现代化新建筑，这一路走来，印证的不仅是清华校园的发展，更从一个侧面反映出整个中国近现代史上不平凡的路程。

或许，当今天的你走进清华园，踏上这片深厚隽永的土地时，还能从典雅庄重的建筑中聆听到历史的低语，还能与那些先贤大师、热血学子进行亲切的对话，还能感受到无数仁人志士们仰望星空的高洁志趣。他们在这里读书明理，寻古探微，他们豪迈的誓言、警示的宣言、人生的哲言在这片天空振聋发聩，久久回荡，激励着一代又一代来此求索的学子探寻人生的意义，实现人生的价值。

5

位于北京城西北的中关村以及学院路是北京高校云集的学术圣地，多所高校在此星罗棋布。清华与五道口近在咫尺，学科中又以工科尤为突出，且以前学生中男生人数占绝对多数，故有很多清华学子会半开玩笑半戏谑地称自己的母校为“五道口男子职业技术学校”。这极像旧时人家喜欢给自己钟爱的家族子弟起个俗气的小名一样，这样的称呼实则暗含了校友们内心强烈的喜爱与认同。

我就读的清华大学经济管理学院在入学时文理科兼收，2004级本科新生约200人，男女生比例几乎达到了惊人的1 ∶ 1。如此合适的比例在全校仍是罕见，尤其是在新生舞会上优势明显，内部就能解决男女生舞伴配对的需求。其他院系相对而言，如理工科院系和人文社科类院系，男女生比例就极不平衡，因此需要通过院系之间的联谊来解决舞伴配对的需求。当然，这种形式的联谊也为很多跨系的校园恋情提供了丰厚沃土。

清华大学经济管理学院历史悠久，源流可以追溯到1926年成立的清华经济学系。从1928年起，陈岱孙担任经济学系系主任，直至1952年院系调整，经济学系并入其他院校。1984年清华经管学院正式成立，朱镕基担任首任院长，一直任职至2001年。

学院临近清华东门，位于清华主楼的西南侧，共有三栋办公楼，从东往西分别是伟伦楼、舜德楼和经管新楼。伟伦楼的建筑正面类似汉字中的“工”字，灰白色的建筑外墙透露着沉稳与庄严，阳光透过顶层镂空的屋顶洒落下来，留下光影斑驳。楼前有两株高大的玉兰树，每当春暖花开之际，玉兰盛放，洁白素雅，香气芬芳。进得伟伦楼大门，大厅的右手边墙上是朱镕基院长对学院的谆谆寄语。

经管学院的本科生在入学时实行大类招生，当时统一叫“工商管理类”。本科学制四年，其中前两年不分专业，进行全科通识教育，以期给学生长期的潜力和能力提升。在大三时分为四个专业系，会计、经济、金融和信息管理。升入研究生后，还会再进一步细分和丰富专业。如今，学院现行的大类招生是按照“经济、金融与管理类”进行招生，后续再分为两个专业，经济与金融专业（包括会计、保险）、信息管理与信息系统专业。除这些细分专业外，经管学院还招收在国内外各类体育赛事上获得优异成绩的运动员，每一届均单独设立一个工商管理经体班。经体班在一开始就被赋予为校争光、为国争光、塑造清华体育精神的使命，著名运动员云集，如奥运冠军王义夫、易思玲、叶诗文、杨倩，围棋国手柯洁等，都就读于经体班。遥记当年王义夫在学院就读时，他还曾与我们在同一个考场里参加期末考试，让人不禁感叹老骥伏枥志在千里。

经管学院除师资力量雄厚、对学生的选拔标准高外，还有一点强大之处，就在于有一个极其厉害的顾问委员会。该委员会于2000年由时任院长、国务院总理朱镕基积极推动成立，使命是加强学院与外部各界的联系，提升学院在科研和教学方面的整体水平，帮助学院建设成为世界一流的经济管理学院。顾问委员会的委员大多是国际著名跨国公司董事长、世界一流大学商学院院长、诺贝尔经济学奖获得者和我国政府及财经部门的负责人等。委员会第一任主席是美国财政部原部长亨利·保尔森（Henry Paulson），第七任主席是苹果公司首席执行官蒂姆·库克（Tim Cook）。在历次年会上，委员们远道而来，以极大的热情为学院建设出谋划策，同时该年会也成为国外优秀企业家与中国政府及经济部门领导人、企业家和教育界交流的独特平台，是国外优秀企业了解现代中国经济和管理教育的一个窗口。

清华给每个班都会配备一名辅导员，一般由同学院的高年级师兄师姐担任。辅导员的主要任务是指导和帮助师弟师妹们在学校更好地学习和生活，对新生们来说是一个亦师亦友的角色。我所在的经43班的辅导员是张导，当时正读大四，脸圆圆的，眼睛常笑眯眯的，作风干练飒爽，还是学院女生篮球队的主力队员。张导时不时会找同学们聊天谈心，常推荐好看的书、文章和电影，分享她对学院培养模式的思考，鼓励大家“多思考、多与同学交流，主动营造关心国家大事、爱思考的氛围，主动寻求机会开阔自己的眼界”，让我们“怀着感恩的心面对生活，做一个坚强、乐观、有智慧的人”……她真是一位知心又可爱的大姐姐。

开学第一天，在忙完各项报到手续后，晚上学院组织各班开班会。为让师生间以及同学间快速相互熟识，在班主任老师和辅导员的倡议下，大家围坐一圈，通过一个类似击鼓传花的游戏进行自我介绍。这个游戏兼具挑战和趣味，先由班主任老师起头，说一句主要包含三个信息点的自我介绍："我是来自哪里、喜欢干什么、性格如何的某某某。"然后由坐在她右手边的辅导员接着介绍。不过在正式介绍之前，她得先把前面班主任的介绍完整地重复一遍作为前置定语，然后进行自我介绍，即"我是来自哪里、喜欢干什么、性格如何的某某某旁边的来自哪里、喜欢干什么、性格如何的某某某。"如此按逆时针顺序往后累加，后一人要把前面所有人的信息都重复一遍后再介绍自己的信息。看到这里都心领神会了吧，全班共有 40 多个学生，如此累积到最后，将是一个多么大的工程啊！大家一阵骚动，迅速判断自己在这一圈座位中的位置和形势。各位同学的反应泾渭分明，坐在两位领头人右手边的同学因可以在前面先说而惊呼庆幸，而坐在其左手边的同学则一脸惊恐，苦于要在短时间内记住前面每一位同学叠加起来的海量信息，该如何是好？如果再来一点脸盲症捣乱的话，弄成张冠李戴，那可真是大型车祸现场啊！在忐忑不安又满心期待中，自我介绍游戏正式开始。按顺序我大概排在第 10 位左右，算是一个非常不错的位置了，因此担心的情绪稍少，看热闹的期待更多。游戏的前半段进展得还比较顺利，难不住各省高考尖子生的记忆力，但越往后信息量越大，磕磕绊绊就开始了，特别是最后几位同学，少不得需要邻座同学帮忙纠正。一圈嘻嘻哈哈介绍下来，气氛热烈和谐，大家迅速增进了对彼此的了解，一个团结友爱的班集体呼之欲出。

开完班会，接着参加了学校和学院的开学典礼，新生军训就紧锣密鼓地拉开了帷幕。

新生军训是"开学第一课"，学校很重视，请来了正规军事部队的教官，对全校 3000 余名大一新生进行了为期 3 周的军事强化训练。学生们头戴迷彩帽，身穿作训服，脚踩解放鞋，被编排为大概 30 个连，整齐列队地进行军事理论、站立军姿、行军拉练、匍匐射击等训练科目。

8月下旬，北京还处于盛夏尾声，阳光依然灼热。教官体恤学生，训练站军姿和正步走时，一般不会在烈日下进行，而是选择到背阴处或是树荫下。即便太阳不直晒，这两个科目也是非常考验意志力的训练项目。站军姿要求动作规范，腿脚用力、双臂夹紧、抬头挺胸、目视前方、纹丝不动，一站就是半个小时。大部分同学的意志力都很顽强，能很好地坚持下来。有一位同学体质特殊，极易出汗，一堂军姿课站下来汗如雨下，头发都湿透了，如同从水里捞起来一样。教官为此大为赞赏其意志品质，他也成为我们的标兵楷模，如此看来，能出汗在军训中倒是个让人印象深刻的优势。训练过程中时不时有热浪袭来，不可避免地会发生学生中暑的情况，这时得赶紧把中暑的学生扶到阴凉处，用上藿香正气水或清凉油，扇风降温缓解一下。军训时人体水分消耗巨大，一定要做到及时充足补充水分，为此学生们大都人手准备了一个大号水壶，在休息期间大口灌下。

军训中有一项重要活动是行军拉练，总路程20千米。为了避开白天炎炎烈日的暴晒，拉练通常选择在夜间进行。大家把被子打包捆成豆腐块，然后排成纵队，集体徒步走出校园，披星戴月地用脚步丈量北京的土地。经过十几个小时的拉练，至行军结束时，天已放亮，食堂早已准备好了温馨的早餐等待大家。训练中比较辛苦的科目是伏地匍匐，需要用手肘撑着身子，双脚轮流蹬地往前爬，这样往往弄得满身都是泥土和汗水。最让人兴奋的科目是打靶射击，同学们先在操场上进行了长时间的模拟训练，然后所有队伍被拉到郊区军队的靶场进行实弹射击。靶场上旌旗招展，一溜靶位依次排开。教官们守着步枪，手把手地指导动作和发号指令，同学们挨个上去射击，用卧射姿势打三发子弹。这是真正的实弹打靶，虽然只有三发子弹，但是机会弥足珍贵。步枪的后挫力很大，得用肩膀紧紧抵住枪托，我的注意力全部集中在了肩膀发力上，至于瞄得是否精准，子弹有没有打在靶上，就都无暇关注了。打靶归来，每位同学都还分到了3颗黄灿灿的子弹壳留作纪念。军训期间的晚上是稍微轻松一些的时光，大家围坐在操场上，各个连队之间互相比拼才艺，在“某某连，来一个”的催促声中轮番竞歌，你方唱罢我登场，有才艺的同学都大大方方地上去表演才艺和一展歌喉，在欢声笑语中结束一天的辛苦训练。

集体生活的时间往往在不经意间过得飞快，3个星期的军训迎来了结业典礼。经过这段时间的操练，大家每天摸爬滚打，已经很有一番军人作风了。结业典礼上，学生们组成多个方队，依次正步通过观礼台接受检阅。君不见，男儿意气风发、步履铿锵；君不见，巾帼不让须眉、斗志昂扬。军训在刚劲有力的正步号令中圆满结束。

高规格的军训能给清华学子带来很多收获。一些学生度过了紧张的高中阶段，上了大学之后，会抱有放松的心理，没有了老师和家长的管束，就像“脱缰的野马”。而通过军训，大学新生可以以一名军人的标准严格要求自己，既锻炼了身体，又磨炼了意志，可以很好地培养坚韧不拔的品质和吃苦耐劳的精神。很多同学经过军训后会更加自信，觉得自己20千米拉练都能坚持下来，会更加坚定战胜困难的勇气和信心。军训还能迅速让同学之间更为熟悉，很好地增进同窗情谊，那些军训中发生的趣事常常成为校友聚会时的集体回忆。

大学同学合影

一个个在新生班会上惊艳亮相的少年，在经过准军事化训练后，都变得黑如焦炭。如果在学校里碰到一位面容青涩又皮肤黝黑的学生，那么他或她必定是大一新生无疑了。一代又一代新清华人用坚实的脚步、整齐的挥臂、高亢的口号，开启了属于他们的朝气蓬勃、步履不停的清华园时光。

6

在清华校园里读书不是一件轻松的事情，就像革命事业一样，绝对不是轻轻松松靠敲锣打鼓就能取得胜利的。即使是在连续作战的军训期间，学校也特地抽出一个晚上组织新生进行英语分级考试，紧张的大学学习乐章已经开始奏响。

英语课：高考后的暑假我过得悠闲自得，看武侠小说看得入迷，基本上把英语给荒废了，全然不知入学后还有英语分级考试一说。结果临考就瞎了眼，最终只考了个第三等 C 级。这个成绩让我很是消沉了几天，看来轻松是有代价的啊！这是我上大学后得到的第一个深刻教训。英语分级考试也让我见识了来自大城市的同学们的英语水平，他们不仅词汇量惊人，几乎达到了和以英语为母语的人相当的程度，而且口语流畅自如，是能够在国家级英语演讲比赛中获奖的水平。见贤思齐，我因此深深懂得了一句清华哲理——“在高中是一条龙，在清华就是一条虫。”只考得了 C 级的我于是老老实实地拿出英语课本去晨读，开始在图书馆里自习背单词。有道是“失之东隅，收之桑榆”“东边日出西边雨，道是无晴却有晴”，在英语 C 班的我倒是没有太大的学习压力，比起专注于理工科的其他系同学，我的英语水平还算可以，在期末考试中还拿到了一个相当不错的分数，毕竟咱不能辜负从初中就开始的英语课堂情景剧表演吧。自此，我对英语的学习没有放松过，后来顺利通过了清华自有的水平Ⅰ、水平Ⅱ考试，以及国家的四、六级英语考试。关于英语分级考试，我是误打误撞沦落到了 C 班，但后来听说有少数学生是刻意而为之。这部分学生极为重视学分绩，甚至有点过了头，本来英语成绩是极好的，但不惜故意考砸以求分到 C 班，然后鹤立鸡群取得高分。不过，这种投机取巧钻空子的案例毕竟是个例，只是极少数被学分绩冲昏了头脑的学生的不诚实甚至愚昧的做法，毕竟林子大了什么鸟都有，希望以后的学子们站得正、行得直，不要模仿。

高数课：在为英语狂补课的同时，我向在同一个学院的静师姐借了微积分 I 的数学教材提前预习，囫囵吞枣紧赶慢赶，在正式开课前把课本上的内容大概扫了一半，自认为还是很棒的。不过，高数课的老师都是数学系非常厉害的大牛，讲课进度极快，才仅仅上完第一堂课就已经把半本书给讲完了，覆盖了我十多天以来预习过的全部内容，直让我目瞪口呆。大学的高数课几乎全是大课，往往是好几个院系的学生一起在阶梯教室里上课，因此抢座现象严重。如果要看清黑板板书和听清老师的声音（即使老师带了麦克风），最好还是提前到教室占座，才能谋得一个靠前的好位置。如果漏了一节高数课，那么后面的内容就会听得云里雾里，想使劲赶都会觉得有心无力，所以同学们一般是不敢缺席高数课的。

专业课：经管学院给本科学生在前两年主要安排经济基础类的通识课程，包括经济学原理、管理学原理、宏观经济学、微观经济学、金融与财务原理等。到了大三后再分专业，我所在的会计系的专业课包括中级财务会计、高级财务会计、公司财务分析等，全都用英文授课和考试。专业大课如宏观经济学每周都会布置一次作业，平均有四五道大题，要把老师上课所讲的内容复习理解再加上完成作业，往往需要花上一整天的时间。可以毫不夸张地说，我几乎每个星期都有一整天时间要泡在图书馆的，早出晚归，披星戴月，在自习桌前抓耳挠腮奋笔疾书，才能按时保质地提交作业或报告。

体育课：清华极重视体育，校内的体育场地和体育设施齐备，有三块田径场——紫操、东操和西操，另外还有综合体育馆、游泳馆、各类球场等。每个冬季学期，全校男生要测 3000 米长跑，女生要测 1500 米长跑，近年还恢复了本科生不会游泳不能毕业的老校规。我在前面介绍西体育馆时，提到清华有一句重要的口号“为祖国健康工作五十年”，这句口号就印刷在东区体育活动中心的墙壁上，每一位清华学子都以实现这句口号为荣。大一时我参加了北京市马拉松比赛的半程赛事，从天安门广场出发，咬着牙把 20 多千米坚持跑了下来，几乎累到虚脱。住在隔壁宿舍的同学欣，长跑能力强悍，大概只用了 3 个小时就跑完了全程 42 千米，已经接近青年男子精英级的水平了，着实让人佩服。在校期间我修了蛙泳、仰泳、排球、网球等体育课程，其中排球课凭借小学时打下的一点排球基础，自垫球 30 个不失误，在期末考试时拿了全班最高分，让我记忆深刻。

在清华体育史上，有一位传奇教员马约翰先生。他从 1914 年开始就在清华执教体育，前后长达 52 年之久，可谓把一生都奉献给了他所热爱的体育事业。马约翰先生 1882 年出生于厦门鼓浪屿，金发黄眼、高鼻梁、深眼窝，似有外国血统，但国籍是中国。无论冬夏，这位体育教授总是扎着领结，穿着一条短裤，不停地奔跑并大声喊："干！干！干！"马约翰先生认为体育能增进国人的民族自尊和自强意识，他为清华奠定了体育教育的核心理念——体魄与人格并重，他曾说，送出的学生，总要像样一点。他的严格是出了名的，"你敢体育不及格，我就敢让你不能毕业"。他让体育成为在清华可以一票否决的学科，为此还专门制定了一套体力测验合格标准，不能达标的同学不能毕业。著名作家吴宓在校期间其他功课全是优等，但体育跳远不及格，硬是被马约翰多留在了学校半年，直到补试及格后才放行他出国留学。文学大师梁实秋在毕业前的体育测验中，游泳一直不过关，补考时他拼尽全力游完全程，才得到马约翰的肯定："好啦，算你及格了。"建筑大师梁思成在晚年常笑着对后辈说："别看我现在又驼又瘸，当年可是马约翰先生的好学生，有名的足球健将，在全校运动会上得过跳高第一名，单双杠和爬绳的技巧也是呱呱叫的……我非常感谢马约翰。想当年如果没有一个好身体，怎么搞野外调查？在学校中单双杠和爬绳的训练，使我后来在测绘古建筑时，爬梁上柱攀登自如。"如今，为纪念这位中国第一位体育教授，清华大学将校运会命名为"马约翰杯"，经管学院的体育具有传统优势，因此是"马约翰杯"甲组总冠军的常客。"无体育，不清华"，马约翰先生一贯秉承并要求的清华体育精神——勇往直前、拼搏奋进、追求纯真、合作互助、胸怀家国，在一代又一代的清华学子中传承，在挥汗如雨的岁月里熠熠生辉。

选修课：清华的选修课极为丰富，当然热门课程要靠抽签，能不能抽得上就得看运气了，或者是我们开玩笑所说的"看人品"。

选修课中，人文艺术类和管理类课程居多，我在校期间选修了几门很有意思的课程，包括围棋与中国文化、键盘艺术赏析、摄影作品赏析、心理健康与精神进化、大众传媒与国际关系、商务谈判原理及模拟等。选修课大多在晚上开课，内容丰富、形式多样、趣味十足，如我就在围棋课上看完了动画片《棋魂》，在艺术赏析课上欣赏了电影《海上钢琴师》等。人文日新，行健不息，感谢学校的这些选修课带给我丰厚的人文滋养与精神慰藉。

2004 年，我上大学来到北京，这是我第一次离开家乡到一个新的城市生活。在确定能够前往梦寐以求的神圣的大学读书之后，我的心情一直是轻松愉悦的，而且觉得无论做什么事情，只要我下定决心去做就一定能做好，颇有一种初生牛犊不怕虎的豪气。

第一次出远门，来到北京，来到清华园，感觉一切都充满了希望。在报到的第一天，我就遇到了直系师姐静师姐，她是早我一年从澧县一中毕业的，我们又同在一所学院，所以感觉非常亲切。从一开始她就给了我很多帮助，包括我向她借书借教材、请教课程问题等，甚至连生活方面的小常识如怎样使用宿舍楼里的洗衣机我都曾打电话向她请教，此外她还给了我一些很好的关于选课的建议。大学的第一个寒假，也是她帮我买好了火车票，带着我在北京西站汹涌澎湃的人群中左冲右突赶上火车一起回家。静师姐的热心让我很有一种做师弟的幸福感，我非常感谢她。

一中清华校友聚会

从澧县一中出来到清华园读书的学子，组成了一个团结友爱的集体。在我们这拨新人到来之前，一直是瑞师兄和另外一个师兄带着霞师姐、丹师姐、奥师姐、静师姐几个人活动。我们这拨 5 人到来之后，队伍马上就壮大了许多。师兄师姐们带着我们去吃消夜、K 歌、登山，很是照顾我们，大家感情一直很好。其中瑞师兄是 1998 年上的清华，而当年的我才刚上初一，曾在校门口的高考榜单上看到过瑞师兄的大名，如今 6 年过去了，我竟能一睹偶像真容，这种感觉真是奇妙。高中母校近年来教学成果丰硕，桃李满天下，从我入学清华到毕业之后的几年，校友团体已经发展壮大到二三十人了，大家一起聚会时能坐上满满的一圆桌，谈天说地，乡音尤亲。

班里的同学之间也逐渐互为熟络，感情升温。大家彼此之间基本上从不直呼其名，大多用代号称呼。这些代号来源广泛，有的是名字的昵称，有的是班级职务，有的是形容其独特的气质，如男生宿舍里就常常飘荡着“阿福”“大师”“大海”“野人”“出纳”之类的叫唤，有时代号叫得久了，猛然间如要去叫某位同学的真名还会一时愣住，得反应一下才想得起来。

大学班级的活动开展得有声有色，同学们第一次集体活动是到圆明园拓展。记得当时大水法的石阶台柱遗迹还能攀爬上去，我们在上面照了第一张班级合影。当然现在人们的文物保护意识已大大增强，大水法只可远观而不可亵玩焉了。主题团日大家一起去参观天文馆，在太阳厅里看太阳黑子和耀斑如何爆发。在天文馆我第一次观看了4D电影，体验新奇逼真。假日期间，同学们结伴到密云郊游，一起游黑龙潭，爬司马台长城。这段长城是整个长城中最为险峻的区段之一，俯瞰脚下，悬崖如刀削斧劈一般，几缕雾岚挂在绝壁处，拾级而上，台阶陡峭惊险，烽火台高峻挺拔，整段长城如巨龙卧在山巅直冲云霄，显得威风凛然，气势浑阔。

在清华的学习生活多半时间是高度紧张的，白天排满了必修课和专业课，晚上还要上选修课或习题辅导课，或是到图书馆和自习室里做作业。偶尔在周末午后，我会抽一点闲暇片刻，到水木清华荷花池畔走一走，坐在水边的石头上吹吹风，或是在夏日夜晚来此散步，体会一下朱自清先生笔下荷塘月色的意境。到了秋天，北京的天空是湛蓝高远的，阳光直透斜得厉害，晃得让人睁不开眼，逐渐下降的气温让主干道上金黄的银杏树叶纷纷飘落，装满了停放在树下的自行车的车筐。冬日里大雪纷飞，同学们童趣兴起打一气雪仗，还有人特地捏了雪团隐藏在教学楼门外，给每一个来上课的同学以惊喜问候。虽已是大学生，但孩子气的顽皮仍满满地荡漾在这雪白的世界里。在汇集了半国英才的园子里，当然并不是所有的事情都完美无瑕，存在很多问题是必然。这个园子里培养出来的大多数人才都可堪称是兴业之师、治国英才，当然也有一小部分是所谓的“精致的利己主义者”。那么如何看待这个问题呢？我觉得应该秉承一种包容的心态来正确看待。日新月异的时代、风起云涌的变化确实能改变很多东西，但我相信，这个园子的魅力依然是让国人为之倾心向往的，她所承担的责任和她的能力所培养出来的，能为国家和社会创造价值的一定占绝大多数。传统的教育模式在一步一步向前发展，一定会吸收更多的时代因素和特色。现代社会更加重视创新意识和实践能力，教育的基石作用注定这个过程既艰辛又漫长，我们在努力改变不好的思维定式的时候，应该要想得更多，带着对现状形成原因的深刻了解和对未来美好生活的企盼希望，以一个博大的胸怀笃定前行。

在清华，人的发展空间是很广阔的，身边有很多资源和机会，可以接触到不同风格但都格外优秀的同龄人、师长等。潜移默化中，个人眼界也会变得更加深远和开阔，会在某个瞬间明白，“哦，原来优秀可以是这个样子……”大学 4 年间，我接触了卓尔不群的同学、朋友、师兄师姐、辅导员和老师，也经历了很多事情，战胜了很多挑战。“三人行必有我师焉”，我时常回味和思考这些人和事，学习他们身上的闪光点，思考自己该从哪些方面改进和提升，以及如何更好地实现人生意义与价值，如此则不枉我在园子里度过的 4 年宝贵时光。

7

清华学生组织了一支名叫“紫荆支队”的公益队伍，我有幸和支队的校友们一起去郊区一所农民工子弟学校支教，拥有了一段值得回味与思考的记忆。

农民工子弟是中国一个非常特殊的群体，他们有的留在农村随老人生活读书成为“留守儿童”，有的随父母进入城市成为夹在农村与城市之间的“中间层”。在农村的留守儿童由于长期缺乏父母的监管和教育，仅由祖辈亲辈监护，甚至由孩子自我管理，这样的生活方式会给他们的心理人格成长带来特殊的负面影响。许多留守儿童由此会出现心理脆弱、孤独，容易敏感、过激，甚至发生越轨犯罪行为，留守儿童问题是时代发展中需要全社会共同关心和解决的问题。而随父母进城的农民工子女的情况也没有好太多，尽管国家陆续出台了相关指导开放学籍的支持政策，但农民工子弟要想进入公立学校读书，仍然步履维艰。一些入学手续对许多文化水平不高且生活忙碌的农民工来说无疑是相当麻烦的，况且其中每一份证明的开具都要经历几个月甚至更久，仅仅一个在京务工就业证明，就把许多没有正式合同的农民工家庭给拒之门外了。

农民工子女到了城市之后，大多数只能在城市边缘的民办学校上学，无法获得城市里同龄孩子能得到的良好教育资源。既远离故土又难以融入城市生活的两难境地，很容易让这些孩子因身份特殊而产生强烈又长远的自卑，需要正确的引导和自身心理建设才能获得健全的人格与心态。一旦面临升学，这批农民工子弟将面临更大的鸿沟，他们不能参加所在城市的中考进入普通高中，只能“借考”或“借读”进入当地的中等职业技术学校学习，选择与劳务行业相对应的专业，或者仍然回原籍参加当地的中考。对于许多农民工子弟来说，他们依然面临着重复长大了也只是打工，成为二代农民工的宿命。

我们支教的这所农民工子弟学校中，低年级的孩子们童真可爱，下课后都跑出教室，在室外活蹦乱跳，追逐嬉笑，童年的无忧无虑让他们丝毫感觉不到学校教学条件的艰辛落后。年级稍微高一点的学生则分化差异较大，如我去支教的初二年级的一个班，全班共有 16 个学生，女生们大多安静羞涩，而男生们则更加开朗和活跃些。他们生活在农村与城市的夹缝之间，前面提到的心理问题让我在他们身上也目睹了。或许是已经进入了青春期，班里的男生普遍存在没有耐心认真听他人讲话，下课后相互之间举动过激，纪律意识比较薄弱等问题。对于他们来说，人生的起点处在一个比较弱势的地位，学习条件和生活环境不是很友好，他们在成长过程中曾经经受过或正在经受着各种广告和碎片信息的狂轰滥炸，却没有接触到很多真正文化意义上的好东西，这些都严重制约了他们的身心健康发展。要培养他们有秩序地认真做事的习惯，关爱同学和谐友爱，不自卑也不狂妄，尊重自己也尊重他人，树立远大理想和坚定人生信念等，还需要社会、学校和他们自己共同努力。

在支教中我特别进行了观察，留意哪些学生能让我印象深刻。我发现有两类学生能让我很快记住他们：第一类是表现突出引人注目的学生；另一类是虽默默无闻，但做事踏实肯干、一丝不苟的学生。这两类学生我都看到了，有一个特别阳光活跃的小孩子，做活动时一直围着我们，可爱得让人不喜爱都不行；另一个是我支教班的一位男生，在课堂上表现得极为沉稳出色，不卑不亢，又很有求知欲，非常出色地配合我们完成了支教课程。

回到学校后，过了几天，我收到了孩子们对支教活动的反馈感言。其中有一个小孩子说他以前对英语没有太多兴趣，但经过我们志愿者做的趣味英语知识分享后，他开始觉得英语很有意思，愿意在语言学习中付出更多的努力，让我很是感动。去支教的志愿者更多是以朋友的身份去关爱和引导这些孩子，我想也许只是因为有我们这一丁点儿微不足道的付出，也可能只是说了某一句看似轻松却鼓励的话语，对这些孩子们来说，影响也许会是一生和深远的。

除了支教，大二学期开学后的中秋节，班级还开展集体活动，组织同学们到一家临终关怀医院看望慰问那里的病人。

在临终关怀医院生活的多半是老人，年岁已高，白发苍苍，大多都患有癌症或其他严重疾病。人群中也能看到中年人和年轻的小伙子，而当我看到医院里最小的一个病号时，我的心被强烈地刺痛了，那还只是一个刚出生才100多天的婴儿，患有严重的先天性疾病，命运如此对待一个可爱的小生命，真是残酷。

在对于他们大多数人来说是生命中最后的一段日子里，现实是残酷的，死神几乎每天都会光顾这里。医务人员说，他们能忍受病痛带给他们的折磨，但他们更需要精神上的安慰与鼓励。在这里，我们给他们唱歌，陪他们聊天，一起做简单的活动。他们的身体虽有残疾病痛，他们的思维反应虽有延缓迟钝，但他们的眼中迸发出来的是对生命的无限热爱。积极和乐观是这里的主旋律，医务人员和陪护人员恰当的鼓励话语让这里每个人的心里都是亮堂堂的，淳朴与无私在这里显现着人性的光辉。

科学大师霍金曾用他仅能活动的手指，在一次学术报告上敲击出这样一段话：

我的手指还能活动，
我的大脑还能思维；
我有终身追求的理想，
有我爱和爱我的亲人和朋友；
对了，我还有一颗感恩的心……

死亡是一个我们一般不愿意谈及的话题，可在临终关怀医院，这是一个能坦然面对的事实。当我看到这些静静等待着即将步入另一个世界的病人时，我心生同情和悲悯；当我看到这里的白衣天使和护理人员在默默奉献时，我得到一种释怀和欣慰。

在清华我曾上过一位心理老师的课，她说了一句让我印象深刻的话，大意是仪式感是一件很重要的事情，如生日、入学、结婚、生子等，在人生中的这些重大事件里，仪式感具有独特的价值和意义。这让我深刻地意识到，仪式是一种可以让人把情感表达出来的具体载体，仪式感是很入世的，但却足够管用，有时候它甚至成为一种寄托，在人失望无助的时候带来一些虽然看起来很世俗却非常真实的希望。人是一种社会性的动物，需要集体，需要安慰，需要肯定，需要鼓励，仪式就是这样一个实在有用的载体。

随着中国老年人口的逐步增加，如何养老已经成为全社会普遍关注的问题。基本社会保障和福利能解决一部分老年人养老的问题，但还有相当一部分老人需要依靠子女赡养。在中国传统礼仪里，百善孝为先，孝道仍是中国传统养老模式的根基，也是整个社会安定和谐的基础。当我们还有时间的时候，请对身边的亲人说一声“我爱你”，尽早以一个仪式的形式将这份感情表达出来，不要等到“树欲静而风不止，子欲养而亲不待”，到那时追悔莫及。

种下一颗种子，给它以阳光雨露，它才能长成参天大树，成为栋梁。公益活动需要我们大家共同参与，人间有大爱，社会才会更加美丽和谐。愿每个人都有勇气给予关怀，让月圆人团圆，让这世界充满温情和希望！

8

清华作为一所以理工科见长的高校，为延续光荣传统，给大二的本科生安排了别具特色的暑期实践活动——金工实习。

实习为期两周，主要学习操作机床，以及包括钳工、焊工、锻造、车工等在内的多个工种，实践操作性之强、动手要求之高，实乃清华特色。为此，学校特地安排了几个大型车间作为实习基地。车间里布满了机器和零件，如果操作不当，很可能会产生风险隐患，所以学生们要在老师的指导下，仔细认真地按步骤一步一步演练，丝毫马虎不得。

金工实习首先学习操作数控铣床。这种铣床是一种新型机床，具有适应性强、加工精度高、加工质量稳定和生产效率高等优点，广泛应用于对机械零件精度要求高、形状复杂，批量小的领域，如宇航、造船、军事等领域。操作程序是预先用电脑软件制作好模型方案，然后上铣床，用刀具对材料进行柔性加工。当然，学生们的实习要求不会像搞科研那么高，所以做出来的零件也不会太复杂。经过摸索，我用铣床刻出了一个类似中国象棋里的“帅”的小物件，威风凛凛，当然这个小物件只是纯属好玩，实用性并不高。接着老师又布置了一个一笔画作业，让同学们在机床上用更细的刀具在薄金属片上沿着一笔画的路径刻画出来。老师展示了一件彼得兔头像作品，是以前一位学生做的，细节精致入微，形象栩栩如生，整体一气呵成，真可算是一件艺术品了。我的一笔画作品是什么呢？好像做得不咋样，已然给忘了……

接下来是钳工实习，也是最累的工种，得拿几根金属棒使劲地锯啊磨的，妥妥的一项体力活！但钳工也并不是仅使蛮力就行，还需要足够的耐心，要把尺寸设计好，并且将打磨力度控制得均匀适度。每一位经过金工实习的学生都会制作一把专属于自己的小锤子，大家还互相比较谁的好。男生中，“大师”的小锤子做得既快又好，被老师表扬了一通，笑得那个美滋滋！一把普通的小锤子，虽没有十分完美，但却倾注了自己两天的体力劳动在里面，自然蕴含了一份喜爱的情愫。

把小锤子珍藏好，金工实习来到下一个工序——焊工。左手握住面罩，右手拿上电夹，咱也像一个电焊工人上场了。要想把电弧焊的焊接纹路做得既笔直且均匀，不是一件简单的事，一位优秀的焊工师傅要经过长年累月的实操磨炼才能养成。焊工实习还要考试，需要在金属板上焊接出一条十多厘米长的纹路。学生们都是新手，考试过程中难免紧张手抖，焊接出的条纹也就歪七扭八了，但咱也不能要求太高。随着焊条接触金属板，工房里闪起一团团火花，刺眼的亮光如刀光剑影般。焊工需要精力高度集中，我没觉得做小锤子的钳工累，反而觉得焊工累。考试中我全神贯注地烧完一根焊条，真是把一整天的精力都耗光了……

接下来的锻造工种是比较好玩的，先“玩”了两天砂型，和小朋友用泥巴玩过家家差不多，然后在老师的指导下通过热处理制坯、浇筑。教锻造的老师满头银发，但人老心不老，精神矍铄，和蔼可亲，言谈话语中尽显生活幽默和大家风采。老师岁数这么大了还坚持在一线给孩子们上课，而且还上得这么好，真让人心生敬佩。这样老骥伏枥的老师，让我印象最深的有两位，教热处理的这位老师是其一，另一位是我在《铭记高考》中提到的我的高三化学老师，他让我在化学科目上没有畏首畏尾，自始至终保持了一个平稳的自信心，他的应考指导更让我受用无穷，助益我高考良多。

金工实习的最后一个工种是车工。一堂车工课下来，满手都是机油，得打上肥皂洗个五六遍才能洗干净。虽说这个工种脏点儿累点儿，但总体来说还是比较顺利的。直到快收工时，我出现了一个操作失误，把车床上的纵向和横向两个自动开关同时打开了，在工件上多切削了一圈。还好零件尺寸事先预留了较多的失误空间，还可以挽救。我本着坦诚的态度把操作失误的情况原原本本地反映给了教我的车工师傅，师傅也很通融明理，并未责怪。这位车工老师在清华的机械厂工作已经超过 25 年了，真可谓匠心恒久。

金工实习期间，学生们往往在车间里一站就是一整天，伴随着机器声嘈杂轰鸣，很容易让人腿酸疲乏，但老师们都很尽心，极有耐心不厌其烦地手把手教学生们技术要领，悉心给予指导，并以朋友般的关系坦诚相见，如清澈之水，滋润心田，让学生们如沐春风。感谢这些让人尊敬的好老师，他们的敬业操守让我着实佩服，也让我打起精神努力跟上。

清华的金工实习，不仅能让学生学到关于金属工艺的实践知识，还能让学生领悟吃苦耐劳的精神和为人处事的道理，这个传统甚好！

金工实习之后，紧接着是暑期社会实践。这个暑假，经管学院200余名师生分为14个支队，奔赴青海、新疆、甘肃和河北4个省区的29个县，开展了为期10天的暑期社会实践与调研活动。这是经管学院“中国农村金融发展研究”3年期项目的第2年，师生们走访村庄和农户，拜访当地政府与企业，调查研究普惠金融如何更好惠及偏远乡村，鼓励学生们更加关注“三农”问题，心系农民、心系西部发展。

我所在的第三支队第一分队由学院徐老师带领，共有组员8名，我有幸担任小分队队长。我们调研的目的地是甘肃省定西市，该市位于省会兰州东南约100千米，是中原通向西北的交通要道，“古丝绸之路”的必经之地，自古就有“兰州门户”之称、“安定西边”之意。在调研中，第一分队走访了定西市的一区3县，包括安定区、通渭县、陇西县和漳县，主要了解3个小额信贷项目，包括联合国开发计划署项目、孟加拉小额贷款项目、联合国人口基金援助的“妇女参与发展”项目在当地的开展情况。小额贷款是主要针对低收入人口的一种金融服务，它既有扶贫的目的，同时按照金融业务的客观规律来管理。在个别省份推行“商业性小额信贷组织试点”工作之前，一些国际组织、慈善机构，以及部分意识超前的国内经济学家在国内推行小额贷款已有超过20年的历史。根据当时监管部门的统计数据，国内大约有300多个由非政府组织主导的小额信贷项目，遍布全国所有省市，其中不少项目业绩不菲，确实成为改变贫困人口生活状况的一条新路径。

七月，我们正式开始了实践之旅。到达西北，第一感觉是当地严重缺水，境内自然条件严酷，十年九旱，黄土沟壑，植被稀疏，树叶表层似乎都蒙着一层灰黄。当地农民最大的生产生活困难也是缺水，即便是一盆积攒下来的带有苦味的雨水，在偏远地区的人们看来都弥足珍贵。大人们缺水的艰辛和小孩们对水的渴望的眼神都让人动容，哪怕只是一点点干净的清水，在这里对他们来说都无异于是一种恩赐了。偏远地区穷苦人家的孩子，自己的出身选择不了，面对恶劣的生存环境，要做的就是坚强地活下来，然后通过自身不懈努力，改变落后的生存状态，改变这一片土地。这也是我在心里给生活在这里的孩子们的期许，不知他们是否能真正明白他们生活的出路和光明在哪里，但愿他们能通过勤劳的双手和智慧的头脑让生活变得富足。

我们调研小额贷款项目在当地的开展情况，也真正希望这些金融措施能使一方民众过上幸福富裕的生活，愿我们的实践活动能给社会一份真实的农村金融情况的反映，给当地带来一点关注或帮助，给当地的人们带来一点希望和曙光。

到达定西市后，我们支队有幸得到了市领导的接见。在徐老师的带领下，我们接着深入农村走访农户。这是徐老师第二年到甘肃调研了，她对当地情况比较熟悉，也听得懂老百姓的方言，碰到我们听不懂的话她还可以临时当起翻译。经过几天的奔波劳碌，徐老师因为年岁大了还要操心调研进程和小分队队员的安全，在临近调研任务结束时累倒了。她到医院打了点滴才缓过来，可第二天依然风尘仆仆地带着我们奔走一线，让我们心疼不已，她给我们做了很好的榜样。

从我们走访调查农户的情况来看，在小额贷款开展得好的地区，小额贷款因利率较低、还款负担小、操作灵活、贷款方便等优势，发挥了很好的惠农作用，能够很好地解决农民临时资金需求，特别是春耕时期的农资支出。在缓解资金周转的基础上，小额贷款还能帮助他们扩大生产范围和规模，促进生产的多元化。特别值得一提的是，当地开展的孟加拉小额贷款模式，这一模式由荣获2006年诺贝尔和平奖的孟加拉国教授穆罕默德·尤努斯在1976年首创，倡导通过建立农村银行向最贫困者提供无抵押小额贷款。孟加拉小额贷款项目规定采用农户联保方式，款项必须用于再生产，单纯用于盖房、学生上学等情况不贷，且只允许妇女参加，这在一定程度上提高了妇女在家庭中的地位，同时有利于增加贷款在家庭中使用的透明度。

联合国人口基金援助的“妇女参与发展”项目主要在通渭县开展。一方面，该县自然条件差，经济基础薄弱，是甘肃省 18 个干旱县和定点帮扶的国家扶贫开发工作重点县之一；另一方面，由于受交通不便、科技文化落后和医疗保健服务质量落后等因素限制，农村贫困家庭妇女因穷治病、因病致穷的恶性循环长期得不到根除。该项目启动时，首先在鸡川和碧玉两个乡镇 8 个村组织实施，确定了 1000 名年龄在 19—49 周岁的农村妇女为受援对象，给她们带来了实实在在的好处。

支队师生走访模范农户

碧玉乡的李巧巧积极参与了该项目的培训活动，学习经营创收知识，并利用小额贷款购进了两台草帽加工机器，季节性地雇用当地女工收购草编和加工草帽，产品多销往外地，销路很好。在按时还清第一笔贷款后，李巧巧又取得了第二笔贷款资金，新置了两台加工机器并增加了雇用工人，年产草帽四五万顶，年纯收入2万元以上。她雇用的女工加工一顶草帽收入0.13元，一个月的净收入能有600元，这在农闲时节对女工们来说是一份很好的经济补充来源。在李巧巧的带动下，当地学做草帽加工的人多了起来，她的经营创收活动带动了当地经济的发展。2005年11月，在由中国社会科学院和全国妇联妇女发展部联合主办的“2005年全球微型创业奖中国区颁奖大会”上，李巧巧作为甘肃省唯一的代表勇夺农村非农产品项目一等奖，并在大会上作了创业经验的报告。在李巧巧家客厅的墙上，挂着颁发给她的奖状，从李巧巧真挚的笑容中，我们看到了农村妇女对未来美好生活的希望和信心。

在通渭县走访时，我们还去了当地一所小学看望了那里的小朋友们。当我们到达学校时，小小的操场已被学生们齐刷刷的身影占得满满的，如此隆重的欢迎仪式让我们受宠若惊。我们直后悔带的书和糖果少了，估计分发到后来还有一部分孩子还没有得到。山区孩子的生活和学习条件都很艰苦，一颗小小的糖果对于他们来说都是那么甜，那么有分量。天真的孩子们不会嫌弃书籍或糖果的分量，他们用小手把书籍抱得紧紧的，把糖果也攥得紧紧的，亮晶晶的眼睛里充满了喜悦。面对孩子们一张张稚嫩期盼的脸庞，我们既有几多感动，又有几多遗憾，因为我们能做的实在太少了，愿我们带去的薄薄心意能给他们带来一丝温暖，愿他们能看到生活的美好与希望之光。

当我们结束调研离开甘肃，回到清华园后，眼前挥之不去的是那一张张淳朴善良的脸庞和那片热情却又贫瘠的土地。忘不了在农忙时节还与我们座谈的乡亲，忘不了自立自强的脱贫致富模范爽朗的笑容，忘不了蓝天白云下孩子们清澈渴望的眼神，忘不了黄河母亲河波涛汹涌的河水，忘不了为帮助贫困干旱地区摆脱严重缺水困境而修建的母亲水窖……短短调研时间里，我们已深深地被那片质朴的土地和生活在那里的真挚的人们感动并牵挂，更觉得肩上有一份沉甸甸的责任。

甘肃之行所看到的景象到今天已大有改观。党的十八大以来，党中央把脱贫攻坚摆在了治国理政的突出位置，组织开展了声势浩大的脱贫攻坚战斗。先后有 300 多万名第一书记和驻村干部进村入户，他们敢于接“最烫手的山芋”、挑“最沉重的担子”，将最美的年华无私奉献给了脱贫事业，打通精准扶贫“最后一公里”。在欢庆中国共产党成立 100 周年的重要时刻，我国的脱贫攻坚战取得了全面胜利，9899 万农村贫困人口全部脱贫，832 个贫困县全部摘帽，12.8 万个贫困村全部出列，区域性整体贫困得到解决，完成了消除绝对贫困的艰巨任务，创造了又一个彪炳史册的人间奇迹！

打响脱贫攻坚战以来，金融精准扶贫发挥了巨大作用，真金白银的投入为打赢脱贫攻坚战提供了强大的资金保障。在扶贫政策的引领下，千百万贫困家庭的孩子享受到了更为公平的教育机会。在偏远地区的一所所农村小学里，不仅有一幢幢全新的教学楼拔地而起，而且还有先进的教学设备、塑胶跑道、球场、品种丰富的餐食供应等，那些曾经写在童年里的梦想在现在的村小都已一一实现。村小的美丽蝶变折射出来的是脱贫攻坚历史性巨变给教育事业带来的繁荣发展，一所所村小已经成为当地孩子成才的摇篮、梦想的起点。

征途漫漫，唯有奋斗。脱贫摘帽不是终点，而是新生活、新奋斗的起点。愿中国的乡村产业旺、百姓富、环境美，相信中国乡村的未来一定会更加美好！

9

不仅要到广袤的农村去，经管学院的老师们还利用各种渠道和机会，让学生与各行业的企业亲密接触。在老师的带领下，我们去参观了联想集团总部，还到北汽集团的一线生产车间进行了实地走访。大三暑假，正值盛夏时节，在学院老师和毕业师兄的指导支持下，我与几位会计系同学一起，前往广东顺德，在碧桂园集团总部进行了为期一个月的实习。这趟实习之旅，让我在领略岭南美景、寻味顺德美食的同时，对碧桂园独特的经营模式和企业文化有了初步了解，对房地产行业在中国的发展之路有了初步探寻。

房地产行业在改革开放40余年间对我国的经济发展做出了很大的贡献，在历史进程中起到了很重要的作用。现阶段，房地产行业仍在加速出清，格局也已出现明显分化，已经进入全新的发展阶段。中国是建筑大国，拥有世界上最大的建筑市场，长期稳定的住房需求依然存在。时代在进步，中国的城镇化还有很长的路要走，未来大批人口需要进入生活配套更为丰富的城镇生活，人们对美好生活的追求永远在路上。

新的一年，太阳照常升起，让我们一起期待，愿天下人都“居者有其屋”，百姓安居乐业，生活更方便、更舒心、更美好。

10

清华园冬去春来，几易寒暑，我已悄然升入大四，紧接着就投入了紧张的毕业论文写作和答辩之中。在导师悉心的指导下，论文思路更加清晰，内容更加翔实，答辩过程进行得比较顺利。随着毕业论文的最终提交，我在大学本科阶段的最后一门必修课也圆满完成了。

海能就下众水归，学问笃实生光辉。

光辉，光辉，学问笃实生光辉！

光辉，光辉，学问笃实生光辉！

器识其先，文艺其从；

立德立言，无问西东。

孰介绍是，吾校之功，

同仁一视，泱泱大风。

水木清华众秀钟，水木清华众秀钟，

万悃如一矢以忠，赫赫吾校名无穹。

无穹，无穹，赫赫吾校名无穹。

无穹，无穹，赫赫吾校名无穹。

博雅燕园

1

2004年夏天，我来到北京，在清华园里度过了我的本科学习阶段。10年之后的2014年，我来到了与清华园互称“隔壁”的北大燕园，在北京大学政府管理学院攻读公共管理硕士（MPA）在职研究生。10年时间，红了樱桃，绿了芭蕉，我从一个园子到另一个园子，重又踏入校园，在继续学业深造的同时，在博雅塔下未名湖边感受“红楼飞雪，一时英杰”，结识了一群可爱的同学、师长。

北京大学创立于1898年戊戌变法之际，初名京师大学堂。19世纪下半叶，科学技术的飞速发展带来了第二次工业革命，促进了世界各主要资本主义国家相继进入帝国主义阶段。西方列强趁机加紧了对落后国家和地区的侵略，也掀起了入侵中国的狂潮，偌大的中国被分割成了一块块列强的“势力范围”。腐朽的清政府与列强签订了一系列不平等条约，被迫割地、赔款，大量主权一步步丧失。中日甲午战争的惨败更是给中华民族带来了空前严重的民族危机，加速了中国社会半殖民地化的进程。中国闭关自守的大门被帝国主义的坚船利炮打开后，一些先进的中国人开始“睁眼看世界”。面对亡国灭种的危急形势，以康有为、梁启超为代表的进步人士倡导发动了具有爱国救亡意义的维新运动“戊戌变法”。1898 年 6 月 11 日，光绪帝颁布《定国是诏》，变法正式开始。诏书中强调，“京师大学堂为各行省之倡，尤应首先举办。”7 月 3 日，光绪帝批准了由梁启超代为起草的《奏拟京师大学堂章程》，京师大学堂正式创办。

戊戌变法作为中国近代史上一次重要的政治改革和思想启蒙运动，推动了中国的思想解放运动和民主思想的进一步传播，激起了新一轮寻求救国真理的热潮。变法因损害了晚清统治阶级的利益而遭到强烈抵制与反对，慈禧太后与守旧派发动“戊戌政变”，历时仅 103 天的百日维新宣告失败。变法虽然失败了，但是作为变法新政措施之一的“开办新式学堂吸引人才”的成果——京师大学堂，得以保留了下来。京师大学堂最初选址在北京景山东街和沙滩红楼，在创办之初行使双重职能，既是中国近现代第一所国立综合性大学，也是当时国家最高教育行政机关，统辖各省学堂。京师大学堂的建立在中国近现代史上具有划时代的意义，标志着中国近现代高等教育的开端。

辛亥革命后，京师大学堂于 1912 年改名为国立北京大学。1917 年，著名教育家蔡元培先生出任北京大学校长。他“循思想自由原则，取兼容并包主义”，对北京大学进行了卓有成效的改革：他主张学与术分校、文与理通科，将“学年制”改为“学分制”，实行“选科制”，积极改进教学方法，精简课程，力主自学，实行学生自治，教授治校。他的这些主张和措施促进了思想解放和学术繁荣，让北大走在了新思想、新学科的最前沿，成为五四新文化运动的中心和传播马列主义的主要阵地。在五四运动“中国的土地可以征服而不可以断送！中国的人民可以杀戮而不可以低头！国亡了！同胞起来呀！”的呐喊声中，北平学生和青年用他们的爱国精神、为真理和正义而战的精神、不畏强暴和黑暗政治的精神，孕育了以“爱国、进步、民主、科学”为主要内容的伟大五四精神。同时，五四运动促进了马克思主义理论在中国的广泛传播，为中国共产党的成立在思想上和干部上都做了准备，中国无产阶级自此开始登上政治舞台。陈独秀、李大钊、毛泽东以及鲁迅、胡适等一批杰出人才都曾在北京大学任职或任教，恰如蔡元培先生所倡导的“大学者，囊括大典，网罗众家之学府也……此思想自由之通则，而大学之所以为大也”。

1937 年卢沟桥事变后，北京大学与清华大学、南开大学一同南迁长沙，共同组成长沙国立临时大学。不久，因长沙受到日军轰炸，临时大学又西迁到昆明，改称国立西南联合大学。抗日战争胜利后，北京大学于 1946 年 10 月在北平复校。1952 年，中国高等院校效仿苏联进行院系调整，创办于 1919 年的燕京大学被撤销，其文科、理科多并入北京大学，校舍亦由北京大学接收。自此，北京大学从东城区沙滩红楼等地迁至海淀区颐和园路现址，与清华园仅一路之隔。

北京大学孕育于中国积贫积弱的年代，诞生于民族危难之时，从一开始就担负着“爱国、救国”的历史使命，后来成为新文化运动的中心和五四运动的策源地，以及中国最早传播马克思主义和民主科学思想的发祥地和中国共产党最早的活动基地。北京大学为民族的振兴和解放、国家的建设和发展、社会的文明和进步做出了不可替代的贡献，在中国走向现代化的进程中起到了重要的先锋作用。“爱国、进步、民主、科学”的精神和“勤奋、严谨、求实、创新”的学风在这里生生不息、代代相传。

2

20世纪初，美国基督教传教士、外交官、教育家司徒雷登（John Leighton Stuart，1876—1962年）在为燕京大学选址时，靠步行，或骑毛驴，或骑自行车转遍了北京四郊，最后看中了清华大学对面的一块废园。这块地方坐落在通往颐和园的公路旁，山坡上到处集簇着中国古代留下的庙宇和殿堂。为燕京大学绘制校园规划图的是美国建筑师墨菲，他一改初来中国时的西方文艺复兴风格，转而遵循中国传统园林法式，依托原有山水，将轴线庭院配置得样样齐备，为燕京大学设计出了一个湖光山色交相辉映的园林式方案。这个方案让整个园子发生了翻天覆地的变化，并让校园所在地拥有了一个统一的新名字“燕园”。墨菲从颐和园玉泉山上的玉峰塔得到灵感，将校园的主轴线设计为指向玉峰塔，由此确定了西校门的位置，并将校园内的主要建筑和湖面都布局于主轴线上。这种遵循了中国传统园林的冈峦起伏、流水萦回之韵味，又结合了现代大学使用需求的理念，墨菲将其称为“改良式中国建筑的复兴”。1919年，由4所美国及英国基督教教会联合开办的燕京大学正式在北京创办，它是近代中国规模最大、质量最好、环境最优美的大学之一，到20世纪30年代已经跻身于世界一流大学之列，在国内外名声大震。

1952年院系调整后，燕京大学的原校舍及建筑古迹由北京大学接收，即为现在的学校本部所在地燕园。此地北与圆明园毗邻，西与颐和园相望。在颐和园路上，有一座坐东朝西的古典三开朱漆宫门建筑，这里就是北京大学的正门——西校门。这座校门与颐和园东宫门相似，风格古朴，庄重典雅，具有浓郁的民族风格。门额正中悬挂的匾额上书写“北京大学”4个大字。西校门位于北京大学东西主轴线的起点位置，是进入学校领略校园风光的最佳入口。经过岁月洗礼的西校门现已演变为北大的象征，蕴含着丰富的精神文化内涵。北大西门作为燕园的标志性建筑之一，已成为北大形象的重要代表，也是人们认识北大的重要窗口。

北大西门

进得西校门，即可见一座精心雕镌的石桥横跨在水面上。这座石桥由燕京大学校友所捐，谓之“校友桥”。正对西门的是校园的主要建筑，即现在的办公楼，其间空地上还耸立着两座从圆明园迁来的华表。燕园是在“九大园林”的基础上建造起来的，以西校门为圆心，坐南朝北从十二点钟方向按顺时针顺序依次排列开来，分别是：鸣鹤园、镜春园、朗润园、淑春园、农园、勺园、畅春园、承泽园、蔚秀园。在明清两代，这些都是著名的皇家园林，数百年来其基本格局与神韵依然存在。

北京大学充分利用了难得的历史遗产，营建了风景如画的校园环境，使之既有皇家园林之宏伟气度，又有江南山水之秀丽特色。校园内不仅有亭台楼阁等古典建筑，而且山环水抱，湖泊相连，堤岛穿插，风景宜人。走进其中，只见古木参天，绿树成荫，四季常青，鸟语花香，园林景色移步异景。优美典雅的环境里，每天都上演着丰富多彩魅力无穷的校园生活，学生们可以在欣赏自然风景的同时，全身心感受浓厚的人文气息。

巍峨挺立的博雅塔与波光荡漾的未名湖，是北京大学的标志性景观。湖与塔成天作之合，形成的湖光塔影与图书馆一起，构成了燕园中最美的图画“一塔湖图”。这处景观伴随着大师们的背影交相辉映，呼应着壮观的古典式建筑群与林木葱郁、起伏有致的山坡，成为燕园风景线上的点睛之笔。

博雅塔：位于未名湖东南隅的山地上，采用辽代密檐砖塔外形，设计参照了通州的燃灯塔。博雅塔高 37 米，分为 13 级，每层都有窗户，内部中空，有螺旋梯直通塔顶。博雅塔设计精良，位置巧妙，从北大内外、梁柱古树之间都能瞧见塔的身影，更添了几分秀丽神奇。这样一种在风景区内对构筑物的特殊处理，是使用功能、艺术造型、环境协调三方面高度统一的杰作。

关于这座塔的起源，没有特别确切的说法。墨菲认为塔是中国最具象征意义和特色的景观，因此在燕京大学的多个时期的建筑图纸中都保留了建塔的构想。博雅塔在建成之初，其功能是一座水塔。1921 年，未名湖一带成为燕大新校址，但北京自来水厂尚无能力供水到海淀，校方为了解决全校师生的生活用水问题，于 1924 年 7 月在校园内打了一口深井，掘成后水量丰沛，喷水高出地面十多尺。水源有了，为向全校供水，还急需建一座水塔，博雅塔因此而修建。

建塔之初，人们对塔的风格特征与形式有很大争议，焦点在于古塔在中国古代多见于寺庙，建于燕京大学这样一所基督教的教会学校内是否合适？当时广泛征求了社会名流的意见，已睁眼看世界的中国人思想逐渐开化，建塔提议得到较多赞同，古塔得以建成。如今，博雅塔虽然已失去了作为水塔的功能，但是它以典雅古朴的造型成就了独特的文化功能。每逢节日，博雅塔都会亮起绚烂的灯光，其已成为中国最高学府的永恒经典。

未名湖：北大校园内，气势壮阔的山地景林环湖密布，林冠起伏郁郁森森，曲榭亭廊幽幽静静，上方飞楼俯映，下层烟波浩渺，未名湖就如同一块温润的软玉徜徉其间。未名湖是北大的灵魂，学子们或漫步林中山路，或坐于湖畔石阶，手中书卷被微风轻轻吹拂，风云流转，昔日的得意与失意从书页中再度流转出来。四季交替，周围树木春天嫩绿、夏日葱茏、秋季金黄、冬日枯挺，季季不同，但未名湖的神韵却不会变。因该湖景色绝佳，民国时期众多名人志士竞相为之命名，虽拟了诸多美名，但都不尽如人意，后来燕京大学国学大师钱穆先生提议，干脆以“未名”称之，众人纷纷喝彩，虚位以待的留白恰到好处，故一直沿用至今。

翻尾石鱼

未名湖西畔有一条用细石精雕而成的翻尾石鱼，张口朝天，远远望去，鱼嘴似乎要将塔影含在口中，谐趣盎然。该石鱼原为圆明园中长春园“谐奇趣”楼南大型海棠式喷水池正中遗物，属于西洋石刻，造型奇特，身雕鳞状花纹，口内可喷出高约十余米的水柱。1860 年，圆明园被焚毁后，翻尾石鱼也被变卖，后来被朗润园的主人载涛买下，并在朗润园中放置多年。燕京大学 1930 届学生毕业时，将此石鱼买来送给母校，安置在了未名湖。

图书馆：北大图书馆是中国最早的现代新型图书馆之一，位于北大校园核心区，是燕园建筑精髓“一塔湖图”之中的“图”。该馆分为紧挨着的新旧两楼，现在分别称为东楼、西楼，在东楼上层的玻璃大厅，可以眺望塔湖之景。为与周围的仿古建筑群相融合，新馆的主楼和配楼分别采用了歇山顶和攒尖顶以及相应的外檐设计，雍容不失朴素，加上周植一排银杏树，到了秋天分外漂亮。北大图书馆不仅以雄伟壮观的建筑跻身著名的“一塔湖图”三景，更以博大精深的丰富馆藏、深厚绵长的精神魅力吸引着无数知识的求索者。百余年来，经过几代北大人的辛勤努力，北大图书馆形成了种类丰富、学科齐全、珍品荟萃的馆藏体系。多少大师在这里读书思索，无数学子在这里徜徉书海，她见证了名师的学术辉煌，传承着北大的学术命脉，已成为北大人心中的知识圣殿。

北大“一塔湖图”

在“九大园林”和“一塔湖图”之外，北大校园内比较著名的地点还有静园、燕南园、三角地等。

静园：由六座庭院建筑和中间的静园草坪组成。静园草坪是燕园内最大的一块草坪，点缀着藤萝花架，同时是北大师生们的一个重要的课余活动场所，百年校庆的文艺晚会就是在这里举行的。草坪两侧的建筑称为六院，是六处三合院落，其中的一院、二院、四院和五院原为燕京大学女生宿舍，建于 1926 年，三院和六院是 1952 年根据当初图纸加建的。静园六院与燕园里别的建筑的风格特征有所不同，显得更加精巧玲珑，幽静典雅，给人以庭院深深之感。

六所院落从整体上看似乎都是一模一样的，都有灰顶红色小门楼一座，由灰色石砌虎皮矮墙连成一体。每座院门都有紫藤萝花架，到了 5 月，紫花缀满门楼，颇为典雅幽美。院内房间均为木制，雕梁画壁，古色古香。在大同之外，如果进入院中细细观察，就会发现每座庭院都有自己的特点，内部结构多不相同。每座庭院的门窗不仅形态各异，而且花色不同，展现了我国丰富多彩的传统木雕艺术。这种设计似乎特别体现了“同中有异”的美学风范，避免了“千人一面”的雷同感。如今，静园的六座庭院为一些院系研究所的办公所在地。

燕南园：因位于燕园的南部而得名，占地 48 亩，建成于 20 世纪 20 年代，当时主要作为燕大教师的住宅。按照所有中外教师住宅的编号顺序，燕南园的住宅被定为 51 号到 66 号（后加建了 50 号），这一编号从燕大到北大，一直没有变更。如今，在某些宅院的门口，仍能看到黑底白字的木门牌，上面清晰的数字向人们展示着这里曾经的岁月和辉煌。住宅中有自成一体的西式小楼，也有矮墙环绕的中式小院。住宅建筑材料绝大部分是当时从国外运来的，门窗用的是上好红松，房间里铺设打蜡地板，屋角有典雅的壁炉，地下室还有供暖的锅炉房。曾经居住在这里的教授们对中国的政治、历史、科学、哲学等学科的建设发展产生了深远影响，历史学家洪业、翦伯赞，数学家江泽涵，物理学家周培源、饶毓泰、褚圣麟，经济学家马寅初、陈岱孙，哲学家冯友兰、汤用彤、冯定，化学家张龙翔、黄子卿，语言学家王力、林焘，美学家朱光潜，生物学家沈同，文学家林庚，历史地理学家侯仁之，文学家冰心和社会学家吴文藻夫妇等都曾生活在燕南园。

三角地：与北京大学百周年纪念讲堂仅一路之隔，因形似三角形而得名。在 3.39 平方千米的校本部，三角地仅占不大的一块地方，但在历史上，这里却是北大的圣地，是北大精神的缩影，是蔡元培先生“思想自由，兼容并包”的象征。在网络尚未普及之时，学生们日常生活中的信息大部分都从三角地获得，包括各种讲座和各个社团的宣传海报，也少不了买卖自行车、租房、转让物品等广告，以及各种考研、GRE与TOEFL培训班等信息，只要在上面注明“保留几日，请勿覆盖”，一般都能得到尊重。学生们每次路过三角地，总把自行车停靠在路边，凑近信息栏，搜索最新的人文讲座、社团信息与学术争鸣。在没有任何其他媒体渠道可以发声的时代，三角地成为学子们直抒胸臆的一片圣地。后来由于这里商业宣传日渐增加，加上校园网已开始普及，在北京大学历史上有着重要地位的三角地最终在2017年被正式拆除，老一代北大人的精神记忆已经远去。

3

我就读的北京大学政府管理学院，成立于2001年12月，前身是北京大学政治学系，其学科渊源和组织渊源可追溯到1899年京师大学堂开设的政治专门讲堂。作为国内第一所政府管理学院，北大政府管理学院是中国现代政治学、公共管理学的发轫之地，是北京大学传统学科源远流长的激扬之所，是国家治理和全球治理的英才育苑，致力推进政治学、公共管理学科发展，推动国家治理体系和治理能力现代化。

百年前，政治学先贤坚持对真理的执着追求，用自己的智慧甚至生命去探寻挽救国家于危亡的道路；百余年来，政治学前辈筚路蓝缕、孜孜以求，李大钊、张慰慈、钱端升、张奚若、许德珩、萧公权、罗隆基、王铁崖、赵宝煦、罗豪才等都曾在这里执教授课，最早在中国系统研究和传播马克思主义，传承政治文明，培养后辈学人；新时期，改革开放促进了政治学恢复重建，现代化理论、公平正义理论、政府与市场理论打破观念和体制禁锢，为国家经济和社会发展贡献了理论智慧。百年建制，北大政管人接续奋斗、勉力前行，家国情怀、求真问道、理性温和已是政管人的风骨和人格。“天下为公、报国为怀”，北大政管人与时俱进、追求真理，正肩负着历史和时代的光荣使命奋勇笃行。

2014 年，北大政府管理学院面向全国共招收 120 名双证（毕业证、学位证）MPA 专业学位研究生。近年来项目规模又有所扩大，每年中文项目 MPA 招收 220 人左右（含在脱贫攻坚战中经受历练做出贡献的贫困治理方向学员 30 名，定向招收新疆优秀年轻干部 40 名），国际项目 IMPA20 人左右。

4

历史的长河悠悠流淌，从建校至今，清华大学庆祝了建校 110 周年华诞，北京大学更是走过了两个甲子共计 120 余年。这两所毗邻而居的高等学府，在一个多世纪的时间里，始终处于伯仲之间，既竞争又互补，难分高下，犹如双子星般闪耀在中国高等教育的灿烂星河中，让无数学子为之梦寐以求。有很多人常拿这两所高校做比较，我有幸亲历了两个园的文化熏陶，深深感受了这两所学府在集体人格上所具有的共性之和谐与个性之精彩。

共性方面，这两所大学都诞生于风雨飘摇的国家危难时刻，有着相同的文化背景。两所高校的校园文化具有同样的历史烙印，它们最大的共性表现在从动荡年代创立时骨子里就带着的忠贞爱国。“爱国、救国”是两校学子们共同的追求，他们深知自己肩负着国家振兴、民族富强的重任，所以在校学习都十分刻苦努力，并积极参加各种救亡运动。在五四运动、一二九运动中，都可以见到两校学生的身影，他们作为运动的重要倡导者和参与者，为了人民的自由、国家的解放、民族的命运都不惜付出自己的鲜血与生命。在引进西学的同时，两校都继承了中华传统文化的精髓，正如季羡林先生在《我看北大》一文中所说的："中国知识分子所传承的文化中，其精髓有两个鲜明的特点：一个是……爱国主义；一个就是讲骨气、讲气节，换句话说也就是在帝王将相的非正义的行为面前不低头，另一方面，在外敌的斧械前面不低头，威武不能屈……"在忠贞爱国的基调上，两所大学的学术氛围都相当浓厚，学生们思想活跃，社团活动丰富多彩，创办了许多在后来影响深远的报刊等，这些都具有相同的时代特征。

个性方面，由于两校成立的原因不同，在培养模式和学习制度上有所不同，因此在学生集体人格上表现出如下差异。

清华历来提倡团队精神，团结协作常常作为评价班集体凝聚力的一个重要标准。我所在的班级里，同学们一直都很有团队意识，只要是正式组织的活动，大家都积极参与。4 年时间，我们在中秋之夜相聚情人坡草坪秉烛夜谈，男生节和女生节期间拉起横幅互送关爱，一起登长城游园林进行团队拓展，齐心协力为冬情晚会拍摄 DV、排演节目，组织公益活动到临终关怀医院慰问老人，到西部偏远地区进行暑期调研，在运动会中为团队出力建功，参加排球赛、拔河赛，并且依靠默契配合打破了学院 3 分钟集体长绳纪录……这一幕幕的集体影像让我至今回忆起来，仍为其中蕴含的团队精神而满满感动。

集体长绳打破院纪录

北大人的团队意识要在这个词之前加上“不受约束”的定语。似乎北大人的天性与五四运动中的“个性解放”牢牢挂钩，容易被看作不合群。他们不在乎集体的外在形式，而是遵从一种内心感受，更多是在家国大爱的召唤下，热衷于政治革命，并在其中体现恣意张扬的个性，这也与北大的风格完美契合。

参加全国 MPA 羽毛球联赛

清华遵循“自强不息、厚德载物”，更多的是强调踏实做事，是一种力求对完美人格的塑造。荷塘赋予了清华人如月色内敛般的自律，清华的学生大都将主要精力倾注于功课，埋头于学习，即使遇到兵荒马乱的动荡岁月，或在社会风气相对浮躁的时期，清华人仍能一步一个脚印地踏实前进。老一辈的清华人只要祖国一声召唤，分配到哪里工作就到哪里工作，毫无怨言。他们践行“为祖国健康工作五十年”的口号，一丝不苟地从自我做起，认认真真学、扎扎实实干，潜心做“国家建设的老黄牛”。

北大秉持“思想自由、兼容并包”，如鲁迅所说是“常为新的”。学子们满腔热情却又恣意随性，和煦如四月春风却又昂起高傲的头颅桀骜不驯。未名湖期待北大人去畅想命名，激扬的时代激励北大人去指点江山，挥斥方遒。在极具号召力的理想信念的感召下，北大校园内新思潮涌动，新风尚盛行，使得北大人常具批判性思维，乐于“指点江山”，常进行思想高论和争论争辩。北大多出慷慨激昂之士，他们有时为了追求自由打破束缚会“咄咄逼人”，甚至进行激进的抗争，不啻为“时代思潮的引领者”。

清华对学生的管理非常严格，遵章法、讲纪律，作息时间十分规律。严谨的生活在潜移默化中养成了学生谦虚谨慎的人格，课堂上的教学风格也思入细微，目的是让学生养成优良的品质与纯正的品行。以一种积极向上的姿态，饱满高昂的情绪面对学习、工作、生活，即使遭遇重重困难，也要勇敢地逐一克服困难，成为人生强者。

北大对学生的管理相对宽松，更注重学生内心与精神上的需求。课堂学习氛围相对更加轻松，容易激发创新，让学生开阔眼界，在精神上得到更多愉悦。北大的学生不惧权威，主意很多，可以根据自己的喜好上自己喜欢的课程，学自己喜欢的专业，可以随时否定老师的观点，发表自己的见解。他们尊敬有资历的先生，但更加尊敬才能和知识，袒露出积极的浪漫主义情怀。

清华被誉为实干家和工程师的摇篮，北大被称为思想家和革命家的圣地。旧时清华学生讲英语，多西装革履，北大学生则普遍具有扎实的中国传统哲学功底，喜穿长袍。在 1981 年举办的女排世界杯比赛上，中国女排首夺世界冠军，全民欢腾举国欢庆，清华学生在庆祝时低调内敛地喊出“从我做起”；北大学生当晚则点燃扫帚当火把游行，喊出的口号是“振兴中华”。借用德国哲学家马克斯·韦伯（Max Weber，1864—1920 年）的一个概念来比较两校，清华侧重“工具理性”，北大则偏重“价值理性”。就我个人的感受来说，在清华更多是“学做事”，注重学习本领，积厚实力，通过努力全方位充实自我；在北大更多是“学做人”，注重打开视角，革新思维，学习如何更好地与人打交道。

多样的校园文化才能造就社会所需要的多样化人才，没有特点就会失去立足高校之林的资格，失去特色就没有存在的理由。对于两校的差异，我很难去评说孰优孰劣，但正是因为有了这些精彩的差异，才使两校作为中国高等教育的两个窗口，为中国的社会发展与进步培养出了不可或缺的多类型人才。

5

时代在发展，新的问题和矛盾也必然涌现。当前社会越来越多地出现了教育焦虑和阶层焦虑，家长们都在“鸡娃”“内卷”，希望孩子能考上一个好大学，找到一份好工作。网络上关于“考上清华北大，真能改变一生吗？”的话题，也一度备受人们关注和热议。不少两校的校友站出来以身说法，谈到了在高校的求学生涯对自己一生的影响，其中多为积极正面的影响，认为清华北大帮助改变了自己的命运，但也有不少人认为即便考上了清华北大，在当今社会也无法改变自身所处的阶层。由此，这个话题似乎上升到了对教育与阶层关系的思考。

虽然近年来高校普遍扩张，但是从全国的数据来看，高考专科及以上录取率约80%，本科及以上录取率约40%，一本录取率在15%附近，211和985高校录取率分别仅约为5%和2%。在地域方面，北京、上海、天津由于直辖市优势，录取率遥遥领先于其他省份。对于位于金字塔尖的清华北大，入学竞争是非常激烈的，即使录取率最高的北京也只能达到1%，其他绝大部分省份都在0.1%以下，最低的西南偏远省份甚至仅为0.03%左右。能考上清华北大的学生，作为众多家长心目中“别人家的孩子”，可以说走上了人生巅峰，最起码在高考这一阶段取得了辉煌，因而被寄予厚望，将来步入社会后不要说不能去卖猪肉，就是稍微躺平一点都不行。

这些大家印象中的“天之骄子”，曾经踌躇满志，以科学家和历史伟人为榜样，立志要为祖国科研和人类解放事业而奋斗的孩子们，在毕业之后的年月里，真能够遵从当初立下的远大志向，成就一番伟大的事业吗？答案当然是不尽然。现实中，有一部分年轻人在当年拼尽了力气，考上了顶级名校，毕业后却依然无法过上当初预想的生活，于是发出了“考上清北也没法改变一生”的感慨。这些焦灼的情绪和复杂的心理，其实很正常，也完全可以理解。因为原因很简单，就是理想很丰满，现实很骨感。就像高考并不是所有人都能考上清华北大一样，毕业后也并不是所有人都能过上自己想要的生活，以及实现找到好工作拿到高薪酬这样世俗意义上的成功，即便是清华北大的毕业生，也无例外。

在绝大多数情况下，人都是被社会改造的，很少能有人真正改造社会。那么尽自己最大的能力考取一个好大学到底有没有价值？能不能实现阶层上迁呢？对于这个问题，专家学者的相关研究给出的答案基本上都是肯定的。法国著名哲学家和社会学家皮埃尔·布尔迪厄（Pierre Bourdieu，1930—2002年）在其著作《国家精英：

名牌大学与群体精神》中强调："教育机构被资本和权力划分为一个个场域，学生在名校中也直接受到社会精英的垂青和赏识，学习能力与文化资本、社会资本正相关。"在他看来，教育本质上是一种"国家魔术"，它通过再生产特定符号的资本权力，保证权力的运作、转换，从而维护社会秩序。通过教育和文化的影响，特别是通过"名校光环"的加持，年轻人可以获得改变阶层与命运的可能性，这是一个很明显的趋势。

诚然，我们也要看到，社会发展的阶段不同，教育对阶层流动的影响力也大有不同。当前阶层固化似乎越来越紧实，竞争压力不断增加，如今的年轻人想要通过考取名校来改变命运，的确难度要大很多。但是，我们不能因此就否定考取一个好学校的价值，以及否定为此而付出努力的必要性。人生之路长漫漫，将来长远的发展情况如何，其实在于平时点滴的积累。最终决定一个人走向何方，能走多远，其实还是品性、智慧与情商等综合因素的共同作用。优质的教育在任何时代都是宝贵的财富资源，好的学校有助于年轻人培养独立思考的精神和不断追求进步的心态，增加选择的底气与全面发展的可能性，也决定了在面对契机时能更好地把握，在遇到挫折时能够越挫越勇。所以珍惜当下，做好眼前的事，戒骄戒躁，踏实前行，在任何时候都是必要之举。不要着急让生活给出你想要的全部答案，而是做一个强大的自我，当机会出现时能够紧紧抓住，只有这样，人生的主动权才会牢牢掌握在自己的手里。

6

重返校园，在3年时间里，每个学期的周末两天，我都会来到博雅塔下和未名湖畔，聆听老师的谆谆教诲。3年寒暑的在职硕士研究生学习阶段，充实且难忘。有赖于师长、同学、朋友和家人的关心、帮助与支持，让我收获良多，塑造了一个更加充满自信的自我，让我学有所长，术有专攻，内心充盈喜悦，亦无比感激。

感谢我的导师路风教授，对我的毕业论文进行了精心指导。老师既严格要求又循循善诱，对我在论文写作过程中遇到的困难和问题悉心予以解答，提出了很多具有建设性的意见与建议，帮助我明确方向、开拓创新。我的毕业论文最终能得以顺利完成和通过答辩，可以说其中的每一步都凝聚着老师辛勤的付出。老师严谨的治学精神、和蔼的处世态度、高尚的人格作风尽显大师风范，让我钦佩至极，他的教导让我受益终身。

感谢北京大学政府管理学院的所有老师，特别感谢任课老师们不辞劳苦地在周末为我们传道授业解惑。老师们对学科专业知识的把握、对前沿领域研究的敏感都让我受益匪浅。感谢各位老师的培育之恩和知遇之恩，师生情谊，终生难忘！

感谢 MPA 班的同学们和校友们，深入的讨论往往能激发出思想的火花，愉快的交流常常让我领略到精辟的见解。图书馆阶梯教室百年大讲堂留下了我们孜孜求学的劲头，邱德拔体育馆的羽毛球赛场和游泳池碧波里留下了我们矫健的身影，农园勺园燕南园食堂留下了我们分享美食的欢声笑语，难忘的相处时光让我们收获了美好的同窗情谊。

感谢我的家人和朋友们一直在我身后默默地关心我、鼓励我、支持我。家是避风的港湾，朋友是互相扶持的伙伴，让我获取足够的力量，继续向前。

从北大毕业

回望度过三年学习时光的燕园，“燕园其实不大，未名不过一勺水。水边一塔，并不可登；水中一岛，绕岛仅可百余步；另有楼台百十座，仅此而已。”诗人谢冕先生勾勒出的燕园线条是如此简单，但就是这一水、一塔、一岛构筑的湖光塔影之中，近代中国百余年影像不舍昼夜一幕幕地投射其间，映照出北大所怀抱的天下之责、家国之任。在这里，有个性天马行空的自由演绎，有校风兼容并蓄的恢宏气度，有对学术的执着、对国家民族前途与命运的责任忠诚……在北大校歌《燕园情》的旋律里，爱国、进步、民主、科学弦歌不辍、薪火相传。

燕园情

红楼飞雪，一时英杰，

先哲曾书写，爱国进步民主科学。

忆昔长别，阳关千叠，

狂歌曾竞夜，收拾山河待百年约。

我们来自江南塞北，情系着城镇乡野；
我们走向海角天涯，指点着三山五岳。
我们今天东风桃李，用青春完成作业；
我们明天巨木成林，让中华震惊世界。
燕园情，千千结，问少年心事，
眼底未名水，胸中黄河月。

第五章

一年好景君须记　最是橙黄橘绿时

踏入职场

1

2008年夏，伴随着北京奥运会熊熊燃起的圣火，我踏入了北京商务中心，入职普华永道会计师事务所，在东三环财富中心的写字楼里开启了我的职业生涯。

经济金融界人士常说的四大会计师事务所（以下简称四大），是指世界上规模最大的四家会计师事务所，分别是普华永道（Price Waterhouse Coopers，PwC）、德勤（Deloitte，DTT）、毕马威（Klynveld Peat Marwick Goerdeler，KPMG）和安永（Ernst & Young，EY）。从全球市场来看，四大会计师事务所拥有强大的全球品牌资源，无论是在收入规模、从业人员数量方面，还是在执业能力、管理水平等方面，均体现出明显优势，居于行业领先地位。

1992年，四大会计师事务所先后进入中国，它们作为领先的服务型跨国公司，当时国内尚无有实力的事务所与之抗衡。根据国情和历史发展的需要，四大会计师事务所分别与我国财政部签订了20

年或25年的合作协议，采用“中外合作”模式，由中外共同出资组建中外合作会计师事务所。协议期内，四大会计师事务所在国内的形式是有限责任公司制，取代了国际通行的成员所模式和传统的合伙人制。协议期满后，中外合作会计师事务所进行本土化转制，改为特殊普通合伙组织形式，合伙人将承担无限连带责任。“中外合作”的模式使得四大会计师事务所在开始进入中国时顺风顺水，在合作经营期内享受了“超国民待遇”，并凭借其能力与资质将优质客户悉数揽入，拿走了中国会计行业总收入中超过30%的蛋糕。在合作协议陆续到期后，四大会计师事务所朝着本土化方向发展，特殊待遇逐步消失，目标客户逐步由高端市场向中低端市场转变。现在，它们与国内的会计师事务所一起，在我国法律框架和统一市场规则下公平竞争。

在现代金融领域中，如何捕获风险适中、回报率高的投资，不仅是普通投资者追求的目标，而且一直是经济学研究的热门话题。投资决策最重要的一项参考资料就是企业的财务报表，会计师事务所通过提供审计鉴证业务，以专业和诚信背书，实施包括财务报表复核、实地调查取证、验资鉴证、业务运作评估以及相关专项报告服务等，证实财务报表的可靠性、公允性和精确性，由此增强投资者的信心。在欧美国家，长久以来，传统的审计鉴证服务一直是四大会计师事务所的核心业务和主要收入来源，几乎能占到总收入的半壁江山，可以说是审计鉴证业务的发展造就了会计师事务所行业的繁荣。

变化发生在2008年以后，以次贷危机为导火索的美国金融危机逐步演变成自1929—1933年经济大萧条以来最严重的全球金融危机。人类经济金融史上第一次出现了与衍生金融产品紧密相关的金融危机，并迅速蔓延到实体经济，造成全球性经济衰退。面对来势汹汹的全球金融危机，会计师事务所的业务结构也发生了变化，业务重心有所转移。具体表现为审计业务收入萎缩较为明显，管理咨询业务收入所占比重逐步增长，呈现"轻审计重咨询"的发展趋势。会计师事务所的业务从单一的审计服务拓展出了多元化的服务，主要包括税务、风险管理、内部控制等管理咨询业务，具体包括为雇主编制和提交所得税税单、进行税务筹划，建设风险管理体系，提供企业资源计划系统(Enterprise Resource Planning, ERP)控制服务、IT 系统优化服务，协助制订战略规划等。管理咨询业务发展势头强劲，正逐步成为会计师事务所收入构成与增长的主要支柱。在我国，四大会计师事务所的绝大部分收入来源一直以来都是审计业务收入，比例高达 70%，税务服务、管理咨询、信息技术服务等其他业务领域也在逐步拓展，但相对来说还有较大的发展空间和广阔前景。

初出校园，对于刚步入社会的会计系毕业生来说，首先选择在会计师事务所工作是一个比较合适的职业生涯起点。这样的选择既符合专业对口，又能在短时间内让新入职者迅速掌握企业财务的实践知识，对以后的职业发展大有裨益。

从会计师事务所的角度来看，它的特点是培养具备专业素养并适应市场的职业人士，最看重的是应聘者在以下三个方面的能力和表现。

一是牢固的专业知识和执业资格证书。会计师事务所具有智力密集型特点，需要牢固的专业知识作为基础。会计学本科毕业生经过在校的学习训练，大多都能具备一定的专业知识，在校期间即可取得会计从业资格证。进入会计师事务所后，高等级的职业资格证书愈加被看重，其中最重要的就是注册会计师考试（CICPA）。通过注册会计师考试成为注册会计师，是专业水平和能力的体现。此外，还可继续参加中级会计师、高级会计师等考试，或开发其他方面的技能，如获取计算机等级证书、编程认证证书等，都对拓展职业广度有很好的帮助。

二是与行业相关的实习经验和从业经验。无论是外资所还是内资所，只要应聘者在这个行业里参与过实习，那么同行间大多是互相认可实习经历的。有了实习经验，就代表着应聘者从进入公司的那一刻起，就不是白纸一张，而是有了一定的经验，进入项目组后对于各项工作可以很快上手，能直接为公司创造效益了。另外，对于想跳槽的求职者来说，丰富的从业经验、扎实的业务能力、良好的业界口碑一定是强有力的敲门砖。

三是积极的协作态度和良好的沟通能力。会计师事务所的项目都是以团队形式来完成的，如何在团队中把自己的角色扮演好，尽职履责，推动项目按计划进行，是每一个团队成员的职责与使命。此时，积极的协作态度和良好的沟通能力是在专业水平之外最为看重的素质，一个团队既有分工又有协作，团结一致才能为客户提供最完善的服务，才能更加显现出专业的金融从业者的执业水准和执业操守。

会计师事务所可以说是培养金融职场人士的摇篮，员工在这里能迅速获得成长。在四大里做两年审计工作和在企业里做两年财务工作相比，绝对是在四大学到的东西更多。许多大型企业在社会招聘中推出的财务分析、财务经理等岗位，都比较看重四大的工作经验。可以说，在财务相关领域，四大人与非四大人相比，绝对具有一定含金量和占据优势。

2

在会计师事务所工作，专业与压力并存，长处与不足也非常明显。所以在入职之前，一点要看清自己是否契合四大的工作场景，四大的职业状态是不是自己真正想要的。

好的方面主要有以下几点。

一是专业氛围浓厚。会计师事务所的员工能接触到的客户大多为各行业的龙头企业，其中不乏世界五百强企业，这样可以在短时间内接触到大量优质客户，快速了解企业财务的实操技能，积累工作经验。会计师事务所的总部办公地点一般选择位于城区的商业核心区域或重要交通枢纽地段，可以很好地匹配快节奏的工作方式，浓厚的金融财务氛围时刻都在潜移默化地熏陶着员工。

二是工作节奏鲜明。会计师事务所的工作节奏具有季节性，在出报告的忙季，员工要加班加点追赶项目进度，质量和时间要求被强调为“第一”生存法则；在报告期之间的闲季，员工多数会进行休假和准备专业职称考试，事务所会提供各种形式和渠道多样的培训，员工能够通过学习不断充电，更新知识，贴近市场，更好地提升自身的专业能力。会计师事务所极为看重自身执业质量和口碑建设，以诚信为本的行业底色促使员工对诚信要求在根本上进行认同，对员工投资的同时能反哺会计师事务所进一步提高服务质量。

三是晋升机制透明。只要工作能够通过考核，新人花上两三年左右的时间大都可以从审计员晋升为高级审计员，再过几年就可以领导一个现场作业的小团队了。在正常情况下，维持一年一小升，三年一大升的晋升速率直到经理级别前，几乎是水到渠成的。伴随着职级晋升，薪酬也会同步增长匹配到位。经理级别之上，想要再升至高级经理或合伙人，执业资格、个人能力以及对事务所的贡献度将是决定因素。

四是团队合作顺畅。四大会计师事务所的业务开展以项目为团队，由项目经理带领组员参与项目的执行，高级经理管理整个部门的各个项目，合伙人管理整个部门和事务所。事务所内虽有职位等级之分，但同事间相处是平等的，沟通与交流很少有限制。每位新人在入职时都会分配一位有经验的同事指导和提携，合伙人也会经常与下级同事交流，传道授业解惑，因此大部分团队的氛围都比较和谐。

不足的方面主要包括下以两个方面。

*一是加班文化盛行。*作为服务型行业，为赶在时间节点前完成项目任务，会计师事务所的加班加点是日常操作。在忙季，员工拼命工作，一周工作七天没有周末，基本上每天都要工作到深夜，至凌晨两三点才能回家是常事，出具报告之前甚至还要熬几个通宵。繁忙的工作和强大的压力是这个行业的特点，对员工的身体素质和身心平衡是很大的考验。

*二是难获得归属感。*会计师事务所的员工常常忙于奔波一个个项目，重复流水线式的作业模式，可能找不到归属感，难以形成对企业文化的归属认同。作为乙方中介服务供应商，会计师事务所的工作性质具有间接性，工作节奏具有跳跃性，可能会使员工感觉不是在做自己的事业，只是在为他人服务，因此形成职业生涯的成就感缺位。

因为上述特点，四大会计师事务所的员工流动呈现一种“一三五”现象，很多员工集中在工作的第一年、第三年或者第五年之后选择离职。第一年离开，一般原因是不适应会计师事务所的工作节奏，无法平衡工作与生活，实在熬不下去了，不如趁早逃离苦海；第三年离开，是已经积累了几年工作经验，可以继续到高校读书深造，或进入企业，企业的财务岗位对于在四大工作过的有一定经验的求职者是比较青睐的；第五年离开，是眼看着快要升经理了，但注册会计师的执业证书还是水中月镜中花，怎么捞也够不着，无奈只能另寻高枝。五年之后，只要能在会计师事务所一直熬下去，最终成为合伙人的概率也就相当大了。

我在普华的审计部门金融组工作了近两年，参与了多家金融机构的年度财务审计和内部控制审计工作，完成了大大小小近十个项目。在这之后，我经过慎重考虑，提交了辞呈。当最后一个项目结束时，项目组的同事们聚会，这时我才跟大家说要离职。同事们都颇感意外，在没有任何征兆悄无声息的情况下得知我要离开公司的消息，其实这是我已经计划了一段时间后做出的慎重选择。作为一名会计系毕业的学生，我见识了国际会计师事务所的专业工作模式，收获了成长和友谊，接下来选择离开，是为了追寻一份事业上的归属感，另寻一份属于我自己事业的领域。让我感到欢欣的是，趁还有勇气，趁还有大好时光，我做出了改变，期冀积极地去追寻自己的梦想。

入职普华两年，难忘入职培训时老师的人生感悟分享，她说去参观乔家大院进门看到的第一句生意古训是“学会吃亏”，一语真谛，道出了世事艰难和成长领悟；难忘在大雨滂沱的夏季夜晚，加班至深夜，从客户办公室走出来时，街面上已是齐膝深的水流；难忘事务所年会上同事们光彩夺目的装扮，在经历了项目的折磨之后依然精神抖擞光鲜亮丽；难忘本已定好的西北出差之行因边疆事件取消，给我带来的彷徨、煎熬与无奈；难忘元宵节的傍晚回到财富中心，隔着东三环看消防员最美逆行扑救央视大楼大火……

翻过职业生涯的第一篇章，是告一段落，亦是新的启程。

永远保持对生活的热情，保持对理想的执着，始终自信，做一个强大的自我，相信前行之路会越走越宽广。

水调歌头

1

20世纪末，国际社会形势云谲波诡，经济全球化这把“双刃剑”在发挥正效能的同时，也加剧了国际竞争。在1997年前的20多年时间里，东南亚地区一直被认为是世界经济增长最快的地区，也普遍被认为是世界经济发展最富活力的地区。韩国、新加坡、中国台湾和中国香港被称为亚洲“四小龙”，取得了令世界瞩目的经济增长速度；泰国、马来西亚、印度尼西亚、菲律宾的发展同样引人注目，被称为亚洲“四小虎”。较高的储蓄率、廉价的劳动力以及大量进入的外国资本造就了这些地区蒸蒸日上的发展奇迹，获得了国际社会的广泛赞誉。

就在一片赞美声中，缺乏高生产率和创新以及高附加值的产业一直是东南亚地区发展的软肋。对于“四小虎”之一的泰国来说，由于积极实施鼓励外资的政策，20 世纪 90 年代大量外资涌入，但这些外资主要不是投资办厂，而是炒楼炒股。泰国的房价及股市因此大幅上扬，泰铢升值，对出口导向型经济造成严重损害，经济泡沫逐步形成。泰国的经济总量有限，初级的金融市场过早开放造成监管和风控难以跟上，汇率紧盯美元缺乏弹性，外汇储备不足，需要和许多亚洲国家一样从海外银行和金融机构借入大量外债，政府因此经常性赤字。由于这些弱点太过明显，以至于泰国在国际金融投机商眼里毫无抵抗力。

经过高速增长后，东南亚一些国家的房地产、外汇储备、金融市场管理产生混乱与失控，给投机者提供了千载难逢的捕猎机会。从 1997 年开始，以美国“金融大鳄”乔治·索罗斯的量子基金为首的国际投机商开始对觊觎已久的东南亚金融市场发动攻击，试图利用东南亚国家脆弱的抵抗力，搅乱该地区的金融市场，在浑水摸鱼中狠捞一笔。索罗斯的如意算盘是先从最不堪一击的泰国、印度尼西亚、马来西亚入手，进而搅乱亚洲“四小龙”中的新加坡、韩国、中国台湾，最后攻占中国香港。索罗斯认为，只要击垮了一个国家的金融市场，那么其他国家就不可避免地一个接着一个倒下，这就是所谓的“多米诺骨牌”效应。他们试图造成无坚不摧的印象，击溃市场信心，引发“群羊”心理。于是，从 1997 年下半年至 1998 年年初，国际游资开始大肆做空亚洲各国汇率，亚洲金融危机如飓风一般席卷东南亚各国。

亚洲金融危机波及范围之广、速度之快和破坏之深，至今都令全球震惊。在这场危机中，东南亚各国的金融市场遭遇了剧烈动荡，金融体系元气大伤，社会动荡，秩序混乱，劳动力工作岗位大量减少，国民收入减少的同时生活成本增加，导致大面积的贫困化。这场危机将生机盎然的亚洲带向了一个万户萧疏的时代，所到之处一片狼藉，数十年发展成果毁于一旦。这些国家要恢复到危机前的水平，再次以蓬勃的生机闪耀于世界经济舞台，重新成为世界经济的“发动机”，至少需要五至十年的时间。

国际炒家利用汇率、股市和期市之间的互动规律大肆投机，在1997年首次冲击香港市场大获而归后，又多次小规模狙击港元，狂妄地要将香港变成他们的“超级提款机”。1998年8月初，国际游资开始对香港发动新一轮进攻，索罗斯连同其他财力雄厚的“金融大鳄”再次强力冲击香港奉行的联系汇率制。在来势汹汹的猛烈冲击下，香港金融市场遭受重创，恒生指数暴跌，一年之间总市值蒸发近2万亿港元。同时，港元兑美元汇率迅速下跌，香港各大银行前出现了一条条排队挤兑的长龙，这是香港自80年代以来从未遇到过的情况。面对危急形势，在请示中央政府后，香港特区果断决策，入市干预，股市、汇市、期市同时介入，力图构筑一个立体的防卫网络。在与国际炒家决战的关键时刻，中央政府给予特区大力支持，坚持人民币不贬值，并派出两名央行副行长到香港，要求香港的全部中资机构全力以赴支持香港特区的护盘行动。当月期货结算前的决战日，双方交战场面惊心动魄，香港全力顶住了国际投机者空前的抛售压力，稳稳地托住了恒生指数，在打击国际炒家、保卫香港股市和货币的战斗中，香港特区获得了胜利。

经过几轮贴身“肉搏战”后，国际炒家弹尽粮绝，落荒而逃。在整个亚洲金融危机中，唯一顶住了索罗斯进攻而没有经济崩溃的，就只有回归祖国后的香港。事实证明，正是中央政府和香港特别行政区政府运用“宏观调控”进行了入市干预，才让香港保住了几十年的发展成果，正是得益于中国政府的人民币不贬值策略，以及对帮助港币保卫战做出的庄严承诺，才守住了港币，进而保住了人民币，防止危机传染至中国大陆。

面对国际游资的嚣张气焰，中国作为负责任的大国，在亚洲金融危机中，一方面，承受了巨大压力，付出了很大代价，承诺和坚持人民币不贬值，此举增加了国内外投资者对中国经济的信心，对亚洲乃至世界金融、经济的稳定和发展都起到了重要作用；另一方面，在国内实施积极的财政政策与扩张性的货币政策，加大基础设施建设投入，扩大国内需求，刺激消费，保持了国内经济的健康和稳定增长，有效防范了金融危机的冲击，对缓解亚洲经济紧张形势、带动亚洲经济复苏发挥了重要作用。

在亚洲金融危机爆发前，美国麻省理工学院的经济学家保罗·克鲁格曼从1994年起就敲响了警钟。他相继发表了《东亚奇迹的神话》《亚洲奇迹曾发生过什么？》《日本的误区》等一系列提出疑问的文章，提示这一地区在经历了世界经济史上最为辉煌的长达20年的繁荣之后，必须开始正视现实问题。亚洲金融危机爆发后，全球经济学界和金融学界都进行了多角度研究，人们已经懂得并逐渐学会从全球化的视角来审视这场灾难深重的危机。针对金融体系的研究表明，这次金融危机暴露了一些亚洲国家经济高速发展背后的一系列深层次问题，突出表现为金融体系脆弱，银行业不良贷款率高，在经济金融全球化的背景下，国际游资大进大出，来自外部的巨大冲击很容易导致内部金融体系的崩溃以及整个经济体系的剧烈震荡。

周边诸国在亚洲金融危机中的惨痛教训给我们国家提供了深刻的警示。20世纪90年代，中国在市场经济转轨过程中，有相当部分的国有企业已不能适应经济体制改革的要求，经营效益差，无力偿还银行贷款。彼时的国有商业银行和国有企业还没有成为相互独立的市场主体，国有银行被迫不断向这些国有企业放贷，导致银行不良贷款如“滚雪球”般越滚越大。据统计，到亚洲金融危机爆发时，我国银行体系的不良贷款率已高达 25%，一些国际投行的估测更高，并断定中国银行业已经在技术上破产，整个金融体系相当脆弱。

在此背景下，为了避免国内发生系统性金融风险，降低银行破产的可能性，党中央、国务院决定借鉴国际上通行的“外科手术疗法”，即通过“好银行—坏银行”模式，将银行不良资产剥离到“坏银行”，让陷入危机的银行迅速脱离困境，成为“好银行”。经国家决策，由财政部出资，于 1999 年相继设立信达、东方、长城、华融四家国有金融资产管理公司（Asset Management Corporation，AMC），作为政策性机构，分别负责对口收购、管理和处置建设银行、中国银行、农业银行、工商银行这 4 家国有商业银行的不良资产。四家 AMC 一次性以账面价格承接了超万亿元不良贷款，从而快速达到化解金融风险、维护金融体系健康稳定的目的。

与此同时，亚洲各国相继采取了很多类似措施以解决金融危机暴露出的问题，如银行业冲销了坏账，重组了资本结构，强化了公司治理，升级了审慎监管等。更为审慎的财政政策与货币政策在亚洲各国逐渐占据了主导地位，外汇储备日益上升，取代了以往严重依赖国外短期资金流入的局面，颓势终于扭转，信心得以恢复，资本开始回流。

作为专门的逆周期管理工具和金融救助机构，金融资产管理公司充分发挥了国家赋予的最初核心功能 —— 防范和化解金融风险，充当经济金融体系的“稳定器”、金融风险的“防火墙”和金融危机的“救火队”。金融是国家重要的核心竞争力，当 2008 年金融危机再次肆虐全球时，中国金融业却“风景这边独好”。可以说，中国金融系统稳健运行的军功章里，也凝聚着金融资产管理公司的汗水和担当。

2

2011年春，我入职东方资产，在金融国企继续我的职业生涯。

每个金融强国都有自己的金融坐标，美国有纽约华尔街，英国有伦敦金融城，日本有东京银座，中国自改革开放以来，伴随着金融业的快速崛起，北京也拥有了自己在中国金融版图中的地理坐标——金融街。金融街位于西二环以里，区域内集聚了以国家金融管理部门和大型商业银行、保险集团、券商、基金以及重要市场机构为代表的多家金融机构和大型国有企业总部。中国银行在20世纪80年代将总部选址在金融街，位于阜成门内大街410号，建成了第一座入驻金融街的金融机构总部大楼。现在这座大楼仍威风凛凛地矗立在金融街版图的西北角，作为东方公司的总部，见证着这一片国家级金融运营与管理中心区域的蓬勃发展。

在我进入公司伊始，恰逢AMC行业走过第一个十年。在这十年间，东方公司逐步探索出了一套科学有效的尽职调查技术和方法，建立了一套符合国情和实际的资产定价模型，培养了一支管理和处置不良资产的专业化人才队伍，圆满完成了党和国家赋予的“保全国有资产、化解金融风险、促进国企改革”的三大历史使命，树立了东方专业品牌。从第二个十年开始，东方公司朝着改制发展的方向阔步迈进。我进入公司后，即全程参与了公司改制审计评估工作，为公司夯实资产和净资产，卸下历史包袱，向真正的商业化业务转型贡献了自己的智慧和力量。在第二个十年，东方公司已经顺利完成了“改制—引战—上市”三步走战略目标的前两步，基本建立了“全周期”“全工具”“全网络”“全价值链”的业务优势。从北国冰城到南疆海岛，从东部沿海到西部内陆，新时代的每一天，东方人都在为国家和人民提供着竭诚周到的金融服务，演绎着一幅幅不懈奋斗、同心筑梦的生动图景。在全球金融业开放提速的背景下，东方人正勇立潮头、勠力同心，投身这个伟大的时代，不负青春年华。

东方公司的工作氛围融洽，同事间团结友爱，让我找到了一种归属感。这种归属感源于自己付出努力后的被认可，也源于大家齐心协力一致把团队工作做好。在合作方面，我认为最重要的是要拥有一颗同理心，就是要站在对方的角度和位置，客观理解对方的内心感受，读懂对方的目的需求，将心比心，设身处地去感受、体谅他人，双方为同一个目标而共同努力。拥有同理心，是一种高情商的表现，能够在完成本职工作的同时，多替别人着想，在大事上讲原则，在小事上讲风格，团队既有分工又有协作，这样整个团队的氛围才会越来越和谐，工作水准也会越来越高。

在职业生涯的前段，我理解到做一个好员工其实很简单，就是四个字：听话、出活。“听话”，就是眼到心到，理解上级意图，多问多思考，在遵循大原则的情况下可以适当灵活随机应变；“出活”，就是手勤脚勤，工作要有成果，上级交代的任务要做好，出现了问题及时解决问题，培养“画句号”的能力。当进入职业生涯的中段及以后，视野慢慢打开了，各项资源也逐渐充实起来，秉持好职业操守，职业生涯的道路也就能越走越开阔。

3

如果把国民经济比作一个具有生命力的生态系统，那么金融就是血脉，血管是否畅通、血量是否充足、血质是否优良，是肌体是否健康的标志。在新时代新形势下，AMC 作为国民经济稳健高质量发展中不可或缺的重要力量，肩负起了在金融体系中新的光荣使命，它能够发挥逆周期调控作用，助推国民经济实现良性循环。

第一，AMC 行业是国民经济打通血脉的“疏通器”。宏观经济运行具有周期性特征，如同肌体在运行一个时期后，总会沉淀一些无效低效杂质一样，金融血脉中也总会积累一些不良资产。如果防控不力，让这些杂质积少成多，就容易造成“血栓”或“梗阻”，轻则会形成小风险或个体风险，重则可能发展成为大危机或系统性风险。就像汽车发动机里的污垢需要用机油清理润滑一样，国民经济运行过程中产生的不良资产需要定期出清过滤，客观上就需要 AMC 发挥逆周期调控作用，担当国民经济良性循环的“疏通器”。国家的需要应使这个行业有战略自信，做到坚持回归本源、坚守主责主业、强化责任担当，AMC 就一定能彰显出真正强大的行业价值。

第二，AMC 行业是国家金融风险防控的“稳定器”。当前经济运行影响因素众多，经济社会的稳定与发展面临持续不断的挑战。防范化解重大风险，特别是金融系统性风险随之成为当前国家三大攻坚战之首。从成立之初，AMC 即是化解国家金融风险的主力军，通过收购处置金融不良资产修复金融机构资产负债表，通过托管救助问题金融机构阻隔金融风险蔓延扩散。历史实践证明，AMC 已经发展为我国金融市场重要的参与者，是防范化解金融风险、推动金融改革、维护金融稳定的重要力量。

第三，AMC 行业是供给侧结构性改革的“助推器”。随着我国经济进入高质量发展阶段，发展方式从要素驱动、投资驱动转向创新驱动。供给侧结构性改革正在深入推进，经济结构需要加快转型升级，产能过剩行业面临深度调整，僵尸企业面临市场出清，动能转换和历史累积的各种风险和问题需要化解。AMC 可以综合运用投资投行手段，对问题项目或危机企业进行重组、重整或者重构，整合激活无效低效资产，实现企业重生与资产增值，也可参加金融供给侧改革中的金融资产救助和金融机构救助，紧扣“三去一降一补”（去产能、去库存、去杠杆、降成本、补短板）五大任务，积极主动支持和参与供给侧结构性改革，自觉服从服务国家战略大局。

第四，AMC 行业是实体企业转型升级的“服务器”。实体经济是我国经济发展和在国际经济竞争中赢得主动的根基。AMC 行业可以依托自身连接金融和实体经济的独特优势，充分发挥自身主业和平台公司“主业协同工具箱”作用，重点通过盘活存量的方式，在产业结构调整、产业链整合、产业布局优化方面发挥积极作用，推动产业转型升级，推动实体经济发展质量变革、效率变革、动力变革。

“疏通器”和“稳定器”侧重于为国民经济发展“通脉活血”，“助推器”和“服务器”则更侧重为国民经济发展“造血补血”。在国民经济发展规模日益扩大和发展质量日趋提升的过程中，继续做大做强 AMC 行业，特别是巩固健全一支强大的 AMC 国家队，对建立健全具有中国特色社会主义市场调控体系，坚持党对社会主义市场经济的统筹协调、宏观调控，熨平经济周期波动，实现稳定健康发展等都具有重要意义。AMC 行业也必将在国家的大力支持下，立足功能定位，敢于担当作为，为国民经济保驾护航。

第六章

海阔天高日月长　丹心如火走四方

江南之旅

1

中国古代神话传说中，大禹随其父鲧治水，13 年间风餐露宿，走遍了当时中原大地的山山水水，从中悟到了“宜疏不宜堵”的治洪原理；春秋时期，孔子带领他的学生周游列国 14 年，推行儒家政治主张，希望用治国安邦来印证所学，在晋国边境看到黄河胜景时他心生感慨：“美哉水！洋洋乎，丘之不济此，命也夫！”北宋年间，苏轼一生颠沛流离，在宦海中三起三落，却洒脱逍遥，乐观自由，“问汝平生功业，黄州惠州儋州”，这三个他被贬的地方，成就了他的文学巅峰、伟大人格、超然境界；明代“药圣”李时珍遍访武当山、庐山、茅山、牛首山，足迹遍及湖广、江西、河南、直隶等地，收集药物标本和处方，并拜渔人、樵夫、农民、车夫、药工、捕蛇者为师，历经 27 个寒暑，三易其稿，终于完成皇皇医学巨著《本草纲目》；被称为“千古奇人”的明代地理学家、旅行家和文学家徐霞客，一生志在四方，历经 30 年考察，足迹遍及大半个中国，“达人所之未达，探人所之未知”，终撰成 60 万字地理名著《徐霞客游记》，为后人留下了珍贵的地理考察记录。

除了诗，还有远方。古人云“读万卷书，行万里路”，祖国的大好河山，需要亲自去走一走、看一看，才能得到最真实的体验。2017 年夏天，我和妻子领证后的蜜月之旅是在江浙沪的 9 天自驾游中度过的，2018 年夏天，我们又探寻了赣北瓷都和古韵徽州，是谓两次江南之旅。

旅程伊始，我们首先乘高铁从北京到上海，从“帝都”来到了“魔都”。作为国际化大都市，上海曾拥有许多耀眼的名片：“东方巴黎”“冒险家的乐园”“现代中国的钥匙”……现在我们常常称上海为“魔都”，其实这一词的来源历史悠久，日本人在 20 世纪二三十年代就把上海叫作“魔都”。最早可考的是来自旅沪日本文人村松梢风在 1923 年写的畅销小说，名字就叫《魔都》。他笔下的大世界、新世界、卡尔登、一品香、跑马场等旧上海知名地点，南京路、福州路等许多街道今天依旧在使用。当时上海高度发达，是亚洲的经济中心，因设立租界而形成的两个不同性质的空间相互渗透、相互冲突，三教九流什么人都有，由此产生了种种奇特的现象，很有后启示录的感觉，显得上海格外有“魔力”，所以被称为“魔都”。上海这个西方人眼中的“蓬莱仙境”，用其碰撞交汇的文化、错综复杂的道路、富丽繁华的建筑以及不可望其项背的经济优势，对外国的艺术创作者们持续散发着不可描述的魔力。或许连这位日本作家也未曾想到，他开创性地给出的这一称呼，在近百年后竟然再度流行。风靡一时的经典动画片《中华小当家》，第 34 集的标题就叫“魔都上海，黑暗料理界的宣战”。自从 2010 年上海世博会官方称赞上海为“魔力之都”后，这个圈地自萌的称呼就开始逐渐破圈，如今已成为上海的代名词。今天的上海连接本土与世界，文化上兼收并蓄，包容历史与当下，包容挑战与机遇，在繁荣美丽又错综迷离的景象中仍然承续着从前的魔性。

为逛一逛在上海展览中心举办的上海书展，我们就近入住位于陕西南路敬善里弄堂的一间LOFT民宿。民宿分两层，楼下是休息空间和厨房，木地板踩上去吱吱呀呀地响，沿着楼梯往上，阁楼是起居室,房东还特地在屋顶开了一扇小小的玻璃窗,若是晴好的夜晚，躺在床上就能看到浩瀚星空。整间民宿明亮清新、小巧精致，隐身于弄堂，极富旧上海的典雅味道。在上海，用中国传统的“立帖式”木结构加砖墙承重的方式建造起来的新式住宅被称为“石库门”，大门口总有一圈石头门框，门扇为乌漆实心厚木，配备铜环一副。虽身居闹市，但把石库门关起来，里面的小天地却能自成一统。一排排石库门住宅之间，就形成了一条条弄堂。弄堂是上海特有的民居形式，与北京胡同一样著称于世，构成了千万普通上海人最常见的生活空间，衍生了无数典故与记忆。当代作家王安忆创作的长篇小说《长恨歌》对弄堂是这样描述的：“站一个制高点看上海，上海的弄堂是壮观的景象。它是这城市背景一样的东西。”小说的女主角王琦瑶就出身于上海弄堂，沉鱼落雁、闭月羞花的她自从被选上上海小姐后，感情纠葛波澜起伏，在小说里度过了她锦绣烟尘式的传奇一生。

从敬善里弄堂出来，往东走约五百米是田子坊。“田子坊”这个名字是画家黄永玉起的雅号。这里在20世纪还是一个拥挤的马路集市，天晴一片尘、下雨一地泥，新千年后这片弄堂焕然一新，摇身变成了现代创意聚集地。经改造后的巷子保留着里弄民居的味道，里面隐藏着许多艺术家的工作室、创意店铺、画廊和摄影展室，还有各式各样的咖啡馆。每家店铺都想方设法地突出自己的特色，极有情调，为这片空间增添了许多浪漫的人文艺术气息。田子坊既被称为最热闹的弄堂，也被称为最具小资情调的弄堂，如今可谓来上海的游客必打卡之地了。来田子坊需要一颗崇尚艺术、小资的心，伴着习习凉风，走走停停，迂回穿行在迷宫般的弄堂里，遇见感兴趣的店就进去看看，随心而动，累了就找一家店坐坐，最好是靠窗，看着明媚的阳光铺在地上，闻着人来人往的小巷里飘着的苦甜的咖啡香味，听着店里播放的爵士音乐，享受这一刻难得的安宁。

沿着陕西南路往北走大约一千米，街右手边有一家小龙凤茶餐室。店面有两层，外墙铺满了方正的复古绿的小瓷砖，店内有李小龙、陆小凤、楚留香的电影海报，还有国货商场、发型屋、驾校、药房、报税等各种小广告，弥漫着浓浓的港式风情和街头元素，宛若直接将香港的龙凤餐室照搬了过来。我们坐在稍下沉的一层临窗的第二桌，透过彩色玻璃窗可以瞧见外边街面上熙熙攘攘的行人。后来我看热播电视剧《三十而已》时，就发现这部电视剧在这家餐厅取了景，在第 9 集中，剧中主角陈屿和钟晓芹因鱼缸通电插头被拔而吵架后，第二天的早餐就约在小龙凤。巧合的是他们对坐的桌子恰是我们曾经坐过的那张桌子，看着墙壁上熟悉的宣传标语，让追剧的我顿觉亲切感满满。餐室菜品繁多，各有历史和风味，价格也比较适中，我们点了潮汕手打牛肉丸、香辣炒花蛤、猪扒菠萝包、红豆双皮奶等，重点是招牌嗱喳面。“嗱喳”意思为混杂，嗱喳面又叫车仔面，起源于 20 世纪 50 年代的香港，由谋生的小贩推着简陋的木头车在街头贩卖。小贩以煤油作为燃料，在煮食格里煮面，搭配不同配料，为贫苦的草根阶层填饱肚皮。一辆小推车，既要轻便，以方便在城市管理队围追堵截时“逃跑”，也要多功能，有灶头煮面也要有储物空间放得下碗碟汤勺。螺蛳壳里做道场，一辆车仔，充分显示了市井智慧，也曾填饱过多少食客的肚子，承载了多少家庭的生计和希望。从困苦岁月里诞生的车仔面现已成为香港市井饮食文化的代表之一，甚至娱乐圈的天王天后们都将它视为挚爱。车仔面不求精致，但求货真价实，配菜丰富，有鱼蛋、贡丸、牛腩、猪肠、鱿鱼须、萝卜、蔬菜等，配上辣汁，将富有弹性的面一嗦到底，叫人一尝难忘。诸多电影里都出现过这碗面，《食神》里，周星驰道出了车仔面的讲究；《春娇与志明》里，港男张志明念念不忘一碗车仔面，余春娇便从香港带了一碗给他；《岁月神偷》里，在逆境中自强奋斗、越挫越勇的一家人，更体现了诞生车仔面的那个时代的精气神——只要有一双手，肯吃苦，肯动脑，就有希望，“做人，总要信，总要信……总要相信，只要不放弃，总能熬过去”。

小龙凤餐室

品尝完小龙凤餐室的美味和历史，往北再走约五百余米，在临近延安高架的马路左手边，可以看到一幢犹如童话世界里的城堡——马勒别墅。这座别墅占地五千余平方米，由六栋建筑组成，主楼与附楼连接起来，高低错落有致，屋顶陡峭，两座高大的主塔如剑鞘一般挺立。三层楼的主体建筑是纯粹的斯堪的纳维亚风格，立面用赭红和浅灰两种颜色的耐火砖交替呈横竖几何状排列砌成，门窗为拱形，框架凸出墙面，让整座建筑外形凹凸绮丽。主楼南侧是近两千平方米的花园，四周用彩色花砖铺地，内有草坪，植有龙柏、雪松。马勒别墅色彩斑斓，外观看起来极具北欧乡村风情，但各类装饰的许多细节又颇有中国味道，如院墙以黄绿色琉璃瓦压顶，大门口还蹲守着一对中国式的石狮子，宛若《红楼梦》里荣、宁两府，主人的中国情结由此可见一斑，也让这幢别墅兼中西美学理念于一身。好的建筑就像艺术品，最早总是与美好的梦想相关联，马勒别墅脱胎于一个小女孩的梦境。相传英籍犹太裔富商伊利克·马勒（Eric Maller）的爱女在一天夜里做了个梦，梦见一座“安徒生童话般的城堡”，她醒来后告诉了父亲，父亲马勒就根据女儿梦中所见建造了这座梦幻花园住宅。马勒在1919年刚踏入上海时，只不过是一个西方的小瘪三，靠赌马吃饭。后来他幸运地凭借一匹屡战屡胜的跑马，在短短几年时间里就加入了上海跑马总会，成为总会事和跑马厅大班。不久后他又继承父业成为一家轮船公司的老板，积累了相当多的财富，成为上海首屈一指的大富豪。

马勒别墅

马勒别墅于1927年开始建造，历时9年，于1936年竣工。但就在竣工后的短短5年，1941年太平洋战争爆发，身为犹太人的马勒一家被日本人赶进了集中营，留下了这栋无法带走的“梦幻城堡”，成为日军俱乐部。“二战”结束后，马勒黯然神伤地离开上海，不久即离世。抗日战争胜利后，马勒别墅又成了国民党的特务机关，1949年中华人民共和国成立后，成为共青团上海市委办公场所。1989年，马勒别墅被列入上海市首批近代优秀保护建筑，成为上海的标志性建筑和公认的上海滩十大花园洋房之一，并于2006年成为全国重点文物保护单位。2001年，马勒别墅被改建成精品酒店，命名为衡山马勒别墅饭店。饭店的开业撩开了马勒别墅神秘的面纱，更让它成为国内城市中唯一一家由一类近代保护建筑改建的现代酒店。

告别马勒别墅的传奇，我们跨过延安高架路的天桥，直奔左手边的上海展览中心。但等等，上海处处是历史，遍地是典故，站在天桥上往东瞧，右手边就是静安别墅和张园，其鼎鼎大名和传奇色彩不由得不让我再着点儿笔墨探寻一番。20世纪20年代，为了适应当时崇尚西欧生活习惯的富裕阶层小型家庭独住的需求，南浔富商张静江家族在此买地修建静安别墅，建起了十二排三层红砖洋房，轰动整个上海滩。弄堂在设计之初就为住户们预留了停车位，所以主弄显得格外宽阔。雕花地砖、花园庭院、带巴洛克风格纹饰的阳台，让中西风格在此合璧。静安别墅的租金也贵得离谱，要用金条支付。这里成为当时诸多名门望族和社会名流的聚集地，是上海滩著名的富人区，一时风头无两。孔祥熙于1942年购得大部分静安别墅产业，后对外出租。蔡元培先生就曾居住于此，开始了他的革命工作和教育事业。当时的居住者中不乏在洋行上班的高级白领、众多姨太太、交际花，以及国际间谍。张爱玲在小说《色戒》里所写到的“印度珠宝店”“西比利亚皮货店”就开在弄口的沿街处，特别是老字号“凯司令咖啡馆”至今仍风光无限，李安导演的电影《色戒》也专程来此处取景。电影中，女主角因为“鸽子蛋”戒指动容，暗示男主角逃走，原定的暗杀计划破败，女主角与友人全部被捕，当夜被枪杀。男女主人公相约去珠宝店执行刺杀计划这一千钧一发的画面，就发生在凯司令咖啡馆里。人生如戏，他们已如烟云般消失在历史的长河里，但时至今日，凯司令咖啡馆仍坐落在原址。静安别墅至今仍是上海最大的新式里弄住宅群，现已归属历史文化风貌保护区。如今的静安别墅在岁月的洗礼下褪去了浮华的表面，飘荡着小馄饨香味的弄堂里走动的大多是老居民——佝偻着背缓缓步出弄堂的阿婆，院子里敞怀闲聊的大叔，少数沿着弄堂的门面开着理发店、水果店的老板，再剩下的便是穿梭在弄堂里三三两两的游客。保留了海派生活风味的静安别墅，其独特的韵味与别样的风情常勾起无数上海人的回忆。

静安别墅再往东，只隔一个街区，就是张园。张园在历史上是赫赫有名的“海上第一名园”，被誉为“近代中国第一公共空间”，许多历史故事都曾发生在这里。张园的发端可以追溯到百年前，最早由英国商人格龙营造为园，后流转到和记洋行（李嘉诚旗下和记黄埔的前身）手中，再后来由深得李鸿章赏识的轮船招商局帮办、无锡富商张叔和于1882年花了一万多两白银购得，起名为“张氏味莼园”，简称“张园”。“味莼”二字，取自晋代名士张翰为思念故乡美食“吴中三鲜”——菰菜、莼羹、鲈鱼脍而辞官的故事，常被用来寄托厌倦名利、退隐林下之意。在功成名就之后，置办花园作为修身养性、娱亲会友之所，是自古以来富裕或官宦人家的习惯做派。此后园主人不惜重金屡加修葺，仿照西洋园林风格，以洋楼、草坪、鲜花、绿树、池水为筑园要素细细增补，让全园面积达到60多亩，如此轩敞的张园在彼时被公认为上海私家园林之最。1885年张园向社会开放，若要在当时问上海人哪里最好玩、最热闹？回答一定是张园。这里承载了太多的“第一”和“之最”，沪上第一盏电灯、第一辆自行车、第一个室外照相馆等新鲜时尚的玩意儿被接连引进张园，电影、马戏、戏剧、体育、焰火、赏花、看戏、宴客、购物，甚至过山车、热气球等各种时髦的游乐休闲舶来品也应有尽有，让张园成为当时最负盛名的集花园、茶馆、饭店、书场、剧院、会堂、照相馆、展览馆、体育馆、游乐园等多种功能于一体的公共场所。1909 年和 1910 年，霍元甲两次在张园摆擂台，大胜外国大力士，风头盛极一时。历史上的张园也曾作为革命志士的重要活动地，孙中山、黄兴、宋教仁、章太炎等都曾在此发表演说。几十年后，张叔和又将张园的土地散售，分别卖给了 28 家当时的上海开发商，兴建了 28 个各不相同的石库门里弄，形成了如今的模样。中华人民共和国成立前，张园里住着的都是老上海殷实的大户人家，租一栋独门独院的房子，定金都要几根“大黄鱼”。一幢幢独立建造的房屋可以说是沪上最有人情味的石库门里弄，横七竖八的晾衣竹竿上的衣物诉说着当年的人气。如今，作为上海石库门的代表性建筑，百年张园被南京西路地铁站的十几个出入口包围其间，在寸土寸金摩登时尚的街区可谓闹中取静。电影《我和我的祖国》中，“夺冠”篇章就曾取景于张园。2018 年，张园启动了保护性征收，往日烟火气息十足的老弄堂最终也只留曲终人散的空荡，待开发的区域变身成为魔都土地拍卖史上竞争最为激烈的商办地块。所幸的是，在保留并被改造后的大型住宅群里弄里，中西合璧的海派建筑特色被保留了下来，全新时代开启后，在石库门里弄建筑文化和巷弄肌理里，上海人还可以来此寻找昔日曾经辉煌的岁月。

一路上兜兜转转，我们终于步入了位于延安中路的上海展览中心。每年约 8 月中旬，一年一度的上海书展在这里举办，众多出版社云集，举办新书首发、研讨论坛等活动，浓郁的文化气息和高旺人气让逛书展成为不少市民在暑期不可或缺的一项文化生活。书展上，展商给出的折扣也很给力，让爱读书的书虫们都能满载而归。比如，在我们的众多所获中，就包括在企鹅兰登图书（Penguin Random House）展位上购得的一套小黑书（Little Black Classics）。企鹅兰登图书是贝塔斯曼集团（Bertelsman AG）旗下全球最大的图书出版社，凭借精良的制作、对优质内容的坚守，加上充满艺术感的“三段式”封面设计，拯救了无数好读书者求知若渴的灵魂，成为经典好书的保证，因此全世界的爱书人士都将企鹅兰登图书出版的书籍视为高品质读物的标杆。这套英文原版小黑书选目磅礴丰富，汇集了多位文学巨匠最具代表性的中短篇佳作，洋洋洒洒 120 多本。册子全部采用全黑白封面设计，将经典的大部头变为了轻巧的口袋书，体裁短小精悍，非常适合通勤阅读，一经出版便刷爆全球各路社交媒体，被无数书友奉为经典，获得了“书界奥斯卡”的美誉，也最终在此行中被我们收入囊中，摆到了书架上。

在摩肩接踵的人群中逛完书展，趁着夜色，我们接着去打卡了上海著名的城隍庙和豫园。城隍庙是道教宫观，始建于明代永乐年间，距今已有 600 年历史，至今仍然保留着中国古老的街市风貌。豫园始建于稍后的明代嘉靖年间，“豫”有“平安”“安泰”之意。豫园规模宏伟，是著名的江南古典园林，古人称其“奇秀甲于东南”，被誉为“东南名园冠”。如今，城隍庙与豫园已融为一体，成为上海的文化名片和游览胜地，但凡来上海的中外游客，都要到这里走一走，在小吃街上品尝一下这里多样的风味小吃。随意列举一些这里的小吃名字：绿波廊的特色点心、松月楼的素菜包、桂花厅的鸽蛋圆子、松云楼的八宝饭、南翔小笼、宁波汤团和酒酿圆子等，就已让人唇齿生津。豫园中最有人文气息的是湖心亭和九曲桥。九曲桥连接池边与湖心亭，曲折迂回。“九”是中国传统文化中阳数的最高数，也是充满吉祥和尊贵的吉数，桥取名“九曲”寓意着走过九曲十八弯之后，将送走曲折和困难，迎来顺利和平安。九曲桥上每一个弯曲处的石板上，均雕刻有一朵季节性花朵：一月水仙、二月杏花、三月桃花、四月杜鹃、五月牡丹、六月栀子、七月荷花、八月桂花、九月菊花、十月芙蓉、十一月茶花、十二月蜡梅，均秀雅端庄，移步异花，可谓美轮美奂。

上海豫园

在湖心亭和九曲桥的璀璨灯光的映衬下，我们结束了第一日在沪的探寻，回到敬善里弄堂。刚返回民宿时，外面即开始电闪雷鸣，大雨倾盆而至。我们在阁楼听了一夜的雨声，到早晨天快亮时，有猫从房顶上跑过，踩得瓦片窸窸窣窣地响。

第二天雨过天晴，伴着夏日清晨的凉爽，我们骑行到了外滩。外滩在 1.5 千米的黄埔江畔矗立有五十余幢风格迥异的古典复兴大楼，这里是十里洋场的真实写照，万国建筑的博览群。外滩与江对岸陆家嘴金融圈的东方明珠塔，以及鹤立于群楼之上的摩天大楼三剑客——金茂大厦、环球金融中心、上海中心大厦一起，构筑成了上海的天际线景标。

沿着黄浦江往北踱步，我们来到外白渡桥。这座桥梁位于苏州河汇入黄浦江的下游河口，全身钢架结构，其经典的两段桥身已经被符号化，频繁地出现在众多年代影视剧里。让人甚感惊奇的是苏州河里有许多水鸟，我们饶有兴趣地站在桥上观摩了好长时间，看它们如何觅食。这些水鸟或在浅水处缓慢抬脚行进，或静静伫立水中眼睛紧紧地凝视水面，捕食动作迅捷有力。河中鱼虾泥鳅等食物丰富，把这些水鸟养得体态丰满精神头十足。捕完食后，水鸟群齐刷刷地站在河坝高处，如列队的卫兵般井然有序。这种水鸟喙尖细，背身青黛，腹部灰白，脚淡黄，最醒目的是头枕部生有一条至两条飘逸秀丽的长带状白色翎羽。根据这番模样，我特地查了一下这种水鸟的名字，应该叫夜鹭，属中型涉禽，是鹭科夜鹭鸟类的一种。关于夜鹭，汪曾祺先生在他的散文《花园》中描写了这样一段："有一年，园里忽然来了许多夜哇子。这是一种鹭鸶属的鸟，灰白色，据说它们头上那根毛能破天风。所以有那么一种名，大概是因为它的叫声如此吧。故乡古话说这种鸟常带来幸运。"我想汪老笔下所写的夜哇子，应该就是这种水鸟吧，在优雅自如的同时，还能给人们带来幸运，真是一种好鸟。

苏州河里的夜鹭

细雨飘下来了，我们沿着南京东路步行街，来到全上海最大最新最好的外语原版书集散地——外文书店。书店共有四层，一层是原版英文书籍和面向外国友人的语言学习书籍，有各种耳熟能详的名著，价格都不贵；沿着古典的扶梯拾级而上，二层是语言辅导教材，语法和词汇书应有尽有，可以说是备考雅思和托福的学生们的资料仓库；三层则画风一转，是美术书店，经营进口原版艺术类图书，包括绘画、书法篆刻、雕塑、摄影、戏剧、影视动画、设计学等；到了四层，左侧艺嘉童书馆是面向儿童的外文书籍，各种低龄娃的网红启蒙读本一应俱全，右侧则是以日本漫画、杂志为主的松坂书屋，是追星族和漫迷阿宅们的天堂。总有一些地方是永远属于读书人的安静角落，外文书店就是这样的地方。虽然时代的快节奏带来了电子化和碎片化阅读的潮流，但我还是希望能有更多这样的实体书店存在下去，用书香与智慧吸引人们驻足留步，沉醉其间，让我们能与历史对话，与文明交谈。

从外文书店走出来，回到陕西南路，我们在宛若东南亚丛林的“遇见·森林”餐厅里用完餐，伴着樱花环绕，绿树森森，结束了本次在沪的探寻，启程奔赴下一站。

2

月落乌啼霜满天，江枫渔火对愁眠。
姑苏城外寒山寺，夜半钟声到客船。

1000多年前，唐代诗人张继写下的这首《枫桥夜泊》，情味隽永，意境清远，不仅精确而细腻地描绘了江南水乡深秋的幽美夜景，更鲜明地道出了作者在颠沛流离中的羁旅之思、家国之忧。

唐朝安史之乱后，不少文人学士纷纷逃到今江苏、浙江一带避乱，其中也包括张继。张继流传至今的诗作只有不到50首，在大唐灿若繁星的诗人中不算突出，但只此一首闻名千古的《枫桥夜泊》就足矣。这首诗让“姑苏”之名家喻户晓，人人皆知。“姑苏”即苏州的典雅别称，因城西南有姑苏山而得名。从繁华的大都市出来，我们便一头扎进了烟雨朦胧中的苏州古城。

“上有天堂，下有苏杭”，苏州东傍上海，西抱太湖，南临浙江，北依长江，随着京杭大运河的挖凿和开通，更占据了得天独厚的地理位置。苏州建城已有2500多年历史，春秋时期这里便是吴国的都城，明清时期苏州作为航运中心和粮食储存中心，成为中国最繁华的地区之一，有着“苏湖熟，天下足”的美誉。在这块富饶美丽的土地上，世世代代的苏州人在创造物质文明的同时，也创造了瑰丽灿烂的吴地文化，让苏州成为一座浸润着深厚历史文化的城市。诗人扬眉有《姑苏城》诗赞：

人间烟火姑苏城，满池芙蕖弦琶铮；
栀子香艳平江路，桐油伞下笑语盈。
芊芊女子最多情，绣出红妆君郎赠；
吴门才子天下墨，岁月静好枕河生。

吴中地域文化的美学形态鲜明独特、卓有魅力，深邃厚重的文化底蕴与丰富博大的文化内涵让它以独树一帜的艺术风格在中华文苑中占有重要位置。千百年来，苏州人文荟萃，如满天繁星闪烁生辉，久盛不衰，历代文人在这里吟风弄月、笔墨丹青，留下了无数令人称赞的杰作佳篇。世人皆钦羡“可惜人生，不向吴城住”，赞叹“三生花草梦苏州”，由此称苏州是中国最富有诗意的城市当不为过。先辈们在这里留下了丰厚的文化遗产和门类齐全的艺术形态，有园林、昆曲、评弹、苏剧、吴歌，还有丝绸织锦、刺绣缂丝、工艺雕刻、盆景、年画、苏扇、苏灯、乐器、刻书，乃至苏派建筑、苏式家具、苏帮美食、苏意服饰、江南丝竹、通俗小说等，这些艺术走进了寻常百姓家，渗透在了苏州人的日常生活里。

苏州城内水渠纵横，湖荡密布，13世纪的《马可·波罗游记》

曾将苏州赞誉为“东方威尼斯”。与水结缘，让苏州给人的感觉总是清秀的、水样的，自有一番灵动鲜活之美。在平江路历史街区，我们入住在一家庭院深深的民宿里，院内假山亭榭相依，还凿有一池清水，雨滴落在水面，点出一圈圈涟漪，一群活泼的红尾金鱼悠闲游弋其间。民宿所在的巷子叫丁香巷，名字可真美，带着吴语侬音的绵绵糯糯，这样的巷子是非要生在江南不可的。这条小巷缘何得此芳名？位于巷口的“吴文化地名保护名录”铭牌给出了答案：“巷内旧有大丁香树，故名。”丁香被历代文人墨客诵咏，其花蕾形状像个“丁”字，花色优雅繁密，香气浓郁袭人，但花朵纤小文弱，枝条细长柔软又经常缠绕在一起，似是不胜风雨，给人一种情思百结的感觉，为此南唐中主李璟（后主李煜之父）有词“丁香空结雨中愁”，李商隐有诗“芭蕉不展丁香结”。提到丁香巷，总让人联想起戴望舒的《雨巷》：“撑着油纸伞，独自彷徨在悠长、悠长又寂寥的雨巷，我希望逢着一个丁香一样的结着愁怨的姑娘……”对此，官方铭牌也进行了诚实澄清，说这是一个美丽的误会，“明卢熊《苏州府志》及以下诸志书即作丁香巷。诗人戴望舒成名作《雨巷》，常让人误以为写的就是该巷。但苏州低洼、多水，丁香树不多见，确显珍奇”。即便如此，也不会阻挡人们怀着浪漫和诗意的想象，走进窄窄的狭长的巷子，去邂逅那个身穿旗袍撑一把油纸伞如丁香一样的姑娘，特别是在江南烟雨朦胧的梅雨季节。

丁香巷里青墙斑驳，木窗半掩，这份藏于闹市中的低潋宁静颇为难得。走出巷子，旁边便是熙熙攘攘的平江路，与之并行的是平江河。“水路并行，河街相邻”，平江路历史街区基本延续了唐宋以来的城坊格局，是苏州古城内保存最为完整的一个区域，堪称古城缩影。幽静的河道与白墙黛瓦的房屋、楼阁、小桥、花木之间彼此借景，宛如一幅长卷画。与平江路一巷之隔的是观前街，要说平江路还保留着清净古朴的生活气息，那么咫尺之外的观前街则是鼎沸喧哗的另一个迥异世界了。观前街成街于清朝时期，作为百年商业老街，目前也是苏州人气最高的购物聚集地之一。从平江路到观前街，有众多老字号和各式各样的小吃，我们一路寻觅美食，在平江路的品芳茶社吃了热气腾腾的鸡丝馄饨、小笼包和酒酿圆子。品芳茶社始创于清朝光绪年间，曾设在玄妙观西南角雷尊殿，为当时旧货业、经纪业等有关行业的“茶会”，也是苏州文人雅士的聚集之地，“听戏到吴苑，喝茶到品芳”，至今这里仍保有130年历史的苏式茶酒、小吃、点心。品尝完品芳茶社的好滋味，我们继续溜达到观前街豫园商厦旁拐弯的美食街里——呀，雨又淅淅沥沥地下了起来，我们一路小跑，在黄墙灰瓦的玄妙观里避了好一会儿雨。慢慢地，雨势渐弱，观内地面积水平滑如镜，景物清雅通明。我们悠悠然踱回丁香巷，漫步徜徉在这微雨弥漫、清凉如水的苏州夜晚里。

今日苏州在创造经济发展奇迹的同时，还保留着古老的文化和传统，最突出的就体现在各种秀美古典的园林胜迹当中。“江南园林甲天下，苏州园林甲江南”，苏州以其独特的园林景观被誉为“园林之城”。苏州园林艺术以小巧、淡雅、写意、精致为主要特色，与我国文学及山水绘画有着深远的历史渊源。古建筑园林艺术专家陈从周在《说园》一书中这样描述：“造园之高明者，运文学绘画音乐诸境，能以山水花木，池馆亭台组合出之。人临其境，有诗有画，各臻其妙。故‘虽由人作，宛自天开’。”中国古代文人饱读诗书，精通琴棋书画，形成了高雅的生活情趣和审美品位，这种文人思想必然会影响造园思路。园林艺术家们在造园时，力求在园内有限的空间里将广袤无垠的自然山水移植进来，运用“抑”“借”“漏”“框”造园四技，通过假山、水池、草木等，仿效原生态景观，表现出峰峦、峭壁、洞壑、幽谷、流水、飞瀑等多种生态空间，可谓“缩千里江山于方寸”，于“咫尺之内再造乾坤”。

苏州古典园林园宅合一，清幽高雅，从动静、虚实、曲直等多方面构建出丰富的层理空间，可赏、可游、可居，赋予人视觉趣味和归属感，营造出“小桥流水人家”的空灵诗境，让观者感觉“天地自然与我”合一。这些传神写意手法的运用，正是苏州园林在布局上的精妙之处，其中所蕴含的哲学思想体现了中国人对于“家”的全部内涵，表达了古人对美的理解，对与自然和谐相处，美化和完善自身居住环境的态度，展现了中国传统文化的精华，凝聚着永恒的生命力。

拙政园一隅

在苏州众多园林中，沧浪亭、狮子林、拙政园、留园统称为“苏州四大名园”。出丁香巷，沿着平江路往北走约一千米，我们特地前往拙政园一睹风采。拙政园是一座最具江南水乡风格的园林，集中体现了“精、灵、秀、透”的特点，称得上是园林艺术中尽善尽美的典范。全园呈现典型的前宅后园的布局形式，园又分三部分，东部“归园田居”以平岗远山，疏林草地为特色，有“缀云峰”“天泉亭”“秫香馆”等景点，保留了舒朗自然的田园风格；中部“拙政园”是全园精华所在，楼台错落，有“香洲”“雪香云蔚亭”“海棠春坞”“小飞虹”等建筑，颇具水乡韵味；西部“补园”优雅恬静，曲径通幽，其中“与谁同坐轩”造型别致，修成折扇状，因苏东坡词“与谁同坐？明月、清风、我”而得名。拙政园内造景与山水并重，水面面积占据了全园面积的3/5，总体布局也以水为中心，亭台、厅榭、水廊等各类建筑皆临水而立。这一特点的形成，与古人“智者乐水”“因水而兴”的思想观念息息相关。

拙政园是仕途失意的明代御史王献臣归隐后所建，并借用晋代潘岳《闲居赋》中的一句“此亦拙者之为政也”，将自己比喻成“拙者”，将浇水种菜比作自己的“政事”，因此将园子命名为“拙政园”。建园之初，王献臣就与一代画坛巨擘、江南四大才子之一的文徵明一起，以精巧的构思对园林进行了布局设计，让拙政园内移步异景，志趣盎然。其中一景一物、一花一木无不承载着中国文人特有的情怀观念和处世哲学，表达出园主人超脱于世的精神图景和审美意境。“听雨轩”和“荷风四面亭”周边的湖面上，荷花亭亭玉立，出淤泥而不染，濯清涟而不妖，婉转清丽、淡然高雅，映衬出园主人坚持操守、绝不同流合污的高洁品性；“倚玉轩”和“梧竹幽居”中遍植竹林，以“未出土时先有节，便凌云去也无心”的格调展现了园主人“清华其外，澹泊其中，清雅脱俗”的精神境界。如王献臣般因官场失意而厌倦政治，或为躲避战乱及倾慕魏晋之风而做隐士的文人，是我国具有特殊感情的一个群体。他们对自然之美有着独特的鉴赏力，能够与自然保持亲和感应，并相互交融。在精心营造的小天地里，他们足不出户即可领略山野情趣。他们在此修身养性，追求超凡脱俗，他们静远隐逸的情调构筑出的是一个可以解脱心灵、释放心情的“世外桃源”。

在拙政园的西南角，与之仅有一墙之隔的是苏州博物馆。苏州博物馆是享有国际盛誉的建筑设计大师贝聿铭（leoh Ming Pei，1917—2019 年）的“封山之作”，被他亲切地称为设计生涯的“小女儿”。贝聿铭祖籍苏州，从小生活在狮子园，深受中国传统文化的熏陶。17 岁时，贝聿铭赴美求学，先后就读于麻省理工学院与哈佛大学，师从现代建筑大师格罗皮乌斯。贝聿铭善于从理性的工程学角度挖掘当地的文化与艺术，并运用最简单的几何形体创造最富有感染力的建筑。他设计的建筑风格简洁明快，建筑作品往往充满极强的人文主义精神，让人产生共鸣。他设计的香山饭店、中银大厦、卢浮宫玻璃金字塔等，谱写了“一首首大地上的诗歌”，给后人留下了丰富的建筑文化遗产。在与苏州阔别长达六十年之后，晚年的贝聿铭受邀设计苏州博物馆。就如何在这样一块历史意蕴极强的土地上建造一座传统与现代相融合的博物馆，这位建筑大师给出的设计理念是“中而新，苏而新”。他继承传统，从苏州园林中汲取养分，又革故鼎新，将现代设计手法融入建筑里，最终把一座既蕴含传统建筑韵味又饱含现代与科技感的博物馆展现在了大众面前。

苏州博物馆由表及里都是素净和恬淡的，中轴对称的布局体现出中庸和谐，建筑皆环绕水面而建，形成一种向心凝聚的格局。建筑立面上，有矩形与三角形交叉排列的坡顶，并通过黑色边框线予以强化，秩序感十足。进得博物馆大厅，视线穿过高大的玻璃幕墙，可直达中央水景处的片石山墙。贝聿铭从米芾的山水画卷中得到灵感，设计了一排高低起伏连绵不断的“山峦”矗立在粉墙黛瓦之前，石为墨，墙为纸，延展开来，并齐刷刷倒映于一池碧水之上，极具依山傍水的诗情画意。这处片石采用了与传统太湖石有所区别的花岗岩材料，根据岩石的形状大小和颜色深浅不同前后排布，给人以层峦叠嶂之感，并借一汪池水形成镜像倒影，与探出院墙的拙政园内的高大树木一起，绘就了一幅淡雅的富有中国文人气息的水墨长卷。水池面积虽不大，但有树有亭，有廊桥有平台，元素丰富，碎石铺底的浅水中，伸出一簇簇睡莲，偶有几尾鱼儿游过，显得水池充满生机。

苏州博物馆

在展品的陈列上，苏州博物馆也是小巧玲珑，展厅环环相扣，且富有吴地特色，包括“吴地遗珍”“吴塔国宝”“吴中风雅”和“吴门书画”等。展馆内光线细腻柔和，屋顶侧边开有长条形的高窗，自然光透过一条条的细木格栅散落进来，呈现一幅随时间流动的画作。沿着参观廊道往前走，视线随着空间的收放时而亲近时而疏透。大量的框景造园手法在这里得到广泛运用，走廊墙壁上开出了不同形状的门洞和窗洞，让人有每“复行数十步，豁然开朗”之感。透过玻璃框可见一个个独立庭院内自有乾坤，或是翠竹挺立，或是老松虬曲，光影交汇中尽显禅意古朴。参观的行进过程也如同故事情节般延展起伏，让人仿佛置身于一幅灵动的画卷当中，可以获得优越的沉浸式体验。苏州博物馆的诞生，为苏州老城区注入了新的生机，贝聿铭对家乡的眷眷之情深深地镌刻在了其中，这是贝聿铭留给苏州、留给下一代人的宝贵礼物。

苏州既有园林之美，又有山水之胜，人文与自然景观交相辉映。苏州诸山中，以虎丘为代表。虎丘风光清丽，湖光山色，有着“吴中第一名胜”“吴中第一山”的美誉，由此可见虎丘在苏州的崇高地位，苏东坡就曾感叹：“到苏州不游虎丘，乃憾事也！”

循着苏东坡的感叹声，我们驾车前往位于苏州古城西北的虎丘风景区。虎丘山虽不高，却有“江左丘壑之表”的风范，山体为侏罗纪时代喷发的岩浆凝结而成的流纹岩。“虎丘”之名来历已有2500余年，相传吴王阖闾死后葬于此山，入穴三日后有白虎蹲踞墓上，故得名。康熙帝钟情虎丘，曾前后六次来此游历，书写了诸多匾额对联。历代文人也效仿晋人兰亭聚会，在此修禊雅集，吟诗作画。虎丘有十八景，其中最为著名的是虎丘塔和剑池。虎丘塔是被誉为古老苏州的象征——“云岩寺塔”的俗称，有“先见虎丘塔，后见苏州城”之说。该塔七层八面，是江南现存时代最早，规模宏大且结构精巧的一座佛塔，又因塔体中心线最大倾角达3度59分，斜而不倒，被称为“中国的比萨斜塔”。位于虎丘山崖壁下方的剑池风景绝丽，山势磅礴，水若碧玉，形状狭长酷似一柄宝剑，宛如画中美景。剑池之谜一直以来众说纷纭，相传此处埋有阖闾生前喜爱的“扁渚”“鱼肠”等3000把名剑，引得越王勾践、秦始皇、孙策、孙权等帝王将相和军事枭雄争相前来挖掘宝藏，神秘的传说给这一圣地增加了更多人文色彩。如今的虎丘除拥有绝美的山水风光和人文景观外，周边地区已成为国内知名的婚纱生产基地，被称为“东南亚第一大婚纱市场”。在虎丘风景区的南侧就有婚纱一条街，我们此行也为婚礼做准备，特地在此选购定制了一套婚纱和一套礼服。

仁者乐山，智者乐水。从虎丘山出发，我们又即兴驾车前往太湖。

"太湖三万六千顷，上有垂虹跨南极"，横卧于烟波浩渺的太湖之上，连接东北畔渔洋山和湖心西山岛的，是被称为我国"内湖第一长桥"的太湖大桥。大桥以汉白玉石雕作为栏杆，风格简洁明快，结构轻巧新颖。桥岛相连绵绵十余里，中间连起了长沙岛和叶山岛两座小岛，由此全桥分为各具特色的1、2、3号桥。大桥贴水而浮，如长虹卧波，又好似一条飞舞的银链将洒落在东太湖上的珍珠岛屿串联起来。驾车行驶在宽阔起伏的桥面上，伴随着落日余晖，视野远眺，目之所及是水天一色，能让驾驶者充分享受到心旷神怡的驾驶乐趣。大桥南端尽头的西山岛被誉为中国内湖第一生态休闲岛，山明水秀、风光旖旎。我们到达西山岛时，虽已临近傍晚，但停车于湖边小憩时，观湖面微风平波，亦甚感美不胜收。暮霭渐浓之时，我们来到了岛南端的明月湾古村。相传在2500多年前的春秋时期，吴王夫差和美女西施曾在此共赏明月，古村因此而得名。明月湾古村傍山临湖，千年树龄的古香樟植于村口，村内宗祠、古寺等历史遗存丰富，现为中国历史文化名村。在皎洁月光的轻抚下，夜晚的古村更加宁静，我们穿行在铺着石板的古宅弄巷里，感受着明清风格的建筑正生动传承着江南水乡的农耕文明与水墨意蕴。

苏州城古韵今风，婉转清丽，是怎么看也看不够的。即将离开之时，我们仍心心念念，流连忘返。我愿有更多时间，来品味苏州民歌《苏州好风光》里的四季好风光：

春季里杏花开，雨中采茶忙；
夏日里荷花塘，琵琶叮咚响；
……
秋天里桂花香，庭院书声朗；
冬季里蜡梅放，太湖连长江。

人间烟火姑苏城，我们下次再相会。

3

人人都道江南好，如果恰巧生活在江浙沪包邮区，我认为除了“包邮”的便利，还有一点好处，就是周边古镇众多。一座座精巧秀美的古镇，如同养在深闺的大家闺秀，等待人们去邂逅。包邮区的人们碰上周末或假期空闲，只消踩一脚油门，就能即刻来到一座小镇，消磨消磨轻松闲暇的时光，可真是幸福。

江南古镇，出名者如周庄、乌镇、同里、西塘等，小众者如角直、木渎、黎里、锦溪等，各有千秋，让人目不暇接。在规划自驾路线时，我们想从苏州到杭州的中途选一处古镇游览，在地图上稍加比画后，位于苏杭天堂连线的中间，位列江南六大古镇之一的南浔古镇便进入了我们的视野。这里交通便利，又没有那么浓厚的商业气息，很是合我们的心意。于是我们的下一站，就来到了南浔古镇。

南浔地处杭嘉湖平原北部、太湖以南，是大运河江南段的重要市镇。大运河浙江段支线上有一条古老的人工运河——荻塘（又名頔塘），将南浔与上海、苏杭、府城湖州紧密联结了起来。南浔十景之一的“頔塘帆影”，描述的就是当年货船行于河上，不下桅杆即可通过拱桥的胜景。此塘长带如碧玉，两侧市镇荡漾如列星，阡陌交通，桑林遍野，盛产鱼米蚕丝，有着“中国小莱茵河”之称。密布的水网让南浔成为传统湖丝的主要产地和贸易集散地，早在明末就已是烟火万家的“江浙之雄镇”，明韩奕《湖州道中》诗云：

百里溪流见底清，苕花蘋叶雨新晴。
南浔贾客舟中市，四塞人家水上耕。
岸转青山红树近，湖摇碧浪白鸥明。
棹歌谁唱弯弯月，仿佛吴侬《子夜》声。

南浔水系自西向东，分两条支流流经古镇，汇于十字港，再北泄太湖，东下黄浦江，由此形成的“十字形”水系便构成了南浔古镇的主体骨架。我们入住在古城东边临河的留荫庐客栈，客栈的前厅后院均别有洞天。前厅叠石理水，滴泉青苔，游鱼翩翩，颇具江南小桥流水人家的风韵；后院名为“逸园”，步入其间可立感隐逸之气，内有盆景吊兰，藤蔓绿树，轩窗怪石，还有一小亭掩映于盎然绿意中，苍朴厚重的木桌椅摆放其间，在此围坐煮茶当不亦乐乎。

雨季来到南浔，是不用打伞的。古镇依河建有廊棚，逶迤绵延，遮蔽了风雨。江南的天气有时极像一个任性的顽童，梅雨时节阴雨绵绵，夏季酷暑如置蒸笼，冬季寒风尤显湿冷。为给过往行人提供遮风避雨的便利，也为招揽生意吸引客人驻足停歇，旧时多由临街商家出资修建廊棚。廊棚的宽度依照河道宽窄而变化，临河一侧宽敞开阔，往往做上一排美人靠，行人在此闲步停留，可聊家常，可赏风月。在廊街上行走时，河对岸的景致尽收眼底，若碰上邻里熟人，无须高声即可隔岸对话。讲究的人家会在廊棚宽阔之处搭一凉亭，安上一张石桌几方石凳，三五好友呼朋引伴在一起，或品茗或小酌或下棋，好不惬意。有的居民还直接在伸入水面的码头石板上摆上竹椅木桌，在此早茶晚膳，临水纳凉，闲适安然。

我们入住在留荫庐客栈的临水阁房间，这个房间的一半就建在廊棚之上，推开窗就是河埠。遥想当年橹船集市盛景时，“水市千家聚，商渔自结邻”，有小渔船划来，船中装着各种河鲜水产，都是清早刚捕捞采摘而来的。临水阁楼上的主顾若想买，可随时探出身来叫住渔船，于窗外用绳子放下竹篮，装着钱，渔夫便放上鲜虾活鱼、碧菱白藕，一声吆喝，提回楼里，充满了十足的生活情趣。

安顿好住宿，天已将黑，廊街上亮起了一盏盏红灯笼，照耀得河面流光溢彩。我们信步而游，来到位于“十”字形水系交点处的元泰酒家，在此享用晚餐。这间酒家布置得清新雅致，还颇有历史，散文家、诗人徐迟在《江南小镇》一书中这样描述他在元泰酒家喝酒的情形：“我喝的善酿可是最好的老酒了。因为同住的沈先生，就在泰安桥底下的元泰酒店里当老板，主要卖各种各样的花雕，也有茴香豆，豆腐干等等小碟子，他的店里有一坛一坛原装的老酒，沈先生总是不掺一点儿水，给我装好瓶子送到家里来的，很像鲁迅描写的咸亨酒店，他那店就是那副样子，也许我就是当时的寒士孔乙己的灵魂复活……”店里的菜肴都具有本地特色，我们点了土鸡汤、手剥笋、时令蔬菜等，味道都极鲜美。

南浔古镇

古镇的夜晚格外安静，能赐予每一位居民和游客好梦。一觉睡到天明，早晨推开窗，只见阳光铺满河面，两岸的白墙翘檐和灰瓦绿树倒映其上，定格下来就是一幅静谧悠然的图景。从留荫庐客栈往北，沿着廊棚走大概300米，即可见百间楼民居群。据载百间楼为明嘉靖礼部尚书董份所造，迄今已有400余年历史。百间楼沿运河而建，房屋百余间，粉墙黛瓦马头墙，屋舍高低不一，布局错落有致，洋溢着水乡民居的灵气，系典型的徽派建筑，亦为南浔的代表性建筑。乘乌篷小船晃晃悠悠划过水面，可见拱桥倒影如月，闻得繁花暗香如饴，近有蹲在河边埠头洗浆择菜的妇人，远有穿着背心闲坐喝茶吹风的老者，呈现的是水乡传统慢节奏的生活。时光悠悠而过，这里处处弥漫着古镇的恬静安适，质朴且美好。

在近代中国，南浔名声尤重，是最早一批与国际市场接轨的市镇之一。名甲天下的辑里湖丝，以细、白、匀、韧著称，可悬挂八枚铜钱而不断，比一般蚕丝多挂上两枚。“蚕事吾湖独盛，一郡之中，尤以南浔为甲”，高品质的湖丝在清朝年间捧回了首届伦敦世博会金奖，蜚声海内外，成为那个时代的网红蚕丝，中国的康熙皇帝和英国的维多利亚女王都是其“忠粉”。南浔丝市商贸的繁荣，催生了中国近代最大的以“四象、八牛、七十二墩狗”为代表的丝商富商群体。据《湖州风俗志》记载：“象、牛、狗其形体大小颇有悬殊。以此比喻各富豪聚财之程度，十分形象。民间传说一般以当时家财达千万两以上者称‘象’，五百万两以上不足千万者称‘牛’，一百万两以上不足五百万两者叫‘狗’。”南浔的丝商富商开放灵活，是外向型经济的实践者，发达的丝市贸易直接给南浔带来了高涨的经济收益，清朝光绪年间，这座江南小镇的库银竟然达到全国库银的 1/3，可谓富甲天下，后被称为“民国第一镇”果真名不虚传。

南浔儒商经世致用，以近代传奇人物张静江为代表。张静江出身于南浔丝商巨贾之家，其所在的张家与他的外祖父庞家均被列为“象”。清朝末年，张静江加入同盟会，对孙中山的革命之举十分钦佩。他倾家族之财力资助孙中山，后与蔡元培、吴稚晖、李石曾三人并称为“国民党四大元老”。1911 年之前，南浔加入革命者队伍的大多数为“四象八牛”的成员，这为孙中山的革命活动提供了一定的经费来源。后来，临时政府因严峻的财政经济形势举步维艰，此时张静江等人带头以商人名义捐赠巨款，一定程度上缓解了临时政府的财政紧张局面，此举令孙中山大为感动。后张静江又遵照孙中山之命，到上海创办证券交易所，继续为革命筹措经费。1923 年，张静江因病在南浔家中休养时，孙中山闻讯，不仅推荐名医治疗，还亲书“满堂花醉三千客，一剑霜寒四十州”对联一副送到张府上，张在孙中山心目中的地位由此可见一斑。张静江故居现位于留荫庐客栈以南，是一座清代传统的三进五间式古建筑，具有典型的江南豪门大宅风格，典雅而不失古朴，低调且不失华丽。

南浔富商借上海开埠之便利发家致富后，便携资返乡，在家乡广置田地房产，兴筑庭园书斋。南浔的建筑构思章法缜密，又得益于与上海的丝路商道，带来了欧风美雨的新风尚。这里不仅有小桥流水人家的诗意园林，也有融入了西洋建筑元素装饰豪华的新式建筑，让东方文化内涵与西方艺术形式在此碰撞融合。据史志记载，南浔宅院“高门大厦，画栋雕梁，比比而是，且颇有仿洋式者。内中器具，即一灯一镜，悉用舶来品，各出新奇，藉以争胜”。此中代表者，以刘镛之小莲庄、刘承干之嘉业堂、张石铭之懿德堂为最。这些堪称建筑学“中体西用”的典范，让整个南浔的人文景观和文化底蕴变得更加厚实与多样。古人云“仓廪实而知礼节，衣食足而知荣辱”，南浔的富商们可不是只认银子的暴发户，他们在坐拥满屋金银后，目光瞄准了更高的精神世界。他们除了用善举好施积善，身体力行地教诲子孙如何正确对待财富，还非常重视耕读传家，重视教育的根本——读书明理。南浔的文化星空因此人才辈出，群星闪耀，各项学术研究和著述领域广博，包括经史、天文、史地、志书、水利、农艺、蚕桑、医学、乐律、音韵、六书、金石、书画、诗词等，故有史家评论说南浔“书声与机杼声往往夜分相续”。

20 世纪初叶，出现在南浔里巷的《南浔山歌》，唱叙出了西风东渐下的江南小镇的风土人情和生活形态：

正月梅花报立春，南浔好似小南京，
盐商典当行行有，单少戏馆女堂名。

二月杏花白如银，垂虹桥对分水墩，
官塘大路真热闹，来往行人数不清。
三月桃花树树红，分水墩前闹冲冲，
两岸划船叫摆渡，踏青仕女密重重。
四月蔷薇叶正青，西木巷口像阊门，
卖丝乡人无其数，终朝吃得醉醺醺。
五月石榴似火红，贤圣盛会古遗风，
神行太保刽子手，监押犯人不容松。
六月荷花透水放，大桥湾里毛猪行，
炎炎夏日难行走，臭气冲天不可当。
七月鸡冠遍地栽，张王庙前任徘徊，
凤凰池边无心立，前面去看总管会。
八月中秋桂花香，土地堂前正闹忙，
耍货摊头西洋景，看完戏法听滩簧。
九月菊花瓣瓣黄，邀伴同游土地堂，
便相只有四五日，过了重阳已散场。
十月芙蓉闰小春，新庵荡北桂花坟，
嘉应庙前行人少，董家厅上冷清清。
十一月花开紫薇红，宝善街上闹轰轰，
大庄小号俱看备，电报传信不通风。
十二月腊梅开得浓，各家收账急冲冲，
手提钞码回头看，恐忘经折破灯笼。

以上歌咏，恰似一幅世俗生活的水彩画卷，也反映了在社会变迁激荡下的小镇生活方式的演变。

南浔并没有因为西风的浸润而受到破坏，而是形成了中西合璧的特色。如今，这里仍保留有传统风貌的沿河民居群落，居住在这里的人们还保留着与水为邻的恬淡生活，水乡小镇灵秀、开放、清新的气质得以保持延续。在流水、阁楼、古桥之中，在富有人情味、归属感的空间里，我们能轻松臻达江南水乡特有的文明、富足、诗意、和谐的理想世界。

4

一提到杭州，我就想到西湖的水，想到白娘子与许仙相会，想到“接天莲叶无穷碧，映日荷花别样红”，想到雷峰塔、三潭印月、龙井茶香。每一次来杭州，都有新发现；每一次来杭州，都一如既往地更加喜欢这座城市。

从南浔古镇驱车，一路往南，两个多小时后，我们来到了杭州。杭州城历史悠久，产生了距今五千年前的被称为“文明曙光”的良渚文化，五代吴越国和南宋王朝两代定都于此。历史上，杭州先后被称为余杭、钱唐、泉亭、临江郡、钱唐郡等，隋王朝建立后，废郡为州，“杭州”之名首次出现。随着京杭大运河的开凿，杭州一跃而“咽喉吴越，势雄江海”，确立起了它在整个钱塘江下游地区的交通枢纽地位。欧阳修在《有美堂记》中这样描述：“钱塘自五代时，不烦干戈，其人民幸福富庶安乐。十余万家，环以湖山，左右映带，而闽海商贾，风帆浪泊，出入于烟涛杳霭之间，可谓盛矣！”

此次来杭，我们没有选择住在景区，而是住在了钱塘江边的高层，窗外就是滚滚东流的江水。由天体引力和地球自转的离心作用引发的钱塘潮，以其“滔天浊浪排空来，翻江倒海山可摧”的壮阔气势，闻名天下。潮汐的出现是有规律的，每逢农历初一、十五期间涨大潮，一年之中又有两个高潮期，分别是春分和秋分。到钱塘江观潮，早在汉魏及六朝时已蔚然成风，至唐宋时此风更盛。相传农历八月十八是潮神的日子，潮峰最高，当天是观潮的最佳时节。苏东坡有咏赞钱塘秋潮的千古名句：“八月十八潮，壮观天下无。”我们此次来杭，虽还不到观潮的最佳时间，也没能去观潮第一胜地海宁盐官亲见潮水狂澜的场面，但仍能见江水滔滔，蔚为壮观。特别是临近傍晚，在阳台上纵览无敌江景，映着落日余晖的水面上金光粼粼，颇有“落霞与孤鹜齐飞，秋水共长天一色”之感。

杭州的夏天烈日当空，但当我们跨过钱塘江大桥，进入西湖景区的山林地带时，立刻就感觉清凉之意扑面而来。伴着一路绿荫，沿着虎跑路，我们骑行至西湖湖畔。杭州之美，美在西湖，而西湖之美，美在如诗如画的湖光山色里。西湖三面环山，中涵碧水，有三秋桂子、六桥烟柳、九里云松、十里荷花。这颗镶嵌在市区的翡翠，春夏秋冬各有景致，阴晴雨雪均有韵味。

环湖之旅，我们首登雷峰塔。该塔因位于西湖南岸夕照山的雷峰之上而得名，明代大才子张岱有诗《雷峰塔》：

闻子状雷峰，老僧挂偏裰，
日日看西湖，一生看不足。
时有熏风至，西湖是酒床，
醉翁潦倒立，一口吸西江。

西湖娴静浪漫，似乎天然和爱情有着千丝万缕的联系。民间四大爱情故事，牛郎织女、孟姜女传说、白蛇传、梁山伯与祝英台，其中与杭州西湖有关的就占了两个。雷峰塔即因与民间著名传说白蛇传息息相关而声闻遐迩，妇孺皆知。传说中，白娘子为救许仙而水漫金山寺，被法海和尚收入钵内，镇压在雷峰塔下，一句“西湖水干，雷峰塔倒”，才可将她放出来。白素贞的儿子许仕林是文曲星下凡，长大后高中状元，到塔前祭拜时才将母亲救出，全家得以团聚。最终白娘子和许仙在观音菩萨的点化下双双飞升，得道成仙，成就了民间传说皆大欢喜的结局。

雷峰塔建成后，历经各朝战火，经过数次破坏和重修，屹立了千年时间。直至民国十三年（1924 年），雷峰塔因塔砖盗挖过多而轰然倒塌。千百年来，雷峰塔承载了人们太多的念想，其倒塌引发了社会广泛关注，重建雷峰塔的呼声高涨。建筑学家梁思成在民国十四年（1925 年）就曾提出过重建雷峰塔的构思，但直到 21 世纪初，雷峰塔的重建才被正式提上日程。复建雷峰塔之前，考古人员对原址地宫进行了挖掘，出土了不少文物，其中一座鎏金纯银阿育王塔堪称国宝，现已成为浙江省博物馆的镇馆之宝。2002 年，雷峰塔重建竣工，一代名塔再获新生。新建雷峰塔依照原样式，采用了八角形体仿唐宋楼阁式，塔檐各层屋面覆盖铜瓦，转角处设铜斗拱，成为中国首座彩色铜雕宝塔。塔身飞檐翘角下悬挂有铜制风铃，轻风拂来，铃声悠远，禅静和谐。

雷峰塔

登上雷峰塔，可眺望西湖全景。环湖四周，有绿荫环抱，山色葱茏；湖面开阔，有画桥星岛，云雾笼纱。沿着湖边一圈以及湖面之上，是荟萃了西湖最美景致的“西湖旧十景”：苏堤春晓、平湖秋月、断桥残雪、曲院风荷、雷峰夕照、南屏晚钟、花港观鱼、柳浪闻莺、双峰插云、三潭印月；将视野范围再扩大一些，把景区周边的山水也都纳进来，即有“西湖新十景”：云栖竹径、满陇桂雨、虎跑梦泉、龙井问茶、九溪烟树、吴山天风、阮墩环碧、黄龙吐翠、玉皇飞云、宝石流霞。旧十景与新十景一起，构成了今天西湖景区最为亮丽的风景线。从雷峰塔出来，沿湖东行，再往北折，我们来到了长桥公园。西湖有“三绝”——“孤山不孤，断桥不断，长桥不长”，原句出自明代冯梦龙《警世通言》：“断桥不断，肝肠断；孤山不孤，君心孤；长桥不长，情谊长。”其中“长桥不长”指的是梁山伯与祝英台两人送别时依依不舍，在桥上来来回回地走了十八趟，桥面虽不长，但情意深长，这便是家喻户晓的“十八相送”的故事。每逢春暖花开时节，长桥边上便会闪动着许多美丽的蝴蝶，宛若梁祝之化身。他们的爱情故事一直被世人传颂，一曲《梁祝》更是将这段带有玄幻色彩的凄美爱情故事上升到了高雅艺术的境界。现在游人欣赏到的长桥，是长桥公园里的两孔双投桥，这里由于距离雷峰塔较近，也是拍摄“雷峰夕照”的最佳位置。

从长桥再往北，不一会儿就可到柳浪闻莺公园。白居易《钱塘湖春行》中的诗句“几处早莺争暖树，谁家新燕啄春泥。乱花渐欲迷人眼，浅草才能没马蹄”，便是柳浪闻莺的雏形。来柳浪闻莺游赏在南宋时期最为盛行，此处沿湖五里，遍植柳树，每逢春季来临之时，柳树生出新芽，莺啼鸟语，呈现一片生机勃勃的景象。

过柳浪闻莺，从湖滨码头登船，我们前往湖心岛小瀛洲。古诗有云：“海外有仙山，异志称瀛洲。四时无寒暑，一载尽春秋。”古人常把想象中的海上琼山仙岛称为“蓬莱三岛”——蓬莱、方丈、瀛洲，在营造园林时也恪守一池三山的模式，隐喻“蓬莱三岛”仙境。西湖水面上也有三座岛，分别是小瀛洲、湖心亭、阮公墩，合称湖上三岛。关于湖心亭，明末才子张岱在《陶庵梦忆》中著有传世之作《湖心亭看雪》。该小品文全篇虽只百余字，却字字珠玑，意境阔大，在表达幽美的审美情趣的同时，也让湖心亭傲然独世。

三岛之中，小瀛洲面积最大，全岛连水面在内面积约 105 亩。小瀛洲之所以得其名，一是悬于湖中犹如仙岛，二是风景秀丽宛若仙境。若从空中俯瞰，小瀛洲岛的地形如一个巨大的“田”字，南北有曲桥相通，东西以柳堤相连。桥堤呈“十”字形交叉，将岛内的水面一分为四，呈现湖中有岛、岛中有湖的奇景。小瀛洲上花木扶疏，倒影迷离，文脉凝重，丰姿绰约，有先贤祠、迎翠轩、花鸟厅、九曲桥、竹径通幽、我心相印亭等建筑。美景从岛上向湖中延伸，在岛南碧波荡漾的湖面上，有三座石塔，相传为苏轼所创设。石塔造型别致，由基座、圆形塔身、宝盖、六边小亭、葫芦顶组成。三塔鼎足而立，呈等边三角形分布，边长60余米。每逢仲秋时，皓月当空，水天相映，塔中点燃蜡烛，烛光透过塔身周围的小圆孔映照在湖面上，宛如一轮轮明月倒映湖中。赏月者乘兴摇桨前往，搅动满湖银辉，空中月、塔中月、水中月上下争辉，绘就出一幅“一湖金水欲溶秋”的美景，由此形成的“三潭印月”奇观，被誉为“西湖第一胜境”。三潭印月寄托了人们的无限悠思，使人怡然忘归，人民币一元纸币的背面就刻画了这一著名风景。在小瀛洲九曲桥靠南的位置，有三潭印月御碑亭。此亭是一个六角攒尖顶的亭子，四面环水，绿荫披覆，亭柱上悬挂有几副楹联，其中最著名的要数康有为在20世纪20年代初题撰的长联。这副长联在描述西湖盛景的同时，也暗喻了康有为风云际会、大喜大悲的人生感慨：

岛中有岛，湖外有湖，通以卅折画桥。览沿堤老柳，十顷荷花，食莼菜香。如此园林，四洲游遍未尝见。

霸业销烟，禅心止水，阅尽千年陈迹。当朝晖暮霭，春煦秋阴，山青水绿。坐忘人世，万方同概更何之。

杭州西湖

在小瀛洲游览了约一小时后，我们乘船返回岸边，返程的水路与苏堤并行。北宋年间，苏轼任杭州知州，他深爱西湖，留下赞美西湖的诗篇达160多首，一首《饮湖上初晴后雨》："水光潋滟晴方好，山色空蒙雨亦奇。欲把西湖比西子，淡妆浓抹总相宜。"成为吟诵西湖山水的千古绝唱。在任期间，苏轼疏浚湖水，取湖泥和葑草堆筑成一条长880丈、宽5丈的长堤，后来人们为了纪念苏轼治理西湖的功绩，就把这条长堤命名为苏堤。苏堤横贯南北，南起南屏山麓，北到栖霞岭下，将西湖分为里湖和外湖。这条便捷的湖上通道极大地缩短了南北两岸的交通距离，人们往返两岸，无须再绕湖30里。长堤卧波，苏堤上建有6桥，自南向北依次为映波、锁澜、望山、压堤、东浦、跨虹，名字均出自苏轼锦心绣口。另外，苏堤上还有3个亭子、1个长廊。亭子分别是纪念苏轼的仁风亭、与小瀛洲的"亦仙也"遥相呼应的醉春亭、康熙皇帝钦点御题"苏堤春晓"的御碑亭。长廊首尾两端各挂一块牌匾，分书"晴霭弄霏""曙林带暝"，其中"晴"指晴天，"霏"指烟雨，"曙"是早晨，"暝"是傍晚，均是一对反义词，寓意苏堤无论什么天气任何时候都是美的。堤上遍种花木，每当寒冬一过，春风吹拂，苏堤便犹如一位翩翩而来的报春使者，堤上桃红柳绿，灼灼其华，鸟语啁啾，春风骀荡，让"苏堤春晓"一直位列"西湖十景"之首。

西湖的水，被阳光晒得暖暖的。在耀眼的波光映衬中，我们乘船到达了西湖北岸的孤山。"钱塘之胜在西湖，西湖之奇在孤山"，孤山是由火山喷出的流纹岩组成的一座山，是西湖中最大的岛屿，西侧通过西泠桥、东侧通过白沙堤与岸边相连，形如牛卧水中。据清康熙《钱塘县志》记载："孤山，屹立湖中，不与群山伍。"在西湖周边的100余座群山中，坐落在湖水中的，唯有孤山这一座。孤山有一个美好的传说，相传女娲补天时多炼了一块石头，于是她把这块石头丢弃在西湖边，就成为现在的孤山。因为沾了仙气，孤山非常灵验，所以历代帝王将相、名仕高儒都非常喜欢这座小山。皇帝在西湖游玩时就住在这座山上，而皇帝又自称孤家寡人，便为这座山取名为孤山。可是“孤山不孤”，四周碧波环绕，山水陪伴，风景绝佳，是一座融自然美和艺术美为一体的立体园林。

孤山的文化积淀相当深厚，也是西湖文物荟萃之处。孤山北麓有为纪念北宋隐逸诗人林逋而建的放鹤亭。林系杭州人，号和靖，长期隐居在孤山，终身不仕不婚，躬耕农桑并大量植梅，以梅为妻、以鹤为子，遂有“梅妻鹤子”之说，相传林死后葬在孤山，鹤在墓前哀鸣。他写出了不少咏梅佳句，其中《山园小梅》中的“疏影横斜水清浅，暗香浮动月黄昏”一句脍炙人口，成为咏梅第一佳句，无人能出其右。1908 年，在孤山成立了西泠印社，艺术大师吴昌硕为社长。西泠印社以“保存金石、研究印学，兼及书画”为宗旨，一时间篆刻名家云集于此，成为全国金石篆刻和书画艺术的活动中心。此后西泠印社迅速发展，声望日隆，成为海内外研究金石篆刻历史最悠久、成就最高、影响最广泛的国际性的民间艺术团体，有着“天下第一名社”之美誉。

孤山以东是“西湖十景”之一的“平湖秋月”。每当晴朗的夜晚，湖面平静如镜，秋月当空洒下皎皎月色，与湖水交相辉映，游人观之，颇有“一色湖光万顷秋”之感。宋代《方舆胜览》这样描述：“盖湖际秋而益澄，月至秋而遗洁，合水月以观，而全湖之精神始出。”

从平湖秋月往东北方向走，是著名的白堤和断桥。白居易曾任杭州刺史，为官期间为整治西湖筑建湖堤。白堤原称“白沙堤”，白居易《钱塘湖春行》中的诗句“最爱湖东行不足，绿杨阴里白沙堤”指的就是此堤，后人为纪念白居易，称之为“白堤”。白堤宽阔敞亮，植株颇有特点，是一株柳树一株桃树间隔种植，柳树高而桃树低，柳树绿而桃树红，交错映衬中极富参差韵味，所以每到万物复苏的春天，游人行走在白堤上，高处碧柳婆娑起舞，满树粉桃与人亲近，再回望群山含翠，湖水泱泱，让人感觉似在画中游。白堤北端的起点是断桥，起源于唐代的宝祐桥，许仙与白娘子的传奇爱情故事就相会在断桥。其实“断桥不断”，其一端跨着北山路，另一端接通白堤，只是每至冬日下雪时，桥上残留着积雪，远远望去仿佛断了一般。伫立断桥桥头，视野开阔，放眼四望，群树如烟，波光万顷，远山近水尽收眼底，常使游人沉醉忘我，是欣赏西湖景色之绝佳地点。

杭州不仅有美景，还有美食。兜兜转转了一整天，我们的肚子也开始咕咕叫了。杭州有名的餐厅有楼外楼、天香楼、知味观、外婆家、绿茶、新白鹿等，菜品均精致考究。我们前往外婆家餐厅用晚餐，点了外婆米粉、青豆泥、三鲜汤、香辣猪手、春卷、酒酿圆子等，价格实惠得让人难以置信。另外享受到了舒适的环境，星级的服务，外婆家餐厅不愧为平民消费的首席代表。

色香味俱全的杭帮菜，在皇皇菜肴中，西湖醋鱼、西湖莼菜汤、东坡肉和龙井虾仁这四道菜是最为著名的代表。龙井虾仁中所用的龙井茶，是杭州最地道的风物，素以色翠、形美、香郁、味醇冠绝天下。龙井茶多在清明前和谷雨前采撷，因而有明前茶和雨前茶之分。经过漫长的冬季，茶叶中的养分得到充分积累，香气物质和滋味物质含量丰富，所以明前茶以色翠香幽，味醇形美而属龙井茶中的最佳品。到初春时气温低，茶树受虫害侵扰少，芽质较好，但发芽数量也有限，生长速度较慢，在清明之前能达到采摘标准的很少，只能采一个嫩芽，称为“莲心”。物以稀为贵，因此明前茶价格颇昂，民间素有“明前茶，贵如金”之说。清明之后、谷雨之前采制的茶叶叫雨前茶，也叫二春茶。除选用细嫩的芽尖制成外，还有采用一芽一叶或者一芽两叶的。一芽一叶泡在水里像展开旌旗的古代的枪，被称为“旗枪”，明嘉靖年间，即有“杭郡诸茶，总不及龙井之产，而雨前细芽，取其一旗一枪，尤为珍品”的记载。一芽两叶则像一个雀类的舌头，被形容似“雀舌”。随着气温升高，茶树芽叶在成熟的过程中，茶多酚、咖啡碱等含量不断增加，所以雨前茶的滋味虽不及明前茶那么细嫩，但往往更鲜浓且耐泡，产量也较高，相对来说更具性价比，适合大众消费。

龙井茶是西湖山水与钱塘江共同孕育出的天下绝品。在浙西丘陵山区向杭嘉湖平原沉降的过渡地带，藏有许多云山雾罩的小山包。这些山包东濒西湖，南临钱塘江，温暖而湿润。蒸腾而上的云雾与钱塘江江面气流汇合，造就出温暖湿润的气候，再加上独有的白砂土壤，让这一片地区成为茶叶的最佳产地。位于西湖风景名胜区西南面的龙井村，是龙井茶的原产地，环境得天独厚。所谓龙井，本为泉水之名，本名龙泓，又名龙湫，由于大旱时节井水不涸，古人脑洞大开，以为这口井与大海相通，有神龙潜居，所以称其为龙井。茶圣陆羽在《茶经》里记载："钱塘生天竺、灵隐二寺"，当时的茶多由僧人在寺旁自种自采，自制自用，天然带有几分禅意。清朝时期，乾隆皇帝六下江南，四上龙井，题写了六首关于龙井茶的御诗，并亲封"十八棵御茶树"，从而将龙井茶推到了至尊地位。龙井茶也以御茶之名开始壮大，行销天下，名震九州。龙井茶茶叶扁平挺直，色泽嫩绿光润，香气优雅清高，滋味爽口甘醇，在蒸腾的氤氲水汽中抿上一口，仿佛品尽了西湖的春日云烟，让人通体舒泰。

随着山势起伏，绿意葱茏，我们前往龙井村，一探龙井茶之源头。龙井村是一个狭长的小村落，整体呈"Y"字形分布，北有狮子峰、天竺峰等高峰形成天然屏障，抵挡住了西北寒风的侵袭，南有九溪十八涧直通钱塘江，让春夏季的东南风易入山谷。优越的地理条件为龙井茶的生长提供了得天独厚的优势，龙井茶被誉为"中国第一茶"，也实属得益于这山泉雨露灵气的滋养。从市区到龙井村非常方便，乘坐公交车可沿着山路蜿蜒直达龙井茶室站，下车走几步即可见高大的"龙井村"牌匾。龙井村拥有近八百亩的高山茶园，每逢雨后，附近的山林上空烟雾升腾，满谷云雾缥缈，形成迷人的"烟树”景观，让此处被定为“西湖新十景”之一的“九溪烟树”。九溪是由众多小溪流汇合而成的溪涧，源发翁家山杨梅岭下，途汇清湾、宏法、唐家、小康、佛石、百丈、云栖、清头和方家九溪，曲折隐忽，流入钱江。清末学者俞樾《游九溪十八涧》诗云：

九溪十八涧，山中最胜处。
昔久闻其名，今始穷其趣。
重重叠叠山，曲曲环环路。
咚咚叮叮泉，高高下下树。

此诗后两句八组叠字，字里行间将此处美景之妙刻画得淋漓尽致。

我们穿过小村，往南走进九溪十八涧，一路上茶林溪水，清凉惬意。溪水是这里的主体脉络，因山势而曲折，忽左忽右，柳暗花明。其中更有几处漫过山径，游人可涉水穿行，溪中置石块，游人也可自石上鹤步而过，各有意趣。沿着溪流山径，遍布葱茏挺拔的树木，以及大片的茶园。有了树和茶的相伴，溪水也愈加显得幽雅。顺着沿溪的林荫路悠闲行走，看流水潺潺，听鸟鸣嘤嘤，丝毫不觉得夏日酷暑。溪水中有不少大人和小孩在玩耍，我们也换上拖鞋，踏进齐膝深的溪水中，顿感一阵清凉通透全身。此时此刻，我是真羡慕杭州人啊——在盛夏时节，能有这样一个消暑纳凉的好去处！在九溪十八涧，既可濯足嬉耍于缓流清溪，又可尽情享受幽深恬静的山林野趣，让久为都市烦嚣所困的人们，忘却尘世之想，纵情山水之间。

5

告别人间天堂苏杭，我们江南之旅的下一站，来到了号称“天下第一秀水”的千岛湖。

千岛湖位于浙江省淳安县境内，又称新安江水库，是一座集防汛、航运、渔业于一体的大型水库。1955 年至 1960 年，为建设我国第一座自行设计、自制设备的大型水力发电站——新安江水电站，拦蓄新安江上游来水，形成的人工湖即为千岛湖。经过 60 多年封山育林和涵养水土，如今的千岛湖已是森林繁茂、空气清新、湖水清澈的人间胜地，具有秀美的山水风光，成为长江三角洲地区的后花园。

千岛湖距离杭州西南约 150 千米，湖水面积 573 平方千米，属国家一级水体，不经任何处理即可直接饮用，是国内绝少未被污染的大面积水域之一。农夫山泉的水源地之一就在千岛湖，取自湖泊深处水源制成的清冽甘甜的饮用水，随着那句家喻户晓的广告语“农夫山泉，有点甜”畅销国内外各地。湖内碧水呈奇，风光旖旎，拥有形态各异的大小岛屿 1078 座，出名者如梅峰岛、猴岛、孔雀岛、神龙岛、龙山岛、奇石岛、鱼乐岛等，让千岛湖成为世界上岛屿最多的湖泊。其中小岛如螺黛一丸，大岛则碧岫千寻，岛与湖相连，湖与岛相接，两者浑然一体，称之为千岛湖确实名不虚传。

来到千岛湖，除可以欣赏到绝妙的自然风光外，还可以参与荒岛生存、巨网捕鱼等一些特色的旅游项目，也可以在湖边绿道骑行、划船，在森林氧吧漫步等。千岛湖湖底还保存着两座 1800 多年历史的古城，始于汉唐年间的“狮城”“贺城”，因新安江截流，库区开始蓄水，一夜间被淹没在千岛湖之下，期待世人去揭开她们神秘的面纱。

我们入住在渔人码头附近的一家民宿，当我们驱车到达时，房东早已恭候多时。千岛湖水质绝佳，是全国有名的淡水鱼养殖基地，一年产鱼 800 万斤。湖区共有 100 多种鱼类，盛产鲢鱼、鳙鱼、青鱼、草鱼、鳜鱼、鳊鱼、鲈鱼、鲤鱼、干鳅、棍子鱼等。靠山吃山、靠水吃水，千岛湖美食即以湖鲜为主，最能代表千岛湖的菜肴非千岛湖鱼头莫属了。千岛湖镇上的鱼味馆堪称中国淡水鱼的品尝中心，在此品鱼无疑是人生一大享受，不可错过。房东特别热心地推荐了当地一家地道的吃鱼小馆子，一鱼两吃，鱼头做汤，鱼身红烧，皆极鲜美。

首次来千岛湖游览，我们并没有选择普通游客都乘坐的游轮，而是另辟蹊径地选择了本地的客运航线。这条航线为了方便新安江沿岸各村的居民出行而开通的，从淳安千岛湖客运码头到安徽新安江山水画廊的深渡港，每天都有两班客轮往返对开。千岛湖的开船时间是 6:30 和 12:30，深渡码头的开船时间是 7:40 和 11:30，全程 66 千米，航程约四个半小时。历史上，深渡一直是古徽州通往浙江的水上咽喉，重要的物资集散地，明清时更是徽州重镇，当年赫赫有名的徽商就是从这里东渡南下，踏上经商之旅的。这条客运线路是浙江省内仅剩的最后一条省际轮渡，属于公共运输线路，所以价格非常亲民，而且还可以看到新安江两岸最原始的风景，体验到最本真的风土人情，可以说要比乘坐游轮划算得多。我们为了赶上首班轮渡，早晨五点就起床了，沿着蜿蜒的湖边公路驱车来到码头。与我们一同登船的当地居民，有些是来往两地的小商贩，有些是走亲访友的村民，他们带着活禽、土特产、农具等，极具生活气息。

客轮行驶的速度不快，后舱敞亮，可以凭栏吹风。船家在后舱还吊有当地特色的火腿，并为乘客提供价格仅十元的面条作为早餐，满满的一大碗，很是经济实惠。乘坐这条航线可以穿越整个千岛湖区，并溯新安江而上，一路领略两岸湖光山色。客轮在中途经停安徽歙县街口古码头，经与船家商量好，我们可以在古码头下船自行游览，然后乘相对而开的客轮返回千岛湖，仅收一趟全程的票价。

千岛湖拥有一流的生态环境和富饶的物产资源，是人与自然最完美的合作。原本平淡无奇的淳安千里岗峦山脉，由于江水的注入，让大大小小的山头变成了星罗棋布的岛屿，也让这里成为中国最美的地方之一。从空中鸟瞰千岛湖，她就像一只展翅欲飞的凤凰镶嵌在青山碧水之中。整个湖区分为东北、东南、西北、西南、中心五大湖区，以千岛、秀水、金腰带为主要特色景观。湖水涨落间，岛屿与湖水相接处环绕形成的一圈金黄色土带，被形象地称为“金腰带”。中心湖区是千岛湖人气最旺的一个湖区，以“山青、水秀、洞奇、石怪”著称，被誉为“千岛碧水画中游”。放眼望去，千岛湖碧波万顷，千岛竞秀，群山叠翠，峡谷幽深，溪涧清秀，洞石奇异，绘就了一幅生动绝妙的山水画。当代大文豪郭沫若 1963 年到此畅游时，曾欣然赋诗赞美千岛湖秀美的山水风光：“西子三千个，群山已失高，峰峦成岛屿，平地卷波涛。”

千岛湖

千岛湖有山皆青，有水皆碧，她的美可用“绿”和“清”两个字来概括。

首先说说“绿”。千岛湖又称为“绿色千岛湖”。从远处望去，千岛湖是单纯的绿色。湖区四周绵延起伏的远山上，森林翠绿欲滴，层层叠叠郁郁葱葱。绿色渗透进了这里的高山、森林、岛屿、湖水，让人感觉这里山绿岛绿水也绿，可以说是森林染绿了岛屿，就连这里的雨烟、雾霭、雨丝也弥漫着绿意。由远及近，当近距离端详千岛湖时，千岛湖的绿色是层次分明的，错落中尽显幽美。被半岛和岛屿分割的湖山空间，形成了远、中、近的景观，湖水颜色也由浅变浓，呈现白绿、灰绿、淡绿、深绿的自然过渡与变化，富有立体感。千岛湖绿色的组合十分和谐美妙，绿色的森林，星罗棋布的绿岛，碧绿的湖水，呈现多样的层次美。绿色是一种健康的色彩，可以滋养双眼，沁润心脾，给人以宁静、柔和、湿润、舒适和愉悦的心理感受，能使人暂时远离城市的喧嚣、快节奏的生活和工作环境，忘却工作的烦恼和尘世间的恩怨，让浮躁的心灵得到安宁，让蒙尘的灵魂得到净化。这一片片森林、一个个绿岛、一湾湾碧水，让千岛湖就像一副泼墨山水画，吟咏着一首首山水诗、歌唱着一曲曲抒情歌。来到千岛湖，可以张开双臂尽情地拥抱这一片绿色，毫无拘束地释放心情。

再来说说“清”。在不同的季节，清澈的湖水会呈现不同的颜色。春天，带点嫩黄；夏天，带点碧翠；秋天，清得明净；冬天，清得深沉。不同的天气里，湖水又是变幻莫测的。晴天明朗秀丽，雾天烟雾朦胧，雨天则如同披上了一层白纱，天地融为一体。当乘船从一个湖区到另一个湖区，从一座岛屿到另一座岛屿时，湖面忽宽忽窄，空间时高时低，在一片澄净中好像走不到湖的尽头，给人一种岛外有岛、湖外有湖的层次感。绕过看似相隔实则相通的湖湾时，恰似“山重水复疑无路，柳暗花明又一村”。森林同时净化了空气，让千岛湖成为全国最大的森林公园，是吸氧洗肺的好地方。人们可以在这里尽情地呼吸清新的空气，把五脏六腑洗得干干净净。因湖水涨落而在岛周身形成的蜿蜒的金腰带，如同一条条飘逸的金丝带，让人想起舞剧《丝路花雨》中的“敦煌飞天”，一圈圈金色把湖水衬托得更加明净透彻。

乘客运轮渡溯江而上，离开湖区后，新安江两岸群峰壁立，历史上就曾有“千峰郡”之称。我们到达歙县街口古码头后，下船游览。这里是一片尚未开发的景点，具有原始的自然之美。我们登上横跨江面的吊索桥看风景，渔民的驳船从桥下划过，在水面上带出一长串涟漪波纹，飘然远去。山上的街巷两旁，有农家在售卖小鱼干，都是从江里捕捞上来的小白条经过晒干后制成的，装成了一小袋一小袋，整齐地码放在摊位上。这些鱼干是天然有机食品，放上一年半载都很新鲜，分量足实，价格也非常实惠，我们买了两包带回北京，享用了好长一段时间。

从深渡港始发对开的船到了，我们乘船返回。雨也随即而来，下得很大，湖面上水天相接雾茫茫一片。瞭望雨中宽阔的水面，视线滑过众多岛屿，当与茂密的森林、曲折的湖岸线相接时，会让人由衷地产生一种如苏轼在《赤壁赋》中所说的“飘飘乎如遗世独立，羽化而登仙”的超然感。身处湖上，会让人时刻认为自己就处在千岛湖的中心，自己仿佛就是千岛湖的主人，感觉真正投入了大自然的怀抱，来到了生命的源头，达到了忘我或者无我的境界。有位诗人曾写下一首赞美千岛湖的诗，其中一句是这样说的：“湖山本是天然画，我是山水画中人。”只有此时此刻你才会感觉到，人类来自大自然，又回归大自然，人与世界是那么和谐，那么统一，这样美丽的地方值得我们用眼睛、用鼻子以及用心灵去感受它。你会由衷地感谢大自然赋予了人类如此多美好的东西，值得我们用劳动、用智慧，甚至用生命去呵护它。

千岛湖，一个纯净的湖，一个年轻的湖，一个美丽的湖，一个丰饶的湖。我们下次有时间，继续领略更多她独有的魅力吧！

6

从千岛湖出发，驱车一路北上，走省道加高速，全程约五个小时，我们顺利抵达了首次江南之旅的终点站——南京。

南京长期是中国南方的政治、经济、文化中心，史称金陵，又叫秣陵。公元前 333 年，楚灭越，楚威王熊商欲借南京的长江天堑为屏障以图谋天下，于石头城筑金陵邑，金陵之名即源于此。从那时起，南京城便有了“江南佳丽地，金陵帝王州”的王室气度。秦朝统一天下后，此地置秣陵县，属会稽郡。东汉建安年间，诸葛亮出使江东，对孙权说：“秣陵地形，钟山龙蟠，石头虎踞，此帝王之宅。”三国时期，东吴定都此地，为了有所作为，建功立业，遂将秣陵改名为建业。建业城的核心是石头城（清凉山）和钟山（紫金山），古人就是根据这两座山的形状及引喻，称建业有“虎踞龙盘”之象，正好迎合了孙权统一天下的志向。从孙权称帝开始，东吴之后的东晋，南朝的宋、齐、梁、陈相继在此建都，故南京有“六朝古都”之称。南朝后期，建业改名为建康，李清照的词“春归秣陵树，人老建康城”，说的就是时代变迁下的古南京城。建康是世界上第一个人口超过百万的城市，也是当时世界上最大的城市。以此为中心的“海上丝绸之路东海航线”正式开辟，古南京城由此出现了“四海流通，万国交会”“舟舶继路，商使交属”的繁华景象，与西方的古罗马并称为人类古典文明的两大中心。

“南朝四百八十寺，多少楼台烟雨中”，南朝在醉生梦死的同时，北朝经过两百年的战乱和整合，率先由北周统一了中原。公元 589 年，废北周而建隋朝的杨坚发动南征，50 万大军直指南陈。隋军在建康城的上下游分别渡江完成包围，几天内便破了城，南陈随之覆灭。为了彻底消除建康作为南方政权国都的影响力，不再有南北分裂，杨坚下令将建康城夷为平地，此地一下变成了无人居住的田野，仿佛这座城市从来没有存在过一样，一切都归零了。从唐朝中期开始，城市开始复兴，在建康城旧址上置江宁郡，寓意为“江外无事，宁静于此”“江南安宁”等。南京如今的简称“宁”，便是取自“江宁”一词。而江苏省名称的由来，就是一个取自江宁的“江”，另一个取自苏州的“苏”。

历史上，中国大一统王朝的政治中心一直在北方，如秦朝都城咸阳（今陕西咸阳）、西汉都城长安（今陕西西安）、东汉都城洛阳（今河南洛阳）、唐朝都城长安（今陕西西安）、北宋都城东京（又称汴京，今河南开封）、元朝都城大都（今北京）等。北宋靖康二年（1127 年），金军南下，攻陷汴京，掳走徽、钦二帝，史称“靖康之变”，北宋灭亡。北宋皇室赵构与大批中原汉人南逃，建立南宋。南宋似乎是吸取了“六朝”的教训，将都城定在浙江临安（今杭州），却不是南京。因为南京濒临长江，处在与中原对峙的前线，地形又不利于防守，作为国都其实是有很大缺点的。而临安在长江以南大约 200 千米，长江防线被突破后，统治者仍有足够的时间南逃或出海，不会被困死在国都内。

南京的历史愁肠百结，历经了俯仰兴衰，顺带着让文化也迂回变迁，在历史的长河中藕断丝连又绵延不绝。南京自古崇文重教，是一座极具历史的文化名城，李白、刘禹锡、杜牧、李商隐等诗人都曾在这里生活游览过。北宋政治家王安石曾三次以宰相之位担任江宁知府，并定居、终老于此。侨寓江宁的清代文人李渔，倡写喜剧，文辞浅易，以幽默风趣见长，他著作的《闲情偶寄》一书，内容包含戏曲理论、饮食、营造、园艺、养生等，被林语堂评价为“中国人生活艺术的指南”。

南京丝织业素负盛名，早有“秣陵之民善织”的美誉。元代时期，南京作为中国纺织业的中心，城内有专业工匠六千余户，南京云锦为皇家御用品；明朝时期，南京作为郑和七下西洋的决策地、造船基地和始发港，占据着重要战略地位；清朝时期，在南京设立了规模庞大的江宁织造府，生产丝织品以供应皇家需求，南京丝织业规模在当时居全国之首。在南京担任江宁织造官的，均是皇帝的亲信，除负责办理绸缎服装并采买各种御用物品之外，还兼直接向清政府提供江南地区的各种情报，所以权势显赫，就连堂堂两江总督也得让江宁织造几分。四大名著之一《红楼梦》的作者曹雪芹，其曾祖母孙氏做过康熙帝的乳母，祖父曹寅做过康熙帝的伴读和御前侍卫，曾祖、祖父、伯父和父亲三代四人先后担任江宁织造官达五十八年之久，极受康熙帝宠信。因此曹家有权有势，极富极贵，为当时南京第一豪门。康熙六次南巡，其中有四次由曹家接驾，住在江宁织造府内，曹家每次接驾都是“把银子花得像淌海水似的”。这种宠荣、这等权势、这等富贵，江南没有哪个朝廷大员能及。曹雪芹从小生活在江宁，家境优渥，在有着“烈火烹油，鲜花着锦之盛”的曹府“历过一番梦幻”，享受了一段锦衣纨绔、富贵风流的公子哥生活。然而世事变迁，到了雍正年间，曹家卷进了宫廷内部的政治倾轧斗争中，并被抄了家，曹家一下落入了凋零衰败之境，从此一蹶不振。被抄家后，曹雪芹随家迁往北京，初居于崇文门外，后移居北京西郊。家道中落让曹雪芹深切体会了人生悲哀和世道无情，在隐居西山的十多年间，他的生活更加穷苦，“满径蓬蒿”“举家食粥酒常赊”，然而，他硬是凭借坚忍不拔的毅力，“披阅十载，增删五次”，终于完成极具思想性和艺术性的文学巨著《红楼梦》。对此，曹雪芹本人是这样讲的：

浮生着甚苦奔忙？盛席华筵终散场。
悲喜千般同幻渺，古今一梦尽荒唐。
漫言红袖啼痕重，更有情痴抱恨长。
字字看来皆是血，十年辛苦不寻常。

《红楼梦》这部“古今中外第一奇书”，堪称中国古代长篇小说的文学高峰，就是以江宁为历史背景写成的。

历史上的江宁曾经风光无限，但一次次的王朝覆灭与更替也为这座城市带来了深重的劫难，抗日战争时期日寇犯下的南京大屠杀罪行，更是中国人民心中永远的痛。除了内心的那份伤痛，我们更不能忘了作为中国人的尊严，只有不忘国耻、奋发图强，国家才能兴盛。

现在，南京作为江苏省的省会城市，在省内的政治地位不容置疑，然而其他方面的影响力似乎并不那么大。经济实力上，南京的GDP长期排在苏州之后，无锡和常州等小弟由于与上海挨得近，也没有怎么把省府放在眼里。地理位置上，南京偏安于省内西南角，远离本省其他的重要城市，再加上历史等因素，让南京对全省的辐射能力有限，省会的“首位感”存在度较低。

以南京为中心，从北往西再往南，画上一个大半圆，里面都是安徽省的地级市，包括滁州、马鞍山和宣城。由于大半个南京都在安徽地界的包围圈中，因此南京似乎与安徽要走得更近些。方言上，滁州与马鞍山的口音，与南京话更加接近，更像是一家人；饮食上，这三个地方的口味雷同，菜谱也很相似。就连南京的禄口机场，距离马鞍山市区都比距离南京市区更近些，由此来看，把南京称为“徽京”似乎比称为“苏京”更为合适。

南京作为六朝古都，在美食方面独具特色。南京人喜欢吃鸭子是出了名的，世界上应该没有哪里的人比南京人更爱吃鸭子了。据南京鸭业协会统计，南京人一年要吃掉一亿只鸭子。凭借这份热爱，南京甚至还被冠以“鸭都”的称号，因此也就有了“没有一只鸭子可以活着离开南京”的说法。在南京的众多鸭子料理中，盐水鸭一定是最有名气的。盐水鸭吃起来既保留了鸭子的本味，又能让人品尝到鸭子口感的巅峰。相传在六朝时期，盐水鸭就已在南京地区颇负盛名，被誉为“六朝风味，白门佳品”。盐水鸭还有个雅致的别名，老南京人习惯称之为桂花鸭。在桂花盛开的季节，也是农村丰收的时节，散养的鸭子可以肆意吃地上散落的谷物，使得鸭肉比平时更加肉肥脂香。民国时期，南京老食谱《白门食谱》中这样对其描述：“南京八月时期，盐水鸭最著名。人人以为肉内有桂花香也。”

另外一道鸭子美食，鸭血粉丝汤，作为南京的传统名吃和金陵菜的代表，可谓走遍了大江南北。鸭血粉丝汤最早是镇江落第秀才梅茗所创，他做的这道鸭血粉丝汤，还曾经被晚清《申报》第一任主编蒋芷湘题诗称赞：“镇江梅翁善饮食，紫砂万两煮银丝。玉带千条绕翠落，汤白中秋月见嫦。布衣书生饕餮客，浮生为食不为诗。

欲赞茗翁神仙手，春江水暖鸭先知。”鸭血粉丝汤的汤底一般由鸭架熬制而成，配料辅以鸭血、鸭胗、鸭肝等内脏。虽然它主要以鸭子的内脏为原料，但是新鲜处理的食材熬成每日鲜汤，基本上没有任何膻味。再加点儿辣油滴点醋，尝一口汤鲜浓郁，吃一口粉嫩爽滑，香气不自觉就让人迷醉。我们到达南京的当晚，就直奔南京大排档吃了鸭血粉丝汤，品鉴之后，真是让人感觉元气满满。此外，当地以鸭子为原料的美食还有南京烤鸭、南京板鸭、鸭四件、鸭油烧饼等，其中南京板鸭俗称“琵琶鸭”，口感“干、板、酥、烂、香”，在清代被称为“贡鸭”，上好的板鸭是地方官员进贡皇室的珍品。

我们在南京住的民宿，位于玄武湖公园旁边。玄武湖是国家级风景名胜区钟山的重要组成部分，被誉为“金陵明珠”，与杭州西湖、嘉兴南湖并称“江南三大名湖”。传说湖中曾出现黑龙，又因“玄”表示黑，所以称为玄武湖。湖面方圆近五里，水面岛屿分作五洲——环洲、樱洲、菱洲、梁洲、翠洲，五洲之间堤桥相通，浑然一体，处处有山有水。在玄武湖的洲岛上遛弯，左手一路梧桐，右手一路香樟，水波荡漾，绿树掩映，游人闲庭信步其中，闹静相宜。玄武湖是中国八大观荷胜地之一，湖区盛开着大片莲花。这里植荷历史悠久，六朝时已闻名天下，历史上满湖皆荷，船只能在荷叶里开出的萦纡一水中划行。玄武红莲是玄武湖的当家花旦，其颜色比大红稍浅，娇艳动人，是最受游客喜爱的品种之一。

南京玄武门

玄武湖的西门叫玄武门，有三孔门洞，气势阔大雄浑。我们常在历史事件中听闻玄武门，关于该门，有两个趣味知识可以探究考证一番：一是“玄武门之变”是发生在南京玄武门吗？唐武德九年（626 年）夏，唐高祖李渊次子秦王李世民为求自保及争夺皇位，在长安城太极宫的北宫门玄武门附近发动政变，这便是历史上有名的“玄武门之变”。政变之后，唐太宗李世民即位，改年号为贞观，由此开启了“贞观之治”。唐朝时期的京城是长安，也就是今天的西安，所以玄武门之变就跟南京没有什么关系了，仅仅是名字一样罢了。二是南京的玄武门朝向何方？在我国古代神话中，青龙、白虎、朱雀、玄武是中国四大神兽，合称为四方之神，分别代表着东西南北四个方向，是中国的特有精神象征。其中玄武是北方之神，因此我国古代在建造都城时，凡宫城的北门都称作玄武门。玄武的形象为龟蛇合体，用玄武给宫城北门命名，是历代帝王根据四神布局的需要，更是一种信奉。奇怪的是南京的玄武门位于玄武湖公园的西边，朝西开着，这又是为何？原来这座玄武门是清光绪时期两江总督为方便参加南洋劝业会的中外客商游览玄武湖，在位于公园以西的明城墙段辟建的一座新门。此门原名丰润门，民国时期国民政府将其改名为玄武门，其意是“玄武湖泽被民生，玄武门名副其实”。蔡元培先生应邀书写了“玄武门”三个字，并沿用至今。这样，一座与方位指向无关，只因湖而得名的玄武门，便永久地被世人所接受。

到了南京，不能不去游一游夫子庙。位于秦淮河畔的夫子庙，始建于东晋成帝司马衍咸康三年（337 年），根据东晋丞相王导提议的“治国以培育人才重”，立太学于秦淮河南岸。当年只有学宫，并未建孔庙。孔庙是宋仁宗景祐元年（1034 年）就东晋学宫扩建而成的，为供奉祭祀孔子之地，是中国第一所国家最高学府、中国四大文庙之一，也是中国古代文化枢纽之地、金陵历史人文荟萃之地。夫子庙被誉为秦淮名胜而成为古都南京的特色景观区，是中国最大的传统古街市，与上海城隍庙、苏州玄妙观和北京天桥并称为中国四大闹市。附近的江南贡院曾经是江南最大的科举考场，有着 300 多年的历史。

秦淮河是南京古老文明的摇篮，南京的母亲河，历史上极负盛名，被称为“中国第一历史文化名河”。六朝至明清时期，秦淮河两岸是望族聚居之地，商贾云集，文人荟萃，儒学鼎盛。十里秦淮，画舫凌波，让此地素有“风华烟月之区，金粉荟萃之所”的美誉，更兼十代之繁华。1923 年，作家朱自清与俞平伯同游秦淮河，以《桨声灯影里的秦淮河》为共同题目，两人各写散文一篇。两篇文章以风格不同、各有千秋而传世，成为现代文学史上的一段佳话。现在，经过整修后的秦淮河，明清江南街市风貌和画舫、水榭、绿窗、朱户仍可得见，但也因为加入了太多现代化的灯光而稍显喧嚣，少了古时候的闲情逸致。夫子庙的小吃闻名天下，老字号永和园的蟹壳黄烧饼、开洋干丝，奇芳阁的鸭油酥烧饼、什锦菜包，均被列入了“秦淮八绝”之中。现在临河的贡院街一带，已成为著名的旅游文化商业街，荟萃了海内外美食精品，值得游人来此一饱口福。

此次在南京的时间有限，没能到访以前去过的总统府，中山陵也未能去瞻仰，传说中的“珍珠项链”美龄宫也是令人神往而未能去一睹风采，就当是给未来留个念想吧。六朝古都，我们下次再会。

7

时间跨过一年，又来到盛夏时节，我们还是选择了江南一线，是为第二次江南之旅。此行首站，我们来到了千年瓷都——景德镇。

中国是瓷器的故乡，景德镇又是中国瓷器的主要产地之一，有着2000多年的冶陶史、1000多年的官窑史、600多年的御窑史和100多年的陶瓷现代史。此次旅行，终于有幸来到这座历史文化名城，一睹其厚重悠远的制瓷历史和博大精深的陶瓷文化。

景德镇位于江西省东北部，地处赣、浙、皖三省交界区。境内地势较为舒缓，河川交错，北部昌江、南部乐安河属长江流域鄱阳湖水系，纵贯全境。川流不息的昌江水、松木茂盛的高山翠屏、独一无二的高岭土，为这里的制瓷业带来了得天独厚的发展优势。景德镇原名新平镇，“新平冶陶，始于汉室”，千年窑火由此绵延不断。宋代时期，景德镇家家制瓷，仅烧窑口就有300多处，可谓“村村陶埏，处处窑火”。北宋真宗景德年间（1004—1007年），当地烧制的瓷器，瓷土白腻，颜色滋润，其中烧出的影青瓷，“青如天、明如镜、薄如纸、声如磬”，真宗颇为喜爱，于是颁诏将新平镇改为景德镇，瓷器上的底款也换成了“景德年制”，于是“天下咸称景德镇”。明清时期，景德镇“集天下名窑之大成，汇各地良工之精华”，特为皇家烧制御用瓷器，形成了“陶舍重重依岸开、舟帆日日蔽江来”的壮观景象。这一时期的景德镇制瓷业达到了顶峰，其成就之高、影响之大、技艺之精湛、品种之齐全，是任何时期、任何地方都难以企及的，由此让景德镇以王者之姿傲然矗立于全国陶瓷产业当中。当时的景德镇，也与广东佛山、湖北汉口、河南朱仙镇并称全国四大名镇。

景德镇所产瓷器，“行于九域，施及外洋”，让海上“陶瓷之路”也成为东西方文化交流的重要途径，与陆上“丝绸之路”交映生辉。由此得来的英文 China，兼具陶瓷与中国的意思，让人感慨一种器物能与国同名，是何等的荣耀！景德镇作为中国唯一一座以陶瓷而著称的城市，著名史学家、文学家郭沫若曾这样评价：“中华向号瓷之国，瓷业高峰是此都。”景德镇瓷器集历代工艺之精华，汇各地名窑之大成，历经千年沉淀与历练，形成了完整精密的手工制瓷工艺体系，以独树一帜的风格，构筑了深沉厚重、辉煌灿烂的陶瓷文化，在中国陶瓷史上写下了最辉煌灿烂的一页。

瓷生于烈火，长于气韵，成为中华传统文化的内在传承和外在载体。在制瓷技艺上，宋代创烧的影青瓷，白里泛青、莹润素雅，让“景德窑”天下皆闻。元代时期，景德镇引进并采用波斯青花釉原料，史称苏麻离青料，创烧了青花与釉里红两种釉下彩绘瓷，结束了我国只能烧素瓷的历史。清康熙年间，景德镇引进西洋珐琅彩料，并借鉴了欧洲油画装饰技巧，在明清两代先后创烧了斗彩、五彩、甜白以及郎窑红、美人醉等一系列名瓷。让人眼花缭乱的瓷类品种中，青花、粉彩、玲珑、颜色釉是景德镇的四大名瓷，其中青花瓷以其色釉素雅、输出范围广、存世数量大而成为四大名瓷之首。千年窑火孕育出的宛然一出烟雨朦胧的江南水墨山水画的青花瓷，洗尽铅华，古朴典雅。“云青青兮欲雨，水澹澹兮生烟”，隔着重重历史，水云萌动之间，我们依稀可从青花瓷中见到古人白衣素袂，裙带飞扬。

陶瓷博物馆元青花瓷

在制瓷工序上，明代宋应星《天工开物》有言，陶瓷制作“共计一坯工力，过手七十二，方克成器，其中微细节目，尚不能尽也”，制瓷的七十二道工序由此而来。景德镇手工制瓷工艺的专业化程度很高，行业分工极其细致，按照流水线作业方式完成。加工好的泥料经过拉坯、利坯、施釉、描花等一道道工序渐渐成型，并经过最关键的烧窑工序，最终才能制成成品瓷器。七十二道工序中，工匠们必须各自选择一种专门的技艺，熟练高超掌握，并以此为终身职业。明清两代，为确保景德镇御窑厂瓷器质量，朝廷有严格的挑选标准，稍有瑕疵便打碎掩埋。打碎的瓷器堆成“珠山”，屹立至今，被视为陶瓷界的“珠穆朗玛峰”。

在生产管理上，元朝设立“浮梁瓷局”，开创了瓷政先河；明朝创办御窑厂，对陶瓷生产进行明确而又细致的分工；清朝实行“官搭民烧”制度，将一定数量的宫廷御用瓷放入民窑中搭烧，促进了民窑的较快发展。明清两代专为监督瓷器生产而设置督陶官，该官职为内廷京官，有直接面圣的特权。他们中的大多数是勤政廉政的典范，为后世所称道，其中主持窑务时间最长、影响最大、成绩最卓著的当属唐英。他“杜门谢交游，萃精会神，苦心勠力，与工匠同其食息者三年”，很快熟悉了制瓷的各种工艺，由一个完全不懂陶瓷制作的门外汉变成了精于此道的陶艺家。乾隆八年（1743年），62岁的唐英编成《陶冶图编次》，图文并茂，将繁杂的制瓷工艺梳理为二十项流程，全面介绍了陶瓷生产的过程，这是我国有关陶瓷制作工艺过程的第一部系统著作。

在瓷都的两天时间里，我们逛了夜晚灯光璀璨的陶溪川，参观了民窑博物馆和中国陶瓷博物馆，在雕塑瓷厂的乐天陶社还入手了很多小瓷器，皆栩栩如生、精工细琢。

陶溪川

景德镇这座古城，在今天看来，非但不显得老旧沉闷，反而越发的年轻化。以创意陶瓷制品为特色的手工创意市集，正演变成一种新兴模式，为景德镇注入了新鲜活力。新千年以后，景德镇手工创意市集逐渐萌芽，特别是乐天陶社成立以后，手工创意市集的浪潮席卷景德镇，让景德镇逐渐成为我国新一代青年艺术家的汇集地。

只要是热爱创意陶瓷制品的人，都能够参与市集的各项活动中来。越来越多的在校大学生参与其中，并在毕业后选择留在景德镇，成为当今所谓的“景漂一族”。他们来自不同的城市，因陶艺而结缘，与志同道合的朋友一起组建工作室，为了梦想起航相互帮扶。他们敢于挑战，勇于拓新，选用新型的陶瓷材料及工艺、新颖的设计思想、新鲜的交互平台等，更多元地表现自己的创作思想，不断推陈出新自己的陶瓷制品。公共窑房是他们主要的生产场所，他们一边伴着开窑的忐忑不安与期待，一边交流着设计和创作心得。在创意市集上，他们展示以及售卖个人原创手工作品，融入了创新观念的陶瓷制品也吸引了一大批年轻的消费者和全国各地的游客。不同于以往“拜师学艺”“家业传承”的陶艺学习方式，“景漂”们拥有新时代青年的朝气与热情，乐于在微博、抖音等共享平台上分享制瓷过程中的心得。他们享受着融工作于快乐、融生活于艺术的状态，呈现更加自由、更显弹性、更为新颖的工作方式，让更多的人了解陶瓷文化。他们是景德镇城市文化焕发新活力的制造者，为景德镇创造了蓬勃生机，带来了新的动力，他们自身也成为这座城市一道亮丽的风景线。

景德镇讲述着中国故事，演绎着中国智慧，弘扬着中国精神，传承着中国文化。文化是一个国家、一个民族的灵魂。文化兴则国运兴，文化强则民族强。相信极致的工匠精神和与时俱进的艺术文化，会让景德镇的薪火代代相传，让“工匠来八方，器成天下走”的传奇一直延续下去。

8

告别千年瓷都，我们乘坐高铁，来到了被盛誉为“中国画里乡村”的安徽黟县宏村。

宏村内外，湖光山影参天树，白墙黛瓦马头墙，各处景致都给人一种水墨蓊郁的自然感。我们入住在村内舍得园客栈，客栈隐藏在深深的青苔斑驳的弄堂里，室内明净，环境清幽。客栈的老板娘热心爽快，既帮忙办理入村手续，又帮忙搬运行李箱，真是一个红火人。晚餐我们就是在客栈的小餐厅里吃的，点了心心念念已久的徽州臭鳜鱼。其实真正地道的臭鳜鱼品尝起来，反而没有那么重的口味，越吃到后来越觉得清香，盘干碗净自不在话下。

宏村地处皖南，据史书记载，800 多年前的南宋绍兴（1131—1162 年）年间，此地属于西晋“永嘉南渡”的北方戴氏一族，当时一片幽谷茂林。南宋绍兴末年，汉末龙骧将军汪文和的后裔汪彦济带领全家迁居此处，买下戴氏产权，“依山建屋，傍水结村”，建房 13 间，此为宏村之始。此后汪氏家族逐渐发达，由此形成了以汪姓为主、兼有他姓的大村落。《汪氏族谱》中记载的“扩而成太乙像，故而美曰弘村”，即可追溯其村名渊源，后改名为宏村，以应“宏广发达”之意。

与众多的徽州古村落一样，宏村是徽州地理环境与徽州文化融合的产物，富有底蕴深厚的徽州地域文化特征。作为其中的典型代表，宏村以徽派建筑、村落布局、民风民俗等优越条件，在 2000 年成为我国第一批被联合国教科文组织列入“世界文化遗产”名录的古村落。世界遗产委员会这样评价：“宏村这个传统的古村落，在很大程度上仍然保持着那些在 20 世纪已经消失或改变了的乡村的面貌。其街道的风格、古建筑和装饰物，以及供水系统完备的民居都是非常独特的文化遗存。”

宏村的建设是以家族力量形成的，村民们的居住也是以家族分布的，家文化深入人心，几乎家家都有传世家谱。宏村汪氏家族世代信奉耕读并举，亦儒亦商，随着明清时期徽商的崛起和兴盛，涌现出大批商人以及仕途通达的官员。他们衣锦还乡之后，以儒雅、脱俗、清远的意境构思，大兴土木，修建楼院、祠堂、庙宇、书院等。经过历代村民不断努力扩建，宏村日益繁荣。清代时，宏村已是“烟火千家，栋宇鳞次，森然一大都会矣”。今天的宏村仍有保存完好的150多幢明清古民居群，如雕梁画栋飞金披彩的承志堂、敬修堂等，还有历经四百多年的参天古树，以及藏身高墙深院的百年牡丹。

从整体上看，宏村像一头卧牛处于青山环绕的山岗之中，宛如一座绝妙的水上“牛形村落”——山为牛头树为角，桥为四蹄屋为身。村北面巍峨高昂的雷岗山为“牛首”，苍翠的参天古树是“牛角”，东西错落有致排列的古民居宛若庞大的“牛躯”，绕村的西溪河上建有的桥梁恰似“牛蹄”，西溪河上有石坝，坝上长出“牛肠”，牛肠水系进入千家，与村落中心的天然泉水汇合，蓄成的半月形的池塘“月沼”为“牛胃”，水出牛胃又从村中蜿蜒而出，最后流入南湖这个“牛肚”。整个村落造型巧妙，极具建筑和水利创意，可谓建筑史上一大奇观。宏村的布局和设计反映了农耕民族对牛的崇拜和依赖，因此宏村又被人们称为“牛村”，这种聚落形态是徽州古村落“象形”聚落形态的典范。

宏村

一池碧水涟漪来，莲叶荷花相依偎，水是宏村的灵魂所在。为何宏村在建设时如此注重水系的安排？其原因在于历史上这里曾多次遭受火灾之苦。为此，在明朝永乐年间，宏村堪山川、审脉络，由此基本形成家通水渠、户有水池、巷穿水圳、村有月沼的形态。位于村落中心的月沼，常年活水长流，水平如镜，在风水上有着“蓄内阳水而火灾寝息，人得安居”的功能，是全村的聚宝盆。明朝万历年间，宏村又将村南地块凿深数丈，辟成一个近两万平方米的弓形池塘，取名“南湖”。月沼和南湖的水面倒映着白墙屋檐、青山绿林，一片静谧幽深。南湖湖岸的曲线弓背朝向村外，植以红杨翠柳，直线弓弦靠村落，沿湖平铺青石路。由于当地盛产青石，所以宏村的路面基本上都是用均匀的石条或石块铺设而成的，并因地制宜辅以鹅卵石，让道路边缘整齐划一。与石板路并行的是穿村而过的水圳，一条条水渠如同轻柔的银带，在村中缓缓舞动，让身处高墙深院中的人们也能听到潺潺的流水声。水圳滋润满村清凉，沿途有许多石板踏步和亲水台阶，常有妇女在岸边浣洗，给这座古老村落增添了灵动的生活气息。如今再看这套水利系统，它的实用价值依旧，嫣然风采卓绝，已让其成为建筑史上的艺术品。

史书《汪公锡文运熙家抄》中，有一段对宏村古水系的点评：“引水入室掘井家中，防祝融之肆虐，取浣洗之便利，求滚滚之财源，荡里中之秽气，灌村外之良田。”这段点评生动地概括了水圳活水的饮用、洗涤、防火、灌溉、环保五项功能，另外还有财源滚滚的寓意。俗谓“山管人丁，水管财”，流水象征着宏村吉祥如意和人财两旺。宏村水圳的设计者是明代嫁到汪家的杰出女性设计师胡重，清代同治年间的宏村名士汪云卿曾辑录《吾族先贤大观》，在人物篇中记有思齐公小传：“汪辛公，夫质行，妻艺术”，给了胡重封建时代女性至高的荣耀，她也因此而留名史册。此事证明，封建社会的女性并非只能相夫教子，也能干出自己的一番事业。时至今日，宏村还挂有胡氏画像，像上题字“巾帼丈夫”。

宏村的建筑类型主要分为三类：村民民居、书院祠堂和水景绿地。为了避世和免遭盗行，宏村的建筑布局紧凑，立面几乎没有开窗，主要依靠内院的天井采光。民居门口多高耸着装饰华丽的门楼，院内外有众多砖雕、石雕、木雕，材质优良雕刻细致的家具能让人窥得宏村先祖们生活的富足。位于南湖北畔的南湖书院，高大宏伟、庄严宽敞，是一所功能齐全、环境优美的古代书院。优良的教育环境让宏村人才辈出，学子中榜入仕后，也不忘建设自己的家乡。作为汪氏宗祠的乐叙堂，就位于月沼北畔正中，白墙黛瓦和红灯笼串倒映在平滑如镜的月沼水面上，呈现一片古朴宁静，电影《卧虎藏龙》的开篇取景地就在此处。月沼周边的酒家，有得月楼，醉月台等，景色皆甚美，所做徽菜口味也相当地道，尤其是用周边山林所产竹笋晾晒后做成的笋干笋衣，搭配农家腊肉同炒，风味尤佳。

宏村的魅力，不仅在于其保存完好的古建筑群所蕴含的深厚的文化底蕴，还在于自然景象与厚重的历史感以及人文精神的深层次契合。栋宇鳞次、庭院相贯、雕饰如画的宅居里，厅堂厢房以中轴线对称布局，体现的是中庸之道和中和之美。村内小巷幽深，青石板路面被磨得光亮，参天古树挺立，藤蔓花果沿着院墙延伸，碧波荡漾的南湖上白鹅嬉戏，游鱼浅翔，荷花亭亭玉立，莲叶灼灼其华，配上雾气弥漫的远山为背景，让景中有画，画中有景，构成了一个完美的艺术整体。宏村的祖先以科学的眼光和美学观念，运用艺术手法，勾画出了一幅美丽迷人的宏村画卷，体现了天人合一的中国传统哲学思想和对大自然的向往与尊重。“宏村十二景”——南湖春晓、雷岗秋月、西溪雪霭、月沼风荷、黄堆秋色、石赖夕阳、东山松涛、梓路钟声、睢阳亭榭、画桥积雪、九折十家、以文家塾，至今仍熠熠生辉，享誉海内外。

古村落是一种特殊的人居空间环境，与历史文化名城、历史文化名镇一样，在时间发展尺度上都具有深厚的文化底蕴。而三者之中，古村落则更显玲珑娟秀之美。水绕山而山色凝，山傍水则水有灵，宏村宛如一幅泼墨的山水画，吸引了无数游客前来。我们徜徉于百年老屋的阔大空间，沿着幽深的小巷信步走进一家茶叶店，店老板邀请我们品茶，并热情地与我们畅聊分享他周末踏山逐水的惬意生活。村内的特产小店一家连着一家，我们买了木雕、笋干、辣酱等，又去南湖拍了荷花莲叶，诗意的山水田园生活让我们流连忘返，到要离开时仍依依不舍。

我想，在夜晚的梦乡里，我一定会时常梦到秦观《行香子·树绕村庄》中的小桥流水、淳朴人家吧：

树绕村庄，水满陂塘。倚东风，豪兴徜徉。

小园几许，收尽春光。有桃花红，李花白，菜花黄。

远远围墙，隐隐茅堂。飏青旗，流水桥旁。

偶然乘兴，步过东冈。正莺儿啼，燕儿舞，蝶儿忙。

9

离开宏村，我们乘坐客运巴士，往东北方向行进 30 多千米，到达了下一站 —— 黄山。明代大旅行家徐霞客曾两次登临黄山，赞叹道："薄海内外无如徽之黄山，登黄山天下无山，观止矣！"后人据此概括为"五岳归来不看山，黄山归来不看岳"，未识已觉奇，让人神往之。

我们入住在黄山脚下南大门附近的紫石山庄。当我们到达山庄时，已到下午，山庄的老板热情好客，建议我们利用下午的时间先去游览翡翠谷，然后第二天一早去爬山。因黄山风景区面积颇大，如果不在山顶住宿，则要足足花上一整个白天的时间，才能刚好把黄山的精华景点看下来。

翡翠谷位于黄山以东，是黄山脚下最长的一道峡谷。这里由 100 多个形态各异的碧潭彩池彼此连接而成，鸳鸯、罗池、天女练、玉环、绿珠、相思亭、孔雀、碧簪、揽翠楼等众多潭池青碧如玉，宛如一颗颗翡翠撒落在山谷中，故得名"翡翠谷"。谷内游览线路不长，两边翠竹摇曳，泉声潺潺。贯穿翡翠谷的溪流名为"碧玉溪"，水质极为清澈，流过岩石，汇入幽池。在阳光的照耀下，溪水呈现明艳的碧绿色，清远静雅，飞瀑流泉激起亮晶晶的水花，有着大珠小珠落玉盘的清脆净透。翡翠谷是电影《卧虎藏龙》的主要取景点，电影中的竹梢打斗、池边恩义、飞瀑踏波、深潭寻剑等经典绝妙的镜头，都拍摄于此。

翡翠谷

游览完翡翠谷，回到紫石山庄，我们就在山庄的餐厅用了晚餐。黄山菜系属于中国八大菜系之一的徽菜，讲究用料和火候，注重色、香、味的统一。我们点了一份黄山特有的红烧石斑鱼，滋味醇厚，风味十足。用过晚餐后，趁着月色，我们在黄山南大门牌坊逛了一圈，又信步往山上走了一段路。山上密林参差，岩石深谷，幽深僻静得很，不知不觉我们已行至山林深处，到返程时天已经完全黑了下来。此时四野空寂，杳无人烟，我们不得不打开手机电筒，摸黑走了一段盘山路才回到山庄，想着倘若是一个人走这夜晚山林路的话，是会有些害怕吧。

黄山集八亿年地质史于一身，奇峰云海峥嵘，苍松破壁挺立，是世界文化与自然遗产、世界地质公园。传说中，轩辕黄帝曾在此采药炼丹，得道成仙，所以把这里叫作黄山。黄山天赋异禀，以“奇松、怪石、云海、温泉、冬雪”之“五绝”景观闻名天下，被世人誉为“人间仙境”“天下第一奇山”。

黄山有七十二峰，素有“三十六大峰，三十六小峰”之称，其中莲花峰、天都峰、光明顶并称为黄山三大主峰。为了生态环境的长远保护发展，莲花峰和天都峰每五年轮流开放和封闭。黄山前山雄伟、后山秀丽，登山也就有两条线路可以选择：一条是从前山上，整体为顺时针游览路线；另一条是从后山上，整体为逆时针游览路线。

线路之外，还从时间上来考虑，如果要想在一天之内游完黄山，就必须在有索道或缆车的地方尽量选择乘坐索道或缆车，这样可以既省时又省力。当然如果时间充裕，体力又好，可以全程徒步登山，并在山顶住宿一晚，这样既可以游览黄山全貌，还可以欣赏到黄山壮观的日落以及日出美景。

紫石山庄的老板富有登山经验，建议我们选择第二条路线，即从后山云谷索道上，前山玉屏索道下，并推荐了一位负责的导游带我们走全程。第二天清晨，天刚微微亮时，我们就从山庄出发了。首先来到东岭游客换乘中心，排队乘坐景区大巴。上山的道路曲折崎岖，景区大巴车的司机师傅开车都有多年了，经验十足，把方向盘转得像陀螺一样，真是艺高人胆大啊！大巴车到达云谷寺站后，我们接着乘坐云谷索道上山。缆车缓慢攀升，脚下森林密布，薄雾缥缈。到达白鹅岭站后，导游开始带领我们徒步登山。沿着徒步大环线，各景区依次排布开来，分别为云谷、北海、松谷、西海、白云、天海、玉屏和温泉景区。

徒步开始，稍加步行，可见始信峰。始信峰为黄山三十六小峰之一，海拔 1683 米，并不是黄山最险峻的地方，但却是从后山上山后第一个让人感受到黄山险峻的地方，所以有到达始信峰才“始信黄山天下奇”的美誉。“不到始信峰，不见黄山松”，始信峰区域汇聚了众多黄山名松，有接引松、黑虎松、连理松、龙爪松、卧龙松、探海松等。黄山松于危崖之上破石而出，虽没有沃土滋养，但因独特的生存环境和形体特征，形神皆备，动静结合。人们形容黄山松为“矫如龙，盘如虬，昂如鹤，立如人，偃如雨盖，卧如扶栏，如此等等，不一而足，可谓奇松”。

黄山除奇松之外，另有石柱参差林立。始信峰附近的石笋峰上有众多观赏奇石，其中“石笋矼”号称“黄山第一奇观”，“十八罗汉望南海”惟妙惟肖，引人入胜。另有“猴子观海”（又名“猴子望太平”），石猴独踞峰顶，仿佛极目远望，静观云海起伏；散花坞左侧有黄山胜景“梦笔生花”（又名“笔峰”），松海中一石峰挺出，凭空耸立，下圆上尖，形似笔杆，峰尖石缝中巧生一棵古松，松枝伸展，绿荫一团，宛如一朵盛开的鲜花，故得名。传说中“梦笔生花”为诗仙李白在醉酒挥毫后掷笔落土而成，相传古代文人墨客到此一游，可才思泉涌、妙笔生花。清人项巘有《梦笔生花》同名诗赞曰：

石骨棱棱气象殊，虬松织翠锦云铺。
天然一管生花笔，写遍奇峰入画图。
如椽大笔说词曹，架得铜龙此更高。
天外忽飞仙掌峭，仗他腕力试苍毫。

“猴子观海”和“梦笔生花”所在的景区为北海景区，是黄山的高山主景区和游览接待区，传统的主要登山路线都要经过这里，所以景区广场上熙熙攘攘，人群川流不息。位于山顶海拔 1630 米的北海宾馆，曾是国家领导人登黄山住宿的地方。1979 年夏天，正值改革开放初期，第三次复出的邓小平以 75 岁高龄和革命家的刚毅坚持徒步登临了黄山。从桃源亭到半山寺、玉屏楼、鳌鱼峰、光明顶、北海、清凉台、始信峰、云谷寺，都留下了邓小平考察黄山旅游资源时的足迹。总设计师的殷殷嘱托，不仅为黄山旅游业的发展指明了方向，也翻开了中国旅游业的新篇章。

从北海景区继续西行，过西海饭店，就到了排云亭。排云亭是一个石亭，是西海景区的出入口，也是观赏黄山怪石和日落最理想的地方。西海大峡谷中时有云雾升腾翻滚，扑至石亭前却又消散，因此命名该亭为“排云亭”。站在此处，放眼望去，眼前是箭林般的峰峦，又有“怪石陈列馆”之称。

过排云亭继续往西，我们来到了西海大峡谷。这里是黄山近年来新开发的景点，长年云海蒸腾，烟雾缥缈，倍显梦幻，因此又被称为“梦幻景区”。西海大峡谷是黄山景色最精华深邃的部分，最能感受到黄山的秀丽和幽静，这里也成为游客们青睐的热点。峡谷北侧的游览路线，由一环与二环相连接，各有内环和外环，连起来像是一个无穷大的符号“∞”。在这里，传统走法是先走一环的外环，怪石多，再走二环的内环，景色壮观。峡谷内奇石嶙峋，山谷幽深，神秘和奇险是这里的突出特点。从二环内环下到谷底，要通过一段沿着绝壁凿出的山崖栈道。栈道台阶异常狭窄陡峭，需谨遵“走路不看山，看山不走路”的忠告，才能保证安全。对于恐高的人来说，这一段路程很是一番挑战，走在上面战战兢兢，需要鼓足勇气手脚并用才能顺利通过。在谷底的排云溪站，有观光缆车可直达山顶。缆车沿着山势徐徐上升，穿云过雾，陡峭挺拔的山壁似乎触手可及。随着缆车前行，展现在眼前的是一幅流动的水墨山水画，云雾聚散之间，或浊浪排空，或稀薄缥缈，墨色晕染之间，那峰、那石、那松若隐若现，变幻莫测，宛若人间仙境，让人不得不感叹天工造物的神奇。

飞来石

缆车到达山谷顶部的天海站，即可见光明顶。光明顶海拔 1841 米，是黄山第二高峰，也是黄山前后山的分水岭。说到光明顶这个名称，恐怕武侠迷要问了，金庸先生在《倚天屠龙记》中写的崆峒、少林、华山、昆仑、峨眉和武当六大门派围攻明教的光明顶，是不是就是黄山的光明顶呢？在小说中，光明顶为中土明教所在地，位于西域昆仑山，显然不是这里。金庸先生的祖籍是徽州婺源，他或许是把黄山的光明顶移植到小说里了。另外，也有考证说，位于安徽黄山歙县金川乡境内搁船尖（民间称六甲岭）的光明顶才是现实中真正意义上的明教光明顶，那里曾是朱元璋明教农民起义的原浙西总坛圣地，也是世界上唯一仅存的摩尼教（明教）总坛遗址。

黄山光明顶视野开阔，建有天文台，也是观莲花峰和天都峰的最佳位置。在西端群峰中，有一块巨石耸立在岩石平台上，高 12 米，重 600 吨，似从天外飞来，故而得名“飞来石”。关于此巨石的来历，民间一直有诸多传说，其中最负盛名的莫过于女娲补天石之说，这一传说又与曹雪芹的《红楼梦》牵连在了一起。《红楼梦》第一回中这样叙述："原来女娲氏炼石补天之时……只单单剩了一块未用，便弃在此山青埂峰下，谁知此石自经锻炼之后，灵性已通。"因为这个引子，《红楼梦》也叫《石头记》。不知道曹公当年是否到过黄山，或者听说过黄山有这样一块飞来石，何以用"补天石"来为《红楼梦》开篇？现实中，或许正是因为这个传说，1987 年的电视剧《红楼梦》就用这块巨石作为片头亮相，让黄山飞来石成为全中国家喻户晓的第一奇石。传说总归是神奇的，黄山飞来石当然不是飞来的，而是大自然鬼斧神工的杰作。历经了上万年甚至更长时间的地质变化和风雨洗礼，在构造作用、风化作用、重力作用等多种外力条件下，才得以形成如今如此这般突兀神奇的一块石头，也着实让人叹为观止。

接下来行程是过海心亭，走鳌鱼洞或一线天，穿百步云梯，可上莲花峰。莲花峰位于黄山中部，海拔 1864 米，是黄山最高峰。此峰气势雄伟，主峰突出，小峰簇拥，巧生九瓣，仰天怒放，宛如金莲绽开，故而得名。登临峰顶，如置身云霄，江河一线，云天一色，俱在远眺之中，可谓一览众山小，清初著名画僧石涛有诗《前海观莲花峰》云：

海风吹白练，百里涌青莲。
壁立不知顶，崔嵬势接天。
云开峰坠地，岛阔树相连。
坐久忘归去，萝衣上紫烟。

与莲花峰齐名的是天都峰，"天都"意为"群仙所都""天上都会"，是鸟瞰黄山壮丽全景的理想之处。此峰海拔 1830 米，在高度上虽不及主峰莲花峰，但却是黄山三大峰中最险峻的一座。攀登过程中途径的百丈云梯几乎直上直下，鲫鱼背最窄处仅有一米，两边都是悬崖。在天都峰右侧，耕云峰顶有一处怪石，酷似一只活泼逗人的小松鼠，拖着长长的尾巴，想要越过万丈深渊，跃上高耸入云的天都峰，这就是有名的巧石“松鼠跳天都”。

位于莲花峰和天都峰之间的是玉屏峰，其如玉雕屏障，故得名。峰顶散落的石块组成了著名的“玉屏卧佛”，头左脚右，极为逼真。峰壁上刻有毛泽东“江山如此多娇”和朱德“风景如画”的手迹。峰前有巨石如平台，上有玉屏楼（旧称文殊院），在此处可全方位尽览黄山奇景，是黄山集奇景之大成的绝处。《古今图书集成·山川典》这样评述：“光明顶之旷，桃花源之幽，石笋矼之奇，各擅其异，唯文殊院兼收之。”徐霞客也曾赞叹：“左天都，右莲花，背倚玉屏风，两峰秀色，俱手可揽。四顾奇峰错列，众壑纵横，真黄山绝胜处。”

玉屏楼左侧有青狮石、迎客松；右侧有白象石、送客松。其中，青狮石上刻着“一览众山小”“黄山第一处”“云海大千”“宇宙大观”“别有天”“佛陀境”等大量古今石刻，内容气势磅礴。迎客松为千年古松，树高约十米，松针短粗而稠密，叶色浓绿，枝干曲省，树冠扁平，盘根于石，傲然挺立。其树干中部有一侧枝伸展向外，天然形态与古人作揖迎客、召唤宾客的姿势极为相似，故而得名。作为黄山名松之首，迎客松除具备松树本身的坚贞不屈的高尚品格外，还以丰富的视觉语言方式传达着迎客之道，与中华传统文化中的核心理念“礼”相契合。

迎客松

迎客松姿态绝美，与云海共同构成了天高云淡、超然物外的“禅”意境界。她不仅是黄山风景区的标志性景观，更因其具有的开放、包容的丰富人文内涵，让其走出了自然世界，走进了人文视野，成为友好、礼仪的象征。

在黄山绝美的景色之间徒步穿行，流连忘返，不知不觉中，一整天的时间就悄然过去了。太阳快落山时，我们乘坐玉屏索道下到慈光阁，结束了在黄山的游览行程。黄山的美，美得如梦似幻，这里的一山一石，一松一草，都让我们久久回味。

从黄山下来，隔天我们在返回黄山市区的途中，顺道游览了在网上颇具人气的西溪南古村落。一条小溪穿村而过，上架简易的木板桥，整个村落一片安详幽静。我们在溪边的枫杨林里走了一圈，可能是由于蚊虫叮咬或花粉树胶，引起了皮肤过敏，想着如果以后去这种原始的地方，还是要事先做好防护措施为妙。

从西溪南古村落出来，我们前往屯溪老街，入住在溪街客栈。客栈是一座高大宽阔的具有年代感的徽派老宅，中间围着一个古色古香的大庭院。晚上我们沿着屯溪老街边走边逛，街道并不长，精华段约 800 米，却是目前国内保留最完整的最具南宋和明清建筑风格的步行商业街，与北京的国子监街、苏州的平江路等一同入选了第一届“十大中国历史文化名街”名录。古街路面上铺着青石板，沿街建筑均呈现典型的徽派风格，采用的是木穿榫式结构，以马头墙、小青瓦以及精美的徽派木雕等形式表现出来。从宋代一直到明清，屯溪老街都是徽州的物资集散中心，到清朝末期已发展成为钱庄、典当、银楼、药材、绸布、京广百货、南北货、盐、糖、日杂、瓷器、黄烟、锡箔、纸张、酒楼、饭店等行业齐全的市场了。如今的屯溪老街依然是店铺林立，这边是歙砚、徽墨，那边是宣纸、湖笔；这边是祁红、屯绿，那边是贡菊、山珍；还有卖酒酿馄饨烧饼点心的，卖土布瓷器工艺品的……百年以上的老字号仍然开门迎客，店面、作坊、住宅三位一体，保留了古代商家“前店后坊”或“前铺后户”的经营格局，被誉为“活着的清明上河图”。

走到屯溪老街的西侧尽头，跨过新安江上从明代至今仍在使用的文峰桥，我们步入了蜿蜒曲折的黎阳巷，在一碗暖心暖胃的米奶中，依依不舍地结束了此次江南之旅。落笔至此，大诗人白居易的《忆江南》一直在我耳边萦绕回响：

江南好，
风景旧曾谙。
日出江花红胜火，
春来江水绿如蓝。
能不忆江南？

彩云之南

1

2016 年夏，研究生同学在春城昆明举办婚礼，我们一行同窗好友前去祝贺，并随后一同自驾到大理古城游览；2019 年五一假期，带着无限向往与期待，我和妻在彩云之南又进行了一次深度游览。由此而记两次云南之行。

云南地处中国西南边陲，关于省名来源，一说“彩云之南”，另一说“云岭之南”。云岭位于云南省西北部，是横断山系的重要山脉，同时是澜沧江和金沙江的分水岭。云南位于云贵高原，平均海拔在一千米左右，多样的地理环境造就了丰富的生物资源，境内动植物种类数为全国之冠，素有“动植物王国”之称。这里也聚居着多个少数民族，是我国少数民族种类最多的省份，绚丽斑斓的多民族文化给这里增添了神秘多彩的无限魅力。在这片神奇的红土高原上，有四季如春的昆明、古南诏国都城大理、充满柔软时光的丽江、神秘圣境香格里拉、热带王国西双版纳、候鸟天堂普者黑、“女儿国”湖泊泸沽湖……

省城昆明，坐落在云贵高原之上，三面环山，南濒滇池，形成了“北高南低、盆地错落”的基本地理格局。夏季时，来自印度洋和太平洋的暖湿气流从南面两侧长驱直入，在山地的拦截下形成丰沛降水；冬季时，北部群山则形成天然屏障，阻挡了冷空气南下。由此，昆明夏季潮湿且凉爽，冬季则干燥而温暖，造就了四季如春的气候，让昆明享有“春城”的美誉。人们喜爱昆明的天高云淡、温暖宜居，向往它的繁花似锦、闲适散淡。优良的气候条件下，这座偏居西南的“边城”远不止“春城”那么简单，数千年来，它虽地处边疆，却数次立于风口浪尖，扛起了时代赋予它的使命。

到达昆明后的第一站，我们直奔云南师范大学，参观位于校内的国立西南联合大学校本部旧址。西南联大在昆 8 年，师生们早已把这里看成自己的第二故乡。如今校园内仍保留着西南联大时期的校舍、教室等建筑，还有雕像、纪念碑等。汪曾祺先生在《新校舍》一文中这样描述西南联大："有一座校门，极简陋，两扇大门是用木板钉成的，不施油漆，露着白茬。门楣横书大字'国立西南联合大学'。"当年的大门早已不在，但门楣上的大字却保留至今，依旧醒目。学生的宿舍："土墙，草顶。两头各有门。窗户是在墙上留出方洞，直插着几根带皮的树棍……昆明气候温和，冬天从窗洞吹进一点风，也不要紧。""桌椅是没有的。很多人去买了一些肥皂箱……上面一个，面上糊一层报纸，是书桌。下面两层放书，放衣物，这就书橱、衣柜都有了。椅子？——床就是。不少未来学士在这样的肥皂箱桌面上写出了洋洋洒洒的论文。"教室是"土墙，铁皮顶。铁皮上涂了一层绿漆。有时下大雨，雨点敲得铁皮叮叮当当地响"。经济系教授陈岱孙上课素以准时著称，往往是讲完最后一句话时，下课铃就响了。但遇到下雨天气他也无奈，在一次次提高音量后，坐在后排的学生仍然听不见，他索性在黑板上写下"静坐听雨"四个大字，和学生们一同赏雨。到后来，经济越来越困难，就算是铁皮屋顶也没有了。为了维持运转，联大把铁皮屋顶也卖掉了，教室全部改造成了稻草屋顶。一到下雨，漏得更厉害，学生们只好打着伞上课。遇到日寇飞机频频前来轰炸时，校园里不能待着，师生们只能全体"跑警报"，躲到校外山间的沟壑里，等到警报解除后才返校继续上课。

在 8 年的岁月里，清华、北大、南开 3 校师生联而即合，合而有序，形成了"同不妨异，异不害同，五色交辉，相得益彰"的大学气象。尽管时局动荡，生计维艰，但是西南联大仍以"刚毅卓绝"的品格，为国家培养人才、赓续文化。广大师生呕心沥血、弦歌不辍，创下了中国教育史上的奇迹，共同肩负起了对国家和民族前途所具有的责任，点燃了中华民族日后崛起的希望之火。陈岱孙先生在《国立西南联大校史》序言中指出：“我们不得不把这成果归于同学的求知愿望和教职员的敬业精神……联大预测到，胜利之后，满目疮痍，百废待兴，我们国家此时将需要一大批各方面的建国人才。‘中兴业，需人杰’，责无旁贷，我们要承担起提供这人才的重任。”在救国危亡的大背景下，西南联大的师生怀着“天下兴亡，匹夫有责”的爱国情怀，在战火硝烟之中专研学术、积累才能、积蓄力量，在民族危亡时刻挺身而出、投笔从戎、力战日寇，勇敢肩负起救国的时代使命。他们走入了民主科学运动和全民族抗日战争的行列中，奏响了为中华之崛起、民族之振兴而教书救国、读书报国的民族精神最强音，为民族解放和社会进步谱写了一部部感人篇章。西南联大的精神，已像种子播撒开来，深深埋入了中华大地，通过代代学子，传递至今。

紧挨着云南师范大学的是云南大学，云南大学以南便是翠湖公园。湖泊因其八面水翠，四季竹翠，春夏柳翠，故称为“翠湖”。湖中筑有南北堤和东西堤，分别为“阮堤”和“唐堤”，把湖一分为四。堤畔旧有“十亩荷花鱼世界，半城杨柳佛楼台”之联，湖中有海心亭“碧漪亭”，西侧有观鱼堂，东南有水月轩。翠湖水光潋滟，垂柳摇曳，洲岛散列，星罗棋布，因其风姿秀美被誉为镶嵌在昆明城的“绿宝石”，她的存在让昆明这座千年城市熠熠生辉。

翠湖有着浓郁的文化氛围，当年这里是沈从文、朱自清、吴宓等喝茶淘书、谈今说古的地方。汪曾祺先生在1939年夏天到昆明来考大学时，几乎每天都要到翠湖。在《翠湖心影》一文中，他详细描述了对翠湖的喜欢：“翠湖这个名字起得好！湖不大，也不小，正合适。小了，不够一游；太大了，游起来怪累。湖的周围和湖中都有堤。堤边密密地栽着树。树都很高大。主要的是垂柳。‘秋尽江南草未凋'，昆明的树好像到了冬天也还是绿的。"他说昆明和翠湖分不开，遛翠湖没有个够的时候，"城中有湖，并不妨碍交通。湖之中，有一条很整齐的贯通南北的大路……昆明人特意来游翠湖的也有，不多。多数人只是从这里穿过。翠湖中游人少而行人多。但是行人到了翠湖，也就成了游人了。从喧嚣扰攘的闹市和刻板枯燥的机关里，匆匆忙忙地走过来，一进了翠湖，即刻就会觉得浑身轻松下来；生活的重压、柴米油盐、委屈烦恼，就会冲淡一些……即使仍在匆忙地赶路，人在湖光树影中，精神也很不一样了。翠湖每天每日，给了昆明人多少浮世的安慰和精神的疗养啊。因此，昆明人——包括外来的游子，对翠湖充满感激。"循着汪老先生文字中的韵味，我两次来到昆明，每次都要来翠湖公园走一走转一转，这样才算真正到了昆明。

如今的翠湖之美，又增添了雪白的红嘴鸥。若是秋冬季节到访昆明，最不能错过的一件事就是到翠湖看红嘴鸥。从 1985 年开始，每年十一月份，数以万计的红嘴鸥从遥远的西伯利亚长途迁徙跋涉至此。在度过一个温暖的冬天后，来年三四月间，它们再北返。昆明这座不靠海的城市，却有海鸥来这里过冬，不能不说是一个奇迹，尽管这个奇迹对于昆明人来说，已经成为冬季的一种日常景观。冬天翠湖边上，长期有学生和环保人士组成的志愿者，为人们分发免费的鸥食和保护红嘴鸥的材料。红嘴鸥已和昆明人成为好朋友，昆明市市政府还给可爱的红嘴鸥颁发了"昆明市荣誉市民"的称号。

古时，翠湖曾是滇池海湾的一部分，茫茫的滇池水域素有"五百里滇池"之称，直逼昆明城下。现在的滇池位于昆明市区西南部，虽水域面积大为缩减，但仍是我国西南地区最大的高原湖泊，也是全国第六大淡水湖。滇池周围有数十座山峰环抱，山色壮丽，水面宽阔，被誉为"高原明珠"。我们此行特地来到了滇池边的观景路，漫步湖畔，凭湖吹风。

乾隆年间，名士孙髯翁登滇池边大观楼，写下了著名的长联《题昆明滇池大观楼联》。此联情、景、事互相交融，对仗工整，通达流畅，气势磅礴，一气呵成，是中国对联史上的一个高峰，号称天下第一长联：

五百里滇池，奔来眼底。披襟岸帻，喜茫茫空阔无边！看：东骧神骏，西翥灵仪，北走蜿蜒，南翔缟素。高人韵士，何妨选胜登临。趁蟹屿螺洲，梳裹就风鬟雾鬓；更苹天苇地，点缀些翠羽丹霞。莫辜负：四周香稻，万顷晴沙，九夏芙蓉，三春杨柳。

数千年往事，注到心头。把酒凌虚，叹滚滚英雄谁在？想：汉习楼船，唐标铁柱，宋挥玉斧，元跨革囊。伟烈丰功，费尽移山心力，尽珠帘画栋，卷不及暮雨朝云，便断碣残碑，都付与苍烟落照。只赢得：几杵疏钟，半江渔火，两行秋雁，一枕清霜。

大观楼在昆明市内，南临滇池，与太华山隔水相望。该楼始建于康熙年间，后毁于兵火，同治年间重建，是西南地区重要的历史文化名胜之一。

云南常年气候温润，降雨充沛，雨水看似纤细，却有着水滴石穿的雄心。水流长年累月冲刷地表，令岩石溶解，大地重塑，形成了以石林和溶洞等地形为主的喀斯特景观。我们从滇池出发，接着前往昆明市区以东的乃古石林，参观了那里极具特色的喀斯特地貌。“乃古”二字在云南彝族撒尼语中是“黑色古老”的意思，所以乃古石林又名“黑松岩”。几亿年前，这里还是一片泽国，经过漫长的地质演变，现今已是一座名副其实的“岩石森林”，成为极其珍贵的地质遗迹。登上顶峰，俯瞰石林，可以饱览浩瀚石海。由大自然精雕细琢而成的黝黑石崖，如苍翠的松林，从大海怒涛中冲天而起，古朴粗犷，气势威武。穿行其间，只见怪石林立，突兀峥嵘，姿态各异，犹如走进了远古蛮荒。石林底下还有大大小小的溶洞，所以在乃古石林中穿行就是“峰上望、林中游、地下钻”，可以体验到远古的地质风貌和独特的地貌之美，别具探险趣味。景区之外，农田阡陌，山花香溢，灵禽和鸣，一派生机盎然。

石林还与彝族的一个支系撒尼人的经典传说阿诗玛相关。口传叙事长诗《阿诗玛》是当地传统民间文学，也是国家级非物质文化遗产，已成为彝族及撒尼人的一张有代表性的名片。这个传说讲述或演唱的是美丽的姑娘阿诗玛与勇敢的青年阿黑不畏权势、敢于追求爱情的故事。彝族撒尼姑娘阿诗玛，勤劳聪颖，能歌善舞，对爱情坚贞不渝。当她被财主人家强抢后，不畏强暴，不为权势金钱所动，被鞭打后关进了黑牢。彝族撒尼青年阿黑，拥有能令绝壁让路的神箭，他以自己的人品和歌声获得了阿诗玛的爱情。为了营救被抢走的爱人，阿黑翻山越岭，通过赛歌赢了财主儿子，又用神箭令凶徒慑服，终于救出了阿诗玛。可让人惋惜的是，两人在过河时遭人暗算，阿诗玛被洪水吞没，但她化身成一座美丽的石像，永驻石林，也永远地活在了撒尼人心中。《阿诗玛》歌颂了彝族人民的勤劳智慧和反抗邪恶势力的斗争精神，反映了彝族撒尼人“断得弯不得”的民族性格和民族精神。这个传说在民间广为传唱，上海电影制片厂还特地在 1964 年拍摄了《阿诗玛》音乐歌舞故事片，极富民族特色。

2

在云南旅游，“昆明—大理—丽江”是经典线路。在漫长的历史岁月中，大理有着显赫的地位，唐代的南诏国和宋代的大理国都曾将它作为都城，成就了大理“文献名邦”的美名。

今天让无数旅游者魂牵梦绕的，是大理的“风花雪月”——“下关风、上关花、苍山雪、洱海月”四景。位于洱海南端的下关，是苍山洱海之间的主要风源，风期之长、风力之强为世所罕见；洱海北岸的上关，曾经是一片开阔的草原，鲜花满地，姹紫嫣红，大理温润的气候适宜花木生长，爱花养花也是当地白族人民的一种生活习俗；冬春寒流一来，苍山处处披上银装，变成一片晶莹剔透的“水晶世界”，至阳春三月，雪线以上仍堆银垒玉，是为一绝；月圆之夜，洱海里的月如同白玉盘，特别是到中秋时节，月光、星光、云雾、湖水浑然一体，交相辉映，生活在洱海湖畔的白族人民在这天将木船划到洱海中，去欣赏倒映在海中的金月亮，这一传统已延续了上千年的历史。

“苍山雪”之苍山，又称点苍山（武侠小说中的点苍派就在点苍山），是云岭山脉南端的主峰，向来以云、雪、泉、石著称。苍山共有十九座山峰，自北向南依次为云弄、沧浪、五台、莲花、白云、鹤云、三阳、兰峰、雪人、应乐、观音、中和、龙泉、玉局、马龙、圣应、佛顶、马耳、斜阳。每两峰之间，都有一条溪水下泻东流，注入洱海，是为苍山十八溪。天气晴朗时，阳光渐暖，水汽依着苍山山脊徐徐上升，与山顶的冷空气相遇，形成了一条条缠绕在山腰的飘逸的玉带云。登苍山有多条徒步路线可选，也可乘坐索道上山，能更全面地欣赏到苍山雄姿。苍山最高峰是马龙峰，海拔达 4122 米，山顶积雪常年不化，雾气弥漫，如仙境般梦幻。由于苍山海拔高，稍加快脚步登几级台阶就会让人觉得呼吸急促，同时山顶温度也很低，所以上山之前一定要提前做好准备，带足保暖的衣物。

“洱海月”之洱海，古称“叶榆水”，也叫“西洱河”“昆弥川”，位于苍山以东，属澜沧江水系，是由西洱河塌陷形成的高原湖泊。洱海面积约 250 平方千米，从空中俯瞰，宛如一轮新月，又形似人的耳朵，因此取名为“洱海”。洱海共有三岛、四洲、五湖、九曲，湖水清澈见底，如同一颗明珠照耀着大理，自古以来一直被称作“群山间的无瑕美玉”。白天，波破洱海碧映小城，夜晚，月圆高悬星挂枝华。明代诗人冯时可在《滇西记略》说，洱海之奇在于“日月与星，比别处倍大而更明”，如此成就了“洱海月”的胜景。

苍山洱海

在大理，总感觉时间是可以用来安心地悠闲度过的，丝毫不觉得浪费。和三五好友一起，背上简单的行囊，租上小电驴，沿着洱海骑行，最是一番闲暇惬意。伴着轻轻微风，道路两旁是秀美的苍洱风光，目之所及是乡野间民风淳朴的村舍、白墙青瓦的民居、波浪起伏的稻田、优雅踱步的水鸟以及明亮秀美的花海。以洱海南端的下关镇为起点，顺时针画个圈，依次可经过大理古城、崇圣寺三塔、喜洲、海舌生态公园、蝴蝶泉、双廊等著名景点。

大理古城位于洱海西侧中部，始建于明洪武十五年（1382 年），曾是南诏国的都城。南诏国在中国历史上赫赫有名，几经战争兼并，建立起了中国西南民族史上少数民族地方政权，历时 253 年，与唐代相始终。大理古城是白族文化的发源地，也是我国首批 24 个历史文化名城之一。古城东临碧波荡漾的洱海，西倚常年青翠的苍山，因此形成了“一水绕苍山，苍山抱古城”的城市格局。古城呈方形，开四门，南城门门头上的“大理”二字，是集郭沫若书法而成。古城外有一条护城河，城内南北纵贯五条大街，东西横穿八条街巷，保留着明清以来的棋盘式布局。街巷间的老宅建筑为清一色的青瓦屋面，清冽的泉水从苍山上流进城里，穿街绕巷，各家户外溪渠相伴流水淙淙，庭院里面花木扶疏，让“家家流水，户户养花”名不虚传，既古朴雅致，又生趣盎然。

在古城中央，有一座四亭烘托、清流环绕的建筑——五华楼，乃大理古城的标志性建筑。五华楼最早修建于唐代，是南诏国宴请贵宾的地方。

苍山脚下的崇圣寺，东对洱海，西靠苍山，是大理历史的象征。南诏国时期，崇佛之风兴盛，佛寺遍布云南境内。经南诏国之后的大理国，佛教较南诏更为发展，有“佛国”“妙香国”之称，大理国的22代皇帝中，就曾有9位在崇圣寺出家。崇圣寺是佛教盛行大理的见证，所崇之“圣”为观音。在金庸武侠小说《天龙八部》中，崇圣寺又称为天龙寺。崇圣寺以寺中三塔闻名于世，大理古为泽国，多水患，修建佛塔也为治理水灾，古籍《金石萃编》记载：“世传龙性敬塔而畏鹏，大理旧为龙泽，故为此镇之。”建塔时“役工匠七百七十万，耗四万余金，历时八年建成”。

崇圣寺三塔由一大二小三座佛塔组成，又称为“大理三塔”，是中国著名的佛塔，第一批全国重点文物保护单位。三塔之中，大塔又名千寻塔，高近70米，位居正中，为四方形砖塔；二小塔左右拱卫，高超40米，为八角形砖塔。远远望去，三塔白净素雅，秀丽挺拔，艺术形象登峰造极。三塔修建在先，后又修建了规模宏大的崇圣寺。明代徐霞客到大理时，见崇圣寺前“三塔鼎立，诺四旁皆高松参天。其西由山门而入，有钟楼与三塔相对，势极雄壮”。崇圣寺以东，有三塔倒影公园，因园内潭水碧绿如玉，平滑如镜，能倒影三塔雄姿而得名。公园内，随着观赏角度的不同，三塔倒影的形态和组合位置也随之各异，近看三塔之后再远观，别有另一番视角和趣味。

崇圣寺三塔

除大理古城外，洱海周边著名的白族聚居古镇还有洱海西岸的喜洲、东岸的双廊。喜洲在历史上是南诏军事重镇，也是云南的商贸中心之一。目前喜洲保存着最多、最好的白族民居建筑群，布局上皆为“三坊一照壁”“四合五天井”的传统白族庭院格局，室内雕梁画栋、斗拱重叠，门楼、照壁、山墙上绘有绚丽多彩的彩画装饰。喜洲村头长有两棵枝繁叶茂的大青树，是村庄兴旺的象征。双廊古称“栓廊”，有渔田之利、舟楫之便，是唐宋时南诏大理国的重要军事要塞和水军基地，也是南方丝绸之路的必经之地。双廊是一个安静又美丽的地方，鹅卵石和青石板镶嵌成序，排布成街道路面，一排排老屋古意苍茫。放眼西望，可见秀丽的玉几岛、小金梭岛犹如一对鸳鸯浮在碧绿的洱海之上。双廊背负青山，面迎洱海，可以并揽苍山洱海之景，因此享有“大理风光在苍洱，苍洱风光在双廊”的美誉。

洱海环湖线上，地理位置最引人注目的是海舌生态公园。公园临近喜洲古镇，是一块三面临水的长形沙洲，地方史籍记载：“青莎洲，洲长三里，由宽至窄深入洱海，如舌头，故名海舌。”海舌沙洲沿岸绿柳成荫，芳草萋萋，两岸风景各不相同，一边微波粼粼，一边浪涛拍岸，是观赏洱海的最佳地点之一。

蝴蝶泉位于苍山云弄峰下，镶嵌在苍山洱海之间，是白族人心中爱情忠贞的象征。每年农历四月十五，当地都会举行蝴蝶会，来自各方的白族青年男女都要聚到蝴蝶泉边弹琴唱歌，“丢个石头试水深”，用歌声寻找自己的意中人。郭沫若著有长诗《蝴蝶泉》，叙述了这里流传已久的白族姑娘雯姑和年轻猎人霞朗之间坚贞不渝的爱情传说。传说中，男女主人公是一对幸福的恋人，但雯姑被一位地方霸主看中，被抢入宫中。某夜，霞朗入宫救出雯姑，两人逃到无底潭边时，被官兵围困，霞朗奋起厮杀，最终寡不敌众，二人被迫双双跳入潭中。第二天清晨，从无底潭中飞出一对彩色蝴蝶，无数蝴蝶也从四面八方赶来，在泉上年复一年、不知疲倦地飞舞，以此纪念这对如梁祝化蝶般忠贞的恋人。

美景之外还有美食。在云南最不能错过的美食当属过桥米线。对于云南人来讲，米线是可以贯穿一日三餐的，早餐可以是米线，午饭也可以是米线，晚饭还可以是米线。云南人把米线的吃法发挥到了极致：烹调方法有凉、烫、卤、炒等；配料更是数不胜数，有焖肉、脆哨、三鲜、肠旺、炸酱、鳝鱼、豆花等，吃过了这种还想着另一种，此时只恨胃口大开时，肚皮却太小，不能一次品尝够。到达大理后，骑行或自驾于洱海周边时，在道路两旁，常可见乡民们设点售卖当地的一种富有传统民族特色的风味小吃——喜洲粑粑。这种粑粑又名破酥粑粑，是一种色香味俱佳的麦面烤饼，素有“东方披萨”之称。制作喜洲粑粑时，要将面坯揉透，并用精油分层，内馅口味分咸、甜两种，咸的加香葱、火腿、肉丁、油渣，甜口的为红糖包心。再将面团压成圆形小饼，刷上猪油，用上下两层炭火烤炙，过程中还要反复刷上几次油脂。烤好的喜洲粑粑，外皮香酥嚼劲十足，内在绵软很能果腹，不仅色香味美，而且价廉实惠，向来一直作为当地人们日常生活中的方便食品，同时是外出劳动或旅游的绝好便携干粮，备受人们喜爱。

3

从大理往北约150千米，就到了丽江。丽江曾是丝绸之路和茶马古道的重要中转站，有着近900年的历史。“丽江”地名的由来，最早起源于金沙江的别称“丽水”，《云南通志》曰：“江名丽水，源出吐蕃界，共龙川犁牛石下，本名犁水，讹犁为丽。”

位于古城区的丽江古城，又名大研古镇，是中国历史文化名城和世界文化遗产。丽江古城保留着较为完整的宋、元历史风貌，徐霞客来到丽江古城时，所见即是“宫室之丽，拟于王者”“民房群落，瓦屋栉比”的繁盛景观。古城四周没有围墙，据说是因为丽江世袭的统治者土司为木氏，如筑墙围城则势必成“困”，如此让这里成为中国唯一没有城墙的古城，以纳西民族开放、包容的姿态，热情欢迎每一位来到这里的客人。

丽江古城内，街道依山傍水修建而成。山是狮子山，位于丽江古镇的中心，因山体形态如沉睡的雄狮而得名，丽江古城就依偎在狮子山脚下。从雪山上融化而来的雪水流进古城，形成玉河水系，构成了小桥流水式的布局，加上错落有致的民居建筑高低起伏，让这里多出了几分江南水乡的温柔韵味。在丽江，这个偏安一隅远离现实的地方，人们可以抛开俗世生活的烦扰，做一个任性的孩子，可以在蜿蜒曲折花坛点缀的青石板路上溜达闲逛，在阳光下尽情幻想、肆意享受；也可以在春风沉醉的晚上，品一杯清茶，喝一杯淡酒，与友人畅谈无边，寻找内心安宁；或是将古城作为大本营，与志趣相投的驴友们来一次惊险刺激的徒步穿越之旅，感受自然山川的雄奇险峻……在丽江，时光静静溜走，只会觉得岁月静好，一切安然恬适，而不会有丝毫浪费时光的愧疚感。丽江既是安静闲适的，又是丰富多面的，等着每一个来到这里的人发掘不同的归宿和意义。

赶上晴朗的白天，在古城里，一抬头便可看见远处白雪皑皑的玉龙雪山。带领我们在丽江游览的导游，是一位身材魁梧胡子拉碴的纳西族退伍汉子，性格开朗，说话直爽，一路上为我们讲述了许多关于纳西族的传说。

前往玉龙雪山的途中，首先要经过云杉坪。云杉坪是玉龙雪山山麓的一片高山草甸，海拔已有3000多米，四周长满了挺拔凛然的云杉。此处风景优美，是纳西族的圣洁之地，牧羊人不常来，却是痴情恋人殉情的圣地。纳西族人自古具有崇武尚勇、民不畏死的强悍民风，且一直保留着传统游牧民族的婚恋观念。他们祖先的重要一支，是来自凉山和泸沽湖畔的摩梭人，而摩梭人被认为是非常罕见的母系氏族社会，实行“男不娶，女不嫁”的走婚制度，所以在纳西族人的传统婚恋中，女性的意志和意愿能得到很好的尊重。他们崇尚自由情爱，既深情又刚烈，当后期社会关系发生剧烈改变——传统的母系氏族社会逐渐演变为父系氏族社会，婚配的决定权由年轻人和女性逐步转移到了父权及家族，且这种转变过程摩擦剧烈时，给纳西族本土文化传统、价值观、伦理观带来了巨大冲击，由此激发出一种强烈抗争和逆向抵触的情绪，形成了当地年轻恋人“游无”也就是殉情的传统。

在丽江本土文化中，当相爱的两个人遭受到现实阻拦的时候，相爱的两人可以双双殉情。他们常常选择吉日，来到高山上险峻难达、草木茂盛的地方，用跳崖等方式来结束他们的爱情和人生，以期到达另一个生存空间，一个美丽绝伦的灵域净土，也就是传说中的“玉龙第三国”。在纳西族的东巴经书和东巴故事中，有用象形文字记载的青年牧人迁徙的殉情悲剧长诗《鲁般鲁饶》，其中就浓墨重彩地描述了玉龙第三国这一理想乐土。诗中将那里描述为人间天堂、世外桃源、理想的爱情国度，是一个遍地鲜花、草深林密、群兽毕集、飞瀑流泉，没有痛苦忧愁的自然乐土，“有穿不完的绫罗绸缎，吃不完的鲜果珍品，喝不完的美酒甜奶，用不完的金沙银团，火红斑虎当乘骑，银角花鹿来耕耘，宽耳狐狸做猎犬，花尾锦鸡来报晓”。在玉龙第三国有一对爱神情侣，女的叫游祖阿主，男的叫构土西古，他们骑着红虎和白鹿，吹着口弦和竹笛，率领着无数飞禽走兽，在云和风中不停地呼唤着人世间悲苦难脱的有情人，告诉他们生命在那里永远年轻，痴心相爱的有情人在那里将永世不分离，永远吮吸着爱情的花蜜……这样的描述在一定程度上鼓动了年轻男女在婚姻无法自主时，采用极端殉情的方式去理想中的爱情国度。殉情对于爱而不得的人来说，是他们对爱情最后的挣扎，以及对未来爱情最美好的向往。这是一种充满着情爱道义和伦理精神的死，被认为是一种极为庄严、神圣、洒脱地进入另一个极乐世界的仪式，闪烁着一种生发于爱情崇高理论、高尚信念和理想主义的悲壮色彩。纳西人的殉情，是既不愿违背个人意志，也不愿屈从外来强加文化观念和社会制度禁锢而做出的选择，演绎了纳西族传统文化中“生命回归自然”的基调。这种带有凄美意味的“不自由，毋宁死”的民族风俗文化，也让人不胜唏嘘，感慨万千。

经过云杉坪，汽车沿着山路兜兜转转，一路向上攀登。从树林的空隙间往下瞧，惊奇可见如翡翠般碧绿的水潭相连，这便是位于玉龙雪山脚下的蓝月谷。山谷呈月牙形，如一轮蓝月亮镶嵌在玉龙雪山脚下，因此而得名，相传这里是英国作家詹姆斯·希尔顿笔下《消失的地平线》中蓝月亮山谷的原型。玉龙雪山的冰川融水沿着峭壁渗流而下，不断汇集为山涧、溪流，在山谷里形成河流，流淌在白色石灰岩构成的河床上。天晴时，河水的颜色呈现沁人心脾的蓝色，更显得清澈见底。河水在流经过程中，受到山势阻挡，形成了四个较大的湖泊，分别为玉液湖、镜潭湖、蓝月湖和听涛湖。湖与湖之间由一层层的小瀑布分开，颇有点九寨沟的微景之感。走进蓝月谷，湖水是透明的蓝，在近乎凝固的湛蓝中，又有些许绿意点缀其间。湖岸四周植被茂盛，鲜花绽放，远处巍峨壮美的雪峰作为背衬，雾气蒸腾浮于山腰，倒影于湖面，让人如置身幻境之中。

蓝月谷

从蓝月谷出发，我们直奔雪山之巅。玉龙雪山是北半球离赤道最近的雪山山脉，分布着欧亚大陆离赤道最近的现代海洋性温冰川和雪海。雪山山脉由 13 座连绵不绝的雪峰由南向北纵向排列而成，南北长 35 千米，东西宽 25 千米，主峰扇子陡最高处海拔 5596 米。玉龙雪山以险、奇、美、秀著称于世，气势磅礴，玲珑秀丽，宛若一条“巨龙”腾越飞舞，故称“玉龙”。明代第十三代土知府木增著有《雪山赋》，用华丽的辞藻这样描绘玉龙雪山的“灵异”之美：“第其孤高、莹洁、灵异如斯，不获与海内名山并提而论，揽胜者无不扼腕。”

玉龙雪山

玉龙雪山终年积雪，也终年云遮雾罩，极少露出真容，一年中能见识到她芳颜的时间，最多不过60天。我们到达玉龙雪山的当天，正好灿阳当空，碧空如洗，薄雾聚散之间偶尔能一睹雪山真容，真乃幸事。在山脚下乘坐大索道，可到达海拔4506米的观景平台。索道全长近3000米，垂直高差达1150米，全程速度极快，加之坡度陡峭，缆车紧贴崖壁，让人在紧张刺激的同时，更加心生震撼和敬畏。

缆车上升过程中，小雨淅淅沥沥地下个不停。穿行云雾之间，周围是白茫茫的一片，什么都看不清。到达观景平台后，小雨依然时下时停，四周一片烟雾缭绕，漫卷云天，黑崖与白雪交融渗透，壮丽无边。从观景平台再往上，如果体力不错，还可继续攀登一段木栈道，到达海拔4680米的冰川公园，那里也是玉龙雪山可以到达的最高地方。再往上的地方还没有开发，且为保持对神山的敬畏，至今也没有人登顶过玉龙雪山的最高峰。

攀登玉龙雪山，因为山上寒风凛冽，气温极低，加之海拔高空气稀薄，所以一定要穿上足够保暖的衣服，带足氧气。在平原地区生活惯了的人，陡然到了高海拔地区，稍微活动一下就会觉得气喘胸闷。这是身体正常的高原反应，及时吸一吸氧气，大多都能缓解过来。如果发生了严重的高原反应，就得引起足够的重视，需要马上往山下撤才行，千万不可勉强。

纳西语中，玉龙雪山被称为“欧鲁”，意为银石。在纳西人的东巴圣典和民族神话传说的歌谣谚语中，银、金、绿松石、黑玉是四大吉祥物。其中银排在首位，可见纳西人用银石来比喻雪山，显示出了玉龙雪山在纳西人心中的地位。纳西族是从甘肃青海河湟流域迁徙下来的游牧山地民族，繁衍生息于山地区域，与山林休戚与共，所以在纳西族的东巴文化和民间文化中，有着很突出的神山崇拜意识，这种意识与该民族历史上的迁徙史以及与其他民族的文化交流史密切相关。纳西族全民信仰的民族保护神为“三多神”，又称为“阿普三多”，意为“祖先三多”。纳西人自称“纳西三多若”，意思为“纳西是三多的儿子”。玉龙雪山是纳西人迁徙定居丽江后形成的一个新的神圣空间，是纳西族人心目中名副其实的神山。在纳西族的传说中，玉龙雪山是三多神的化身，民族神因此和玉龙山神二者合为一体。

关于三多神的来历，民间传说认为他是从北方来的，后来到了有这座大雪山的丽江。这种说法可能与历史上纳西先民的迁徙路程密切相关，三多神可能是由古代纳西人的一个部落首领衍变而成的神祇。关于三多神，纳西族民间流传这样的故事：古时候，玉龙雪山下的一个村子里，有个力大无穷的纳西猎人，名叫阿布嘎丁。有一天，他牵着狗到玉龙雪山上去打猎，突然发现了一只如白雪一样晶莹灿烂的白鹿，他急忙张弓搭箭射这只白鹿，但白鹿倏然消失。

阿布嘎丁急忙跑过去看，看到刚才白鹿出现之地，横卧着一个雪白的大石，他用手推了一下，这个大白石竟然动了起来。他看到这个石头很神奇，便将它背回来。开始时，这块石头竟然轻飘飘的，当他背到雪山半山腰时，放下石头歇息了一会儿，然后想把石头背上再走，但此时这块白石却变得重如山。阿布嘎丁意识到这是一块灵异的石头，便拿出身上带的干粮供奉在石头前，跪拜祷告说："神石！神石！这里不是你待的地方，请让我继续背你走吧。"于是，白石又变得很轻。阿布嘎丁将它背到一个地方，也是后来建盖了三多庙的那个地方时，这块白石又变得重如山，而且再也不变轻了。这件事惊动了纳西酋长，纳西酋长便命令在这里建盖一座神房，纳西话叫"亨吉"，直译就是"神的房子"，然后就把这块白石供奉在神房里。

从这以后，每逢纳西族与敌人战斗时，总会出现一个面如白雪、目如闪电，身着白盔白甲，骑白马、执白矛的武将出现，帮助纳西士兵战胜敌人，在将敌人击败后又倏然消失。这个神秘的武将曾托梦给纳西酋长，说他的名字叫三多。从此，纳西酋长统治的王国在这个神祇的帮助下变得日益强盛起来。后来，人们为了纪念那位将白石背下山来的猎人阿布嘎丁，就在白石神三多像旁也塑造了他和他的猎狗的雕像。

在三多庙的神龛上，正中是三多塑像，旁边有两位女子的塑像，即三多的两个妻子。民间传说中，玉龙雪山山神三多有一位藏族妻子和一位白族妻子，三多神即是藏族和白族共同的女婿，从中也可以看出纳西族和藏族、白族之间密切的历史关系。纳西族的创世神话《崇般图》中说，纳西、藏、白三族是一对父母所生的三兄弟，藏族是老大，纳西是老二，白族是老三，这也反映了三个民族在长期的历史演变中形成的密切关系。每年的阴历二月初八，是祭祀玉龙雪山之神三多的节日——三多节，这个节日也是纳西族、藏族和白族都过的节日。三多神作为地域性的保护神，很好体现了多民族多元文化融合的特点。

在滇西北，云南省迪庆藏族自治州内，还有另一座在滇、川、藏、甘、青藏区都闻名的神山——卡瓦格博，即梅里雪山。在藏族信仰中，这座神山与纳西人的神山玉龙雪山有着神秘的关系。在卡瓦格博神山的南端，有一座神女峰，藏民称之为“面茨姆”。相传面茨姆是卡瓦格博的妻子，也是玉龙雪山的女儿，所以她总是面向家乡。

传说中三多神属羊，因此，作为他的化身的玉龙雪山也属羊。卡瓦格博神山相传也属羊，滇西北的两座大神山都属羊，可谓神秘之中自有联系。在东巴经所记载的纳西古语中，羊是家畜的总称，也是财富的标志，同时纳西象形文“羊”又作“福”解，有羊即有福。纳西族人的祖先古羌人，作为中国古代西北地区的游牧民族，以养羊牧羊而著称，久而久之，与他们生活息息相关的羊也就成为一种具有神性的动物，因而有羊神。每年正月初五，牧民以香、酒敬羊神，求神保佑羊子兴旺，不遭豺狼豹熊之害。如今在纳西族的很多村落里，还可以看到人们在正房上方的门楣上悬挂羊头来辟邪祈福。

在传说中，羊亦是引导死者灵魂回归“祖先之地”的灵兽，而把死者灵魂送到“祖先之地”，也是纳西族的传统民俗。东巴经中所描述的“祖先之地”，总是绿草如茵、鲜花满地、流泉淙淙，牦牛在高山青草地上徜徉，红虎在山岭上欢跳，白鹤在这里下蛋，人们住在白毡帐篷里。这完全是一幅纳西先民狩猎游牧生活的真实图景，洋溢着浓郁的高原生活情调，充满着神性的生活气息。东巴教认为世上万物皆有灵性，视大自然为“生命的最后归宿”。在大山的怀抱中，人与日月星辰、山水林莽、风云霓虹融为一体，而这里，就是他们的灵魂皈依之处。

伟人故里

1

2019 年国庆节，新中国喜迎成立 70 周年。在举国欢庆的好日子里，我返湘参观了两位伟人的故居——刘少奇同志故居和毛泽东同志故居，在伟人故里追忆往昔风云变幻。

刘少奇同志故居位于湖南宁乡花明楼炭子冲，是一个距离长沙约 50 千米，山清水秀、幽静宜人的小山村。对“花明楼”的理解，人们通常认为源自宋代诗人陆游的“山重水复疑无路，柳暗花明又一村”，但另据清同治《宁乡县志》记载，这个名字要来得更早一些：“昔有齐公，择此筑楼，课其二子攻读其中，齐公见楼上书声琅琅，楼下柳暗花明，遂取名‘花明楼’。”随着时代变迁，昔日木楼已不复存在，花明楼作为地名却一直沿袭至今，并成为一位伟人的标志、一方热土的名片。刘少奇同志故居所在的小山村，四周绵延起伏的峰岭上，长有郁郁葱葱的树木，岭下有曲折流淌的溪水。在青山绿水之间，分布着一片片色彩斑斓的小块盆地，这便是当地群众所称的“冲”，炭子冲即是其中的一个。相传历史上这一带的老百姓擅长伐木烧炭，以此为业，所以叫“炭子冲”。

到达刘少奇故居广场，即可见一座宽约 10 米、高七八米的牌楼，横额上书“刘少奇故里”5 个大字。穿过牌楼，是一段长约 100 米的甬路，由低到高逐级延伸，中有绿化带相隔，两边树木繁茂。甬路尽头再拾级而上，有一个松柏簇拥的平台广场，上面立有刘少奇同志的铜像。铜像左手叉腰，右手放在胸前，目光凝视远方，伟岸庄重、亲切祥和，再现了作为党和国家主要领导人的风尘仆仆、日理万机的光辉形象。刘少奇一生致力党的事业，为党和人民付出了毕生精力。他的铜像建于 1988 年，高 7.1 米，重 7.1 吨，既象征 7

月 1 日为党的生日，也象征刘少奇享年 71 岁。

刘少奇同志故居

穿过铜像广场，沿着山势，顺着一段较为平缓的下坡路继续前行，在路尽头的右手边，经过一道蓬门，便是刘少奇同志纪念馆，馆内收藏文物记录了刘少奇传奇的一生。从纪念馆出来，沿路继续前行，即可看到刘少奇同志故居。故居建筑始建于 1871 年，是一栋四合院式的半茅半瓦土木结构的农舍，坐东朝西，具有湖南传统的民居风格。故居门前有一片平整开阔的晒谷场，晒谷场前是一亩清塘，塘中莲荷相拥。故居屋后是巍巍山峦，整个故居被一片树林常年环抱，风景秀丽静美。刘少奇家的祖辈就在这里耕读传家、繁衍生息。

故居正门门楣上，悬挂着邓小平在 1982 年题写的“刘少奇同志故居”匾额，7 个大字苍劲有力，颇有力透纸背之感。故居整体用泥砖砌墙，墙上刷着糠壳泥，屋顶覆盖着青瓦与茅草。故居共有房屋 21 间半，其中瓦房 16 间半、茅屋 5 间，为刘少奇家和他大伯父家两家合住。走进故居，整栋建筑有 3 个天井，当年的堂屋、卧室、书房、厨房、烤火屋、农具室等彼此联通，里面都有实物和照片展示，再现了20世纪初江南民居的典型风貌和刘少奇在这里生活和学习的部分场景。经过一个多世纪的风雨沧桑，这栋普通的农舍也与刘少奇同志一起，经历了辉煌而坎坷的岁月。

刘少奇在故居度过了他的童年、少年和青少年时期。在他的故居，有一间僻静的小屋，窗外是一个鸟语花香的小院子，青少年时期的刘少奇常在这里读书学习，并在院子里练棒习武。他天资聪颖，勤奋好学，酷爱读书且博闻强记，在通读四书五经之外，还到同学家如饥似渴地阅读中国历史书籍和各种进步书刊。他的二哥刘云庭曾参加过新军，担任过班长、排长、连副等职，见多识广，思想进步，曾赠送给刘少奇一本《辛亥革命始末记》供其阅读。这本泛着油墨清香的书籍给了青少年时期的刘少奇极大的思想启蒙，从那时起，刘少奇便立下了拯救国家和民族于危难之中的伟大抱负。

1919年，在湖南育才中学即将高中毕业的刘少奇，满腔热情地带领一批同学离开长沙，毅然奔赴北京参加轰轰烈烈的“五四”爱国运动，意气风发地行进在“民主与科学”的游行队伍里。1920年，刘少奇赴苏俄入莫斯科东方劳动者共产主义大学学习，同年转为中国共产党党员。1922年，留俄归国的刘少奇回到长沙，在郊外清水塘中共湘区委员会和毛泽东有了第一次历史性的握手。彼时古城长沙雨过天晴，两位有志青年一见如故，通宵长谈被报晓鸡鸣打断，两盏油灯把漫漫黑夜照明。回国之后，刘少奇脚踏实地领导全国工人运动，成为万人瞩目的工人运动领袖，从此走上了职业革命家的风雨征程。抗日战争期间，他撰写了《论共产党员的修养》，全文4.8万字，字字见精神。该文从1939年1月在延安马列学院演讲后《解放周刊》全文发表至今，共出版单行本3000多万册，创造了政治理论类图书发行量之最，至今仍是广大党员最丰厚最珍贵的精神食粮。

刘少奇为党和人民事业奋斗了一生，为毛泽东思想的形成和发展做出了重大理论贡献。他在探索中国社会主义建设中形成的理论观点，像一座光耀千秋的灯塔，至今仍有着重要的启示意义。他用一个大写的“人”字撑起了历史的天空，他的光辉思想和高尚品格，像熊熊燃烧的火炬，穿越时空，驱散迷雾，一直照亮着共产党人前进的漫漫征程。

巍巍花明楼，青青炭子冲，与党和国家的命运紧密相连，这里的一草一木，都沐浴着伟人的和风惠雨，让我们对功垂巍巍中华的刘少奇更加怀念和敬仰。

肃穆故居前，树影斑驳间，我恍惚看到青年刘少奇挺拔的风骨、坚毅的目光，在匆匆来去中留下一串串脚印，深深浅浅，重重叠叠，如历史的印痕，时代的鼓点，把红色信仰带至星辰大海。

2

距离炭子冲仅 30 千米的湘潭市韶山冲，同样是一块山明水秀的宝地。相传舜帝南巡至此，赏心悦目，遂奏韶乐，引凤来仪，故而得名。从《说文解字》的视角来看，“韶”字可分解为“音”“召”二字，表达的是美貌的姑娘用动人的声音招来凤凰的美好意境。

“山川资俊秀，时势造英雄”，韶山又是一块红色土地，是伟大领袖毛主席在青少年时期生活、学习、劳动和从事革命活动的地方，在中国革命史上占有特殊地位。毛主席故居就在韶山，有诗曰“韶山冲连炭子冲，风雨潇湘起二龙”。韶山用自己灵秀的山水哺育了一代伟人毛泽东，它也因为毛泽东而名扬天下。

毛泽东同志故居

毛主席故居原称上屋场，是一座普通的农舍，原由毛泽东的曾祖父在 1878 年买入。当时只有 5 间半茅屋，1917 年毛泽东的父亲毛顺生将此屋改扩建为 13 间。毛泽东故居和刘少奇故居在布局上有着一个显著的共同特点，都是三面环山，一面临水。毛泽东故居整体坐南朝北偏东，屋前有一个小晒谷坪，坪前有两口并联的水塘，莲荷相拥，碧水满盈。屋后倚青山，松竹茂盛，绿树葱茏。屋东还有菜地、稻田、鱼池等。房屋属土木结构建筑，呈“凹”字形典型布局，在当地俗称“一担柴”式房子。泥砖墙、青瓦顶，正门门楣上是邓小平于 1983 年题写的“毛泽东同志故居”匾额。

故居房屋进深二间，左右辅以厢房，有大小房间 18 间，其中东边 13 间小青瓦房为毛泽东家，西边 4 间茅草房系毛姓公产，居中堂屋（瓦屋）共用。东边瓦房中，厢房第一间为餐厅，第二间为毛泽东父母卧室，第三间为毛泽东少年时代的卧室兼书房，房间里的一盏桐油灯见证了少年毛泽东学习到深夜的情景。故居另有天井、厨房、农具室依次排开，里面陈列的书桌、衣柜、石磨、水车、米碓、风车等，都曾留下过毛主席及其亲人的印迹。

毛泽东的表哥文运昌在新式学堂读书，带回来很多新书，其中一本《盛世危言》在毛泽东的内心掀起了巨大波澜，他对书中提出的一系列救国救民的主张极为赞同。1910年秋，毛泽东胸怀救国救民大志，第一次走出家乡，外出求学，离开时他写下了这样的诗句："孩儿立志出乡关，学不成名誓不还。埋骨何须桑梓地，人生无处不青山。"

在战火连天的动荡年代，毛主席心怀家国天下，把自己的一生都奉献给了党和祖国。他抱着济世为民的革命理想投身革命，舍小家、为大家，发动毛氏家族成员全都积极地投入了这场旷世的革命伟业中。然而炮火无情，在革命战争时期，毛主席先后牺牲了6位亲人，包括他的妻子杨开慧、大弟毛泽民、二弟毛泽覃、堂妹毛泽建、侄子毛楚雄、长子毛岸英。他们六人用鲜活的生命助燃了革命的烈火，也将无畏的革命意志永远地定格在了激情燃烧的岁月之中。

从1914年至1918年，毛泽东在湖南第一师范学校求学。1918年，毛泽东为赴法勤工俭学的事由长沙乘火车到北京，这是他第一次走出湖南。后几经奔波联系，在蔡元培校长的关照下，他被安排到北京大学图书馆当助理员，落实好了勤工俭学的事宜，并就此与北大结下了历史渊源。有了图书馆助理员的这份工作，毛泽东每月可以领到8块大洋，这笔固定的经济收入对他来说显得尤为重要，故而分外珍惜。生活条件上的困顿丝毫不能影响到毛泽东的抱负和求知欲，反而更加激起了他的革命浪漫主义情怀。

从北大返湘后，毛泽东创办了报纸《湘江评论》。1920年秋，他创建长沙共产主义小组和长沙社会主义青年团，积极传播革命思想。1921年7月，毛泽东作为湖南党组织的代表，出席了在上海召开的中国共产党第一次全国代表大会，成为党的缔造者之一。这次会议是中国革命史上开天辟地的大事件，中国共产党从此站起来了，中国革命的面貌也随之焕然一新。

1949 年 10 月 1 日，毛泽东在天安门城楼上庄严宣告中华人民共和国成立，军乐团高奏《义勇军进行曲》，广场中央升起了第一面五星红旗。亚洲东方沉睡的雄狮在这一天苏醒了，不再像以前那样任人欺凌和宰割，它的一声仰天长啸，似春日惊雷，世界都为之震颤摇撼。中国人民从此站起来了，从此把命运牢牢地掌握在了自己手中，成为国家、社会和自己命运的主人。历史，从此掀开了新的一页。

不仅成立了新中国，历经百年之后，中国共产党已经成长壮大为世界第一大执政党。1921 年中国共产党成立时，全国仅 50 余名党员，到 2021 年中国共产党成立 100 周年时，全国已拥有 9500 多万名党员，计算下来年均复合增长率超过 100%。从 1921 年起本金接近于零，到 2021 年创造中国 GDP 达人民币 114 万亿元，全球占比约 21%，是仅次于美国的世界第二大经济体，人均 GDP 超过 1 万美元。

中华人民共和国成立后，毛泽东一共回了两次故乡，一次是 1959 年，另一次是 1966 年。1959 年，在返乡的两天时间里，毛主席与湘潭、韶山的干部谈农业生产、群众生活、党支部建设、公共食堂、水稻密植等问题，接见了 3000 多名群众，占韶山冲当时总人口的一大半。重回家乡，几十年的往事似江涛涌上心头，让毛主席夜不能寐，写下了闻名于世的诗篇《七律・到韶山》：

别梦依稀咒逝川，故园三十二年前。
红旗卷起农奴戟，黑手高悬霸主鞭。
为有牺牲多壮志，敢教日月换新天。
喜看稻菽千重浪，遍地英雄下夕烟。

毛主席第二次回到家乡是在 1966 年，在一场政治暴风雨来临前夕。这次回乡，毛主席在滴水洞住了 11 天，他作为平民领袖的风采依旧，他关心群众和眷恋乡土的情怀不改。

毛主席这次回乡，行李除八大箱子书籍外，都是一些旧衣物。他的膳食也很简单。

参观完毛主席故居，顺着平缓起伏的山势，步行约10分钟，来到一片平坦开阔的地方，这里便是毛泽东铜像广场。在纪念毛主席100周年诞辰之际，1993年12月20日，毛主席铜像回归故里，铜像揭幕仪式在毛泽东铜像广场隆重举行。在这个让韶山人无比激动的日子里，上万名韶山儿女早早地聚集在毛泽东铜像广场上，敲着锣打着鼓，载歌载舞，欢呼雀跃，不约而同地呼喊："主席回来啦！""主席回韶山啦！"铜像广场的中轴线是瞻仰大道，大道入口有一块形似中国版图的巨型景观石，上面题刻着"中国出了个毛泽东"几个大字。大道两旁有对称的六处小景观石，分别题刻了毛泽东的六首诗词：《沁园春·雪》《沁园春·长沙》《七律·长征》《蝶恋花·答李淑一》《卜算子·咏梅》和《七律·到韶山》。

怀着无比崇敬的心情，我走近毛主席铜像，瞻仰伟人风采。铜像总高10.1米，象征着新中国的国庆日是10月1日，更象征着毛泽东是新中国的缔造者。铜像系全身站立像，身着笔挺中山装，手执发言稿，面带微笑，双目炯炯，神态悠然，巍然挺立，成功再现了伟大领袖毛主席在开国大典时的光辉形象。铜像周围翠竹掩映，庄严肃穆，三面环绕种植有56株雪松，象征我国56个民族团结在党中央周围。花坛中植有冬青、山茶、月季等，花草相拥，一派欣然。

毛主席的一生，是光辉伟大的一生，他被视为现代世界历史中最重要的人物之一。他永远受到中国人民的崇敬。

身临故居，睹物思人。"东方红，太阳升，中国出了个毛泽东。他为人民谋幸福，他是人民大救星。"一首《东方红》传唱大江南北，这是从人民心头自发流淌出来的歌声。瞻仰毛主席故居和铜像之时，我也仿佛看到毛主席如红日喷薄而出，永远光耀神州，让中华大地霞光满天。

3

湖南历史文化底蕴深厚，湘楚大地人才辈出，近代尤以毛泽东和刘少奇为杰出代表，更令韶山及宁乡声名远播，成为无数人朝圣的红色基地。此外还有“谁敢横刀立马？唯我彭大将军”的彭德怀，其故居位于湘潭乌石镇；被称为“两把菜刀闹革命”，作战极为骁勇的贺龙，其故居位于张家界桑植县。让人足以称奇的是，这几位老一辈无产阶级革命家的故居，相距是如此之近，不由得不让人感慨湖南人杰地灵。因此作为红色旅游大省，湖南是当之无愧的佼佼者。

红色，是省城长沙耀眼的城市底色——长沙是中国城市中“红色基因”最为丰富的城市之一，是当之无愧的“革命摇篮、领袖故里”。毛泽东、刘少奇、蔡和森、任弼时、林伯渠、彭德怀、贺龙、罗荣桓、粟裕、萧劲光等湖南籍的共和国缔造者，或在长沙接受教育，或在长沙开展革命活动，在这座城市留下过无数闪光的历史足迹。今天的“星城”长沙，已经跻身中国城市 GDP 万亿俱乐部，担当着“中部地区崛起和长江经济带核心增长极领头雁”的新角色，是把中国制造带向星辰大海的世界级“智造之都”，更是年轻人眼中的“网红城市”和“造星之城”。

位于湘江中心的橘子洲是长沙著名景点，是宋代潇湘八景之一“江天暮雪”的所在地，被誉为“中国第一洲”。介于名山城市间的橘子洲，浮于袅袅凌波上，四面环水，绵延数十里。站在洲头极目楚天，四季景色各有意趣，令人心旷神怡。春天，明光潋滟、沙鸥点点；夏日，绿树成荫、鸟鸣啾啾；秋至，橙黄橘绿、清香阵阵；冬深，凌寒剪冰、白雪扬扬。毛泽东写有著名的《沁园春·长沙》，开头就是“独立寒秋，湘江北去，橘子洲头”。他青年时期的塑像就位于橘子洲头南端，凝望着滔滔湘江之水北上，在这里激扬文字指点江山。

自古湖南属楚，湖南厚重的历史文化基因，可追溯至绵长久远的楚文化。先秦时期，约公元前 11 世纪末，最初生活在黄河流域中原地区的楚国先民，南迁至长江流域，活动于汉水和长江中游之间，在仅五十里地的丹阳之地开创楚国基业，建立了楚国。《史记·楚世家》中记载："楚之先祖出自帝颛顼高阳。高阳者，黄帝之孙，昌意之子也。"屈原所著《离骚》中亦称："帝高阳之苗裔兮，朕皇考曰伯庸。"由此可知，楚人是帝颛顼的后代。

至春秋初期，楚国一直都是一个疆土狭小的国家，但楚国"历代有名王"，故而能逐步发展壮大并长久称霸。从西周到春秋战国时期，楚国在存续的八百多年时间里，一共出现了 47 位国君，其中不乏多位创造历史伟业者，如楚武王、楚文王、楚庄王等。经过楚国数代国君及臣民的奋力开拓，至公元前 4 世纪，楚国已经成为一个疆域辽阔、国力强盛的诸侯国。此时的楚国，疆域北及黄河，东至江浙，南抵岭南，西达渝黔，两湖、江西、安徽大部分都是楚国的版图。内部以江汉平原为中心，社会生产蓬勃发展，政治局势迅速改观，至达"中分天下""势半中国"的架势，让楚国成为雄踞大江南北的一个泱泱大国，开创了楚国最鼎盛的时代。

辽阔的疆域，广袤的土地，丰富的资源，以及不断增长的政治、经济机构和人口，促使楚国的城市繁荣起来。在长期的交往、争战与融合中，楚国一方面不断兼并其他国家以扩展自己的疆域，另一方面也在文化上兼容其他民族的先进文化，逐步形成了兼具多民族优秀文化因素的楚文化。同时，楚文化以江汉平原为中心向四周传播，与楚国军事力量所及范围相当，甚至更远。目前楚文化遗存就主要在江汉平原及楚国南部的今湖南境内发现，并向楚全境辐射。

楚人以惊人的毅力和卓越的智慧，创造出了堪称当时世界第一流精神文明和物质文明的楚文化。楚文化是华夏文明的重要组成部分，其自身风格突出，总结起来具有以下五大特质。

——筚路蓝缕、艰苦奋斗的进取精神

楚人认为自己是日神远裔，火神嫡嗣。日与火皆为赤色，因此楚民族是一个崇火尚赤的民族。楚人有着浓重的太阳崇拜情结，认为日是火之精，并把自己的始祖神多归于太阳神。“楚之先祖出自帝颛顼高阳”中的“高阳”，是颛顼的号，也指太阳神。屈原所著《九歌·东君》中记载的“暾将出兮东方，照吾槛兮扶桑”中的“暾”亦即太阳。

崇火尚赤被刻进了楚人的基因，并激发了楚人特立独行、桀骜不驯、敢为天下先的个性。楚先人南迁至长江流域时，经济尚不发达，在很长一段时间内都遭到周围各诸侯国的歧视、欺辱，甚至侵略，在当时被称为“南蛮”。在这样的历史地位下，楚人筚路蓝缕、艰苦奋斗，让楚文化始终保持着自身强烈的特征与个性。在励精图治后，楚国逐渐发展成为“地方五千里，带甲百万，车千乘，骑万匹，粟支十年”的一股重要力量，威震周天子和诸侯各国。艰难困苦，玉汝于成，在当时强国如林的环境中，楚国由一个小国变成战国七雄之一，占据了举足轻重的历史地位，这样的发展史一度成为战国时期的一个奇迹。楚人吃苦耐劳的奋斗精神，成就了楚国的繁荣富强、人民强盛，也成为中华民族发展史上自强不息的典范。

——兼收并蓄、海纳百川的包容气度

与先秦其他民族相比较而言，楚民族一直以来都是一个颇具开放意识的民族。《汉书·地理志》记载：“楚有江汉川泽山林之饶；江南地广，或火耕水耨。民食鱼稻，以渔猎山伐为业，果蓏蠃蛤，食物常足。”归功于楚国所处的优越地理位置，加之楚国人的民族偏见甚为淡薄，因此楚人很注重民族之间的融合。楚人先祖在中原地区生活时，就与商族、周族、夏族有着十分密切的联系，一直处于一个开放的状态。在长江中游流域发展壮大后，除汲取中原文化的营养外，楚民族还兼容其他少数民族的优质文化，主要有苗蛮文化、百越文化、夷濮文化、巴蜀文化和氐羌文化等，在此基础上形成了独具本民族特色，且内蕴深厚的楚民族文化。

随着楚国政治军事力量的强大和疆域版图的日益辽阔，楚人兼收并蓄的博大胸襟还体现在其对各种神灵的信奉上。楚人除信奉本民族的神灵，如太乙、东君、云中君、司命、风伯、雨师等外，还将高辛、轩辕等北方诸夏之神和伏羲、女娲等南方夷越之神一并纳入了自己的信仰体系中。

——开拓创新、一鸣惊人的开放意识

楚文化是开放的文化，楚人具有开放的胸襟，追新逐奇的创新精神是楚文化自古就有的一个本质特征。楚人不拒绝模仿，但也并不会满足于简单的邯郸学步，而是在模仿的基础上进行改造，形成自己民族的创新成果。比如，在探索治理国家的新措施、新政策方面，楚武王就早于秦国创立了中国第一县制，到今天这一制度还在延续使用。另外，著名的吴起变法也是在历史的长河中首次以改革为方法对国家进行治理。再者，楚国第一明相孙叔敖精于水利营造，让楚国农业经济飞速发展，他主持兴建的云梦泽水利工程，即“期思”工程，“决期思之水，而灌雩娄之野”，利用大别山上来的水，在泉河、石槽河上游修建水陂塘，形成水藤结瓜式的期思陂，既防下游水涝，又供上游灌溉，是中国有史料可考的最古老的灌溉工程。该工程自三国曹魏名臣刘馥重整至今，仍在河南省固始县境内发挥着灌溉作用。正是由于楚人身上具有这种不断开拓创新的民族精神，才创造出了灿烂辉煌的楚文化。

楚人崇日，传说日中有三足乌，后逐渐演变成凤。凤是楚人的图腾，是楚族、楚国尊严的象征。在楚国的文物中，凤的图像、绣像和雕像不胜枚举。《春秋演孔图》中说：“凤，火之精也，生丹穴，非梧桐不栖，非竹实不食，非醴泉不饮，身备五色，鸣中五音，有道则见，飞则群鸟征之。”凤的本领神通广大，能赋予人极大的精神力量。《史记》记载，楚庄王答进隐者问时，就曾把自己比作一只“三年不蜚，蜚将冲天；三年不鸣，鸣将惊人”的凤。在楚人的视界里，凤是至真、至善、至美的化身。凤叱咤风云的浩气和英姿，正是楚文化开拓创新、一鸣惊人的开放意识的绝妙象征。楚庄王“不鸣则已、一鸣惊人”的历史典故，正是对这一象征意识的有力诠释。

——道法自然、和众安民的和谐理念

楚文化源流于华夏文化，在延续华夏民族顶礼膜拜的龙图腾的同时，结合对凤的崇拜，又受到融合其他多元文化的影响，塑造了楚文化独特而丰富的崇拜意象。楚先民道法自然，对自然的崇拜主要表现为对日、月、星辰、山川、河流、雷电、风雨等的崇拜。楚人创作的艺术形象，主要以动物、植物以及自然现象为主，且大都是变形、抽象的。在楚文化的美术图腾中，常常能见到一系列神秘古怪的意象组合，如鹿角立鹤、虎座凤鸟，漆绘上的人神杂糅、织绣上的龙蟠凤逸等，结合回旋卷曲的云纹，以及花朵和枝蔓自由、生动的流动与生长的造型，给人一种动态的美感，充满了神秘色彩和浪漫气息。楚汉文化融合后，龙凤图形开始出现。出土于长沙陈家大山楚墓的帛画《人物龙凤图》，画面下部正中右侧立着一位妇人，合掌做祈祷状，上部正中是一只腾飞的凤鸟，与左侧的一条蟠龙作争逐状，寓意楚人在精神上追求无碍于物，独与天地精神往来的境界。

——忠贞不渝、深固难徙的爱国情结

楚地文学作品中，最具代表性的就是楚辞。以屈原创作的抒情长诗《离骚》为代表作的楚辞，是中国浪漫主义文学的源头之一，对后世诗歌产生了深远影响。屈原是战国时代楚国的贵族，曾任左徒、三闾大夫等官职，是楚文化中爱国精神的直接源头。由于同僚屡进谗言，屈原先是被楚怀王疏远，后又被楚顷襄王放逐。屈原一生不计荣辱得失，一心为国，留下了不少千古绝唱，除《离骚》外，还有《九歌》《九章》《东君》《天问》《国殇》等。他怀着无限的报国热情，同时洁身自好，最终自投汨罗江而亡。他至死不渝的爱国情怀久久感动着每一位中国人，已经成为中华民族精神的重要组成部分。屈原之外，历史丰富的楚国中众多历史事件也都印证了楚人的爱国精神。三进和氏璧而让和氏璧成为“天下所共传宝也”的卞和、政绩赫然治水有方的楚令尹孙叔敖、在吴攻楚时为挽救楚国而在秦国哭了七天七夜终得秦国帮助的楚大臣申包胥，都是爱国英雄的代表。他们的爱国精神已经融入中华文化的血脉之中，成为代代相传的精神脊梁。

历史的车轮滚滚向前，自南北朝及唐宋以来，由于历史的变迁发展，特别是经历了宋、元、明的几次大规模的移民，使得湖湘士民在人口、习俗、风尚、思想观念上均发生了重要变化。自宋代以来，湖湘文化便成为湖南的特色。在文化重心南移的大背景下，中原的儒学成为湖湘文化的重要来源，湖南亦成为以儒学文化为正统的省区。无论是宋朝理学思想的开山鼻祖周敦颐，还是晚晴湘军首领曾国藩，他们的学术思想、治国追求，都是以正统的孔孟之道为目标的。

位于湖南长沙岳麓区岳麓山的岳麓书院，始建于北宋时期，至今已有1000余年的历史，有着“千年学府”的美誉，与应天府书院（今河南商丘睢阳区商丘古城南湖畔）、白鹿洞书院（今江西九江庐山市庐山）、嵩阳书院（今河南郑州登封市嵩山），并称我国古代“四大书院”。岳麓书院讲堂所悬的“道南正脉”匾额，正显示了湖湘文化所代表的儒学正统。岳麓书院的门联“惟楚有材，于斯为盛”举世闻名。关于该门联的来历，据记载是在清嘉庆年间，岳麓书院山长（院长）袁名曜以“惟楚有材”为上联，让学生们应对，明经（贡生的别称）张中阶应声对道“于斯为盛”，由此撰成一联。其中，“惟楚有材”出自《左传·襄公》“惟楚有材，晋实用之”，“于斯为盛”出自《论语·泰伯》孔子曰：“‘才难，不其然乎？唐虞之际，于斯为盛。’”。此联上下两句均出自经典，对仗工整贴切，意境深远，珠联璧合，充分表达了岳麓书院所在的地理位置，以及它在中国历史文化中的地位，意指天下唯有楚地出人才，而以岳麓书院最为英才汇聚之所。世事变迁，岳麓书院在发展中逐渐声名远播，到现在只要一提起“惟楚有材”，世人首先想到的就是“能吃辣子能读书”的湖南人。

岳麓书院所在的岳麓山，因南北朝刘宋时《南岳记》记载“南岳周围八百里，回雁为首，岳麓为足”而得名。岳麓山四季风景宜人，秀美多姿，景区内现有大量珍贵的濒危树种和年代久远的古树名木，其“万山红遍、层林尽染”的独特红枫秋景更是古今闻名。山上有着“汉魏最初名胜，湖湘第一道场”之称的古麓山寺，距今已有1700余年的历史。位于岳麓山清风峡中的爱晚亭古朴典雅，因诗人杜牧《山行》中的“停车坐爱枫林晚，霜叶红于二月花”的意境而著名。爱晚亭正面朱色鎏金的“爱晚亭”匾额系毛泽东题写，这里是他早期革命活动的场所，在长沙求学期间，他常携同学友人一同游爱晚亭。

湖湘大地，人物风流之精神，文化精髓之传承，赢得了中原文化的尊重，铸就了中华文化之一脉。在湖南科举史上，有两个人才录取的高峰。第一个高峰是在南宋时期，由于文化中心南移，加上湖湘学派的发展，湖南在文化、政治、经济上的地位显著提高；另一个高峰是在晚清时期，接续宋代文人传承，湖南文风鼎盛，更由于湘军的崛起及其对湖湘后学的大力提携，成就了湖南科举史上更为显著的第二个高峰。

湖湘学者从宋代的湖湘学派开始，都主张“入世”，坚持“实学”，强调“学以致用”。曾几何时，朱熹与张栻开创了岳麓书院会讲之先河；魏源、陶澍、曾国藩、左宗棠、胡林翼、郭嵩焘等近代名人受训于岳麓山下，湘军突起，叱咤历史风云；毛泽东、蔡和森等革命历史伟人“指点江山，激扬文字”，演绎了壮丽的历史篇章。湖湘文化的基本要义是“淳朴重义”“勇敢尚武”，精神内涵是“自强不息”“百折不挠”，精髓实质是“心忧天下”“经世致用”，所以在近代造就了“湖南人才半国中”“中兴将相，什九湖湘”“半部中国近代史由湘人写就”“无湘不成军”等盛誉。

4

湖南在有着灵动多彩的三湘四水美景的同时，在古代时期相对于广袤的中原地区来说，还是信息比较闭塞的地方，也是属于居住条件比较恶劣的荒蛮之地。

湖南东、西、南三面环山，北临长江和洞庭湖，是一块开口朝上的马蹄形地域。冬季，寒风凛冽，气势磅礴的西伯利亚寒潮滚滚南下，长驱直入湖南全境，直达郴州永州一线时，才被阻挡于南岭脚下；夏季，酷暑难耐，烈日在南方直射，加上湘北洞庭湖大面积水域的蒸发，使得三湘大地热气郁积而不得散发，盛夏白天气温最高可超 40 摄氏度，夜晚气温仍可达 30 摄氏度以上。而春秋两季，三湘大地时而受西北的冷锋控制，时而受东南暖湿气流的影响，故而气候多变，时晴时雨，骤冷骤热。

虽在汉代以后，湖南经过逐步开发，已经成为鱼米之乡和天下粮仓，但在禀实衣足之余，三湘人民因祖祖辈辈所感受到的恶劣气候所养成的不屈奋斗的精神一直延续了下来，特别表现为对天道变化无常的反抗精神。从屈原到欧阳询、怀素，到魏源、曾国藩、左宗棠、彭玉麟、胡林翼，再到谭嗣同、黄兴、蒋翊武、蔡锷、毛泽东、刘少奇，以及齐白石、沈从文、黄永玉等，这种情怀和精神一以贯之。

自古“无湘不成军”，一则说明湘籍军人在中国战争史上占据重要地位；二则说明湖南人天生有一种优秀军人的气质，果敢坚毅、从不服输。在新中国创建发展过程中，立下赫赫战功的开国将帅一共有77位，其中元帅10名、大将10名、上将57名，而湖南籍出身的上将以上的高级将帅就有28位，其中元帅3人、大将6人、上将19位。

开国十大元帅中，有3位是湖南籍：

彭德怀——湖南湘潭市

贺　龙——湖南桑植县

罗荣桓——湖南衡山县

开国十大将军中，有6位是湖南籍：

粟　裕——湖南会同县

黄克诚——湖南永兴县

陈　赓——湖南湘乡市

谭　政——湖南湘乡市

萧劲光——湖南长沙市

许光达——湖南长沙市

骁勇湘军是由曾国藩建立并发展壮大起来的，他是19世纪中国最受人敬仰、最伟大的学者型官员之一。曾国藩以一个普通农家子弟的出身，以并不超绝的资质，后来挽狂澜于既倒，扶大厦于将倾，对清王朝的政治、军事、文化、经济等方面都产生了深远的影响。他一生奉行为政以耐烦为第一要义，主张凡事要勤俭廉劳，不可为官自傲。他修身律己，以德求官，礼治为先，以忠谋政，“文能应试，武能杀人”，本有天壤之别的两种气度却在其身上合二为一。曾国藩的思想影响了几代人，且不说与其同时代的湘、淮将领以他为楷模，就是其后的黄兴、蔡锷等资产阶级军事家对曾国藩的治军方略也推崇备至；张之洞、袁世凯等在甲午战争后采用西法编练新军时，还采纳了曾国藩治军的许多做法。至今，人们对曾国藩的推崇和研究的热情非但没有减少，反倒与日俱增。

“大将筹边尚未还，湖湘子弟满天山。新栽杨柳三千里，引得春风度玉关。”湖南人在中国历史上的突出作用，始于湘军；湖南人才之盛，亦始于湘军；后来的洋务运动也主要由湘军人物一手发起。可以说，湘军的出现改变了中国历史的走向。从曾国藩创办湘军起，湖南开始出现人才喷涌的局面。此后，从洋务运动到维新运动，从兴中会、同盟会革命党的成立到辛亥革命和护国运动，从抗日战争到解放战争，一拨拨湖南志士轮番登上历史舞台，冲锋陷阵。

湖南人独特的群体个性有赖于独特的地理环境和饮食文化的共同造就。一方水土养一方人，到了湖南，不吃辣简直无法生存。湖南人爱吃辣椒，每道菜都是辣的，甚至有人调侃湖南有最著名的两道菜，一道是“红辣椒炒青辣椒”，另一道是“青辣椒炒红辣椒”。常言说江西人不怕辣、四川人辣不怕，而湖南人是怕不辣，相较而言，湖南人似乎更胜一筹。可以说，湖南人嗜好辣椒已经到了无辣不欢的程度。湖南人吃辣椒的花样繁多，除烹调作为佐料外，还常单吃，有浸辣椒、剁辣椒、泡辣椒等。此外还用辣椒拌豆豉，辣椒腌萝卜干，干炸辣椒等，连外出旅行都要带上一瓶辣椒酱才安心。辣椒这种在明朝期间才传入中国的作物，既可下饭，又可祛寒提神，已经深深地刻进了湖南人的味觉里了。

吃辣椒长大的英勇的湖南人，给世人留下的是“吃得苦、霸得蛮、耐得烦”的湖湘精神，以及敢为人先的狼性、血性精神。湖南人倔强，按湖南话说是“犟”，人们常常以“石头”“骡子”“辣椒”的习性来比喻湖南人的性格。大凡湖南人只要认准了一个目标，有了一种思想主张，就不会轻易改变，很认死理，一条路走到底，遇到困难了定要克服困难勇往直前。蔡元培先生在《论湖南的人才》一文中写道："湖南人性质沉毅，守旧固然守得很凶，趋新也趋得很急。湖南人敢负责任。"湖南有三气：灵气、匪气、霸气。刚是内核，毅是灵魂，灵是气质。霸蛮与灵泛，能辩证统一，既有"路漫漫其修远兮，吾将上下而求索"的坚韧之志，又有"楚虽三户，亡秦必楚"的豪迈之气。我也以身为一名湖南人而感到骄傲与自豪，愿在楚文化和湖湘精神的熏陶浸润里，追随伟人步伐，沐浴伟人光辉，一直昂首阔步前进。

第七章

千里不辞行路远　时光早晚到天涯

星月之国

1

清华大学学生社团有着悠久的历史和深厚的底蕴。1911 年，第一家学生社团——体育协会的成立，标志着清华大学学生社团时代正式开启。学校成立之初，美术社、科学社、文学社、唯真学会、戏剧社等社团就留下了创办者叶企孙、闻一多、梁实秋等前辈的足迹。改革开放以后，特别是 20 世纪 90 年代以来，学生社团蓬勃发展、百花齐放，有登山、越野、游泳、跳水、健美、舞蹈、散打、滑冰、书法、动漫、诗社、英语角、合唱团、交响乐团、各种球类棋类运动等，这些社团在服务学生兴趣爱好的同时，也为学生全面发展、提升人文素养和培养公益精神等方面提供了很好的载体。每到开学之际，学生社团组织联合招新活动，各家社团协会的展位将宿舍区的道路挤得满满当当，旌旗招展犹如“百团大战”，好不热闹。

据统计，全校有大大小小在册学生社团超过 200 家，分为文化、艺术、体育、科创、公益和素质拓展六大类别，其中不乏一批参与人数众多且在校园内外具有积极影响的优秀学生社团，如学生教育扶贫公益协会、学生绿色协会、学生山野协会、学生街舞社、学生海峡两岸交流协会、学生职业发展协会等。为此，学校团委还在麾下专门设立了一个社团协会部，用来规范管理和引导这些社团，新设立的社团必须通过注册认证才能开展活动。社团协会部在履行管理职责之余，每年还举办一场“清社年华”学生社团嘉年华活动，各社团你方唱罢我登场，为全校师生上演一轮轮精彩纷呈的节目。

在校期间，我常被繁重的学业压得透不过气来，那些学霸学神们能拿 90 多甚至满分的课程，我拼死拼活也只能拿到 80 来分，真是感觉人外有人、天外有天。笨鸟先飞才能早入林，所以我在校的生活还是以学习为主，学生社团我只参加了学院的羽毛球协会。清华的体育设施虽然很完善，但资源也是有限的，羽毛球场地更是紧俏。每到订场地的时间节点，学院羽毛球协会的会员们都要早早地去排队，然后轮流接替，确保协会有场地可以活动。作为协会一员，我也勤勉尽责地去排了好几次队。学生工作方面，我有幸被师兄举荐，在社团协会部工作了一段时间，一起筹备嘉年华，跟踪一些社团的活动等，也因此认识了很多优秀的协会会长，他们热心有干劲儿，待人亲和真诚，他们的言传身教让我获益匪浅。

清华大学经管学院的学生在本科毕业时大多会选择三个方向：一是在本校继续读硕或读博（到国内其他学校读硕或读博的甚少）；二是出国留学深造；三是直接参加工作。我基于早点自力更生的考虑，选择直接参加工作，走出象牙塔后就走进社会。大四的上学期，我早早拿到了专业对口的会计师事务所的录取通知，应聘期间经历了网申、英语测试、群体面试和合伙人面试等环节，所有过程都较为平稳，拿到录取通知可谓水到渠成。另外，我的毕业论文也早早就着手开始准备了，在临近大四上学期结束时，毕业论文初稿基本已经完成，只等着初答辩之后再进行完善。如此一来，我有了大把充裕的空闲时间可以支配，我开始思索要干点什么好呢？恰好这时学校的国际经济学商学学生联合会（AIESEC）推出了一个名叫“遇见我的朋友”（Meet My Friend，MMF）的学生海外实习项目，由于我拿到入职通知的会计师事务所是AIESEC在中国大陆区的白金合作伙伴，所以这个项目向拟入职的应届毕业生开放。

AIESEC是全世界最大的由学生独立运作的跨国、非政府、非营利性的国际青年组织，不对种族、宗教信仰、肤色、性别有偏见，主要由大学生或者是刚从高等学校毕业的毕业生组成。该协会的目的是提供一个国际平台去发掘和发展青年人的潜力，培养青年领导人才，加强青年人对世界的理解，使他们成为具有社会责任感，对文化差异敏感并具有包容心、有进取精神的青年，由此促进不同文化、不同种族、不同经济体间的深层交流，对社会产生正面影响和给社会带来正面回馈，促进全球的和平、经济进步和社会发展。AIESEC海外志愿者项目的目的地遍布全球，历年的项目包括去印度帮助农村社区发展、去埃及支教传授英语学习经验、去俄罗斯组织青少年权利讨论会等，以及前往日本、德国、捷克、英国、澳大利亚，以及远至非洲的加纳等国。很多志愿者服务项目可以通过AIESEC的当地协会接待，提供机场接机、安排食宿、帮助熟悉环境等服务。全球顶尖的跨国组织、世界银行，包括普华永道、壳牌石油、拜尔药业、宝洁、惠普、西门子等在内的众多国际企业，都深切认同该协会的领导力培养项目并与之深度合作。

当年的MMF项目有好些个洲的国家可供选择申请，包括南亚的印度、斯里兰卡，东南亚的泰国、马来西亚、印度尼西亚、菲律宾，南美的哥伦比亚、巴西，非洲的肯尼亚、喀麦隆、科特迪瓦，东欧的土耳其、波兰、罗马尼亚、匈牙利、乌克兰等。为了体验中西方文明融合地域的人文风情，我选择了横跨亚欧的星月之国——土耳其，试着递交了申请。

递交项目申请时，需要认真回答申请表上一系列大大小小 20 多个问题，包括申请的动机、对申请国家的了解、发生文化冲突或紧急情况时要如何应对、在国外生活的最大挑战以及如何准备、描述以往参加过的志愿者活动、最希望展示哪些中国文化给外国友人，等等。这些问题需要设身处地地思考所提出的场景并做出反馈，同时是锻炼英文书面表达能力的一个好机会。在认真填写申请表并递交后，我已经有比较大的把握会成功。在接下来的英语面试中，我试着比较完整清晰地把我的思考和想要表达的东西表述了出来，最终得到认可并顺利地拿到了这次实习机会。

在正式确认拿到这次实习机会之前，还发生了一点小插曲。在开始走出国程序之前，MMF 项目有一个小型准备会，把已经得到实习机会的北京高校的学生们齐聚一堂，由项目组织方介绍以往实习经验，告知项目具体时间进程和交代在国外的注意事项等。但我一直没有收到关于准备会的邮件或电话通知，这让我很是纳闷，还特地发的邮件给面试官询问情况，等待了颇长的时间都没有得到准确消息。准备会是在一个周日的下午进行，直到当天早上我还没有收到通知，心理难免愤愤然，稍微抱怨了一下“没有理由不要我啊？！”好吧，还是来一点阿 Q 精神自我安慰一下，算了，以后还会有很多机会出去见见世面。当美好周日上午的阳光已经照满宿舍时，电话竟然来了。接到的电话是问我为什么不去参加准备会，哦！拜托！没有邮件通知，也没有来电话告知一声，我还以为我被挑上又刷下了呢。得，估计是某个环节失误在无意间把我给漏掉了，那我还是先把愤然和抱怨放一边，去参加准备会要紧。于是我急忙奔赴会场，在见面会的交流中度过了一个下午，还与项目工作人员相谈甚欢，真是柳暗花明又一村。

接下来就是一步步走出国的程序了，这是我第一次有机会出国，所有程序都是摸索着来。

护照：宿舍室友阿福已经办理过护照，我向他把流程问清楚，并参考了网上的一些攻略，办理护照出发！但没想到第一步拿户口卡就不是那么容易，得先拿到学院教学办老师和班主任老师的签字，然后凭签字到学院办公室拿介绍信并盖章，然后将介绍信送到学校户籍科取户口卡。海淀区的护照办理经过调整已经不能在位于雍和宫的北京市公安局出入境接待大厅办理，在填写好申请表后，我又马不停蹄地奔赴位于西钓鱼台的海淀区出入境管理处，在北京寒冷的冬日里奔波了一个下午，直到天黑时才找到具体地点。第二天再来一趟，才终于搞定了护照。

签证：正式递签之前，需要拿到 AIESEC 土耳其分会的邀请函，我所花费的大部分时间就是在等待这个邀请函上。收到邀请函后，递签过程就相对较为简单。签证需要的所有信息都能在土耳其驻华大使馆的官网上查询到，从网上直接下载签证申请表并填好，然后与其他申请资料包括在学证明、照片、签证费等一起，按预约时间去大使馆递签就行。学生实习的签证五个工作日就可以办理下来，从后来与我一同去土耳其实习的人大女生楠那里得知，土耳其大使馆知道这个 MMF 项目，所以签证很顺利地就通过了。

机票：AIESEC 负责此次国际实习项目的北京工作人员说，按以往经验土耳其大使馆一般不拒签，所以我就放心大胆地在递签之后马上购买了机票。AIESEC 的国际志愿者实习生可以通过当地协会提供食宿，但往返机票需要个人负担，所以在此要特别感谢家人对我经济上的无私关爱和大力支持！在经过一番比价后，我选择了卡塔尔航空（QATAR AIRWAY）。在一家机票代理网站上办理，接线员在预订机票的过程中给予了我很多帮助，为我选择了最为经济合适的中转航程。

2

完成出国的前置准备程序后，马上就快过年了。我回到湖南的家里，既温馨又匆忙地过了一个春节，于正月初四即启程。

我订的飞土耳其的国际航班是从上海浦东机场起飞，所以我第一程从长沙飞上海。当飞机准备在上海降落时，从客舱窗口往外望去，整座城市万家灯火。此时正是春节期间阖家团圆的时候，礼花在机翼下方绚丽绽放。在上海，我用了两天时间来准备出行事项，包括换汇、购买礼物及生活用品等。换汇我去的是位于外滩的中国银行，外滩的万国建筑出现在无数的电影和电视剧里，当年的辉煌和经典依旧，也见证着现今中国最发达城市的经济高速发展。位于外滩的中国银行营业厅是我见过的最典雅气派的银行营业厅，走上台阶，进门后可以看到长长的大厅，大厅尽头是营业柜台，极具欧陆风情特色。也许是因为正值春节期间的缘故，来办理业务的顾客很少，我顺利地办完了换汇事宜。

由卡塔尔航空执飞的从上海飞伊斯坦布尔的航班，中间需在卡塔尔首都多哈转机。多哈作为卡塔尔的首都和第一大城市，是全国的政治、经济、文化、交通中心，也是波斯湾沿岸的著名港口。卡塔尔因拥有丰富的石油资源，成为全世界最富有的国家之一，人类发展指数非常高，2006 年多哈亚运会、2011 年亚洲杯足球赛、2022 年世界杯足球赛都在这个国家举办。多哈亚运会的吉祥物是一只名叫“奥利”（ORRY）的羚羊，卡塔尔航空的航徽标志也是一只羚羊。这种羚羊叫阿拉伯大羚羊，也叫阿拉伯羚、阿拉伯直角羚羊或阿拉伯剑羚，卡塔尔是该物种的原始栖息地之一。在干旱的自然环境下，阿拉伯大羚羊可以依靠野草、灌木、浆果以及沙漠植物的根茎顽强地生存繁衍下来。人类活动频繁后，卡塔尔羚羊于 20 世纪 60 年代曾经一度面临灭绝，不过，卡塔尔后来实施的动物保护行动以及良好的育种计划已使这个物种摆脱了灭绝的危险。当然，目前卡塔尔羚羊仍然极其珍贵和濒危，现存数量极为稀少，已经成为卡塔尔的瑰宝级动物，是卡塔尔的国家象征。

从上海飞多哈的第一段航程漫长，有 14 个小时。我和邻座的一位在当地做工程施工的旅客聊了一路，他前往中东国家多次，对当地情况非常熟悉，分析问题有独特的角度和见解。相谈甚欢中，漫长的旅程也就不显得那么枯燥无味了。到了多哈后，需要在机场转机等候 3 个半小时。卡塔尔不愧是在黑色黄金资源支持下富得流油的国家，从多哈机场修建得富丽堂皇就可以一窥其豪横，机场无线网络的速度也是相当给力。接下来是从多哈到伊斯坦布尔的第二段空中航程，这段航程就轻松多了，只需要 5 个小时。特别值得提一句的是，卡塔尔航空不愧是多次获得过有航空界奥斯卡美誉的 Skytrax 年度最佳航空公司大奖的航空公司，其高品质的空中餐饮服务绝对值得良心推荐。

伊斯坦布尔

前后经过 20 多个小时的奔波，航班缓缓降落在土耳其最大的城市——伊斯坦布尔（Istanbul）。这座城市大名鼎鼎，如今虽已不是首都，但其知名度却远超首都。伊斯坦布尔建于公元前668年，头上有太多的光环，单单名字就换过三次。古希腊时期名为拜占庭；公元324年罗马帝国的君士坦丁大帝从罗马迁都于此，改名君士坦丁堡；1453年土耳其人将这座城市作为奥斯曼帝国的首都后，始称伊斯坦布尔。

土耳其是横跨亚欧大陆的国家，作为连接欧亚的十字路口，具有极为重要的地理位置和地缘政治意义。历史上，奥斯曼帝国在16世纪至17世纪达到鼎盛，统治区域地跨欧洲、亚洲和非洲，地处东西文明交汇处，并掌控了东西文明陆上交通线达6个世纪之久。19世纪末20世纪初，奥斯曼帝国逐渐开始衰落，国力日薄西山，之后甚至沦落成为西方列强欺凌争夺的半殖民地。在穆斯塔法·凯末尔·阿塔图尔克（Mustafa Kemal Atatürk，1881—1938年）的领导下，土耳其取得了独立战争的胜利，并在1923年10月29日宣告成立土耳其共和国。

凯末尔作为土耳其共和国的缔造者和军事统帅，被选为第一任总统。他领导土耳其15年，在执政期间施行了一系列重要改革，史称“凯末尔改革”。这些改革使土耳其成为一个对宗教事务持中立态度的国家，摆脱了来自内部和外来的束缚，开始向工业化、现代化迈进。凯末尔政绩彪炳，给土耳其留下一个根除了专制的共和国，一个廉洁高效的政府，一支精锐强大的部队，一个文明有序的社会，一个崭新的土耳其民族，为土耳其的现代化奠定了良好的基础。他因功勋卓著而被尊称为“现代土耳其之父”，永远活在了土耳其人的心中。为了纪念凯末尔，土耳其每所学校每间教室都有他的画像或照片，每个家庭都有他的照片或雕像，土耳其货币里拉的正面印有他的头像，对英雄由衷地崇敬和爱戴已经深深地扎根在了土耳其一代代人的心里，激励着他们继续前进。在首都安卡拉建有土耳其国父纪念馆，这里有一项特别的规定，就是任何来访的国家政要，都要首先到凯末尔的墓前敬献花圈，这是所有到土耳其访问的外国国家领导人需要进行的第一项正式活动，以此来表达对这位土耳其民族英雄的敬意。

土耳其是北约成员国，也是经济合作与发展组织创始会员国和二十国集团的成员，在政治、经济、文化等领域均实行欧洲模式，是欧盟的候选国。土耳其继承了东罗马帝国的文化和伊斯兰文化，东西方文明在此融合。土耳其人口 8300 万（2020 年），主要密集在西部，他们是源于中国新疆阿尔泰山一带的突厥人和属于欧洲人种的地中海原始居民的混血后裔，绝大多数信奉伊斯兰教，多属逊尼派。在当地民族语言中，“突厥”是“勇敢”的意思，“土耳其”意即“勇敢人的国家”。土耳其国旗的图案是红色旗面上有一弯白色新月和一颗白色五角星，其中红色旗面象征鲜血和胜利，新月和星星标志着土耳其人民对伊斯兰教的信仰，象征驱走黑暗、迎来光明，也象征幸福和吉祥，因此土耳其又被称为星月之国。

土耳其大陆西起巴尔干半岛，东至高加索山脉，北临黑海、南临地中海，两海中间以土耳其海峡连接。土耳其海峡由博斯普鲁斯海峡、马尔马拉海和达达尼尔海峡三部分组成，全长 361 千米，是亚、欧两洲的分界线，也是连接黑海与地中海的唯一航道。由于战略位置极为显赫，因此土耳其海峡被称为“世界咽喉”，古往今来皆为兵家必争之地。冷战时期，这里被美苏两国视为亚欧大陆的战略支点。

土耳其气候温和，地形复杂，从沿海平原到山区草场，从雪山松林到绵延草原，构成了独特的地理位置和宜人的气候条件，让土耳其成为游人向往的乐园。著名景点有华丽肃穆的蓝色清真寺，典雅古老的托普卡帕皇宫，飞跃于博斯普鲁斯海峡上的跨海大桥，《荷马史诗》中的特洛伊城遗址，以千奇百怪的喀斯特地貌被称为“地球上最像月球的地方”的卡帕多西亚，最美热气球旅行地之一格雷梅小镇，犹如雪砌梯田有着逾千年天然温泉水潺潺流淌的棉花堡，以洞穴社区和鸽子谷著称的乌其萨，被山谷包围尽是白墙红顶建筑的文化遗产小镇番红，欧洲候鸟迁徙途中重要的中转站和栖息地以及观鸟胜地库什湖，夏日度假胜地滨海城市库萨达斯，被群山环绕拥有璀璨海湾的迷人城市安塔利亚……有一首爆红的名叫《带你去旅行》的歌曲就唱道："安全带系好带你去旅行，穿过风和雨，我想要带你去浪漫的土耳其。"这个国家厚重历史层层叠加出的沧桑之美，与壮丽山水丝丝缕缕勾勒出的别样风光交相辉映，这一切都让土耳其享有"旅游天堂"的美誉，成为全球炙手可热的旅游打卡地。

土耳其的 MMF 项目于每年冬季至初春的二月至四月在全国五个城市开展，除伊斯坦布尔外，还有位于爱琴海边的旅游胜地伊兹密尔（Izmir）、靠近马尔马拉海的滑雪胜地布尔萨（Bursa）、位于中部波尔苏克河畔的埃斯基谢希尔（Eskisehir）和首都安卡拉（Ankara）。在顺利地与接我的项目工作人员在机场会合后，我们一起乘坐巴士来前往 AIESEC 位于伊斯坦布尔的办公室。下车后，我们步行穿过市中心广场，灵巧灰黑的鸽子在踱步觅食间与人们亲密互动，天空开始飘起了雪花，满满的异国风情充盈我的视线。走在伊斯坦布尔的大街上，随处可见带有欧亚混血基因的当地年轻人，他们普遍面部轮廓深邃，加上身材修长，衬托得更加英俊挺拔，朝气十足。这里的年轻人多有抽烟的习惯且喜用香水，因此他们都有一种很好闻的烟草与香水混合的味道。

我的实习地被安排在了埃斯基谢希尔，一座位于伊斯坦布尔东南约 350 千米的大学城。在伊斯坦布尔稍做休整后，我接着马不停蹄地乘坐城际大巴前往埃城。土耳其的巴士服务非常专业，车辆全是清一色的奔驰品牌，配置豪华，均由经验丰富年岁稍长的司机在方向盘上运筹帷幄，车上还有专配的年轻乘务员全程为旅客服务。乘务员在一个小推车上仔细整齐地摆满软饮料，以及小面包和小饼干等零食，然后挨个询问每位乘客的喜好进行分发。乘务员的服务内容还包括为乘客提供香水洗手，以及提供美味的土耳其红茶，这让我感觉非常新鲜。总而言之，在这个国家乘坐巴士是一件很享受的事情。

在大巴车上都可以喝到的土耳其红茶，当地语言叫“Cay”，发音“Chai”，与中文“茶”的发音很接近，是当地最为普遍的大众饮品之一。据说一个土耳其人从早餐开始就泡在红茶里，并一直持续到睡觉时间，一天怎么也得喝上十多杯茶才算数，这让土耳其成为世界上茶叶消耗量最大的国家之一。有研究表明，土耳其红茶具有调节血压和心率、降低中风或心脏病发作概率的功效，因此土耳其人虽多有高油高糖烟不离口的不良生活习惯，但普遍寿命还挺长的，也许红茶确属功不可没。一杯正宗的土耳其红茶呈现浓淡适中的琥珀色，清亮红润，茶香纯正，口感醇厚，浓郁而不涩口，倒入特制的细腰型的郁金香玻璃杯里，放在精致的托盘上，宛如艺术品般，极具美感。

除了土耳其红茶，当地还有另一大国民饮品，就是浓郁的土耳其咖啡。这种咖啡已有七八百年的历史，传统做法是把烘焙炒热的黑咖啡豆研磨成极细的粉末，连同白糖和冷水一起放入特制的咖啡煮具里以小火慢煮。煮具一般是红铜质料，形状像深勺一样，煮的过程中要反复搅拌和加水，大约 20 分钟后就大功告成了。当地人喝咖啡不用过滤，直接将一杯浓稠似高汤的咖啡倒在杯子里，不但表面有黏黏的泡沫，杯底还有咖啡渣渣。普通游客第一次尝试土耳其咖啡时，肯定会觉得口感浓烈焦苦，为了中和苦味，可在饮用时适当加一些方糖或蜂蜜调味。在土耳其，为客人煮一杯传统的土耳其咖啡代表了主人最诚挚的敬意，是非常尊敬的待客之道。在土耳其有一种用咖啡算命的习俗，许多土耳其人，尤其是女性，喜欢将沉淀于杯底的咖啡渣盖在盘子上，根据渣痕形成的模样来占卜推算当天的运势。这个习俗我在当地的咖啡馆里亲眼见过，据说还特别灵验，这样让我们在喝咖啡之余，更领略了几许神秘的异国情调。

3

埃斯基谢希尔市在伊斯坦布尔和安卡拉两大城市之间，俯视富饶的佛里吉亚谷。在土耳其语里，埃城的名称是“老城”的意思，公元前 1000 年左右，弗里吉亚人就在这里建造了第一座城市，古代地理学家将其称为小亚细亚半岛最美丽的城市。埃城现在是土耳其最重要的工业城市之一，也是一所大学城。我乘坐的城际大巴车在绵延起伏的山丘上穿行 6 个小时后，到达了阿纳多卢大学（Anadolu University）站。阿纳多卢大学成立于 1958 年，是土耳其的一所综合性公立大学，也是世界上最大的大学之一，下设 17 个学院和 30 多个研究所。AIESEC 协会在该校有分会，MMF 项目的工作人员大多是这所大学的学生和毕业生。

在埃城，用英语和当地人交流没有太大困难，虽说土耳其的唯一官方语言是土耳其语，但因该国地处亚欧交汇处，文化融合的优势使得大部分大学生以及相当一部分中小学生都能说很好的英语。下车后，在漫天纷飞的雪花中，我受到了 K 同学以及另外两位大学生朋友的热情欢迎。在异国的第一个晚上，我就借宿在了 K 同学的公寓里。第二天清晨，我早早地来到 AIESEC 办公室，和项目组的工作人员以及其他志愿者见面认识。埃城的 MMF 项目这次共有十多个国际实习生到来，除我和人大女生楠来自中国外，还有来自格鲁吉亚的 Anni、Lasha、Levan，来自阿塞拜疆的 Atasha，来自波兰的 Anna，来自德国的 Hadwig，以及来自哥伦比亚的 Laudi、Ivan，办公室里瞬间充满了多国面孔。大家都是同龄人，交流起来没有任何隔阂，感觉像是已经认识了很久的朋友。实习生们热情活泼，很快打成一片，接下来更像是一个大家庭似的，成群结队地穿行在这座小城里了。

国际实习生聚会（左一为作者）

MMF 项目顾名思义，就是遇见我的朋友，既让来自不同国家的实习生成为好朋友，也让实习生和协会工作人员、当地大学生以及中小学生成为好朋友。协会安排国际实习生前往当地的中小学，在课堂上分享各自国家的文化，和学生们交流沟通。我们每天的行程大致分为三个时段，白天国际实习生们奔赴不同的学校给学生们上课，至下午三点到五点结束一天的工作，然后回到办公室里参加会议，和项目负责人讨论实习进程情况，听听大家有什么想法以及有什么问题需要解决等，然后就是海阔天空地聊天，分享一天的有趣见闻，等到傍晚时分大家再一起出去晚餐，生活过得繁忙充实且有滋有味。

土耳其的中小学公共教育的氛围是非常轻松的，课堂气氛自由，学生们可以跟老师讨论任何话题，在老师面前表现自如，无拘无束。

学校上课的时间也很短，有的学校到下午三点就放学了，这在国内是完全不可想象的——三点就想回家？不可能！等到九点晚自习结束吧。虽然这里的高中生也要通过类似国内高考的考试才能进入大学继续深造，但根本就见不着如国内升学压力下的教学紧迫感。所以一开始，我曾严重怀疑过这种教育模式的质量。不过一位当地老师后来告诉我，说他们的学生在公共学校放学之后，一般还要到私立学校去补课，不过这种补课的紧张程度如何我就不知道了。经过初步接触，我认为当地教育的纪律虽然松散，但在教学内容上有一点值得羡慕，就是这里的学生学到的很多东西都是同年龄的中国农村学生学不到的。楠的一位学生在她上课时一个劲儿地猛给她拍照，回家后立马用电脑软件编辑制作了由照片组合而成的视频送给了楠，视频有背景有转场有音乐，真是很用心且有才华的制作。当然，虽然我很是羡慕这里课堂的轻松自如以及学生的技能丰富，但国内教育还是有值得肯定的地方，如我和楠用英语给学生们上课就完全没有问题，感谢国内教育体系给了我们十年左右的英语教育，实践起来效果还是不错的。

在两个月的实习期间，我先后去了埃城的 Muzaffer、Atayurt、Fatih Anadolu、Orhan Oguz 等几所中小学，给不同班级不同年龄层的孩子们上课，忙碌且快乐着。对于路途较远的学校，我需要每天早起和学生们一起乘坐校车前往。当地的孩子们活泼热情，在校车上就和我熟络起来，一个个让我给他们取中文名字，并让我写下来送给他们。取名字和做翻译一样，要“信、达、雅”才好，最理想的还要有一个好的寓意。记得我给其中一个女孩取的中文名字叫“佳人”，既与她本来名字的读音相近，又具有中国传统的古风意味，算是我的一份美好祝福吧！当然，有些学生的名字读音听起来就很奇怪，实在没有办法找到与之匹配的中文，就只好根据名字的含义来取对应意思的中文名了，也挺好玩的。到达学校后，一天之中，我奔波于各个教室，站在讲台上得讲六七个小时的课，激情飞扬声情并茂地给学生们分享中国文化。为把我们光辉灿烂的五千年中华文明尽可能多地介绍给外国友人，我精心准备了形式多样的题材与内容，包括介绍万里长城——土耳其人有突厥人血统，对长城很感兴趣，认为长城是为了抵御他们的祖先而修建的，讲解中国国旗上的五角星是怎么排布的，如何使用筷子——让学生们用筷子进行夹巧克力豆比赛，中国传统节日春节有哪些习俗，中国的茶文化，中国的服饰文化——让孩子们上台试穿我带过去的唐装，唐装一面是蓝色的让男生试穿，另一面是红色的请女生试穿，教一些简单的中国话问候语如“你好”“见到你真高兴”等，唱一首曲调悠扬的民歌《茉莉花》，聊聊中国功夫——介绍功夫明星李小龙、成龙、李连杰，以及影视剧《卧虎藏龙》，为了增加教学趣味，我还不忘露上一手简单的武术套路，最后给表现好的学生送上精致小巧的中国结当作礼物，这样一套“组合拳”下来，把这帮孩子们逗得兴趣盎然吱吱乱叫。当然，每天连轴转下来可是真累啊，此时我就一个念头，这里的学校下午三点放学可真是太好了！

当地高中在常规班级设置之外，还特别开设了一种语言小班。小班里的学生已经跟着英语老师学了好几年英语，准备继续读完大学后就去做语言老师。给语言小班的学生讲课相对更轻松和更深入，我说的所有内容他们几乎都能听懂，而且还有很好的反馈与互动。这样的交流更加得心应手，因此我很喜欢给小班学生上课。土耳其的学校很重视学生们的体育锻炼，全民都喜爱足球，因此和当地人聊足球是一个很好的打开话匣子的主题。另外，排球运动在当地也很普及，中小学的操场上常见师生们打球的身影，基础都挺不错的。土耳其排球联赛非常有名，水平很高，郎平教练曾在土耳其联赛中执教过，国手朱婷也曾在土耳其联赛中效力。在 Orhan Oguz 高中的体育馆里，我还与一位女学生打了一场羽毛球。当时这位学生 16 岁，学打羽毛球已经有 6 年，技术很好，成绩也相当不错，获得过埃城的冠军以及两次全国比赛的第二名。AIESEC 协会在阿纳多卢大学教学楼的休息区设有一块宣传阵地，室内摆放了一张乒乓球桌，在没有教课任务的下午，我常去那里与协会的朋友们聊天，和他们打打乒乓球，给紧张的实习生活带来一点轻松调剂。

土耳其人热情好客，亦礼貌周到，即使他们的英语不是那么流畅，也会主动与客人交流。他们也是很爱卫生的民族，从在大巴上用香水洗手就能略窥一二，而且家家都铺有地毯，当地的习俗是进屋之前都要脱鞋，然后坐在地毯上喝茶聊天。与我同去实习的楠在她分享中国文化的课堂上认识了一位名叫 Burak 的小男生，小家伙长得虎头虎脑的，闪烁着一双硕大的眼睛，着实可爱。他父母邀请我们去家里做客，我们受到了小男孩全家人的热情款待。这一家人有和蔼可亲的父母,有知书达理的姐姐,而且小男孩自身也才华横溢。他们准备了丰盛的饭菜款待我们，我们带去的中国风的小礼物也颇能增进初识朋友之间的友谊。跨国友人间的聚会温馨欢快，衷心祝福这一家人永远幸福快乐！

在 K 同学的公寓借宿了一个晚上后，我接着借住在当地一位朋友 Sonash 的家中。他是当地大学的毕业生，已经工作了并且一直在坚持上英语课，我们讨论了很多关于中国的话题，如中国经济发展的状况、机遇和挑战，中国的人口规模与生育政策，中国传统思想对家庭的重视和对婚姻的态度，外国人在中国工作能赚多少钱等。我们一群国际实习生还经常到当地大学生朋友的公寓里去聚会聊天，天南海北地聊各种话题，从文化到经济，从宗教到外交，还包括大学毕业后要去哪里发展、做什么工作，欧冠球赛，各国美食等，都是很有价值且有趣的观点和看法的交流。在 Sonash 的家中借住一段时间后，我接着搬到了当地三位男大学生 Ercument、Ugur、Coskun 合住的公寓。在 Ugur 的陪伴下，我抽空去观摩了他所在的大学美式橄榄球队的训练，在操场上同当地一个小男孩一起放风筝，还与旁边军用机场的两位保安大叔也聊了一会儿，其中一位便是放风筝小男孩的父亲。我们聊得既新鲜又开心，在操场草地上享受了一个阳光灿烂温馨友好的下午。

初到一个陌生又神秘的国度，周围的一切都让我觉得新奇，其中有两件与声音有关的事情特别引起了我的兴趣。

一是战斗机轰鸣：无论是大清早正在被窝里享受着美梦，还是一天实习工作结束后在办公室里与大家闲聊，都时不时能听到战斗机从屋顶上空呼啸而过的轰鸣。站在阳台上或走在街道上，时不时还能看到战斗机从头顶上方不远处飞过。战斗机的声音强烈持久，外形清晰可见，如此真切的感受每天都在重复上演。我特地问了K同学为什么会出现这种现象，他给出的大致解释是，在近几十年的时间里中东局势一直处于水深火热之中，土耳其又东临伊朗、伊拉克，所以要出动战斗机进行常规巡逻，这也是土耳其强大国防力量的体现。土耳其对其公民服兵役亦有严格要求，大学生在毕业后都必须到军队服役两年。在埃城当地就有一个空军基地，是土耳其第一战术空军队和北约在冷战时期南线的总部。历史上，奥斯曼帝国的铁骑曾让整个欧亚大陆为之胆寒，如今，土耳其军队被认为是中东地区最强的军事力量，其军队规模和武器装备水平不仅是中东地区的第一，在全球也是名列前茅。

二是清真寺祷告：伊斯兰教对祷告非常重视，穆斯林信徒必须每天在固定的时间做礼拜五次，所以每天从早到晚在五个固定的祷告时间，都会听见从清真寺宣礼塔上的大喇叭里播放出来的绵长悠远的祷告音乐。每到祷告时间，伴着召唤音乐，穆斯林们都会进行清洁后脱鞋进入清真寺，默读或诵读《古兰经》，虔诚且庄严。

土耳其的祖先突厥人是游牧民族，烤肉、烤饼、酸奶构成了民族饮食的基础，又因小亚细亚地区境内物产充裕，各种高山植物提供了丰饶的香料来源，在漫长的历史进程中与各种文化交互作用，融合了中亚、中东与地中海特色，再配上奥斯曼宫廷时期花样翻新的烹制方法，由此变化出口味层次丰富、品种繁多、鲜美诱人的土耳其菜肴，既带有中东地区大口吃肉的特色，又兼具欧洲西餐的繁复精致。

中东和西亚有几千年的面食历史，撒着芝麻的面包圈是在土耳其广受欢迎的早餐主食。这种圆形的面包圈是大街小巷常见的街头食物，常有推着玻璃箱小车的大叔在贩卖。制作方法是在小麦粉里加入糖和黄油进行揉搓，制作成圆圈状的面团，然后撒上白芝麻，放入火炉里烘烤。刚烤出来的面包圈酥软金黄，扎实有嚼劲儿，咬上一口，浓浓的芝麻香和麦香马上会在嘴里蔓延开来。除单吃外，还可以把芝麻面包圈切开，夹上奶酪、番茄、橄榄或者蘸着果酱吃，如果再配上一杯土耳其红茶，唔！就是一份完美地道的本地早餐！

当然，以上只是最简易版的早餐配置，当地还有一种传统的享用时间更长的早餐叫 Serpme kahvaltı，食材包括番茄和黄瓜拼盘、面包、香肠煎鸡蛋、本地糕点等，并配有黑橄榄和绿橄榄、黄油、蜂蜜、当地奶酪和炼乳、带有香料的橄榄油、各种各样的果酱、红辣椒酱等，一份一份用小盘子装着可以摆满整个餐桌。这种丰盛的早餐已不仅是一顿早餐，更是一种社交、共享和品尝的体验。当地人在周末外出时，常会在海边、乡村的咖啡馆或餐馆等地方，一边欣赏美景，一边与家人、朋友、邻居、亲人享用丰盛的早餐，真是悠闲自得的好生活。

面食中，土耳其披萨（Lahmacun）是当地常见的国民美食。据说土耳其披萨是风靡全球的意大利披萨的祖先，征服者穆罕默德二世在攻陷意大利后，将其带入了亚平宁半岛，逐渐演化成了现在的披萨。如今，这一美食在西亚古文化的起源地——两河流域、“肥沃新月”地区（巴勒斯坦、黎巴嫩、叙利亚、约旦、伊朗等国所在地）

也非常普遍。土耳其披萨是一种碎肉薄饼，特点是饼皮薄而平，制作时把羊肉或者牛肉肉糜和番茄洋葱青椒碎混合，佐以香料，均匀地抹在薄饼坯上，不加芝士直接放入烤箱。烤上几分钟后，披萨热乎乎地出炉，可以搭配沙拉、欧芹和芝麻菜，再挤上一点柠檬汁卷起来吃，就像墨西哥卷饼一样。这道美食在土耳其的街边巷角都能买到，几乎每个居民区都有受欢迎的店。它包含了一半肉和一半蔬菜，营养健康没有肥腻的脂肪负担，买来当简餐或者零食都是很好的选择。

当地还有一种传统的面食叫土耳其饺子，最初是由中亚游牧部落在 13 世纪从中亚带到土耳其的，如今已遍布土耳其各地以及亚美尼亚、阿富汗和中亚等地区。土耳其饺子跟国内有名的沙县小吃中的云吞非常像，样子像，做法也像，里面塞满了绞肉、洋葱和香料，也有改良版的饺子加入了三文鱼、菠菜、鸡肉等食材，可以煮着吃，也可炸着吃。不同之处在于当地最常见的搭配佐料是冷酸奶和用大蒜制成的酱汁，口味独特，对于这样的搭配，中国人恐怕一时半会儿是适应不了的。

虽然面食在土耳其的主食中占据主导地位，但米饭料理在当地也较为常见，比较著名的是朵尔玛（Dolma）和萨尔玛（Sarma）。二者很相像，其中朵尔玛的意思是“填充的东西”，是把食物填充进去，类似酿茄子的做法，制作朵尔玛的蔬菜通常包括茄子、洋葱、西红柿、西葫芦和辣椒等。朵尔玛在当地家喻户晓，其受欢迎程度完全可以与蛋炒饭在中国的地位相媲美。萨尔玛的意思是“包裹的东西”，是把食物包起来，类似中国的粽子。后来奥斯曼人学会了用葡萄叶包裹蔬菜、大米和香料的技术，这种酿叶子最早出现在七世纪初期的宫廷里，经过包装后，这道菜就被称为萨尔玛了。对于许多土耳其人来说，萨尔玛就是家的味道，几乎家家都会做，每家都有独特的配方。萨尔玛的馅料有很多成分，首先要用热水把大米浸泡半个小时，然后加入羊肉末、洋葱、葡萄干、松子、干小麦、红辣椒等食材，并加上辣椒粉、番茄酱、香料等调料充分搅拌，再捏成手指般粗细的条状，用被盐腌制过的葡萄叶包裹住，最后一个个码放在容器内，搭配美味的汤汁，用小火炖煮。传统萨尔玛的包裹物通常为葡萄叶，也可以用新鲜蔬菜的叶子制作味道更加清甜的萨尔玛，如白菜叶、卷心菜叶、羽衣甘蓝和甜菜叶等。

作为游牧族人的后代，土耳其人无肉不欢。烤全羊是土耳其人招待贵宾的最隆重的特色菜肴，做法是将一只嫩羊羔去掉羊皮掏空内脏，在肚子里塞满大米，放入许多葡萄干、杏仁、松子等，在火上烤炙。烤熟的羊羔肉鲜美异常，又香又嫩，羊肚里的米饭很像中国的八宝饭，不过因为加了盐是咸口的。要说我们最熟悉的土耳其菜，当属旋转烤肉（Doner Kebab）了。这种烤肉又称亚历山大烤肉，得名于它的发明者，19 世纪晚期奥斯曼帝国的亚历山大阿凡提。旋转烤肉是土耳其地地道道的本地美食，烤肉界的扛把子，被视为土耳其美食名片而享誉全球，其地位相当于北京烤鸭。旋转烤肉也是一种性价比很高的食物，按照当时的汇率折算，大概花上五六美元左右就能吃到撑。壮观的烤肉柱和四溢的香气是土耳其街头一道亮丽的风景线。旋转烤肉的主要原料是牛肉、羊肉或者鸡肉，在肉中加入适量的盐、酸奶、牛奶、洋葱、本地草药、辣椒等十余种调料，然后搅拌腌制，再抹上油，用一根粗大的铁棍将肉一层层串起来并反复捶打夯实，做成一个巨大的直筒形肉团。接着将肉团放在旋转式烤肉机前不停地转动烧烤，当表层的肉烤熟至焦香后，厨师就用长刀将肉一片片切下来。切下来的肉用托盘上的油搅拌之后可以直接食用，也可以用薄饼卷起来，配上洋葱、生菜、番茄，淋上咸的酸奶酱一起食用。咬上一口旋转烤肉，肉汁四溅、满齿留香，是很过瘾的美食享受，尽显游牧民族的豪爽。

在当地餐厅里，我们常吃的还有另一种烤肉，叫作长条辣烤串

（Adana Kebab）。制作方法是把当地特色羔羊肉加肥膘剁碎，加入洋葱、大蒜、小茴香、红辣椒等配料后将肉串上，用木炭烤熟。吃的时候上面会再撒辣椒粉或香料，味道香辣十足。当然吃烤肉并非只有简简单单这么一盘烤肉而已，还会搭配各式各样的小菜，常见的有洋葱丝、腌橄榄、烤西红柿、烤青椒、胡萝卜沙拉、香菜碎、新鲜薄荷叶或龙蒿叶等。吃法是先将肉串切成数小块，拿一片面皮夹着肉，放上配菜，再滴上柠檬汁，一口塞到嘴里，味道超级棒，很对中国人的胃口。

除了旋转烤肉和长条辣烤串，土耳其肉丸（Kofte）也是所有本地人的心头好。整个土耳其有数十种肉丸类型，各地具有不同的风味，多以牛肉、面包、洋葱和荷兰芹混合搅碎成肉泥，然后用黑胡椒粉、盐和小茴香等调味，做成球状或饼状，或煎或炸或烤或煮，然后搭配番茄酱或奶油芝士再撒上罗勒碎一起食用。或炸或烤的肉丸，金黄酥脆的外壳里面包裹着浓香的肉汁，香味诱惑着味蕾，一口咬下去就能让美味完全爆发。我们有很多人都去逛过闻名全球的宜家家居（IKEA），到过宜家的人几乎都在具有瑞典风格的卖场餐厅里享用过香喷喷、圆滚滚、一口一个的瑞典肉丸（Swedish Meatball），据说这款瑞典代表性的小吃其实起源于土耳其肉丸。瑞典政府的官方宣传账号就曾发文进行了表态，说瑞典肉丸其实是瑞典国王查理12世于18世纪初根据从土耳其所得的食谱制作而成的。这一“供认”引起了两国网友的热议，有瑞典网友就打趣说“我的人生都是一个谎言”，让人忍俊不禁的同时可见土耳其肉丸的历史之悠久。

主菜吃完后最后再来点甜点。土耳其人嗜甜，街头巷尾随处可见装修精美灯光明亮的糖果店，卖有如宝石般的土耳其软糖（Lokum）。软糖名称在当地语言中的含义是“喉咙的安慰”，如诗一样表意地形容了软糖的甜蜜和带给人的幸福享受。软糯轻弹的土耳其软糖的历史可以追溯到15世纪，到18世纪末时被人们喜爱并开始大量生产。这种软糖用蜂蜜、果汁、果胶制作，再混上开心果、榛果、夏威夷果仁等各种坚果，或者加上花瓣、水果干做成，入口香甜细腻，能给人带来浓郁的味觉体验，让人仿佛被甜蜜包裹，回味悠长身心舒畅。在电影《纳尼亚传奇：狮子、女巫和魔衣橱》中，小男孩爱德蒙对土耳其软糖喜欢得如痴如醉，白女巫贾迪丝就是用这种裹满糖霜的软糖来诱惑他叛变。各国吃货也为之疯狂，毕加索曾经在完成他的作品时吃土耳其软糖，丘吉尔和拿破仑最喜欢加了开心果的土耳其软糖。这种软糖的甜度对中国人是个谜，因为它比亚洲普遍口味软糖的甜度要高上好几个阶梯，对我们来说，这种甜可以说是甜到发腻甜到头皮发麻甜到怀疑人生，吃上一两块就可以瞬间真切地感受到血糖飙升。

还有一种被称为土耳其“贵族甜品”的果仁蜜饼（Baklava）也是甜食代表。它其实是一种东方版的千层酥饼，薄如蝉翼的面皮层层叠叠地刷上牛油，中间包裹上各种切碎的如核桃、杏仁、开心果等坚果果仁馅料，切成精致的方形或菱形，放入烤箱烘烤，上桌前再淋上蜂蜜或者砂糖熬成的糖浆调味。吃法上，拿着刀叉品尝果仁蜜饼会有一点失去当地特色风味，正确的吃法是用拇指和食指夹住整块糕点放入嘴中，然后大口咀嚼，蜜饼酥松香脆，入口即化，蜜糖和果仁的味道充盈味蕾。这种可爱的糕点最先出现在伊斯坦布尔的托普卡帕宫（Topkapi Plalace）的皇家厨房中，为了取悦奥斯曼帝国的最高统治者苏丹（Sultan）而制作。这种甜点曾经是统治者对士兵们的最高等级犒赏，后来成为整个奥斯曼帝国的时尚，在岁月的沉淀中，如今果仁蜜饼被普及至大众，并逐渐成为土耳其最重要的文化符号之一。

说到甜品，当然不得不提土耳其冰激凌（Dondurma）。买这种被誉为“会飞的冰激凌”的顾客，首先要做好被店员“调戏”一番的心理准备。技艺高超的小贩会像玩杂耍般把一团冰激凌黏在一根长长的金属棒上，用极快的手速360度在顾客眼前晃悠，让人眼花缭乱。顾客想要去抓冰激凌则永远会慢一步，美味明明就在眼前可就是抓不到，有时只能站在原地尴尬地看着店员耍宝，而冰激凌摊主偏偏喜欢顾客们垂涎欲滴又无可奈何的样子。小贩的售卖方式极富热情和快乐，充满趣味，购买过程可以演化为一场超乎寻常的表演秀，能为客人和孩子们提供丰富的娱乐效果和开心的购买体验。没有一个土耳其冰激凌的店员不爱调戏顾客，这甚至已经成为他们的职业特色，当然如何做到既有趣又不得罪顾客，是每位店员的必修课。我们平常吃的冰激凌是松软顺滑的，而土耳其冰激凌则非常黏稠且富有韧性，上下左右颠来倒去都不会掉下来，其秘诀在于制作过程中不添加水，并额外添加了兰茎粉。这种兰茎粉原料中的葡甘露聚糖能减慢雪糕融化的速度，令雪糕的质地更加黏稠，因此也让土耳其冰激凌成为世界上最坚韧、最有嚼劲的冰激凌。兰茎粉并不容易取得，它只能在土耳其卡赫拉曼马拉什（Kahramanmaras）的野生兰花块茎上获取，因此受到了严格的控制，只有土耳其人才能买到。正因为土耳其冰激凌具有易黏稠这个特质，店员们需要在空闲时一直搅动冰激凌，防止变硬凝固。听着店员们“咣咣”地敲着装冰激凌的大桶，唱着欢快的歌曲，再把金属棍挥舞得眼花缭乱和客人各种逗趣时，真心觉得这卖的不是冰激凌，他们卖的就是土耳其的快乐啊！

周杰伦曾写过和演唱过一首非常具有私人化风格的歌曲《土耳其冰淇凌》，这首歌曲不是那么热门，颇具实验性的曲风将大量复杂的元素包括爵士、拉丁、电子、RAP、OLD SCHOOL、中国风、古典钢琴、现代音乐变奏等揉进了一首歌曲中，在频繁的转调中进行有机结合，充满了迷幻音乐的味道和神秘莫测的感觉。他把这支歌曲也变成了一支魔性的土耳其冰激凌，让听众怎么抢也抢不到，总是出乎意料，就像歌词中唱的那样，“就像卖个冰，还能秀杂技”“谁说拍中国风，一定要配灯笼。谁说写中国风，一定要商角徵羽宫。我干脆自己下车，指挥乐坛的交通，管它什么曲风”。

甜食具有神奇的功能，特别能解压，仿佛能激发人快乐的细胞。对于甜蜜食物的功能，先知早有预言，《古兰经》里有句著名的经文“享受甜蜜的味道是虔诚的一个标志”，土耳其也有一句古老的格言“吃甜食，说甜话”（Eat Sweet, Talk Sweet）。即使是不喜欢吃甜食的外国人，如果在当地生活时间久了，也会在不知不觉中习惯当地无甜不欢的生活方式。

对了，说完了吃的还得说一说喝的。除我在前面提到的两大国民饮料——土耳其红茶和土耳其咖啡外，当地还盛产樱桃，在实现车厘子自由的同时，清甜爽口的樱桃汁（Kiraz）在当地非常普遍，我几乎每餐必喝一罐。有一点儿突破普通中国人认知的是，大多数人都知道中国各家生鲜电商超市进口的樱桃大多来自智利、新西兰等国，却不知土耳其是全球樱桃产量最高的国家。官方数据显示，2017—2018年樱桃季，土耳其樱桃总产量约53万吨，相当于美国、加拿大与智利樱桃产量的总和。那既然土耳其产的樱桃如此之多，为何我们在国内却很少看见它的存在呢？原因在于，土耳其樱桃的成熟期大多集中在五月至六月，这个时间正是国内以及加拿大、美国等国樱桃成熟的季节，我们进口相应较少；而智利、新西兰、澳大利亚等国在南半球，樱桃的成熟期在11月至次年1月，正好是我们国家春节期间阖家团圆的日子，国人们置办年货的热情刺激了来自南半球国家的樱桃大量进口，所以我们也就更为熟悉了。土耳其产的樱桃近一半在当地销售，其余的用于深加工或出口，主要出口对象为欧洲国家，其中德国、俄罗斯和挪威位居前列。值得注意的是，随着“一带一路”倡议的持续推进，沿线中亚国家中已有塔吉克斯坦和吉尔吉斯斯坦的鲜食樱桃进入了中国，相信土耳其也会借着倡议的东风逐步把樱桃送到中国消费者的餐桌上。

另外，土耳其当地的酒类产品也相当具有特色。土耳其本地酿造的酒类品种有啤酒、葡萄酒等，还有一种独特的被称为土耳其国酒的茴香酒——拉克酒（Raki），堪称一绝。拉克酒是地中海地区人们经常饮用的烈酒，酒精度数约为45度，属白兰地酒类，用茴香油和蒸馏酒配制而成，其中用八角茴香提炼出的油制成的茴香酒多用于开胃酒，用青茴香提炼出的油制成的茴香酒多用于利口酒。配制拉克酒使用的蒸馏酒，在不同地区采用不同的水果精心酿制而成，最常使用的水果有葡萄、无花果和李子等。拉克酒口味浓香刺激，茴香味道醇厚，馥郁迷人，更为特别的是一杯清冽透明的拉克酒在兑入纯净水后会瞬间变得如牛奶般乳白，颇为神奇，因此这种酒也有着"阿斯兰狮子奶"（Aslan Sutu）的独特称呼。"阿斯兰"在土耳其通常被认为是一个坚强、强壮的人，称拉克酒为阿斯兰狮子奶，寓意这种酒是赐予强者的牛奶。另外，虽说酒在兑水后变色只是简简单单的一个化学反应——乌佐效应，也称悬乳效应或自发乳化，指水被兑入某些茴香酒或烈酒中时因疏水性精油聚集而产生的一种乳白色悬乳状的水包油型微颗粒的反应，但这种变化却在无形中让人产生一种如梦似幻的感觉，为此当地人说拉克酒是爱神为恋人所调制的美酒，是两种清澈透明的液体调和而成的白色爱情。土耳其人喝拉克酒时，要有水，还要加冰块，配上奶酪和各种小菜。每当周末，所有餐厅酒吧都会坐满人，到处都可以看到人们随音乐举杯畅怀开饮的场面。

4

来自世界各地的国际志愿者和当地的大学生朋友们在一起相处了近两个月，在这个过程中发生了很好的化学反应，彼此间培养了深厚的感情。

大家带着不同的文化背景，乐意分享自己国家的人文特色，也愿意了解他国的文化特点。为此，由项目组织者倡议，每个国家的志愿者都特地拿出一个晚上来举办自己国家的文化之夜活动。在经过了格鲁吉亚之夜（Georgia Night）、波兰之夜（Poland Night）、哥伦比亚之夜（Colombia Night）之后，来到了我和楠主办的中国之夜（Chinese Night）。我们两人为这场活动特地盛装搭配出席，她穿了红色旗袍，我则穿了蓝色唐装。我们为中国之夜精心准备了五个特色单元，分别为中国传统文化的简要介绍、使用筷子比赛、品味中国茶、介绍2008年北京奥运会、中国传统民歌演唱。这些环节对所有的国际实习生和当地大学生朋友们来说都新奇好玩，现场气氛热烈，参与者大呼过瘾，我和楠也算是为国扬了一次威，民族自豪感瞬间爆棚。

在哥伦比亚之夜的聚会上，我认识了一位名叫Yahya的当地大学生，和他聊得非常开心。他的一个朋友在周末过生日，于是他也邀请我一同去参加这位朋友的生日聚会。周六我与同事们的午餐聚会持续到下午两点，Y同学和他的两个朋友来餐厅接我，我们一起来到了一家咖啡厅。这家咖啡厅小巧精致，富有民族特色，沿着旋转楼梯上去是如家庭般温馨布置的格局。在这里我与Y的十多个同学见面，一一打过招呼，然后把从国内带来的小礼物送给了过生日的女同学，看得出她非常喜欢。生日聚会的过程中，在这位女生毫不知情的情况下，她的同学们和她远在伊斯坦布尔的男友共同策划，让她的男友突然捧着生日蛋糕出现在了她面前，带来了出人意料的惊喜！后来我给楠描述这个场景时，她说如果她有这样的时刻，肯定会激动得哭出来，真是好感人的一幕！接着我们唱生日歌，吃蛋糕，玩一种当地的传统纸牌智力问答游戏，在一片欢声笑语中开开心心地度过了一个下午。

在另一个悠闲的周末下午，国际实习生们组团去逛了埃城的老城区 Odun Pazari。埃城历史悠久，老城区聚集着当地的传统文化，我们参观了富有民族特色的石雕商店和弥漫时尚气息的玻璃艺术展厅。参观过程中，当地的一位艺术家为我创作了一幅包含我的名字拼音的具有阿拉伯风情的书法作品，我也回赠了一个中国结，宾主尽欢。

为了丰富国际实习生们的业余生活，项目组织者特地带领大家一起去了布尔萨（Bursa）滑雪，度过了两天快乐的“雪山之巅”（Top of the Mountain）的周末时光。

布尔萨位于土耳其的西北部，靠近马尔马拉海，是乌鲁山北麓的一座山城。这座城市的旅游业和农业非常发达，冬天尤以滑雪闻名，附近的乌鲁山上有土耳其最大的滑雪场和冬季运动中心，每年的 12 月到 5 月是滑雪的最好季节。当夏季冰融雪化时，当地山脉矿泉涌出，为城市提供了充足用水，灌溉着众多公园和果园，此时城市满目皆为绿色，因此又有“绿色布尔萨”之称。

从埃城到布尔萨大概 160 千米，乘坐大巴全程需要 3 个小时。我们大清早即从埃城出发。在前往布尔萨的一路上我发现，这片区域简直是一个汽车工业中心，道路两旁全是知名的汽车公司，菲亚特和雷诺在此均设有工厂，而且在埃城还有一个奔驰研究中心，由此可见土耳其的汽车工业是相当发达的。在逐渐靠近布尔萨时，我透过车窗第一次看到了雪山，只见山峰威严耸立，气势雄浑壮阔，尤为壮哉。

到达布城，我们首先前往 AIESEC 协会在当地的办公室。办公室位于一座山的半山腰上，顶层有一个阳台，那里视野开阔，极目远眺，风景优美。这座城市很像中国的山城重庆，房子沿着山坡鳞次栉比排布开来，五颜六色参差着往上延伸。伴着山间的明媚阳光与和煦微风，我们与来自其他城市的实习生们一起在办公室聊天和享用了早餐，接着乘坐巴士入住位于 KARKAY 雪山半山坡的滑雪中心酒店。稍事休息后，午餐是自助烤肉，配上面包、可乐、果汁等，丰盛且美味。协会工作人员的外交能力颇为强悍，为此次活动拉来了众多知名公司的赞助，满满一个宣传板上全是赞助商的标志。赞助费用覆盖了我们规模庞大的组团人员的食宿，毕竟这里的消费水平不低，滑雪中心酒店的房间大概就要100多美元一晚，再加上一日三餐的费用，有赞助就宽裕多了。

接着一行人去试穿了滑雪鞋，领取了滑雪服，然后直接奔赴雪山，开始当天下午的活动——单人雪橇。雪橇的操作相对简单，前面有方向盘可以掌控方向，左右两边有刹车用来控制速度。乘坐雪橇从雪山上往下滑时，风从耳边呼啸而过，速度感极为强烈。困难的是要把沉重的雪橇从山脚再拖到山顶，好在第一天体力充沛，加之雪橇滑道也不算高，因此整个下午我往返了多次，兴致高昂。雪橇活动结束后，我站在雪坡上，近距离静静地欣赏了一会儿黄昏里的雪山，落日余晖给整座山峰铺满了金色耀眼的外衣，美景震撼心灵。

一帮年轻人聚在一起，派对是必不可少的。晚上十点，派对正式开始，迪厅里音乐声震耳欲聋。我不是疯狂迷恋泡吧的人，在见识一下后就跑到酒店大堂去观看足球比赛了。土耳其人对足球很狂热，联赛水平也很高，土耳其国家足球队曾在2002年韩日世界杯上获得季军，取得了他们历史上参加国际大赛的最好成绩，不可思议地创造了星月神话。看球期间，我与当地来自另外一家知名事务所的税务部门的合伙人聊了起来，他是来滑雪胜地享受悠闲周末假期的。谈话间这位合伙人专业的业务能力让我佩服，但也遇到了文化冲突，他对中国人的饮食习惯存在一定的偏见，认为中国人什么动物都能吃，这也是我遇到的很多土耳其人的普遍认知。对这样的看法我当然不能赞同，用比较坚定的态度和他认真讨论了半天，纠正他的认知偏差，坚决捍卫了我大国风范。

第二天一早，在享用完烤肠、西红柿和黄瓜的早餐后，全体成员都换上了齐备的滑雪行头。看一下我换好的装备，红色滑雪服配上黑色滑雪裤，外加手套和棉帽，穿上滑雪鞋，全身上下焕然一新。接着取上滑雪板和撑杆，向雪山进军！

坐上悠长的缆车，缓缓奔赴山顶。朝前望去，高耸的雪山就挺拔在那里，自然界的鬼斧神工有时候会让人的心猛然间颤抖一下，因为壮丽得无法用言语形容。缆车下边是陡峭的雪道，有滑雪高手留下的优美的“之”字形滑迹。自然界创造了雪山，人们用滑雪板完美地与大自然相处，寻求刺激、挑战以及和谐。

这是我第一次滑雪，每一步都是新奇的体验。在山顶上一小块坡度稍缓的练习场上，我简单地试了一下滑雪板后，就壮着胆子满心欢喜和期待地滑向了雪道。虽说初生牛犊不怕虎，但对驾驭滑雪板这件事我明显没有任何经验，完全不能随心所欲地控制好方向和速度，在看到坡度较大的地方时就顿时没了信心，心想会不会越过高地接着腾空而起，然后重重地摔上一个狗啃泥呢？……好吧，咱还是老老实实地从旁边冲过去。初次滑雪，我基本上是一个模式，先是直线加速往下冲，然后眼看着控制不住速度了就重重地摔倒在雪地里。对于初学者来说，会不会滑、滑得好不好其实都没关系，最紧要的是要掌握好正确的摔倒姿势，防止自己受伤。正确的做法是在快要摔倒的时候，尽量把身子蜷曲起来朝侧边摔倒，因为滑雪板有一定的长度，且手里撑着雪杆，往前滚或往后仰危险系数都太大，最佳选择就是侧边了。初次体验我也顾不上摔倒的姿势有多么不潇洒，只是一路艰辛地摔倒又爬起来，重复相同的节奏，累得气喘吁吁，终于把这一趟给滑下来了。如此试了几次，有了一点小小的经验积累，下午再继续时就明显感觉到熟练多了。看来滑雪真是个技术活，要多体验多练习方可熟能生巧。当然，如果有专业教练指导那就更棒了，打好基础以后才能越滑越好。

快乐的时光总是短暂的，时间接近傍晚，阳光逐渐微弱，该下山了。在布尔萨的这个周末，我用探索且愉快的心境初次体验了滑雪这个充满挑战和乐趣的项目，加上与年轻朋友聚在一起，和国外友人进行了友好深入的交谈，氛围轻松活泼，让我意犹未尽、恋恋不舍。

5

在埃城的时间不知不觉就过了两个月，天下没有不散的筵席，实习期马上就要结束了，我也即将准备返程。在离开埃城的前一晚，实习生们在酒吧举办了一个告别派对，一边喝酒一边聊天，接着转场烤肉餐厅再一次享用当地美食，道别时彼此拥抱、祝福。返程当天，我把一个年年有鱼的中国结挂在了埃城 AIESEC 协会的办公室里，把最美好的祝福和寄语留在这个充满过欢声笑语其乐融融的地方。

4 月的埃城已经春意盎然，阳光照在身上暖暖的。室友 Ugur 送我到巴士总站，和他道别时，我心头已有一些感伤。巴士经过阿纳多卢大学站时，我旁边的座位上来了一位朋友 Timur。他开朗幽默，一路上我们热情地攀谈了起来，讨论了很多话题。他六年前从阿纳多卢大学经济系毕业，接着在伊斯坦布尔经营玻璃制品生意，他的女朋友在这所大学的经济系当老师，所以他经常往返两地。颇有缘分的是，他还曾经到过中国，在北大留学了八个月，那时正是 SARS 肆虐京城的时候，他说在北京经历的那一段时光对他来说非常特别，也是很需要勇气的。从埃城到伊斯坦布尔的车程有六个小时，中间在一个小镇停留，我和 Timur 下车到餐厅喝茶。穿过大厅，来到阳台边上的座位上，眼前就是开阔宁静的佛里吉亚山谷，薄雾弥散，阳光迷人。

当我乘坐巴士再一次穿过伊斯坦布尔跨海大桥时，令人心醉的景色再次冲进我的视野。金色阳光铺满了整个博斯普鲁斯海峡，白色帆船在海面上随风起伏，成群的海鸥逐波翱翔，靠山临海的房子层层叠叠沿着山势铺开，蓝色清真寺显得更加静谧和安详。我明白，这是要离别的时候了。

巴士到达伊斯坦布尔汽车总站，我站在宽阔的广场上，周围全是异国他乡的陌生人。这种感觉就像是一个人去勇敢地闯荡世界，有一种洒脱豪迈的无畏，又有一种成就感带来的喜悦，既平静又兴奋，难以描摹的复杂情绪交汇心间。在与 Ercument 的朋友 Cagatay 顺利碰面后，我来到他的公寓借宿一晚，准备乘第二天的航班回国。吃过晚饭后，我们一起去逛了伊斯坦布尔著名的商业街 Grand Bazaar，这条街也是当地最大最古老的市集，汇集了上千家卖各式各样琉璃灯的商店。夜已深沉，华灯璀璨，人流穿梭在流光溢彩的街道上。虽然没有太多时间在这里仔细旅游和体验一番，但窥一斑而见全豹，伊斯坦布尔既有商业活力，又有文化积淀，尽显作为国际大都市的风范。

第二天，我在另外一位朋友 Emin 的帮助下，顺利抵达了机场。返程航班准点起飞，中间也是在多哈转机，我再一次感受了卡塔尔航空的周到服务。经过几乎一整天的行程后，飞机顺利地降落在上海浦东国际机场，我又重回到了祖国母亲的怀抱。

回国后不久，我即将入职的会计师事务所组织了一次酒会，参与实习的准职员都在会上做了实习总结展示，分享各自的收获与感悟，至此本次实习正式结束。

在异国他乡实习的两个月，我投入了思考与实践，也收获了见识与感动，将这些归纳总结起来，主要有以下三点。

第一，锻炼了胆量。独自一人飞往一个陌生的国度，在文化差异巨大的城市生活了两个月，我在一个新的环境里得到了成长，胆量增大了，自信心也增长了。

第二，增长了见识。读万卷书、行万里路，方能开阔视野。这段实习经历不仅让我体验到了当地的风土人情，更让我感受到了文化冲突与融合的魅力，和而不同，有容乃大。

第三，结识了朋友。土耳其当地的人们普遍热情友好，一帮国际实习生和项目组织者相处其乐融融，合作氛围愉快，建立起了深厚的感情。结识的这些朋友让我感受到了真诚和温暖，让我收获了珍贵的友谊。

感谢楠，实习期间能有一个同胞在身边，可以随时沟通和相互参谋出主意，感觉非常安心。难忘埃城的冬天，太阳快落山时，有风又飘了点雨，温度已经很低，楠说她最想吃的竟然是冰激凌！好吧，我也有点想吃，于是两个中国人就在异国他乡傍晚寒冷的街头一边逛街一边吃起了冰激凌。后来我们还搭档成功举办了中国之夜派对，为传统文化的输出事业尽了自己的绵薄之力。

感谢来自不同国家的志愿者们，让这个项目非常的国际化。是缘分让我们聚在了一起，办公室里常常热闹非凡，思想碰撞的火花不时绽放，文化交流的乐趣感染彼此，真正诠释了“地球就是一个村，我们都是一家人”的理念。

感谢我的三位室友，Ercument、Ugur、Coskun，他们是典型的土耳其大学生，性格活泼、乐观开朗。我们在公寓的生活精彩丰富，一起谈天说地，一起喝兑了樱桃汁的伏特加，这种混合饮料的味道很好但劲也很足，我喝了三杯后直接有点茫然……

感谢 MMF 项目的所有组织者，办公室管理层老大 Kutay，管理层成员 Cansu、Engin、Dogu、Serda、Coskun、Ferayi 等，他们都是既称职又乐于助人的工作伙伴。好朋友 Yasemin 教会了我很多有用的土耳其语，Egeman 给予我很多关于实习的好建议，指导组的其他成员 Kerkin、Serap、Ezgi 等，都在项目进展中给予了我很多帮助。当地的大学生朋友们，Ihsan 的人格魅力和风度让我佩服，Yahya 的亲切让我们一见如故，Mustafa 热情地邀请我们去他家里喝茶，Can 则比较腼腆但我们也交流了很多。感谢到机场车站接送我的伙伴们，感谢 Timur 在我的返程途中一路与我聊了很多有趣的话题，一起欣赏峡谷的美景，非常荣幸与这些朋友们相识相知。

感谢小男孩 Burak 和他的家人给予的热情款待，感谢 Muge 老师带领我参观当地学校的环境，感谢胖胖的虽然教的是数学但英文很好的 Necip 老师，我们聊得非常投缘，他既幽默又勤奋，下班回家陪两个可爱的女儿玩耍后，还要在午夜继续学习和申请美国的博士。还有许多其他的老师和可爱的孩子们，他们都深深地留在了我的脑海里。

感谢这一次实习机会，让我感受到了文化交融的神奇，体验到了不同文化之间碰撞和交流的乐趣。这次实习让我更加懂得如何微笑地面对各种各样的突发状况，如何更好地与朋友们合作共事和交流分享，以及如何用感恩的心拥抱生活、邂逅每一次际遇。

告别这一段充满异域风情的美好时光，告别星月之国我可爱的朋友们，把实习期间两个月快乐的点点滴滴收藏起来，铭记于心，重新出发。这一段实习是我人生中重要的经历之一，让我收获成长的同时，也奏响了我职业生涯的开幕曲。

英伦风情

1

2019 年，妻从清华大学人文学院英语系硕士毕业，顺利申请到了英国埃克塞特大学（University of Exeter）英语文学系继续攻读博士学位。9 月，我们首飞英伦三岛；来年春节，我又重访英国西南郡。为此而记英伦风情之旅。

首飞英国，我们的航班是下午两点从北京出发，经过 10 多个小时的航程，直达伦敦。因为时差原因，当地此时还正值傍晚，天空霞光璀璨。英国在一年之中实行两个时令，分别为夏令时和冬令时。由于英国地处北纬 50 度到北纬 58 度之间，属于较高纬度的地区，因此夏天日照时间长，冬天日照时间短。从感官体验上来说，英国夏天晚上八九点钟的时候，看起来还像国内下午五六点的样子；而冬天才到下午四点左右，天空已经就黑得像半夜一样了。为在夏天充分利用光照资源，节约照明能源，并提醒人们要早睡早起，英国会在每年 3 月的最后一个星期日到 10 月的最后一个星期日实行夏令时，将时钟往前调快 1 小时。其余时间则实行冬令时，时钟拨回标准时间。有意思的是，为与调整时令的初衷相匹配，夏令时的英文叫作 Daylight Saving Time，也就是“节约日光时间”的意思，此时与中国相差 7 个小时的时差；而冬令时的英文则是标准的 Winter Time，与中国的时差为 8 个小时。

飞机缓缓降落在伦敦希思罗机场（London-Heathrow Airport，LHR），过海关、取行李。希思罗机场是全英国乃至世界上最繁忙的机场之一，海关工作人员的效率也挺高，只要护照和签证符合要求，都会“咔咔”快速盖上戳，不会过多盘问，从而让旅客顺利通关。机场里有许多带有“银联”标识的 ATM 机，可以用银联卡直接兑换取出英镑（GBP），快捷方便。近几年英镑和人民币的汇率保持相对稳定，2019 年秋季大概是 1 英镑兑换 8.8 元人民币左右，年底最高时超过 1 英镑兑换 9.4 元人民币，后续在窄幅震荡中逐渐回落，到 2022 年中期已跌落至 1 英镑兑换 8.2 元人民币左右。

希思罗机场位于伦敦西南方向，距离市中心约 24 千米。从机场到市区，可以乘坐出租车或巴士，也可搭乘机场快线或地铁。圆头圆脑的黑色出租车（Black Cab）是伦敦的标志之一，顾名思义，其车身是黑色的，但也有彩色的，如有的就彩绘了英国国旗。出租车一车可坐 5 人，但价格颇昂，起步价大概是 2.6 英镑，1 英里（约 1.6

千米）路程的价格为 5.8—9 英镑，另外还需支付 10%—15% 的小费。这样算下来，从机场到市区打车大概需要 80—100 英镑，折合人民币 700—900 元，这简直是天文数字！所以对于初到英国的普通留学生或旅游观光客而言，除非腰包鼓得厉害，一般是不会选择乘坐出租车的。当然，这里也有一个消费观念转换的问题，我也是到后来才逐渐领悟到的。因为英国人是赚英镑花英镑，身临其中，感觉不到物价的高低，而中国人是赚人民币花英镑，如果用汇率一转换，那肯定受不了。在异国他乡，因地制宜的消费观念应该是，拿 1 英镑当 1 元人民币来花，1 英镑在英国的购买力也基本与 1 元人民币在中国的购买力相当。如果硬要时时刻刻都用汇率折算一下，那可处处会让心里受堵，简直就寸步难行了。俗话说“穷家富路”，出门在外时，心疼兜里的银子可是不行的。该节俭的地方咱要发扬中华民族勤俭节约的美德，但该消费的时候咱还得转换一下消费观念，入乡随俗不是？

从机场出发，如果赶时间到市区，可以选择乘坐希思罗特快（Heathrow Express）。这条交通线是往返希思罗机场和伦敦市中心之间最快捷的途径，从希思罗机场出发，只需要 15 分钟即可到达帕丁顿（Paddington）火车站，而且班次频率很高，非常适合赶时间的人。当然，特快的票价也相对昂贵，从网上预订的话，单程票价约 22 英镑，往返票价 35 英镑。

在时间充裕、不考虑乘坐出租车或特快的情况下，乘坐大巴或地铁是比较经济的选择。英国的大巴强调安全和舒适，国家快线（National Express）算是英国路线最广泛的巴士公司，每天提供多个班次往返希思罗机场与维多利亚火车站（London Victoria Station），单程仅需 6 英镑起，并且每人有 2 件 20 公斤的托运行李及一件手提行李的配额。伦敦地铁的标志是一个大红色的圆环，正中间横着一个宝蓝色的长方形，既简单又鲜明。伦敦地铁除叫

Underground 外，还被当地人称作 Tube（管子），源于车辆在像管道一样的圆形隧道里行驶。伦敦市区一共涵盖了 12 条地铁线路，各有命名，在地铁图上排得密密麻麻，乍一看让人头晕眼花，但其实每条线路都有着各自不同的代表颜色，且每条线路真实的装修色调也都与路线图上的代表颜色一致，这个特点对于那些对地铁线路不熟悉的人来说很友好，只要知道自己该坐哪个颜色的线路，弄清楚方向，基本上就不会坐错车了。连接希思罗机场 5 个航站楼的地铁线，是皮卡迪利线（Piccadilly Line），在路线图上以深蓝色代表。大概是这条地铁线经过了皮卡迪利广场站（Piccadilly Circus），所以才这样命名。Piccadilly 这个词很有意思，语调读起来很像是电影《哈利·波特》魔法世界里的某种咒语。该词源于 Piccadill，意思是领口庞大的荷花边装饰，裁缝们也叫它 Picadills 或 Picadillies。在 17 世纪，这种夸张的领口装饰在英国的流行达到最高峰，现在我们在很多宫廷肖像油画上都能一睹芳容。

伦敦地铁由城市中心向外辐射，分一区到六区（Zone 1 to Zone 6），可以理解为北京的环，其中一区和二区是伦敦的中心区域。伦敦地铁的票价根据划分的区段不同而变化，分为一个区价（One Zone）、二个区价（Two Zones）……六个区价（Six Zones）。乘坐的地铁线路一旦跨区，价格就会明显跳升一级，跨的区越多，票价越贵。希思罗机位场于伦敦 6 区，前往伦敦 1 区的地铁单程票价大约为 6 英镑。除按区域划分外，伦敦地铁的票价还有多个维度和折扣，比如分成人票和儿童票，且因高峰时段和非高峰时段而异，可以直接付费购买单程票或日票，经常乘坐地铁的人还可以买周票或者月票等。大多数乘客普遍都使用牡蛎卡（Oyster Card）乘坐交通工具，牡蛎卡是从 2003 年开始发行的，是在伦敦生活的人必备的一张交通卡，用于乘坐地铁、公交、电车等，可以直接在地铁站的服务台或自助机上购买和充值。一般情况下，用牡蛎卡乘坐地铁或公交是最实惠的选择，可享受现金购票的三折到五折优惠减免，且每日有封顶票价。牡蛎卡的出现改变了伦敦的出行方式，不过自从伦敦交通局推出无触点银行卡出行方式，以及手机支付的广泛普及，牡蛎卡的使用频率也越来越低，它也逐渐从一种出行工具变成了纪念品。

这有一个有趣的小问题，伦敦的交通卡为什么要用“牡蛎”来命名呢？当时在为交通卡命名时，其实也有好几个备选方案，如脉冲（Pulse）和宝石（Gem），一个极具速度感，另一个则贵气满满，但最终胜出的是牡蛎（Oyster）。一方面，是因为牡蛎坚硬的外壳象征着卡片在信息防护上的安全性，外壳包裹下的珍珠也能体现出高贵的价值感；另一方面，这个词能让人联想起泰晤士河床上的牡蛎，从而让交通卡和当地的风土人情紧密地联系在一起。在英语中，有一个表达叫作“The world is my oyster”，是莎士比亚的名言之一，它出自莎翁戏剧《快乐的温莎巧妇》（*The Merry Wives of Windsor*）。在这句名言的后面紧跟着一句“Which I with sword will open”，连起来的意思是“这个世界是我的牡蛎，我用刀就可以把它撬开（里面的东西就唾手可得）”，用来指代一个人的梦想得以实现，他抓住了所有可能出现的机会，前途无量，心想事成。牡蛎在西方文化中从此代表着机遇与幸运，这也正符合伦敦的大都市气质——她向所有人敞开怀抱，用新奇装点人们每日的生活，是“梦想得以实现的世界”。

丰富而人性化的地铁文化是伦敦地铁的一大特色。伦敦地铁上的乘客，并没有像国内大多数城市地铁上的乘客那样都在低头看手机，而是有相当一部分人捧着大部头书籍在阅读。对于这一点我还是挺钦佩的，现代社会的人不要被手机所奴役，都当“低头族”。伦敦地铁最早从 19 世纪 60 年代开始兴建，因为历史悠久，有些站点不设自动扶梯，踏步楼梯既深且陡，如果携带的行李较多，搭乘地铁出行就会较为不方便。我们就碰到了这种情况，不过好在大部分伦敦市民都非常绅士友善，当我们在换乘站费劲地搬运行李爬楼梯时，有好几位年轻的外国朋友都伸出了善意的双手来帮忙，真是不胜感激啊！

初秋的伦敦已有些许凉意，外套是必不可少的。英国是一个海岛国家，常年海风吹拂，天气阴晴不定。在当地，下雨是家常便饭，所以英国人打招呼时最常谈论的话题就是关于天气。因为经常下雨，雨伞应该是出行的必备物品，但奇怪的是，英国人似乎都不怎么在雨天打伞。究其原因，一是因为雨水经常来得急去得也快，可能刚撑好伞，没一会儿工夫，雨就停了；二是因为海岛国家的风特别大，经常把伞吹得东倒西歪，让人很难把控住，所以英国人宁愿淋雨也不打伞了。吃的方面，相较于我泱泱美食大国而言，典型的英式饮食确实乏善可陈。英国最负盛名的炸鱼薯条（Fish & Chips），端上来满满一盘，黄澄澄的，颜色倒是好看，可基本上没什么味道，得配上番茄酱才能勉强吃完。如果你有一个典型的中国胃，那大概率只有唐人街才能够满足你。伦敦的中餐馆基本上都集中在唐人街，其他地方几乎很难见到中式快餐店。我们在尝试了西班牙海鲜烩饭（米饭硬硬的，有点未煮熟的夹生口感）、法式三明治快餐等多种异域饮食后，退而求其次，更多的时候则是选择了日餐。虽然日本与我国在历史上有过民族深仇大恨，但是毕竟一衣带水，日本料理的口味相对来说更接近中餐。我们在英国吃得最多的一家快餐店是一家叫 Wagamama 的日餐连锁店，装修环境时尚，食品种类繁多，有拉面、煎饺、米饭、炸串等，都比较符合东亚人的口味。特别是如果想在伦敦的寒风中喝碗热汤吃口热饭，那 Wagamama 完全能够满足你！价格方面，两人在这里吃一餐大概花费 25—30 英镑，比较而言算是大众实惠的，可以接受。

喝的方面，英国的酒吧文化非常丰富，常可见酒吧门口三五成群的人们端着酒杯在畅聊。英国人对于这种形式的聊天很上头，似乎有聊不完的话题，而且都聊得极其认真，让我好生佩服。在英国，所有冷的自来水都是安全可直接饮用的，英国人称之为 Tap Water；而水龙头出的热水，大多是通过物理加热或者锅炉加热的，储存在水槽里，并没有经常清洁维护，所以不可直饮。在英国，特别是中部和南部的自来水，有相当一部分源于地下水，富含高浓度的钙、镁、铁和锰离子等物质，所以英国的自来水会给人一种“坚硬”的感觉，如果不过滤就直接烧水，很容易产生水垢。许多外国人到了英国以后，都会遇到水土不服的问题，尤其掉头发的现象严重。虽然并没有科学依据表明英国水质就是造成脱发的直接原因，但还是建议初到英国的中国同胞为了保护发际线，直接到超市购买瓶装水喝会更好。而且英国瓶装水的价格亲民，着实让人感动，如在国内 300ml 一瓶就要卖十几二十块的贵族依云水（Evian），在英国大概只需 3—4 英镑就可以买到 1.5L 装的 6 大瓶，还是很划算的。

我们首访伦敦，一共驻留了 6 天，提前在爱彼迎（Airbnb）上预订了两家民宿。第一家民宿位于象堡（Elephant & Castle）地区，属于泰晤士河南岸的伦敦一区。象堡这个名字透着可爱，不过这里既没有大象也没有城堡，只是有一个大象的背上驮着一个城堡的雕像。早期该地区有个刀匠协会，负责处理象牙，协会的徽章就是背驼象轿的大象，从正面看，象轿像个小城堡，因此给当地取名为“大象与城堡”。当地以前的一个驿站也采用过这个名字，这个驿站专门为进出伦敦南部的车夫们提供休息场所。莎士比亚在戏剧《第十二夜》（*Twelfth Night*）里写有这样一句：“In the south suburbs, at the Elephant, is best to lodge.”意思是：“在南郊，‘大象’是最好的歇脚处。”莎士比亚常常在戏剧中使用伦敦的各种地名，因为莎翁的名气，这个地方也让很多人都知道了。象堡如今是伦敦市中心在泰晤士河南岸的主要交通路口之一，交通便利，乘坐地铁可以很方便地到达伦敦政治经济学院（LSE）、帝国理工学院（IC）、伦敦大学学院（UCL）等高校，而且公寓租金也不像房价最贵的肯辛顿 & 切尔西（Kensington & Chelsea）、威斯敏斯特（Westminster）等地区那样高不可攀，因此这个地方很受留学生以及在金融城上班的白领一族的欢迎。

我们在象堡居住的民宿，是英国典型的两层联排维多利亚式房屋（Victorian House）。这种风格的住宅建筑形成于英国维多利亚女王在位时期（1837—1901 年）。在这个时期，英国发生了工业革命，国力突飞猛进，英国人民在经济水平大幅提升的同时，对住宅也越发追求精美。这种建筑的外观特点是有尖尖的三角屋顶和伸出房屋墙壁的窗户，多采用红砖外墙，强调垂直性和装饰性。在象堡的这家民宿里，室内装饰是英国典型的田园小碎花风格。入住的客人可以使用厨房，厨房开门出去是后院，有一个小小的花园。每天早晨，我们都在厨房里做早餐，准备好煎蛋、烤华夫饼、牛奶配水果麦片等，再加上房东提供的葡萄汁，既丰盛又有营养。把早餐端到客厅，可以一边吃一边透过落地窗看街边的风景。在象堡住了三晚之后，我们搬到了位于象堡以北的萨瑟克（Southwark）地区的一间高层独立房间。这里视野开阔，更临近泰晤士河。相对来说，泰晤士河南岸的民宿价格还是很可以接受的，如我们在象堡的民宿，大概是 700 多元人民币一晚，在萨瑟克的高层公寓，大概是 900 元人民币一晚。这在物价昂贵的伦敦，相对于动辄要 2000 元以上人民币一晚的酒店住宿来说，已经算是良心价格了。

象堡和萨瑟克都有地铁站，出行乘坐地铁很是方便。在到达伦敦的第二天，我们就去查令十字街（Charing Cross Road）的票务信息亭兑换了伦敦通票（London Pass）。在英国，属于国家的博物馆和美术馆都是免费的，但其他大多数的景点都需要购买门票。而使用 London Pass 则可以密集游览几十个景点，是精力充沛游客的福音，堪称伦敦旅游观光神器。London Pass 可以选择不同的天数，1 天、2 天、3 天、4 天、5 天、7 天、10 天，期限越长，优惠越多。如果只是打算在伦敦旅游 1 天至 2 天，那么使用 London Pass 是不划算的，因为一般的景点都是上午 10 点开门，下午 5 点就关门了，一天下来也逛不了几个主要景点。但如果计划在伦敦待上更长的时间，那 London Pass 绝对是非常好的选择，只需要每天打卡两个至三个 TOP 景点，就值回票价了。比如，威斯敏斯特教堂、伦敦塔、塔桥、泰晤士河游船等，每个景点的票价都要 16 磅到 20 多磅，几天下来，节省出来的门票钱会非常可观。我们此行选择的是 3 天的“Pass + Travel”套餐，享受折扣后两人一共花费了 280 英镑，并附赠了两本内容翔实的全彩旅行指南，每处景点都有专门的章节详细描述。London Pass 也有一个专门的手机 APP，里面门类设置清晰，同样每个景点都有详细的介绍。购买 London Pass 可以直接在 APP 上操作，提早购买还能享受一定的折扣。

含有 Travel 的伦敦通票，可以免费乘坐伦敦的公交车。公交车是红色双层巴士，极具辨识度，与黑色出租车一样，也是英国文化的经典符号。持有伦敦通票还可以兑换一天的 Golden Tours Hop on Hop off Bus，是那种敞篷的二层市内游览观光巴士。选定一天，在刷卡乘坐第一趟之后，当天的剩余时间里就可以随上随下无限次乘坐观光巴士了。坐在巴士的上层，在城市里穿梭，是快速熟悉伦敦这座国际大都市的好方式。需要注意的是，英国的交通规则是靠左行驶，与国内恰好相反，所以要花一个过程让思维转换和适应一下。在乘坐公交车前，得先想清楚在哪边乘车，车从哪个方向驶来，要去的目的地方向是否和行车方向一致等。这种转换在刚开始时还挺烧脑的，要走出思维定式得花些功夫才行。后来我到瑞士公务出访时也遇到了同样的问题，瑞士的交通规则也是靠左行驶，而且那边还有超多的三岔路口，每次坐车在城市里穿行时，左行规则加上复杂的三岔道完全把我给弄晕了，实在不知道如果是自己开车的话，到底该走哪条道才对。

出门在外，除衣食住行外，还有很重要的一点，就是一定要保持通信网络的畅通。英国的手机运营商主要有四个：Vodafone、O2、EE 和 Three，它们都有自己独立的手机网络。此外，还有三个常见的虚拟手机运营商：Giffgaff、Lebara 和 Lycamobile，价格相对来说比四大运营商稍便宜。其中 Giffgaff 在英国拥有数量庞大的学生用户群，也是中国留学生选择最多的一家服务商。因为这家服务商有一个大优势，就是给同为 Giffgaff 的小伙伴打电话是免费的，同时它是 O2 的子公司，使用 O2 的网络，信号也比较好。出国前，电话卡最好提早准备，借鉴前人的经验，我们的电话卡也是选择的 Giffgaff。其中一张长期使用，可以提前充值，出发前一天在 APP 上选好套餐，落地插卡就能使用，有多种价位的套餐流量搭配，如每月 15 磅的套餐有 15G 的流量，20 磅的套餐有 80G 的流量，25 磅的套餐就是无限流量了，任君自选；另一张是 12 天包 40G 流量，才合人民币 60 多元。在英国，与吃住行相比，要实现通信自由，钱包表示毫无压力啊！

2

英国全称“大不列颠及北爱尔兰联合王国”（The United Kingdom of Great Britain and Northern Ireland），英文简称 UK（United Kingdom）或 GB（Great Britain），其中 GB 是其在欧洲的简称，领馆和车牌标记也都是 GB。就像“联合王国”的命名所指的那样，英国的版图主要由四大部分组成，包括位于欧洲大陆西北面大不列颠岛上的英格兰（England，英国的称呼即来源于此）、苏格兰（Scotland，以风笛、格子花纹、苏格兰裙、威士忌等闻名）和威尔士（Wales），以及爱尔兰岛东北部的北爱尔兰（Northern Ireland）。英国本土被北海、英吉利海峡、凯尔特海、爱尔兰海和大西洋包围，除本土外，英国现在还拥有14个海外领地，包括我们常听说的赫赫有名的百慕大群岛、开曼群岛、英属维尔京群岛等。

在漫长的中世纪和近代初期，英国一直是欧洲的一个主要国家，经历过多次辉煌，其国运呈现清晰的波浪形起伏特征。18世纪60年代至19世纪30年代，英国成为世界上第一个完成工业革命的国家，国力迅速壮大。工业革命的顶点让英国成为无可争辩的经济强国，同时它在海外的殖民体系也迅速扩张，殖民地面积甚至达到本土面积的100多倍。18世纪至20世纪初期，英国统治的领土跨越了全球七大洲、四大洋，覆盖了世界陆地的1/4，是当时世界上最强大的国家和第一大殖民帝国，也是人类有史以来最庞大的国家。英国在维多利亚时代（Victorian Era，1837—1901年）步入全盛时期，大英帝国（British Empire）横冲出世。由于在帝国的领土上永远有太阳照射，又号称“日不落帝国”（The empire on which the sun never sets）。作为第一个工业化国家，英国曾经能够将整个世界作为其原材料的来源国和工业品的出口市场，提出过价值边际效用理论的英国著名经济学家威廉姆·斯坦利·杰文斯（William Stanley Jevons，1835—1882年）曾这样描述：“北美和俄国的平原是我们的玉米地，加拿大和波罗的海是我们的林区，澳大利亚是我们的牧场，秘鲁是我们的银矿，南非和澳大利亚是我们的金矿，印度和中国是我们的茶叶种植园，东印度群岛是我们的甘蔗、咖啡、香料种植园，美国南部是我们的棉花种植园。”

大英帝国在20世纪初达到鼎盛，在第一次世界大战后领土扩张到极限，于1921年达到有史以来最大的面积3550万平方千米。到20世纪中叶，尤其是第二次世界大战结束后，随着两个超级大国美国和苏联的迅速崛起，以及全球民族主义运动的兴起，英国国力日渐式微，其殖民地纷纷独立，促使大英帝国逐渐瓦解。1931年，英国议会通过《威斯敏斯特法案》（Statute of Westminster），给予各英属自治领地完全自主权，在国际场合上它们是与英国完全平等的主权国家。大英帝国也转型成为英联邦（Commonwealth of Nations），由53个独立主权国家（包括附属国）所组成，成员大多为前英国殖民地或者保护国，包括英国、加拿大、澳大利亚、新西兰等。英国君主是英联邦名义上的君主，身兼包括英国在内的15个英联邦王国的国家元首，英联邦一词由此常出现的女王的圣诞贺词中。

英国首都伦敦，位于英格兰东南部的平原上，泰晤士河贯穿其中。伦敦是一座全球领先的世界级城市，是全球最富裕、经济最发达、商业最繁荣、生活水平最高的城市之一，是全球化的典范。作为欧洲第一大城市，世界上最大的经济中心之一，伦敦和纽约并列为全世界顶级的国际大都会。两千多年前，罗马人建立了这座城市，几百年来，伦敦一直在世界上保持着巨大的影响力，在政治、经济、文化、科技等领域成就卓越。伦敦的支柱产业是金融业，它是全球最重要的银行、保险、外汇、期货和航运中心，控制着全世界近一半的外汇交易和黄金、白银、原油等大宗商品定价权。伦敦证券交易所是世界上最重要的证券交易中心之一，扩展至国家层面，英国也是全球最大的金融服务净出口国。

在文化实力方面，伦敦是世界文化名城，拥有全世界数量最多的博物馆、图书馆、电影院和体育馆。伦敦是世界上唯一一个举办过3次奥运会（1908年、1948年和2012年）的城市。它拥有世界上最出名的电影节、音乐节、时装周及数量最多的高等教育机构和著名大学，其中有7所大学排名世界前100，名列全球最佳留学城市。在我们到达伦敦的当年9月，世界旅游城市联合会发布了2019年世界旅游城市发展排行榜，伦敦位列全球城市知名度首位。

从查令十字街兑换通票的票务信息亭往南走，可见一片开阔地带，这里就是特拉法加广场（Trafalgar Square）。它是伦敦最著名的广场之一，适中的地理位置和美丽的广场建筑让它成为伦敦的名胜。广场建于1805年，是为了纪念特拉法加海战而修建的。广场上最突出的标志是位于南端呈圆柱形的纳尔逊纪念柱（Nelson's Column），高度超过50米，纪念的是英国海军上将、民族英雄霍雷肖·纳尔逊（Horatio Nelson，1758—1805年）。纳尔逊在他长达35年的海军生涯中，身经大小战役不下百余次，作战勇猛顽强。在1805年的特拉法加海战中，英国与法国的指挥者是一对历史上著名的对手——具有传奇色彩的英国海军司令纳尔逊和法兰西第一帝国皇帝拿破仑。这次海战是英国海军史上最大的一次胜利，英国海军以少胜多，击溃了法国及西班牙组成的联合舰队，迫使拿破仑彻底放弃海上进攻英国本土的计划。但在这次战役中，纳尔逊却不幸中弹阵亡，英勇殉职。由于纳尔逊为国家做出了突出贡献，因此他深受英国民众的爱戴，为了纪念他，每年10月21日，也是纳尔逊牺牲的日子，总有许多人到特拉法加广场举行悼念仪式。这位为大英帝国立下不朽功勋的海军上将，被誉为“英国皇家海军之魂”，英国皇家海军也在一代代传承着“纳尔逊精神”。纪念柱顶端挺立的是5.3米高的纳尔逊全身戎装铜像，据说铜像是用海战中缴获的铜炮制成的。柱底是高大的方形石座，四壁镶着纳尔逊生平所指挥的四场著名战役的铜雕。最底层台阶的四角安放着四尊巨型铜狮，其威严形态与汇丰银行的石狮颇为相似。

纪念柱的两侧各有一个花形喷水池，每当夜晚彩灯亮起照射时，美轮美奂。在广场四角有四个雕塑基座，另外加上国家美术馆前的两个，一共六个基座，其中五个基座上立有铜像，包括历史名将、君主和美国开国总统华盛顿等，位于广场西北角的基座一直空缺，市政府轮流在此放置一些现代雕塑作品，据说这个基座是为女王伊丽莎白二世准备的，让我们拭目以待吧。特拉法加广场的人气很旺，几百年来一直是当地人庆祝圣诞节、新年等节庆活动的场所，中国春节的庆祝活动也曾在这里上演。平常，广场上各色街头艺人和行为艺术家聚集，他们唱歌、跳舞、表演魔术，是一道亮丽的风景线。本地人则一边欣赏表演，一边惬意地在广场上晒太阳。特拉法加广场上有很多鸽子，据说在建成前这里就是鸽子的家园，广场建成之后也因为大群野鸽聚集而闻名。在鼎盛时，满天飞舞和漫步广场随意栖息的鸽子数量众多，让这里又称为“鸽子广场”（The pigeon square）。

位于特拉法加广场北侧的英国国家美术馆（The National Gallery，又译为“国家画廊”），是英国最大的画廊。秉承“画作的存在并不是收藏的最终目的，而只是为了大众的审美乐趣，提升国人对于艺术知识的涵养”的创始宗旨，从建立之日起，国家美术馆就承担起了艺术教育的责任，以免费参观的方式向公众开放。在这里，经常有老师带着学生们现场上课，老师在前面侃侃而谈，学生们则席地而坐，对着名画认真听讲。还有一些美术学院的学生和艺术爱好者常在此对着画作临摹，他们带着面包和水，在浓浓的艺术氛围里，一待就是大半天。

英国国家美术馆

英国国家美术馆成立于1824年，历经约200年的时间，收集了从13世纪至20世纪初多达2300幅欧洲名画。这些画作都是英国和其他西欧国家不同流派的著名画家创作的，包括杨·凡·艾克（Jan Van Eyck，1385—1441年）、保罗·乌切洛（Paolo Uccello，1397—1475年）、桑德罗·波提切利（Sandro Botticelli，1445—1510年）、米开朗琪罗（Michelangelo，1475—1564年）、拉斐尔（Raphael，1483—1520年）、提香（Titian，1490—1576年）、伦勃朗（Rembrandt，1606—1669年）、塞尚（Cézanne，1839—1906年）等，他们的画作现在都已成为珍贵的艺术品。到英国国家美术馆近距离欣赏和品味这些知名大师的经典杰作，可谓目不暇接，大饱眼福，绝对是一场视觉上的盛宴，能让即使不懂绘画的人也能感受到艺术熏陶和心灵洗礼。

从美术馆的入口拾级而上，二层展厅分为东南西北四个侧翼，按年代顺序展出藏品。在众多经典画作中，列举最著名的三件镇馆之宝。

——达·芬奇(Leonardo da Vinci, 1452—1519年)的《岩间圣母》(*Virgin of the Rocks*)。达·芬奇大概在1491年开始创作这幅祭坛画，用以装饰米兰圣弗朗西斯科教堂的大型祭坛。《岩间圣母》是这位艺术大师里程碑式的作品之一，英国国家美术馆在1880年购入。画的主题是小施洗者约翰在圣母玛利亚与天使面前参拜基督。达·芬奇将他们安顿在幽美神秘的岩石风景间，圣母玛利亚居中，右手扶婴孩圣约翰，左手下坐婴孩耶稣，天使乌列在耶稣身后，人物构图呈现金字塔式的三角结构，让画面稳定和谐。画作采用了科学写实以及透视、缩形等技法，人物和背景采用烟雾状的笔法进行了微妙刻画，渐浓渐淡的轻烟薄雾呈现无尽的朦胧画意，让整体景象如幽远的梦境，充满了诗一样的温情、祥和与典雅。画作的表达手法和构图布局皆体现了达·芬奇的艺术水平之高深，在逼真写实和艺术加工的辩证关系方面达到了新的水平。法国巴黎卢浮宫另有一幅基本一模一样的画作，与英国国家美术馆的这幅为同名作品的姊妹篇，均出自达·芬奇之手。画面上主要的不同点，是坐在圣母旁边的天使的表情身体和造型动作不一样，英国国家美术馆收藏的这幅画作中，天使乌列没有伸出手指，神态更加安详，另外在圣母玛利亚、婴孩耶稣、婴孩圣约翰的头上都加了光环，在婴孩圣约翰的肩上加了长柄十字架，这些改动更加符合宗教教义的要求。

——梵高(Vincent Willem van Gogh, 1853—1890年)的《向日葵——花瓶里的十五朵向日葵》(*Sunflowers*)。这幅画作是梵高于1888年8月至9月，在阳光明媚灿烂的法国南部创作的。在梵高看来，向日葵象征着一种激情，一种生命的永存。他用简练的笔法表现出了向日葵充满律动感的生命力，画中的15朵向日葵已不仅仅是植物，而是带有原始冲动和热情的生命体。在现实生活中，梵高一直得到弟弟西奥的经济支持。1888年8月，梵高在给西奥的信中写道："请不要惊讶，我只是在画一些向日葵。但是我十分努力地创作，我对这幅画的热情就像马赛人对法国炖鱼汤的挚爱一样。”《向日葵》是梵高最典型和最具代表性的作品，体现了他对色彩和形状的纯化提炼，是永恒的经典。梵高在 1888 年至 1889 年，一共创作了 7 个版本的《向日葵》。这 7 件作品中，有一件是私人收藏，好几代人都没有展出过，还有一件在 1921 年被一位日本收藏家买走，但在“二战”期间被毁。剩余的五件作品中，除英国国家美术馆收藏的这幅外，其他 4 个公开展出的版本分别在阿姆斯特丹的梵高博物馆（Van Gogh Museum）、慕尼黑的 Neue Pinakothek、费城美术馆（Philadelphia Museum of Art）和东京的 Sompo 博物馆（Sompo Museum）。梵高曾说，“向日葵是我的”，迄今为止，还没有哪位艺术家像他这样与一朵特定的花联系得如此紧密。英国国家美术馆的这幅《向日葵》是该系列中最著名的一幅，据说也是梵高最喜欢的一幅，其在 1987 年被出售时，曾创下当时最昂贵的绘画交易记录。这幅画是如此著名，乃至于前来欣赏和拍照的游客络绎不绝。据说专业画匠无论是对着照片临摹了多少张《向日葵》，在看到真迹的时候，依然会被梵高对色彩的精妙使用深深折服。

——莫奈（Claude Monet，1840—1926 年）的《睡莲》（*The Water-Lily Pond*）。这幅画作是印象派绘画大师莫奈于 1899 年在其巴黎郊区吉维尼花园中创作的。莫奈一生痴迷于睡莲，他在房子旁买了一块地，已经种成了一个五颜六色的花园，但他还想创造一个水花园，“既为了赏心悦目，也为了有绘画对象的目的”。于是他扩大了池塘的面积，用奇异的新品种杂交睡莲填补了它，并在池塘的一端建造了一架座头桥，灵感来自日本版画。起初莫奈只是观赏睡莲，后来他渐渐产生了创作的冲动——“池里的精灵浮现在我眼前，我举起了调色板”。水花园成为莫奈后期创作的主要作品对象，并成为约 250 幅画作的主题。《睡莲》组画是莫奈晚年作品的一个成熟系列，也更进一步成就了他印象派大师的名号。如今这些睡莲画作散落在世界各大美术馆、博物馆，流到市场上的作品也被各国收藏家争相购买珍藏。英国国家美术馆收藏的这幅画作，倾注了莫奈极大的创作热情。他以高超的技法，在垂直的平面上描绘出波光粼粼的水面向远处延伸的视觉效果，展现出他对于光和影的运用达到了登峰造极的水平。大师笔下，水是纯绿色的，而睡莲花朵却像暗红的火焰。参观者站在画旁，就如同伫立在池塘边一样身临其境。

从国家美术馆参观完出来，往东步行，我们来到了科芬特花园（Covent Garden），在此小逛了一会儿。科芬特花园从英国金雀花王朝时代就已经开始存在，当时作为威斯敏斯特教堂的特供果园，跟宗教有着不解之缘。1515 年，这里被正式称为 Covent Garden，随后修建了城市广场和许多具有古罗马风情的经典建筑，包括英国皇家大剧院等，各种街头艺人在此表演，让这里成为伦敦民间艺术的圣地。后来这里又演变成为英国最大的蔬果花卉批发市场，持续了约三百年时间。再后来花园经过改造与复兴，现已成为一个融剧院、特色餐馆、酒吧、品牌店铺、时尚小店、手工艺术品市场等为一体的聚集之地，小业态的引入方式也很好地保护了当地珍贵的非物质文化遗产。花园分为三个不同的主题区域：苹果市场（Apple Market）、东柱廊市场（East Colonnade Market）、银禧市场（Jubilee Hall）。苹果市场内分为上下两层，大跨度的玻璃穹顶让花园的整个内部空间显得通透明亮，两侧的店铺都是拱形门窗，散发着历史年代感。科芬特花园曾是爱尔兰剧作家萧伯纳（George Bernard Shaw，1856—1950 年）笔下《卖花女》（*Pygmalion*）卖花的地方，也是根据该戏剧翻拍的由奥黛丽·赫本（Audrey Hepburn）主演的电影《窈窕淑女》（*My Fair Lady*）的取景地。如今的科芬特花园人流量丰富，是伦敦的热门景区之一，无论从保存良好的历史建筑风格看，还是从多功能的现代定位上讲，它在伦敦都是独一无二的，同时是历史街区复活的典范。

逛完科芬特花园，就到了吃中饭的时间了。我们往莱斯特广场（Leicester Square）的方向折回步行，走上不大一会儿，即可见一块巍峨竖立的牌坊，匾额上书“中国太平”四个大字，就到了伦敦中国城了。伦敦中国城也叫伦敦唐人街，是中国人在伦敦的“大本营”，是伦敦最完整、规模最大的华人生活社区，东亚黄色面孔在这里随处可见。英国在维多利亚女王时期，曾两次发动对华战争（鸦片战争和八国联军侵华战争），迫使中国打开交易窗口，并占领了香港。19 世纪中叶，第一批中国人在金丝雀码头（Canary Wharf）所在的伦敦码头区上岸，从此以后，陆续就有中国水手从天津和上海的港口来到伦敦。他们最初集中在东部船坞区莱姆豪斯（Limehouse），后来随着香港移民的不断涌入，华人聚集区从 20 世纪 50 年代开始逐渐迁移至市中心的苏豪区（Soho），在莱斯特广场周边地区不断发展。除在中国城的进口处有一个大牌坊外，在里面，还有一座稍简易些的呈镂空结构的牌坊，一面书“伦敦华埠”，另一面书“国泰民安”。1986 年，经多个华人社团筹备，“伦敦华埠”举行了揭幕仪式，正式宣告唐人街的落定。每逢中国传统新春佳节，伦敦华人都要在唐人街举办隆重的庆祝活动，包括燃放烟花爆竹、举行舞龙舞狮及歌舞杂技表演等，华人商店家家张灯结彩、贴春联、迎财神。这里有琳琅满目各式各样的中餐馆，提供的中国美食包括北京烤鸭、上海小笼包、粤式点心、川味火锅等，应有尽有。对于生活在伦敦的中国人而言，来唐人街品尝中餐味道，是一剂慰藉乡愁的妙药。

我们在中国城吃完中饭，下午乘坐地铁奔赴位于伦敦西区的诺丁山（Notting Hill）。诺丁山其实并没有山，只是因为所处地势比较高，街道随着地势起伏而得名。诺丁山的波多贝罗市集（Portobello Market）非常出名，是“伦敦最心爱的角落”，街上横挂的条幅上写的宣传标语就是“Your Local Market”（你的本地市集）。市集上售卖有古董家具、黑胶唱片、书籍油画、瓷器饰品等琳琅满目的陈年旧货，当然，要买到好的古董要真正懂行才能慧眼识珠，不过在这里淘一些小的装饰品还是不错的。由好莱坞大嘴美女朱莉娅·罗伯茨（Julia Roberts）和英国影视演员休·格兰特（Hugh Grant）联袂主演的同名电影《诺丁山》曾经风靡一时，也让这个地方广为人知。电影讲述的是一位到英国拍片的好莱坞大明星安娜，偶然跑到了一家位于诺丁山的小旅游书店买书，因缘际会间，竟与个性腼腆的老板威廉擦出爱情火花的故事。剧中女主角阳光明媚的笑容，男主角蓝色深邃的眼神，绝对是诺丁山最佳的浪漫代言，最终这段跨越了地域和阶级的爱情躲过了狗仔队的纠缠，冲破了世俗的阻碍，获得了美满结局。电影中，威廉开的小书店有着蓝色的木头门楣，风吹雨打下油漆都有些灰白了；现实中，书店保留了古朴的大门，电影吸引了无数文艺青年前来打卡，我们也赶到书店朝圣了一回。

从诺丁山返回市中心，我们来到了海德公园（Hyde Park），和伦敦市民们一起享受悠闲的周末午后时光。海德公园是英国最大的皇家公园，也是伦敦最知名的公园。18 世纪以前，这里曾是英国皇室的狩鹿场。1851 年，为举办万国工业博览会，在海德公园内修建了水晶宫。公园的生态环境很好，森林掩映，形成了一片绿色的海洋，不时有小松鼠悠闲又敏捷地从草坪上穿过。公园里有两个连在一起的湖泊，分别为九曲湖（Serpentine Lake）和长湖（The Long Water）。湖泊西边是肯辛顿公园（Kensington Park），最让民众喜爱的戴安娜王妃生前曾经居住在那里的肯辛顿宫（Kensington Palace），威廉王子和凯特王妃以及他们的三个孩子也在肯辛顿宫里居住过很久。公园湖泊里水禽众多，有天鹅、大雁、野鸭等，市民游客纷纷在湖岸边用面包喂食，热闹纷纷，人与动物和谐相处。英国有一些非常有趣的规定，如皇家钟爱天鹅优雅和高贵的形象，因此，所有在英格兰公共水域栖居的无标记的疣鼻天鹅（Mute

Swan）都是属于君主的，每年夏天都会有“天鹅上尉”对皇室天鹅进行普查，举行数天鹅的仪式。普通人不能伤害天鹅，否则就是对君主不敬。另外，海豚和鲸鱼在传统意义上也被认为是“鱼族皇室”，英国君主对在英国水域及近海岸的鲟鱼、海豚和鲸鱼拥有所有权。

逛完海德公园，从东南口出来，往东可见一座雄伟高大的拱门——威灵顿拱门（Wellington Arch）。这座拱门也称宪法拱门（Constitution Arch）或绿园拱门（Green Park Arch），是在1846年为了纪念英军在拿破仑战争中获得胜利而修建的。现在拱门的上面放置的是胜利女神的铜像，她手持橄榄枝和桂冠，在四驾马车上迎风而立，身形飒爽。不过，这座拱门既然名叫威灵顿拱门，其实最初上面放置的就是威灵顿公爵阿瑟·韦尔斯利（Arthur Wellesley, 1st Duke of Wellington, 1769—1852年）的骑马像。威灵顿是英国历史上最为著名的将领之一，曾两次担任英国陆军总司令，并是英国第21位首相。他的声望无可置疑，只不过因为雕像比例的问题，后来就换成了现在的摆放设计。威灵顿一生共参与指挥过近60场战役，具有高超的军事思想。1815年，在比利时小镇滑铁卢，威灵顿率领联军彻底击败了法兰西第一帝国皇帝拿破仑的军队，让战功辉煌堪称一代枭雄的拿破仑在滑铁卢战役中一败涂地，从此后世就用“滑铁卢”一词来比喻一个人从辉煌到极速衰落的过程。法国文豪维克多·雨果（Victor Hugo，1802—1885年）曾比较过威灵顿和拿破仑，他认为，“威灵顿是战争中的巴雷姆（Barreme，法国数学教育家，法语中的bareme一词意为善于计算的人，就是由他的姓氏转化来的），拿破仑是战争中的米开朗琪罗”。拿破仑对自己的对手也多有称赞，认为“威灵顿公爵的治军之才与我不相上下，还具有更加小心谨慎的长处”。

拱门上原先的那尊威灵顿公爵的铜像，现今被移到了位于伦敦西南 50 多千米的奥尔德肖特小镇（Aldershot），那里建有英国第一个永久军事训练基地，被称为“英军之家”。作为最杰出的英军统帅，威灵顿公爵的塑像最终与自己的军队待在一起，也算是适得其所了。后来，作为补偿，人们还是在现在拱门北边的草地上重新塑造了威灵顿公爵的骑马像。威灵顿公爵逝世后，英国政府为他举行了盛大的国葬，超过 100 万民众为他送行。他长眠于圣保罗大教堂，与纳尔逊勋爵相邻。《泰晤士报》在讣告上这样写道：“The Duke of Wellington had exhausted nature and exhausted glory. His career was one un-clouded longest day.”（威灵顿公爵已经享受完了他的天年与荣誉，他的事业是最漫长的晴天。）为了纪念这位“上马安天下，下马定乾坤”的人物，英格兰银行于 1970 年发行的 D 系列 5 英镑的背面，就印上了威灵顿公爵气宇轩昂的画像。

穿过威灵顿拱门，是一条长长的林荫大道，所植乔木经多年生长，腰围粗可达两人环抱，具有厚重的历史感。大道左侧是芳草萋萋呈开放式的绿园（Green Park），有时也直接按发音译作格林公园。这座公园也是伦敦皇家园林之一，历史上曾一度是伦敦上流贵妇最爱的聚会地点，也是 18 世纪决斗者们生死较量的首选之地。如今的绿园堪称伦敦绿化最好的皇家园林，完全由树木和草坪构成，俨然市中心一个绿意盎然远离喧嚣的乌托邦。这里深受出游者和日光浴者的喜爱，也是皇家成员散步的地方，或跑步或休闲的人们，与古树、草坪、座椅、小松鼠一起，构成了一幅流动静谧的画面。

白金汉宫

沿着大道一直往前，前方右手边是白金汉宫（Buckingham Palace）。白金汉宫是英国的王宫，王室行政总部所在地，英国君主在伦敦的主要寝宫及办公处。这里也是举行英国国家庆典和王室欢迎礼的场地之一，外国的国家元首和政界首脑访问英国时，英国君主就在宫院中陪同贵宾检阅仪仗队。白金汉宫始建于 1703 年，正面朝东略偏北，主体为五层巴洛克式建筑，宫内有典礼厅、音乐厅、宴会厅、女王画廊等 775 间厅室。宫殿后面是占地辽阔的花园，每年夏天，英国王室都会在花园内举行盛大的皇家招待会。英国女王伊丽莎白二世在位期间，当她在白金汉宫时，王宫大门处会有四名守卫守护，屋顶悬挂由王室盾徽图案组成的王室旗；如果她不在白金汉宫，那么门口就只需要两名守卫守护，屋顶悬挂米字型的英国国旗。

在王宫庭院广场出口的黑漆铁门上，左右对称各挂有一枚英国王室徽章雕塑。英国的徽章最初用于武器和盔甲上，上流社会阶层都有自己独特的徽章授予体系和继承传统。英国王室徽章在受到古典纹样影响的基础上，历经多个王朝的丰富和演变，最终形成了现在的图案。徽章顶部是头戴王冠的狮子、镶有珠宝的帝国王冠（Royal crest）、金银色头盔（Royal helm）、飘带形式的徽章彩饰（Mantling）。徽章中心为一枚盾牌，如坐标轴一样分为四个部分，其中盾面左上角（First quarter）和右下角（Fourth quarter）为红底上三只金狮，象征英格兰（这就是为什么英格兰男子足球代表队的昵称叫作“三狮军团”）；右上角（Second quarter）为黄底上半站立的红狮，象征苏格兰；左下角（Third quarter）为蓝底上金黄色竖琴，象征北爱尔兰。盾牌左侧（相对于盾牌自己来说是 right-hand）是一只头戴王冠代表英格兰的狮子（Dexter supporter），盾牌右侧（相对于盾牌自己来说是 left-hand）是一只代表苏格兰的独角兽（Sinister supporter），双兽承托着盾牌。盾牌周围环绕的是英国最高级别骑士勋章嘉德勋章（The Most Noble Order of the Garter）的饰带，上面用大写的古法文写着爱德华三世（Edward Ⅲ，1312—1377 年）的箴言“HONI SOIT QUI MAL Y PENSE”（心怀邪念者蒙羞），下端的饰带上用法文写着“DIEU ET MON DROIT”（我权天授）。双兽脚下的绿地中，有代表英格兰的玫瑰、代表苏格兰的蓟、代表威尔士的韭葱以及代表爱尔兰的三叶草等花草装饰。

王宫前的广场中央，耸立着英国女王伊丽莎白二世的高祖母维多利亚女王的雕像纪念碑（Victoria Memorial）。纪念碑其实是一组雕像群，建于 1911 年，其内涵广博精妙，设计极尽巧思，全方位展现了“日不落帝国”的昔日辉煌。纪念碑基座四角各有一组人狮铜像，代表不同的身份造型和象征意义：东北角手持橄榄枝的少女与雄狮象征和平与美好（Peace），东南角手持火炬的青年与雄狮象征光明与进步（Progress），西南角手握镰刀的农妇与雄狮象征农业与丰收（Agriculture），西北角手握锤子的铁匠象征工业与制造

（Manufacture）。基座南北侧各有一组男女铜塑像，南边的军人持剑和盾牌，少妇怀里抱着船，象征战争与爱情；北边的男士手握圆规，女士手握画板，象征科学与艺术。英国人向来亲近大海，因此整个纪念碑的装饰也极为重视航海主题。由台阶和水池构成的基座底部周圈，雕刻有大量海洋元素的花纹，包括雌雄人鱼、鹰头马身有翼兽（对，就是《哈利·波特》里憨厚善良的巨人海格养的那只神奇动物巴克比克）等。这些海洋因素不仅表达着这个国家与海洋的亲密关系，也象征着帝国引以为傲的海军力量。主碑中部正面是维多利亚女王的大型汉白玉坐像，左手托着代表君主权威的宝球，右手持握权杖，前面碑身上刻着“VICTORIA REGINA IMPERATRIX”（维多利亚帝国的主宰者）。女王雕像的左手侧是正义女神雕像，左手持象征正义权威的宝剑，右手挽着弱者的手，身边的小孩抱着表示判案公平的天平；右手侧是真理天使的雕像，右手持宝镜，表示光明，象征真理；面对王宫的主碑背面是怀抱婴儿的母亲雕像，象征母爱。主碑顶端是胜利女神雕像，金光闪闪，仿佛从天而降。女神左手握棕榈叶，右手高举，身披薄纱，展翅欲飞。女神左脚边有一位鎏金少年，手握短棒，代表勇气与坚毅；右脚边有一位鎏金少女，手持罗盘，代表科学与方向。

1837 年，维多利亚女王（Alexandrina Victoria，1819—1901 年）登基，年仅 18 岁。新女王在继位之前的日记中写道：“既然上帝把我置于这个国家的王位上，我将尽力履行自己的职责。我尚年轻，可能在许多方面缺乏经验，但我肯定，几乎无人像我这样怀着为国为民的良好意愿和真切希望。”维多利亚女王也充分实现了自己的诺言。她在位时间长达 64 年，是英国历史上执政时间最长的君主之一，在英国历史上仅次于伊丽莎白二世。在漫长的在位时期，她生活严谨，工作刻苦，一生都模范地履行了立宪君主的职责，因此深受国民爱戴。维多利亚女王登基后，白金汉宫就成为英王正式的寝宫，她也是第一位使用白金汉宫阳台公开露面的君主。后来这一方式成为传统，只要有重大场合，如王室成员结婚、君主生辰等，王室成员都会站在白金汉宫的阳台上向民众挥手，每个这样的场面都是历史性的一刻。维多利亚女王在位期间，在英国历史上被称为“维多利亚时代”，是英国最繁荣昌盛的“日不落帝国”的顶峰时期，60多年的稳固政权让大英帝国的名号响彻全球。这一时期，英国自由资本主义由方兴未艾到顶峰，进而过渡到垄断资本主义阶段，经济、文化空前繁荣，亦让维多利亚女王成为英国和平与繁荣的象征。同一时期，英国也加大了对外殖民扩张，在全球建立和占领了很多殖民地，那个时候的人们对于“殖民”没有像今天的批判史观，所以对于他们而言，军力强盛、版图扩张是绝对值得歌颂和纪念的。

白金汉宫有一项著名的极具英国王室文化元素的仪式——皇家卫队换岗仪式（Guard Mounting），每年这项仪式都吸引着成千上万的游客前来观赏。在夏天的4月至9月，除非下大雨，皇家卫队的换岗仪式每天都在白金汉宫前的广场从上午11点开始；在其他月份，则是周一、周三、周五和周日举行。在军乐和口令声中，皇家卫队的士兵们头戴黑色熊皮高帽，身穿红绒布制服和黑色长裤，排成阵列，或手持枪械，或演奏乐器，步伐严整来到广场列队表演。每个方阵均由皇家骑兵引导，最后进入王宫换岗，交接班双方军官相互敬礼，军人相对举枪示礼，交接保卫王室的职责。

英国皇家卫队全称“英国陆军皇家近卫师团”（Household Guards Division of the British Army），是直辖于白金汉宫的皇家警卫部队，作为“近卫军”和“御林军”，专为英国王室尤其是君主安全效力。皇家卫队分为骑兵和步兵两部分，其中骑兵约1500人，分为3个团，分别是国王近卫团、国王蓝色团、王宫仪仗骑兵团。步兵约5000人，分为5个团，虽然每个步兵团的着装看起来都是差不多的熊皮高帽和红色制服，但是其实隐藏着很多不同细节的兵团符号：第一团为掷弹兵卫队（Grenadier Guards），帽子左边有一片白色羽毛，制服纽扣为单个等距排列；第二团为冷溪卫队（Coldstream Guards），帽子右边是红色羽毛，纽扣两个一组；第三团为苏格兰卫队（Scots Guards），帽子上没有羽毛，纽扣三个一组；第四团为爱尔兰卫队（Irish Guards），帽子右侧是蓝色羽毛，纽扣四个一组；第五团为威尔士卫队（Welsh Guards），帽子左侧是白－绿－白相间的羽毛，纽扣五个一组。除骑兵和步兵外，在皇家装甲坦克部队中还有四个皇家卫队团。由于历史原因，英国皇室一直没有给予英国陆军皇家称号，只有英国皇家海军、英国皇家空军，而对于名义上隶属于英国陆军战斗序列的近卫军，却有着皇家称号，可见其与英国王室的关系之亲密。

皇家卫队常年驻守在伦敦，但如果仅仅认为他们是重要仪式上的警卫部队，毫无战斗力，那就大错特错了。事实正相反，皇家卫队是英国的精锐部队，纪律严明，忠于职守，其口令的第一条就是不计伤亡地执行国王命令。他们不仅担负了英国皇家和英国政界要人住宅的警卫任务，而且还参加了多次英国进行的战争，并在很多重要会战中发挥了决定性作用。特别是五个步兵团，自诞生以来便驰骋于英国各地，战功显赫。皇家卫队的士兵都是从各地陆军中选拔出来的精英，要么是战功卓著的战斗英雄，要么是在某些战役中有过突出战绩的军人，只有英国陆军中最精锐的战士才有可能进入皇家卫队服役。所以，这支特殊的仪仗队绝对不是仅凭高大身躯和完美外貌就可以进入的部队。作为英国最精锐的部队，皇家卫队在装备方面也拥有特权，英军最新的作战装备和武器会首先装备皇家卫队，然后才能轮到其他部队。

除常规的列队、跑步、射击训练外，皇家卫队的士兵们还要受训学会骑术以及使用各类攻击火炮。另外还有非常重要的一点，就是他们的负重耐热能力也要很强。皇家卫队士兵的着装中，最引人注目的是他们所戴的熊皮高帽，这顶帽子已经成为该部队乃至英国的一个国际形象。要细数这种帽子的来历，可还真不小，而且已经有 200 多年的历史了。17 世纪，这种帽子是专门为欧洲军队的掷弹兵设计的，到了 18 世纪中叶，法国军队为了让士兵的身形显得更加高大，特地把帽子的高度增加，看起来更加威武。1815 年，英国威灵顿公爵在滑铁卢战役中带领英军打败了拿破仑的军队，为了彰显自己军队的作战能力比拿破仑的军队强，英王特许英军戴上了比法军掷弹兵还要高的熊皮帽，以资嘉奖。这个传统一直沿用到了今天，每一名皇家卫队的士兵都以头戴熊皮高帽为荣。在以前，制作熊皮帽子用的是真熊皮，每制作一顶帽子需要一头甚至两头黑熊的皮，成本极其昂贵，且猎杀这样残忍的行为也不符合动物保护的理念，现在英国皇家卫队不再用真皮做帽子了，改以人造皮草代替。

熊皮帽子虽然象征荣耀，但是一定会有很多人对这种看起来几乎遮住了双眼的帽子提出疑问，沉吗？热吗？答案是既沉且热。熊皮帽子高约 35 厘米，重约 800 克，十分厚重。按照英国皇家卫队的规定，无论春夏秋冬，站岗的士兵都要佩戴这种帽子。冬天还好，夏天可就苦了这些士兵们了，戴上熊皮帽子就如同把脑袋放在烤箱里一样，再加上身着厚重如铠甲的礼服，穿上长长的军靴，还要携带佩剑或乐器等物品，十分考验士兵们的体力和耐力，新闻里就时常出现皇家卫队士兵因为承受不了长时间在高温环境下的负重站立而体力不支被热晕的报道。因此，对于皇家卫兵来说，他们必须拥有强健的体魄和坚强的毅力才行。为了提高耐热能力，皇家卫队还特地开设了高温瑜伽等训练课程。值得注意的是，即使士兵在受训或站岗时出现了热晕的情况，他们也要笔直地倒下去，这是因为晕倒也是有军规的——“Faint to attention”（晕倒也要保持立正姿势）。士兵就算要晕倒，也不允许东倒西歪地倒下去，而是要笔直地朝前倒下去，而且手握的步枪坚决不能丢。真正的勇士是能够夹紧步枪正面笔直地倒下去的，即使这样可能会伤到鼻子，牙齿也可能保不住，但为了皇家颜面和卫队精神也是拼了，那些背部着地晕倒的士兵是会遭到鄙视的。英国皇家卫队一直保持着几百年不变的传统、不变的服饰、不变的礼仪、不变的作风，这种传统在几个世纪中未曾有过改变，它象征着英国几百年的历史。在大多数英国人眼里，皇家卫队是英国优秀传统的象征，同时是英国君主立宪制长治久安的象征。

时间来到傍晚，伦敦高纬度的天空呈现深邃的湛蓝色，夕阳倾斜的光芒把整个白金汉宫和纪念碑广场照耀得光彩熠熠。我们沿着广场前宽阔笔直气势非凡的林荫路（The Mall），追随皇家卫队的步履踪迹，往东离开白金汉宫。林荫路的北边是用红砖建造的圣詹姆斯宫（Court of St. James's），是英国最古老的皇家庄园。2012 年伦敦奥运会期间，英国女王伊丽莎白二世打破延续了 500 年的王室传统，允许商业或私人公司租用圣詹姆斯宫中的部分奢华套间，包括皇座室（St. James's Throne Room）、壁画室（Tapestry）和安妮女王室（Queen Anne Room），费用为 3000 英镑 / 天，按当时的汇率折算超过 3 万元人民币 / 天，价格之高令人咋舌。如今这里是英国君主举办与王室成员相关慈善活动的地方。林荫路南边是圣詹姆斯公园（St. James's Park），是皇家公园中最古老、最小、装饰性最丰富的公园。这个公园又有“鸭园”之称，湖面上聚集了各种大小颜色的鸭子，还有天鹅、鹈鹕等多种保护鸟类，是观鸟的天堂。公园还拥有绝妙的美景角度，可以隔着湖水眺望白金汉宫。我们步行穿过圣詹姆斯公园，往东来到皇家骑兵卫队阅兵场（Horse Guard Parade），月亮升起来了，洒下朦胧银辉。阅兵场是一个宽阔的由碎石和沙子铺就的矩形广场，每年英国女王生日时，她都会在此检阅仪仗队，阅兵队伍中威风凛凛身披红色战袍的骑兵是一道亮丽的风景线。阅兵场也是 2012 年伦敦奥运会沙滩排球的比赛场地，皇家风范与现代体育进行了一次奇妙有趣的融合。广场东门有全副戎装的骑兵卫士手持佩剑在站岗，他们的银色金属头盔看起来比步兵的熊皮高帽要轻盈得多，但倒三角的盔檐也几乎完全遮住了他们的双眼和鼻梁。

穿过阅兵场是白厅（White Hall），这条街上有英国海军部、国防部、内政部、卫生部、外务部等众多英国政府机构，因此白厅也常作为英国行政部门的代称。位于白厅西南隅的唐宁街 10 号（10 Downing Street），是英国首相的官邸。这里是英国政府的中枢，英国政治权力的核心。在新闻报道中，我们常可见英国首相站在设计朴实的黑色木门之前，以及门上缀写的白色阿拉伯数字“10”。唐宁街 10 号也逐渐约定俗成地成为英国首相的象征，包括丘吉尔、撒切尔夫人、布莱尔、卡梅伦、特雷莎·梅、鲍里斯·约翰逊等前首相都曾居住在这里。不过唐宁街 10 号并不向公众开放，安保措施也十分严密，街口还装上了大型铁闸，有数名荷枪实弹身着制服的警员驻守。见此严肃阵仗，我们没有作过多停留，只是匆匆而过，就没能见到官邸的真容了。

从白厅继续往东走，就来到了泰晤士河边，映入眼帘的是河对岸极具冲击力的伦敦眼（The London Eye）。伦敦眼是世界上首座观景摩天轮，也是伦敦的地标建筑及最出名的旅游观光点之一。伦敦眼是为庆祝新千年而修建的，于 1999 年年底开幕，因此又被称为“千禧摩天轮”。这座巨型摩天轮高达 135 米，两支从陆地延伸过来的支架将这个庞然大物稳稳地托住，让其矗立在泰晤士河面上。伦敦眼拥有 32 个乘坐舱，每个乘坐舱可载客约 25 名，转一圈需 30 分钟。乘客们乘坐伦敦眼可以上升到半空，鸟瞰整个伦敦全景。当时间临近傍晚，天空中的霞光尚未完全退却，伦敦眼已经亮起了一圈灿烂璀目的红色灯光，在旁边伦敦海洋生物水族馆墙壁上蓝色灯光的映衬下，漂浮在波光粼粼的泰晤士河面上，整体弥漫出一种如梦似幻的浪漫气息，堪称一场灯光视觉盛宴。

伦敦眼

我们在河岸边凉爽的晚风中，对此美景驻足欣赏了良久。夜幕降临了，我们穿过威斯敏斯特大桥（Westminster Bridge），路过超市买了食材，步行回民宿。晚餐做了一道西红柿牛肉丸汤，搭配水煮西蓝花，煮好米饭就开吃。一整天逛下来，身疲力乏饥肠辘辘的我们，把一顿简单的晚餐吃得津津有味。

3

在 London Pass 的加持下，我们马不停蹄地规划起接下来的游览方案，希望在通票正式启用的有限的三天时间内，对伦敦有一个更加深度的了解。在 London Pass 众多可以去的景点中，我认为最不可错过也是最值得去的一定是温莎城堡（Windsor Castle）。

温莎城堡并不在伦敦市内，而是位于伦敦西郊约 40 千米的温莎小镇。London Pass 不仅已经包含了温莎城堡的门票，而且也包含了往返伦敦与温莎之间的火车票。凭借通票，从伦敦 Paddington 火车站乘车，经斯劳站（Slough）换乘，到 Windsor & Eton Central Station 下车，全程大概一个小时，再步行约 10 分钟，即可到达城堡。如果在车站不知道乘坐哪辆列车前往温莎，或是要确认一下乘坐的列车是否正确，都可以向闸机口或列车边的工作人员确认，他们都会很友好地帮忙指点。

温莎小镇又被称作“王城”，历史悠久，最早建造于罗马人统治时期。小镇风景如画，到处可见典型的英式风格的屋舍。温莎城堡就建在小镇泰晤士河南畔的一座小山岗上，那里地势高峻，视野开阔，能俯瞰泰晤士河，扼制过往伦敦的水道，可谓战略要地。1066 年，诺曼底公爵即后来的征服者威廉一世（William I，1028 年—1087 年），诺曼底王朝的首位英格兰国王，为了巩固伦敦以西的防御，保护泰晤士河上来往的船只以及王室的安全，在此大兴土木，建造了以土垒为主要材料的城堡，取名温莎城堡。城堡经过后世英国君王的不断改造，变得越来越坚固。自 12 世纪以来，这里逐渐由防御性的堡垒改建为王室居所，也逐渐成为展示英国王室权威的城堡。到 19 世纪初，经过乔治四世（George Ⅳ，1762—1830 年）的大规模改造，温莎城堡基本形成了现在的规模。

温莎城堡是英国至今保存最好、最完整的一组花岗石建筑群，也是现今世界上最具规模、最古老且尚有人居住的城堡。历经几百年的风霜之后，温莎城堡呈现给世人的感觉依旧是那么气势雄伟、挺拔壮观。温莎城堡是英国上流社会的摇篮，英国女王伊丽莎白二世的幼年时期就是在温莎城堡度过的，此后每年有相当长的时间她都居住在这里。女王的全名叫“伊丽莎白·亚历山德拉·玛丽·温莎”（Elizabeth Alexandra Mary Windsor），温莎是她的姓。自 1952 年伊丽莎白二世加冕成为英国女王后，她和丈夫菲利普亲王就搬到了伦敦市中心的白金汉宫。但对于她而言，位于伦敦西部的温莎城堡才是她的家，因此她也决定将温莎城堡作为她主要的周末休养场所。城堡中心的圆塔上有一个旗杆，与白金汉宫一样，从上面悬挂的旗帜就可以知晓女王是否在这里：如果悬挂的是皇室旗，那么女王就在城堡；如果悬挂的是英国国旗，那么女王就不在城堡。我们到达温莎城堡的当天，圆塔上升起的是皇室旗，女王就在这里。平时，温莎古堡全部对外开放，当女王在这里的时候，只有山顶上最大的那座宫殿留给她，其余的地方仍然允许公众参观。

温莎城堡

温莎城堡面积大约4.5万平方米，拥有1000多间客房，分为上、中、下三区：东面的上堡区为王室私宅，有国事厅（State Apartments）、玛丽皇后玩偶屋（Queen Mary's Dolls' House）等；中堡区以显著的圆塔（Round Tower）为主，四周都被茂密的玫瑰花园所环绕；西面的下堡区是从泰晤士河登岸进入温莎城堡的入口，有哥特式风格的圣乔治教堂（St. George's Chapel）等建筑。现在的温莎城堡主要用于国事场合，每逢王室喜庆之日，君主都在此大设宴席招待各界权贵。在英国，能出席温莎城堡的盛典和在城堡中留宿是一个人社会地位的重要标志，人们都以能够参加温莎城堡举行的盛典而骄傲。

温莎城堡内收藏着英国王室数不清的珍宝，其中有鲁斯本、伦勃朗、荷尔拜因等大师的作品，更有留传自中世纪的家具和装饰品。可以说，温莎城堡里的每一个房间都是一座小型的艺术展室。现在，城堡中多数的大厅都对公众开放，但王室侍从厅仍不能参观，那里陈列着许多英国王室的珍贵文物，其中甚至还包括慈禧太后赠送给维多利亚女王的条幅，以及 1947 年伊丽莎白女王结婚时，当时的中国云南省主席所赠的画卷。

在经过安检进入城堡时，游客可以领取到一个讲解器，在接下来依次参观每一处会客厅、卧室、起居室时，就可以随着讲解器里的解说了解它们的历史和具体陈设了。沿着游览路线，首先由南向北穿过爱德华三世塔（Edward Ⅲ Tower），到达北阳台（North Terrace）。在阳台上可以俯瞰整个温莎小镇，以及远眺泰晤士河北岸的伊顿公学。在温莎城堡内，可供游客细细参观主要是国事厅。参观首先从宽大的中央楼梯（The Grand Staircase）开始，如果有外国政要来访，也必须从这里经过。中央楼梯有玻璃镶嵌的屋顶，两侧墙壁上排列着兵器和盔甲。国事厅里，有国王会客厅（The King's Drawing Room）、国王餐厅（King's Dining Room）、王后会客厅（The Queen's Drawing Room）、王后舞厅（Queen's Ballroom）、滑铁卢厅（Waterloo Chamber）、圣乔治厅（St. George's Hall）、嘉德王座厅（Garter Throne Room）等房间，装饰都异常华美精致。其中滑铁卢厅是为庆贺滑铁卢战役胜利而建造的，女王有时在此举办私宴。圣乔治厅是一间长达 55.5 米、宽 9 米的宏伟壮观的大厅，屋顶点缀着自嘉德勋章设立以来全部嘉德骑士的纹章，每逢接待国事访问时，这里被用来举办国宴，可坐 160 人。另外，包括绿色会客厅（Green Drawing Room）、绯红会客厅（Crimson drawing room）、国宴厅（State Dining Room）、八角形餐厅（Octagon Dining Room）、瓷器走廊（China Corridor）在内的半国事厅（The Semi-State Apartments），在 4 月至 9 月不对外开放。

高耸于城堡中央高岗上的圆塔，建造于 12 世纪，是以前用于防御外侵的炮垒，城垣上还设有古炮。1660 年以前，圆塔是关押王室政敌的监狱。后来乔治四世在圆塔上面增建了巍峨的冠顶部分，使之高度达到了 65.5 米，成为古堡内最高的建筑。现在圆塔主要用于保存王室文献和摄影收藏。圆塔下方的壕沟，最早也许应该像护城河那样灌满水才对，如今因为失去了防御功能的必要，被改建成了绿地和玫瑰花园。

位于下堡区的圣乔治教堂，是英国最杰出的哥特式建筑之一，以细致艳丽的彩绘玻璃著称。这座优雅的教堂建造于 1475 年，中殿和美丽的扇形拱形屋顶在都铎王朝的首位英格兰国王亨利七世（Henry Ⅶ，1457—1509 年）时期完成，最后建成于亨利八世（Henry Ⅷ，1491—1547 年）在位时的 1528 年。教堂的屋顶上有一圈举着标志杆的动物雕像，看着有点像中式皇宫建筑屋脊上的小瑞兽，中西方建筑在这方面有着异曲同工之妙。圣乔治教堂屋顶上的这些雕像被称为“王之兽”，共有 14 种，都与王权相关，包括英格兰雄狮、威尔士红龙、理查二世白鹿等。圣乔治教堂是一座皇家陵墓，自 18 世纪以来，英国历代君主死后都埋葬在这里，此外许多王后、王子和其他王室成员也都安息于此，比如伊丽莎白女王的父亲乔治六世、母亲伊丽莎白王太后、妹妹玛格丽特公主逝世后都安葬在这里。2021 年菲利普亲王和 2022 年伊丽莎白女王逝世后，亦都长眠于此。

在英国历史上，有许多重大事件都发生在温莎城堡。这里是君主为皇族、贵族等颁发爵位和封号的重要场所之一，其中最著名的就是“嘉德骑士”封号。1347 年，国王爱德华三世决定在温莎城堡举行一场圆桌格斗，然后设立一个“圆桌骑士团”，但后来他去法国加莱参加了一个宴会，当时发生了一件事改变了他的想法。在宴会上，爱德华三世邀请索尔兹伯里伯爵夫人跳舞，但在舞会上伯爵夫人所穿的吊带袜的袜带掉了，众人窃笑。爱德华三世特别不满那些骑士和贵妇的反应，说了一句古法语“Honi soit qui mal y pense”，对应的英文是“Shame on him who thinks evil of it”，意为“心怀邪念者蒙羞”。然后他把袜带捡起来戴在自己腿上，说道：“别管那个‘圆桌骑士团’了，我们成立一个‘嘉德骑士团’”，“我只允许嘉德骑士团里有 25 个会员，当然还得加上我！”嘉德是 Garter 的音译，就是女子吊袜带的意思。由此，在 1348 年，爱德华三世创立了嘉德勋章。勋章的形状是一根蓝色的吊带袜上面用金字写着爱德华三世的那句名言，中间是英格兰主保圣人圣乔治的十字。嘉德勋章是英国地位最高最古老的骑士勋章，在英国最高级别的勋章中，优先等级也仅次于维多利亚十字军功章（Victoria Cross）和乔治十字奖章（George Cross）。只有极少数人能够获得嘉德勋章，其中包括英国国君和最多 25 名活着的佩戴者，只有当骑士团成员去世后方可进行补选。此外，英国君主还可以授予少数超额佩戴者（包括王室成员和外国君主）。嘉德勋章最初的补选提名是由骑士团成员提名的，1862 年维多利亚女王废除了这一制度，此后提名权和决定权都属于君主，首相也无权过问。嘉德勋章的授勋仪式在英国已郑重其事地举行了接近 700 年，每年 6 月，在觐见室的金色华盖下，英国君主都会主持新的嘉德勋章骑士授勋仪式。

作为英国最尊贵最高级的骑士体系，嘉德骑士团被称为国王 / 女王最高级别的守卫者。骑士团要有领袖，大团长自然就是英国君主了，唯一一枚镶满了钻石的嘉德勋章便由君主佩戴，其他成员则只能在蓝色斗篷上绣一个简化版的勋章。获得嘉德勋章的男性被称为 Knight of Garget（KG），女性被称为 Lady of Garter（LG），获得勋章后，骑士团成员即可在正式署名时在名字后面加上尊贵的简称。在英国历史上，打败了拿破仑的威灵顿勋爵、打败了希特勒的丘吉尔首相、铁娘子撒切尔夫人等都是嘉德骑士团成员。1958 年，当查尔斯王子被授予威尔士亲王时，他被授予了“嘉德骑士”勋爵封号。2008 年，英国女王的孙子威廉王子成为第 1000 位嘉德骑士。2021 年年底，白金汉宫宣布，时任王储查尔斯王子的妻子、康沃尔公爵夫人卡米拉，凭借“对君主尽忠职守”，由女王亲自授予她嘉德勋章。这相当于是借用女王即将登基 70 周年之际的重要时刻承认了卡米拉的王室地位，年事已高的女王也必然要考虑为下一任君主铺平道路。

圣乔治教堂是嘉德骑士团的所在地和精神家园，每名骑士都能在圣乔治教堂分配到一个牌位隔间，用来陈列他的个人牌位，称为嘉德牌位。上面展示着嘉德骑士的姓名和纹章，这些牌位都会一代一代地保留下来。每一位嘉德骑士在教堂内还有固定的席位，每一个席位上都点有一盏小小的台灯，点点灯光排列成行，让人凝神屏息。在嘉德勋章骑士的一生中，骑士的旗帜和羽饰的头盔都被悬挂在教堂里的座位上。每个座椅背后是涂以瓷釉的金属薄皮，上面有骑士的纹章。嘉德勋章骑士死后，旗帜和羽冠撤下，但薄皮仍然保留。在“二战”时期，英国有一张照片流传得非常广，当时的英国国王乔治六世到伦敦的贫民窟进行视察，他站在一个东倒西歪的房子门口，对里面一贫如洗的老太太说：“请问我可以进来吗？”国王身为嘉德骑士团的首领，这种态度体现了他对社会底层百姓的尊重，这才是英国真正的贵族精神。

温莎城堡巍峨的宫殿、秀丽的景色、浓郁的人文色彩吸引着众多踏古人，让这里成为英国著名的旅游胜地。它不仅以古堡自身的特色在世界古堡中独领风骚，而且频频在英国王室历史上扮演着重要角色，成为英国历史的见证和缩影，为世人所瞩目。在和爽的秋日里，置身在静寂的绿野和森林之间，远眺那随着浮云时隐时现的古堡，似乎能听到莎士比亚用诗一般的语言，叙述着为争夺王位而发生的一幕幕惊心动魄的剧情。

4

西汉建元二年（公元前 139 年），张骞奉汉武帝之命，由大汉帝都长安出发，出使西域。司马迁称赞张骞出使西域为“凿空”，意为“开通大道”。他的出使，打开了中国与中亚、西亚、南亚以及通往欧洲的陆路交通，即赫赫有名的“丝绸之路”。从此中国人通过这条通道向西域和中亚等国出售丝绸、茶叶、漆器和其他产品，同时从欧洲、西亚和中亚引进宝石、玻璃器等产品。

随着张骞出使西域，东西方文明交流逐渐加速，丝绸之路由此正式贯通。丝绸之路的终点是古罗马。罗马帝国是世界古代史上国土面积最大的君主制国家之一，由此创造的古罗马文明，对西方乃至世界文明的发展进程做出了重大贡献，其中最重要的两条贡献是：前半期的罗马律法和后半期的基督教。

在罗马时代，欧洲北部有三大著名蛮族：凯尔特人、日耳曼人以及斯拉夫人。公元前 500 年左右，凯尔特人就登上了不列颠各大岛屿。公元 43 年，罗马统治者踏上了征服不列颠岛的道路，花了 3 年时间将不列颠岛收入囊中，并在此驻扎了长达 400 年左右。后来随着日耳曼人的崛起，罗马帝国自顾不暇，于公元 407 年将军队撤了回去，凯尔特人再次掌握英伦三岛的控制权。公元 449 年，崛起后的日耳曼人也踏上了征服不列颠岛的征程。不过凯尔特人也不是吃素的，大家都是蛮族，谁怕谁啊！开打！双方你来我往互相争斗了长达150多年的时间，最终在公元6世纪左右，凯尔特人还是没能斗得过日耳曼人。从此以后，英国进入了日耳曼人统治的时期。这部分日耳曼人，是生活在丹麦、德国境内的盎格鲁－撒克逊人。盎格鲁－撒克逊人是两大部落联合起来后的名称，其中盎格鲁人来自丹麦，撒克逊人来自德国，“英格兰”这个名字的含义在古英语中就是“盎格鲁人之地”的意思。

经过长期混乱的战争，英国也拥有了日耳曼人、罗马人、凯尔特人这三大类人。他们在英伦三岛组建了一系列小国家，互相兼并，战乱不断。盎格鲁－撒克逊人在英国建立了10多个政权，互相兼并之后，只剩下了7个。这一时期也被称为七国时代，跟中国历史上的战国七雄时期非常相似，只不过当时英国各诸侯国的疆域都小很多。被评为21世纪最佳电视剧，拿奖拿到手软的《权力的游戏》（*Game of Thrones*），其故事背景就引自英国历史上的七国时代。转机出现在9世纪初期，威塞克斯王国通过改革军事思想和武器，国力超过了其余六国，一场英国版的“秦国统一六国”的战争上演，英格兰实现了统一，威塞克斯王朝诞生。历史在这里惊人地展现了它的相似性，在遥远的东方，1000多年前，秦国也是灭掉了六国，建立了中国历史上第一个统一的封建王朝。

按照英国历史的划分，威塞克斯王朝成为英国历史上第一个朝代。从此开始，英国历史上一共存在过10个王朝，分别如下。

1. 威塞克斯王朝（Wessex，829—1016年，1042—1066年）
2. 诺曼底王朝（House of Normandy，1066—1154年）
3. 金雀花王朝（House of Plantagenet，1154—1399年）
4. 兰开斯特王朝（House of Lancaster，1399—1461年）
5. 约克王朝（House of York，1461—1485年）
6. 都铎王朝（Tudor dynasty，1485—1603年）
7. 斯图亚特王朝（The House of Stuart，1603—1714年）

8. 汉诺威王朝（House of Hanover，1714—1901 年）

9. 萨克森－科堡－哥达王朝（Saxe-Coburg and Gotha，1901—1917 年）

10. 温莎王朝（The House of Windsor，1917 年至今）

大航海时期，随着哥伦布、麦哲伦等航海家开辟出新航路，英国凭借其位于大西洋新航路的中心线上，对外交通便利的优势，逐渐兴起和发展了资本主义。英国历史上的都铎王朝时期是英国处于从封建主义向资本主义的过渡时期，被认为是英国君主专制历史上的黄金时期。在这一时期，英国通过海外贸易和掠夺以及圈地运动，为本国资本主义经济的发展积累了资本。都铎王朝的最后一位统治者是伊丽莎白一世（Elizabeth Tudor，1533—1603 年），她在 1558 年继承王位，统治了英国近半个世纪。在英国历史上，伊丽莎白一世的统治时期被称为“黄金时代”，在这一时期，英国成为欧洲最强大的国家之一，一个名副其实的海上强国。随着航海业的不断发展，英国有了许多海外殖民地，贸易越来越发达，人民变得越来越富有。英格兰文化也在此期间达到了顶峰，涌现出了如莎士比亚、培根等著名人物。

到 17 世纪中期，英国国内的工场手工业得到了巨大发展，同时催动了英国资产阶级的迅速发展。随着欧洲文艺复兴运动让人民的思想获得了解放，英国爆发了资产阶级革命。经过近五十年风云变幻的反复与曲折，英国社会在做出了重重探索和尝试后，最终选择了保留王权形式的资产阶级代议政体——君主立宪制。经过资产阶级革命，一方面最终由议会取得了胜利，议会逐步掌握国家的最高权力，君主的锐气在很大程度上被打压了下去；但另一方面资产阶级革命并不彻底，没有废黜王权，这和资产阶级深固的王权观念相关，他们不可能在思想上和行动上与王权彻底决裂。这一政体确立的过程，实则是资产阶级与王权展开角逐的过程，是各种矛盾和冲突共同作用的结果，它不仅适应了资本主义发展的需要，保护了资产阶级革命的成果，而且承继了英国民族的法治传统和忠君思想的社会心理。君主立宪制的建立符合当时英国国情，代表了社会各阶层的利益，是英国资产阶级和新贵族在当时的历史条件下做出的最佳选择，是英国历史和现实相结合的产物。

在君主立宪制度下，英王仍然是终身和世袭的国家元首，享有宪法赋予的法律上或形式上的巨大权力，但是这种政体下的君主是“统而不治”“临朝不理政”。英王虽高居权力之巅，却只是个偶像，不属于政党，不偏向任何党派，也因此很少卷入政治党派争权夺利的斗争之中。英王能在出现冲突和危机的情况下发挥巨大影响力，有被咨询权、鼓励权和警告权，当政治斗争发展到引起政府危机时，能够充当仲裁人，起到恢复民主程序、稳定政局的作用。宪法在赋予王室权力的同时，对王权的行使加以种种限制。历史的发展要求王室交出更多的权利，王室也总是善于审时度势，主动或被动地顺应了时代进步的潮流，增强了王权的生存力。所以，虽然从维多利亚时期起一直到今天，都有人呼吁废黜君主制，然而响应者寥寥。不仅如此，英国女王伊丽莎白二世还凭借 70 年“超长待机”的亲政博得了英国人民的爱戴，她作为民族最权威的对外代表和民族团结统一的象征，发挥了不可低估的作用。

经过资产阶级革命，英国社会长期动荡不安的局势得以稳定，这有利于英国资本主义经济的发展，促使英国整体面貌焕然一新。资产阶级革命成功后，英国再也没有发生过革命，政局稳定成为近代英国的一个重要特征，也为以后英国的殖民扩张和工业革命奠定了政治基础。君主立宪制的确立，使英国在世界工业化的过程中独领风骚，取得了辉煌成就。从此以后，英国开辟了新时期，逐渐成为日不落帝国，凡是阳光能照耀的地方，都有大英帝国的领土或者殖民地。英国资产阶级的革命在很大程度上反映了当时整个世界的要求，资产阶级确立的君主立宪制成为各国争相效仿的政治制度，对欧洲和世界上的其他地区都产生了很大影响。

在此后的将近200年时间里，西方世界的主要国家陆陆续续都开展了资产阶级与王权斗争的革命，最终，越来越多的国家先后建立起资产阶级政权。西方世界国家由此形成了一套发达且成熟的资本主义体系，并一直沿用至今。因为资产阶级革命，西方世界迎来了前所未有的巨变，整个世界的发展进程得到了巨大推动。可以毫不夸张地说，英国爆发的资产阶级革命，是整个世界近代史的开端，它标志着一个全新时代的来临。当然，英国的资产阶级革命所确立的君主立宪制，也并不是十全十美的，它有一定的不彻底性，存在诸多弊端，如它并没有完全根除专制的毒瘤，保留了诸如贵族院等封建特权，以及裙带关系等封建残余，这些都是它本身克服不了的。

200多年后，中国的有识之士曾在辛亥革命中试图效仿建立君主立宪制，但在帝国主义时代，在半殖民地半封建社会的中国，资本主义的建国方案是行不通的。每个国家选择什么样的政体，是由多种历史和现实因素决定的。当时中国社会的三大势力中，帝国主义不允许中国通过走资本主义的道路强大起来，封建主义的思想影响仍然根深蒂固，官僚资本主义不断挤压民族资产阶级的生存空间。帝国主义与大地主、大买办阶级，以及旧官僚、立宪派一起勾结起来，从外部和内部绞杀了这场革命，窃取了革命胜利的果实。领导辛亥革命的中国民族资产阶级，缺少必要的资本原始积累过程，可以说是在“外力”的刺激下产生的“早产儿”，具有先天的软弱性与妥协性，使其没有彻底提出反帝反封建的革命纲领，不能充分发动人民群众，所建立的民主共和政体也是徒有其名，没有完成反帝反封建的革命任务。资产阶级共和国的方案没有能够救中国，中国人还需要进行新的探索，为中国谋求新的出路。

英国在汉诺威王朝的最后一位君主维多利亚女王统治的60多年间（1837—1901年），在政治、经济、军事上都达到了历史鼎盛。

1840 年，维多利亚女王与自己的表弟，来自德国柯堡家族的王子阿尔伯特结婚，“萨克森－科堡－哥达”这个德国姓氏就此带入英国王室。19 世纪盛行大家庭，维多利亚女王也不例外，她是一位多产的母亲，共育有五男四女。到晚年时，她已是四世同堂的老祖母，共有 37 个孙子、近 80 个重孙。王室儿孙们的婚姻不能自主，而是专门有人为他们与外国王室牵线搭桥。于是维多利亚女王的子子孙孙就成了德国、挪威、瑞典、西班牙、希腊、罗马尼亚、南斯拉夫等国的国王或王后。一张惊人的皇家亲属国际网就这样被织成，这张网上的一丝一缕都和女王相连，因此维多利亚女王不仅是柯堡家族的祖母，也是欧洲的祖母。

1914 年，第一次世界大战爆发，主战场在欧洲，英国不可避免地卷入了其中。战争打到 1917 年时，同盟国与协约国之间的战斗一直处于胶着状态，协约国胜利的希望似乎很渺茫。在这场欧洲历史上破坏性最强的战争中，有 1000 多万人丧生，德国成了可怕的敌人。英国朝野反对德国，情绪激昂，英国人民深切体会到了战争的残酷，当时许多人的普遍心态是厌倦战争和对德国人的畏惧与憎恨。人们对任何能够与可恶的德国人联系上的事情都大加鞭挞，反德的矛头也直指英国王室，英国王室对血统的说辞因此变得小心翼翼。为了安抚民心，表明王室与臣民共同反德的决心，英国王室认为有必要寻找一个正宗的英国姓氏进行更替。1917 年 7 月，乔治五世颁布了一道枢密院（Privy Council，英国君主的咨询机构，具有一定的司法职能）御令，宣布不再使用德国的姓氏，而将王室的姓改为行宫所在地的名称温莎（Windsor），朝代名称也改为温莎王朝。自此，英国王室的传统和风格就一下变得“本国化”了。1918 年，“一战”以协约国的胜利告终。大战后，欧洲大陆的诸多王室纷纷退出历史舞台，英国的温莎王朝由于英王乔治六世在“二战”中的英勇表现和强有力的爱国姿态得到了民众的支持，让这个王朝得以延续。乔治六世的女儿，超长待机的伊丽莎白二世是君主立宪制君王的典范，她代表了英国王室的威望，让君主立宪制在英国稳如泰山，直到今天都没有丝毫动摇的迹象。

乔治六世膝下有两位公主，大女儿伊丽莎白公主出生于1926年，小女儿玛格丽特公主出生于1930年。“二战”爆发时，两位公主都还只有十来岁，有人建议应该把小公主送到远离战火的加拿大，但遭到乔治六世的反对。其后，伊丽莎白王后安慰伦敦市民时说的一句话迅速传开：“小公主们会始终和我待在一起，我会一直陪伴在国王的身边，国王永远不会离开这个国家！”乔治六世去世后，伊丽莎白王后在写给国王母亲玛丽王太后的信中也表达了自己的哀思，她写道：“我知道您非常疼爱阿尔伯特，他也是我的一生，我们在一起度过了快乐的时光，我深深地感谢他。他是如此的体贴及爱护人，我相信他从来没有为自己着想过……对我和孩子们来说，他是一个天使……难以想象莉莉白这么年轻就要承受这样的负担……”

伊丽莎白王后信中所说的“莉莉白”（Lilibet），就是当时的伊丽莎白公主的昵称。源起伊丽莎白公主小时候还不会念自己的名字“Elizabeth”，所以就简读为“Lilibet”。从那个时候起，英女王伊丽莎白二世就有了“Lilibet”这个昵称，而且这个昵称只能是被亲近的家人用来称呼英女王，外人是不能使用的。信中所说的“这么年轻就要承受这样的负担”，意指伊丽莎白公主要继承王位，承担起英国君主的职责。

父亲乔治六世去世时，伊丽莎白年仅26岁。当时她在肯尼亚阿布戴尔国家公园的一间树上旅馆中，收到了父亲去世的噩耗，以及自己即将加冕登基的消息，这段经历被当地人妙称为“上树是公主，下树是女王”。对于即将要承担起的作为英国君主的这份重任，伊丽莎白从来没有因为突如其来的压力而抱怨。作为王室长女，伊丽莎白从小就接受了非常传统和严格的教育，不仅要学习怎样治理国家，还要学习历史、语言和音乐等。伊丽莎白也从来没有辜负别人的期望，可以流利地讲法语、德语和西语，还曾经获得四所大学授予的音乐和法学博士学位，真是“别人家的女王”。“二战”期间，伊丽莎白参与了一个支援战争的妇女团体，和同龄人一起受训，学习机械知识和驾驶技术，并作为机械师为国家军队服务，亲手修过不少车。女王学习了驾驶技术之后，也非常喜欢开车，她作为一名从“二战”时期就能驾驶军用急救车的老司机，开车技术非常好。但有意思的是，伊丽莎白女王并没有正式的驾照，而且她也不需要驾照，因为英国所有的驾照都是以女王的名义签发的，她不需要自己给自己再签发一本驾照，所以女王成为全英国唯一一个可以无证驾驶的人。那如果女王驾车违规了，警察会给她开罚单吗？答案是开不了，因为没有驾照就开不了罚单。而且女王也无法被起诉，因为英国的起诉书也都是以君主的名义签发的，所以女王会被免于起诉。当然，即使拥有这样的特权，女王也做得非常规范，她非常注意自己的言行举止，做任何事情都遵照法律进行，做人民的模范，毕竟她堪称英国君主立宪制的典范。

1939 年，英王乔治六世和王后带着两个女儿参观达特茅斯皇家海军学院。当时伊丽莎白 13 岁，遇上了 18 岁的菲利普。由于菲利普是海军学院的优秀学生代表，且具有皇室血统，于是学校指定他担任国王一家的导游。菲利普高大英俊、眼神深邃、学识渊博，很出色地完成了此次接待任务。也正是由于这次相聚，两位年轻人之间互生情愫，坠入了爱河。他们都是彼此的初恋，而俩人也最终结为了一生的伉俪，相知相伴了 73 载。

伊丽莎白女王与菲利普亲王是夫妻，同时菲利普的身份与英国王室又有着千丝万缕的联系，他们夫妻二人在父系和母系两条线上都有着十分复杂的血缘关系。要把他们之间的血缘关系理清楚，要做两项准备工作：一是好好地把辈分称呼弄清楚，远了不说，最简单的就是以自己为中心，直系亲属上数四代长辈，下数四代晚辈，由此形成“高祖、曾祖、祖、父、本人、子、孙、曾孙、玄孙”的“九族”辈分关系。二是认识与欧洲王室联姻关系密切的两位关键人物，分别是被称为“欧洲岳父”的克里斯蒂安九世和“欧洲祖母”的维多利亚女王，正是这两位君主的子孙之间互相通婚，才造就了女王夫妇的复杂血缘关系，以及丹麦、英国、沙俄、瑞典、挪威、希腊和德国诸国的王室全部都因此攀上了亲戚关系。

先说父系这边，以丹麦国王克里斯蒂安九世为起点，他的次子为希腊国王乔治一世，乔治一世的小儿子为安德列亚斯王子，安德列亚斯王子生了儿子菲利普，因此克里斯蒂安九世是菲利普的曾祖父；克里斯蒂安九世的大女儿是亚历山德拉，她嫁给了英国国王爱德华七世，两人的次子为乔治五世，乔治五世的次子为乔治六世，乔治六世生下了长女伊丽莎白，因此克里斯蒂安九世是伊丽莎白祖父的外祖父。所以，从父系来看，二人都是丹麦国王克里斯蒂安九世的后代，只不过亲王是嫡系曾孙，而女王更像是外玄孙女。按照父系辈分，女王夫妇是表叔侄的关系，菲利普亲王的父系辈分要比女王大一辈，伊丽莎白女王要称呼菲利普亲王为表叔。

再说母系这边，以英国维多利亚女王为起点，她的长子为爱德华七世，爱德华七世与亚历山德拉王后生下的次子为乔治五世，乔治五世的次子为乔治六世，乔治六世生下了长女伊丽莎白，因此维多利亚女王是伊丽莎白的高祖母；维多利亚女王的二女儿为爱丽丝公主，爱丽丝公主的女儿为黑森大公国的长公主维多利亚公主，维多利亚公主生下的女儿也叫爱丽丝公主，这位巴登堡的爱丽丝公主嫁给了希腊的安德列亚斯王子，生下了儿子菲利普，因此维多利亚女王是菲利普外祖母的外祖母。所以，从母系来看，二人都是维多利亚女王的玄孙辈，只不过女王变成了嫡系玄孙女，亲王变成了外玄孙。按照母系辈分，女王夫妇是表兄妹的关系，他们是同辈人，伊丽莎白女王要称呼菲利普亲王为表哥。

综上所述，女王夫妇二人的父系母系亲缘关系悠久且复杂，他们之间的关系可以说是19世纪欧洲各王室相互通婚的遗留产物。如果按照中国的传统伦理，他们之间的血缘关系在父系和母系都没有出五服，但按婚姻法已经过了三代以内的旁系亲属关系，所以结婚是没有问题的，况且在欧洲王室，相较于近亲结婚的传统，那就更算不得什么了。

1947年12月20日，经过八年“鸿雁传情”，伊丽莎白与菲利普结婚了。这场婚礼给“二战”后满目疮痍、一片昏暗的英国“平添了一道色彩”。但对于这门婚事，英国王室最初是不同意的，认为菲利普不够格，只是一个因战争而流亡落魄的希腊王子，配不上伊丽莎白尊贵的身份。但伊丽莎白对自己的爱情非常坚定，她毫不掩饰自己对菲利普的爱，在给父王的信中写道：“菲利普是我的天使，我们在一起时总觉得似曾相识，彼此很默契。”为了能与心上人结婚，菲利普也在结婚前做出了让步才得到了王室的首肯，这些让步包括：宣誓放弃希腊王子的身份，放弃希腊王位的继承权，加入英国国籍；按照他舅父蒙巴顿公爵将姓氏改为蒙巴顿，放弃孩子随自己姓氏的权利；放弃自己心爱的海军事业，全力支持女王的事业；放弃原来的宗教信仰，改东正教信仰为英国圣公会。除了这些，他还必须严格遵守英国王室的礼仪，在一切公众场合必须向伊丽莎白鞠躬致敬，而且要一直走在伊丽莎白的身后。

自从伊丽莎白女王上任之后，菲利普亲王就作为“贴身侍卫”陪同，履行公务多达2.2万次，一直坚持到了自己干不动的那一天。在女王与丈夫结婚70周年纪念日上，女王形容菲利普时，眼里闪着光：“很难讲应该怎么夸他，但也很简单，他是我的力量源泉，这么多年一直守护着我。”女王和丈夫的“贵族模范婚姻”走过了73载，菲利普亲王也一直在女王身边尽心履职了73年，守护了女王73年，为英国历史上保持君王配偶身份最长之人。2021 年 4 月 9 日，菲利普亲王去世，享年 99 岁。自从菲利普亲王与英国女王伊丽莎白二世结婚后，出席所有的活动，他都必须走在妻子的后面，但这一次，他终于走在了女王前面。2022 年 9 月 8 日，伊丽莎白二世也与世长辞，享年 96 岁。

伊丽莎白二世是英国迄今最长寿、在位时间最长的君主。她长达 70 年的君主生涯的开启，始于她作为英国君主的加冕仪式。1953 年 6 月 2 日，女王加冕仪式举行，这一年她年仅 27 岁。加冕礼是皇室传统中最古老、最庄严、最神圣的仪式，也是现代所罕见的。这次加冕礼对英国和英国王室来说，是非常隆重的仪式，为此足足筹备了 16 个月。能够进入教堂现场观摩加冕礼的当事人非富即贵，包括一些国家元首、外交官、非洲酋长、穆斯林、外国王储们，还有王室的其他人员。当时欧洲刚刚经历过战争，王室认为这样的仪式可以激励很多人，因此伊丽莎白坚持在电视上直播这场加冕礼。这次直播也是传媒业的一次革命，展现了最重大的皇家庆典中的一切隆重华丽的场面，数百万人通过电视直播观看了加冕仪式。英国广播公司 BBC 为这场直播动用了所有的摄像机，现场画面向英国全境进行直播，并通过特别架设的无线电装置向法国、西德和荷兰做直播。也就是从那时起，电视机的销售直线上升，大众电视的时代随之到来。

加冕仪式开始前，伊丽莎白乘坐金色御用马车，从白金汉宫出发前往教堂。这辆金色马车是 1761 年乔治三世加冕时制造的，从此以后，任何一位英国君主都是乘坐这辆金色马车加冕的。整个加冕仪式的过程非常复杂，分为承认、宣誓、受膏、授权、登基和朝拜 6 个环节，而且耗时颇长，持续将近 3 个小时。为了记住每一个步骤和动作，伊丽莎白女王提前在白金汉宫进行了长时间的排练，因此在典礼中尽显尊贵大方。在庆典上，伊丽莎白女王让世界各地数以百万计的臣民看到他们的女王承担了王位的情感和实际负担，并接受了臣民和主教的效忠承诺。

加冕过程中，女王非常重视受膏仪式，因为只有完成受膏，其凡人之躯才得到净化和圣化，她才肩负了神的使命，自己才真正算得上是英国女王。因为这个环节神圣庄重，女王要求这个环节不被电视转播。女王身着素服，坐在“爱德华王座”上，大主教手持镀金的鹰形瓶子，往镀金银勺内倒圣油，这个圣油是与女王父亲乔治六世加冕时所用的相同底座的圣油，分别在女王的双手手掌、额头和露出的胸口上画十字。等女王穿上加冕王袍以后，整个受膏过程就此结束，接下来就是我们能从电视中看到的直播。

在戴上王冠之前，伊丽莎白二世被要求宣誓。她跪在圣坛上，右手抚摸《圣经》，虔诚地发誓：“我将遵循相关法典的习俗，治理好英国和英联邦国家，确保维护法律和正义，坚持信奉英国国教。”加冕仪式中的最重头戏是授权，伊丽莎白二世坐在王位上，由坎特伯雷大主教依次向她授予象征君主权威的宝剑、宝球、权杖、王冠等。英国皇室有一套完整的王位宝器，它们每一件都采用精湛技艺和高超工艺制作而成，象征君主权力的方方面面、他们所做的承诺以及君主和国家之间的关系，如果新王加冕时缺少了任何一种，仪式都无法继续往下进行。

宝剑：名为献纳之宝剑，装饰有上千颗宝石，有钻石、蓝宝石和红宝石。最初是1821年为乔治四世加冕典礼设计的，一直沿用至今，寓意君王用宝剑来保卫自己的国家，惩恶扬善。

宝球：又称“国王的苹果”，代表手中掌握着世界大权，寓意其统治的强大，并拥有生命的创造力和支配力。宝球采用黄金制作，镶嵌了365颗钻石以及珍珠、红宝石、蓝宝石、祖母绿和一大块紫水晶，顶端的十字架象征宗教和道德的权威。加冕时，宝球被交到新王手中，然后奉上圣坛。

权杖：名为“十字权杖”，是权力的象征。在加冕典礼上，新王需戴手套持杖，以此提醒其睿智地使用权力。权杖顶端镶嵌的是著名的库里南Ⅰ号钻石，也称为“非洲之星”，享有世纪之最美誉。这颗梨形刻面钻是全球最大的切割成型的钻石，重量超过 530 克拉（约 106 克，有两个鸡蛋那么重）。库里南钻石于 1905 年在南非的普列米尔矿山被发现，并以矿主托马斯·库里南爵士的名字命名。它是迄今为止人们发现的最大天然钻石，重达 3106.75 克拉（621.35 克），且有着非凡的纯度和蓝白色。由于当时的南非为英国的海外殖民地，当地政府抓住机会将这块硕大无比的钻石献给了维多利亚女王的长子英王爱德华七世。这颗巨钻原石经过周密设计，被切割加工为 9 颗大钻、96 颗小钻。除库里南Ⅰ号钻石被镶嵌在十字权杖顶端外，库里南Ⅱ号钻石被镶嵌在了帝国皇冠上，其余钻石也分别被镶嵌在了英王室的王冠、胸针吊坠、项链、戒指等宝器上。自此世界上最大的钻石库里南，作为英国君主的专属配饰，成为大英日不落帝国繁荣昌盛的象征。关于钻石，在此要多说一句，如今全球每三颗天然钻石里就有两颗是从非洲产出的，非洲是当之无愧的钻石之乡，但钻石带来的财富并没有给贫穷落后的非洲人民带来繁荣，各种矿产的开采权被地方政府、民间武装甚至是恐怖组织把控了。为了争夺矿场，部落间的斗争导致无数平民丧生。大量廉价黑人劳动力被征用来挖矿，他们领着微薄的薪水，做着高强度的工作，生存环境异常恶劣，简直是用生命在挖钻石。由好莱坞影星莱昂纳多·迪卡普里奥（Leonardo DiCaprio）主演的电影《血钻》（*Blood Diamond*）就是以此作为故事的背景，影片中有这样一句台词：“土著人说，这片土地的颜色是战争中用人的血染成的。”钻石凝结着人们的许多向往，寓意着璀璨的外表，坚硬的品格，澄澈的内心，人们对它总是爱不释手，但要知道，钻石背后也有着非洲人们的血和泪。

王冠：伊丽莎白二世在加冕仪式上戴的是圣爱德华王冠，取这个名字是为了纪念佩戴过这顶王冠的中世纪国王，被后人誉为圣人的忏悔者爱德华。这顶王冠在 1661 年查理二世加冕仪式时被重新打造，极为珍贵，只有在最隆重的加冕庆典上才会使用，每位君主一生也只有一次佩戴它的机会，那就是在他们的加冕典礼上。王冠由纯金打造，由一个传统的圆环和四个拱形主体结构组成，拱形结构之间是百合花装饰。王冠上镶嵌了 444 颗宝石和半宝石，包括珍珠、钻石等。这顶王冠的重量达到了 2.3 千克，由于实在太重，女王曾在接受 BBC 访谈时说过一句话："If you look down, your neck would break , it would fall down." 意思是："别轻易低头，你脖子不仅会断，王冠也会掉下来。"这也就是我们常所说的"欲戴皇冠，必承其重"。

温莎王朝迄今已有 100 多年，其间经历过两次世界大战，两次都成功地令英国成为战胜国。2022 年，英国迎来了伊丽莎白二世登基 70 周年的隆重时刻，女王本人的巨大政治声望让君主立宪制的基础更加牢不可破。按照女王的枢密院御令，只要未来英国的政治制度不发生太大的变化，那么温莎王朝将有可能成为英国历史上维系时间最长的一个王朝，让我们拭目以待吧！

5

伊丽莎白二世加冕的地方，是坐落于伦敦泰晤士河畔的威斯敏斯特教堂（Westminster Abbey，意译简称为"西敏寺"）。这座教堂自从建成后，一直是举办英国君主加冕礼、皇家婚礼、国葬等重大仪式的地方，可以说是英国的象征之一。使用 London Pass，第一要去的是温莎城堡，那排第二的就要数威斯敏斯特教堂了。

这座教堂原是一座天主教本笃会隐修院，始建于公元 960 年，当时所建之地还是泰晤士西边一个与世隔绝、荒草丛生的地方，与今天这一带繁忙的都市景象相比迥然不同。教堂于 1045 年进行了扩建，在 1065 年建成并列为专用。那时的隐修院教堂被称为“敏斯特”（Minster），为了区别距泰晤士河稍远些的圣保罗大教堂（时称“东敏斯特大教堂”），这所新教堂便被称为“西敏斯特大教堂”，这便是其简称“西敏寺”的由来。

早期的隐修院得到了国王爱德华的大力资助，他作为圣人的名望改变了威斯敏斯特教堂的历史。自 1161 年教皇正式宣布爱德华为圣徒起,他便有了一个“忏悔者圣徒爱德华”的名号,且一直沿用至今。我们今天看到的威斯敏斯特教堂，是在 1065 年之后又经过了几个世纪的重建补修后形成的样子，主要是在 1245 年至 1272 年之间亨利三世下令进行了扩建和修补。当时的社会和亨利三世都希望为忏悔者爱德华的遗骨提供一座宏伟的新圣陵，于是，一个在法国哥特式建筑风格基础上并结合英国建筑特色的设计方案出台，得到了皇家的肯定和支持。此后，忏悔者爱德华的遗体被转移到了圣陵，威斯敏斯特教堂从此就成为朝圣要地。到 1269 年，整个唱诗班、耳堂、教堂东头，以及圣爱德华的新圣陵、教堂正中堂的一小部分和会议厅已经功能完工。中堂的主要部分与新建筑的连接工程在后续又建造了长达一个世纪的时间，整个内部重建工程才结束。但教堂外部的修建和装修工程仍然没有完成，直到 1745 年添加了巍峨耸立的两座西塔，整个工程才算大功告成。

威斯敏斯特教堂在英国享有至高无上的地位，是英国的圣地，在英国众多的教堂中地位最为显赫。它是英国王室专属礼拜堂、1066 年以来几乎所有英国君主的加冕教堂、王室婚礼教堂，王室的一切重大仪式都在这里举行，因此，可以说它是一部生动的英国历史和王室历史的见证。除了英国王室成员，几个世纪以来，有超过 3000 多名大不列颠的名人被安葬这座教堂里，他们都是在许多领域对英国乃至全世界都做出了卓越贡献的伟大人物，如牛顿、达尔文、克伦威尔、丘吉尔、莎士比亚、狄更斯等。所以英国人把威斯敏斯特教堂称为“荣誉的宝塔尖”，认为死后能在这里占据一席之地是至高无上的光荣。在这里，聚焦着君主与上帝、王权与教权，人性与神性、科学与神学、世俗与宗教、诗歌与诗人、出生与死亡等复杂神秘的关联。

威斯敏斯特教堂

威斯敏斯特教堂被认为是英国哥特式建筑中的杰作，堪称英国最美的哥特式教堂。同时它又融合了英法两国的建筑风格，如长长的中堂及明显突出的耳堂属英国特色，教堂东部的半圆室和放射式的小礼拜堂、作为建筑支撑的飞撑结构、耳堂上的圆形窗或玫瑰窗的建筑形式，都是法国特色。建造教堂的建筑材料，主要源于法国卡昂的石头和英国多塞特郡波白克的大理石。教堂廊柱高大凝重，雕刻精致优美，彩色玻璃华丽绚烂，加上高耸的尖顶和钟楼，整座建筑既金碧辉煌又静谧肃穆。1987 年，威斯敏斯特教堂被联合国教科文组织列入世界文化遗产名录。教堂的平面布局呈十字形，为东西走向，主体部分长达 156 米。参观路线是通过西塔旁的草坪道路，从北门进、西门出。在入门口有免费的语音讲解器可以领取，如果碰到任何问题，可以随时向教堂里身着特制红、绿、蓝长袍的神职工作人员寻求帮助，不同颜色的长袍代表神职人员的不同等级、地位和职能。从教堂北门阔大的玫瑰窗下穿过，进入教堂，即是教堂的北耳堂，再往前走是教堂的中部。中部头顶上方的拱顶高达 31 米，是英国哥特式拱顶高度之冠。四周廊柱垂直上升，然后通过大跨度的弧形结构在顶部汇合，给人异常狭高和巍峨挺拔之感。

教堂中部的左手边是圣堂（Sanctuary）和祭坛（High Altar），上面有圣爱德华礼拜堂（St Edward's Chapel）、亨利五世小礼拜堂（Henry V's Chantry Chapel）。礼拜堂圣桌上的桌布，会根据教会年历中的不同纪念节日来使用不同的颜色，其中白色（或金色）、紫色（或蓝色）和绿色是崇拜礼仪中使用的主要色彩，特殊节日的崇拜中会使用红色和黑色，这些颜色都是《圣经》所载崇拜礼仪色彩的主旋律。教堂中部的右手边是唱诗班席（Choir）和管风琴席（Organ Gallery），唱诗班席两边各有三排席位，桌上立有整体排列的台灯，当教堂举行宗教仪式时，整个正殿都灯光熠熠。

教堂东部祭坛的后面，一墙之隔的是亨利七世礼拜堂（Henry VII's Chapel），又称为圣母堂。礼拜堂里摆放有一把尖背靠椅，是历代帝王在加冕时坐的宝座，据说是自 700 年前一直使用至今的古董。宝座的四角蹲坐着四只狮子，座椅历经沧桑已稍显残旧，数百年来一直见证着英国王室的更替。在椅子下面，原本有一块被称为“命运之石”的圣石，是当年爱德华一世从苏格兰掠夺回来的，现已被送回了苏格兰，但在以后举行英国君主加冕礼的时候，还是会把它从苏格兰借回来。亨利七世礼拜堂的正中间有亨利七世墓，亨利七世是英国都铎王朝的创建者，统治了英国长达 24 年之久。他结束了金雀花王朝王室的两个分支 —— 兰开斯特家族（以红玫瑰为象征）和约克家族（以白玫瑰为象征）为了争夺英格兰王位而发生“玫瑰战争”（也称“蔷薇战争”），有贤王之称，其开创的都铎王朝被认为是英国君主专制历史上的黄金时期。这个礼拜堂就是亨利七世下令建造的，历经约10年方才建好。礼拜堂的装饰极为华美精细，周围大面积采用彩色玻璃窗，拱顶悬垂下许多漏斗形花饰，极为精巧。

亨利七世礼拜堂北侧是伊丽莎白一世女王墓（Tomb of Elizabeth I），伊丽莎白一世的雕像依然头戴宝石王冠，右手握着权杖，左手捧着代表王权的宝球，头卧高枕，身披斗篷，气势逼人，据说雕像与女王本人去世时一模一样。礼拜堂南侧是苏格兰玛丽女王墓（Tomb of Mary Queen of Scots），与伊丽莎白一世女王墓相距不到10米。生前，这两位具有表亲血缘关系的女王，为了争夺权力你死我活地斗狠斗法了一辈子。这两位传奇的女性在年纪上仅相差9岁，从辈分上来说伊丽莎白一世是苏格兰女王玛丽·斯图亚特的表姑。她们常有书信往来，但在书信中以平辈相称，玛丽·斯图亚特会称呼伊丽莎白一世为“我亲爱的姐姐”，伊丽莎白一世也会回以“我亲爱的妹妹”。从对彼此的称呼上看，二位似乎还有几分亲昵，不过非常神奇的是，她们两人终其一生都没有见过一次面，而且在看似风平浪静的关系中却酝酿着最狂暴的风雨，特别是牵涉权力和利益问题的时候。在二人的斗争中，玛丽女王被伊丽莎白一世囚禁了长达十八年之久，最后更是以企图谋杀的罪名被处死。由于伊丽莎白一世没有子嗣，她逝世后，玛丽女王的儿子詹姆士一世即位，成为英格兰和苏格兰共同的国王，开启了斯图亚特王朝。仇人的儿子能继承王位，由此可见，不列颠文明之所以绵延不绝并对后世影响巨大，秘诀之一是遵守规则。詹姆士一世登上王位后，把原本安葬在剑桥郡彼得伯勒大教堂中他的母亲的墓迁进了威斯敏斯特教堂，还就放在了离伊丽莎白一世很近的地方。二位生前拼死拼活的女王，在死后如此相近地比邻而居，真是让人不胜唏嘘。

伊丽莎白一世女王还有一位同父异母的姐姐，也叫玛丽，史称“血腥玛丽”（Bloody Mary）。这位玛丽是都铎王朝第二任国王亨利八世的长女，她的母亲是亨利八世的第一任王后，来自西班牙的公主阿拉贡的凯瑟琳（Catherine of Aragon）。后来由于亨利八世与凯瑟琳的婚姻被判不合法，玛丽由尊贵的公主一下变成了低贱的私生女，在宫廷中的待遇一落千丈，还被指派作为妹妹伊丽莎白的侍女。这种迫害自然让本衔着金汤匙出生的玛丽尝尽人生苦涩，身心都受到了重创，性格因此变得乖戾，价值观严重扭曲。她在其同父异母的弟弟爱德华六世（Edward Ⅵ，1537—1553 年）死后，废黜并处死了继任的简·格雷（Lady Jane Grey），于 1553 年正式加冕成为玛丽一世（Mary Ⅰ，1516—1558 年）。玛丽一世登上王位后，因为宗教原因，她下令将 280 名新教徒作为异教徒在火刑柱上烧死。在人们即将走出黑暗中世纪的阴霾之前，由玛丽主导的这场血腥的嗜杀暴行让她得到了“血腥玛丽”的称号。在英语中，“血腥玛丽”成为女巫的同义词，不管在任何版本的恐怖故事中，“血腥玛丽”都是邪恶、黑暗的象征，是嗜血和杀戮的魔鬼。另外，“血腥玛丽”还是一款鸡尾酒的名字，这种酒在伏特加中加入了鲜红的番茄汁，看起来很像鲜血，此外还加了辣椒油和黑胡椒粉，并用柠檬片和芹菜杆装饰，因此甜、酸、苦、辣四味俱全，极富刺激性。玛丽一世作为英格兰历史上第一位真正意义上的女王，出身高贵却一生悲苦，可以说是用一生来治愈不幸的童年。玛丽加冕后，为了避免王位落入信奉新教的妹妹伊丽莎白手中，她还把伊丽莎白关进了伦敦塔，后将其软禁在一处庄园中。然而玛丽一世在位仅仅五年就去世了，由于她没有子嗣，之后她的妹妹伊丽莎白继位，即伊丽莎白一世。靠着智慧与运气逃过死劫的伊丽莎白一世，从姐姐手里接过的是一个千疮百孔、风雨飘摇的江山，她平息了宗教战争引发的血腥动荡，采取对天主教和新教兼容的政策，小心谨慎地选择了一条温和的改革之路。在她执政的45年时间里，伊丽莎白一世毕一生之精力，将处于崩溃边缘的英格兰重新推向顶峰，开创了“黄金时代”，使得英格兰成为当时最强大富有的国家之一。在威斯敏斯特教堂，令人称奇的是，血腥玛丽的石棺就在伊丽莎白一世石棺的下面，无论是在王位上还是在坟墓里，她们两姐妹都在一起。伊丽莎白一世、苏格兰玛丽女王、玛丽一世，这三位恩怨纠葛的传奇女人的棺椁居然靠得这么近，这样的设计简直是空前绝后了，也不怕她们死后的灵魂继续捉对厮杀吗？历史在这里给我们展现了它天道轮回的一面，正所谓——权力斗争风雨急，你方唱罢我登场；城头变幻大王旗，各领风骚数百年。

从亨利七世礼拜堂出来，走到南耳堂，这里是闻名于世的诗人角（Poet's Corner），是威斯敏斯特教堂里最让人心动和不可错过的风景线。

诗人角靠近教堂的中殿，是一个独立的空间，呈正方形，三面围墙，另一面直接与中殿相通。顾名思义，诗人角就是诗人们聚集的角落，这里是英国文学的殿堂和英国文豪们的长眠之所，迄今为止，这个角落里已经安息了120名英国历史上最有影响的艺术精英们的亡灵。大凡被恩准在诗人角安葬或立碑的文学家和艺术家，均须教长同意方可在此“落户”。诗人角诞生于16世纪，有权威学者认为，将教堂的南耳堂定名为诗人角，是因为从15世纪至18世纪，英国文坛大都以诗歌和戏剧作品为主，且西方泛称文学家为诗人，所以这里就得到了“诗人角”的美称。诗人角堪称一部大理石刻的英国文学史，在这里几乎可以找到英国文学史上所有巨匠的名字。来到诗人角，就像是参与一个寻宝游戏，看看都认识哪些文学家，考验我们文学素养的时候到了！

第一位落户在诗人角的文学界人士，是奠定英国文学的第一人，有着“英国诗歌之父”之称的乔叟（Geoffrey Chaucer，1343—1400

年）。颇有点儿让人意外的是，乔叟虽然有着崇高的文学界地位，但实际上他是以王室官员而非作家的身份获得被埋葬在威斯敏斯特教堂的殊荣的，并且他生前也是居住在教堂里。他的陵墓周围有一扇专门的“纪念窗”，上面描绘着他的名作《坎特伯雷故事集》里的情景。1599 年，英国文艺复兴时期的伟大诗人斯宾塞（Edmund Spencer，1552—1599 年）被安葬在了乔叟身边，以示对乔叟的仰慕和追随，由此开创了著名文学家埋葬在乔叟周围的传统，并为那些没有埋葬在这里的诗人设立纪念碑，最终形成了这处最受游客青睐的凭吊之地。

站在诗人角的任何一个位置，都可以看到大小不一的墓碑和依墙而立的雕像。这里的墓碑分两种，一种是镶于墙上的壁碑，另一种是嵌在地面上的地碑。在诗人角的墙壁上，有诸多文学家诗人的雕像，其中最著名的当数英国文学巨擘莎士比亚（William Shakespeare，1564—1616 年）。这位诗人、剧作家和演员被称为“人类文学奥林匹斯山上的宙斯”，他在世界近代文化史上的影响之大，至今无法估量。莎士比亚逝世后，虽然他的躯体被葬在了他的家乡英格兰沃里克郡斯特拉福镇的圣三一教堂，但是他的灵魂却留在了诗人角。他的纪念碑是诗人角里最豪华的一座，由墙头前的立体浮雕组成，莎士比亚身披斗篷，双腿交叉站立在书案旁，右胳膊肘靠在几卷书上，右手握拳托着下巴，左手扶住书案，其作品《暴风雨》的稿纸从书案上展开飘落下来。在书案下方还刻着几个栩栩如生的石雕头像，他们正是莎翁剧本里的重要人物。莎翁的经典剧目在全球各地上演，诗人角里还特地为以表演莎翁剧目而闻名的演员奥利佛（Laurence Oliver，1907—1989 年）辟出了一个席位。在莎士比亚雕像之上，摆放着 19 世纪浪漫派诗人雪莱（Percy Bysshe Shelley，1792—1822 年）和济慈（John Keats，1795—1821 年）的小石碑，他们的《致云雀》和《夜莺颂》充满了浪漫主义气息。在莎翁雕像的左边靠下一点的墙上，贴着一块不大的纪念墓碑，这是留给简·奥斯汀（Jane Austen，1775—1817 年）的，她的《傲慢与偏见》《爱玛》以及《理智与情感》让中国人认识了这位感情细腻的天才女作家。在莎翁雕像的右边墙上，另有一块方形纪念墓碑，自上而下排列着勃朗特三姊妹的名字：夏洛蒂·勃郎特（Charlotte Bronte，1816—1855 年）、艾米莉·勃朗特（Emily Bronte，1818—1848 年）和安娜·勃朗特(Anne Bronte，1820—1849 年)，这三位传奇女性的故事以及她们的作品曾在无数中国青年中争相传阅，尤其是《简·爱》让无数中国青年人重新认识了爱情。

在这个神圣的诗人角里，还有几个重量级的名字，他们包括：狄更斯（Charles Dickens，1812—1870 年），他描写了众多生活在英国社会底层的小人物，他的名字早已渗透中国人的灵魂深处，他的《雾都孤儿》《双城记》及《远大前程》在中国几乎无人不晓；哈代（Thomas Hardy，1840—1928 年），19 世纪末期英国批判现实主义的代表作家，英国最杰出的乡土小说家、诗人，代表作有小说《德伯家的苔丝》；弥尔顿（John Milton，1608—1674 年），英国历史上伟大的艺术家和诗人之一，代表作有长诗《失乐园》《复乐园》；华兹华斯（William Wordsworth，1770—1850 年），18 至 19 世纪之交英国浪漫主义运动最伟大和最有影响的诗人，湖畔派诗人的领袖，代表作有《抒情歌谣集》《水仙花》和《孤独的割麦女》。

在诗人角的地面上，还有许多其他墓碑，一起组成了硕大的大理石地碑群。这些地碑包括：拜伦（George Gordon Byron，1788—1824 年），英国 19 世纪初期伟大的浪漫主义诗人，一生为民主、自由和民族解放理想而斗争。他在诗歌里塑造了一批“拜伦式英雄”，代表作有被世人誉为“抒情史诗”的辉煌作品《唐璜》等。狄兰·托马斯（Dylan Thomas，1914—1953 年），墓碑上刻着他年轻时写下的诗“我在时间的掌中，青嫩而垂死 —— 却带链而歌唱，犹如海波”

（Time held me green and dying/Though I sang in my chains like the sea）。他的诗作《不要温和地走进那个良夜》（*Do Not Go Gentle into That Good Night*）被多次在探索生命、爱与死亡的电影《星际穿越》（*Interstellar*）中吟诵。乔治·艾略特（George Eliot，原名 Mary Ann Evans，1819—1880 年），19 世纪英语文学最有影响力的小说家之一，其小说清新优美，极富大自然的田园生活气息，代表作有《弗洛斯河上的磨坊》等；奥顿（Wystan Hugh Auden，1907—1973 年），20 世纪中叶最有影响力的诗人之一，英国左翼青年作家的领袖，1938 年访问中国，1939 年与依修伍德（Christopher Isherwood，1904—1986 年）合著《战地行纪》，表达了对中国的同情与支持；劳伦斯（David Herbert Lawrence，1885—1930 年），20 世纪英国小说家、诗人，代表作《查泰莱夫人的情人》；卡罗尔（Lewis Carroll，1832—1898 年），英国数学家、童话作家，代表作《爱丽丝漫游奇境》；托马斯·艾略特（Thomas Stearns Eliot，1888—1965 年），英国诗人、剧作家和文学批评家，诗歌现代派运动领袖，代表作《荒原》《四个四重奏》；丁尼生（Alfred Lord Tennyson，1809—1892 年），英国维多利亚时代最受欢迎及最具特色的诗人，代表作组诗《悼念》；勃朗宁（Robert Browning，1812—1889 年），维多利亚时代两大诗人之一，与丁尼生齐名，代表作《戏剧抒情诗》……

诗人角星光熠熠，灿若星河。但由于诗人角本身可利用的空间有限，随着入驻名人的累积，可利用的空间也就越来越少。因此从 19 世纪开始，所有的诗人、作家一律使用简单的墓碑，还有的则被镶嵌在了大玻璃上，如唯美主义代表人物、爱尔兰诗人和作家奥斯卡·王尔德（Oscar Wilde，1854—1900 年）。

诗人角地碑

诗人角是教堂墓地的一部分，教堂中间还有另外一处拥挤的墓场，安葬着诸多伟大人物，包括 20 多位英国国王，以及众多的政治家、军事家、科学家和艺术家等。这些墓场主要分布在唱诗班席以及中殿（Nave）的左右两侧，分为北回廊（North Aisle）和南回廊（South Aisle）。后来由于在这里埋葬的人数众多，不得不将棺椁竖起来埋放在地下。最终还是无处插针，才开始将伟人们向圣保罗教堂转移。

北回廊里，最著名的是牛顿（Newton，1642—1727 年）的墓地和纪念碑。牛顿是人类历史上第一个获得国葬的自然科学家。曾经目睹了牛顿葬礼的伏尔泰为之深深震动，感慨道：“走进威斯敏斯特教堂，人们所瞻仰的不是君王们的陵寝，而是国家为感谢那些为国增光的最伟大人物的纪念碑。这便是英国人民对于才能的尊敬。”牛顿的纪念碑建成于 1731 年，位于教堂北回廊的中央，纪念碑上面用拉丁文镌刻的墓志铭总结了牛顿一生多方面的成就：“艾萨克·牛顿爵士于此长眠。他以自己发明的数学方法以及神一般的智慧，揭示了行星的运动、彗星的轨道、海洋的潮汐。他孜孜不倦地研究任何人也没有预想到的光的分解和色的本性。对于自然、历史和《圣经》，他是一个勤勉、敏锐而忠实的诠释者。他以自己的哲学证明了上帝的庄严，并在他的举止中表现了福音的纯朴。让人类欢呼，世界上曾经存在过这样一位伟大的人类之光。”在牛顿大理石石棺的上方，耸立着他的雕像，雕像半卧着，手臂下是他的四部伟大著作：《自然哲学的数学原理》《光学》《年代学》和《神学》。雕像上面还有一个巨大的天球，上面标示的是1681年彗星运行的轨道，以纪念牛顿在科学上的功绩。在畅销小说《达·芬奇密码》中，主人公就是在牛顿墓前获得了重要启示。

此外，进化论的奠基人、生物学家达尔文（Darwin，1809—1882年）、天王星的发现者赫歇尔（Herschel，1738—1822年）等许多科学家都葬于此地。2018年3月14日，世界级的现代科学家霍金（Hawking，1942—2018年）去世，他也被安葬在了威斯敏斯特教堂，与牛顿和达尔文为邻。

参观完中殿，折往南走，经过开敞的拱廊，便可到达天主教本笃会的修道院（Cloisters）。这座修道院创建于13世纪，院内有一方形庭院——学院花园，里面植被茂盛、绿草茵茵。游览修道院的游客明显比教堂内稀疏得多，因此这里更加显得静谧庄严。从修道院转完一圈，返回教堂中殿，往西门出口方向行进，会经过一块无名战士墓碑（Grave of the Unknown Warrior）。威斯敏斯特教堂里有无数个纪念碑密密麻麻地摆放在一起，游人一不小心就会把某位英国圣人踩在脚下，然而这块无名战士墓碑却宽宽绰绰地躺在中殿西侧中央的地面上。墓中埋葬的是一具从法国战场运回的英国士兵的遗体，他和他的战友们曾经在“一战”时期为自己的国家洒尽鲜血，被奉为国家英雄。1920 年，无名烈士英雄在教堂大院正殿隆重安葬。墓碑由黑色大理石精雕而成，周围一圈是红色的罂粟花，是当时战场上生长的野花。墓碑上镌刻着著名的墓志铭：“无名者最有名。他们为英王、为国家、为人类和平正义而牺牲。”

从威斯敏斯特教堂出来，往东是威斯敏斯特宫（Palace of Westminster），也叫西敏宫，现为英国国会大厦所在地。这座宫殿为一组哥特式建筑群，壮丽中带有古典风韵，气势磅礴，是白厅大道上最醒目的建筑。1834 年，一把大火烧掉了整座原来的西敏宫，仅留下一座只剩屋瓦的西敏厅，之后花了 12 年的时间才建成现今如此规模。威斯敏斯特宫改名国会大厦之后，这里便成为伦敦的政治中心，国会议员的开会场所，同时是英国君主立宪政体的象征。

国会大厦以南，在威斯敏斯特大桥的西桥头堡，有一座高耸的钟楼，这就是闻名全球的大本钟（The Big Ben）。钟楼建于 1856 年，形制规模惊人，高 96 米，大钟重 13 吨半，直径 7 米，时针长 2.75 米，分针长 4.27 米，钟摆重 305 千克。每走一小时，大本钟就会报时一次，洪亮的钟声通过英国广播公司的广播网传遍世界。这座钟的监制人为本杰明·霍尔（Benjamin Hall）爵士，大本钟因此而得名。

从威斯敏斯特教堂往北，穿过圣玛格丽特教堂（St. Margarets Church），在大本钟以西，有一片开阔的四方地带，这里是议会广场（Parliament Square）。广场上立有 11 位政治人物的雕像，其中有 3 名外国人物的雕像：林肯、曼德拉和甘地。这三人都是人类文明史上的伟人，可以说都是浸润在英国文化中长大的，但却生了“反骨”。他们与英国的殖民统治唱了反调，从某种意义上来说应该是英国的“对手”或“敌人”。美国总统林肯通过一系列强硬举措和发布《解放黑人奴隶宣言》，挫败了英法意欲干预美国南北内战的企图；南非总统曼德拉在南非废止了种族隔离制度，而当时统治南非的白人几乎都是英国殖民者及其后裔；印度圣雄甘地带领印度脱离了英国的殖民统治，迈向独立，让英国失去了这颗“帝国皇冠上的宝石”，而印度的独立正是大英帝国最终分崩离析走向衰落的多米诺骨牌中最重要的一张，激发了英国其他殖民地人民为国家独立而奋斗。能把他们三位的雕像摆放在议会广场上，可以说英国人还真是体现了一些绅士风范。

议会广场上有一尊英国前首相丘吉尔的雕像，他身裹大衣，拄着拐杖，微斜着壮硕的身躯，眼神坚毅，一脸威严。丘吉尔是挽救自己国家于危亡之中的英雄，这尊雕像就是为纪念他在第二次世界大战中做出的巨大贡献而树立的。从议会广场往西再折向北，走大约几分钟，就可到达与圣詹姆斯公园仅一街之隔的丘吉尔战时办公室（Churchill War Rooms）。使用 London Pass 参观这里，可以近距离感受“二战”时期那风云变幻的紧张作战气息。

丘吉尔（Winston Leonard Spencer Churchill，1874—1965 年）在 1940 年至 1945 年和 1951 年至 1955 年两度出任英国首相，被认为是 20 世纪最重要的政治领袖之一。他的政治生涯长达 61 年，最突出的贡献之一是领导英国人民赢得了第二次世界大战。丘吉尔战时办公室是“二战”时期丘吉尔首相以及战时指挥部工作的地方，是一个防御空袭的地下防空洞，丘吉尔当年的宣战讲话就是从这里发出的。防空洞内部空间幽闭，通道曲曲折折，但各类生活和作战指挥空间全都具备，无线电台、发报机、地图等物品也一应俱全，作战首领们的房间布置全部是当年的陈设。在地下防空洞进行指挥作战，可谓运筹帷幄之中，决胜千里之外。从 1939 年到 1945 年，生活工作在地下的工作人员由于长年见不到阳光，每周还要定时照射紫外线。顺着台阶缓缓向下走进战时办公室，仿佛时空穿越般，耳边犹如响起了嘀嘀嗒嗒的电报声，眼前仿若浮现出军官将士们指挥作战的身影。在这里走上一圈，可以从英国的视角对“二战”有更加直观的了解，也让我们对丘吉尔作为“二战”战胜国的核心领袖多了一分钦佩。参观完丘吉尔的战时办公室，我们还继续使用 London Pass，参观了与“二战”有关的另一个地方——停泊在泰晤士河上的贝尔法斯特号巡洋舰（HMS Belfast Light Cruiser）。这艘战舰是以北爱尔兰首府贝尔法斯特市命名的，是英国皇家海军建造的最大的轻型巡洋舰之一，曾在“二战”中服役参战。如今贝尔法斯特号巡洋舰作为“二战”以来英国保存最完整的军舰，停驻在泰晤士河畔，作为博物馆供人参观，高耸的炮架宣示着它曾经强悍的战斗力以及在战场上取得的辉煌战果。

6

伦敦水陆交通均很便利，我们使用 London Pass 共乘坐了两次船。其中第一次是在逛完诺丁山市集的那个下午，我们在城北的小河道里乘坐了一艘小游船，花了两个小时的悠闲时光从西往东穿城而过。此行我们虽没有去剑桥，但也体验了一份如同“在康河的柔波里”摇曳的感觉。

第二次乘船是在泰晤士河（River Thames）上乘坐观光船，这是 London Pass 中一项极具体验趣味的行程。泰晤士河全长虽只有 346 千米，与地球上的其他一些大江大河相比当然不算长，但它所流经之处都是英国的文化精华所在，许多名胜之地如温莎、牛津等，都星罗棋布地分布在河道两岸。或者也可以反过来说，是泰晤士河哺育了灿烂的英格兰文明，因此这条河又被称为伦敦的母亲河。英国政治家约翰·伯恩斯（John Burns）曾说过，“泰晤士河是一部流动的历史”（Every drop is liquid history）。公元 43 年，入侵者罗马人在当时泰晤士河潮水所能到达的最远点建立了一个港口，斗转星移间，这个港口就逐步演变成为现在的伦敦。泰晤士河从西向东横穿伦敦，把城市分为南北两岸，伦敦的大部分著名建筑都建在河岸边。泰晤士河拥有充沛的水量，这让伦敦成为世界上不可多得的一大良港，它的入海口隔北海与欧洲大陆的莱茵河口遥遥相对，向欧洲最富饶的地区打开了一条直接航运的通道。如今，泰晤士河的入海口充满了英国的繁忙商船，而其上游的河道则以静态之美而著称于世。

伦敦泰晤士河游船公司每天都在西敏寺、伦敦眼、河畔、伦敦塔和格林尼治 5 个码头间运营观光游船，每 40 分钟开行一班。乘坐观光游船是观赏伦敦所有标志性景点的上佳之选，游客可以站在游船的甲板上，以大本钟、伦敦眼、伦敦塔、塔桥、莎士比亚环球剧场、圣保罗大教堂等著名景点为背景拍照。乘坐游船也可以作为去不同景点之间的交通工具，如参观贝尔法斯特号巡洋舰、碎片大厦、博罗市场等。继续往泰晤士河下游行进，还可以参观格林尼治大学、皇家天文台和伦敦金丝雀码头金融城等。临近傍晚时分，我们从西敏寺码头登上游船，天气极好，彩霞满天，霞光铺洒在游船划过的水面上，翻滚的白色浪花反射着金色耀眼的光芒，海鸥轻盈地上下翻飞，两岸建筑移船异景，如同流动的风景画一般，真是美不胜收，让人沉醉其中。

游船到达伦敦塔码头后，我们下船，接着参观了位于泰晤士河北岸犹如一座巨型石头城堡的伦敦塔（London Tower）。这座英国著名的塔建筑始建于 1087 年，最初是由威廉一世为控制整个伦敦城而修建的防御堡垒。塔周围一圈是用坚硬的石头围成的城墙，由宽大的护城河包围着，不过现在护城河已经干涸了，变成了绿油油的草坪。城墙上还保留有许多炮台，雄浑威武。伦敦塔初始建成之后，经过扩建和整修，成为皇家宫殿。在 13 世纪，这里又演变成为一座关押、拷问、处刑皇家重犯的监狱，并由此产生了一条英语短语“sent to the Tower”，意即“入狱”。历史上记载有不少被关押在这里或被拉到这里处死的人物。1483 年，这里曾关押过 13 岁的幼主爱德华五世及其胞弟 11 岁的理查德，传说兄弟俩在皇权争斗中都惨遭暗杀。1536 年，亨利八世的第二个王后安妮 · 博林因婚后没能诞下男嗣，而以叛逆罪被捕入狱，囚禁在伦敦塔，后被处死。她的亲生女儿后来成为英国女王，即著名的伊丽莎白一世。伊丽莎白一世即位之前，在她同父异母的姐姐玛丽一世掌权的统治时期，亦曾在此入狱过一段时间。1554 年，被称为“英国历史上最悲摧的女王”，在位仅 13 天的简 · 格雷，在先王亨利八世的亲生女儿玛丽一世上台之后被判叛国罪，在伦敦塔内被秘密处死，时年仅 16 岁。伦敦塔见证了各种人世间的悲情故事，也刻满了血腥的历史遗痕，让这里至今仍充满神秘感。有人说，为了减轻伦敦塔中的血腥味，王室把价值连城的皇冠和珠宝放在伦敦塔的珍宝馆内供游客观赏，包括在君主加冕礼上使用的加冕长袍、皇冠、宝球、权杖等。后来，伦敦塔还曾作为皇家铸币厂和伦敦档案馆使用。前后经历了 900 多年风雨洗礼的伦敦塔建筑群，集中反映了英国不同朝代的建筑风格，可以说是英国各个时代智慧的结晶。如今，这座城堡已逐渐失去军事作用，成为一处文化古迹和国家收藏场所。

在伦敦塔的东南方，有一座横跨泰晤士河的雄伟建筑 —— 伦敦塔桥（Tower Bridge）。塔桥是伦敦的象征之一，有“伦敦正门”之称。塔桥始建于 1886 年，两端是用花岗石和钢铁建成的哥特式风格的厚重高塔，塔上各建有白色大理石屋顶和五个小尖塔，远看仿佛两顶王冠。高塔之间分上下两层，上层是高约 60 米的透明玻璃栈桥，下层是钢缆吊桥。站在上层栈桥上，悬空的感觉极为惊险刺激，透过玻璃往下瞧，可以十分清晰地俯瞰底下的行人和车辆小如蚂蚁般川流不息。通过栈桥两边的玻璃窗，还可以平视远眺，欣赏泰晤士河上下游十里风光。塔桥下层的吊桥桥面，两侧可通行人，中间供车辆穿行。桥身里装有用来开合各重 1000 余吨桥梁的电力机械，如果大型船只鸣笛而来，下层桥面可以从中部分开，朝两边翘起，桥身慢慢打开成“八”字状，从而让巨轮安全通过。在塔桥内部，我们特地参观了以往以蒸汽液压作为开关的控制室，饶有兴趣地在宣传片里欣赏了以往桥身开合时的雄奇画面。

伦敦塔桥

从北往南穿过伦敦塔桥，在泰晤士河南岸，有一幢下宽上窄、整体呈钢骨框架结构四棱锥体、尖部耸入云端的超级摩天大楼——碎片大厦（The Shard）。它高达309.6米，是西欧最高的大厦。这栋建筑取名为碎片大厦，是因为其设计的顶部看上去似乎并没有全部修建完成，呈现参差开放状的碎片感觉。碎片大厦是伦敦的地标建筑之一，占据了这座城市天际线的制高点，因此有着“伦敦屋脊”之称。同时它是实用性极强的办公楼、餐厅、酒店、超高层公寓以及旅游景点。在接近大厦最顶端的环形观光厅里，可以俯瞰完整的伦敦市容。碎片大厦可以说是London Pass里最贵的一个景点了，观光厅的门票大概需要31磅。我们到达碎片大厦时，夜幕正慢慢降临，伦敦市区整片的灯光逐渐亮起，把这个国际大都市的繁华展现得淋漓尽致。在观光厅里，朝东望去，泰晤士河在塔桥河段蜿蜒出一条壮阔的 S 形线；往西远看，伦敦眼、大本钟和国会大厦尽收眼底。在观光厅里，可以靠着玻璃窗席地而坐，也可以舒服地躺在靠椅上阅览城市风光。我们在观光厅里慢悠悠地拍照休憩，消磨了夜晚很长一段静谧自在的时光。

从伦敦塔眺望碎片大厦

使用 London Pass，可以选择期限内的任意一天乘坐随上随下的观光巴士（Hop on Hop off bus）。这种观光巴士与普通的红色巴士一样，都是上下两层，但区别在于观光巴士的上层是敞篷的。这种敞篷特地为观光而设计，有优点也有缺点，优点是可以 360 度无死角地尽情欣赏伦敦的街景，缺点就是在天气不佳的时候乘坐的舒适度不高。我们乘坐观光巴士的当天，伦敦的风有点儿大，我们坐在观光巴士上层，头发被吹得凌乱。为了饱览伦敦风情我们也是拼了——用冲锋衣和围巾把身体和脑袋捂得严严实实，样子着实有点儿搞笑。反观英国本地人，他们的抗寒能力似乎格外强悍，一点儿也不惧这点“小风”。对于英国人来说，只要有一丁点儿阳光出来，他们立马就能穿上短裤短袖，去跑步或骑行。更厉害的是，常可见婴儿车里的小宝贝们，穿的都不多，大部分更是没有穿袜子，两只小脚丫在寒风中冻得通红，而他们的父母却丝毫不认为这是个问题，也许英国人的抗寒能力从小就是这样锻炼出来的吧！

到达一个新鲜的城市，逛一逛当地的菜市场等市集，是最好的了解本土人文的方式之一。在寻寻觅觅走马观花之间，我们特地逛了一下伦敦当地有名的博罗市场（Borough Market）。这个市场就在碎片大厦附近，位于一座高架桥的下方，始建于1745年，现在是伦敦最大型、最具历史和规模的食品批发市场。里面环境干净整洁，人气也特别旺，热热闹闹，是一个非常接地气的地方。博罗市场被誉为“英国顶级鲜货市场”，这里有超过100多个不同种类的摊档，出售新鲜而多样的食材。每家店铺都有自己的特色，且都经过最严格的品质测试，质量绝对有保证，因此广受欢迎，吸引了大量知名厨师来此选购食材。这里除了售卖各种海鲜、水果、蔬菜、鲜花、奶酪、面包和工艺品，还是一个不折不扣的吃货天堂，堪称伦敦的一张美食名片。来自世界各地的美食，如意大利的手工冰激凌、苏格兰的新鲜生蚝、印度的咖喱等应有尽有。各种料理的香味弥漫充斥在空气中，深吸一口都让人垂涎欲滴，口味也绝不会辜负吃货们的味蕾，可以说这里的摊位贩卖着红橙黄绿，顾客们则在这里吃掉了春夏秋冬。博罗市场的餐点大概是8—10磅一份，饮料4—6磅一杯，比较经济实惠。我们在这里品尝了西班牙海鲜饭，虾特别新鲜，颜色透亮红润，椭圆黝黑的贻贝外壳下，裹着鲜嫩多汁的贝肉，不过米饭硬硬的，像是没有煮熟的口感，不是特别符合中国人的传统口味。在路口的一家摊位上，我们还品尝了招牌卷肉烤饼，浓郁的肉香搭配卷饼的麦香，再加上蛋黄酱的细腻口感，整个卷饼吃起来脆香酥软，让人直呼过瘾。

满足了口腹之欲后，咱精神世界也不能空虚。从博罗市场出来，往北行走，再沿着泰晤士河南岸往西，不大一会儿，就来到了莎士比亚环球剧院（Shakespeares Globe Theatre）。在英国，人人都爱莎士比亚，在剧院可以来一场与莎翁的超时空对话。

这座只为莎士比亚而存在的剧院，最早是在1559年由莎士比亚所在的宫内大臣剧团建造的。1613年，剧院上演新戏《亨利八世》时，英国人为了追求戏剧效果也是贼胆大，竟然搬来了真的大炮作为道具，结果操作失误引发大火，剧院几乎毁于一旦。不过新剧院很快就重建好了，但后来又因为宗教原因被迫关闭。直到20世纪美国演员萨姆·沃纳梅克（Sam Wanamaker）奔走筹资，剧院才得以重生。1997年6月12日，焕然一新的剧场在伊丽莎白二世女王的主持下正式开放。

环球剧院的建筑很有特色，具有典型浓郁的英国乡村风格。屋顶是用深褐色的蓬草铺成的，看上去蓬蓬松松的着实可爱。墙壁底色是白色，用与屋顶同色系的深褐色油漆打上了方格子和斜三角的支撑条纹，让房子仿佛是搭积木般层层垒叠起来似的。剧院正门入口的上方，刻有一句拉丁语箴言“Totus mundus agit histrionem”，大意是：“世界是一座舞台。”在莎翁戏剧 *As You Like It* 中，有一经典段落“All the world’s a stage”，二者可谓不谋而合：

All the world’s a stage .

世界是一座舞台。

And all the men and women merely players .

所有的男男女女不过是一些演员。

They have their exits and their entrances .

他们都有下场的时候，也都有上场的时候。

And one man in his time plays many parts .

一个人的一生中扮演着好几个角色。

剧院的主舞台是一座木质的露天环形剧场，用自然光线代替了舞台灯光，饶富古意。周围是三层倾斜式的座位区，观众席与舞台之间没有屏障，可以充分让观众与戏剧融为一体。剧场的每场演出都能容纳约 1300 名观众，由于莎士比亚文学泰斗的声望，众多文学爱好者被吸引来这里参观或观看戏剧演出。剧院里有义务讲解员对剧院的前世今生作详细讲述，带领我们的讲解员语速飞快，很是考验游客们的英语听力水平，需要非常集中精力才能跟上。当我们走进露天剧场时，正有演员在中央舞台上试戏，认真且敬业，一遍又一遍不厌其烦地打磨着唱腔和动作。

从莎士比亚环球剧院出来，沿着河岸继续西行，可见一座玻璃长桥犹如一条耀眼的“银带”横跨在泰晤士河上，这就是著名的千禧桥（The Millennium Bridge）。这座桥全长 325 米，是英国为了迎接千禧年而建造的百年来第一座横跨泰晤士河的新桥。其设计理念是“光之刀”（Blade of light），桥梁主体由离两岸不远的一对“丫”字形空心金属桥墩支撑着，两侧各有四根钢索，分别架在“丫”字形两臂上。与泰晤士河上其他的那些巨大、凝重的用石头水泥或钢铁箱梁建造的桥梁相比，千禧桥的线条轻巧纤细，造型简洁明快，充满了活力美感，极具现代风格。它如同从河道上飞升起来一样，又像一队人张开双臂欢迎往来的游客。这座步行桥从设计到建造都吸引了全英国民众的目光，在刚落成时即人满为患，原本设计通行量只有五千人的大桥一下涌进了约两万人。人潮在行进间造成了重力共振效果，行人可以明显感觉到桥身在晃荡，由此伦敦人称这座桥为“摇摆桥”（Wobbly Bridge）。后来为了安全考虑，大桥停止开放了一段时间，并进行了加固，在加装了类似汽车减震器的装置后，方得以重新向公众开放。千禧桥也是众多哈利·波特迷的朝圣地，在该系列电影的第 6 部《哈利·波特与混血王子》（*Harry Potter and the Half-Blood Prince*）中，食死徒侵袭麻瓜世界，追击骑着飞帚的巫师们，整座千禧桥遭到魔法袭击，在翻滚扭曲中被摧毁，场面极为震撼。这一幕被视为电影的最大亮点，也因为这部电影，千禧桥似乎被赋予了一种魔力，摇摆桥的形象也更加深入人心了。走过千禧桥的那一刻，可以放开思绪让脑洞大开，想象一下周围就是魔法世界的存在，一定会别有一番趣味。

在千禧桥的北岸，正对桥头的是圣保罗大教堂（St. Paul's Cathedral）。它以悠久的历史、壮观的圆形屋顶和别具一格的建筑特色闻名于世，是英国古典主义建筑的代表，也让这里成为来伦敦的游客必到之处。这座教堂最早在公元 604 年建造，1666 年的一场大火将原有的哥特式大教堂付之一炬，现存的教堂建筑是从 1675 年开始营建的，直到 1710 年才宣告完工。英国著名设计大师和建筑家克里斯托弗·雷恩爵士（Sir Christopher Wren）为了这一伟大的建筑艺术杰作，花了整整 45 年的心血，终于完成了对教堂的修复。教堂内现设有雷恩爵士的墓碑，上面写着一句经典的话："如果你在寻觅他的纪念碑，只需要看看周围。"（If you seek his monument, just look around.）

修缮后的圣保罗大教堂，放弃了原来的哥特式建筑的尖锐幽闭，而选择了巴洛克风格的静谧悠远。教堂整体分为三层，登顶可俯瞰伦敦城，入地可拜谒伟人墓室。从北面正门进入教堂，首先会为那宽广高挑的中殿赞叹不已，巨大的穹顶直径达 34 米，离地面高 111 米，这让圣保罗大教堂直到 20 世纪末一直是伦敦的最高建筑。教堂中殿各处施以金碧辉煌的重色彩绘，窗户嵌有彩色玻璃，四壁绘有耶稣、圣母和使徒的巨幅壁画，整体显得神圣庄严。从旋转楼梯往上，攀登数百层阶梯，可以到达教堂塔顶，那里是眺望伦敦市区风景的绝佳地点。教堂的地下室设有名人英雄纪念碑，长眠着多位英国伟人，包括 200 年前击败了法国和西班牙联合舰队的英国海军上将纳尔逊、1815年在滑铁卢大败拿破仑的威灵顿公爵、“二战”民族英雄丘吉尔以及护理天使南丁格尔等。

这座教堂或许更多因为戴安娜王妃与查尔斯王子的婚礼大典而被人熟知。1981年，戴安娜带着她那无可挑剔的容颜和清白的感情履历，像一只麻雀一样飞入深宫，与英国王储查尔斯王子在圣保罗大教堂举行了盛大婚礼。婚礼的盛况至今仍然历历在目，王子虽不太英俊，戴安娜也不是公主，但当他们互誓恩爱不渝的画面经由电视实况转播传送到观众眼前时，世人无不感动莫名。不过，童话毕竟只是童话，在世人艳羡的王室繁华背后，却是道不尽的深宫怨恨。1997年，戴安娜王妃在午夜冰冷的巴黎隧道因车祸丧生，在36岁盛年时香消玉殒，优雅迷人的英伦玫瑰就此凋谢。戴安娜的人生短暂却又无比精彩，她长久地活在爱她的人心中。在戴安娜葬礼前一天，伊丽莎白二世女王迫于民众压力，在广播中发表了五分钟对戴安娜的致敬演说，从而平息了媒体要求女王说些什么的呼声，并帮助恢复了悲痛的英国公众对君主制的尊重。戴安娜的存在以及她的所言所为，犹如向古堡中吹进的一股新风，吹走了沉闷，扫尽了枯叶。她与王室的对抗虽然最终以婚姻解体而告终，但她给英国王室带去的震荡却足以撼动整个王室存在的基础，只靠残存的历史传统和民众情感所支撑的英王室，从此不得不放低姿态走起亲民路线。

7

在行政区域划分上，英国全国分为英格兰、苏格兰、威尔士和北爱尔兰四部分，这四部分之下，再分为若干郡、区和市。在英国各地之间通行，选择火车是较为便捷舒适的交通方式。英国是火车的诞生地，火车的发明也直接推动了英国工业革命的发展，带来了“日不落帝国”无可比拟的繁荣，因此火车在英国文化中的重要性不言而喻。英国的铁路路线四通八达，覆盖范围相当广，小村小镇都有属于自己的火车站。对于旅行者而言，乘坐火车也是最适宜欣赏风景的交通方式，车窗外呈现出是一片宁静的乡村田园风光，有起伏的丘陵、纵横的河流、绿茵茵的草坪、闲适的羊群，闪过的每一帧画面都恬静宜人。

英国是欧洲第一个对铁路实行私有化的国家，不同地区的铁路由不同的运营商经营。英国的火车票可以说是全世界最复杂的，有点对点车票、无时间限制车票、非高峰期车票等，且分往返、学生、双人通行、家庭卡等多种折扣，在不同时间用不同的购买方式买到的火车票价格相差甚远，其复杂程度完全跟机票有得一拼。不过万法归一，在比较和挑选火车票的时候，一定要到 Naional Rail 或 Train Line 等官方网站或 APP 上去购买，这样用起来才安心，且在列车员查票时也能潇洒无畏地出示正规车票或购票证明。

我们从伦敦滑铁卢（Waterloo）火车站乘坐火车，往西南方向行进了 3 个多小时，跨越约 250 多千米后，到达了德文郡（Devon）。德文郡位于英格兰西南，是英国唯一一个拥有两条单独海岸线的郡，南北两岸都拥有高耸的悬崖峭壁和细软的沙质海滩。其中靠近英吉利海峡的南岸，从东德文郡到多塞特郡（Dorset），有一段蜿蜒 150 多千米的海岸线，这里是侏罗纪海岸（Jurassic Coast）的所在地。它由三叠纪、侏罗纪和白垩纪时期的悬崖组成，记载了 1 亿 8 千年的地理史，是英国最壮观的海岸线，世界上最奇妙的自然景观之一，在 2001 年入选世界自然遗产。天然拱门“杜德尔门”（Durdle Door）就在侏罗纪海岸线上，是一个由石灰岩构成的天然景点，被誉为“英国的象鼻山”。位于德文郡中部地区的达特穆尔（Dartmoor）是著名的国家公园，地域辽阔，在近 600 平方千米的面积上有着标志性的壮观花岗岩高地以及超过 730 千米的徒步路线，那里是远足、登山、骑马、自行车等户外运动爱好者的天堂。

德文郡的郡治埃克塞特（Exeter），是英国历史文化名城，坐落于埃克斯河（River Exe）河畔。埃克塞特城内有众多历史名胜、旅游景点和宗教建筑，是英国著名的旅游城市和最佳人居城市之一。位于埃克塞特城西丘陵上的埃克塞特大学（University of Exeter），是英国的传统大学之一，起源于19世纪中叶。校园植被茂密，古树参天，湖泊、草坪和花园共同组成了优美宜人的校园风景，被泰晤士报称为"英国最美的花园式校园"，为来自全球130多个国家超过2万名学生提供了一个十分安静和享受的学习环境。学校里最负盛名的建筑是包括图书馆、学生服务中心、报告讲座大厅等在内的Forum建筑群，在2012年由伊丽莎白二世女王揭幕启用。学校的学术研究也有着较高的水准和声誉，尤其在社会科学、文科和艺术研究等领域有着悠久的传统。《哈利·波特》的作者J·K·罗琳就是杰出校友之一，传说哈利住的郊外小屋的原型，就是来自罗琳在这所大学就读时曾经住过的宿舍。

我们到达埃克塞特后，住在了城里偏北的一幢民宿里。民宿是典型的两层维多利亚式风格建筑，在沿着坡度平缓的丘陵山势上建造的一排房子的中间。卧室在二楼，一楼是客厅、厨房以及花园。厨房面积颇大，两面环窗，显得极为宽敞明亮。连接厨房的屋后花园内，花木扶疏，布满爬山虎的木窗格上还点缀着主人从工艺品商店淘来的蜜蜂瓢虫等昆虫模型，饶有生趣。民宿主人是两位可爱且热忱的老人，其中女主人Geraldine在市政厅工作，干练且热情，给我们详细介绍了城内的旅游景点和新奇店铺，男主人Dave已经退休了，身材高大魁梧，一脸的白络腮胡子，话虽不多，但人很和蔼可亲。

Dave在离家不远的一块市政划拨的土地上开辟了一片菜园，厨房里新鲜水灵的西红柿就是从菜地里采摘来的，红彤彤的，看着就让人心生喜爱。我们对男主人的菜地产生了极大兴趣，于是在交谈中提议想去参观一番，男主人也爽快地答应了。第二天下午，我们在约好的时间出发，由 Dave 开车前往菜地。路程不远，我们在乡间小路上慢悠悠地开了大概有 10 分钟后，就到达了目的地。从停车点下车，步行前往菜地，中间需穿过一片草坪。这块草坪平整且宽广，青草幽幽，当地的父母正带着孩子还有宠物狗在草坪上自由地奔跑活动，笑声朗朗中洋溢着幸福和快乐。Dave 的菜地呈长方形，面积有 30 平方米左右。据 Dave 介绍，居住在埃克塞特的本地人可以向政府申请承租这样一块菜地，且价格极低，一年的费用大概只要几十英镑。Dave 把他的这块菜地侍弄得有模有样，在四周架设了篱笆，里面种有韭菜、黄瓜、豆角等蔬菜，一垄垄一畦畦，很是规整。他还搭建了一个小小的温室，里面种着西红柿。阳光透过玻璃照进温室，把热量留在了里面，因此温室里的温度要比外面高出好几度，一进去立感热浪袭来。西红柿是喜温的作物，在温室里长势良好，Dave 种的是小粒品种，有红的有黄的，一颗颗晶莹剔透。他让我们拿一个小盆把已经成熟了的西红柿采摘下来，并当作劳动果实赠送给我们，这让我们是既惊喜又感激，劳动的热情也更加高涨了。

在 Dave 的菜地里，我们摘了蔬菜，给菜地浇了水，还在三叶草丛中仔细探寻看能不能找到象征幸运的四叶草。一边劳作一边交谈，时间过得飞快，不知不觉一个多小时就过去了，该是起身准备返程的时候了。在经过隔壁菜地时，我们被其间一棵高大的西梅树吸引住了。只见这棵果树亭亭玉立，树干深褐，向上分开了许多枝杈，宽大的叶片浓密簇拥着，让整个树冠丰满圆润。西梅又叫欧洲李，属蔷薇科李属落叶乔木，树高可达 15 米，原产自西亚和欧洲。西梅果实含有丰富的维生素和纤维素，以及钾、铁、锌等矿物质，且抗氧化剂的含量非常高，对心脏、肺和皮肤都很有好处，有着“奇迹水果”“功能水果”之美誉。

这棵西梅树上已经结了满满的果实，卵圆形紫红色的西梅很像巨峰葡萄，但更加浑实椭圆，一颗颗挂在枝头，向我们展示着秋天的慷慨。不仅树上挂满了果实，还有很多已经熟透了的西梅从树上落了下来，在树身周围的草地上散落一片。Dave 说这棵西梅树结的果实味道很好，他和这个菜园子的主人相熟，可以摘几颗让我们尝尝，事后再跟主人报告一声。有此等美事，我们当然欣喜地接收了这个提议。Dave 身高超过一米八，他伸手就给我们摘了几颗。这种树上熟的西梅鲜果，是纯天然有机食品，一点也不用担心卫生问题，可以直接吃。成熟的西梅果实果型硕大，果肉呈清亮明黄的琥珀色，香气浓郁，汁多味甘，有着类似菠萝以及柿子混合的清甜口感，简直是甜到心里去了。这么好吃的西梅鲜果我还是第一次品尝到，真是让人唇齿生津，欲罢不能，因此一口气连吃了好几颗。就在我还眼巴巴地希望 Dave 能帮我多摘几颗时，他说这是人家的果树，咱们不便多摘。那既然他这么说了，我也不好意思得寸进尺，作为一个初来乍到的游客也只好作罢。当时我在思考，为什么这么好吃的水果，菜园主人不及时收获呢？反而让很多熟透了果实都掉落在地上，真是好可惜啊，这里的鸟儿都比我更有口福！咂嘴回味之际，还有另一个念头强烈地萦绕在我的脑海里，就是可不可以带一颗西梅种子回去，回国给种上，这样就能把美味搬到千里之外的家乡了。后来理智地想了想，考虑到海关可能会禁止外来物种入关，权衡了一下可能性，才无奈打消了这个念头。在回望和依依不舍之间，我心生念想，如果将来某个秋季我有机会再来埃克塞特，一定要来拜访这棵果树的主人，和他结识一下，再品一品这鲜美得让人难以忘却的甜蜜。

英国的秋季天高气爽，太阳要到很晚才落山。从菜地返回后，我们游兴未减，又乘坐大巴，前往埃克斯河的入海口埃克斯茅斯（Exmouth）欣赏海边落日美景。英国人对户外运动有着强烈的热情与执着，我们在海边溜达时看见宁静的港湾中停泊着整齐的游艇，一位年轻小伙刚出海回来把他的双体帆船拖移到岸上，绿茵场上有教练带着一群中小学生正在进行足球训练，场面热火朝天。月亮升起来了，海面上银光浩渺，水天一色。我们路过海边一家名叫 ROCK FISH 的炸鱼薯条餐厅，蓝色的木板外墙在海风的吹拂下留下了岁月的沉淀，上面写着有趣的一句话“明天的鱼还在海里”（Tomorrow’s fish are still in the sea），这真是绝妙的新鲜之意的代言语。英国的炸鱼大概是来自犹太人，因为安息日不能做饭，犹太人会在周五中午就做好便于保存的炸鱼，然后在安息日作为冷食食用，搭配的土豆则是大航海时期被西班牙殖民者从南美洲带回欧洲的。工业革命成就了炸鱼薯条这道英国国菜，工人阶级在酒馆或餐厅里一边吃着炸鱼薯条，一边喝着啤酒，快速吃完补充能量后，就回家睡觉或是继续上工。

海边餐厅

8

时间跨年来到冬季，我重返英伦。这次航程是在法国巴黎转机，然后乘坐小飞机跨过英吉利海峡，沿着英国南部的海岸线飞行，到达埃克塞特。此次我们除在市区逛一逛外，还计划去另外两个城市——布里斯托（Bristol）和巴斯（Bath），进行一番新奇的旅游探索。

布里斯托位于埃克塞特东北方向约120千米，是一座美丽的港口城市，也是英国西南地区最大的城市。香港将布里斯托旧译为碧仙桃，其意境之美好、寓意之吉祥，真是一个信达雅的地名翻译。自中世纪起，布里斯托便是英国极其重要的商业港口，现在是英国重要的航天、高科技及金融贸易中心，也是英国西南部的商业、教育、文化中心。

布里斯托有着享誉全英国的购物中心，更有历史悠久、风格独特的古老建筑。由于历史上每一个时期的代表性建筑在布里斯托都得到了完好的保存，因此，这座城市又被誉为英国的“博物馆城市”。火车到达市中心的Temple Meads火车站，它是一座古色古香的历史建筑，高挑儿穹庐加上灰褐的砖瓦，端庄优雅，在这里仿佛能与历史对话。出火车站后，走一段斜坡，不远处即可见一座极具特色的哥特式教堂，这是圣玛丽·雷德克里夫教堂（St. Mary Redcliffe Church）。这座教堂兴建于12世纪至15世纪，有高高的尖塔和围绕的花园，都铎王朝的伊丽莎白一世女王形容这座教堂是“英格兰最华丽、最美好和最著名的教区教堂”。

埃文河（Avon River）贯穿布里斯托市区全城，我们入住的民宿就位于河岸边。民宿主人是一位作家，风趣幽默，稍显灰白的头发飘逸出一丝艺术气息。他特地给我们调制了一种由姜汁和苹果汁混合的饮品，姜汁的辛辣加上苹果汁的甜蜜，口感搭配起来甚感奇妙。

民宿的后花园正对着埃文河，由于此地西临爱尔兰海，因此河上有很多海鸥，数量之多令人咋舌。它们或在空中上下翻飞，或在水面随波游弋，热闹非凡。埃文河上有当地最著名的景观——克里夫顿悬索桥（Clifton Suspension Bridge & Avon），它是世界上最著名的悬索桥之一，于1864年开放。由于这座桥离市中心较远，此行我们未能前去一睹真容，也就没能站在桥上饱览河谷秀美的景色，稍显遗憾，当是留个念想吧！

布里斯托是一个充满朝气和活力的城市，这主要源于年轻人。布里斯托有两所大学，分别是布里斯托大学（University of Bristol）和西英格兰大学（University of the West of England），其中布里斯托大学以“学术卓越创新与独立前瞻性精神相结合”享誉全球。至2018年，布里斯托大学共培养了13位诺贝尔奖得主，始终处于全球研究领域前沿，因此也被《星期日泰晤士报》认为是“牛剑外最好的大学”（Bristol has long been a natural alternative to Oxbridge）。

年轻人多的地方，城市个性就极为鲜明活泼。布里斯托市中心遍布酒吧，因为年轻人的聚集，尤其在夜晚显得格外热闹，蹦迪的音乐声震耳欲聋，简直要把河面掀翻。当然，年轻人即使爱玩，也懂得分寸和收敛，当我们在居民区这边的河岸上行走时，就见广场上有一群年轻人正在跳街舞，他们每个人都带着蓝牙耳机，跟着耳机里的音乐起舞。在外人看来他们的动作虽然有点儿滑稽，但是这样的做法确实做到了在居民区不扰民，值得赞赏。

在布里斯托走马观花地短暂停留两天后，我们乘坐火车，前往布里斯托市区以东20多千米的小城巴斯。一看这座城市的名字Bath，就知道它与洗澡沐浴的事有关，这里最开始正是罗马人的温泉城。罗马人征服这里后，在当地发现了优质的温泉，因此兴建了庞大的浴室，城市故而得名。在中世纪，巴斯变成了英国重要的毛纺织工业中心。在18世纪，巴斯建成为一座新式和古典建筑相融合的美丽城市。它拥有英国最高贵的街道和最优美曲线的建筑，就这一点连伦敦都要"气短一截"。1987年，联合国教科文组织将巴斯城列为世界遗产，让它成为英国唯一列入世界文化遗产的城市，也让它成为全球少数全城为世界文化遗产的城市之一。

"优雅"是巴斯这座曼妙小城的代名词，城市面积虽然不算大，但是它一直是欧洲贵族度假的胜地。古罗马人在巴斯发现的自然条件极佳的温泉，从地底3000米深处涌出，水温常年保持在46摄氏度左右，且矿物质含量高，具有很好的医疗保健功能。在这块风水宝地上，罗马人修建了富丽堂皇的宫殿式浴池，当作重要的社交场所。城内的古罗马浴场（The Roman Baths）是北欧保存最完好的古罗马温泉疗养遗址，它见证了巴斯古城的历史。古罗马浴场以东，紧挨着的是巴斯的标志性建筑之一，恢宏大气的巴斯教堂（Bath Abbey）。这座教堂以雄伟壮观的彩色玻璃花窗和扇形的天花板而闻名，并因窗户多而得名"西方明灯"（Lantern of the west）。教堂外没有围墙，可以让行人近距离欣赏它高耸的石柱尖塔和大理石外墙。教堂内有能容纳1200人的座位，目前是巴斯国际音乐节和其他重大节日活动的举办场所。从巴斯教堂继续东行，来到埃文河边，可见一大片下沉式花园，名叫缤纷花园（Parade Gardens），里面花木繁茂，还有众多雕像。花园具有悠久的历史，可追溯至中世纪时期，当时属于巴斯教堂拥有。

缤纷花园的上游，有一座横跨埃文河的大桥，名叫普尔特尼大桥（Pulteney Bridge）。这座大桥是巴斯的著名景观，始建于1773年。桥的设计很有特色，桥身主体由三个半圆形的桥拱组成，桥上两侧都是商铺，让它成为世界上仅有的四座在两侧都有商店的桥之一。这些店铺包括咖啡馆、面包店、花店等，各家店铺的门口都摆放有鲜花。店铺与桥两端相连的街道融为一体，商业混搭交通，让人行走其间并不会产生置身桥上的感觉。跨过大桥，桥东有台阶可以下到河谷，那里有一小片开阔的森林，是散步的好地方。站在河边，可以看见成群的鸽子，它们或歇息在桥上商铺的屋檐上，或飞翔追逐于河道上方，给城市带来活力。埃文河的径流量很大，是连接巴斯和布里斯托的重要航道。在大桥下方的河道中央，建有一道普尔特尼堰（Pulteney Weir），埃文河航道的起点就是这道堰。湍急的水流冲过堰坝，形成一圈三层如同漏斗型的瀑布，蔚为壮观。按照堰志铭所载，堰坝和桥闸是巴斯防洪设施的一部分，修建于 1972 年。在此之前，历史上埃文河曾发生过多次洪灾，给城市带来严重损失，在展示牌上记载的是“到处都是水”（Water Water Everywhere），直到这套防洪体系建成后，洪水才逐渐被控制住。

离开普尔特尼大桥，穿过热闹的街区，沿着残存的中世纪时期的巴斯城墙往西北方向走，在一段上坡路的东边，我们路过了简·奥斯汀纪念馆（Jane Austen Centre）。纪念馆的门口摆放着这位英国著名女作家的蜡像，她身穿水蓝色连衣裙，头戴深蓝色礼帽，白色的宽丝带系在下颌，神情深邃地望着远方。简·奥斯汀出生在一个文化氛围浓厚的家庭，父亲是一位学问渊博的牧师，母亲出身富裕也非常有文化修养。简·奥斯汀没有正经地上过学，但她从小就展示了语言表达上的天赋，从十三四岁就开始写文章。在 1800 年，她随着退休的父亲迁居巴斯，在这里居住了 4 年左右，写出了成名作《傲慢与偏见》。她的作品里有很多巴斯的影子，她笔下那些女性人物的优雅魅力或许就来自巴斯。为了纪念她，巴斯每年 9 月都会举办简·奥斯汀艺术节。她过世后，墓碑进入了威斯敏斯特大教堂，头像被印在了 10 英镑纸钞上，她的小说和她本人被一遍遍地搬上大银幕，享誉全球。

来到巴斯，最值得去欣赏的建筑群当属城北的皇家新月宫殿（The Royal Crescent）。从简·奥斯汀纪念馆向北，只需几分钟的路程，经过圆形广场（The Circus），再向西即可到达皇家新月宫殿。圆形广场是一座象征太阳的广场，规模并不大，但规划却独具匠心。其设计者是建筑师老约翰·伍德（John Wood the Elder），据说他的设计灵感来自古罗马竞技场，或是英国著名的巨石阵。老约翰·伍德将围绕广场的圆环住宅等分为三段，这样从任何一个入口进入广场都能看见一个立面。广场中央的圆形空地上种有一棵参天古树，古树与圆环住宅之间的环形公路可同时供行人和车辆通行。

圆形广场往西的岔道口，笔直地延伸到皇家新月宫殿。这所宫殿的设计师是老约翰·伍德的儿子小约翰·伍德（John Wood the Younger），巴斯的许多精美建筑都出自伍德父子之手。皇家新月宫殿气势恢宏，建于1767年至1775年，由连体的30幢楼房与114根圆柱组成。这片建筑呈弧形排列，酷似一弯新月，因此而得名。圆形广场与新月宫殿一起，让巴斯城拥有了一份如日月同辉般的典雅与灵动。皇家新月宫殿前面没有任何遮挡物，是一大片草坪，时不时有飞机从宫殿上方飞过。宫殿高雅贵族式的曲线让人沉醉，以整排非凡的宫殿建筑为背景，是游人拍照出片的好地方。

皇家新月宫殿

皇家新月宫殿最开始不叫The Royal Crescent，而只叫The Crescent。据说在18世纪，威尔士亲王弗雷德里克王子（Prince

Frederick）曾光临这里，并对这所建筑赞赏有加，由此便在Crescent 前加了 Royal 一词。因为王子的到访，新月楼仿佛在一夜之间镀上了尊贵的皇室标签，名气和身价节节看涨。目前宫殿中可供游客参观的主要有两部分，一部分是皇家新月博物馆，里面珍藏着大批珍贵文物；另一部分是皇家新月大酒店，这是当地的五星级酒店，每一个房间都保留着 18 世纪的装修风格和奢华的家具。也正是由于皇家新月宫殿复古的外表和独特的气质，这里也成为诸多影片的取景地。

巴斯这座小城，有着乡村的幽美景致，也有着厚重的古镇风情。徜徉其间享受慵懒的步调，在富有历史感的博物馆和时尚的商店间穿梭，既可与历史对话，也能和潮流相融。在巴斯停留的时间虽只有短短几日，但我已深深地喜欢上了这座小城。她是热闹的，也是静谧的，更是优雅的，让人迷醉其中，期待下次再会。

俄瑞之行

1

2019 年 11 月下旬，我随单位团组公务出访，先后前往俄罗斯和瑞士，对这两个国家有了更近距离的接触，由此记录两国之行的点滴体会。

俄罗斯横跨欧亚大陆，国土面积 1709.82 万平方千米，是世界上疆域最辽阔的国家。坐拥连接东西方的广袤地域，俄罗斯拥有得天独厚的自然资源和辽阔壮美的自然风光，同时在文化上兼具东西方属性。俄罗斯境内有 194 个民族，主体民族为俄罗斯族，其祖先是斯拉夫人。我在《英伦风情》中提到，斯拉夫人是欧洲三大著名蛮族之一。这个族群的人员数量众多，但是不怎么团结，过着过着就分为了三支：一支往西，变成了西斯拉夫人，包括波兰人、捷克人等；一支往南，变成南斯拉夫人，主要在巴尔干半岛，包括塞尔维亚人、保加利亚人等；一支往东，变成了东斯拉夫人，包括俄罗斯人、乌克兰人、白俄罗斯人等。

由于地处高纬度，气候寒冷，俄罗斯人的身材普遍高大，就连酒店房间的挑空也好像是为了高大身材而特别设计的，看起来足足有国内酒店室内高度的两倍多。俄罗斯年轻的姑娘们个个金发碧眼，身材苗条，婀娜多姿，顾盼生辉。正是由于这样优秀的先天身体条件，再加上深厚的文化底蕴对俄罗斯人的全面熏陶，才孕育出了俄罗斯在艺术体操、花样游泳、花样滑冰、芭蕾舞等众多体育与艺术结合的门类中傲然于世的成绩。对于俄罗斯人，国内常用“战斗民族”一词来形容他们，这个词非常直观且贴切地描述了俄罗斯民族的特性。有一部喜剧电影《战斗民族养成记》中，讲述的是一位上海小伙子为了追求真爱，远赴冰天雪地的俄罗斯，遇到了强壮彪悍的俄罗斯岳父，在异国广袤荒原发生的一系列如伏特加酒局、冬泳、捕猎等奇遇故事。电影中，主人公小伙与寡头准岳父斗智斗勇，最终赢得了美人归。电影的取景和情节也很硬核地把俄罗斯的环境以及俄罗斯人的性格完美地展现了出来。

说俄罗斯人是“战斗民族”，可一点儿也不夸张。俄罗斯民族确实好战，而且他们在打仗方面确有战绩。在俄罗斯的名字还为俄国的时候，他们就几乎战无不胜。当然，有很多时候他们也是凭借天时地利，既幸运又艰难地险胜，这样的例子就包括与传奇人物拿破仑的战斗。拿破仑作为欧洲大地上曾经辉煌一时的战神级军事家，拥有超乎寻常的战斗能力和谋略思维，以及雄心勃勃的野心。他骑着战马几乎踏平了整个欧洲，对幅员辽阔的俄国也觊觎已久。为了争夺欧陆霸权，拿破仑在1812年集结60万大军，气势汹汹地大举进攻俄国。若要在战前进行评估，无论是从拿破仑的个人能力来看，还是从他指挥的军队数量来看，拿破仑都当必胜无疑。然而历史却告诉我们，拿破仑败了，而且是惨败。当拿破仑率领军队进攻莫斯科时，俄军果断放弃莫斯科，并在撤退时带走了所有粮食，释放了监狱里的囚犯。等到法军开进克里姆林宫时，莫斯科已是焦土一片的空城。面对俄罗斯异常严寒的天气，以及被纵深领土拉得漫长的战线和一座座空城，拿破仑军队的供给越来越得不到补充，士兵们被劳累、饥饿和疾病所缠绕。极端恶劣的自然条件连战神也毫无办法，拿破仑的精神意志和身体逐渐被俄罗斯的林海雪原消磨掉，东征的梦想也最终破灭。出征时豪气万丈的 60 万大军，最后仅余 3 万残兵败将返回法兰西。

在这场战争中，随着战事的逐步升级，俄罗斯前前后后投入的包括正规军、游击队、民兵等在内的兵力多达 90 万，几乎到了全民皆兵的境地。惨烈的战事也必然带来惨重的损失，俄国军队的损失高达 21 万左右。但无论如何，胜利的天平最终倒向了俄国，勇敢的俄罗斯人民挫败了拿破仑的无敌之师，阻止了对方的侵略，捍卫了民族的尊严。在拿破仑败亡之后，他建立的欧洲新秩序也迅速土崩瓦解，被法国征服的各国纷纷独立。而俄国则在欧洲迅速崛起，成为欧洲举足轻重的存在。

俄国大文豪列夫・托尔斯泰的鸿篇巨制《战争与和平》，就是以 1812 年俄法战争为背景创作的。列夫・托尔斯泰作为俄国最负盛名的作家之一，以及世界级的大文豪，本身就具有反战和人道主义精神，有着“欧洲的良心”之称。在这本书里，托翁对俄罗斯人民的反侵略战斗精神进行了尽情讴歌：“人民战争的巨棒，以全部威严和雄伟的力量举了起来，并且不问任何人的趣味和规则，不考虑任何东西，愚笨而单纯地，却是合乎时宜地举了起来，落下去打击法军，直到侵略者的军队全部消灭！”对于侵略者拿破仑，列夫・托尔斯泰也毫不客气地给予了两句精辟且严厉的抨击：“上帝要那些人灭亡，必先要他发狂”“帝王——是历史的奴隶。”

关于“战斗民族”，在现实生活中，可能要数关于俄罗斯航空公司的逸闻趣事最为深入人心了。

俄航航班可以延误起飞，却很少晚点到达，这让俄航的准点率常年占据全球航司之首。俄航之所以如此彪悍，其实并不是为了特立独行或彰显个性，而完全是因为本国独特的地理气候关系所致。俄罗斯地处高纬度，紧挨北冰洋，大多数地区常年被冰雪覆盖，天气条件恶劣。如果按照国际上大多数国家的飞行标准，那么俄罗斯的飞机在一年的大半时间内都不能起飞，这显然是不切实际的。为适应国内环境，俄罗斯的航空部门对飞机起飞和降落的气候条件标准定得很低，国际上很多禁飞的天气对于俄航来说都是家常便饭，所以才成就了俄航普遍给人的生猛彪悍的印象。另外，俄航的前身是苏联民航总局，其历史可以追溯到1922年的苏联民航，创立之初确实具有军方背景。特殊的地理环境和气候因素带来的挑战，加上多多少少的军人血性，才造就了俄航的独特秉性。

因为考虑需要兼顾之后的行程，此次出访我们选择的是瑞士航空，俄航的“传奇”也就没有亲身去体会了。从北京出发，经过8个多小时的飞行，航班缓缓降落在俄罗斯首都莫斯科，一个美丽且气派的国际大都会。

莫斯科地处东欧平原中部，横跨莫斯科河及支流亚乌扎河两岸，位于两条航运线的交汇处，并与伏尔加河流域的上游江河口处相通，地理位置十分优越。伏尔加河位于莫斯科以东，全长3692千米，是欧洲最长的河流，更是世界上最长、流域最广的内流河。受地势影响，伏尔加河自北向南流入里海，并在里海岸边形成了一片壮阔美丽的三角洲。伏尔加河流域居住的人口约占俄罗斯总人口的一半，其巨大的经济、文化和历史重要性，让它在俄罗斯的国民经济和人民生活中起着举足轻重的作用，被誉为俄国的历史摇篮，俄罗斯人亲切地称之为“母亲河”。俄国著名画家列宾创作的世界名画《伏尔加河上的纤夫》，就是以伏尔加河为背景绘就的。画中人物形象真实且深刻，是一个民族苦难灵魂的集中体现。这幅画寄托了画家对下层劳苦人民群众悲惨生活的同情，同时艺术地体现了作者民主主义革命的思想。

俄罗斯深厚的文化底蕴让这个行事狂放不羁的“战斗民族”国家在艺术领域里有着不容小觑的成就。上述提到的作家托尔斯泰和画家列宾仅仅是冰山一角，在这片土地上还诞生了无数文学艺术巨擘，比如高尔基、普希金、契诃夫、果戈理、屠格涅夫、陀思妥耶夫斯基、柴可夫斯基、拉赫玛尼诺夫……他们的名字熠熠生辉，他们的著作山高水长。举两个著名的例子。

——高尔基的著名散文诗《海燕》。诗歌热情歌颂了俄国无产阶级革命先驱如海燕般坚强无畏的战斗精神。“一堆堆乌云，像青色的火焰，在无底的大海上燃烧。大海抓住闪电的剑光，把它们熄灭在自己的深渊里。这些闪电的影子，活像一条条火蛇，在大海里蜿蜒游动，一晃就消失了。暴风雨！暴风雨就要来啦！这是勇敢的海燕，在怒吼的大海上，在闪电中间，高傲地飞翔；这是胜利的预言家在叫喊：让暴风雨来得更猛烈些吧！”

——尼古拉·奥斯特洛夫斯基的红色经典长篇小说《钢铁是怎样炼成的》。小说成功塑造了保尔·柯察金这一无产阶级英雄形象，曾鼓舞过无数中国人，激励我们无论身处何种境地，都要像保尔一样，永远坚强，永远具有钢铁般的意志。“人最宝贵的是生命。生命属于人只有一次。人的一生应当这样度过：当他回首往事的时候，不会因为碌碌无为、虚度年华而悔恨，也不会因为为人卑劣、生活庸俗而愧疚。这样，在临终的时候，他就能够说：‘我已把自己整个的生命和全部的精力献给了世界上最壮丽的事业——为人类的解放而奋斗。’”

视线回到我们的到访目的地莫斯科。1147 年，莫斯科沿莫斯科河而建，从莫斯科大公国时代开始，到沙皇俄国至苏联时期，以及现在的俄罗斯联邦，这座城市一直担任着国家首都的职能。莫斯科的城市规划优美，整个城市以克里姆林宫和红场为中心，呈环状向外延伸。城内街道宽阔，河道纵横，树木葱郁，绿化面积占到了全市面积的 40%，让它掩映在一片绿海之中，成为世界上绿化最好的城市之一，享有“森林中的首都”美誉。

莫斯科拥有数不清的历史故事和众多名胜古迹。站在莫斯科河与涅格林纳河汇合的弯曲处，向北望去，在鲍罗维茨丘陵上，有一片色彩艳丽、气势雄浑的建筑群，这就是世界上最大最古老的宫殿建筑群之一——克里姆林宫。这座宫殿群始建于 1320 年，面积达到 27.5 万平方米，宫墙内殿宇林立，是俄罗斯建筑艺术的瑰宝。

在俄语中，“克里姆林”的意思是“内城”，历史上克里姆林宫就是作为历代俄国沙皇的宫殿，一直是俄罗斯的政治心脏。历代大公和沙皇一点一点增建自己想象中的这座皇宫，让它逐渐成为俄罗斯人心中不朽的历史标记。在建成后的 700 年时间里，克里姆林宫遭遇了多次毁灭性打击，又不断被重建。由好莱坞影星汤姆·克鲁斯（Tom Cruise）主演的电影《碟中谍 4》（*Mission:Impossible-Ghost Protocal*），就呈现了克里姆林宫雄壮威严的画面。十月革命后，克里姆林宫成为苏联党政机关所在地。现在，这里是俄罗斯政府所在地，进驻克里姆林宫依然被视为掌握俄罗斯国家政权的最直接象征，来自克里姆林宫的消息仍然会引发全球性的政治风波。有一句俄罗斯谚语这样形容克里姆林宫：“在莫斯科大地上，唯见克里姆林宫高耸；克里姆林宫上，唯见遥遥苍穹。”

在克里姆林宫的宫墙上，一共有 19 座塔楼。在其中较大的 5 座塔楼的顶端，各有一颗硕大的红宝石五星，五星内部装有照明系统，昼夜红光闪耀，寓意红星永远照耀莫斯科。在东宫墙的南北两端，耸立着两座塔楼，分别是斯巴斯克塔楼和尼古拉塔楼，其中斯巴斯克塔楼上的红五星是所有五星中最大最亮的一颗，这就是人们常说的那颗“克里姆林宫的红星”。

莫斯科红场

克里姆林宫的东墙外面，是举世闻名的红场。红场由赭红色条石铺成，在古俄语中，“红色的”含有“美丽”之意，“红场”意思即“美丽的广场”。红场是莫斯科最古老的广场，也是众多重大历史事件以及阅兵仪式的见证场所。在真正到达红场之前，可能在大多数国人心中，认为红场一定非常大的，应该是广阔无垠且气势恢宏的一片广场。然而到了之后，我们却惊奇地发现，现实与想象中的不太一样。红场确实很大，足以给人震撼，但远没有我们的天安门广场那么大。红场是由西边的克里姆林宫、东边的古姆商场、北边的俄罗斯国家历史博物馆以及南边的瓦西里升天大教堂围成的一个细长形广场，长 700 米，宽 130 米，总面积 9 万多平方米。另外，由于红场地处莫斯科河北畔的丘陵上，整体地势在南北两端就呈现为斜坡状，让整个红场看起来似乎微微有点隆起。这样的地势对于一个国家广场来说，确实让人觉得有点不可思议。想象着每次在红场举行盛大的阅兵仪式时，气宇轩昂的行进队伍从北往南经过红场后，会马上沿着向河岸边倾斜的山坡消失在南端的地平线上，也是非常让人意犹未尽的一个场景。

位于红场以东的古姆商场，是莫斯科最大的百货商场，也是欧洲最大的百货商店之一。商场建筑有三层，从外观看极具欧洲古典风格，与其说它是商场，不如说它更像是一座金碧辉煌的宫殿。商场内部通过玻璃天窗采光，空间开亮通透，里面由 1000 多间专卖店组成，宛如国际象棋般横平竖直地规矩排列。这些专卖店中，既有大家耳熟能详的奢侈品牌，也有俄罗斯的特色工艺品、服装、百货等，种类繁多让人目不暇接。位于红场以北的俄罗斯国家历史博物馆，始建于 1872 年，于 1883 年开馆，是收藏整个俄罗斯文化与艺术品瑰宝的宝库。整馆外观为红砖银顶，造型古典大气，犹如一座巍峨的城堡，极具俄罗斯风情。在主馆左右两侧，耸立着一座对称的塔楼，塔楼顶端是镀金的俄罗斯国徽标志双头鹰。

位于红场以南的瓦西里·勃拉仁内大教堂，曾经被称为圣母大教堂，由于在这座教堂里曾有一名叫“瓦西里”的东正教修士苦修终生，后来就改为了现在的名字。“勃拉仁内”在俄语中是“仙逝升天”的意思，所以这座教堂又被称为瓦西里升天大教堂。教堂建于 1555 年至 1561 年，是沙皇伊凡大帝为了纪念 1552 年战胜喀山鞑靼军队而下令修建的。传说在这场战争中，俄罗斯军队由于得到了八位圣人的帮助，才取得战争的胜利。教堂主体由九座塔楼式的洋葱头圆顶穹庐建筑组成，每座塔楼都具有不同的颜色和花纹，其中，中间高高隆起的一座塔楼最大，象征着上帝的至高地位，周围其余八座稍小的塔楼分别代表一位圣人，如众星拱月般将主塔围在中间。教堂洋葱头的圆顶源于伊斯兰建筑，由拜占庭风格演化而来，区别在于伊斯兰教的葱头是绿色的，葱头顶上是月亮，而东正教的葱头多为金色或彩色，葱头顶上是十字架。瓦西里升天大教堂无论从任何一面看都是正面，没有正面、侧面和背面之分。教堂由红砖砌成，以白色石雕作为配饰，加之塔楼穹顶金光闪烁，配以鲜艳的红、黄、蓝、绿等多种色彩，呈现不同的螺旋样式和花纹，让整座教堂洋溢着一种浓烈的氛围，因此被誉为世界十大最美教堂之一。

瓦西里·勃拉仁内大教堂

不过在摄人心魄的美丽之下，关于这座教堂有一个残忍的传说。教堂的主持修建者伊凡大帝富有才智且英明能干，具有卓识远见和坚强意志，对俄罗斯做出了不可磨灭的贡献，但他同时也以冷酷无情著称，是“天使与魔鬼”的共同体，因此也被称为伊凡雷帝。传说伊凡大帝请了两位建筑师巴尔马和波斯特尼克为他设计教堂，等到教堂完工时，包括伊凡大帝在内的所有人都被这幢美妙绝伦的建筑折服了。伊凡大帝就问其中一个建筑师："你还能建造出同样的教堂吗？"建筑师骄傲地说："没问题！"结果为了不让建筑师再造一座比它更漂亮的教堂，伊凡大帝竟令人弄瞎了他们的眼睛，这简直是一场由美丽引起的罪案。

在克里姆林宫东墙外的中间，红场西侧，有包括斯大林、勃列日涅夫在内的 12 人的墓碑，以及朱可夫元帅雕像、无名烈士墓等。除此之外，位于红场建筑群突出中心位置的主体建筑，是世界文化遗产列宁墓。从外表来看，列宁墓是一组由红色花岗岩和黑色大理石建成的呈阶梯状的三个立方体，一半埋在地下，一半露出地面，墓前有一块刻着俄文"列宁"字样的碑石。沿着宫墙外的参观路线，顺着黑色大理石台阶缓步而下，就进入了悼念大厅。列宁墓的内部空间并不大，四壁几乎没有灯光，主灯光就是照射在大厅中间列宁遗体上的灯光。只见列宁躺在水晶棺里，身穿米黄色上衣，覆盖苏联国旗，胸前佩戴着一枚红旗勋章，面色红润，神情安详。环绕水晶棺周围一圈的是一条供人瞻仰行走的环形步道，离水晶棺很近，大概也就两三米左右的距离，这让瞻仰者能很清楚地看到列宁的容颜。众人缓缓前行，氛围肃静，无人言语，大家都默默地、毕恭毕敬地向这位伟大的革命导师致敬。

1917 年 11 月 7 日，列宁领导的布尔什维克武装力量推翻了沙皇统治和资产阶级临时政府，取得了俄国十月革命的胜利，建立了世界上第一个由马克思主义政党领导的社会主义国家——俄罗斯苏维埃联邦社会主义共和国，简称"苏俄"。十月革命是国际共产主义运动史上继巴黎公社之后取得的又一次伟大胜利，它打破了资本主义一统天下的世界格局，标志着由马克思、恩格斯创立的科学社会主义理论之"花"，在遥远的俄国结成了胜利的现实之"果"，由此翻开了人类历史上的崭新篇章。列宁作为世界上第一个社会主义国家的缔造者、世界上第一个无产阶级执政党的创建者，开辟了马克思主义民族化之路，因此被全世界共产主义者普遍认同为“国际无产阶级革命的伟大导师和精神领袖”。现在，列宁墓在红场最显著的位置供人瞻仰，实至名归。不过，让人稍感诧异的是，在列宁墓的上方修建有主席台，每当俄罗斯在红场举行阅兵仪式时，如每年的 5 月 9 日和 11 月 7 日分别为纪念卫国战争胜利和十月革命胜利而举行的阅兵仪式，俄罗斯国家领导人都会站在列宁墓上检阅武装部队和游行队伍。如果按照中国传统，站在伟人墓上召开国事活动似乎对伟人有些不敬，但也许在俄罗斯人的思维世界里，他们就是站在了伟人的肩膀上继续前进的。

苏维埃政权的建立，让“一个幽灵，共产主义的幽灵”不再是幽灵状态，它开始拥有自己的身体，并在广袤的国土上施展拳脚。十月革命胜利后，俄国境内各民族纷纷建立起自己的独立国家或自治共和国。1922 年 12 月 30 日，在莫斯科召开的苏维埃社会主义共和国联盟第一次苏维埃代表大会上，由俄罗斯、乌克兰、白俄罗斯和外高加索联邦（格鲁吉亚、亚美尼亚和阿塞拜疆）共同组成的苏维埃社会主义共和国联盟正式成立，简称“苏联”。苏联在历史上共存在过 16 个加盟共和国，除前述 6 国外，还包括波罗的海 3 国：爱沙尼亚、拉脱维亚、立陶宛，中亚 5 国：哈萨克斯坦、吉尔吉斯斯坦、土库曼斯坦、塔吉克斯坦，以及摩尔达维亚（现摩尔多瓦）和短暂存在过的卡累利阿－芬兰苏维埃社会主义共和国。苏联地跨欧亚两个大洲，向全世界展示了在 2240 万平方千米的国土上开展社会主义建设的可能性。优越的自然资源禀赋让苏联在开展社会主义建设的道路上具有先天比较优势，它几乎不需要任何海外殖民地，就可以获得国家发展所需的所有资源。超凡的自然资源储备解决了工业化对资源的巨大需求，为苏联近乎不计成本的超高速工业化发展提供了物质保障。

列宁之后，斯大林上台执政。为了加快苏联社会主义工业化和现代化的建设进程，进一步打破资本主义国家的包围封锁，斯大林以“国家高速工业化、农业全盘集体化与党内干部大清洗”三大运动为抓手，在苏联建立了一套高度集中的政治经济体制。在工业方面，优先发展重工业和军事工业，以超高速度推进工业化进程；在农业方面，采用农业集体化的方式进行农业生产，但产业重心并不在这个基础性部门。通过政策倾斜，一方面，苏联的重工业特别是军事工业获得了巨大发展，苏联被改造成一个重工业和军事强国，成为欧洲第一、世界第二的经济强国。这样的实力为苏联取得卫国战争的胜利，并在“二战”后为与美国为首的资本主义阵营分庭抗礼奠定了坚实的基础。苏联重工业的亮点成绩包括：1957 年 10 月 4 日将人类历史上第一颗人造卫星送入太空，1986 年 2 月 20 日用质子号运载火箭把“和平号”空间站核心舱送上地球轨道，安东诺夫设计局设计生产的安 –225 仍是世界上载重量最大的运输机，被誉为苏联航空工业心脏和“动力沙皇”的马达西奇公司的产品曾一度出口到世界上 90 多个国家。但在另一方面，产业政策的倾斜也导致苏联国民经济结构长期畸形化，国内农业、轻工业、服务业的发展长期处于滞后状态，直接影响了苏联人民生活水平的提高。这种产业布局的状态一直延续到苏联解体，对俄罗斯的影响也一直延续到了今天。

2

第二次世界大战结束后，纳粹法西斯被消灭，世界战略格局被重新划分，美国和苏联成为世界上仅存的两个超级大国。1945 年年初，美、英、苏三国政府首脑罗斯福、丘吉尔、斯大林在苏联雅尔塔举行会议，这次会议确立的雅尔塔体系（Yalta System）成为“二战”后国际政治格局和秩序的代名词。雅尔塔体系的特点是：以美国和苏联两极为中心，在全球范围内进行争夺霸权的冷战（Cold War，1947—1991 年），但不排除局部地区由两个超级大国直接或间接参与的战争（如朝鲜战争、越南战争、阿富汗战争等）。俗话说“一山不容二虎”，随着雅尔塔体系的确立，以美国为首的西方资本主义阵营同以苏联为首的社会主义阵营即处于冷战的对峙状态——既是两种社会形态的对峙，也是两大军事集团阵营的对峙。

美国为了遏制苏联，维护其在欧洲的主导地位，联合了英国、法国、荷兰、比利时、卢森堡、加拿大、丹麦、挪威、冰岛、葡萄牙、意大利，一共 12 个国家，于 1949 年 4 月 4 日在华盛顿签订公约，正式成立北大西洋公约组织（North Atlantic Treaty Organization，NATO），简称“北约”。北约是北美洲及欧洲国家为实现防卫合作而创建的国际组织，是“二战”后西方阵营在军事上实现战略同盟的标志。北约在成立时，总部设在法国巴黎，后改设在比利时布鲁塞尔。北约公约规定，缔约国任何一方遭到武装攻击时，应视为对全体缔约国的攻击，这就意味着只要有一个北约的加盟国参战，那么其他的加盟国就必须共同进退。

北约在成立之后，立马就开启了扩充进程。希腊和土耳其在 1952 年，联邦德国（西德）在 1955 年，西班牙在 1982 年分别加入北约，让北约组织成员国扩充至 16 个。1991 年苏联解体后，北约迅速调整战略，以“全方位应付危机战略”取代“前沿防御战略”，先后一共进行了 5 次东扩，分别是：

第一次：1999 年，匈牙利、波兰、捷克 3 国加入北约；

第二次：2004 年，保加利亚、拉脱维亚、立陶宛、罗马尼亚、斯洛伐克、斯洛文尼亚、爱沙尼亚 7 国加入北约；

第三次：2009 年，阿尔巴尼亚、克罗地亚 2 国加入北约；

第四次：2017 年，黑山 1 国加入北约；

第五次：2020 年，北马其顿 1 国加入北约。

北约东扩的原因是错综复杂的，既有大国霸权因素，又有小国寻求“保护伞”的心态，可以说北约东扩是冷战后欧洲战略格局转变时期的必然产物。这五次东扩之后，北约的成员国由 16 个增加到了 30 个。2022 年 5 月，原本奉行军事不结盟政策的芬兰和瑞典正式申请加入北约。7 月 5 日，北约 30 个成员国的驻北约大使签署了芬兰和瑞典两国加入北约的议定书，正式启动了北约的北扩进程。按照程序，这份议定书随后将交由北约现有的 30 个成员国批准，在“一致同意”后即吸纳芬兰和瑞典成为北约的新成员，北约成员国很快就可能变成 32 个。

为了对抗以美国为首的北约，1955 年 5 月 14 日，苏联与波兰、保加利亚、捷克斯洛伐克、民主德国（东德）、匈牙利、罗马尼亚、阿尔巴尼亚，一共 8 个国家，在波兰首都华沙签署由苏联时任领导人赫鲁晓夫起草的《华沙公约》，建立了政治军事同盟——华沙条约组织（Warsaw Pact 或 Warsaw Treaty Organization），简称华约，总部设在莫斯科。在当时东欧的社会主义国家中，除南斯拉夫以外，全部都加入了华约组织；亚洲除了中国和朝鲜，其他的社会主义国家都是华约组织观察员国。

北约和华约两大国际组织的相继成立，标志着双方以冷战形式的军事对抗正式开始。不过在早期，华约组织的建立只是喊喊口号，目的在于逼迫西方人坐下来和苏联人谈判。所以华约在成立初期只是一个政治应对措施而非军事产物，组织内的很多军事机构还没有筹划和建立起来。直到 1964 年，勃列日涅夫参与了推翻赫鲁晓夫的政变，继任苏共最高领导人后，美苏才正式在军备竞赛上开展你追我赶。勃列日涅夫上台后，苏联将 85% 以上的工业投资用于发展重工业和军事工业，并重点发展战略核武器和远洋海军，让苏联的军事力量大大增强，其力量已经上升到足以与美国争霸的态势。此后，华约真正成为一个让西方人心惊肉跳的军事怪兽。

20世纪70年代初，美苏在军事力量上基本达到均衡，苏联只用了不到10年的时间便取得了对美国的战略均势地位，步入超级大国行列。为了争夺世界霸权，一方面，两国及其盟国在政治、经济、军事等方面开始了长期全方位的斗争；另一方面，由于美苏都忌惮对方，双方就形成了一种微妙的平衡关系，尽管双方存在严重的分歧和冲突，但都尽力避免世界范围的大规模战争，即第三次世界大战的爆发。两大阵营之间的对抗主要是通过局部代理战争、科技和军备竞赛、太空竞赛、外交竞争等“冷”方式进行的，即“相互遏制，不动武力”，因此称为“冷战”。在此时期，北约和华约双方不断操练大型机械化军队、海上舰队和各种航空兵团，组织了上百万的装甲部队隔着欧洲中部东西德分界线进行对峙，并时不时拿出来秀一下肌肉，搞一搞军事演习，空气中弥漫着火药的味道。两大阵营还比赛堆积核武器，双方的核竞赛持续了长达40多年。美国最早掌握核技术，通过“曼哈顿计划”，动用人力约60万，投资20多亿美元，在1945年7月成功爆炸了世界上第一颗原子弹，成为世界上第一个拥有核武器的国家。“二战”快结束时，美国为了迫使日方投降，在1945年8月6日用B-29轰炸机运载代号为“小男孩”的原子弹轰炸日本广岛，3天后的8月9日又在日本长崎投下了代号为“胖子”的第二颗原子弹。巨大的破坏力让广岛和长崎瞬间变为废墟，数十万平民和军人在爆炸中伤亡。这次实战演练让世界各国都见识到了核武器的强大威力，因此纷纷加紧了对这种新型武器的研制生产。

在整个20世纪70年代的美苏争霸格局中，苏联基本上对美国呈压倒性态势，在武器和军队数量上远超美国。美国因为半岛战争和旷日持久的越南战争带来的巨大消耗，国力衰竭，根本不是苏联的对手，以至于当时西方甚至都有害怕苏联赢得冷战的恐惧。但是到了冷战后期，随着苏联经济发展的停滞，经济和军事实力大为下滑，苏联的攻势也逐渐疲软。美国在 1983 年提出了所谓的“星球大战计划”（Strategic Defense Initiative），以此为幌子不断吹牛和放卫星，声称要拨款 1 万亿美元在太空战中布局。苏联对这个计划那是相当忌惮，生怕落后于美国，也紧急启动了类似计划加大军事投入。苏联立即拨巨款研制和建造更多的军事卫星、核弹头还有空间站等，军费开支占比一下从 30% 左右直接暴涨到 50%，基本上到了穷兵黩武的极限。试想一个国家将财富的一半用于军事的后果，那肯定是民不聊生。苏联国内百业萧条，百姓生活水平急剧下降。星球大战计划严重拖垮了苏联经济，让苏联走入了死胡同，国家入不敷出、外债高起。这一计划成为压死苏联的最后一根稻草，从此让苏联再也没有了回头的机会。而美国则利用这一有利条件积极发展科技，吃上了科技时代的红利，由此从守势转为攻势，在多个领域重拾霸主地位。

与美苏实力的转换相对应，北约在持续扩张，而华约的命运就要更加多舛些。1968 年，苏联与阿尔巴尼亚交恶，阿尔巴尼亚退出华约；1990 年，两德合并，民主德国退出华约；1991 年 7 月 1 日，华约组织甚至走到了终点，正式解散。按理说，能和北约掰掰手腕较上劲甚至一度占优的华约，不应该这么快就没有了，原因何在？综合来看，真正导致华约组织彻底崩盘的原因还是在苏联自己。作为华约的领头人，苏联试图以社会主义超级大国的身份，控制华约组织成员国的主权，甚至还曾提出“有限主权”论。在苏联的理论下，所有的社会主义国家都应该坚持苏联模式，接受苏联的领导，哪怕是内政也要在苏联的批准下进行。这样就造成在华约组织内部，老大哥和一帮小弟们的矛盾冲突不断，关系逐渐紧张。波兰、匈牙利、捷克、罗马尼亚、阿尔巴尼亚等成员国提出要与苏联进行平等对话的诉求，被一次次的军事行动威慑。而在苏联内部，忽略了基础经济发展的产业模式导致经济问题以及道路问题日趋严重，引发了严重的社会危机，使得苏联已经无力与美国对抗，更没有能力去控制华约组织的成员国。最终在 1991 年，华沙条约组织正式解散，存在仅 36 年的华约组织自此消失在了历史的长河中。

继华约解散后，存在了 69 年的苏联也轰然解体。苏联解体后，分裂成 15 个国家，其大部分经济及军事力量由最大的加盟国俄罗斯联邦继承。苏联的解体给社会主义建设事业带来沉重打击，让僵持了近半个世纪的“美苏争霸”的两极格局土崩瓦解。在冷战时期，由于苏联的存在，美国对别国的剥削还相当克制；苏联解体后，对外的恶果之一就是美国一家独大，美国成为世界上唯一的超级大国，建立了美元霸权，让其“全球警察”的行为更加肆无忌惮。

原先旗鼓相当的两大组织命运迥异，华约已经烟消云散，北约非但没有解散反而一直在扩张，并一步步蚕食吞并华约留下来的遗产。原先华约组织的 8 个缔约国中，除苏联外的其余 7 个国家，民主德国（东德）、匈牙利、波兰、捷克斯洛伐克（后分为捷克和斯洛伐克两个独立国家）、保加利亚、罗马尼亚、阿尔巴尼亚，全部都齐刷刷地倒向了北约；从苏联解体独立出来的 15 个国家中，波罗的海的 3 个国家，爱沙尼亚、拉脱维亚、立陶宛，也都投入了北约的怀抱。北约东扩之后，势力范围向东推进了 1000 余千米，从冷战时期的西欧、南欧和中欧地区，逐渐扩大到了东欧和东南欧，从波罗的海一直延伸到了黑海，直至逼近俄罗斯的家门口，几将俄罗斯西部边境团团围住。对于主导北约的美国而言，苏联虽然解体，但是俄罗斯的威胁仍然存在。美国对于保留在北约组织中继续当“大哥”肯定是乐意的，它不仅不会放弃自己的领导权，反而会继续强力维持自己的地位，因此美俄双方的矛盾会继续存在且不可调和。

华约解散和苏联解体标志着冷战结束。在冷战结束之初，俄罗斯在外交上改变了策略，放弃了冷战时期疯狂得令人窒息的对抗和对立，而谋求实现与西方国家的和解与合作。在冷战结束后长达 30

年的时间里，俄罗斯在“拥抱西方世界”方面付出了诸多努力，移植了西方国家的政治制度和市场经济体制，希望从文化、政治、市场等多条道路出发，重新成为西方世界的一员。1991 年 6 月，叶利钦入主克里姆林宫，随后主政俄罗斯达八年时间。在叶利钦时代，俄罗斯为了融入西方采取了妥协政策。在叶利钦执政的早期，俄罗斯在外交上呈现向西方一边倒的局面，在中后期则变为以西方为主、东方为辅的平衡外交策略。1991 年，俄罗斯加入北大西洋合作委员会，1994 年，俄罗斯加入北约的“和平伙伴关系计划”。

叶利钦之后，普京和梅德韦杰夫轮流执政，上演了总统与总理轮流坐庄式的“二人转”。其中，普京的两次执政期分别是从 2000 年 3 月到 2008 年 4 月，以及从 2012 年 5 月到现今。这中间的 4 年是梅德韦杰夫担任总统，普京退居总理。梅德韦杰夫在结束总统任期后，从 2012 年 5 月至 2020 年 1 月一直担任俄罗斯总理。从现实情况来看，普京对俄罗斯的影响更为深远，他因其内政老辣、外交手段强硬而被网友冠以“普京大帝”的称号。普京曾有过这样一句名言：“给我 20 年，还你一个强大的俄罗斯。”普京是特种兵出身，拥有强健的体魄，不管工作上有多忙，都会争取时间撸铁搞健身事业，而且功夫了得，是柔道八段，跆拳道九段，各项活动诸如赤膊捕鱼，丛林伏虎，远东摸鲸，驾机赛车等，都信手拈来，简直是上天入地无所不能。在俄罗斯最有魅力的男人评选中，普京大帝凭借自身的魅力多次问鼎，而且遥遥领先其他人选，甚至俄罗斯有一首超流行的歌曲叫《嫁人就嫁普京这样的人》，把普京誉为全俄罗斯女性心中的“白马王子”。

在普京的第一次总统执政期，俄罗斯基本延续了叶利钦中后期的东西方平衡外交策略。普京也曾希望突破与美国关系的安全信任“瓶颈”，彻底消除双方关系中的芥蒂。2001 年，美国发生举世震惊的“9 · 11”事件后，普京在第一时间打电话给美国总统小布什，明确支持美国的反恐行动，还出人意料地向美国开放空中运输走廊，全力支持美国在阿富汗的军事行动。在梅德韦杰夫执政时期，俄罗斯试图扩大在欧洲事务上的参与度和影响力，期望消除与欧洲在经济、安全方面的障碍，构建双方更加紧密的关系。然而，对于俄罗斯抛出的橄榄枝，欧盟未能给予积极回应，因为西方国家始终不愿意接纳俄罗斯进入他们的圈子。一次次的失败让俄罗斯知道，融入西方只是美好的童话。

2012 年，普京重返克里姆林宫。随着西方国家在地缘政治竞争方面的步步紧逼，俄罗斯与西方国家渐行渐远。北约东扩不仅没有让欧洲变得更加安全，反而埋下了冲突的种子。北约还利用某些从苏联分裂出来的与俄罗斯有历史积怨和领土争端的国家，支持他们向北约积极靠拢，这些国家中就包括格鲁吉亚和乌克兰。2014 年，俄罗斯与西方国家在乌克兰爆发激烈的地缘政治冲突，双边相互指责对方破坏地区和平与稳定，安全互信受到严重破坏，合作关系也走向了终结。由此，自冷战之后，俄罗斯与西方国家的关系重又回到竞争为主、合作为辅的格局，双方互视对方为主要安全威胁。

在国家安全问题上，俄罗斯最为介意乌克兰与北约的关系。从地理位置上可以清晰地看到，乌克兰与俄罗斯有着漫长的边境线，它是横亘在北约与俄罗斯之间的最大也是最后一道地缘屏障，因此俄罗斯非常忌惮乌克兰加入北约。2014 年乌克兰危机后，乌克兰在安全、经济和外交上全面倒向了西方，并寻求加入北约和欧盟。最近几年，北约东扩的步伐越迈越大，乌克兰又遥相呼应，二者眉来眼去，大有乌克兰加入北约的架势。这种枪口对着脑袋的状态让俄罗斯越来越不爽。2022 年 2 月，俄乌冲突加剧，俄罗斯在乌克兰开展“特别军事行动”。俄罗斯与西方国家的竞争随之进一步升级，双方围绕北约与乌克兰关系再次进行激烈博弈，火药味十足。西方国家对俄实施了全面的经济制裁和外交孤立，加上政治谴责、对乌克兰进行武器援助和情报援助等，除直接开打之外，一切能用的手段都无所不用其极，俄罗斯与西方国家的关系自此走上全方位对抗。

冰冻三尺非一日之寒，俄罗斯在乌克兰问题上采取的“特别军事行动”，明显基于对自身地缘政治安全态势的认知，它需要在内部政治发生重大变化之前，完成与俄罗斯在历史上有特殊情感的乌克兰东部地区的布局，以某种形式满足俄罗斯安全战略态势的需求。北约东扩是俄乌战争的导火索，对于俄罗斯特别军事行动，我国外交部发言人华春莹在主持例行记者会时曾进行过精辟的回应：“一些国家应该想一想，在美方违背同俄罗斯协议，五次将北约东扩到俄罗斯的家门口，并且部署大量先进进攻性战略武器的时候，他们有没有想过把一个大国逼到绝地的后果？”

一个巴掌拍不响，柿子专拣软的捏。让我们看看俄乌冲突当事者的另一方乌克兰，是如何经过一番谜之操作后，自毁武功，从一个“富二代”沦落为世界三流国家的。

在苏联解体后分裂出的 15 个国家中，除俄罗斯外，乌克兰也继承了大量精锐部队和战略物资，并且还有诸多令西方惊惧不已、为军事迷津津乐道的苏军“神器”，包括世界上最大的运输机安 -225、世界上最大的战略轰炸机图 -160、3 艘航空母舰、T-64 主战坦克、2000 多件核武器。

在生产和科研能力上，乌克兰继承了苏联 35% 的军工企业，40% 的装备研究机构，以及相当数量的技术人员，可以生产坦克、导弹、运输机、装甲车、防空雷达等，这让它在航空航天、船舶航海、冶金化工等领域位居世界前列。强大的军事实力之外，乌克兰还拥有 60 万平方千米的国土面积以及世界 1/3 的黑土地，农业种植面积广阔，号称“欧洲大粮仓”。彼时，乌克兰在国际上的地位也非常高，全球不知道有多少国家想通过各种渠道和乌克兰政府进行接洽，希望能从乌克兰获得核潜艇、巡洋舰、洲际导弹、战略轰炸机乃至真正的核弹头，乌克兰的坦克、导弹、直升机等军火也大量出口。

如此优越的基础条件让乌克兰完全具备日后成为大国的潜质，也足以让其走上一条强国之路。可惜，乌克兰自独立以来始终没能出现强有力的政治领导人，从总统制到议会制，乌族与俄族严重对立，国内政局动荡，根本没有找到一条适合本国发展的道路，直至形成今天的局面。

视线回到俄罗斯，作为山水相连的近邻，中俄双方有着约 4300 公里的漫长边境线。两国之间的交往和关系并不是一成不变的，有甜蜜期也有敌对期，有“相爱相杀”的过往，造就了彼此间的复杂感情。为了让我们更好地了解俄罗斯，以及沟通交流业务，此次出访的对接合作方特地为我们安排了两名当地员工陪同。这两名员工是一男一女，都很年轻，而且中文都说得极好。询问了一下缘由，原来他们都有到中国学习或工作过的经历，难怪如此。这也可以从一个小点窥探到俄罗斯对中国确实很重视。

随着“一带一路”倡议的持续推进，中国开放的格局正在发生深刻变化，与俄罗斯的合作也呈现蓬勃势头。在两国日益紧密的经济交往合作中，有政府对政府、行业对行业、企业对企业的合作，表现为多层次、全方位的双向交流。此行我们特地拜访了莫斯科交易所（Moscow Exchange），这家交易所于 2011 年 12 月由莫斯科银行间货币交易所和俄罗斯交易系统合并而来，是俄罗斯最大的机构交易场所，也是全球少数能提供所有主流资产交易形式和全方位交易服务的市场之一。莫斯科交易所与中国的对话是俄罗斯资本市场与中国资本市场对接的一个缩影，包括 2015 年莫斯科交易所与上海证券交易所签署合作谅解备忘录；2018 年莫斯科交易所与深圳证券交易所签署合作谅解备忘录；2019 年莫斯科交易所与中国外汇交易中心签署重要谅解备忘录。这些备忘录的签署，加强了双方国家金融机构之间的连接，进一步扩大了中俄金融市场的对外开放，改善了贸易和投资自由化，为跨境投资和合作提供了更多便捷。俄罗斯的资本市场中，有很多优惠政策是专门针对海外投资者建立的，莫斯科交易所的国际化程度也非常高，来自海外的投资者的比例突破了45%，约一半的交易都是由海外投资者来完成的。

中俄两国同为联合国安理会常任理事国，为促进两国各自发展振兴、捍卫世界和平与稳定做出了重要贡献。两国均是上海合作组织和金砖国家成员，正在国际社会上发挥越来越多的话语权。

上海合作组织（Shanghai Cooperation Organization）简称“上合组织”，是由中俄两国倡导，于2001年6月15日成立的一个永久性政府间国际组织。这个组织存在的主要目的是打击地区恐怖主义，为世界和平做出努力。目前，上合组织共包含8个成员国，即中国、俄罗斯、哈萨克斯坦、吉尔吉斯斯坦、塔吉克斯坦、乌兹别克斯坦、印度、巴基斯坦，4个观察员国，即阿富汗、白俄罗斯、伊朗、蒙古，6个对话伙伴，即阿塞拜疆、亚美尼亚、柬埔寨、尼泊尔、土耳其、斯里兰卡。上合组织是第一个以中国城市命名的国际组织，是中国睦邻友好对外国策的基本体现。各成员国都是亚洲东部和中部的发展中国家，虽然不具备肉眼可见的经济发展水平，但却坐拥前所未有的发展潜力。到2021年，上合组织的经济总量接近20万亿美元，对外贸易总额达到6.6万亿美元。上合组织推动多边主义，践行“上海精神”，着力构建多极化的世界格局，充分发挥了新型区域国际组织的作用。

金砖国家（BRICS），因其引用了巴西（Brazil）、俄罗斯（Russia）、印度（India）、中国（China）和南非（South Africa）的英文首字母而组成。由于该词与英语单词的砖（Brick）类似，因此被称为“金砖国家”。相关概念最早由美国高盛公司首席经济师吉姆·奥尼尔于2001年提出，特指世界新兴市场。2006年，巴西、俄罗斯、印度和中国四国外长在联合国大会期间举行首次会晤，开启了“金砖国家”合作序幕。2011 年，南非正式加入“金砖国家”，“金砖国家”扩为五国。“金砖国家”主张给予发展中国家特殊和差异化待遇，支持多边贸易体制，反对单边主义和保护主义，促进新兴市场国家和发展中国家加大参与全球决策。可以说，“金砖合作”机制在全球治理中发挥了重要作用。中俄助推“金砖合作”机制以政治安全、经贸财金、人文交流“三轮驱动”，谋求在“金砖国家”之间构建高质量伙伴关系。当前中俄双方正在积极拓展“金砖 +”模式和“金砖对话”，使之成为有效的国际对话机制。这些都表明，中俄在双边和多边区域合作方面积累了很多经验，取得了丰硕成果。

3

如果在世界上所有的旅行目的地国家中只能选一个，我会选择瑞士；如果可以在中国以外任选一个国家来定居，我还会选择瑞士。上帝仿佛并不公平，把更多的偏爱洒向了瑞士，让这里河流湖泊碧波荡漾、雪岭山脉巍峨连绵、瀑布峡谷壮观深幽、草原森林阔丽秀美……瑞士的每一处风景都是画卷，每一个角落都让人一见倾心。瑞士，就是这样一个让人魂牵梦萦的地方。

瑞士地处欧洲中部，北与德国接壤，南临意大利，东连奥地利、列支敦士登，西接法国，被称为“欧洲的心脏”。瑞士国土总面积 4.1 万平方千米，只占欧洲面积的一小部分。虽然面积小，但是瑞士却拥有极为丰富的旅游资源，各种引人入胜的地形和景观创造了多姿多彩的瑞士，让旅行者随处都能找到莫大的兴趣。

欧洲最高的山脉阿尔卑斯山由东向西在瑞士境内伸展，形成了瑞士的气候分界线。这条山脉被誉为“欧洲屋脊”，拥有许多著名的高山滑雪场，是冰雪运动的圣地、探险者的乐园。对于滑雪者来说，阿尔卑斯山就是天堂，可以给滑雪者带来无穷的惊险刺激与运动乐趣。除了滑雪，滑水、帆船、帆板以及网球都是瑞士人十分喜爱的体育运动。在瑞士，“瑞士天王”费德勒和“瑞士公主”辛吉斯各代表了男子和女子网球的一个时代。在瑞士，几乎没有一个游览胜地没有网球场，在打球健身的同时，可以享受到美丽的风景与气候，真是乐事一件。

高耸入云的阿尔卑斯山上，山地冰川呈现一派极地风光。欧洲的许多大河如多瑙河、莱茵河等，均发源于此。各条河流在上游地区具有典型的山地河流特点，水流湍急，水力资源丰富。山川雪线之下，森林、牧场、木屋交错分布，相互映衬，自然恬静，构成了摄人心魄的绝美风景。在冰川作用下，山谷低洼处形成了众多湖泊。瑞士共有1400多个大小湖泊，是名副其实的“千湖之国”，这些风景秀美、澄碧清澈的湖区都是瑞士的旅游胜地。瑞士著名的班得瑞（Bandari）音乐，就是集合了一群爱好生命的作曲家、演奏家及音源采样工程师等艺术才俊，深入山林湖泊，从大自然中获得创作灵感，将最纯净天然的虫鸣、鸟叫、花落和流水转化为澄净心灵的乐章，让我们聆听到自然赐予的天籁，接收灵魂洗涤和心灵慰藉。

我们到访瑞士的目的地苏黎世，是瑞士苏黎世州首府，瑞士最大的城市。这座城市位于阿尔卑斯山北部，苏黎世湖的西北端，利马特河连接苏黎世湖的河口，又地处从法国到东欧以及从德国到意大利的商路要冲，也是水陆空交通枢纽。苏黎世融合了中世纪与现代化的双重文化底蕴，堪称一个被大自然和艺术亲吻过的城市，这里随处弥漫着优雅的气息，连续多年被联合国人居署评为全球最宜居的城市之一。

苏黎世湖

与城市紧邻的苏黎世湖是瑞士著名的冰蚀湖，呈新月形，总面积 88 平方千米。湖的北端尽头深入苏黎世市中心，北岸为富人居住地，号称“金岸”。湖边码头上停满了大小游艇，湖面上天鹅、野鸭等水鸟随处可见，天空中海鸥自在翱翔，呈现一派人与自然和谐共处的景观。沿湖筑有中世纪式的鹅卵石小径，可供游人在湖边散步、跑步或骑行。我与同行的一位领导同事相约晨跑，在凌晨六点天刚蒙蒙亮时起床来到湖边。时值深秋，气温已显凛冽，步道上落叶纷纷，踩在上面沙沙作响，这座城市即将在一片静谧晨曦中苏醒。

苏黎世作为国际化的大都市，是全欧洲最富有的城市，也是瑞士金融之都，世界最大的金融中心之一。这里集中了全球 120 多家银行的总部，其中半数以上是外国银行。这座金融中心的心脏位置位于市中心最繁华的“阅兵广场”（Paradeplatz），我们入住的 SAVOY 酒店就在广场边上，站在阳台上可以一览广场全景，有轨电车在这里交汇行驶。从表面上看，这个广场只是一个小小的街心广场，四周也没有特别高的大楼，都是些四五层的古典建筑。然而，就是在这个貌不惊人的广场周围，方圆 2 平方千米的范围内，聚集着 100 多家瑞士最重要的金融机构，其中西尔波尔特大街和交易所大街两旁金融机构林立，证券交易所的交易额在西欧交易所中首屈一指。南北走向的班霍夫大街号称“瑞士的华尔街”，是世界上最富有的街道和最昂贵的购物大道之一，与巴黎的香榭丽舍大街、纽约的第五大道齐名。瑞士几家大银行的总部都在此地，每年从这里调动的资金达到了令人难以估量的天文数字。街道两旁的商店里陈列着华贵的名牌商品，包括高档腕表、珠宝首饰、服饰香水、古董瓷器等，让这条街赢得了“欧洲橱窗”“全球最有吸引力的购物街”的美称。

苏黎世全景

瑞士是高度发达的国家，政治、经济和社会稳定，拥有雄厚的资本市场。金融业是瑞士国民经济的重要支柱，如以金融业对国内生产总值的贡献度计，瑞士排在全球首位。瑞士人将特有的细心与中立国的特点相结合，利用在财富管理和投资银行业务上的实力，在金融领域建立起了关键竞争优势。瑞士金融机构普遍具有专业素养，实行全球最为严格的“银行为客户保密”制度，这一制度受到瑞士联邦宪法的保护。安全的金融体系、完善的银行保密制度和发达的信用环境，让瑞士成为全球投资者的避风港，在全世界享有盛誉。

瑞士地处阿尔卑斯山腹地，偏僻的地理环境让这里很少遭受战争的侵害，天然成了人们生逢乱世的避难之所。在中世纪欧洲连绵不断的战事中，很多富人携带大量财富，从四面八方逃到瑞士，为瑞士金融业的发展提供了机会。从 19 世纪末到 20 世纪初，瑞士经历了经济高速发展时期，外资大量涌入，形成巨额资本盈余，使原先单一的贸易商业银行逐步发展成为庞大的金融集团。各种金融业务随之蓬勃发展，如国际债券发行、外汇交易、证券交易等，这些成为瑞士各银行的主要经营业务，并为各银行迅速增加自身资本积累贡献良多。1929 年，西方世界普遍遭受经济危机打击时，瑞士银行业却一枝独秀，靠着雄厚的资金实力依然实现了经济增长，引起世人瞩目。1935 年，瑞士联邦政府通过了银行法，这个法案除个别条款进行过修订外，一直沿用至今。第二次世界大战后，瑞士银行业发展到了新的高度，建立了庞大的金融集团体系和遍布世界各地的海外金融网络。国际金融中心地位的确立，海外投资和扩展，让瑞士银行业在世界金融界的声誉日隆。

此行我们出访瑞士的主要目的是拜访当地著名的金融机构，向他们取经。拜访的机构包括瑞士信贷集团（Credit Suisse）和瑞士证券交易所（SIX Swiss Exchange）。瑞士信贷集团成立于 1856 年，总部设在苏黎世。它在 50 多个国家开展业务，是全球领先的财富管理公司，瑞士第二大银行。它的业务包括三大主要区域部门：瑞士全能银行、国际财富管理、亚太地区，以及两大投资银行部门：投资银行和资本市场、环球市场。在原有业务的基础上，瑞士信贷集团积极把握在亚太地区和其他新兴市场上的财富高速增长机遇，业务拓展取得了丰硕成果。瑞士证券交易所是一家国际化的金融基础设施供应商，其结构化产品与衍生品交易名列欧洲第一。强瑞郎和低利息吸引了越来越多的境外债券发行者，相关机构在这样一个国际化和透明度高的市场发行债券，可以有效增强投资者的信任。

苏黎世金融市场的吞吐量极大，其中就包括黄金市场，世界上半数以上的黄金现货交易都在这里进行。我们有幸受邀参观了瑞士信贷集团位于半山腰的地下金库，算是开了一回眼。在两位主管人员的带领下，我们经过无数个电梯加楼梯，转角加铁门，终于进到了金库里面。这一路的感觉很像是经历了电影《哈利·波特与魔法石》（*Harry Potter and the Philosopher's Stone*）中进入金库的情节，只不过周围的设备与电影相比更加现代化。金库的进门处摆放有好几个玻璃展示柜，里面放着各种不同时期、不同型号、不同分量的金条样本。金库虽然位于山体里面，但内部空间却很宽敞，有好几排长近百米的货架。货架上层全是整齐码放的金砖，一箱箱叠在一起延展开去；货架下层则堆放着一个个小麻袋，里面全部都装着金币，据说有很多还是在“二战”时期人们存放在这里的，这么多年过去了，有些金币甚至无人认领，就这么一直保存下去。

瑞士人极为热情和幽默，两位主管人员从货架上取下了一块金砖，让我们拿在手上掂一掂分量。这是一块国际标准交割规格的实物金砖，横截面呈梯形，体积约 0.65 立方分米，比一块普通建房用的红砖体积的一半还小。黄金的密度很高，达到了 19.32 克 / 立方厘米，因此这一块金砖虽然体积小，但却重达 12.5 千克（400 盎司），大概相当于一桶水的重量，所以拿在手上格外沉。再算一算这块金砖的价值，黄金的现货价格大概在380元人民币/克上下波动，按此计算，一块金砖就价值高达475万元人民币，真是令人咋舌啊！

瑞士令人信赖的金融环境和金融市场，一部分归功于其悠久的中立国历史，这个历史可以追溯到十九世纪早期。1815年，拿破仑战败，欧洲各国为了恢复拿破仑战争时期被推翻的各国旧王朝及欧洲封建秩序，同时为了防止法国东山再起，就在奥地利首都维也纳召开了一次会议，重新分割欧洲的领土和领地，以达到相互制衡的目的。由于瑞士全境境内以高原和山地为主，地势险要，易守难攻，具有很高的军事价值，周边又是德、法、意等强国，这些国家谁也不愿意看到对方占据瑞士，于是就在这次会议上，瑞士被确认为永久中立国。这项决议既符合周边强国的利益，对于瑞士这样一个小国来说，永久中立国的身份无疑也是最佳的"护身符"。

和平中立的外交政策让瑞士仿佛永远置身于国际纠纷之外，一副独善其身、左右逢源的姿态。正是由于这个身份的存在，瑞士才得以在世界近现代史上免遭战争的摧残，有效和最大限度地保证了国家安全和领土不受侵犯。自拿破仑时代起，瑞士近200年来都没有发生过战争或战乱，特别是幸免了第二次世界大战的劫难。不过令人感觉诧异的是，虽然瑞士作为永久中立国，不需要介入战争，但是这个国家却在备战上极其认真。一方面，瑞士一直保持着一支全民皆兵、全民动员的民兵制军队，总数大概在36万，属于世界人均最高水平，且每年要花费55亿美元作为军费，属于世界上最昂贵的军队之列；另一方面，经过几十年的不懈努力，如今瑞士在全境已建成各种不同规格的地下掩体，据说阿尔卑斯山都被挖空了，里面的各项设施和物资储备可供全部常住人口在特殊时期长时间使用。中立国的定位保证了国内政治和社会安定，让瑞士的经济长期以来处于稳定发展的态势；中立国的定位同时又成为瑞士金融业繁荣稳定的保障，让瑞士法郎币值稳定，汇价坚挺，成为西方主要的"硬通货”之一。

除秀美宜人的自然风景、雄厚专业的金融服务之外，瑞士极具代表性的还有钟表产业。瑞士是世界上最大的钟表生产国之一，生产的钟表精巧且复杂，并且完美地结合了传统文化与现代科技。质量、精确、传统、独特、高雅、奢华、设计、创新等这些词，都可以用来形容瑞士手表，让其一直以来在国际市场上深受欢迎。95%“瑞士制造”的手表都出口到国外，因此手表工业是瑞士出口经济的主要支柱之一。瑞士拥有众多享誉世界的钟表品牌，耳熟能详的有：卡地亚、劳力士、欧米茄、爱彼、积家、伯爵、宝珀、宝玑、芝柏、天梭、浪琴、雷达、万国、百达翡丽、江诗丹顿……两只手已经数不过来了。伴随着瑞士钟表业的辉煌成就，瑞士的军刀、精密仪器、仪表、计算机、照相机和电影摄像机等产业的发展也十分迅速。

钟表之外，瑞士的巧克力也闻名遐迩。巧克力是世界公认的美味，可以给人带来无与伦比的美妙滋味和极致欢愉的体验。根据有关统计，瑞士是世界上巧克力第一生产大国，且是世界上巧克力消费量最高的国家，年人均消费巧克力超过 10 公斤。巧克力的主要成分是可可脂，要说瑞士是一个袖珍且多山的国家，气温与热带迥然不同，用于生产巧克力的可可树在瑞士根本无法生长，且瑞士也从未有过殖民地，与可可豆的生产地如非洲和南美洲等没有任何的直接关联，那为什么瑞士成为巧克力的生产大国且知名度享誉全球呢？此行我们拜访了瑞士食品龙头企业瑞士莲史宾利公司（Lindt & Sprugli Group），从中找到了答案。

这家公司是瑞士国宝级的手工巧克力品牌商，也是目前全球最大的高端巧克力制造商，被认为是生产优质巧克力市场上的领军者。1845 年，史宾利父子在苏黎世创立了自己的巧克力商店，在 1899 年并购了鲁道夫·莲，并将他的姓氏也加入产品品牌中。鲁道夫·莲在 24 岁时通过不断研究巧克力的生产工艺，并进行创新，发明了巧克力研磨技术。这项划时代的工艺将可可原料混合成为质感柔滑、散发着透亮光泽的巧克力浆，在消除了可可豆本身的酸味和苦味后，还散发出多种芳香。如此制作出的细腻嫩滑的“瑞士莲融心”在冷却凝固后入口即化，就这样世界上第一块可以在口中溶化的巧克力诞生了。以研拌机制造出来的美味幼滑的巧克力在口感和味道上皆胜于一般的巧克力，很快就征服了人们的味蕾，令瑞士巧克力风靡世界。

如今瑞士莲史宾利公司已经传承7代，且在总部汇聚了一群优秀的巧克力大师。他们依然沿用100多年前鲁道夫·莲先生所创造的研拌工艺和经典配方，严选来自加纳、厄瓜多尔、马达加斯加和加勒比海群岛等地的特级可可豆，坚持优良品质和精良做工，采用特别的烘焙和研磨技术，将精选可可豆烘焙出精美口味，研磨出细腻柔滑的口感。这些大师对巧克力的创作保持着始终如一的热情和喜爱，让瑞士莲产品在当今世界五大洲超过100个国家受到广泛好评与赞誉。瑞士人让巧克力的制造流程和方法达到了几乎完美的地步，使巧克力从昂贵的奢侈品变成了大众化的消费品，这就是瑞士这个没有可可树的国家在巧克力行业取得成功的秘密所在。另外，瑞士顶级网坛名将费德勒凭借其卓越不凡、不断攀登的体育精神出任瑞士莲全球品牌代言人，中国新生代实力演员辛芷蕾出任瑞士莲中国区品牌代言人，他们合作拍摄了品牌宣传片，完美演绎了瑞士莲巧克力带来的极致体验及其制作背后的执着与匠心，而这恰恰也诠释了瑞士人的细心、严谨与追求卓越。

4

瑞士总人口不到900万，却拥有高密度的教育网，境内拥有包括12所公立大学、5所联邦研究所在内的30所高等院校。苏黎世是欧洲重要的文化中心，建于1854年的苏黎世联邦理工学院在世界上享有崇高声誉。这所高校凭借在数学和自然科学、工程和建筑学以及计算机科学和通信等方面极为突出的成就，连续多年位居欧洲大陆理工高校翘楚，享有“欧陆第一名校”的美誉，且连续多年在世界影响范围最广的QS世界大学排名中位列全球前十名，在一众欧美院校的包围中脱颖而出。

苏黎世联邦理工学院的地理位置极佳，就位于利马特河以东的山丘上，站在山顶的校园观景平台上可以俯瞰整个苏黎世城的美景。截至目前，这所大学已经培养出超过30位诺贝尔奖获得者，其中最著名的当数科学巨匠爱因斯坦。1879年，爱因斯坦出生于德国乌尔姆市的一个犹太人家庭，父母都是犹太人。1895年，时年16岁的爱因斯坦随父母来到苏黎世，并于1896年到1900年就读于苏黎世联邦理工学院。他自述在读书时对所有问题都喜欢深入理解，最为痴迷的课题就是麦克斯韦理论。1900年爱因斯坦从苏黎世联邦理工学院毕业，并于次年加入瑞士国籍。1905年被称为“爱因斯坦奇迹年”，在这一年他获得苏黎世大学哲学博士学位；同年3月提出光量子假说，成功解释了光电效应问题，并因此获得1921年诺贝尔物理学奖；5月完成论文《论动体的电动力学》，独立而完整地提出狭义相对性原理，创立狭义相对论，开创了物理学的新纪元。

1913年，爱因斯坦接受德国科学界的邀请，重返德国，任柏林威廉皇帝物理研究所所长和柏林洪堡大学教授，并当选为普鲁士科学院院士。1914年4月他迁居柏林，同年8月第一次世界大战爆发。爱因斯坦虽身居战争的发源地，生活在战争鼓吹者的包围中，但他却坚决地表明了自己的反战态度，拒绝在战争宣言上签字，反而毅然在反战书上签名。1924年，爱因斯坦加入柏林的犹太组织，继续坚决反对法西斯战争。第二次世界大战爆发后，爱因斯坦离开德国去美国，从此再也没有踏上德国的领土。

爱因斯坦身为德裔犹太人，在迁徙流亡中感同身受了犹太人凄苦又传奇的历史。犹太人最初只是一个游牧民族，远祖是亚伯拉罕，在公元前 1800 年左右居住在迦南地区（今以色列和巴勒斯坦一带）。亚伯拉罕有两子，嫡幼子以撒成为犹太人祖先，庶长子以实玛利的后代为阿拉伯人，所以在原始血缘上，犹太人和阿拉伯人是很亲近的。以撒的儿子叫雅各，后来改名叫以色列，意思是“与神角力者”。公元前 17 世纪，迦南地区发生严重饥荒，为了部落的生存，雅各率领族人希伯来人向西迁徙，来到埃及，在尼罗河畔定居下来，转变为农业民族。埃及发生暴乱后，希伯来人沦为埃及人的奴隶。公元前 13—12 世纪，希伯来人在摩西的带领下逃出埃及，历经 40 多年的艰难跋涉后，回到了迦南定居。史学界一般认为，西方文明拥有“两希起源”，即希伯来文明和希腊文明，希伯来文明就是犹太文明的前身。摩西是古希伯来的民族英雄，在以色列人眼中是最伟大的先知，他的故事以《出埃及记》（Exodus）为名，出自《圣经》中的《旧约》部分，由希伯来文书写而成，是犹太教的经典。这个传奇动人的故事向来是西方文坛长盛不衰的精神资源，相关文学与影视作品不胜枚举，在西方世界拥有强大的影响力和生命力。

雅各有 12 个儿子，其后代形成了 12 个支派，后来统一成了一个国家——以色列联合王国（公元前 1050 年—公元前 930 年）。这是以色列第一次真正意义上的建国，意义非凡。以色列联合王国将首都定在耶路撒冷，并将其建成为犹太教的圣城。耶路撒冷在希伯来语中的意思是“和平之城”，这个城市后来又成为基督教（包括天主教、新教、东正教）和伊斯兰教（包括逊尼派、什叶派）的圣城。公元前 950 年，以色列联合王国一分为二，分裂为南北两国，北国续用以色列国号，南国称为犹大王国。犹大王国在公元前 586 年被新巴比伦王国攻占，人民被掳到巴比伦成为奴隶，史称“巴比伦之囚”。公元前 539 年，波斯人崛起，波斯帝国消灭了新巴比伦王国，犹太人被允许回到故土，重建耶路撒冷圣殿。后来犹太人又相继沦为希腊和罗马帝国的属民。公元前 1 世纪，罗马人入侵，耶路撒冷被罗马大军攻破，圣殿被拆毁，犹太人流落到世界各地。

犹太人在世界各地的分布特点是典型的“大分散、小集中”。在每一块聚集地上，犹太人一般都采取聚居的生活模式，形成一个犹太社区。虽然漂泊在外，不可避免地让犹太人的语言和风俗等逐渐和当地土著居民同化，但是他们仍然用自己的希伯来字母书写文字。宗教方面，基督教是世界上流传最广、信教人数最多的宗教，在欧洲特别是西欧，人们普遍信仰基督耶稣。基督教《圣经》的《旧约全书》原是犹太教的经典，内容与犹太教《圣经》几乎相同，但基督教的《新约》将《旧约》的内容进行了相当大程度的延伸并使得基督教和犹太教之间产生了一定的区别。对于犹太人而言，犹太教不仅是一种宗教信仰，也是一种民族文化传统，已深深地渗透在犹太人的社会、政治、经济及思想文化的各个领域，在保持犹太人本身固有的犹太性方面发挥着无可替代的作用，因此他们坚持信仰本民族的宗教，并以此维持民族的独立性。

时间来到欧洲的中世纪，在这个民族主义激扬的年代，不仅在不同宗教之间，即便是在同一宗教的不同派别之间，互相屠杀或是新旧教之间的战争以及对异教徒的迫害都司空见惯。在异国他乡，身为异教徒的犹太人，因为有才干和技能比欧洲当地人生活得更好，必然造成统治阶级的不满，这样身为异族的犹太人就经常成为被迫害对象。

欧洲有长达 2000 多年的反犹主义史，对犹太人使用最为频繁的迫害手段便是驱逐。德意志人建立强大的罗马帝国后，一直统治了西方几个世纪，德意志民族与犹太民族的对立也就从未停止。两次世界大战期间，德国的民族主义激变为种族主义。犹太人作为德国境内唯一的少数民族受到针对，纳粹反犹情绪与日俱增，开始对犹太人赶尽杀绝。“二战”时期，希特勒建立纳粹集中营，对犹太人进行了肆无忌惮的羞辱杀害。据有关统计，在20世纪早期，德国纳粹所杀害的犹太人数量就达到了恐怖的600多万。由美国著名犹太人导演史蒂文·斯皮尔伯格（Steven Allan Spielberg）执导的电影《辛德勒的名单》（*Schindler's List*），就是讲述的这段时期的悲惨历史。电影取材于“二战”时期的真实历史事件，讲述的是商人辛德勒以开办工厂为名从德军手下救出上千名犹太人的故事，展现了残酷年代最珍贵的人性光辉。

即使被迫害，被驱逐，没有自己的国家，犹太人还是顽强地生存了下来，历经千年生生不息。散居异乡仍能忠于自己民族的非凡力量，是犹太民族所独具的。世界上没有哪一个民族能够在几千年的流亡史中保持如此顽强的生命力，不仅牢牢维护自己民族和宗教的特性，而且从中汲取力量，繁衍赓续，创造出令人瞩目的成绩。

犹太人以聪慧而闻名，这仰仗于犹太人极为重视对后代的教育。他们常说，“隔都（中世纪欧洲社会通过法律手段对犹太人实行强制隔离而设立的犹太区）里的孩子可能没有食物，但他们绝不会没有教育”。在犹太人的心目中，教育有着非凡的价值，原因之一是出于对学问的热爱，更深层次的原因则是意识到群体的生存依赖于知识的传播。正是由于犹太人对精神追求和教育的重视，才使得犹太民族的文化传统得以延续，从古至今涌现出不少科学家、政治家、文学大师、艺术工作者。犹太人人口虽仅有1400万人，占全球人口的比例不到0.25%，但却获得了全球22%的诺贝尔奖，得奖概率远高于其他各个民族，是全球平均水平的108倍。爱因斯坦、弗洛伊德、马克思、奥本海默、冯·卡门、冯·诺依曼、斯宾诺莎、茨威格、卡夫卡、海涅、肖邦……这些闪耀历史的天才都出自这个人数不多的民族。

犹太人也是天生的商人，似乎生来就与钱联系在一起。法国启蒙运动时期思想家孟德斯鸠（Montesquieu）在书信体长篇小说《波斯人信札》（*Letters Persanes*）中说过这样一句名言："有钱的地方就有犹太人。"西方还有一句谚语说"犹太人进市场如鱼得水"，把犹太民族称为"世界上最会赚钱的民族"。由于长时间没有国家的概念，犹太人想要生存，就必须花费大量的金钱对衣食住行进行补贴。在这种环境因素的逼迫下，犹太人从小就被灌输经商知识，成年犹太人对于经商技术更是炉火纯青。在历史沿革中，犹太人学习并实践了经商获利的诸种技巧，当今世界流行的诸多经济体制和手段，如股票交易、可转让票据、政府债券等，都是由犹太人在商业活动中"熟能生巧"地发明或发展起来的。历史上的犹太人以善经商、会挣钱而著称，涌现出无数巨贾富商，特别是自第一次世界大战至当代在国际金融资本中一直具有举足轻重地位的罗斯柴尔德家族（Rothschild Family），更被视为犹太人经商成功的典型代表。商业生产已经成为犹太人特别是现当代犹太人的一种传统，以至于有人认为假如犹太人有某种普遍性的特征的话，那便是犹太人做生意都非常精明，他们在挣钱方面的独到之处甚至被历史学家称为"获利的犹太艺术"。当然，凡事都有一体两面，老话常说"无奸不商"，犹太人为了赚钱也无所不用其极，甚至趁着战争发国难财。旧中国的上海号称冒险家的乐园，一批犹太商人就眼疾手快地进入这块富有刺激而又尚未开垦的新领地，在上海广泛投资经营，从食品、纺织品的生产，到鸦片、西药的进口，特别是对房地产业的操纵，让他们在"炒地"中赚取了巨额利润。

从爱因斯坦的成就到犹太人的漂泊传奇，说了这么多，我们从犹太人身上能学到什么？

——对教育的重视。犹太人有着很强烈的危机感，对于他们来说，只有智慧是别人无法夺走的，只要智慧在，总有一天会崛起。于是，追求智慧和汲取知识成了犹太人的立身之本。在犹太文化中，文字和知识是神圣的，犹太人有一句话，“We don't wrap herring in a printed page”，意思是“我们不用印有字的纸包鲱鱼”。据说在每一个犹太人的家里，当孩子刚刚懂事时，母亲就会翻开《圣经》，将一滴蜂蜜洒在上面，然后让孩子去吻《圣经》上的蜂蜜，接着母亲会告诉孩子：“书本是甜的。”这样做的目的是让孩子把学习和甜美联系在一起，让孩子从小就喜欢阅读。这个故事也折射出犹太人非常喜欢看书学习，很多家庭对孩子的教育相当重视。爱因斯坦之所以取得如此伟大的成就，也与他在童年时代受到的良好教育有关，得益于他母亲的音乐熏陶，得益于叔父的数学启蒙，得益于父亲在他做出了蹩脚的小板凳后仍加以鼓励的情感教育。此外，犹太人也一直通过社会运动为自身争取教育权利，由此营造了深厚的文化密码。

——对金钱的态度。通常情况下，钱被视为一种决定生活水平程度的等价力量，但在漂泊流浪的犹太人眼中，钱的意义不仅在于决定生活水平的高低，更在于决定生活的本质，即生活的权利。在漫长的流散过程中，犹太人作为外来客民，无时无刻不在寻求和争取生存的权利。所以说钱在犹太人这里，不仅是犹太产业的第一目的，更是犹太人获得物质生活权利和精神信仰权利的直接工具和手段。在赚钱的过程中，勤奋、耐心、胆量、智慧无疑是他们的经营之道。在犹太文化看来，有了钱并非万能，但没有钱是万万不能的。对于犹太人来说，努力赚钱是一件要紧的事情，但又不要做金钱的奴隶，不能被金钱支配而失去了生活的自由。有了这一层领悟，犹太人便会更加珍惜金钱的作用，在生存的磨难中铸就更加正确和深刻的金钱观。

——对精神的塑造。犹太人历经千年流浪，在民族磨难中尽管遭受无数压迫、放逐乃至屠杀，但在精神层面上始终是乐观、自信甚至是高傲的。在颠沛流离中，犹太人形成了一种特殊的心理素质，他们具有超强的耐力和韧劲，会强迫自己乐观起来，在绝境中鼓励自己一定要活下去，就像是打不死的小强，“蒸不烂、煮不熟、捶不扁、炒不爆、响当当”的铜豌豆。当然他们也很努力，无论遭遇何种逆境，他们绝不会放手不管，而是一定坚持到底，永不放弃希望。漂泊在外的中国人，特别是在东南亚或中东国家经商的中国人，很像是流浪的犹太人。但有一点不一样，在外的中国人有一个强大的后盾，就是我们伟大繁荣昌盛的祖国，而犹太人却没有。让人热血沸腾的电影《战狼 2》曾向我们展示过这种力量，这让中国人在精神上更加有乐观、自信甚至是高傲的本钱。对此我们当倍加珍惜，砥砺前行，乘风破浪，书写好属于我们自己人生的华彩乐章，方不负这个美好的时代！

第八章

沉舟侧畔千帆过　病树前头万木春

战胜病魔

1

确诊

2020 年，无论是对全社会，还是对我个人来说，都是极其特殊的一年。

这一年，恰逢庚子年，历史上的庚子年似乎都不太平。120 年前的庚子年，1900 年，八国联军侵华，给中华民族带来深重的历史灾难，以及史上最大的庚子赔款。60 年前的庚子年，1960 年，中国深陷三年严重困难的旋涡，大面积农田受灾，新中国面临中华人民共和国成立以来最严重的经济困难。进入新世纪后的第一个庚子年，2020 年，新型冠状病毒肆虐，疫情以疯狂的速度在全球蔓延。因为疫情，人们的生活和出行方式受到严格限制，新冠疫情已经深深地影响了人类历史的进程。

2020 年，我即将步入本命年。是不是个人命运会与国家、时代的命运相契合，抑或是在人的本命年里，注定要发生些什么波折？这一年，我过得魔幻且诡异，遭遇了个人生命中前所未有的挫折与磨难，被迫接受突如其来的挑战，历经世事沧桑与艰辛。因为这一年，我被确诊为患上了急性髓系白血病。

在确诊之前的两个星期，我时不时会感觉浑身低烧燥热，畏寒盗汗，这些症状和感冒很相似，但不同之处是身体更乏力些。三月份的一天，我到单位值班，一吃过午饭就感觉身体累得不行，几乎难以支撑，随时都有倒下去的可能。我觉得有必要去医院好好检查一下，看看身体到底出了什么问题，这些症状到底是因为什么原因，于是在下班后，我前往北京大学国际医院看急诊。急诊科的医生马上给我抽血进行检测，结果显示，我的白细胞、血红蛋白和血小板三大血细胞指标都已经降到了极度危急值，只有不到正常人指标下限的 1/3，需要赶紧输血才能维持正常的身体机能。在马上联系血液中心后，护士为我输入了一大袋血以及抗生素，一直折腾到凌晨一点才结束。急诊科的医生让我挂第二天血液科的专家号，说还是要请专家医生看看，具体分析判断是什么情况。刚好医院第二天的血液科专家号还有最后一个号源，我赶紧挂上。

第二天上午，我如约见到了门诊医生。坐诊的是一位经验丰富的血液科专家，她看了看我的血象化验单，在几个重点指标上画了几个圈后，对我说有两种可能：一种是再生障碍性贫血，另一种是白血病。猛然间听到这样的解释，我不禁心里一颤，一时不知该说什么好，感觉命运真是给我开了一个巨大的玩笑。带着满脑子疑惑，我强装镇定，问医生确诊的概率有多高，医生回答说，按照她的经验基本上已经可以判断了，但到底是哪种情况，还要看骨髓的形态才能最终确认。医者仁心，医生紧急给我安排做骨髓穿刺。检测结果很快在下午三点就出来了，医生给我打来电话说已经确诊，是急性髓系白血病，病情一刻也耽误不得，需要马上住院进行治疗。

电话里，医生的语气虽柔软但字字清晰，不容任何质疑。当我听到医生的讲述时，一瞬间仿佛天旋地转，感觉整个世界嗡嗡的，苍白一片。医生让我先回家，准备好住院物品，第二天一早直接到医院住院接受治疗。回到家，我强忍住悲痛和恐惧，定了定神，想着把住院前的一些事项安排妥当。我首先给单位领导和部门领导打了电话进行报告，安排工作交接。接着我给爸妈去了电话，当他们的声音在电话那头响起时，我已实在忍不住，眼泪夺眶而出。在抽动的啜泣中，我简单地说明了病情，让他们立马收拾行李，买票来北京。后来听说，我爸妈是一路哭着来北京的，他们养育了多年的儿子得了“绝症”，天简直是要塌下来。

2

入院

2020 年 3 月底，我住院接受治疗，开始了与病魔的艰难抗争。

在北京大学国际医院住院的第一天，主治医生来查房，我和她做了深入沟通，汇总的信息如下。

—— 在我的骨髓中，幼稚髓系细胞占到了骨髓有核细胞的 30.27%，已经超过了 30% 这条线，基本上可以确诊是急性髓系白血病。分型也已基本确定，还要继续做基因和染色体检测，来确定病情是轻度、中度还是重度；

—— 要将癌细胞杀死，必须得做化疗。轻度的白血病可以只做化疗，但若想要不复发，把这个病彻底治愈，按照目前的医学技术水平，唯有做骨髓移植这华山一条路可以走；

—— 北京大学国际医院没有做骨髓移植的条件，如果要做骨髓移植，建议转院到北京大学人民医院，那里是全国治疗血液病的顶尖医院，是做骨髓移植最专业和经验最丰富的医院；

—— 在做骨髓移植之前，要先做标准剂量的化疗。但如果决定转院，就不能在现在这家医院做化疗，因为北京大学人民医院一般不接收已在其他医院进行过化疗的患者；

—— 给我三天时间去联系北京大学人民医院，在这期间以输抗生素辅助支持治疗为主。如果那边有床位可以接收，就马上转院，越早进行化疗越好。

在收集到上述信息后，我立即动员了我所有的资源和渠道，希望能转院到北京大学人民医院进行治疗。如果放在平时，转院这件事可能不需要大费周章，而此时正是北京开始有新冠疫情的特殊时期，北大人民医院的管控也随之进行了全面升级，血液科已几乎不怎么接收患者了，要想转院进去可谓困难重重。在此，我要特别感谢我单位的领导，动用了关于医疗的所有信息和资源，为我奔走联系；感谢北京大学医疗产业集团的领导和北京大学人民医院的医生，在一床难求的情况下，让我获得了一个宝贵的住院治疗的机会。当时一位负责联系的医生在跟北京大学人民医院的专家转述我的情况时说："这个年轻人才 30 多岁，非常优秀，有着大好的前途，所以一定要救救他啊！"听闻此言，我不禁热泪盈眶，内心满满都是感动。

在万般艰难之下，在各方人士的伸手援助之下，北京大学人民医院血液科终于答应接收我去治疗。时值疫情防控阶段，医院的各项住院手续非常严格，程序烦琐，一步一步来，我总算成功办理了住院手续。"千淘万漉虽辛苦，吹尽狂沙始到金"，此时此刻，我看到了那么一丝抵抗病魔的希望，也增加了一点活下去的信心和勇气。

3

治疗

白血病是起源于造血系统的恶性疾病，俗称“血癌”。在人体血液中，有红细胞、白细胞和血小板等具有特定功能的细胞，其中红细胞负责运送氧气，白细胞负责抵御外界病菌病毒入侵，血小板负责出血后的血液凝固等。此外，血液中还有多种粒细胞和淋巴细胞，负担着不同的免疫调节功能，各种细胞共同组建了人类的血液，维持着人体正常的生理机能。血液中的这些细胞不断新陈代谢，它们都是由骨髓里的造血干细胞分化而来的。造血干细胞具有很强的自我更新和自我复制能力，能根据需要，分化发育成各种血细胞，补充到血液里。正常情况下，从骨髓进入血液里的都是发育成熟的细胞，而当造血细胞中的某一个系列发育异常时，骨髓中就会产生和积聚大量幼稚和异常的白细胞，这些白血病细胞无限制地分裂增殖，不能发生程序性凋亡，抑制了骨髓中正常造血干细胞的分化、增殖，从而引起正常红细胞、白细胞和血小板的减少，就会出现白血病。

白血病的分型上，根据病情缓急和白血病细胞的分化程度，可以分为急性白血病和慢性白血病两大类。其中，急性白血病是当白细胞中的某一类发育不成熟时，就会进行大量增生，吸取大量营养，抑制红细胞和血小板的增生，使整个造血系统出现异常；慢性白血病的特点是过多地制造成熟但依然不正常的白细胞，导致免疫系统功能无法正常运行。病程方面，急性白血病的恶性细胞停滞在分化早期，骨髓中原始细胞大于30%，疾病发展迅速，自然病程不到1年，如不进行人工干预治疗，生存期几乎不会超过3个月；慢性白血病的恶性细胞停滞在较为成熟的阶段，疾病发展相对缓慢，自然病程一般在 1 年以上，即使不治疗，也可生存数年。但不管是急性白血病还是慢性白血病，大量成熟或不成熟的白血病细胞都会释放到血液里，随着血管游走，最终侵犯和破坏患者全身组织和器官。

在急性和慢性维度之外，再根据白血病细胞类型的不同，可分为髓系白血病和淋巴细胞白血病。这样将两个分型维度结合起来，白血病一共大致可以分为四个类型：急性髓系白血病（Acute Myelocytic Leukemia，AML）、急性淋巴细胞白血病（Acute Lymphoblastic Leukemia，ALL）、慢性髓系白血病（Chronic Myelocytic Leukemia，CML）、慢性淋巴细胞白血病（Chronic Lymphoblastic Leukemia，CLL）。

在四类分型中，AML 是严重危害人类健康的源于髓系造血干祖细胞的恶性克隆性血液系统疾病，主要特征表现为髓系原始细胞恶性增殖，造血生成分化受阻。造血干细胞恶性改变会引起正常造血功能及免疫功能丧生，且具有高度的克隆进化、遗传异质性的特征。临床上，AML 在我国最常见，成人的发病率最高，儿童位居第二，但占儿童白血病死亡率的 50% 以上。

白血病的诊断需要根据患者的外周血象、临床症状体征、细胞形态学进行确诊。为了使诊断更加深入细致，有条件的还可进一步采用白血病细胞免疫学分型、细胞染色体核型分析以及特异融合基因等检测方式。在这些检测方式中，外周血和骨髓涂片的形态学检查尤为关键。骨髓穿刺可以早期发现骨髓中的白血病细胞，明确白血病诊断，是白血病最重要的检查方法。骨髓穿刺还可以进一步做染色体、基因突变检查，预测白血病的危险度，帮助选择治疗方案等，为评价化疗效果，有时需要通过多次骨髓穿刺进行疗效评估。尽管骨髓穿刺部位会进行麻醉，可在穿刺过程中还是会引起疼痛，有时候需要咬牙挺过去。

白血病的临床表现主要为贫血、易感染、发热、出血等，这些症状多与患者外周血象异常及白血病细胞对组织器官的浸润有关。

1. 贫血：贫血是白血病的常见首发症状，几乎见于所有患者。患者出现血小板减少和白细胞异常等情况，尤以外周血液中白细胞数量减少为特点，表现为乏力、易疲劳、面色苍白、心慌气促等，并呈逐渐加重趋势。

2. 易感染：由于白血病患者免疫力低下，因此极易受到感染，造成皮肤或黏膜溃疡。

3. 发热：超过半数的患者诊断时合并发热，并可能伴有鼻塞、咳嗽等症状。发热的原因主要就是感染，可呈不同的热型，并随病情进展而加重。

4. 出血：主要为早期表现，多见于皮下、口腔、鼻黏膜、牙龈等部位，并以难以止血为特点。深部出血不常见，若一旦出现，尤其是颅内出血，则非常致命。

当白血病细胞随血液循环系统在人体内游走时，会大量积聚在骨髓以外的脏器，如肝、脾、淋巴结、脑膜、生殖系统、皮肤等器官组织上，可致临床上出现各种浸润症状和体征。体格检查可发现肝、脾、淋巴结肿大，骨骼压痛，严重者并发脏器功能紊乱或衰竭。

人类白血病的病因比较复杂，确切病因至今未明。许多因素被认为和白血病的发生有关，目前能找到的病因包括病毒、辐射、化学物质、遗传因素等。

1. 病毒：人类对白血病的病毒病因研究已有很长的历史，但至今只证实了成人 T 细胞白血病是由人类 T 细胞白血病病毒（HTLV-1 human T-cell leukemia virus）引起的。其他类型的白血病尚无法证实其病毒因素，并不具传染性。

2. 辐射：电离辐射或核辐射有致白血病的作用，其作用与放射剂量的大小和照射部位有关，一次大剂量或多次小剂量照射均有致白血病的可能。

3. 化学物质：接触到某些化学有毒物质或发生药物中毒都可能会引发白血病，其中烷化剂或苯系等化学有毒致癌物质致白血病的作用比较肯定。

电离辐射和有毒的化学物质会导致白血病的发生，所以在日常生活中，我们应尽量避免接触 X 射线或其他有害射线，在家庭装修时选择环保装修材料，尽量减少甲醛、苯等有毒物质，避免长时间应用亚硝胺类、氯毒素、免疫抑制剂等药物。

4. 遗传因素：需要明确的是，白血病不是一种遗传病，一般不会遗传给下一代子女。当然，目前有研究提示，白血病的发病与遗传因素具有一定的关联性，特别是具有先天性染色体异常的患者，其患白血病的风险明显高于正常人群。比如，唐氏综合征的患儿，比健康人多了一个 21 号染色体，他们罹患白血病的概率就比健康儿童高出 30—40 倍。

目前认为，白血病的临床发病往往有多种因素参与，是逐步积累所致的。除上述病因外，负面的情绪、过大的精神压力或重大精神打击，都与白血病的发生、发展、转归密切相关。其作用机制可能是在易感因子的基础上，加上消极情绪，让神经调解和内分泌系统发生紊乱，造成免疫力下降，T 淋巴细胞与自然杀伤细胞、淋巴细胞活性降低，使得白细胞恶性增生，最终导致白血病发生或使白血病病情加重。

对于白血病，目前主要的治疗手段包括支持治疗、化疗、分子靶向治疗、骨髓移植、免疫治疗、中医药治疗等诸方面。

1. 支持治疗：主要是对患者临床表现较明显的症状进行针对性的治疗，包括营养支持、输抗生素、卧床休息等，以便让患者更好地恢复。支持治疗可在消耗更少能量的同时，避免引起其他部位损伤。当然，支持治疗只能改善临床症状，并不能杀死白血病细胞。

2. 化疗：化疗是白血病的首选治疗方法。对于急性白血病，主要应对策略是通过化疗药物治疗尽快使白血病得到缓解，即消除白血病的所有临床表现和血液学异常，帮助患者迅速恢复骨髓的正常造血功能。

化疗的步骤包括诱导、巩固、维持和强化治疗。诱导和巩固治疗可以使大量白血病细胞被杀灭。有研究表明，过半数的初诊 AML 患者经过 1—2 个疗程的诱导化疗后，可以达到完全缓解，生存时间明显延长，3—5 年无病生存率可达 30%—60%。但即使完全缓解，化疗还不能停，还必须继续化疗。维持和强化治疗可以进一步杀灭体内残余的白血病细胞，尽可能延长患者无病生存的时间。有研究资料表明，强烈的化疗加上缓解期的骨髓移植，可使残存的白血病细胞进一步减少或消灭，使一部分患者得到治愈和长期生存。

3. 骨髓移植：化疗手段只能杀死大部分的白血病细胞，即便是缓解的患者，体内仍残存一定数量的白血病细胞，这就是白血病复发的根源。目前，能使白血病患者获得治愈或长期无病生存的唯一希望，只有做骨髓移植（Bone Marrow Transplantation，BMT）。

骨髓移植的实质是造血干细胞移植（Hematopoietic Stem Cell Transplantation，HSCT）。骨髓移植前，会先用大剂量的化疗药物彻底杀死患者体内的白血病细胞，再将健康供者的造血干细胞输注到患者体内，以替换患者的造血干细胞，从而重新建立起正常的造血功能，以达到治愈白血病的目的。相关数据表明，约有 60% 的白血病患者经过骨髓移植能够达到治愈。我父亲在问诊时，曾有医生很形象地就骨髓移植给他做过一个比喻，说像是在一块田地里长了很多杂草，我们得先用除草剂把杂草全部清除干净，然后播撒上健康的种子，让其生长发芽，长成我们所需要的作物。

近年来，随着医学研究的不断深入，治疗手段和水平都有了质的提高，治疗白血病的目的也已从获得缓解、延长生命，转化为争取治愈。骨髓移植的开展和应用给很多患者带来了生的希望，标志着白血病是“不治之症”的时代已经过去。只要通过合理的综合性治疗，白血病的预后可得到极大的改观，很多患者可以获得治愈或者长期稳定，生存期也会延长。令人欣慰的是，目前全世界的许多医学工作者正在夜以继日地为攻克白血病而不断努力，并不时有最新研究成果问世，人类距离彻底治愈白血病这个目标已经越来越近了。

4

闯关

白血病患者一旦获得缓解，如果条件具备，应争取早做骨髓移植。这里说的条件具备可不是一般的条件具备，而是一系列的条件都要具备。对于白血病患者及其家庭来说，所要具备的条件是相当苛刻的，有好多关口要闯。

首先是自身化疗关。患者需要具备一个良好的身体条件，拥有强健的体魄和优良的身体机能，才能在治疗时耐受住更高强度的化疗，有助于提高生存率和康复机会。其次是骨髓配型关。需要找到合适的供者，并且供者愿意贡献造血干细胞。

做骨髓移植的必要前提条件是供者与患者在人类白细胞抗原（Human Leukocyte Antigen，HLA）上成功配型。HLA 是细胞表面的一种蛋白质，是人类主要组织相容性复合物。它作为不同个体免疫细胞相互识别的标志，是人体生物学的“身份证”，能够识别“己”和“非己”，具有非常重要的生物学功能。HLA 由位于人体第 6 号染色体上的一组基因编码，主要表达于有核细胞膜的表面，尤其是在人类白细胞膜上含有丰富的 HLA 分子。每个人都有自己特定的

HLA 基因型，编码 HLA 的两组基因片段是世代完整遗传的，分别完整地来源于父亲和母亲，这里的“完整”是指“整个”基因片段不分割，世世代代一起向下遗传。因此，每个人的 HLA 都是一半来自父亲，另一半来自母亲，而来自父亲的这一半是来源于爷爷或奶奶，来自母亲的这一半则来源于外公或外婆，可依次往上追溯。

HLA 配型的相合程度对骨髓移植疗效至关重要，如果骨髓供者与受者的 HLA 不同，就会发生严重的排异反应。根据 HLA 编码基因的特性，可将整个 HLA 基因分为 3 类：HLA-Ⅰ类基因，主要与排异反应的发生相关，包括 A、B、C 等多个基因点位；HLA-Ⅱ类基因，主要与免疫反应的发生相关，主要有 DR、DQ、DP 等系列基因点位；HLA-Ⅲ类基因，编码某些补体、细胞因子以及热休克蛋白等。临床上做骨髓移植所需的 HLA 分型检测，一般包括 5 个基因：HLA-A、HLA-B、HLA-DR、HLA-C、HLA-DQ，其中前 3 个基因是影响排异反应的“主要因素”中的“主要因素”。这 5 个基因每个都有 2 个等位基因点位，其中一个来自父亲，另一个来自母亲，合起来就是 10 个点位。做骨髓移植的总体原则是，HLA 的检测点位越精细、相配的数目越多越好，移植成功的概率也就越高。如果 HLA 配型度不够，进行骨髓移植后就可能会发生两种情况：一种是患者体内的免疫细胞把植入的供体细胞当作“异物”或“入侵者”进行攻击，称为“移植排斥反应”，其结果是移植失败，造血干细胞不能在患者体内植活；另一种是供体的造血细胞在患者体内植活，产生了大量的免疫活性细胞，这些细胞“反客为主”把患者的组织和细胞当作“异物”和“入侵者”进行攻击，即发生“移植物抗宿主病”（GVHD）。

一般来说，HLA 的 10 个点位全部一样即为全相合，是最佳的选择，移植效果最好。但现实情况是，人类在面对极为复杂的自然生存环境时，经过长期进化形成了最多样性和复杂性的 HLA 基因系统。这个基因系统在帮助人们成功进行生存繁衍的同时，也带来了一个重大问题——即除同卵双生胎的HLA是100%相合外，在无血缘关系的个体中，想要找到HLA类型一模一样的相同者的概率极小，大概是从几万分之一到几千万分之一，因此，寻找到能和患者HLA成功配型的供者便成为做骨髓移植的最大拦路虎。

随着医疗技术的改进和临床研究的深入，单倍型造血干细胞移植技术的出现在相当程度上解决了供者来源缺乏的问题。这种技术要求供受者间编码HLA-A、HLA-B、HLA-DR、HLA-C、HLA-DQ这几个位点的等位基因中至少有5个位点相合，且有五个相合的HLA基因位点位于同一条基因单链上。由于每个人的HLA基因型都是一半来自父亲，另一半来自母亲，因此父母辈和子女辈两代人之间HLA基因点位必然是50%相合，称之为半相合。此外，兄弟姐妹之间全相合的概率是25%，半相合的概率是50%。这就意味着，几乎每一个人都能找到亲缘HLA单倍体相合的供者，父母供子女、子女供父母的路径被打通。在缺乏HLA全相合供者的情况下，采用血缘间单倍体相合供者进行造血干细胞移植，是治疗恶性血液病最切实有效的可行选择。

单倍体相合移植技术，不仅扩大了移植的应用范围，而且能在短时间内获得最合适的供者，为治疗赢得时间。而且有研究表明，HLA单倍体移植与非血缘全相合移植相比，前者的安全性及疗效已接近于后者。有了单倍型造血干细胞移植技术，在选择合适的供体时，就可以首先从兄弟姐妹、父母子女中选择供髓者；如不成，则在近亲属及与血缘无关的志愿者中寻找供髓者。近年来，随着单倍型造血干细胞移植技术的日趋成熟，我国造血干细胞移植的病例数量也在快速增长。

在我入院后，我家人即发动了几乎所有亲戚，广撒网进行HLA配型检测。还有同学好友自愿去医院检测，哪怕明知配型成功的概率很小，也要去试一试。最终，我小叔和我在 HLA 配型的 10 个点中有 7 个点相合，符合移植条件。另外在年龄方面，他比我父母更具有优势。医生除考虑配型点位的相合度之外，还要综合考虑供者的年龄和性别，一般来说，医生会更推荐年轻的男性做供者，大概是因为其造血干细胞的活性更高的缘故。我小叔在获知配型成功后，义无反顾地来到北京，信念坚定地为我提供了造血干细胞，此等亲情恩情，让我永生难忘！

过了配型关之后，患者还要符合骨髓移植的年龄要求。医学界一致公认，患者发病时的年龄是 AML 的一项独立预后因素。随着年龄的增长，AML 发病率逐年增加，而完全缓解率逐渐下降，缓解持续时间及总体生存时间更是依次明显缩短。骨髓移植也有年龄限制，患者在第一次达到完全缓解后，须评估患者的年龄、治疗前细胞遗传学和分子生物学特点、微小残留状态、供体骨髓可获得性等，综合各方面因素来判断确认是否适合进行造血干细胞移植。采用异基因造血干细胞移植的，患者年龄一般需要在 50 岁以下；采用自身造血干细胞移植的，患者年龄一般可放宽至 60 岁，若患者一般状况良好，各脏器功能健康，其白血病细胞对化疗敏感，则年龄还可适当放宽。

骨髓移植之后，还需要闯过排异关。人体的免疫系统对外来异物能分辨出“异己”，并对它进行攻击，将它排挤出去。患者在移植过程中会出现不同程度的排异，如果供受者是亲属关系，排斥反应会弱一些，如果是非亲属关系，则会重一些。另一种排斥反应是移植物抗宿主反应（GVHD），即供者的免疫细胞对受者（宿主）的作用，宿主组织抗原对供者免疫细胞来说也是异己物质，逐渐生长起来的供者免疫细胞对受者免疫系统会进行攻击，症状包括发热、皮肤潮红、皮疹、肝脾肿大、肝功能异常，全血细胞减少、肝炎、严重腹泻、骨髓硬质和感染等，严重时可并发致死性反应。在治疗中，可采取适当的免疫抑制措施挽救患者的生命。在双胞胎中，GVHD 的发生率为 1%—5%，亲属中为 36%，非血缘关系为 50%—70%。不过 GVHD 虽然对患者有危险，但它具有抗白血病作用，能减少移植后白血病的复发。

最后，一切技术条件都具备了，还需要闯过经济关。白血病是血液系统的一种恶性肿瘤，治疗费用高、疗程长，患者及其家属需要花费大量的精力和财力。做一个骨髓移植手术，包括住院、化疗、支持治疗、营养保障等，总的花费得好几十万元，高者可达八十或近百万元。如果是没有医保的普通家庭，这样的经济支出无疑是极大的负担。所以，对于患者是否能够完全缓解、长期生存，家属与患者一样，面临着严峻的考验。

以上这些关口，不是说想闯就能闯过的，每个关口都是很多因素叠加在一起，而且像串联的灯泡一样，中间如果少了任何一个，整串灯泡都不会亮。老天保佑，以上这些关口我都战战兢兢如履薄冰地一一闯过去了，回首再看时，只觉有幸运相伴，不由得感慨万千。

5

重生

我在进入北京大学人民医院血液科住院治疗后，为了尽快杀死体内的白血病细胞，医生马上为我安排了化疗疗程。对于急性白血病患者，在治疗过程中由于经常需要注入大量刺激性的化疗药物，临床上给予患者输注药物治疗时，多采用 PICC 置管措施。这种置管又称为“经外周静脉置入中心静脉导管”，是在患者大臂的静脉处进行穿刺，化疗药物通过 PICC 置管直接注入患者外周臂的大静脉中。这样做的好处：一是便于减少反复静脉穿刺给患者带来痛苦；二是导管直接进入人体上腔静脉，此处血流量大，可减少药物溶液的外渗，以及迅速将化疗药物稀释，降低静脉炎的发生率。PICC 导管由特殊的聚氨酯材料制成，非常柔软，不易折断，具有良好的组织相容性和顺应性。以 PICC 置管措施进行治疗，患者的生活习惯基本不会受到影响，但需要定期进行预见性护理，每周进行一次冲管和贴膜，以减少导管脱落、静脉炎、血栓等并发症的发生率。

在化疗之后，我的血液里的中性粒细胞大幅减少，机体的免疫力急剧下降，此时最需要关注的是预防和控制感染。大剂量的广谱抗生素和激素的使用，使得患者体内菌群平衡受到破坏，大量的内源性和外源性病菌极易侵入，引发多种并发症。因此，为了使强效化疗或骨髓移植能够顺利进行，防止因治疗而引起的严重并发症，必须采取各种有效的支持治疗和辅助治疗措施。这些措施包括增强免疫力、预防感染和输血等。无论处于白血病治疗的任何阶段，支持治疗都有助于减少患者的并发症和死亡率。对于患者而言，为防止出血和感染，在各种生活操作中都要非常注意进行消毒和无菌操作，保持个人卫生清洁，佩戴口罩，餐具食物要灭菌，住院期间不能刷牙，只能使用漱口水漱口；对于医方而言，要为患者尽量提供清洁通风的治疗环境，有条件的应让患者住在无菌病室或隔离病房，没有条件的也要住在层流病床。要预防性地使用抗细菌、真菌药物，对症予以集落刺激因子、成分输血等治疗措施，帮助患者度过骨髓抑制时期，必要的支持治疗方能保证治疗完整顺利地进行。

在治疗过程中，每天早晨五点半到六点，天刚蒙蒙亮时，是雷打不动的抽血时间。我每天都要关注血象指标，每隔一段时间还要做一次骨髓穿刺来判断病情缓解程度。经过化疗，我的身体表现虚弱了很多，肺部出现感染症状，稍微走几步都喘得不行。消化系统功能下滑厉害，吃下仅米粒大小的粗糙食物都会引发呕吐。身体缺钠缺钾，得硬着头皮将难以下咽的补钾口服液喝下去。异常干燥的层流病床导致鼻黏膜流血，流血后又结痂，鼻子完全堵住，呼吸只能靠嘴，常常夜不能寐。最为严重的情况发生在化疗之后，我进入了一个持续高烧的阶段，这个阶段整整持续了一个月，烧得我极为难受，整天晕晕乎乎几近神志不清。其间，我还因为一次输血过敏引发了严重震颤，血压急剧上升，痉挛抽搐，全身止不住地打战，折腾了一宿才转危为安。医生在尝试了多种方法，给我做了多项检测后，最终才通过详细的基因检测找到高烧的根本原因，接着采用特定的进口抗病毒药物进行针对性治疗，才把我从高烧的苦海中拯救了出来。

经过一个疗程的化疗，并成功度过高烧期后，我的病情获得了缓解，身体机能达到了做骨髓移植的要求。接着我从层流病房转到移植舱，准备进行骨髓移植。在密闭的无菌移植舱里，我一个人在里面住了接近一个月，靠着强大的意志力忍受孤独和病痛接受治疗。正式移植之前，还需要进行一次大剂量的化疗，将我体内的白细胞全部杀死，直至血象检测结果中白细胞的数值为0，接着分两次输注小叔为我提供的造血干细胞。感谢医疗技术的发展，目前造血干细胞是通过外周血采集，一般是对供者提前进行预处理，接受重组人粒细胞集落刺激因子皮下注射，将干细胞从骨髓动员到外周血中，然后在体外循环过滤和收集，这样就不必对供者进行全身麻醉及直接抽骨髓，减轻了供者的身体负担。

移植期间，大剂量化疗药物的使用，会使白血病患者产生并发症的风险增加，也会带来多种副作用，如脱发、恶心、呕吐、食欲减退、腹泻、疲劳、血压不稳等。长时间卧床会增加身体去功能化的风险，使肌肉力量下降，精细运动功能受损。这种肌肉无力和活动能力的下降，总能导致与健康相关的生活质量差、自尊心和自我效能感的缺失，这些都需要我用强大的精神毅力来一一克服。

进行造血干细胞移植后，新的细胞在我体内长势良好。在新细胞生长的同时，我也与血压急剧上升、口腔溃疡、食欲缺乏等副作用进行了艰辛斗争。在移植舱里观察了半个月后，我的身体状况开始逐渐稳定。接着我转入普通病房，在继续治疗 20 来天，至九月初我终于解放，医生获准我出院了。

6

康复

在医院里和病魔斗争了接近半年时间，在踏出医院的那一刻，我感觉恍如隔世。刚入院时，外面还是乍暖还寒的初春时节，到出院时已经要迎接北京的秋季了。这半年时间是我的人生低谷，还好我坚持了下来，活了下来，还能继续看到蓝天、闻到花香、听到鸟鸣，还能继续感受生活的美好，有机会去实现更多的人生价值，真是不幸中的万幸。

在康复期间，我的免疫功能开始逐步重建，不过这个过程比较漫长，在骨髓移植成功后至少还需要 1 年半的时间。医生嘱咐我，康复期间要保持平和的心态和健康的生活方式，生活要规律，饮食要均衡，注重食用高蛋白和易消化的食物，适当参加社会活动和身体锻炼，注意劳逸结合，避免剧烈运动。医学研究发现，有一小部分未经治疗或治疗未获得完全缓解，或缓解后复发而未再经治疗的患者，可以长期存活或治愈，其根本原因可能是自身抗肿瘤免疫功能的增强所致。所以说，增强自身的免疫力才是抵抗病症侵袭的最佳防线。

康复期间我还需要定期去医院进行骨穿复查，以防止疾病复发。每一次骨髓穿刺我都是咬牙坚持，好在各项复查指标都在逐步趋好。

白血病作为重大负面生活事件，不仅给患者的躯体带来功能障碍，而且对患者的心理健康也会带来严重影响。由于白血病的临床症状突出且较严重，急性白血病的病情进展迅速，患者多多少少都从影视作品或平时生活中了解到这种病的可怕之处，因此患者的思想负担会比较重。有研究表明，急性白血病患者的一般心理特征体现为依赖性较大，自尊心较强，较突出的心理问题表现为恐惧、焦虑和绝望等，甚至伴发精神障碍。具体分为以下两个方面。

1. 性格行为的改变：白血病患者会具有明显的神经质倾向，常表现为情绪不稳、敏感焦虑、紧张烦恼等，易对外界刺激产生过分强烈的反应，对治疗及护理态度消极。个别患者会由性情温和变得任性冲动、暴躁易怒，对家人的照顾不满意，对饮食挑剔，出现不配合护理、拒绝治疗的情况。

2. 异常的心理反应：白血病患者经过各种治疗，或者疗程太长，病情一时半会儿未见好转，就自认为无药可救，或疼痛难忍而对治疗失去信心，对生活失去热情。多有心事牵挂，常表现出忧郁、叹气、心情烦躁不安或暗自流泪等反应。

以上典型的带有抑郁性神经症的表现，就是我们常说的“抑郁症”。这是一种以持续的心境低落状态为特征的神经症性障碍，常伴有焦虑、躯干不适感和睡眠障碍。有研究表明，抑郁症是常见的精神疾患，其发病率为5%—10%。人在遇到重大负面生活事件时，极易出现抑郁症状，如在以往6个月内出现了重大负面生活事件，抑郁症发病的危险会增加6倍。恶性血液疾病伴发抑郁症状的发生率较高，达到16.8%，显著高于正常人群。

引发上述情绪问题的影响因素，主要包括患者对死亡的恐惧、主观感受的病情严重程度、病情反复造成对病情的估计悲观、无价值感、缺乏社会支持、病情引发身体疼痛及治疗带来的不良反应等。同时，治疗的时间越长，经济负担越重，经济困难会进一步影响疾病的治疗和患者心理。白血病的治疗是一个长期的过程，个人工作受到影响，收入减少，医疗费用高昂，家庭负担重，容易产生家庭矛盾，从而易发心理障碍。有研究显示，患者的治疗时间、经济状况及付费方式等综合因素，与白血病患者的抑郁状态有显著关系。经济状况差和自费医疗的患者，其抑郁症的发生率明显高于经济状况好、公费医疗的患者；治疗时间大于 1 年的患者，其抑郁症的发生率明显高于治疗时间不足 1 年的患者。进行造血干细胞移植后，患者的身体功能、社会适应能力也会显著下降，诸如焦虑、抑郁等心理压力会强化这种负面影响，并直接影响患者机体功能恢复及长期生活质量，这种焦虑和抑郁会在造血干细胞移植后 2 年内一直存在。

在整个治疗和恢复的过程中，我也真切地经历了类似情绪上的起伏变化。在我的转院报告中，对我收治入院时的情况描述词是“沉默寡言”，但当时的我完全不自知是这样一个状态。得病之后，理智告诉我，不良情绪会严重影响疾病的治疗及预后，消极心态甚至会导致疾病的恶化，而无数事实证明，积极的心态能够促进疾病的治疗，积极的情绪能够使神经调节和内分泌平衡，增强免疫力，让各器官活动正常协调，增强健康水平。战胜白血病是一个艰苦的过程，必须调动自身一切的抗病能力，建立起战胜疾病的信心。所以，即使患了病，也一定不要让精神过于紧张，或者是悲观失望，因为这样不仅对治疗毫无帮助，而且会增加家属的痛苦和治疗的难度。患者应该保持安静和乐观的生活态度，对战胜疾病要充满信心，配合治疗。

白血病的传统治疗观念侧重于对疾病本身的治疗，而忽视了患者由此产生的心理问题。所以，在给予白血病患者药物治疗的同时，应积极给予心理治疗。恰当的心理干预可以帮助患者改变对疾病的错误观念和思维方式，减少困惑，消除无助和绝望，减轻对治疗方式的紧张、担忧和焦虑，以及这些不良情绪引起的躯体反应。同时，心理治疗可以树立战胜疾病的信心，提高应对能力，增加患者与疾病做斗争的控制感，帮助患者更好地解决实际问题，激发对美好生活的渴望和责任感，提高患者的生活质量。患者自身也要更强大些，做好心理建设，正确认识疾病，在医护、家庭及社会体系的支持下，解除思想负担，积极主动配合治疗，为生命的延续而努力，重建对美好生活的希望。

7

珍惜

住院半年，时日维艰。在病房中我常听《悟空》，这首歌曲给了我很多勇气和力量。与病魔抗争，这一路走下来，犹如走在漫长的取经路上，会遇到佛祖神仙，也会遇到妖魔鬼怪。此行尝尽世间百态，虽时也、命也、运也，但不放弃、不屈服、不妥协，燃起撕裂命运的勇气，举起这一棒来，直叫那病魔灰飞烟灭！

这次生病的经历，对我来说无疑是一次重大磨难与考验。为了保持健康的心态，我把它当成我人生的一种宝贵财富。哲学大师斯宾诺莎曾说，“保持健康是做人的责任”，生活再匆忙，行路再艰难，我们都有责任照顾好自己。生命只有一次，愿每个人都能爱护好身体，拥有健康体魄，珍惜当下，安然迎接每一次朝阳升起的时刻。

《战胜病魔》这一章，是我写得最艰难的一章。我要以极大的勇气重新回顾生病及治疗期间的种种艰辛。在写这一章时，我在知乎上搜索了关于白血病的问答，有一位名叫“重生蝈蝈”的答主深深地感动了我。他的乐观、幽默、自强，与我相比是有过之而无不及的。这位答主在经历了接近 500 天的坚强治疗后，最终还是驾鹤西去。逝者已矣，生者长叹。愿被病魔带走的人在天国安详，愿活下来的人更加坚强乐观地生活下去。

感谢所有给予我关怀与鼓励的人，同时我也要感谢坚强的自己，不管经历了多少辗转反侧难以入眠的夜晚，我都咬着牙坚持挺了过来。

凡是过往，皆为序章；所有将来，皆可期盼。

怀揣对美好生活的向往，无畏艰难险阻，努力做更好的自己，继续加油前行吧！

朝花夕拾

1

走过高考——给学弟学妹们的一封信

走过高考，以一个过来人的感触，怀着激动与期待，写下一些关于复习迎考的切身体会和心路历程，希望对学弟学妹们有一些微薄的帮助。

对于高三的学习和生活，我最大的感受就是充实。每天临近晚自习结束时，我会安排好第二天的学习计划，把要看的教材、要复习的参考书、要回顾的试卷等，都一一整理好，这样每天都有事可做，有章可循。在忙完一项后，适当鼓励一下自己，然后马不停蹄地投入下一项复习内容当中，把时间高效地利用起来，这样给生活以充实，才不会迷惘。

寂静的夜晚，我回到家，洗漱完毕后，会习惯在台灯前静坐一会儿，回顾一天的收获，收拢一天的思绪，告诉自己生活是多么的精彩和充满希望。此刻也是最好的思考时间，想想自己在哪些方面做得还不够好，总结一下成功的复习方法，构思在下一次考试中要怎样实施等。只有经过摸爬滚打后自己总结出来的经验教训，才是最实用的。

面对高考，要有充分的自我认识，用一个旁观者的眼光分析自己，指出长处和不足。复习的计划安排就要以这个为基础，做到扬长避短，将优势科目保持住，把短板科目补上来。有了计划安排后，最重要的是实践下去，把想做的事情都做好。高考磨炼的是一个人扎实的学习功底，考验的是一个人持之以恒的毅力和气魄。一步一个脚印地把基础打好，增加对知识的熟练程度，默默积攒实力，然后向顶峰冲刺，成功其实就蕴含在平日朴实无华的奋斗之中。

每个人都可以找到适合自己的复习方法和步骤。就我的个人经验而言，分析试卷是其中很重要的一个方面。每周花一点时间，认真地把曾经做过的某一套模拟考卷从头到尾看一遍，细细揣摩，加深理解记忆，这样坚持不懈，持之以恒，必定能找到一种得心应手的感觉。如果你有兴趣，不妨一试？祝取得成功！复习时，要特别记住老师们的忠告，他们对于高考都特别有经验，因此要多问，获得指引与启发，这样境界才会更加豁朗。若是一味孤军奋战，要达到同样好的效果则需要费很大的周折。归结起来，就是个人的奋斗最重要，同时要听取老师的忠告。

上了大学后，我有时会和周围同学交流高考的心得体会，其中给我印象最深的一句话是：“高考要取得胜利，首先要有实力，然后加上一点幸运和技巧。但若没有实力，光靠幸运也是没有用的。”高考的氛围会让人觉得有一种神圣感，多少会有一点紧张。这种稍微紧张的状态其实是最好的，能充分调动人的兴奋点，让思维变得活跃。如果太过放松，遇到需要冲一冲的题，可能就没有征服欲望了；太紧张了也不好，光顾着着急了，思维受阻，应对考试也就会失了方寸。在考场上做题，大多是平时思维的延续，想要在高考中超常发挥，做出很精彩的创新，这样的人有之，但很少。所以对于大多数考生而言，取得成功的最核心要义就是一点——稳中求胜，稳稳地把自己的所学所思所想付诸试卷上，用经验与实力将所有的试题尽量回答得完整、漂亮，这样的过程问心无愧，结果当然也会回报你的努力。

高考前总共有三轮复习，大大小小的考试无数，成绩有起伏是很正常的事情。要做到胜不骄，败不馁。千万不要将某一次考试的不理想看得特别重，为此而折磨自己。要做的是和家长、老师一起分析和解决问题，在不断进步和发展中锻炼自己的心理承受能力，身经百战之后，坚信自己一定能取得高考的胜利。人是要时时刻刻充满希望的，相信阴霾过后是万里晴空。做题不顺利时要学会调整，心态和身体同步前进，把准备工作做得更完整更彻底，保持从容而且略微亢奋的状态，保持思维的活跃，相信在考场上将这些全部展现出来也是一种享受。

人生因奋斗而美丽。高考就像“吹尽狂沙始到金”，要理解它的真谛，是一定要经历这个过程才能真切感受到的，而你们，正处在这个过程中。愿学弟学妹们充满信心，扎实复习，从容应考，笑到最后，也笑得最好！

2

仰泳之技

游泳乃清华学子必修课程。除蛙泳外，吾在大学体育课程亦学仰泳之技艺，收获良多，特作此文感怀以记之。

每逢周三午后，阳光灿烂，正是游泳的好时光。学生先观看老师示范，于盈盈碧水中，如浪里白条，英姿飒爽，倾慕之情顿生。奈何吾水性不精，良久未悟得真谛，只得不断请教，勤加苦练，方略通一二。

起步之时，遵循师言，全身放松，双脚轻触池边，仰身浮于水面，张口自然呼吸。此法甚妙，人体竟能不借任何外力而浮于水面，随波起伏，至周身清凉，波澜不惊，上下天光，一碧万顷。万里长征踏出第一步，开端精妙，实乃人体潜力无限也，自我肯定之，振奋人心，窃喜。

仰泳课堂气氛活跃，师者和蔼，谆谆教诲；诸同学少年俊采星驰，亲近有佳。师于授课前精心准备热身活动，充分活动关节肌肉。此举极重要，任何体育活动前，均需热身，谨记之。热身后，同学列成一排，坐于水池边，练习仰泳腿。一声令下，水花飞溅，满池碧水，浩浩荡荡。仰泳腿有要求，大腿带动小腿，上下打水，节奏自然。

岸上学习动作，水中领会诀窍。仰泳腿已会，待配之手臂和全身动作，方渐进仰泳之佳境。手臂出水，与身体垂直时外转，避免水花落于面颊，影响呼吸。身体维持重心平衡，两臂交替画圈滑行，臂贴耳入水，同时身体稍倾，头不倚，臂微曲，加速抱水下推，成了！五十米泳道虽不能一次仰泳完成，但速度尚可，需多加巩固。

仰泳之出发与转身，可谓难点。欲臻至如运动员一般，动作赏心悦目，如蛟龙入水，鲤鱼打挺，需着实下些功夫。于是兢兢业业，于池边水里来来回回，翻腾、入水、滑行、转身，一一细细领悟。如此勤加练习几周，水平渐进，考试已无虞。游泳与学习等其他诸事一样，均有共通之理。有天赋者甚佳，但若资质平庸如吾者，亦可细心揣摩，不惧不怕，亦能掌握。

从游泳课程，到人生乾坤，劈波斩浪间，定秉承校训“自强不息，厚德载物”，扎实进取，笃行不怠。人生海海，试问谁是弄潮儿？定是我辈今朝！

3

鸡毛菜

休假在上海时，住在老姐家。某日晚餐，菜肴中有一盘青菜，细细瞧之，菜的个头比小白菜要小一号，嫩茎根根分明，椭圆的叶片翠绿灵动，问其名，曰“鸡毛菜”。菜的名字朴实无华，却又值得把玩，加之味道清新爽口，因此留下了深刻的印象。

回到北京，去家附近的农贸市场逛游，准备买菜做饭。路过一个摊位，卖菜小姑娘正在兜售最后几捧鸡毛菜，“可新鲜呢，摘得特干净，炒一炒，或是做汤，都是很好的”。菜水灵灵的，招人喜欢。回味在上海的唇齿留香，一瞬间我对这抹绿色动了心，满怀欣喜把小摊上的鸡毛菜全部都买了下来。菜的价格着实不贵，一大捧才合几块钱。回家剁了肉末和蒜蓉，翻炒出香，然后盛于砂锅中，加开水，待水沸腾后把鸡毛菜再丢进去，稍煮片刻，青菜肉末汤便大功告成，整个厨房香气扑鼻。家人还特意询问今天做的什么菜，这么香？笑答“鸡毛菜汤”！于是哈哈大笑，为了这一锅普通却又饱含人间烟火味道的汤。想想，这就是生活的乐趣吧！

一把家常青菜，本是很平常的，惹人爱怜时，自有其独到的美。

有时候同学或朋友们来家里聚会，我也都是以家常菜来招待。他们大多是在写字楼里朝九晚五上班的白领，每日被毫无变化的工作餐或单位周边已经吃遍了的餐馆折磨得够呛，因此他们也都很乐意尝试我的手艺。我常做的也无非是几道普通的家常菜，却能唤起他们足够的食欲。朋友们的战斗力可不弱，一锅鸡汤暖心暖胃，土豆炖排骨一端上桌就被基本扫光，小炒肉和茄子煲也很受欢迎，青椒鸡蛋全部吃光，最重头的红烧武昌鱼到最后更是连汤汁都不见了踪影。外加餐后应季水果，或是樱桃，或是哈密瓜，一个个吃得肚子浑圆鼓实，用手揉揉，然后全跑沙发上歇息去了，看得我很是有成就感！

美食家蔡澜先生在他的著作《最常去的几家食肆》中写道：“用鲍参翅肚做出来的菜，我并不喜欢，故不常吃。我一向都说，愈珍贵的食材，练习的机会愈少，只有最平凡的鸡、牛、猪，才产生千变万化的厨艺。”这番生活化的道理讲得极为真切，我甚是推崇。其实我们并不求生活有多么精彩绝伦，只求合适温暖即可。有时候一碗汤，几盘菜，家人聚在一起，和朋友们聊聊天，灯火可亲，足矣！

4

怀念我的外婆

我的外婆，是一位地道的农村老太太，淳朴宽厚，和蔼亲切。

在我的印象中，外婆从未出过远门，最多也只是从家里步行十里乡间小路，乘坐客运班车到县城里串串亲戚。她出生的时代和环境，让她大概一辈子也没有走出过生养她的湘北小城，更不用说到大城市里去看看了。

外婆和外公养育了四女一子，我母亲排行第二。农村的生活并不富裕，养育五个子女更是艰辛。外婆用她开朗豁达的性情，靠着勤劳的双手，和外公一起把儿女们拉扯大，一个个成家立业，真算得上是劳苦功高了。

外婆在屋后侍弄了一块不小的菜园，菜的品种繁多，有萝卜、白菜、辣椒、茄子、黄瓜等，一垄垄一畦畦的，沾着露水鲜嫩欲滴，透着生机盎然的可爱。外婆对这片菜园呵护有加，常在清晨的薄雾里松土除草、浇水施肥。外婆的手艺有很多，其中最拿手的要数腌萝卜干了。入冬后，趁着红皮水萝卜刚成熟还脆嫩时，从地里拔起来，洗净切条，选一个大晴天，在大圆簸箕里摊开晒足阳光。再从菜园里采来新鲜的红辣椒，剁碎加粗盐，和萝卜干一起搅拌均匀，封装入坛。如此制作，工艺虽简单，但胜在原材料天然，只消十天半个月，滋味醇厚的腌萝卜干就可以享用了。晒足阳光后的萝卜干吃起来韧劲十足，香辣开胃，滋味绵长，是我童年美好的味觉记忆。

四五月间，乡村的油菜花准时盛开，放眼望去，整片整片的金黄。等到秋后油菜成熟时，就到了榨菜籽油的时候了。将收割回来的油菜籽脱粒，摊放在天井里晒干水分，一粒粒小小的黑黝黝的圆球透着油光，脚踩上去滑溜溜的。待油菜籽晒好晾干后，外公就用麻袋装好放上推车，送到乡间的榨油小作坊里。作坊是不大的两间平房，里面机器吱吱呀呀，灯光暗淡朦胧，空气里弥漫着一种菜籽油特有的厚重清香。这个香味让我似乎永远也闻不够，它温暖浸润了我无忧无虑的童年时光，和辣萝卜干一样深刻地印刻在了我的脑海里。

榨油后剩下的油渣也是好东西，制作成的一个个圆形的麸饼，是钓鱼时撒窝子的上佳材料。只需投一点点麸饼下水，就能引来成群的鱼儿围拢。南方水系丰富，外婆家门前就有一条小河，河的上游连着水库，河水清澈见底，水草繁茂，实为钓鱼的好地方。我用麸饼打窝，红蚯蚓做饵，在河边分叉的柳树枝干上悠然持竿，伴着蝉鸣，过足了钓鱼的瘾。钓上来的小鱼或直接油煎，吃起来咯吱作响，或在柴火灶上炖煮，摘上几片紫苏叶投进奶白色的汤里，香味顿时扑鼻而来，我已经完全陶醉在了这氤氲的水汽里了。外婆还常和我叨念舅舅小时候钓鱼的故事，说舅舅也是一位钓鱼高手，在一根鱼线上绑两个鱼钩，拉上来一瞧，嘿！两条鱼同时上钩！每次说到这里，外婆总是笑得合不拢嘴，脸上的皱纹也舒展开了，仿佛生活中所有的艰辛都能被这件趣事给冲淡。

如果有什么好吃的，外婆总是留着等晚辈们来吃。每当春节来临，外婆都会在家里制作麦芽糖。首先将麦子浸水发芽，然后和蒸熟的糯米搅拌均匀，放在锅中用文火慢慢熬制。待锅中食物熬至黏稠状态后，静置发酵几个小时，再取出糖液，用文火将糖液继续熬制。在熬的过程中还要不停地搅拌，直到糖液变成晶莹润泽的琥珀色。做好的麦芽糖色泽金黄透亮，用筷子卷起来，眼看着糖丝往下掉，赶紧送到嘴里，满嘴的香甜即在口腔绽放开来。有时候牙齿还会被麦芽糖黏住，让人张不开嘴，只能抿着嘴绷住笑。外婆用做好的麦芽糖来制作南方春节特有的一种甜食小吃,我们称为泡米糖。她有一把用高粱秆特制的筲帚，专门用来炒制糯米，然后在炒好的糯米上裹上麦芽糖，待冷却凝固后切成小块，春节里的这份小吃是总吃也吃不完的。

外婆家房前屋后种有不少果树，有枣树李子等各式品种。其中有几棵特别高大魁梧，枝繁叶茂，我们称为泡子树。这种果树的果实与柚子极相似，但是味道比柚子更加酸爽，具有下火的功效。冬天里，大伙围坐在火炉旁烤火，口干舌燥之际，剥开一瓣果肉塞进嘴里，汁水四溢，让人唇齿生津。外婆还把收获的红薯和制作的糍粑放在炉火旁烘烤，香甜的味道弥漫了整个堂屋，亲朋好友边吃边聊，欢声笑语一片。此时屋外大雪纷飞，屋内其乐融融，外婆养的那只黑色猫咪围在火炉旁打盹儿，日子悠长而安详。

外婆处事坦然，和蔼可亲，又自带一股强大的气场。1998 年南方涨洪水，整个县城风声鹤唳，闹得人心惶惶，母亲为此特地让我和姐到外婆家避险。一路上眼见河水已经蔓延到岸边，我紧紧握着姐的手，小心地蹚过地势低洼的小道，心扑通扑通直跳。快到外婆家时，外婆早已在前方迎接我们。当看到外婆时，我的紧张突然就消失了，瞬间觉得整个天地都已开阔。外婆就在那里微笑着，给了我强大的心理依靠。在这之后两年，我家盖新房子，日子过得紧巴巴的，盖房期间我家的伙食都是由外婆来掌勺，她还时不时贴补我们，用自己的微薄之力为儿女和晚辈全心全意地付出，不求一点儿回报。

外婆家里有一台小小的黑白电视机，大概也就十几英寸。在这方寸屏幕里，我目不转睛地看完了电影《卧虎藏龙》，迷上了整个武侠世界。2001 年暑假，在北京申奥成功的那天晚上，我又在这台小小的电视机里看到了旌旗飘扬，听到了人群呐喊，真切感受到了祖国的强大兴盛。同时，我也看到了外面世界的精彩，从此在心底埋下了一颗种子，希望能走出去看看这个世界。

外婆从来没有上过学，也不识字，但她极爱听戏。村里若有唱戏说书的，她总是早早地就去了。外婆常说，“人这一生啊！没有过不去的坎”，我一直好奇在她的语言思维里，是如何在没有文字支撑的情况下来完成朴实却精彩的语言组织的？我想，这大概应该归功于生活烟熏火燎的历练和积累吧！

外婆爱听社戏说书，她曾渴望在离世后，也能风风光光地走。外婆因突发脑出血，走时还不到 70 岁。她走的时候很安详，没有受苦，是一份福报。外婆因平日亲和，赢得了乡邻们极大的尊重，她离世后送葬的队伍长长地绕了村庄一圈。我的母亲和姨姨们悲声恸哭，舅舅抱着外婆的遗像跪别送终，在乡邻的风俗里，她风风光光地走了。外婆离世那年，正值我读高三，被学业压力围绕的我特地在外婆葬礼当天请假赶去为她送别。在这之后半年，我考上了大学，来到了北京。申奥成功的那个晚上，在外婆家于我心底埋下的那颗小小的种子，已经生根发芽。但深为遗憾的是，我最终还是没能带她老人家看看外面的世界，衣带沾雨，空余思念。

外婆一辈子节俭，她在世时置办的过最贵重物品也就仅仅是一副金耳环。在她离世后，她还托梦给我母亲，说积攒下来的一点钱还缝在她贴身的棉袄里，让我母亲去寻。我母亲拿来棉袄，果然在里衬里发现了外婆留下来的积蓄，如此神奇的事情让我觉得冥冥中似有天意，亲人之间的联系虽阴阳两隔但仍割舍不断。外婆一辈子都为儿女们操劳，去往了天国还不忘嘱托，情至于此，母亲已潸潸然。

外婆走得猝然，给了外公以沉重打击。在外婆离世后，外公独自生活了几年，然后也追随而去。蜡烛将灭之时，外公的身体因病痛饱受折磨，形销骨立。人生就是这样无常，总有无尽的感慨，说不上走得早和走得晚，哪种是幸运，哪种是不幸。

外婆走后，她养的那只黑色猫不见了踪影，我想，也许它是陪着外婆去了天国。

外婆走了有好些年了，她的音容笑貌仿佛还在我眼前。她给了我最好的亲情慰藉，这份慰藉一直温暖着我。

我怀念我的外婆，愿她在天国安好。

5

菲利普斯曲线：失业 VS 通货膨胀

著名诗人海子在他的抒情诗《面朝大海，春暖花开》中这样写道：

从明天起，做一个幸福的人。
喂马、劈柴、周游世界。
从明天起，关心粮食和蔬菜。
我有一所房子，面朝大海，春暖花开。

在情感上，海子的诗充满了浪漫主义色彩，要去周游世界啊，多么美好的一件事情！但在理智上，海子却是一个不折不扣的现实主义者，他关心粮食和蔬菜，还希望有一所房子可以居住，这样起码先把温饱问题解决了，然后才是春暖花开。

从经济学的角度来诠释海子的诗，其实已经触及了经济学的两大研究领域，即“失业”和“通货膨胀”。首先“喂马、劈柴、周游世界”，可以理解为诗人选择了自主性失业，然后还“关心粮食和蔬菜”，则表示诗人对于消费价格指数 CPI 保持了热烈关切。他既追求自由的光辉，也关心市场物价和通货膨胀，这样看来，诗人也可以是极具潜力的经济学家啊！对于我们普通老百姓来说，在现实生活中，最关心的问题其实也包括这两个方面：一是培养孩子，辛辛苦苦读了这么多年书，毕业了能不能找到一个好的工作，不会一毕业就失业吧！二是每天的生活成本有多高，物价有什么变化，猪肉价格是不是涨了？蔬菜和鸡蛋的价格呢？房价是否继续增长？由此可见，“失业”和“通货膨胀”已经渗透了我们生活的方方面面。

我们可能不会意识到“失业”和“通货膨胀”这两个经济概念之间有什么特定的关系，但在经济学上，这两个概念是密切关联的。最早研究这一对经济因素关系的是新西兰经济学家威廉·菲利普斯（Alban William Phillips，1914—1975 年），他在《1861—1957 年英国失业和货币工资变动率之间的关系》一文中最先提出了著名的“菲利普斯曲线”（Phillips Curve）。起初菲利普斯曲线表示的是失业率与货币工资率之间的交替关系，后来，经济学家对此进行了大量的理论解释，尤其是萨缪尔森（Paul A. Samuelson，1915—2009 年）和索洛（Robert Merton Solow，1924 年至今）将原来的菲利普斯曲线发展成为用来表示失业率与通货膨胀率之间交替关系的曲线，从而使得菲利普斯曲线获得了广泛的应用。

菲利普斯曲线的逻辑如下：一般来说，在短期内，通货膨胀率高时，失业率低；相反，通货膨胀率低时，失业率高。在直角坐标系中，用横轴表示失业率，纵轴表示通货膨胀率，短期菲利普斯曲线一条凹向原点的曲线。为什么是这样一个形状呢？原因在于短期内的物价具有黏性。举一个例子，当政府为了控制通货膨胀而采取紧缩的宏观经济政策时，会减少货币的供应量，也就减少了人们的支出，较低的消费支出和价格黏性结合在一起，就减少了企业销售的物品和劳务量，进而引起企业解雇工人，此时失业率就上升了。用菲利普斯曲线表示出的短期内的失业与通货膨胀之间的交替关系，在当时的美国和其他发达国家都得到了证实。但在长期，菲利普斯曲线是一条从自然失业率出发的垂直线，它说明，在长期中失业率是自然失业率，失业率与通货膨胀率之间不存在交替关系。

具体到我们国家，在改革开放之后的八九十年代，我国经历了四次较为明显的通货膨胀，那在每一次的通货膨胀中，是否也符合短期菲利普斯曲线的理论呢？根据相关研究，统计了1979—2009年《中国统计年鉴》提供的31组样本，选取城镇登记失业率作为失业率的指标，将居民消费价格指数CPI作为通货膨胀率的指标，研究表明，菲利普斯曲线所表现的失业率与通货膨胀率之间的反向变动关系在一定范围内是存在的，符合基本的菲利普斯曲线。但数据整体的拟合优度不高，具体表现在部分短期内有垂直的菲利普斯曲线，也就是说，失业率几乎保持为一个恒定的值，但通货膨胀率却存在较大幅度的波动，也有正斜率的菲利普斯曲线，即失业率和通货膨胀率存在相互促进的情况。

我国的失业率和通货膨胀率的交替关系的特征不太明显，这可能与失业率的选择有关，我国城镇登记失业率并不能体现真正的失业状况。中国是一个农业大国，拥有大量的农村人口，但失业率选取的是城镇人口失业率，而忽略了农村的失业人口，这在一定程度上降低了失业率的估计。

我国失业率基本恒定的原因在于政府对失业率的大小有很强的控制力。一方面，在改革开放的相当长一段时间内，户籍制度阻碍了农村过剩劳动力向城镇转移，致使农村存在着大量的过剩劳动力。另一方面，政府对于国有经济单位和集体经济单位的人事权具有很强的控制力。但随着人事制度的不断改革和发展，在当政府不再对失业率的大小具有直接的控制力后，我国同样会存在一条典型的向右下方倾斜的菲利普斯曲线。

菲利普斯曲线可以给我们这样的启示，即通货膨胀率与就业率成反比。在短期内，菲利普斯曲线对于社会经济有着重要的指导作用，对于政府而言，由于失业率和通货膨胀率之间存在着交替关系，因此，可以运用扩张性的宏观经济政策，用较高的通货膨胀率来换取较低的失业率，也可以运用紧缩性的宏观经济政策，以较高的失业率来换取较低的通货膨胀率。这样就为宏观经济政策的选择提供了理论依据和重要参考。

适度的通货膨胀有利于就业率的提升，政府应该保持适当的财政赤字，允许价格在可控范围内上涨，但政府能通过提高通货膨胀率彻底解决失业率问题吗？答案是否定的。如果政府通过提高通胀率来减轻失业率，短期内失业率会下降，但从长期来看，失业率的不均衡不可能永远存在下去，也就是说经过长时间后，失业率将最终回归到自然失业率水平，而一旦通货膨胀率提高，长时间都会钉死在较高的位置，很难下调，人们只能持续接受高通货膨胀的煎熬。所以对于政策的选择，我们更应该站在一个长期的角度来研究和对待。

回到菲利普斯本人，以他的名字命名的菲利普斯曲线，在“二战”之后一直是宏观经济学争论的焦点和主线，但这场争论的大部分内容并不属于他。有趣的是，他对中国经济颇感兴趣，早在20世纪30年代就萌发了，他在爪哇当战俘时还曾经学过中文。1967年，菲利普斯离开英国，回到阔别已久的大洋洲，开始在澳大利亚国立大学担任经济学教授，并给自己确定了一个新的研究方向——中国经济。经过他的积极努力，在这所大学里还成立了一个当代中国研究中心。后来，人们一直在猜测，老经济学家为什么会在迟暮之年做出这样一个重大的事业转折，也许是他已经提前预感到了中国经济崛起的隆隆雷声？答案也许只有菲利普斯教授自己才知道吧，遗憾的是，仅隔数年，他就在故国新西兰离开了人间，留下了他富有传奇色彩的一生。

6

云淡风轻，藏龙卧虎

我不是一个天生乐观的人，甚至带着些悲天悯人。性格测试表明我会是一位非常尽职的观众，对于这一点，我是非常认可的。有时看别人表演，特别契合我性格中沉郁安静的一面，正如追寻那些我欣赏的智慧的思想家一样，用一颗包容的心来看这个世界云淡风轻。

当然，观众与主角是随时转换的，每个人都是自己人生的主角。人生没有彩排，也没有预备口令，每天都是现场直播。在这个日新月异又充满机遇和挑战的社会里，身处其中，经过更多接触和了解，就越发能感受到世界是一个藏龙卧虎的地方。天外有天、人外有人，不过这并不妨碍一点，就是只要你愿意努力，舞台就是你的，掌声也是属于你的，每个人的才能都能得到最大限度地展现。能够意识到这一点，即不妄自菲薄，就如同感觉到一种神秘力量的存在。这是让人兴奋的，像是激发了潜意识里的某种倔强的基因，在突然时刻爆发出来，振聋发聩，震撼和持续的效果结合在一起，所激发出的是人渴望斗争和胜利的勇气。

生活在这个社会中的人，首先要解决的是衣食住行的基本需求，在这之上才是理想、追求和个人价值的实现等。诚然，我懂得安稳的需要，但安稳也是具有潜在代价的，也会意味着平庸和心态上的安逸。和谐与完美或许是人类追求的理想境界，在对基本需求有充分的掌控能力之后，人不可能逃避周围大千世界的新奇幻境，人生历程的绚丽多姿在很大程度上都体现在了跌宕起伏的过程之中。

在某些阶段，每个人的起步在很大程度上是不均等的。以一个高姿态进入一个全新的竞争领域并不代表优势的必然性，当然，这也意味着以一个低姿态进入并不是一件多么坏的事情，相反可能会有更多尝试的机会和发展的空间。我想，入世与出世其实可以融合成为人的一个整体。生活中的饮食男女、油盐酱醋，一样也能具有高洁的品质，正直和蔼、恬淡自然的性情与取得世俗定义上的成功并不一定是天生矛盾的，而是可以和谐地融合在一起。

我的大学辅导员曾说过一句非常有哲理的话，“看得淡然并不代表不要去努力”。成功是需要天赋的，但这并不是决定因素，只能说拥有先天优势是一种幸运，但若没有这种幸运，也并不妨碍做一个普通且正直之人。

付出刻苦与努力，摆正心态与情绪，执着且正确地去追求，相信命运一定不会亏欠善待它的人。

7

夏雨·兰草·荷花

近几年夏天，京城雨水充足。

雨淅淅沥沥地下着，空气中弥漫着清新的味道。

楼下有两棵小树，开了满树的紫色花朵。雨水过后，落英缤纷。花开在树上的时候，生机勃勃，灿然一片；风吹雨洒之后，散落在地上，洋洋洒洒铺开一层，也是别样绚烂的风景。由时间连贯起来的花开与花落，让我见证了美丽的过程。

窗台上，我养了一盆兰草。刚种上时，只有两三株浅绿嫩黄的小芽，透着初生的可爱。早晚各浇一次水，过几天再看，嚯！冒出新芽了。新芽长势颇好，抽成长条，绿色也加深了，越长越精神。

从早市上买来几支荷花和莲蓬，荷花粉扑扑的，莲蓬绿莹莹的。插在玻璃瓶里，放在餐桌上，小小的一方天地自是一番禅意风景。“莲之出淤泥而不染，濯清涟而不妖”，真可谓花中君子也。

聆听音乐，抚慰心灵，让人沉醉。

我希望，有一所大房子，就像是孙燕姿在歌曲《完美的一天》中描述的那样。卧室有落地玻璃窗和素雅的窗帘，外面是游泳池，旁边是花园，有木长廊，长满爬山虎，有养鱼池，流水淙淙，翠竹掩映，睡莲静开。房子里还必定有一间明亮的书房，书架上摆满了书，绿植点缀其中，还有沙发靠椅可以休憩。厨房要整洁，家伙什齐全，可以享受做饭的乐趣。三五家人好友围坐圆桌，“绿蚁新醅酒，红泥小火炉”，小酌几杯，岂不快哉！

结语

人生天地间，白驹过隙，忽然而已。

路过人间，酸甜苦辣尝过，悲欢离合见过，才不枉走这一遭。只有经历过，才会真正懂得法国文学家罗曼·罗兰（Romain Rolland，1866—1944 年）说的那句："世界上只有一种英雄主义，就是在认清生活的真相之后依然热爱生活。"

当初提笔时，觉得如果能写出一本书来是一项颇为巨大的工程，现在回头看看，这项工程也完成了。也许这本拙作谈不上多么精彩或高雅，但都是我的亲身经历、我进行过的思考、我想说的话，如果有那么一点可贵之处的话，我想就是真实。

然而在很多时候，人很难做真实的自己，或因客观条件，或因自身实力。人非圣贤，并不能随心所欲做到"飘飘乎如遗世独立，羽化而登仙"，置身于世间红尘中，很多时候都要戴着枷锁跳舞。古人说"修身、齐家、治国、平天下""穷则独善其身，达则兼济天下"，如果太过崇高的理想犹如梦境，那么就从小事做起，从一点一滴做起，能做到无愧于心，就已经非常了不起了。

积跬步以至千里，积小流以成江海，这本书就是从一点一滴、一字一句积累起的。由此也见证了一个道理，追寻本心所想，勇敢地去实践，在时光中慢慢积累，再困难的事情经过坚持也终究能完成。

前尘往事成云烟，繁华三千醉人间。

这本书是给我自己前半生的一个交代。生活在继续，精彩也在继续。此去人生下半程，前路风光无限、山高水长，我们江湖再会!

2022 年冬

于北京奥林匹克森林公园北园